U0517406

HERMES

在古希腊神话中，赫耳墨斯是宙斯和迈亚的儿子，奥林波斯神们的信使，道路与边界之神，睡眠与梦想之神，亡灵的引导者，演说者、商人、小偷、旅者和牧人的保护神……

西方传统 经典与解释 HERMES
Classici et Commentarii

莎士比亚绎读
Readings of Shakespeare
刘小枫 甘 阳◉主编

脱节的时代

——作为历史哲人的莎士比亚

The Time is Out of Joint
Shakespeare as Philosopher of History

[匈牙利]阿格尼斯·赫勒 Agnes Heller | 著

吴亚蓉 | 译

華夏出版社

古典教育基金·“传德”资助项目

“莎士比亚绎读”出版说明

据译界前辈戈宝权查考，1856年，英籍传教士慕威廉翻译出版《大英国志》（上海墨海书院印行），国人首次得知西域有个名叫“舌克斯毕”的伊丽莎白皇朝文人——“莎士比亚”这个译名则最早见于梁启超的《饮冰室诗话》。中国甲午战败之后不久，英籍传教士艾约瑟编译的《西学略述》（1896年，上海著易堂书局版）详细介绍了莎士比亚——其时中国已经面临巨大的改制压力。清末新政时期，林纾与魏易合译的莎士比亚故事集《英国诗人吟边燕语》出版（1904，收入“说部丛书”第一集）；革命党人推翻帝制行民主共和之后不久，初版的《辞源》（1915）已列入“莎士比”词条；随后不久，林纾出版了以文言小说体翻译的莎剧四卷（1916）……“五四”新文化运动之后，翻译莎剧成为我国新派文人的最爱，1930年，经胡适之倡议，中华教育文化基金董事会编辑委员会成立了“莎剧全集翻译会”……据统计，自三十年代以来，莎士比亚在汉译西方文学经典中一直位居榜首，有的剧作译本达上百种之多——第二共和前期（1949—1960）出版的莎剧译本已达44种，印数44万余册。

不过，我国学界对莎士比亚的认识基本上还停留在“绝世名优，长于诗词”的层次，距离林纾所谓莎氏“立义遣辞往往托象于神怪”的看法相去并不太远。莎士比亚不仅是最伟大的英语诗人，也是西方思想大传统中伟大的政治哲人之一。在西方文教传统谱系中，不断有学人将莎士比亚与柏拉图并举：莎士比亚戏剧以历史舞台为背景，深涉人世政治问题的底蕴，尤其是王者问题，一再激发后人掂量人性和人世的幽微，为后世探究何谓优良政制、审慎思考政制变革奠定了思想基础——不仅如此，与柏拉图的戏剧作品一样，作为政治哲人的莎士比亚没有学说，他的政治哲学思考无不隐含在笔下的戏剧人物和戏剧谋篇之中。百年来，我们一直在经历前所未有的从帝制到民主共和的政制转变，却鲜有人看到，莎剧为我们提供了一笔巨大的政治哲学财富。晚近三十年，我们的莎剧全译本有了令人欣喜的臻进，但我们对莎剧的政治哲学理解仍然没有起步。

西方学界对莎剧的政治哲学解读很多，绝非无书可译。“莎士比亚绎读”系列或采译西人专著和相关文集，或委托青年才俊编译专题文萃，以期增进汉语学界对莎剧的政治哲学品质的认识。

古典文明研究工作坊

西方经典编译部甲组

2010年6月

纪念雷纳·舒尔曼

目　　录

导　　言

[1]哈姆雷特(Hamlet)说:“时代脱了节。”①莎士比亚的所有悲剧和历史剧中的时代都是脱节的,许多喜剧中也同样如此。

在那些伟大悲剧以及某些历史剧中(例如《亨利六世》上、中、下篇),时代完全脱节混乱了。某些人可能生来就要将其重整。至少,如哈姆雷特与亨利六世(Henry VI),就自认他们生来便是为了重整时代。或者像考狄丽娅(Cordelia)那样,自愿担负起重整时代的重任。只是,这些努力终将付诸东流。因为世界由heimarmene[赫玛墨涅],这位盲目且非理性的命运女神统辖。那些为善而战,为公义而战,甚至为邪恶而战(如麦克白[Macbeth]与爱德蒙[Edmund])的努力无一不以败北告终。然而,只有在某些历史剧中才会出现时代脱节的情形(如在三部罗马剧中)。时代对某些角色来说是必然的命运,对另一些角色来说,它却是sors bona[好运]或pronoia[天意]。尽管“新人”没有将时代重整回先前的状态,但他们开创了新的时代(如《安东尼与克莉奥佩特拉》中的屋大维[Octavius Caesar])。只有在某些喜剧中(如《皆

① [译注]朱生豪先生将The time is out of joint(《哈姆雷特》1.5.195)译为“这是一个颠倒混乱的时代”。书名中的Time按照惯常的译法。译者将其翻译成“时代”,并将Time is out of joint直译为“脱节的时代”。不过,本书主要从哲学上思考“时间”问题,有时译为“时间”更符合主旨。具体如何译法视语境而定。

大欢喜》《无事生非》及《仲夏夜之梦》),时代才会重整到让所有人满意——有时连恶人也会满意(如《皆大欢喜》)。

> 全世界是一个舞台,所有的男男女女不过是一些演员;他们都有下场的时候,也都有上场的时候。一个人的一生中扮演着好几个角色。①

《皆大欢喜》中忧郁的杰奎斯(Jaques)如是说(2.7.139–142)。演员们——包括莎士比亚在内——上场又退场。这一戏剧舞台是另外一座四维舞台的本源:那是一座历史的舞台,是上演历史时间的世界舞台;那也是呈现个人一生的生命舞台;在历史剧以及某些悲剧和喜剧中,那又是呈现政治时间的舞台;最后,那也是超越舞台的舞台,是纯粹生存性的舞台,没有时间的存在。

无人能破解这个名为"莎士比亚"的斯芬克斯之迷,本书也无此宏愿。接下来,我只想另作尝试,探查这四个维度的舞台(即历史的、个人的、政治的以及生存性的舞台)如何独一无二地联结起来,[2]并透视四种应对脱节的时代的方法:或直面或好或坏的命运,并不去承担重整时代的重任;或在直面命运的同时担负起这一重任;或将历史转化成政治,将sors mala[噩运]转化成sors bona[好运];以及最后一种,将脱节混乱的时代重整。我无需赘言这一联结如何独一无二,因为莎士比亚之前未曾出现过,也无人做过此类尝试(如古希腊悲剧),即便在他之后有人做此尝试(如在tragédie classique[古典悲剧]或现代悲剧中),也并不成功。莎士比亚的戏剧呈现了其独一无二的历史哲学、政治哲学以及(非)道德的人格哲学。

---

① [译注]书中引用的莎剧译文多是取自朱生豪先生译笔,少数地方略有改动。

将莎士比亚的作品——其他人的作品也是如此——理解为历史哲学、政治哲学以及人格哲学，并不等同于授予莎士比亚“哲人”这一颇有争议的尊名。许多莎剧都蕴含着意味深长的哲学思考，但几乎所有的哲思都有其具体的情境。这些哲学思考也是行为，大多不仅是言外行为(illocutionary)，更是言后行为(perlocutionary)。[①]

哲学思想在特定情境下由特定的角色来表达，它们不是莎士比亚本人的，而是哈姆雷特的、霍拉旭(Horatio)的、亨利六世的、理查二世(Richard II)的、布鲁图斯(Brutus)的或普洛斯彼罗(Prospero)的。莎士比亚绝不会让塔尔博(Talbot)、肯特(Kent)或屋大维用哲学性的语言说话。“莎士比亚的哲学”就如同“莎士比亚的语言”。莎剧中，每个角色都说着自己的语言，有的话(如某些士兵或将领说的)机智诙谐却粗俗可鄙，有的话(如成功的政治家说的)单调乏味却逻辑分明，还有的话(如情感充沛的人物说的)诗意盎然却华丽繁复(如安东尼[Antony])。有些人说话幽默风趣、彬彬有礼(如贝特丽斯[Beatrice]和培尼狄克[Benedick])，另有些人(天性多疑以及爱好沉思的人物)则有着深思熟虑的言语风格。

我还可以一举再举，列出许多其他语言风格上的区别。虽说如此，“莎士比亚的语言”这一说法仍然并不荒唐，因为用各自鲜明独特

---

① [译注]言语行为理论是语言语用研究中的一个重要理论。它最初由英国哲学家约翰·奥斯汀在20世纪50年代提出。根据言语行为理论，说话者说话时可能同时实施三种行为：言内行为，言外行为和言后行为。言内行为(locutionary act)是说出词、短语和分句的行为，它通过句法、词汇和音位来表达字面意义的行为。言外行为(illocutionary act)是表达说话者的意图的行为，是在说话时所实施的行为。言后行为(perlocutionary act)是通过某些话所实施的行为，或讲某些话所导致的行为，是话语产生的后果或引起的变化，是通过讲某些话所完成的行为。

的语言来展现笔下所有的男女主人公,这一神圣的天赋正是莎士比亚的语言。同样,“莎士比亚的历史哲学”“莎士比亚的政治哲学”以及“莎士比亚的人格哲学”等说法也并不荒唐。莎士比亚赋予(几乎)所有的角色以一瞬间的伟大洞见,在那一瞬间,超验之幕(the curtain of transcendence)得以揭开,生存的核心——个人的、历史的以及本体论的生存——突然浮现。以霍茨波(Henry Hotspur)这种典型的军人角色为例:他英勇过人却心胸狭窄,传统守旧却忠诚不足。他的长处是富有血气之勇,但他从不自省,只知道打打杀杀。然而莎士比亚却突然赠给他一份厚礼——让他说出一段最晦涩、最难懂、最富哲学意味的哲思:

> 可是思想是生命的奴隶,生命是时间的弄人;俯瞰全世界的时间,总会有它的停顿。(《亨利四世 上》5.4.80–82)

麦克白则是另一个“霍茨波”①,[3]他行动前从不会深思熟虑。(阿伦特[Hannah Arendt]认为恶源于缺乏思考[thoughtlessness],麦克白正是印证了这一观点可能正确或至少部分正确的极少数人之一。)我们现在听听他说的一番话:

> 要是我在这件变故发生以前一小时死去,我就可以说是活过了一段幸福的时间;因为从这一刻起,人生已经失去它的严肃的意义,一切都不过是儿戏;荣名和美德已经死了,生命的美酒已经喝完,剩下来的只是一些无味的渣滓,当作酒窖里的珍宝。(《麦克白》2.3.90–95)

---

① [译注]hot-spur即指霍茨波,其字面意义为“热马刺”,又引申为鲁莽暴躁的人。此处一语双关。

这两段哲思是两位不善沉思的角色在临界情境(borderline situation)中说出的。霍茨波说那些话时濒临死亡,麦克白说这些话时刚杀了人,两人都被命运无可转圜地戏弄、挫败:前者丧失生命,后者则丧失了生命的意义。我只顺带提一下,(除了《麦克白》)莎士比亚似乎还在另一个重要的地方支持了阿伦特的哲学观念。在《哈姆雷特》中,哈姆雷特刚见到罗森格兰兹(Rosenkrantz)和吉尔登斯吞(Guildenstern)时就说:

> 世上的事情本来没有善恶,都是各人的思想把它们分别出来的。(《哈姆雷特》2.2.251–252)

哈姆雷特对这种笼统的说法深信不疑,这话确实不错,但它仍然取决于具体情境。事实上,吉尔登斯吞和罗森格兰兹的恶行是由于他们缺乏思考,但在莎剧中,甚至就在《哈姆雷特》这一部剧中,也并非所有的恶都源于缺乏思考。克劳狄斯(Claudius)的恶行肯定不属此类,而理查三世(Richard III)的恶行则恰恰出于深思熟虑。

至少乍看起来,莎士比亚笔下只有少数几个角色的哲思与情境无关。例如霍拉旭和布鲁图斯这样的廊下派。莎士比亚正是用这样的方式展现了廊下派思想的精髓,受廊下派哲学熏染的角色在所有可能的情境下都不变如初。莎士比亚笔下的西塞罗(Cicero)不在乎什么"情境";凯歇斯(Cassius)这样的伊壁鸠鲁主义者则会因噩运的到来改变自己的哲学主张(《裘力斯·凯撒》)。从更广泛的意义上来说,所有的哲学主张都有其情境。

《雅典的泰门》中同样出现了"哲学家"的角色,剧中的艾帕曼特斯(Apemantus)很像个廊下派,他始终忠于己心。然而,他却是个完全不同类型的哲学家。他愤世嫉俗,像一条要扯下世界虚华面具的狗,总不断地刺痛、吠醒世上的愚人。他身上有一丝疯子的特质,又糅合了卑微之人的自以为是。他聪敏洞察,因为他只“理智地”看待事物,不掺杂个人利益,不抱有任何同情之心,所以他在多数情况下看得很准。尼采(Nietzsche)后来刻画过苦行牧师①,艾帕曼特斯正是对此类人的戏仿。

在暴风雨那场戏达到高潮时(《李尔王》3.4),李尔王(King Lear)四次称爱德伽(Edgar)(他装扮成疯子“可怜的汤姆”)为哲学家,哪怕汤姆说的只是些看似荒诞不经的傻话。这是说明李尔王荒唐,还是表明他有大智慧?或者这是他逐渐变得明智的表现?这难道不是在用诗意的方式表达意义和无意义、意见和真正知识之间的颠倒吗?[4]胡言乱语中不也蕴含真理吗?那些意见,那些在邪恶世界中的胡话不就是疯癫吗?这是不是莎士比亚赠与这个在痛苦和疯癫中变得明智的老傻瓜的礼物?可怜的汤姆不正象征着哲学家,或者至少是身处绝对至恶且疯癫的世界中的那类哲学家吗?

人们普遍认为,哈姆雷特是莎士比亚笔下所有角色中最具“哲学性的”;但哈姆雷特的哲思和情境密切相关。例如,在墓地那场戏中(5.1),莎士比亚让哈姆雷特在霍拉旭的陪伴下遇到掘墓的小丑(这又是个哲学家!),从而为哈姆雷特第二次思考死亡创造了最合适的情境。这次沉思与第一次迥然不同。在思考的过程中,哈姆雷特向天意妥协。不同于他第一次的生存性的独白,这一次,他不再有选择的自由,不能再问“生存还是毁灭”的问题;主人公已向vanitatum vanitas[虚空的虚空]世界中未知的主导者屈服。

莎士比亚给予他笔下许多角色生发哲学思考的机会,无论他们当之无愧或受之有愧。不过这些角色会用这份厚礼做出各不相同的事

---

① [译注]参见尼采《论道德的谱系》。

情。我指的当然不是像霍茨波或奥赛罗(Othello)那样处于弥留之际的角色,对他们来说,这只是一份临别饯行的礼物。我指的仅仅是那些将继续活下去,仍有所行动的角色。他们收取这份礼物很像在抽取幸运牌,这张牌可能会被误用,也可能被浪掷,它也可能使其拔得头筹,过上美好人生,变得崇高,或者赋予他成为新人的力量。莎士比亚似乎在让他笔下的人物经受试炼,似乎他自己想要探明,一个人在拥有突如其来的真知灼见时会做出什么样的事情。例如,爱德蒙成了恶人,夏洛克(Shylock)本性不改。李尔和理查二世却成长为新人:他们赢取了一份属于当下的奖赏,这份奖赏在过去根本不可能属于他们。某个角色突然拥有真知灼见时会做什么,乃是莎剧故事中的不确定要素(正如莎士比亚在其历史剧和政治剧以及其他剧作中所安排的那样)。

莎士比亚对此冷眼相待;但这种冷眼并非impassibilité[冷漠],而是一种想要了解一切的冷静却又炽热的欲求。事实上,他对一切都了如指掌,甚至了解人性的最极端处,他不会对任何事情感到讶异。他观察着这一世界舞台,从微琐中展现宏大,直指人们错失或抓住的机遇。对于人与命运的争斗,对于人们把握住的或错失的机会,对于历史、政治以及生命的循环,对于道德、政治以及运气三者错综复杂的关系等等,他都有着无限的兴趣。从这点看来,他的兴趣点与马基雅维利(Machiavelli)很像。

莎士比亚与马基雅维利生活在同一个世界。他是否阅读过这位佛罗伦萨史学家的著作其实无关紧要。我们知道马洛(Marlowe)读过一些他的著作,却无从知晓莎士比亚是否也读过。葛罗斯特(Gloucester)(《理查三世》中的葛罗斯特公爵)在提到马基雅维利的名字时,[5]秉承着偏狭且老生常谈的观点,即认为马基雅维利是马基雅维利主义之父。从另一个更深层的意义上来说,莎士比亚的政治剧是马基雅维利主义的。相较于莎士比亚自己时代的人对这些剧作的解读,它们更接近于我们对马基雅维利作品的现代解读。

众所周知，马基雅维利将残暴区分为妥善使用的残暴和恶劣使用的残暴。他在《君主论》(*The Prince*)的第七章中写道：

> (如果可以把它称作恶中之善的话)妥善使用的意思就是说，为了自己安全的必要，可以暂时持续使用残暴手段，但作为交换，它必须尽可能为臣民谋利益，且其后绝不再使用。恶劣地使用的意思就是说，尽管开始使用残暴手段是寥寥可数的，可是其后却与时俱增，而不是日渐减少。

莎士比亚在描绘政治中如何运用残暴手段时也表达了同样的观点。残暴本身在道德上就是邪恶的，即便被妥善使用，还是无改它邪恶的本质；虽说如此，人们的确可以妥善地使用它。例如，莎士比亚笔下的亨利四世(Henry IV)是如何开始他的统治的呢？让我们听听《理查二世》(5.6)中是怎么说的吧。诺森伯兰(Northumberland)上场说：

> 第二，我要报告我已经把萨立斯伯雷(Salisbury)、斯宾塞(Spencer)、勃伦特(Blunt)和肯特(Kent)这些人的首级送到伦敦去了。(5.6.7–8)

弗兹华特(Fitzwater)上报：

> 陛下，我已经把勃洛卡斯(Brocas)和西利爵士(Sir Bennet Seely)的首级从牛津送到伦敦去了。(5.6.13–14)

试将这些处决与《李尔王》中里根(Regan)和康纳瑞尔(Goneril)一开始实施的暴行相比，她们的残暴不过是不允许父亲在她们家里保留随从而已。就连麦克白“一开始”也只杀了一个人。但亨利四世在杀害理查之后，便不再实施暴行，而且从《亨利四世》上下两部剧看来，他成了相当好的明君。莎士比亚笔下最坏的政治恶人是那些"恶劣使用"残暴手段的人，他们抑制不住地作恶，且暴行愈演愈烈，最终沦为僭主。正如麦克白所说(他深谙此理)：

> 流血是免不了的。据说，血债必须血偿。(《麦克白》3.4.121)

马基雅维利觉察到政治中的时间有着多方面的意义。就kairos［时机］这一意义来说，时间在古希腊思想中已经具有政治性了。行动者必须抓住得当的时机行事，因为过早或过晚都会导致行动失利。此外，马基雅维利对脱节的时代已有所了解。如果时代发生剧变，一个成功的政治人物就可能会因注意不到一切已然失序而导致自身的毁灭。这一情况也发生在莎士比亚笔下许多政治人物身上(例如，理查二世认为自己的失败是因为他没有注意到时代的乐音已经失了和谐)。

马基雅维利发问：俗世之事是由命运还是由上帝主宰？换言之，是由必然主宰，还是一方面取决于机缘，另一方面又取决于天意？他在《君主论》第二十五章中答道：

> 命运是我们半个行动的主宰，但是她留下其余一半，或者说大约这么多归我们支配。

但命运的最大馈赠是什么？马基雅维利说：

> 那些做法符合时代需求的人将会幸福非常……［6］命运就是个女人，你若想掌控她，就非得用强力征服她。

不言而喻，莎士比亚也持有这样的观点，因为正是这些观点架构起了他的历史剧、悲剧以及大部分喜剧。没有命运(fate)或天意(providence),就没有情境可言。若没有对行动的约束,便也没了行动的可能性。正如自由是反抗某事或争取某事的自由;这些约束条件或可被善加利用,或被恶意利用,要么遭人“强暴”,要么使人屈从。时间是永远流变着的时机,是巨大的未知数。时间带来“命运的沉浮”或带来相应于情境和人物的是非对错的转换。驰骋在风口浪尖的人被它裹挟着前进,或走向胜利,或堕入失败。

莎士比亚笔下的主人公通过言说自由与命运的关系来拥护马基雅维利的说法。例如,凯歇斯明确否认命运是无所不能的,《李尔王》中的爱德蒙也这样认为。然而,无论认同命运是“被强暴的娼妓”,还是相反地抨击这一说法,选择何种立场很难独立地决定莎剧中的人物是否采取行动。非但如此,这一选择对于他们行动导向的影响甚至更加微小。不同的角色对命运和自由可能持有类似的看法,却会有完全不同的行动和行动导向。

信仰神圣天意虽然可能会增强某一角色道德上的忍耐力(如《一报还一报》中的伊莎贝拉[Isabella]),但它似乎会削弱人们行动的欲望,打消他们采取主动的积极性。人可以强暴命运,但在天意面前却只能保持缄默。马基雅维利未将命运与天意区别开来,莎士比亚却明确区分二者,尽管他笔下的历史行动者有时也会将命运等同于天意。例如凯撒(Julius Caesar)去往元老院时毫不在意有关3月15日的预言。但对哈姆雷特来说,命运与天意则互不相容。生来就得重整乾坤是哈姆雷特的命运,是他的天命(destiny)。他这个行动者必须要回应天命的召唤。面对命运,他尚有选择权,有行动的自由空间,有要下的决心。人们必须面对命运的挑战。然而面对天意时,情况则完全不同。

在他那段著名的独白中,哈姆雷特问道:

> 默然忍受命运的暴虐的毒箭,或是挺身反抗人世的无涯的苦难,通过斗争把它们扫清,这两种行为,哪一种更高贵?(《哈姆雷特》3.1.59-62)

他以此抛出了“生存还是毁灭”这个问题。此时人们尚可在生与死之间做出抉择。倘若是面对天意,他就无从选择。哈姆雷特后来对霍拉旭说:

> 不,我们不要害怕什么预兆;一只雀子的死生,都是命运预先注定的。注定在今天,就不会是明天,不是明天,就是今天;逃过了今天,明天还是逃不了,随时准备着就是了。(《哈姆雷特》5.2.165-168)

哈姆雷特像凯撒一样,无所顾忌地自投罗网。我此前已提到,墓地那场戏中,哈姆雷特的内心深处发生了剧变。[7]很明显,哈姆雷特渐渐(如果不是突然地)放弃挣扎,进入逆来顺受的状态。但他屈从的不是命运,而是天意。

莎士比亚——与马基雅维利相反——是否赋予fatum[命运]和providencia[天意]二者的区分以决定性意义?或者说,他笔下主人公(如哈姆雷特)的生命中最内在的精神变化是否正是从fatum[命运]到providencia[天意]的转变?我回答不了这个问题。不过二者的区分指向一个更为宽泛的议题。

马基雅维利认为,并不存在普遍的、抽象的“好政治”和“坏政治”。即便是最好的政治也需要具体说明。例如,基于传统与合法性的统治需要的是某一种类型的政治,而攫取来的政权则需要另一种不同类型的政治。引入新政制以及重建旧政制时,所需的是不同的政治类型。而不同的政治类型在君主制及(或)共和制下可能是好的,也可能是坏的。人们只消粗略地看一眼莎剧,就会发现它们印证了马基雅维利的明智。在罗马剧中,政治对于贵族和民众、对于三执政和诛弑僭主者来说,意义各不相同。不过,与英国君主、公爵以及伦敦市民的政治观念相比,所有罗马人的政治观念似乎都是极其相似的。马基雅维利说圣徒和魔鬼都不擅于搞政治。事实上,绝对的善和绝对的恶都将招致政治灾难。莎士比亚笔下就有这样的情形发生。亨利六世(圣徒)与理查三世(魔鬼)都会毁灭英格兰。

马基雅维利提到,个人的品性、情感和激情是政治史中具有代表性的偶然因素。我们只能粗浅且人为地将意见、判断以及激情三者区分开来。通常情况下它们难以区分,无论是将之归于好还是归于坏。一个人的羡慕、嫉妒、恐惧、对权钱色的贪欲以及报复心等情感,就像同情、宽恕、忠诚、爱意等一样,与他的判断力、对危险的洞察力以及是否善于体察人性区分不开。莎士比亚不仅说明了这种不可区分性,还通过笔下的人物——通过他们的行动、智慧、愚行以及命运——把这一观点具体化。奥赛罗悲剧命运的"主因"是什么,是缺乏判断力还是嫉妒心作祟?爱德蒙最重大的恶是什么?是他的愤恨不满?他的狡猾精明?还是他对被爱的渴望?罗瑟琳(Rosalind)最主要的美德是什么?是她的正义感?她的独立精神?她的才智?还是对他人的爱与理解?我们在莎剧中区分不开情感与认知(或意志)。在阅读莎剧时,我们也会立刻觉察此类心理学上的区分是何等粗浅。

政治观不能与政治内容混为一谈。莎士比亚笔下的"人民"永远不会比他们的领导者,[8]尤其不可能比王公贵族更明智、更优秀、更高贵。作为共和主义者的马基雅维利对君主制下的政治了如指掌;莎士比亚虽拥护和平的、"自由的"世袭君主制,但他对共和制下的政治也了然于胸。

这一切缘于莎士比亚绝对的*历史感*——这一历史感使得他独一

无二,前无古人后无来者。他笔下的罗马贵族就是罗马贵族,英国王侯就是英国王侯,罗马民众就是罗马民众,英国暴民就是英国暴民。除此之外,他们只能生活在他们所处的那个具体的历史时刻,既不能早也不能晚。

休谟(Hume)的一个朋友曾说他想见个真正的罗马人,休谟告诉他,要想实现这一愿望再简单不过,只消走进街角的酒馆,在那儿他准能遇到真正的罗马人。① 如果我们读读莎剧就会发现此言不虚;不过,相反的说法也同样成立。我们在剧中遇到的那些具体的、真正的罗马人与我们同代人是完全不同的。然而,要是走进我们街角的酒馆,我们准会遇到同样的人。例如,科利奥兰纳斯(Coriolanus)是个彻彻底底的罗马贵族,除非在其悲剧上演的特定历史背景下,否则,他不可能说出他剧中所说的话,也做不出剧中所做的事。但我有一个朋友和科利奥兰纳斯非常像,事实上,他就是不折不扣的科利奥兰纳斯本人。这就是莎士比亚独特的秘密。

莎士比亚与马基雅维利生活在同一个世界,也与蒙田(Montaigne)生活在同一世界。我们知道他阅读了一些蒙田的作品。莎士比亚在刻画霍拉旭的形象以及描写霍拉旭与哈姆雷特的关系时,确实间接提到了蒙田论述友谊的散文,这是很难忽视的。马基雅维利——就这一点来说,他十分忠于古代历史学家——在他的政治哲学和历史学中从不涉及个人的际遇和命运沉浮。蒙田的主要兴趣则是考察人性以及人与人之间的关系,并思索诸如存在、生命和死亡等问题,而从不涉及历史和政治的变迁。马基雅维利的哲学是行动的哲学,蒙田的哲学则是沉思的哲学,是高度个人化且富有“主观”思考的哲学。这两种哲学在莎

---

① [译注]包括休谟在内的许多英国史家喜欢将英国人视为“罗马人的后裔”。

剧中都有所呈现。

莎士比亚笔下最重要的角色都极为主观，也就是说，他们通过不断自省，深化了人格的内心空间。莎剧人物是多维的，其中一维是他们的内心空间，另一维则是他们的情境性（situatedness）、历史性或者说时间性。一些美学理论将莎剧视为“性格剧”，将其与古希腊的“命运悲剧”作比较。正如黑格尔所言，有某种性格并不等于就是一个个体。希腊悲剧的主人公都有个性特征。黑格尔将莎士比亚的作品归于浪漫主义（基督教）艺术的范畴，因为在莎士比亚笔下，[9]精神性打破了形式的谨严。从这个意义说来，莎士比亚的确是浪漫主义作家（尽管从其他意义上来说并非如此）。剧中角色成了缔造自己命运的作者或合作者，而并不仅仅只是呈现他们的命运，从这点来说，莎剧的确是性格剧。因此我们会说，历史和具有历史性的角色完全区别于神话和神话人物。莎士比亚笔下的男女主人公迥异于其他所有角色（同一角色的前期和后期也常有不同），但他们总是历史性的具体的人。

这是如何做到的呢？我能在科利奥兰纳斯身上看到我朋友的影子，但我觉得没人能在厄勒克特拉（Electra）或安提戈涅（Antigone）身上看到邻人的影子。神话中的男女主人公可以是个体的人，但他们既不具有历史性，也没有个人性。他们既不属于“彼处”，也不属于“此处”。通过刻画他们的受苦、发现和dianoia［思考］①（如亚里士多德所指出的），他们成了个体的人，但我们永远不能对其进行创造或革新，因为他们永远不会进行自我创造或自我革新。当然也存在一些临界个案，欧里庇得斯笔下的美狄亚（Medea）便是一例，不过欧里庇得斯在许多方面都跳出了他自己的传统。虽然莎士比亚的许多原始素材和故事

---

① ［译注］dianoia指在理智和智能指导下的精神活动，可解作“推理”“思想”和“思考”等。

蓝本来源于霍林西德(Holinshed)、普鲁塔克(Plutarch)以及其他作家,但他笔下的许多角色总能不断地自我创造和自我革新。

莎士比亚将个体的人转化成多维的角色,转化成具有历史性的个人,从这个意义上说,他让他们完成了自我创造和自我革新。不过,这些角色也是我们的邻人,说得更直白些,他们就是我们自己。我们不是安提戈涅,不是俄狄浦斯(Oedipus)(哪怕我们正经历着俄狄浦斯式的创痛),不是克吕泰涅斯特拉(Clytemnestra),也不是俄瑞斯忒斯(Orestes),但我们却是莎士比亚笔下的男女主人公。莎士比亚也重新创造了你我。布鲁姆(Harold Bloom)在其《莎士比亚:人的发明》(*Shakespeare: The Invention of the Human*)一书的序言中表达了所有热爱莎士比亚之人拥有的共同经验:

> 我们必须竭尽所能地奋力阅读莎士比亚,因为我们知道,他的剧作会更加孜孜不倦地阅读着你我。它们确实在阅读你我。

内心空间不同于潘多拉的盒子,它既能打开,也能再锁上。观众(听众)注视着舞台上的演员,聆听他们的声音。内心空间的内容并非总是一成不变。此前不在其中(在内在空间中)的东西可能会突然浮现,并显现为一个人的本质。但原本不存在的东西,即便之前以dynamis[潜能]的方式存在着,它如何能够突然浮现?在莎剧人物的内心空间,有些东西一直处于流变中。我们或许可以借用胡塞尔(Hussel)的说法:在暂停的意识流中,这种东西的出现是源于反复多次的意向性行为。内心空间在行动中展现自身,但我们不能确知这是不是真实的展现,无法确定行动是在掩饰还是在揭露行动者。有时连行动者自己也无法确定。但也有这样一些时刻,[10]他/她看起来似乎也很确定,但可能他们所确定的只是某种不确定性。这就是行动者或剧中人物在观众面前自我揭露的这一振奋人心的时刻。

古希腊悲剧中没有独白。各种观点、想法、信念在对话中碰撞交织,角色主要在对话中揭露自我。这也是莎剧中经常出现的情形。坦诚直率的角色——如霍拉旭与布鲁图斯这样的道德家——不说独白:他们在对话中就可以揭露自我。但只要一个人的内心空间不能轻易看穿,即便最有自觉意识的角色也无需在对话中完全展露自我。莎剧中的角色经常会在一段独白或一段对话(或几段对话)中展现自己的个性:角色在不同的视角中会呈现出不同的样子,就是对他们自己来说,这些样子也大不相同,并不总是一致。正如面对不同的交谈对象,同一个角色可能会变成另一个样子。他们面对自己时也会如此,所以自言自语时他们可能会变得完全不同。独白在莎剧中起着核心的作用。莎士比亚并没有给予他所有的角色以独白这份厚礼,并不是所有角色都有可能或有必要自言自语、孑然一身地陷入沉思,并和观众推心置腹。

总体说来,独白是莎剧角色的多维度与现代性的体现。一个人有多少种不向他人揭露自我的理由,就会有多少种不同的独白。就不同的角色而言,自我揭露的意义完全不同。有时,某个角色不能透露自己的计划,因为只有把这些恶计隐藏起来,他才能将其成功实施,如《亨利六世》下部和《理查三世》中的理查(葛罗斯特公爵)的那些大篇幅独白。在另一种独白中,某个角色面对着不同的行动可能,思考着自己的选择。这种内心的对话类似于亚里士多德的boulesis[意愿][①]:两重人格集于一身,这两人各有不同的想法。不同的感情生发出两种不同

---

① [译注]意愿(boulesis)一词在柏拉图和亚里士多德的伦理学中常指向一种理性的欲求,即想要获得被理性判断为好的事物的一种情感倾向。尽管与理性有这种密切的关系,但它本身并不是理性的,而是指理性行为者的一种情感状态和倾向。

的选择(安东尼便是如此)。还有一种独白,其中,一个人的灵魂里有截然不同的两个人相互斗争。其中一人可能是公正的法官,是良心,另一人则说出了陌生的真理或意见(如哈姆雷特和理查二世)。还有一种自省的独白:某人在动荡的世界中获得喘息的机会,退到一边以旁观者的身份思考有关生存的问题(如理查二世)。有时(虽然这种情况非常少见),某些人只单纯充当旁观者,这样的人独白很多,对话则很少(如《皆大欢喜》中的杰奎斯)。

在莎士比亚编织的复杂密林中,独白出现的位置及外在结构是帮我们探路的指南针。例如,当一个人身上分裂出的两个人进行一场独白式的对话,讨论某件已经追悔莫及的事情时,这件"事情"可以是一次错失的良机、[11]一个致命的错误、一桩罪恶、一个庆幸的决定,以及许多别的事情。认定做过的事注定追悔莫及的这种想法当然也可能是错的,例如《辛柏林》或《冬天的故事》中的[起死回生]。有些独白则是刻画人物的手段,不过,在莎剧中,有多少个人物,就有多少种刻画人物的方式。

我将分两步或从两个方面来探讨莎士比亚何以是历史哲人和政治哲人。在本书第一部分,我将从整体上剖析"时代脱了节"这句话。"时代脱了节"是为何意?脱节的时代有哪些表现?接着,我会在二、三两个部分给出自己对莎士比亚几部政治剧的解读。在第二部分,我选取了英国历史剧中的《理查二世》《亨利六世》(上、中、下)以及《理查三世》几部剧;第三部分则选取三部罗马悲剧——《科利奥兰纳斯》《裘力斯·凯撒》及《安东尼与克莉奥佩特拉》。我在论述时遵循剧作所涉及的真实的历史时间顺序,而没有考虑剧作的写作时间顺序。尽管《亨利六世》和《理查三世》属于莎士比亚的早期作品,我仍把它们放到《理查二世》之后再作讨论。同样地,罗马剧中我最先解读《科利奥兰纳斯》,尽管这部剧写于莎士比亚创作的晚期。

我会尽可能地避免提及莎士比亚所处的时代，以及他的某些历史剧在他所处时代的语境下发挥的政治作用(这点在《理查二世》一剧中尤为明显)，因为如果有人像我一样，想集中探讨莎剧中同时混杂的“现代性”与“历史性”，那么，现代世界的任何一个时代都能替代莎士比亚所处的时代。正如伊丽莎白女王与伦敦的观众们能在《理查二世》中认出他们自己一样，20世纪40年代的观众也能将理查三世和希特勒划上等号。因为不同时代的人都对僭主怀着同样的恐惧，对僭主必将招致的覆灭怀着同样的期待。莎士比亚曾是并将永远是我们的同代人。

第一部分

脱节的时代

一　何谓自然？何谓自然的？

[15]我们只得认同蒂里亚德（E. M. W. Tillyard）在《政治的莎士比亚》（*Political Shakespeare*）一书中的说法，那就是莎士比亚几乎未曾提及宇宙秩序。莎士比亚视这一宇宙秩序为理所应当，他也未曾创造一个形而上的空间和形而上的秩序。他的秩序意识，尤其是他对空间秩序的意识更接近文艺复兴时期而非巴洛克时期的观念。他的悲剧视野并非天启式的，而是具有严格的历史性。不常见的恶性事件、自然灾难或诸如暴风雨等天灾和种种人祸，在莎剧中的角色看来，常常是当下政治罪恶的象征，或是即将到来的历史变革的征兆，不过这些灾祸并没有宇宙论的意义。

虽说尤里西斯（Ulysses）（《特洛伊罗斯与克瑞西达》1.3）的确提到过宇宙的等级秩序，不过这只是为了佐证他对于社会等级秩序的忠诚，他坚信必须遵守下级服从上级的秩序：这里呈现的传统是自然的。迷信之人以及不够聪慧的人大多相信，在某件难以解释或离奇的自然事件背后，有超人力的神圣宇宙的介入（如《裘力斯·凯撒》中的西那[Cinna]）。鬼魂、女巫、仙女、精灵们介入了人的行动；他们的介入对行动者来说常常具有政治意义，引发了其后的一系列政治行动。悲剧如《哈姆雷特》《麦克白》，喜剧如《仲夏夜之梦》，传奇剧如《暴风雨》中都有这样的情形。《仲夏夜之梦》中童话般的森林对情人们来说充满恶意和不祥；不过这片森林被宇宙精灵帕克（Puck）施了魔法，他也能将魔法解除。这个故事涵盖了所有的悲剧因素，诸如皇室婚礼、父亲的威权、国王王后间的冲突、复仇以及极致的羞辱等等，这些因素只能出现在一部政治历史剧中。我赞同考特（Jan Kott）的看法，他在《莎士比亚——我们的同代人》（*Shakespeare, Our Contemporary*）一书中写道，《仲夏夜之梦》讲了一出极为恐怖的故事。虽说如此，仍有一丝光亮氤氲其中。因为再可怕的噩梦也只是个梦，如果梦醒了拥抱的是幸福生活，噩梦就不过是“谐美的喧声，悦耳的雷鸣”（《仲夏夜之梦》4.1.117），[16]它在我们的记忆中将一直是美好的存在。

时代脱了节。然而，脱节的只有历史时间，宇宙时间并未发生变化。在莎士比亚的舞台上，不曾有宇宙力量或神圣力量的介入。这种说法可能听起来有些奇怪。毕竟，莎士比亚的悲剧给我们讲述的是有关因果报应的故事。这些故事告诉我们罪行终将受到惩罚；它们描绘了恶人们自食恶果的凄惨下场，让我们听到落到罪人身上的诅咒终于应验。但是我认为，莎剧人物的所作所为告诉我们的，更多的是这些角色自己创造或相信的假象，而非莎士比亚本人的观点。的确，几乎所有的谋杀罪行最终都会直接或间接地遭到报应，僭主或早或晚终将横死，所有的诅咒也终将应验。

至少，观众认为恶人总会遭到报应。然而，莎剧中还有许多诅咒并没有起效，有些预言也从未应验。杀人凶手虽然最终横死，却也有许多无辜的男女和孩子遭此噩运。康纳瑞尔和里根死了，可从未做过坏事的考狄丽娅和其他年轻的贵族也死了。好人与恶人一同死去。从某种意义上来说，莎剧迫使细心的观众直面神圣天意的古老悖论：上帝为什么允许无辜者遭受不幸并和恶人一同死去呢？自先知阿摩司（Amos）以后，人们对这一悖论就很是熟稔。莎士比亚并不会问这样的问题。他笔下的历史不取决于天意，而是规律性当中的偶然因素起支配作用。他笔下的历史中，无辜者遭受不幸并不荒唐矛盾，那是人性邪恶、时运不济、多重不幸的巧合等因素共同造成的结果。其中没有意义可言，只有痛苦不幸。世界本就如此。历史就是这样。人性本就如此。

莎剧中有些预言应验了——比如说，亨利六世在年轻的里士满（Richmond）伯爵身上看到，他将会成为英国的救主。此类预言对于莎士比亚的观众来说很是重要，对我们来说也同样如此，尽管原因不尽相同。我们喜欢听那些定然会实现的预言，喜欢听定然会在适当时机应验的诅咒。我们喜欢探知角色的所愿所欲，在看到角色仍沉浸在满心的期待时，我们便获得一种满足感，并乐于陶醉其中。故此，我们这些观众听不到，甚至注意不到那些永远不会应验的诅咒或永远不会实现的预言。莎士比亚为何这样对我们？更准确地说，他为何让笔下的角色这样对待彼此？如果他和他的同时代人一样，明知道诅咒不会应验，为何还让一些人说出诅咒？同样地，他为何让笔下的主人公预言根本不会实现的事呢？

他若是让主人公们只说出日后一定会应验的预言，那他也就会对历史做出完整的预测了。[17]事实上，未应验的预言自有其目的，它们证明了历史性的未来（historical future）具有不可预测性。莎士比亚不会为了修辞效果而牺牲他所认为的历史真实。

此外，预测和预言在莎士比亚历史剧中所起的作用，远远不止于让观众的料想得到印证从而感到心满意足，它们刻画出了角色和情境之间的相互作用。那些处于极度绝望和痛苦中的人们预言敌人终将覆灭，自己的伟业终将胜利，但他们这样做不过是为了发泄自己的怒火与愤恨，增强对痛苦的忍耐，积攒面对死亡的勇气。在某些极端情境下，有人能获得更强的洞察力。想要复仇或吁求正义的强烈愿望，或者对荣誉和名声的维护之心，转化成了预言、诅咒或郑重的预测。这些人在死亡线上挣扎，或憔悴不堪，或穷困潦倒，或苦不堪言，像极了渴望救济的乞丐。他们乞求未来能给予他们辩白和补偿的机会，乞求未来不仅给予他们救济,更有充分的补偿。

莎士比亚的历史剧中还存在这样的情况:某一政治事件对某个角色来说十分重要,因而他将其称颂为人人都将铭记的伟大历史转折点。有些被极力称颂的事件的确被铭记为历史的转折点,但并非所有事件都是如此。如果剧中称颂的事件实际上不值一提,那我们对莎剧中相应的豪言壮语便无法感同身受。这种情况也是"人性的,太人性的"。我们必须时刻谨记,莎士比亚笔下的历史并非全然理性的。如果所有的预测都得以应验,我们就会有这样的错觉:历史中有规律可言,存在着某种历史"规律"。莎士比亚并不抱有这样的幻想。

不过,"莎士比亚的历史视野"这种提法仍不无道理。尽管莎士比亚的历史剧中没有宏大叙事,但他所做的不仅仅是呈现单独的历史事件。首先,莎士比亚讲述的都是他怀着历史诗学的目的,从涉及重要历史时期的系列事件中精心选取的故事。英国史剧涵盖了玫瑰战争的始末(它不是以《亨利八世》,而是以《理查三世》作为结束。《约翰王》则不属于这一系列)。我们不能说这是一段线性历史,因为既没有好的累积,也没有坏的累积。我们也不能说它是一段循环历史,因为也没有corsi e ricorsi[复演和回归]。①《理查三世》的结尾并没有回到《理查二世》第一场戏,回到所有故事开始的地方。但我们仍能从中得到一些教诲。人们在从事政治活动时,不能假装玫瑰战争不曾发生。莎士比亚并不会完全赞同黑格尔的观点,认为历史提供的唯一借鉴就是我们从中什么也学不到。莎士比亚尽管是个怀疑论者,却仍然坚信,[18]通过再现过去的故事,可以给女王警醒,让她避免重蹈她先辈们的覆辙。

---

① [译注]维柯(Giambattista Vico)在《新科学》(*The New Science*)中提出,历史循环的本质便是corsi e ricorsi[复演和回归]。

几部罗马剧的连续性没有英国编年史剧那样明显，但它们也组成了一个系列。《科利奥兰纳斯》中，民众第一次作为政治行动者出场。《裘力斯·凯撒》中，凯撒被刺后，民众的暴乱将事态引向了相反的方向，他们将诛戮凯撒的凶手驱逐出罗马。最后，从《安东尼与克莉奥佩特拉》中可以明显看出，屋大维精明与冷酷的政治手腕获得了民众的支持，他们如今已平静下来，相较于追求共和自由，他们对洗劫敌国更有热情。这一系列剧作也同样将历史引向了别处，因为我们并没有回到故事的开端。民众所拥有的问题多多的自由（它对莎士比亚来说当然是有问题的）一方面得到了维护，但从另一方面来说，也遭到了摧毁。贵族的世界已然逝去并被埋葬。英国史剧和罗马剧中，历史都朝一个方向发展，结果之一便是莎士比亚乐于见到的和平。里士满伯爵宣告“和平再现”，结束了《理查三世》的悲剧，奥古斯都（Augustus）也许诺内战结束后将迎来和平，迎来一个基督曾降生其中的世界。

通过在一系列历史剧中构建历史，莎士比亚得以区分历史与政治的不同。有人政治上虽然失败，长远看来反而是胜利者。失败可能成为教训，教训也可能转为失败。政治是短暂的胜利，历史却是长远的辩护。

从塑造人性的层面来看，莎士比亚给出了两座隐喻的阶梯：伟大的阶梯与道德的阶梯。一个人可能处于其中一座阶梯的高处，却处于另一阶梯的低处。例如，《哈姆雷特》中的哈姆雷特处于伟大阶梯的顶端，而霍拉旭处在道德阶梯的顶端。《裘力斯·凯撒》中的凯撒处于伟大阶梯的顶端，布鲁图斯则处于道德阶梯的顶端。尽管在喜剧中，这两座隐喻的阶梯常常合二为一，但我们仍能从中看到类似的等级秩序，因为悲剧和历史剧对于伟大有着与喜剧不同的评判标准。

另外一对隐喻的阶梯则是历史的阶梯与政治的阶梯，其中，莎士比亚笔下的人物也可能占据不同的位置。一个人可能处于历史阶梯的高处，却处于政治阶梯的低处，反之亦然。例如，理查二世处于历史阶梯的高处，波林布洛克（Bolingbrook）则处于政治阶梯的高处；科利奥兰纳斯处于历史阶梯的高处，米尼涅斯（Menenius）则处于政治阶梯的高处。这两座隐喻的阶梯也能够合二为一，而且，在少数几部剧作中，没有哪个角色最终能站到任一阶梯的顶端，真正地"抵达尽头"。因为莎士比亚笔下的人物从来不是预先设定好的：他们或是向下滑落，或是向上攀登；他们也会转过身来不再攀爬；他们还可能进行自我异化①[19]这些人物到底处于阶梯的哪个位置，我们只有等到尘埃落定时才能知晓。

无论是对政治失败做出的长远的历史辩护，还是关于短暂的政治胜利，我们都不能将其归因于天意或某种神秘力量的介入。对于一系列事件和历史记忆的衡量、区分、评判以及辩护，都是在非道德层面进行的。莎剧中并没有一个在幕后起作用的deus absconditus[隐匿的上帝]。通过将深奥的神圣正义的悖论(无辜者与恶人一同遭到毁灭)"世俗化"，莎士比亚的剧作中呈现出一种几乎无法预知的历史。

不过，如果历史无法预知，我又为何将莎士比亚与马基雅维利进行比较呢？毕竟，马基雅维利在政治史中建构起了一些规律性的东西。如果政治史中有规律性可言，那么人们就可以通过已有条件的必然性来预测未来的某些发展（"如果遇到这种情况，接下来就很有可能发生那样的事"）。我们也的确可以在莎剧中看到这类规律。不过，相比于规律性而言，莎士比亚更感兴趣的是某一行为的独特性，是人与人之间的(偶然)碰撞和互动，是不同个性间的相互影响，以及由此引发的对事

---

① [译注]自我异化（self-alienation）指个人与他们的真实自我、他们的本性和他们的意识的分离。它使个人失去了个体的完整性、独立性，成为陌生于自我的一种状态。

态发展的影响等等。莎士比亚在区分历史与政治时使用的历史显微镜与历史望远镜至关重要——例如，在区分某一行为或想法有着长远的理由，与这一行为和想法带来的惨痛的政治失败时。政治的衡量标准常常是行动的结果，而历史的衡量标准则是行动的品质。但一切不会回到开始，人们不可能在一系列事件中勾勒出一条单向的运动轨迹。

我先明确一下，什么是将神圣正义的悖论世俗化，以及“隐匿的上帝”的缺席对于莎士比亚历史剧的戏剧结构来说意味着什么。它意味着：历史中的一切都不依赖于神意的在场或缺席。这是希腊戏剧与莎剧最大的区别之一。这一点很是奇怪，因为甚至如莫里哀（Moliere）的喜剧《吝啬鬼》（*L' Avare*）和《伪君子》（*Tartuffe*）等较其晚得多的剧作中，神意有时仍会以deus ex machine［机械降神］的方式来解决无人能解的棘手难题。

尽管上帝作为行动者在莎剧的结构、行动以及发展中缺席，但上帝仍是其中强大的存在。他在信仰上帝之人的信念、想象和道德感中显现，也在他们良心发现、悲痛悔悟时显现。不过，此处只有一个世俗的舞台，即历史的、政治的、个人的舞台。这舞台就在我们中间，在此决定了行动的成败。不过，在这个舞台上，人们有着不同的行动方式，取决于他是抬头望天，还是只会低头看地。莎士比亚坚信，政治上我们不能仅仅抬头望天，因为政治舞台在我们脚下，而不是悬在空中。［20］但不时地抬起头来仰望，用万王之王、唯一审判者的律法来衡量自己的作为也颇有益处。此处虽没有超验的神圣舞台，但在历史舞台之上却有绝对的准绳和公义的判官。由此我们知道，莎士比亚笔下最重要的主人公何以（或许也是为何）有幸能在另一个舞台，即赤裸的生存（the naked existence）舞台上表演。

马基雅维利一直在区分合法君主的政治与非法君主的政治。合法君主有传统的力量和惯性作为支撑，统治起来较为轻松。然而在莎剧中，没有哪一个合法君主可以依靠传统或惯性成功进行统治。在莎剧中，有的合法君主(如理查二世)被迫让位，有的(如李尔王)主动让位，还有的(如约翰王[King John])被教皇逐出教会。此外还有许多合法的王储(主要在喜剧和非悲剧的剧作中)被迫流亡却奇迹般地死里逃生，在大团圆的结局中更奇迹般地重掌王权。利用武力、暴虐和奸计攫取权力的非法君主大多是合法君主的兄弟(如《哈姆雷特》中的克劳狄斯[Claudius]，《暴风雨》中的安东尼奥[Antonio]，以及《皆大欢喜》中的弗莱德里克[Frederick])。读者可能会好奇，为何手足相残或未遂的企图(该隐—亚伯模式)在莎士比亚的创作中如此重要——比弑父行径重要得多。在那些能成功统治直到其死去的英国君主中，只有亨利五世能申明拥有合法性，但他的合法性根基也相当薄弱。他父亲靠武力从合法君主那里篡夺了英国王位，而且他父亲认为他不适合坐上这个王位。时代脱了节。英国王位的篡夺者通过诡计和武力来攫取王权，他们知道自己所做之事名不正言不顺，却仍想维持表面的合法性。每个篡位者都能给出自己的继位谱系，都声称自己的确有王位继承权。

此处有两种权利相互冲突，哪一种都没能得到所有角色的认可。其一是赋予那些狡猾如狐狸、勇猛如狮子(或自认如此)之人的自然权利，他们比受膏的君王更适合坐上宝座。还有一种则是受膏为王者的权利(尽管他不像狐狸也不像狮子)，他的王位是从父亲及先祖那里继承而来的。篡位者依循自然权利(the right of nature)——即自然法——声称自己有权登上王位，因为最优秀(最合适)的人有权统治。然而，传统的力量太过强大，凭借自身力量登上王位的君主必须让他们的野心符合这一传统的要求，为此，他们也诉诸含混不清的谱系和来自先祖的权利。莎士比亚尤为强调这一点，例如，他在亨利六世的故事中便插入凯德(John Cade)叛乱这一小段讽刺剧。他笔下愚蠢的村野之夫凯德也要捏造自己的血统，声称自己有夺取王位的“合法性”。

时代脱了节，但以谱系为基础宣称王位合法性的观念依旧盛行。[21]上述两种权利相互冲突。一个人可以选择其中一种权利为自己的野心正名，但不能同时选用两种。莎士比亚笔下的许多角色事实上想同时利用这两者。合法性的危机即是进退两难（double bind）的危机。

在“玫瑰战争”系列剧作的最后，观众们听到了完全不同的乐声。里士满伯爵，即后来的亨利七世（Henry VII），号召士兵们抗击“这只恶毒血腥、横行霸道的野兽”，许诺自由与正义即将到来。他接着说：

> 一切都对我有利；凭神之名，向前进军。成功一旦在望，就像燕子穿空一样；有了希望，君王可以成神明，平民可以为君王。(5.2)

Sors bona, nihil aliud! [除了好运，别无其他！]此时他没有诉诸统治的合法性，而是诉诸废黜嗜血僭主的合法性：通过解放人民取得合法性。如此，他终结了进退两难的怪圈：在一个全新的舞台上，某人利用他的权力做什么比他怎样获得权力更为重要。这也是为何在《亨利六世》之后，莎士比亚再也写不了历史悲剧了。最后一部历史剧《亨利八世》可能算不得上乘之作。上述进退两难的境地，即两种合法性诉求之间不可缓和的对立，即前现代世界与现代世界的冲突，就是莎士比亚觉察、探究、诗化并使之不朽的悲剧情境。罗马剧中，合法性的问题表现为正当性与权利之间的冲突。在《科利奥兰纳斯》与《裘力斯·凯撒》中，旧有的（传统的）权利、正当性和体制与新兴的这一切发生了冲突，而在《安东尼与克莉奥佩特拉》中，莎士比亚在此之上还增添了东西方之间不可调和的矛盾。

但在提到的这几部剧中（以及诸如《哈姆雷特》《李尔王》《麦克白》等悲剧），悲剧都围绕着进退两难的处境中固有的冲突而展开。有私生子符合自然吗？像婚生的儿子一样看重他符合自然吗？推行严苛的法律来对抗自然本性符合自然吗(如《一报还一报》中的做法)? 侍奉邪恶或愚蠢的主人符合自然吗? 或者说依据自然行事就是指不计代价地一味保持忠诚? 一个女人出于爱教唆她丈夫杀人符合自然吗? 一个女孩听从父命而背叛情人符合自然吗? 哈姆雷特指责他母亲(除此还有别的指责)违背自然,因为她竟然背弃一个勇武英俊的男人(她的丈夫),而去选择一个丑陋不堪、毫无威严的鄙夫。雷欧提斯(Laertes)不会困于进退两难的处境,哈姆雷特却会如此。李尔给予他两个女儿以王位的合法性,并剥夺了小女儿的继承权。他的三个女儿都是反传统的:她们都依循自然法生活,从这个意义上看,三人之间并没有多大分别。唯一的区别就是考狄丽娅"生性"(by nature)纯良,而康纳瑞尔和里根天生恶毒。爱到底是自然法,还是权力或是性呢? 这些都是问题。莎士比亚之后还会有人一再提出同样的问题——例如卢梭(Rousseau)和萨德(Sade)。

时代脱了节。莎士比亚刻画了进退两难的处境和围绕它展开的悲剧。[22]这一两难处境尽管会将人撕扯,如它给哈姆雷特带来的痛苦,但它并不仅仅关乎个人。它还是历史性的,并成了许多莎剧(包括许多喜剧)中的政治暗流。

在历史剧中,"什么是自然的"这一问题首先围绕着自然权利与继承的权利(inherited rights)之间的冲突而提出,但莎士比亚从不会止步于此。提出有关自然权利的问题之后,就必须问"什么是人的本性"。但另一项权利的基础(即合法性意味着什么,传统是什么)是我们可以弄清的,或至少可以对其加以探究或解释,所以我们知道如何遵守传统权利带来的职责。在莎士比亚的道德准则中,履行传统权利带来的职责,归根结底就是维护个人的荣誉。对战士来说,英勇奋战就是他要履行的传统职责,如果他作战英勇,那他就维护了自己的荣誉。对共和党人(如布鲁图斯)来说,生时坚守共和国公民的美德,死时高贵正直,便是荣耀所在。我们可以轻松地复述亚里士多德的古老智慧:本性就是有着不同体质的人们所共有的东西。渴望依循传统生活是莎士比亚时代的人们共有的观念,但他有眼力洞察到另一些不同寻常的观念。这些观念极具挑战性、新颖有趣、富有活力。它们向诗人抛出了难以作答的问题。如果将一个人身上的传统剥去,还剩下什么？外表之下藏着什么？人的本性是什么？当说到“自然权利”或“自然法”时,人们淡然提及的人的本性是什么？“自然权利”或“自然法”又是什么？依据什么理由人们才能像对待传统和荣誉那样,也视自然权利和自然法为理所应当？

在他的悲剧和喜剧中,莎士比亚直面了人性的真谛(whatness)这一问题,人们经常提及人性的真谛,但它本身却隐藏在黑暗中。莎士比亚在这黑暗中点起了些许亮光。他探寻了人性最极端的情形。他知道对所有人来说,一切皆有可能,所有的“组合”都能成为备选,甚至不存在行为的限度。究竟有限度可言吗？我认为是有的,莎士比亚还会让我们一次次地回过头来直面这些限度。莎士比亚直面了诚实这一问题。诚实事关良心,事关听从良心的召唤。不过良心的内涵是什么？良心知道什么？它又如何知道它所知道的事呢？

两难处境并不是从伦理角度得出的判断,对于相互冲突的两种自然的概念,既不是两者都信奉,也不是只信奉其中一种,才造就了这一处境。莎士比亚笔下的许多主人公之所以伟大——此外还有许多别的特质——要么是因为他们不能在两种权利(对于自然的两种阐释)中做出选择,要么是因为他们同时选择了二者。哈姆雷特、李尔、玛格莱特王后(Queen Margaret)以及安东尼便是如此。莎剧中有多少个角色,就有多少种完全不同的复杂纠葛,也就有多少种完全不同的应对办法。[23]不过,莎士比亚笔下另有一些会做出选择的男女主人公——有时,他们只是纯粹地做出选择。他们并不是在善与恶之间做出抉择,而是在不同类型的善恶之间(对美德与恶行的不同解释),在落入或逃脱不同的圈套之间做出抉择。

意欲作恶的人们会把自然权利和传统权利——无论他们选择哪一种——二者都解释为他们作恶的许可或依据,而正派良善的人无论是认可自然权利还是继承的权利,都会把它作为他们行善的许可或依据,作为诚实或荣耀的支撑。莎士比亚并没有出于道德或非道德的目的理清对两种权利的诠释或自我诠释。"哪种权利最先出现"不过是个理论问题。没有什么东西固定是"最先"的,常有意想不到的事情出现。

不过,选择继承的权利还是选择信奉自然法的观念,这其中有着重要的区别。传统留给人们创新突破或重塑性格的空间较小。因此,一个完全承袭传统的人无论好坏与否,从不会在莎士比亚的剧作中占据中心地位。不过,在脱了节的时代,承袭传统的人也需要好的道德机运,因为天真可能要付出高额的代价。《皆大欢喜》中对奥兰多(Orlando)最忠心耿耿的仆人亚当(Adam)便是一例。奥兰多说:

> 啊,好老人家!在你身上多么明白地表现出来古时那种效忠精神,不是为着报酬,只是为了尽职而流着血汗!(《皆大欢喜》2.3.57-59)

亚当善良忠诚,但他运气也好:他的主人奥兰多是个正直之人,这才使得他那传统的("古时的")效忠精神没有错付。恶人也会有忠仆。毕竟,克劳狄斯有罗森格兰兹和吉尔登斯吞为他效力,和波洛涅斯(Polonius)一样,他们对他忠心耿耿。不过施虐成性的康华尔(Cornwall)公爵手下却有个奋起反抗他的仆人,对他说道:

> 住手,殿下;我从小为您效劳,但是只有我现在叫您住手这件

事才算是最好的效劳。(《李尔王》3.7.70－72)

仆人的话再次确证了传统的力量。为了这最伟大的效劳，他献出了生命。

以“自然的”传统观念为基础或导因的罪行和恶行，很少是由于受到强烈欲望和激情的驱使。这种情况下，罪行和恶行最具代表性的导因是作恶的人缺乏思考，或者把一切当作理所应当。对于那些不假思索就绝对服从、不问是非对错就随波逐流的人来说，丹麦并不是一所牢狱。

我此前说过，莎士比亚没有将两种自然观念的抉择呈现为善与恶的抉择。现在我想提出这样一个问题：在两种自然观念的冲突中，莎士比亚到底支持哪一方？他是认同自然权利理念中的自然观，还是认同自然即是传统这一理念中的自然观呢？[24]我认为莎士比亚极具求知欲，他总想要刨根问底，他提出的某个论点，总会有笔下的角色用生命去捍卫它。虽说如此，莎士比亚悲剧(以及大多数喜剧)中的主人公仍然都是无力摆脱两难处境的人，他们在传统与自然权利两种观念的助力下，进行自我诠释和自我创造。这一事实间接表明，莎士比亚认为在两难处境中苦苦挣扎的人最为有趣，他们的内心奥秘也最值得他去探究。

我且回过头来简要分析一下这两种自然观念。第一种自然观念中，传统即自然。女儿听从父命是自然的(因此奥菲利娅[Ophelia]和米兰达[Miranda]的行为符合“自然”，而苔丝狄蒙娜[Desdemona]、朱丽叶[Juliet]和考狄丽娅则违背自然)。妻子屈从于丈夫的意愿是自然的(因此提泰妮娅[Titania]拒绝满足奥布朗[Oberon]的愿望违背了传统)。兄弟之间彼此亲爱是自然的(因此亨利六世的皇叔们彼此仇恨则违背自然)，兄弟保护姐妹也是自然的(因此雷欧提斯的行为符合自然，克劳狄奥[Claudio]的做法则违背自然)。[①] 财产与名号由合法子孙继承是自然的，人们将生活过得完满是自然的，年轻人奋勇杀敌、战死沙场是自然的，人上了年纪寿终正寝也是自然的。一个人充分行使他的权力是自然的，但滥用权力则违背自然。宽恕他人也是自然的。“自然的”因此就等同于一个等级秩序，其中，受上帝膏沐的君王坐在无可争议的宝座上，每个人都有他天生的职份。人一旦出生，就拥有一个社会角色，他就必须竭尽全力做好份内之事，至死方休。上述等等对莎士比亚来说也是符合自然的。

第二种自然观念则认为，每个人凭借自己的才能而非等级取得成功才是符合自然的。我们的身体既然是自然的，那我们的灵魂也同样如此。因此，我们的野心以及希望凭借自然赋予的才能为自己谋得一席之地的决心也是自然的。听从欲望的驱使，爱上激发我们的欲望并最能取悦我们的人是自然的。我们生而自由，因而追求自由是自然的。“自然的”指的就是自然给予每个人的不确定的馈赠。上述等等对莎士比亚来说同样是符合自然的。

有序符合自然，失序也符合自然；传统和忠诚符合自然，追求个人自由以及实现个人的最优才能也符合自然。对莎士比亚来说，一切都符合自然——一切又都不合自然。

《冬天的故事》中，潘狄塔(Perdita)和波力克希尼斯(Polyxenes)的对话明确表达出了莎士比亚关于自然的最深刻的看法。潘狄塔说：“因为我听人家说，在它们的斑斓的鲜艳中，人工曾经巧夺了自然。”

波力克希尼斯答道：

① [译注]《一报还一报》中的弟弟克劳狄奥。他劝说姐姐伊莎贝拉献身给安哲鲁公爵，以此救他于囹圄。

> 即使是这样的话，那种改进自然的工具，正也是自然所造成的；因此，你所说的加于自然之上的人工，也就是自然的产物……这是一种改良自然的艺术，或者可说是改变自然，但那种艺术的本身正是出于自然。(《冬天的故事》4.4.87-98)

潘狄塔答道："正是如此。"

[25]波力克希尼斯又说："那么在你的园里多种些石竹花，不要叫它们做私生子吧。"(《冬天的故事》4.4.87-98)

这就是莎士比亚诗艺中的哲理：人性中不可能没有人工，人工也是人的自然本性，只要它是用自然本身的方法改造自然。一定限度内的人工就是自然，一定限度内的自然就是人工。每一朵小花都是世界的一座花园，历史既是自然，亦是人工。

花园中会长出迷人的"私生子"(即自然权利的观念)，就如同我们看到的那座隐喻意上的"皇家花园"，合法君主对它疏于照管，任其荒芜。因此我们从《理查二世》中读到：

> 我们那座以大海为围墙的花园，我们整个的国土，不是莠草蔓生，她的最美的鲜花全都窒息而死，她的果树无人修剪，她的篱笆东倒西歪，她的花池凌乱无序，她的佳卉异草，被虫儿蛀得枝叶凋残吗？(《理查二世》3.4.44-47)

无论莎士比亚的个人判断是什么，他笔下最令人着迷的主人公无论是好是坏、是悲是喜，都是打破传统的人。他们会质疑、对抗甚至嘲弄至少一件在传统秩序中被认为自然的重要事情，甚至经常是所有事情。接下来，我将用三段引文来简要阐明现代自然法或自然权利理论。说出这三段话的人，分别是莎剧中最为拥护这一理论的福斯塔夫(Falstaff)、朱丽叶和爱德蒙。

我们先听听战场上的福斯塔夫如何评价封建秩序下的主要传统美德吧。在论及为荣誉而死时，他说道：

是荣誉鼓励着我上前的。嗯，可是假如当我上前的时候，荣誉把我报销了呢？那便怎么样？荣誉能够替我重装一条腿吗？不。重装一条手臂吗？不。解除一个伤口的痛楚吗？不。那么荣誉一点不懂得外科的医术吗？不懂。什么是荣誉？两个字。那两个字荣誉又是什么？一阵空气。好聪明的算计！谁得到荣誉？星期三死去的人。他感觉到荣誉没有？不……荣誉不过是一块铭旌；我的自问自答，也就这样结束了。（《亨利四世 上篇》5.2）

我们再听听阳台上的朱丽叶怎么说的：

只有你的名字才是我的仇敌；你即使不姓蒙太古，仍然是这样的一个你。姓不姓蒙太古又有什么关系呢？它又不是手，又不是脚，又不是手臂，又不是脸，又不是身体上任何其他的部分……姓名本来是没有意义的；我们叫做玫瑰的这一种花，要是换了个名字，它的香味还是同样的芬芳……罗密欧，抛弃了你的名字吧；我愿意把我整个的心灵，赔偿你这一个身外的空名。（《罗密欧与朱丽叶》2.1.80－91）

最后我们再来听听爱德蒙的说法：

大自然，你是我的女神，我愿意在你的法律之前俯首听命。为什么我要受世俗的排挤，让世人的歧视剥夺我的应享的权利，只因为我比一个哥哥迟生了一年或是十四个月？为什么他们要叫我私生子？为什么我比人家卑贱？我的壮健的体格、我的慷慨的精神、我的端正的容貌，哪一点比不上正经女人生下的儿子？为什么他们要给我加上庶出、贱种、私生子的恶名？……合法的爱德伽，我一定要得到你的土地。(《李尔王》1.2.1–16)

[26]在分析上述这段话时，我们不妨先忽略爱德蒙的邪恶。像葛罗斯特公爵那样，[①] 爱德蒙也用自然法理论为自己的恶计辩解。爱德蒙之所以邪恶并非因为他是私生子，就像爱德伽之所以良善也并非因为他的合法出身(例如，《约翰王》中的私生子是个忠诚的、有魅力的角色，而恶毒的康纳瑞尔和里根则确实是李尔王的合法女儿)实际上，爱德蒙受到了羡慕与嫉妒之情的驱使。他之所以嫉妒爱德伽，不是因为他的合法身份，而是因为他善良。爱德蒙将他的羡慕、嫉妒和强烈的激情(他那渴望被爱的激情)升华成理性算计。用弗洛伊德的术语来说：爱德蒙身上没有超我(superego)，他的自我(ego)又十分脆弱，却又深受强烈的、自毁式的欲望和激情所苦。不过他也非常狡猾、极其精明，善于理性论证。他利用他的精明支撑起脆弱的自我。他通过上述强有力的辩解词，成功地强化了自我。爱德蒙并没有对他所作的恶加以辩解(这点与葛罗斯特不同)，这是我作此解读的依据。他的理由是，抢夺兄弟的财产，让自己成为唯一的主人本就合情合理，因为这些财产、地位和权力是他(天生)应得的，通过诽谤来夺取属于他兄弟的一切也属正义之举。有趣的是，爱德蒙甚至利用他父亲的爱来为自己辩白。

前引的三段话都是论证某一行为合理的论述，不过它们不仅仅针对单项行为，更是为一种整体的生活态度，为一种反抗传统的生活方式进行辩解。它们表明，人们已经没有理由再继续扮演传统的角色。他

---

① [译注]即后来的理查三世。

们给出了唯名论的论据。诸如“蒙太古”“私生子”和“荣誉”等等字眼不过是词语而已,并不是真实存在的事物。人们可把捉的自然才是真实的东西:如一条腿,一只手臂。身体才是人们可见的自然,才智才是人们可展现的自然,对生活、爱情、财富和权力的欲望才是人们可感受的自然。他们不在乎习俗、偏好、仇怨和友爱,也就不再关心过去。对他们来说,过去已不复存在,摆在面前的只有未来,那充满生机、爱情和权力的未来。未来支配了他们当下的行动。

这三段话否定了causa efficiens[动力因]的作用,否定了诸如“我是非婚生的,所以生来就是个私生子”或“我生来是凯普莱特家的女儿,所以憎恨蒙太古家族”或“我生来是贵族,所以就得为荣誉而生,为荣誉而死”的观念。这都不是他们本真的样子。他们只是他们自己,是他们天生的潜能和品性,以及实现潜能、成为自己原本样子的决心。他们也会依据他人的内在品性来做出评判。对朱丽叶来说,罗密欧不再是蒙太古家的人。对福斯塔夫来说,哈利王子(Prince Hal)不是个王子。对爱德蒙来说,只有里根和康纳瑞尔真实存在,他认为只有她俩和他是同一类人。这三人中只有福斯塔夫想错了。朱丽叶和爱德蒙的想法得到确证,福斯塔夫却大失所望。

朱丽叶、爱德蒙和福斯塔夫三人都利用理性来取消事物原本的合法性。[27]人们若想取消某物原本的合法性,就必须确立另一事物的合法性地位。他们三人都用自己的方式将自然、自然法和自然权利合法化。他们的理性与他们所处的那个环境的理性迥然不同。传统环境中的男男女女受制于幽灵,被诸如家庭、荣誉、忠于主人等虚名牵制和愚弄。

莎剧和古典戏剧一样,经常会给出剧中人物做出某些行为和决定的理由(此即dianoia[思考])。没有dianoia[思考],就没有我们所知的戏剧。莎剧中的这些理由和将之合理化的解释(无论以对话的形式或是独白的形式)都是为每个角色量身定制的。他笔下的角色常常将象征性的语词和价值术语(在唯名论者看来就是“空名”)作为其论证的工具、致胜的王牌和自我晋升的手段(我此前已提到历史剧中有一个代表性的例子,那就是有人为攫取权力而伪造合法性)。有些角色只有在面临抉择的情境下才会进行论争。有些人则在事后回顾自己的所作所为,为自己辩解。

朱丽叶与莎剧中多数陷入热恋的年轻女子不同的是,她没有用这些空名来进行自我辩白,而是坚决地否定它们。《终成眷属》中的海丽娜(Helena)巧妙地操纵传统,并在她未来婆婆的帮助下,利用传统最终赢得了她寻求的奖赏:她深爱之人的爱情。玛格莱特和萨福克(Saffolk)(他俩是依靠自己力量成功的人)拙劣地维护着表面功夫。两人的不正当关系再清楚不过,但他们仍坚持披上传统的伪装。朱丽叶和苔丝狄蒙娜却弃绝所有表面功夫:她们没有经过父母同意就与爱人私定终身。苔丝狄蒙娜在父亲无计可施后为自己的婚姻辩白。除此之外,还有其他类型的辩白。许多在战场上怯懦如鼠的贵族会借用荣誉一词为自己辱没荣誉的行为辩解。莎剧中还有一些聪明的恶人,他们有些依靠自我奋斗取得成功,有些有着贵族的血统,还有些人则心怀卑劣的野心(如伊阿古[Iago])。

莎剧中最复杂的角色既不会全盘接受自然法的观点,也不会是纯粹因循传统的人。他们在两难处境中苦苦挣扎,之所以如此,要么是出于道德原因,要么是因为他们肩负着独一无二的责任,要么是因为这两种观点都过于朴素,让他们难以接受。哈姆雷特身上同时聚齐了这三重“原因”。显然,莎士比亚笔下最聪慧的主人公并不是最理智的那个。

时代脱了节。历史中总充斥着理性和非理性。当理性与非理性相互混杂,当行动者不明白自己在做什么,甚至也不明白他人在做什么或做了什么时,时代便脱了节。

尽管莎士比亚的历史剧中充斥着谋杀(包括实际的和潜在的谋杀),几乎人人都可能成为实际的或潜在的受害者,但它们并不是侦探故事。[28]我们不清楚是什么动机激发了一个人的杀意,使他成了凶手,也不知为何有人就成了受害者。在这些故事中,意外、机运或偶发的事件被放大了。一系列事件的起因常常是某些偶然行为,从这个意义看,便无从寻找这些事件的原因。虽说如此,这一连串事件仍向着结局加速发展。这些漠视过去和现在的一连串事件最终也会在虚无中终结。麦克白被加封为考德爵士并被异教的女巫欺骗后,自语自语道:

> 我的思想中不过偶然浮起了杀人的妄念,就已经使我全身震撼,心灵在胡思乱想中丧失了作用,把虚无的幻影认为真实了。(《麦克白》1.3.138-141)

"把虚无的幻影认为真实"最为强烈地否定了过去对当下存在着影响,打破了决定论的束缚,坚决肯定绝对的自由和绝对的虚无。但我们知道,虚无只能产生虚无,"把虚无的幻影认为真实"是绝对的自欺欺人(科利奥兰纳斯在剧中第五幕也会认清这一真相)。希腊英雄无论受到阿波罗(Apollo)或皮提亚(Pythia)怎样的欺骗,也绝不会达到麦克白那样受女巫欺骗的程度。希腊神明给出的许诺从来不会激发人们追求绝对自由和ex nihilo[无中生有]的妄念,因为那不过是把虚无认作真实。但对艺术家来说,creatio ex nihilo的妄念可能被一时漠视,但永远不会磨灭。然而,在无中生有也是湮灭和自我湮灭的地方,creatio ex nihilo[无中生有]是一种绝对的非理性:它既非causa efficiens[动力因],也非causa finalis[目的因]。再没有哪场谋杀比麦克白谋杀邓肯(Duncan)更没有意义的了。但对麦克白夫人来说,它最初并不是毫无意义的。对她来说,这次谋杀行为并不是突然地、在它得到完成时瞬间丧失意义，而是随着时间逐渐丧失的。

这一点具有决定性意义。尽管剧中没有详细说明某人为何做某事，“有何目的”（例如，杀人的为什么是甲而不是乙），但每个角色都打上了他行为的烙印（branded）：他在（谋害、背叛、撒谎、利用他人等等）这条路上走了多远，他何时停手，这些都有着绝对的意义。他会走到一个节点，自此之后再也无法回头。一个人可以自我创造以及自我革新。他的个性逐渐展露，但也可以一切重来。但在走到某个节点后（莎士比亚的每部悲剧中都有这样的节点），这一角色将进入自由落体的状态，经历加速度。一旦开始自由落体，便再也回不到从前。故此，卢卡奇（Lukács）在《悲剧的形而上学》（收于其专著《心灵与形式》）一文中说，悲剧主人公一出现在舞台便已经死了。我并不认同这一观点。我认为莎士比亚笔下的人物在到达某个节点前仍可以自我革新。至于这一节点位于戏剧结构的什么地方，则是另一回事（例如，在《麦克白》和《李尔王》的第一场就出现了这个节点，《奥赛罗》中直到第三幕才出现）。一旦走到无可转圜的节点，便是自由落体的开始。自由落体的加速度一旦开始（如果真有自由落体的发生，因为这一情况并不时常发生），[29]从卢卡奇的意义上来说，悲剧主人公在这一过程中就已经死了。他们和死了没什么区别。

莎士比亚的历史剧和悲剧只在精妙程度上和侦探故事类似，就像数百年后陀思妥耶夫斯基（Dostoyevsky）的小说一样。这些剧中满是罪行和罪犯，充斥着“阳光下的罪恶”，以及霍拉旭所谓的“反自然的行为”（可以从双重意义上理解“自然的”一词）。还充斥着血腥、残暴、折磨，有罪有应得的恶人和无辜受害者，有复仇、惩罚，有时甚至还有正义。不过莎士比亚的悲剧和历史剧与精妙的侦探故事仍大有不同，因为与侦控故事不同，剧中的所有事件都是（或至少可能是）偶然发生的，毫无逻辑可言。在陀思妥耶夫斯基的小说中，我们虽然一时不能确知杀死父亲的是卡拉马佐夫兄弟中的哪一个，但我们能理解为什么老卡拉马佐夫(可能)会被杀。可我们找不到理查二世和亨利六世应被残害的理由(更不要说麦克德夫［Macduff］的妻儿了！)。且让我再次引用霍拉旭的话：

> 你们可以听到奸淫残杀、反常悖理的行为、冥冥中的判决、意外的屠戮、借手杀人的狡计，以及陷入自害的结局。(《哈姆雷特》5.2.334－338)

霍拉旭强调了悲剧具有偶然性、任意性和反常悖理等特征。这不是侦探故事，这是历史。

莎剧中，如果是蓄意的谋杀，那么观众通常会在杀人计划实施前就早已知晓。如果是事先没有预谋的谋杀，那么观众会同时站在杀人凶手和受害者的角度思考，并通过他们的行动知悉。如果是发生在过去的谋杀，那么观众和行动者通常处于同样的境地。在某些案件中，他们双方都不能确定是否真的发生了谋杀，如果大家都认可是谋杀的话，他们也都不知道谁是凶手。莎剧中那些发生在过去的谋杀，几乎都难以还原其事实。更准确地说，能否将其作为事实还原(as facts)并不重要。面对莎剧中的这一情况，我们可以请阿伽莎(Agatha Christie)笔下的大侦探波洛(Hercule Poirot)作证：实情并不重要，重要的是动用自己的“灰色小细胞”。托尔斯泰(Tolstoy)在批评莎剧的剧情缺乏合理性时肯定没有认识到这一点。

对于为什么这人成了凶手、那人成了受害者这个简单的问题，观众永远找不到一个满意的答案，无论凶手有没有向他透露些许端倪，无论他有没有亲眼所见，也无论他有没有参与挖掘那些过往谋杀案的实情。真相的面纱永远不可能彻底揭开。我们都知道莎剧的意涵无法穷尽，没有哪个阐释是终极的。对终极阐释的无望感，是我们和莎剧人物共同的感受。这点可能不那么显而易见。情绪激昂的哈姆雷特面对母亲时，至少三次对她的所作所为给出了不同的解释（他还可以继续解释）。[30]即便是冷酷无情、精于政治的屋大维，也至少三次对安东尼和克莉奥佩特拉的动机和品性给出了不同解释。而此剧便在此终结。甚至同一场戏中，针对主人公的某个动作和某句话，其他人也能给出各种各样的解释。奥赛罗在死前最后几分钟给出了最终的自我解释，只因为他死了，这才成了他的最终解释。我们不知道此时决心沉默不言的伊阿古是否认可奥赛罗的自我解释，甚至无从知道他身旁的其他威尼斯人是否认可。活着的我们对此既可以接受，也可以反驳，我们可以对奥赛罗进行重新解释（重新塑造）。我们没有必要按照字面意义去接受某个角色的自我解释，哪怕他像葛罗斯特（即理查三世）在独白中那样清醒坦诚。人们对自己、对自己的所作所为会多次解释，每次总是各不相同。从不存在什么终极确定的自我解释。

在莎士比亚的历史视野中，重要的不是事实，而是动用“灰色小细胞”：即用怎样的方式去认识、思考或想象事实。对他来说，最糟糕的历史学就是将对事实的某一种解释当作终极确定的。《奥赛罗》中的手帕事件便是一次教训。某人看到了一块手帕，他看到的是这一块手帕。手帕是一个物件，一个事实。它不在这儿或那儿，而是在某人手里或另一个人手里。注意到这块手帕并对它进行论述和思考，还不能称其为糟糕的历史学。糟糕的历史学是对某个事实只给出一种解释（此处的解释就是，苔丝狄蒙娜将手帕送给了她的情人），因为一旦这样做，就是将一个事实等同于这种解释和一种理论。最后的结果可能就是扭曲了事实。对奥赛罗来说，好的侦查工作就是要弄明白伊阿古或苔丝狄蒙娜等人脑中的灰色小细胞是如何运转的。可惜他只相信某件事的一种解释，最后才发现它根本不是事实。这让他成了杀人凶手，导致他最终的覆灭。

事情如何“真实地”发生？这一问题对于莎剧中的人物以及莎士比亚本人来说有着重要意义。但某件事“真实地”发生并不是指一个事实，而是说这件事有着多种阐释的余地。后来当上理查三世的葛罗斯特在《理查三世》一开场就是个狡诈的杀人凶手，到剧作最后，这一事实更是人尽皆知，主要因为理查（至少在莎士比亚的剧中）根本不会费心去掩盖他犯罪的痕迹。莎士比亚之所以要把这件事说得明明白白，是想让观众认可他极有说服力的阐释。但莎士比亚只限于对理查的行为作出阐释，至于理查的动机和品性，他则让我们尽情发挥想象力。不过，《理查三世》是莎剧中的特例。[31]在几乎所有其他剧作中，还留有许多不仅对观众来说，甚至对剧中人物来说也悬而未决、无法确知的未竟之事。

且让我们从故事的开头说起。玫瑰战争等一系列事件的导火索，是波林布洛克指控摩提默（Mortimer）谋杀了国王的叔父葛罗斯特公爵。他还暗指（并没有明说）国王是这件罪行的幕后指使。他当着国王的面指控摩提默，摩提默则为自己辩护，声称自己无罪。这一争端在剧中未有决断，我们也永远无法知晓葛罗斯特之死的真相。剧本开头的这场戏在第四幕第一场几乎得以再现，在亨利四世面前以几近喜剧的方式重新上演。奥墨尔（Aumerle）也被控以同样的罪名（巴各特[Bagot]将他告发）。此时摩提默已死，再没有活着的人证——只剩下那些相信（或愿意相信）这个故事某个版本的王公贵族。

这时就显出了“灰色小细胞”的重要性。莎士比亚刻画的角色依据信念或伪称的信念行事，他们把自己希望为真的事当作事实：这对他们来说就是事实。如果有谁憎恨摩提默，就会相信是他谋害了葛罗斯特；反之，如果人们认为摩提默谋害了葛罗斯特，也会因此而恨他。对信奉事实表象的人来说，表象即是真相。毫无疑义的事情少之又少，甚至根本不存在。哈姆雷特是莎剧中唯一想要获得整全真相的代表性角色,他无法容忍事实中掺杂半分虚假。他正好是奥赛罗的对立面:他想要不加阐释的“真相”,想获得绝对的确证。这种理智上的绝对主义与奥赛罗的愚蠢同样荒谬。作为观众的我们看得再清楚不过。如果克劳狄斯不向我们袒露他的秘密(我们听到了这位昏君的独自祈祷),我们也和哈姆雷特一样,永远不知道他是否对谋害老哈姆雷特心怀愧悔。事实的真相恰恰取决于哈姆雷特和我们都不可能听到的默默忏悔。莎士比亚在当下再现过去,在言说中再现思想。这个正在祈祷的邪恶之人身上的那个邪恶国王只是他的另一个幻影。但这重要吗？克劳狄斯之所以是凶手,是因为他成了凶手,而因为他成了凶手,所以他就是(且将一直是)凶手。角色的行事目的便决定了一切。

二　我是谁？盛装打扮与衣不蔽体

[33]时代脱了节。

莎士比亚历史剧和悲剧中的主角都要面对他们的同一性(identity)问题。有的人不知道自己到底是谁,有的人被两重或多重同一性撕扯着,有的人褪去自然的同一性成为新人,但也有些人或多或少地接纳了自己新的同一性。这些角色也要面对他人的同一性问题。他们不再对别人的德性信以为真,而是对其忠诚提出质疑,信赖别人前先要证明他们值得信赖,朋友(和敌人)得经过他们的考验。他们的可贵之处就在于对人性有着可靠的了解,这是相当难得的。

亚里士多德的实体同一性(substantial identity)的概念在此并没有多大帮助,因为我们在此讨论的本质(essence)并不是亚里士多德意义上的实体(substantial)。在亚里士多德看来,所有事物都归因于一个ousia[实体],但实体不能归因于其他东西。人是有限的单独实体。我们的实体性就是我们的同一性;每个人都是独特唯一的,其唯一性不能归因于其他东西。此外,一个人历经沧桑后,至少仍能在生物学意义上(如指纹)保持同一性不变,也还能在心理学意义上保持部分同一性。的确,*我就是我*,而不是*非我*。我是理查,生来就是亲王之子。我是亨利,生来就是国王之子。但这并不是我的同一性,而是组成我的同一性的原材料。

我的同一性里还包括什么?我的实体是什么?哪些东西构成了

我的唯一性？我的同一性中包含了我生为黑王子(Black Prince)爱德华之子这一身份吗？这一身份是本质的还是偶然的？尽管我有可能失掉这一身份，但我的实体还是我原来的样子，那么我是黑王子之子的事实还能构成我的同一性吗？如果我失去王位，那我身上还有什么是恒常不变的？是什么让我仍能是我？如果我年老时失去了一切曾坚信不疑并赖以生存的东西，是什么让我仍能是我？如果我认不出自己了，那我又是什么？

[34]《李尔王》中，李尔王身上有什么是一直"同一的"？什么构成了他这个人的"本质"(thatness)？他是一个国王("每一寸都是个国王")还是一个人？他是个什么样的人？我们猜测，在"人的实体"(ousia)中有着一些可能适时地实现也可能实现不了的潜能(dynamei)。只不过在莎士比亚笔下，人性中发生的一些突变并不能在其先前的潜能中找到根源。人们通常倾向于认为，潜能(尤其是那些强大的潜能)预示着一个人将来会成为什么样子。但在脱了节的时代中，情况则并非如此。莎士比亚笔下的理查二世、麦克白和李尔等人并没有成为他们本可能(潜在地)成为的人。原本是英雄的麦克白突然成为杀人凶手。李尔这个原本喜怒无常的父亲与君王突然变得与他原来的样子大相径庭。

每一种分门别类都破坏了莎士比亚构建的世界，因为严格说来，在这个世界中同一性至高无上。莎士比亚笔下的每个角色就只是他(她)自己。没有哪个角色有所重复；甚至没有哪个角色和另一部剧中的某个角色类似。正是由于同一性构成的复杂性，以及角色本身和他人的同一性问题，才有了这些不可预知、纷繁多样并且独特唯一的莎剧人物。莎剧中没有程式化的角色，没有谁可以简单地代表一群人(例如代表仆人或天真的女儿)，也没有谁可以单独代表某种美德或恶德，或代表某个社会角色(如叛徒)。

下面我想试着表明，在莎剧中，有三种至少在结构上互不相同的人格同一性，尽管我知道这样划分有过份简单化之嫌。前两种同一性可以粗略地用亚里士多德的实体（ousia）概念来表述，第三种则可以用莱布尼茨（Leibniz）的个体实体（individual substances）概念来表述。

前两种人物类型历经变化仍会保持其同一性。正如我们所知，这意味着每个人身上都有不同的潜能。有些潜能会适时地得以实现，有些则不会。在这种情况下，一个人的现在也可以说成是潜藏在（一个人）过去中的将来；每个现在都是从未来角度看到的这个人的现在。我们只需看一眼莎士比亚塑造的布鲁图斯就会明白，他将会做的事已经从他性格的潜能中展现出来。他拥有的keksis［品质］是坚定的道德感，这一道德感限制了他未来的行动，以及面对未来世事变化所做的反应。他的现在其实就是过去中显现出的将来。霍拉旭、波洛涅斯、塔尔博以及马伏里奥的种种举动也不会令我们感到讶异。

我列举到的几种迥然不同的人物个性中，同时包含了悲剧性的和喜剧性的。我所说的喜剧性人物并不是指他在喜剧中扮演了某个角色（许多出演莎士比亚喜剧的人并不是喜剧性的角色，反倒是有些出演悲剧的人具有喜剧性），［35］而是说他的实体，即其同一性是喜剧性的。马伏里奥和波洛涅斯都是喜剧性人物，两人的同一性都符合亚里士多德式的实体类型。如果一个人的性格历经诸多变化，但根深于恶行中的愚蠢仍不为所动，那他就是一个喜剧性的实体。尽管我没法在这一点深究下去，但我必须指出，至少在莎士比亚笔下，愚行（folly）和愚蠢（foolishness）在本质上大有不同；有些愚行会是神圣的，却绝不可能有神圣的愚蠢。

无论莎士比亚笔下的人物是喜剧性的还是悲剧性的，这种亚里士多德式的实体同一性（substance identity）都有两种不同的构成类型。在第一种类型中，一个人能历经诸多变化仍保持其同一性不变，这是由于他经历的是传统的人格形成。所谓传统的人格形成过程是指，一个人的同一性主要取决于他在相对稳定的世界秩序中所处的位置。塔尔博便是这类人中悲剧性的极致，波洛涅斯则是喜剧性的极致。而在第二种历经诸多变化仍能保有相对稳定的人格内核的人物类型身上，其同一性主要由他们的责任感和道德感构成。霍拉旭便是这类人中悲剧性的极致，马伏里奥则是喜剧性的极致。

在亚里士多德看来，实体和属性（即主词和谓词）位于存在阶梯上的不同层级。实体是第一存在（primary being），不能用其他存在对其进行表述。而诸如质量、数量、空间、时间、关系等其他类型的存在则是第一存在的属性。第一存在中所发生的变化，与存在本身（being-as-such）的第一范畴无关，[①] 那是存在的其他范畴发生的变化。如果“高贵”是某人的品性，那他无论是年轻还是衰老，是天真无知还是老于世故，是端坐王位还是囚于塔中或奋战沙场，他仍能保持同一性。按照这样的理解，属性只是一种偶性的存在（symbebekos），它们对第一存在来说是偶性的。这一模式可以用来描述此前提到的所有莎剧人物。

莱布尼茨的个体实体概念则与此不同。在莱布尼茨的哲学中，实体中包含着偶性，就像主词中包含着谓词一样（这是in esse［内在包含］的原则）。个体实体（如某个男人或女人）在生命中的每个瞬间都面临着无限可能性，面临着无数个不同的世界。他（她）的每一个选择和行动都意味着抛却无数个其他的可能的世界，只选择其中一个加以实现。紧接着，他（她）又得再次面对无数个可能的世界，也就是面对无限的偶然性。在这一个体做出选择或完成行动后，这一举动本身便会成为此人的一部分。但在付诸此番行动之前，它不是也不可能会是他的一部分。因此，一个人永远不会变成他过去所已经是的那个样子，因为他要

---

① ［译注］第一范畴即实体范畴。

变成的是他将来会是的样子。莎士比亚笔下诸如李尔王、麦克白和理查二世这样的角色便符合这种同一性的模式。

[36]现在我要回过头来讨论早前提到的一个观点,即不仅莎士比亚在探讨他笔下主要角色的同一性问题,这些角色自己在剧中也一度提出了同一性问题。莎士比亚经常通过展现角色如何将其自我问题化(self-problematization)来把这些角色的同一性问题化。两难处境(两种自然观念的冲突及其后果)通常决定了自我问题化的具体内容,但问题的类型和份量可能大有不同。有时世界的崩塌导致了自我的分崩离析;有时情况则恰恰相反。然而,即便自我的分崩离析是由世界的崩塌导致的(而非相反),世界的崩塌——以及随之而来的自我崩塌——却不仅是因为发生了可怕的事情,而是因为这件事可怕到超乎想象。

如果一个人能同时承受双重同一性的紧张关系,能忍受由此带来的内心的疑问,那么,问题化的自我所带来的重压对他来说就微乎其微。只要他们能忍受这种内在分裂,就仍能扮演好父亲、国王或者妻子的角色。非但如此,在他们自己看来,这种内在张力使得他们更为有趣。一个人的同一性突然或逐渐的失衡将会导致张力的产生,张力越大,越能促使他(她)对世界的理解发生关键性转折。因此,不仅别人无法预知他(她)的行动,他们自己也预料不了。最终,紊乱的自我完全分崩离析,他们的整个人生和世界便轰然崩塌。有时,自我同一性和世界同一性会同时瓦解。这就是疯癫。如果在同一性发生全面危机,世界轰然崩塌之后,有人尚能在废墟中苟活,重建一个哪怕摇摇欲坠的新世界,或者有可能的话,在这个崩塌的世界中找到新的支点,从而将自己从疯癫中解救出来,那他的疯癫只是暂时的。疯癫也可能是永久性的,像麦克白夫人和奥菲莉娅那样。人们可能会惊讶,这两个永久疯癫的人物恰好都是女人。

由于任何分门别类对莎士比亚来说都不太恰当,我就简要说明一下三种不同类型的同一性紊乱，即自我的问题化（problematizations）、混乱失序和世界崩塌，这三种类型分别对应着《亨利五世》和《哈姆雷特》两部剧（我在本书的其他章节没有分析这两部剧）中的三个角色。

《亨利五世》中的国王披上伪装，像外人一样地谈论起自己。这一情境至关重要。君王们通常在独白中表露出作为王者与想当普通人之间的矛盾情绪。他们永远不能直接对臣民说：

> 看哪，我其实跟你们一样！

夏洛克（Shylock）可以对威尼斯的基督徒说这样的话，因为他们和他一样都是平民，君王们却不能这样做。王权不仅仅是君王随意套上的一件华服。如果君王只从自然权利的角度来思考王权实质的话——[37]如果他认为王权不过是虚空、浮华和空名——那他的世界已然崩塌。只要他深谙王者的意义——正如亨利五世一直以来所表现的那样——那么，即便他也可能从自然法的角度去思考王权，他也只能在自己寝宫里悄悄地去想。成为君王当然不只是穿上一件华服那么简单。中世纪沿袭下来的传统观念认为，君王有两个身体：国王的身体与普通人的身体。身体当然不是衣服。故此君王不能以君王的身份直接对别人说：

> 我生来不过是个普通人。我只有一个属于我自己的身体，与你们的身体别无二致。

只有当伪装起来的亨利五世用第三人称谈论自己时，他才可以说出原本作为君王的他不能直接对士兵们说的话：他可以无视君王最为重要的王者的身体，像一个只拥有自然身体的普通人那样谈论国王。他对士兵们说（谈论自己）：

> 我认为——虽则我这话是对你们说——国王就跟我一样，也是一个人罢了。一朵紫罗兰花儿他闻起来，跟我闻起来还不是一样；他头上和我头上合顶着一方天；他也不过用眼睛来看、耳朵来听啊。把一切荣衔丢开，还他一个赤裸裸的本相，那么他只是一个人罢了；虽说他的心思寄托在比我们高出一层的事物上，可是在攫取什么东西的时候也还是用同样的翅膀向下猛扑。(《亨利五世》4.1.100-107)

至少他在这段话中表明，君王最为重要的王者身体就等同于荣衔。荣衔排场无关一个人灵魂的内在，不过是外在虚饰而已。只有高远的心思使得君王高出臣民一筹(并不是以君王的身份，而是作为普通人)，但心思再高远，他也还是个人。

对士兵们的训诫临近结束时，亨利五世说：

> 每个臣民都有为国效忠的本分，可是每个臣民的灵魂却是属于他自己掌管的。(《亨利五世》4.1.175-177)

这句话似乎与他之前间接承认自己不过是个普通人没什么关联。说出这番话的亨利五世像是个曾去威登堡(Wittenberg)大学求过学的学生，或者仿佛研读过霍布斯的《利维坦》(*Levithan*)一样(此书当时尚未问世)。这句话包含着一个关于良心的不可剥夺性的简短理论。毫无疑问，在莎士比亚笔下，这一简短的公式同时意味着对日常政治的干预——这是一则被翻译成关于政治权利的语言的路德教宣言，它宣扬的是良心的自由。亨利五世说起话来不像个国王，反而更像个将领，此时他好像只有一个自然身体，但似乎仍有着号令士兵的绝对威权。就其个人来说，他要对战争的罪恶负责，因为他是主将。但每个士兵无论行善还是作恶，也都要为自己的所作所为负责。这个亨利五世也同样可能是拿破仑(Napoleon),是一个现代的马基雅维利式的君主。

这段演说中看不到他身处两难处境的痕迹。亨利五世说起国王(他自己),就像在说一个被礼仪排场簇拥的人一样。这位国王紧紧地遵循着自然法的论断,即并不是礼仪排场赋予了国王统领众人的权力,而是国王的天性(高远的心思)使然。

[38]但亨利在独处时却态度大变,他开始陷入沉思,自言自语起来。他突然不再轻松自信地谈论君王作为人的本质,而似乎备受自怜和怀疑的折磨。我们如果将亨利四世(《亨利四世》下篇3.1)、亨利五世和亨利六世三人独白中的本质内容挑出来,就会发现他们的反思有许多相似点。他们三人都在哀叹王权的重负,都向往臣民们享有的心绪平和。不过这些相似点只是表面的,一是因为,只有在三人各自的情境中,我们才能理解他们话语传达的信息,二是因为,我们对这些独白的阐释只不过解释了说话人某一瞬间的想法。在已经知道亨利四世既往历史的情况下,我们在听到他抱怨统治的重担时并不会受到多大触动,觉得那都是些不当的自怨自艾。毕竟,波林布洛克之前为了攫取王位无所不用其极(包括派人杀害合法国王),等王冠到手后才发现自己难堪重负。亨利五世和亨利六世则生而为王。且听听亨利五世是怎么自言自语的吧:

> 随着“伟大”而来的,是多么难堪的地位啊;听凭每个傻瓜来议论他——他们想到、感觉到的,只是个人的苦楚!做了国王,多少民间所享受的人生乐趣他就得放弃!而人君所享有的,有什么是平民百姓所享受不到的——只除了排场,只除了那众人前的排场?……啊,排场,让我看一看你的价值是多少吧!你凭什么法宝叫人这样崇拜?除了地位、名衔、外表引起人们的敬畏与惶恐外——你还有些什么呢?你叫人惶恐,为什么反而不及那班诚惶

> 诚恐的人来得快乐呢？……不，不管这一切辉煌无比的排场，也不能让你睡在君王的床上，就像一个卑贱的奴隶那样睡得香甜。一个奴隶，塞饱了肚子，空着脑子，……就再不看见那阴森森的、从地狱里产生的黑夜。(《亨利五世》4.1.230-268)

我们相信他的话吗？问题不在于我们是否同意他说的话，或者说，不在于是否相信这些话是“真的”，而在于是否相信这一独白出自真心实意。像亨利五世这样的君王(曾经的哈利王子，福斯塔夫的同伴)真的会有如此感受吗？当他这样解释自己，剖白自我感受时，我们认可他的诚意吗？

读者只能捕捉到其中老生常谈的说法：权力不能带来幸福，所以那些畏惧我(君王)的人比我还要幸福。不信这套说辞的人发出疑问：如果无权无势反而比位高权重更能给人带来幸福，那他为什么还抓着这权力不放？但考虑到亨利五世的人生经历，这个老套的问题很难轻易作答，如果考虑到历史或政治的情境，就更不能给出答案了。但恰恰只有站在历史和政治的角度，我们才能对君王的想法和行动进行讨论。

我们从亨利五世的生平中了解到，这位君王对于无权无势之人的感同身受并不是单纯出自想象，他对此有着切身的体验。[39]还是哈利王子的他是个浪荡子，是他父亲的耻辱，他与妓女和小偷为伍，身上有着“下层”人民的美德，也沾染了他们的一些(并非全部)恶习。事实上，在这个“下层”社会中，他感到快乐自在。哈利王子睡得香甜，不用负担什么责任，过着无忧无虑的生活。他只活在当下，心情舒畅、机智有趣。在他曾试图选择的这种生活中，除了人格的力量之外，完全没有其他力量的干扰，他在其中觉得随心自在。

但当代的观众会对他提出进一步质疑。亨利后来自愿接替王位，放逐了老友福斯塔夫，他现在鄙弃排场，日后恰恰成了最讲究排场的人(man-of-the-ceremonies)。从政治层面来说，这种质疑毫无意义。有王国存在，就必有君王来掌权。要么是亨利当国王，要么是他的弟弟，总得有人戴上王冠。此时两难处境的难题出现了。哈利王子十分清楚他父亲是个篡位者(他还向上天乞求原谅)，他也知道，只有确保王位的合法性才能使国家免于内战，至少必须从现在开始确保。他一方面不可能弃位，毫无愧疚地让弟弟去执政，这实在是最不负责任的做法。另一方面，他知道如果混迹下层民众中能获得对人性的些许了解，那他身处高位时就能从这一知识中获益。这并不是因为沾染了底层民众身上的一些恶习后，他能闪耀身为强权者的德性光辉。

用这种方式来解释哈利所作所为的人并没有真正理解他所说的自然权利(我们一样都是普通人)。或许应该反过来解释，至少意思更为准确：在体验并了解了下层民众那些不足道的美德和恶行之后，哈利才能更好地理解高尚的美德，看出强权者危险可憎的恶德——因为在强权者身上，美德可能更为闪耀，但恶德却也更残忍可怕。与拉希德(Harun al Rashid)不同，[①] 哈利王子无需微服私访去探查民众的心愿、忧惧和所受的不公。因为他切身体验过民众的生活，对这一切已了如指掌。但他为什么背弃福斯塔夫？有福斯塔夫作伴，国王就不成其为国王了吗？他为什么说出“我不认识你，老头儿”这句忘恩负义的恶语，这句众所周知在圣经中代表着背主的话(《亨利四世》下篇5.5.47)？

---

① ［译按］哈伦·拉希德(Harun al Rashid，约764－809)阿拉伯帝国阿拔斯王朝最著名的哈里发，因与法兰克的查理曼大帝结盟而蜚声西方，更因世界名著《一千零一夜》生动地渲染了他的许多奇闻轶事而为众人所知。在他统治的23年间，国势强盛，经济繁荣，文化发达，首都巴格达成了阿拉伯帝国的政治、经济、文化中心和文人学士的荟萃之地。

这是因为,作为福斯塔夫同伴的哈利永远不能成为亨利五世。抉择摆在面前,亨利做出了政治的选择。他选择扮演起历史角色,承担起历史责任。他背弃了福斯塔夫,也抛却了年轻时的自己。正是在这一关节点,他接纳了两难处境。亨利玩这出游戏时遵循了马基雅维利的准则。他将福斯塔夫当作工具加以利用。他需要将自己塑造成表率,变成一个公共人物。而要成为公众人物,成为体面人,[40]他只得弃绝只属于私人的那部分自我,还得背弃他的老友福斯塔夫——此人见证并陪伴他度过了这段私人生活。作为君王,他别无选择。

在礼袍加身的那一刻起,亨利就接纳了两种自然观念、两种权利以及两种责任之间的张力,接受了人格中的分裂撕扯。他说:

> 这一件富丽的新衣,国王的尊号,我穿着并不像你们所想像的那样舒服。兄弟们,你们在悲哀之中夹杂着几分恐惧;这是英国,不是土耳其的宫廷。(《亨利四世》下篇 5.2.44-47)

他意识到这件新衣他穿上还不合身。但这是由小哈利继承自老哈利的王位,这保证了他统治的合法性。

穿上新衣,"盛装"(dressing up)为王的哈利成了一个冷酷无情的人。他对福斯塔夫说的话很是冷酷:

> 我长久梦见这样一个人,这样肠肥脑满,这样年老而邪恶;可是现在觉醒过来,我就憎恶我自己所做的梦。(《亨利四世》下篇 5.5.49-51)

"觉醒"一词是变成另一个人的宗教隐喻。在变成另一个人的过程中,哈利摒弃了福斯塔夫。他尽管没有明说,却也暗暗表明他同时摒弃了从前的自己。他与过去的自己分道扬镳,只是并不十分彻底。他

(对福斯塔夫)说：

> 不要以为我还跟从前一样，因为上帝知道，世人也将要明白，我已经丢弃了过去的我。(《亨利四世》下篇 5.5.56－58)

这句话的主旨是“世人将要明白”。公共生活与私人生活最大的不同就在于，世人怎么看。这里最能表现哈利决绝的冷酷无情。亨利五世从一开始就是个马基雅维利式的君主。

不过他没有完全弃绝过去的自我，否则我们就无法理解他为何会用“排场”(ceremony)一词来作为王权的象征，无法理解他为何在独白中对金银珠宝、王位头衔以及浮华虚饰不屑一顾。不过亨利五世真的艳羡平民享有的心绪平和吗？他真的想要普通人享有的平静与安眠吗？字面意思让我们这样理解，弦外之音却不是这个意思。我们如果仔细聆听他的弦外之音，就会听出亨利五世的意思：他毫不介意在君王的床榻上忍受可怕的黑夜，因为他毕竟是躺卧在君王的床榻上。他并不真的艳羡那些做着美梦的奴仆，因为他睡得再香甜也还是个奴仆。伟人的生活就是公共的、充满重负的、被撕扯的生活。快乐的普通人肉体满足，灵魂却空虚，伟人的肉体虽不得满足，灵魂中却满是骄傲、宏图和大业。肉体永不知餍足，灵魂却可以充盈。张力才是生活本身。治人总好过于治于人。在刚才引用的那段独白中，亨利五世实际上表达了对幸福满足、心绪平和以及一夜安眠等等享乐的蔑视。他甘心用它们换得伟大与不朽之名。亨利和黑格尔一样，认为世界历史并不是一片乐土。[41]但亨利却乐于居于此处。

亨利在独白中虽然谈及王权，但他主要是在将私人生活与公共生活进行对比，他比较了私人生活的幸福与公众生活的伟大。他的牢骚抱怨之下掩藏着自鸣得意。这不是亨利四世那样的自怨自艾。亨利五世是由衷的吗？就他说出心中所想的方式而言，他是由衷的，因为他是用反讽的方式表达出来的，或者说至少同时带着嘲讽。但话的字面意义并不是他真正的想法，从这个角度看来他又言不由衷。只有亨利六世说出的话正是他心中真实所想，因为他想要完全摆脱身上的公共责任。

《亨利五世》是部政治历史剧，不是家庭剧(连国王的求爱也是仪式性的)。它也不是出悲剧，因为亨利可以很好地应对两难处境。他的灵魂中有一种张力，一边是作为自然的人的哈利，一边又是英国国王“老哈利的儿子，哈利王子”，他的第二重身份限制了其第一重身份。亨利就这样进行了自我革新。

亨利只进行了一次自我革新。接着他便发挥才能，成长为他原本所是的人。他身上的dynamis[潜能]得以energeia[实现]。哈姆雷特遭遇的两难处境则更为艰难。他生活在无休止的张力之中，至少要同时听命于两个主人，总在不断地进行自我革新。事实上，墓地那场戏之前的几乎每一场戏里他都在自我革新。他的变化让他母亲、奥菲利娅、观众乃至他自己都感到惊讶(除了霍拉旭，因为他不会对任何事情感到惊讶)。墓地那场戏之后，哈姆雷特终于不再自我革新，而是听命于天意。

我们想象得出来在威登堡求学时的哈姆雷特是什么样的吗？或许可以试想一下。他一出现在剧中已是满脸惊愕，因为遭受巨大创痛而神情凝重，沮丧消沉。在国王、王后、爱人以及众朝臣看来，他与往日大不一样，我们可以据此推测，他从前一定是个幽默风趣、才华横溢、能文能武的佼佼者，他肯定谈吐优雅、乐观向上，一点儿也不阴沉忧郁。霍拉旭、罗森格兰兹、吉尔登斯吞、伶人以及奥菲利娅记忆中的他本是这个样子。听听奥菲利娅的感叹：

> 啊，一颗多么高贵的心是这样殒落了！朝臣的眼睛、学者的辩舌、军人的利剑、国家所瞩望的一朵娇花；时流的明镜、人伦的雅范……这样无可挽回地殒落了。（《哈姆雷特》3.1.153－157）

哈姆雷特在威登堡求学，这一点也颇有深意。威登堡这座城市代表着路德（Luther）和路德教。路德坚持不懈地讨论人类灵魂的内部结构，坚持不懈地宣称人sive iustus et peccator［同是义人和罪人］，他教导人们，一个人越是深入地探查自己的灵魂并且越有德行，就越能发现潜藏在自己品性和灵魂深处的可怕罪恶。如果我们相信哈姆雷特的朋友和恋人对他的印象，那么在威登堡求学的岁月并没有根本改变哈姆雷特的心性，［42］只是决定了他对创痛的反应。我想起了信仰路德教的年轻人常会有的精神状况，他不仅质疑世界，还会质疑自己，会把过错放大成罪恶，发现旁人不曾留意的恶行。这正是弗洛伊德提出的，人们对道德次序产生逆反心理时会有的精神状态：为了暂时从罪恶感这种非理性的情绪中解脱出来，而真的变得有罪。

在公共的恶与私人的恶难以区分的剧作中，这种精神状态得以强化。王室的家庭剧就是公众的戏剧，其中发生的每件事都是国家大事。但哈姆雷特的家庭不仅是个讲究繁文缛节的王宫，还充斥着性爱与情感的张力，以及相互冲突的责任。这部剧也关乎个人的私密生活，它也是含混的：善举和恶行尚被遮掩，欲望和疑心尚未昭然。国王和王后的私生活成谜，旁人根本没有机会洞察。不过克劳狄斯与乔特鲁德（Gertrude）之间的性吸引对这部剧来说不可或缺。乔特鲁德是克劳狄斯的唯一挚爱，我们甚至可以猜测，他杀死自己的兄弟不是为了夺取王位，而是为了占有她。也正是出于对乔特鲁德的爱，克劳狄斯才没有用马基雅维利式的手腕立即杀害年轻的哈姆雷特，除掉这位王位的合法继承人。乔特鲁德显然也在情欲上依恋着她的第二任丈夫,有着强烈的性瘾。深刻洞察人性的哈姆雷特注意到她耽于色欲。这就是为何他建议母亲应该戒除性瘾:

> 您要是今天晚上自加抑制,下一次就会觉得这一种自制的功夫并不怎样为难。(《哈姆雷特》3.4.153-154)

毋庸赘言,希腊的悲剧作家在刻画克吕泰涅斯特拉(Clytemnestra)与埃癸斯多斯(Aegisthus),或俄底浦斯(Oedipus)与母亲伊俄卡斯忒(Jocasta)的关系时,并没有暗示他们之间有性吸引,更别提有性瘾了。我们在古希腊戏剧中——除欧里庇得斯的少数几部剧外——看不到私人领域与公共领域之间的张力。事实上,希腊语的oikos[家庭]一词指代的并不是现代意义上的个人领域,更不是私密领域。但在莎士比亚的时代,私密领域和私人领域已有了相对的独立性。例如,在莎剧中,在公共场合表露的爱仅仅是仪式性的——如亨利五世的求爱——而公共人物或政治人物真挚的爱情和欲望则被刻画成非法隐秘、见不得天日的颠覆性力量。然而,在呈现两个领域之间的冲突时,莎士比亚很少刻画那些非仪式性的爱遭遇的失败,亦即本质上发生在私人领域或私密领域的悲剧,也很少刻画公共领域的悲剧。直到后来的古典悲剧中,这一点才具有代表性,如《熙德》(*Le Cid*)、《贝蕾妮丝》(*Berenice*)和《布里塔尼居斯》(*Britannicus*)等剧。莎士比亚笔下可能只有《哈姆雷特》和《李尔王》两部剧从各个层面来说都是悲剧。这两部剧中,公共领域发生的悲剧强化了发生在私人—私密领域的悲剧,反过来也是一样。正是这种强化,[43]使得哈姆雷特和李尔的悲剧如此彻底,如此现代。但即便在这些剧作中,最主要的冲突也并不是个人领域与政治领域的冲突。

在莎剧中,人格有两个象征(symbols):名字和面孔。它们不仅是象征，也是记号。人人都知道名字和面孔是识别人的记号。我们如果在街上碰到某人，可以凭面孔认出他（她）来，如果听别人提起某人，可以凭名字知道说的是谁。古希腊悲剧的重要的相认场景中，兄弟姐妹之间（如俄瑞斯忒斯与厄勒克特拉、或俄瑞斯忒斯与伊菲革涅亚[Iphigenia]）即是凭记号相认。不过，记号让他们认出的是对方的名字。原来你是俄瑞斯忒斯，那你是我的兄弟；原来你是厄勒克特拉，那你是我的姐妹。莎剧中类似的相认场景常常发生在喜剧和非悲剧中。不过对莎士比亚来说，名字和面孔有着更广泛的象征意义，它们不仅是身份识别的象征符号，也是自我认同的参考。莎士比亚在许多剧作中都运用了这些象征符号，其中以《理查二世》最为突出。我在后面会单独讨论这部剧。不过就哈姆雷特而言，我们很难忽视他的身份同一性游戏所具有的意义。

总的来说（但并不是每部剧都如此），在莎剧中，名字象征着传统权利，面孔则象征着自然权利（从我之前引用的几段台词可以看出，罗密欧与朱丽叶提到了前一种情况，爱德蒙则提到了后一种）。

哈利王子是老哈利的儿子，小福丁布拉斯（Fortinbras）是老福丁布拉斯的儿子，哈姆雷特则是老哈姆雷特的儿子。继承名字的同时他们也获得了合法继承权。对哈利王子和福丁布拉斯来说确定无疑的事，对哈姆雷特来说也同样如此。他本应是王位的合法继承人，克劳狄斯（这是另外的名字！）的继位已经挑战了继承的权利。哈姆雷特注意到了这一点，并因此感到烦扰。他是他的名字，但又不只是名字，他还是他的面孔。哈姆雷特永远不会面临（face）哈利王子的选择：去改头换面（change face），为了实现名字的完整意义而变成另外一个人。同样地，亨利五世也不会面临（face）母亲改嫁给篡位的叔父，而后者可能正是杀父凶手的境况。哈姆雷特若处在亨利的境况中，很可能会和亨利有些相似，但他永远不会成为福丁布拉斯那样的人。福丁布拉斯——

哈姆雷特的说法让我们对他有所了解——从未陷入过两难境地。他就是福丁布拉斯，是老福丁布拉斯的儿子，是一个“名字”，一个简简单单的传统主义者，他信奉战争与荣誉，是个片面的、一维的角色。哈姆雷特曾对霍拉旭（他的另一个自我）表达过他对福丁布拉斯的看法，他看待福丁布拉斯就像亨利五世看待睡得香甜的奴仆一样，字面意思好像都是想成为对方那样的人，但言语之间又带着一丝反讽。就像亨利不愿为了一夜安眠而失掉伟大一样，哈姆雷特也不愿为了维护名字的荣耀而将他的良知、才智、内省和复杂性统统抛却。[44]正如我们在剧末看到的，哈姆雷特本可以成为一个好国王，一个不同于福丁布拉斯而可能比亨利更深沉、更会自省的好国王。但这已不可能实现了。

戏剧一开始，哈姆雷特就陷入了两难处境。他既不能做个普通人（回到威登堡），也无法进入他的公共职位（当上国王）。这一两难处境并非既是重负也是机遇，它只是重负而已。我们见到哈姆雷特时，他像亨利那样已经进行了自我革新，不过用的是更加“现代”的方式。亨利要对他的名字负责，为了履行捍卫名字的职责，他要将自己的真面目掩藏起来。哈姆雷特也要对他的名字负责，却以失败告终，因为他越来越显露出自己的真面目，显露出他那张忧郁者的脸。亨利的真面目虽越来越清晰，他却能将其掩藏起来，从而掌控两难处境。同样的两难处境却将哈姆雷特撕扯得支离破碎。

所有对哈姆雷特进行阐释的学者都提到他勤于自省，从不放弃对灵魂的探寻，有着想了解真实自我的强烈热情。“我是谁”的问题总萦绕在他心头。其实这个问题暗含着两个子问题。其一，我是哈姆雷特，是老哈姆雷特的儿子，这样的我要肩负哪些责任和义务？其二，我只是我自己，一个有着明确喜好和善恶的独特的人。这样的我有什么责任或义务？我首先对自己，其次对他人负有哪些责任？哈姆雷特想要承担起他的名字赋予他的重任，想维护自己的荣誉，以免使其蒙羞。但他又只想听从内心良知的召唤。只是，良心与外在荣誉无关，却与正直密切有关。至于别人都可以看到的面孔呢？这幅哈姆雷特的面孔就是他自己。但别人看不到这幅面孔之下藏着什么，他们读不懂，也不应该去读懂。读懂某人的脸意味着看透了他内心深处的秘密。我们仔细观察哈姆雷特后发现，实际上他有专门的途径去了解自己，他无需镜子就能看穿自己。

在这部剧的前三幕中，哈姆雷特沉浸于这一发现。他总觉得自己既是罪人也是义人(sive iustus et peccator)。不过，他并不是从"我们都生而有罪"这个意义来理解自己是个罪人的。这个问题对他来说是：我为何有罪？我犯了何罪？他剖析自己的罪过，探索灵魂内部的构造，迫切想知道自己是什么样的人，想知道自己是谁。但他靠自省永远找不到这个答案，一是因为他总在不断地变化，二是因为痛苦的自省过程也促使他发生变化。

哈姆雷特身上最主要的分裂就是两难处境的分裂，许多其他的分裂都围绕它产生。他自知如果仅听从良心的声音，他就维护不了自己的荣名。[45]他生来就是要将脱节的时代重整的，因为他生来就是老哈姆雷特的儿子，是丹麦王子哈姆雷特。但"良心使我们全变成了懦夫"(《哈姆雷特》3.1.85)。他大呼："啊！我竟是这样一个恶棍、蠢汉！"(2.2.552)还在这段独白中骂自己是个蠢材。伶人那场戏之后(《哈姆雷特》2.2)，他又骂自己是恶棍、懦夫。莎士比亚笔下没有一个角色像他这样，用如此愤恨的自省折磨自己。他真是这样不堪的人吗？他之所以做出这样的评价，是因为他用一套过于简单、片面的荣誉标准来衡量自己。(良心使他成了懦夫)但他是个有良知的、独特的人，他必须考虑是非对错并进行自省。他必须认识自己。

哈姆雷特对奥菲利娅说：

> 我很骄傲,有仇必报,富于野心,我的罪恶是那么多,连我的思想也容纳不下,我的想像也不能给它们形像,甚至于我都没有充分的时间可以把它们实行出来。(3.1.126–129)

他真是这样的人吗?如果只用他的良心作为标准来衡量的话,那他的确如此。哈姆雷特描绘了灵魂失序的样子——只要真诚地探查自己,每个人都能在自己身上发现这种无序。

自我折磨或自我贬损是自我异化的表现。哈姆雷特的一个自我异化了另一个自我,而他所有将其重新组合并修复破碎自我的努力都是徒劳,这是因为他亲手扯断了两个自我之间的那根连接线。哈姆雷特无法凭一己之力重组自己的人格。我并不是说,他的自我折磨会因人格重组而停止,他对自我的探求更不会因此减少,但这会使他保持相对的清醒,从而能更好地应对痛苦和恐惧。在剧中的某些时刻,哈姆雷特的自我看起来与它自己(他的另一个自我)以及整个世界完全疏离,这时他的精神状态已近乎疯癫。

一个人将他人当作镜子,从中可以看见自己。如果所有的镜子映照出的都是一张丑陋发狂的脸,那他就几乎不可能全然漠视这一扭曲的形象。对哈姆雷特来说差不多就是如此。在他装疯之前,朝堂上的人就已觉得他行为失常,这让他哪怕头脑清醒也难以坚持。他曾确信:只有我才是正常的,只有我知道对错,只有我知道真相(告诉我这一真相的幽灵可能还是魔鬼差遣来的),但这种确信感非常脆弱,轻易就会崩塌。哈姆雷特是装疯还是真疯?这是个伪问题。一个人若装疯,若选择用疯癫的伪装示人,这就已经说明他与世界疏离了。哈姆雷特无疑想通过疏离世界使自己免于完全的自我异化:这就是为何说他的疯是装疯。但他又与疯癫进行友好的对话,在某种意义上来说,他就已经疯了。他只要怒火中烧,就有疯癫发作的迹象。例如,哈姆雷特在怒斥母亲时看到了父亲的鬼魂，[46]这显然是他的幻觉。但发作归发作，哈姆雷特并没有疯。非但如此，随着剧情的展开，他变得越来越清醒。最后一幕中，他在将死之前则完全清醒了。我此前提到，墓地那场戏之后，哈姆雷特再次进行了自我革新，但这次革新有一个前史可寻。

哈姆雷特竭尽所能地保守内心的秘密，不允许他人窥探自己的内心世界。从字面意义来看，装疯其实也是自我防御。相比于保护身体免于受伤和死亡的威胁，他更在意保护灵魂免受他人的入侵。但他又无法隐姓埋名地过活，所以必须给别人一些示意。即使是最卑劣、最狭隘的朝臣也能捕捉到一丝迹象，像波洛涅斯就注意到哈姆雷特的疯言疯语里还是有些条理可循。哈姆雷特在自我封闭和自我揭露、理性和非理性之间来回切换，但这出装疯卖傻的游戏并不幼稚无聊。在玩这出游戏的过程中，哈姆雷特将自己从丹麦王子“哈姆雷特”这个名号中解脱了出来。疯子可以为所欲为，他不需要再讲究什么礼仪，可以毫无顾忌地表达怨恨和轻蔑。哈姆雷特是为了获得自由和自主，才出此装疯的下策。疯子可以摆脱所有职责，除了那些只有他自己知道的、对良心应负的责任。然而，哈姆雷特尽管摆脱了丹麦王子之名，却仍然只能以丹麦王子哈姆雷特的身份，以王位的直接继承人、老哈姆雷特之子的身份玩这出装疯的游戏。

好在，哈姆雷特有幸拥有一面不失真的镜子，将他从疯癫的黑暗中解救出来。这面镜子就是他的好友霍拉旭，代表着他灵魂中更好的那部分。

戏剧几乎刚开场，哈姆雷特一见到霍拉旭，对他说的第一句话就是：“我很高兴看到你身体健康。这不是霍拉旭吗？我差点忘了自己！”(1.2.160－161)（“我差点忘了自己”这句话可以解释成“如果我忘了你霍拉旭，我就不是我了”，也可以理解为“霍拉旭，你就是我自己,我忘了你就等于忘了我自己——那个更好的自己”。)

霍拉旭答道:“正是,殿下;我永远是您的卑微的仆人。”

哈姆雷特说:“你是我的好朋友——我和你换个名字吧。”(1.2.162-163)

这段机敏问答中的关键点是交换名字。哈姆雷特再次否认他的名字是荣耀和传统的代称。他这话有两重意思。首先,他要用王子之名换仆人之名,因为他愿意当霍拉旭卑微的仆人。其次,这也意味着,他要给霍拉旭换上“朋友”这个名字,以朋友相称才是友谊之道。他们只是朋友,不存在主仆关系。

霍拉旭将哈姆雷特从疯癫的深渊拉了回来,哈姆雷特非常信任他。[47]但观众们并没有听到两人友谊的盟誓,这在莎剧中相当少见。捕鼠器那出戏之前,我们才从哈姆雷特的回忆中了解到他们的友情。霍拉旭成了他的见证者。

毫无疑问,霍拉旭是完全值得信赖的好友,哈姆雷特可以无条件地信赖他。他对哈姆雷特是好朋友的忠诚,而非臣民对君王的忠心。对于朋友,他是支持而非听从。无论朋友德性上是否完善或正确,他都不改其忠诚,他并没有先试问哈姆雷特的做法是对是错,再据此奉上忠心,而是把忠心放在第一位。他有时也会问到对错问题,但无论答案是什么,都动摇不了他的友情。无论哈姆雷特是什么样的,他都是其最好的朋友,因为他对哈姆雷特有着绝对的信任。这种确定性使他们的友谊可以经受任何考验与试炼。霍拉旭并不认可哈姆雷特的所有行为,但他毫无保留地完全接纳了哈姆雷特这个人。我们可以说这是最好的友谊,即古典意义上的pro te philia[标准的友爱]。不过哈姆雷特是最卓越的现代人物,因此这一古典式的友谊也是现代的。霍拉旭把自己比作罗马人。但罗马人是*共和主义者*。共和主义者竟然成了王子最好的朋友:他们的关系是*生存性意义上的*。

霍拉旭是哈姆雷特急需的一面镜子，他对哈姆雷特的了解更甚于哈姆雷特本人。事实上，哈姆雷特的故事由霍拉旭来传述。哈姆雷特的面具由此揭开。正因为霍拉旭向我们传述哈姆雷特的故事，我们才能听到哈姆雷特的沉思。弥留之际的哈姆雷特请求他的朋友活下去，并传述他的故事：

> 啊，上帝！霍拉旭，我一死之后，要是世人不明白这一切事情的真相，我的名誉将要永远蒙着怎样的损伤！你倘然爱我，请你暂时牺牲一下天堂的幸福……替我传述我的故事吧。(5.2.296-301)

将死的哈姆雷特用爱胁迫霍拉旭（“你倘然爱我……”）。的确，“世人不明白一切事情的真相”，所以整个事件看起来，像是这个疯狂残暴、野心勃勃的青年毁了一个欣欣向荣的国家，导致国土惨落敌手。哈姆雷特虽说“此外仅余沉默而已”(5.2.310)，却仍恳求霍拉旭帮他传述。霍拉旭必须传述，因为只有传述整个故事，才能压制福丁布拉斯班师奏凯的喧闹之声。只要故事仍在传述，观众们就会安静地坐着聆听。霍拉旭之所以了解内情，不仅因为他是旁观者，更因为他是哈姆雷特灵魂中另一个更好的自己。《哈姆雷特》是莎士比亚笔下唯一一部由剧中某个人物传述的剧作。

哈姆雷特满腹猜疑地守护着自己的秘密，生怕外人侵扰，远避陌生人敌意的目光。但与此同时，他又有一股截然相反的冲动：他迫切地想袒露自我，让别人知道他、理解他。我们知道他曾向霍拉旭剖白自我。但在他内心深处，还有着向女人袒露自我的强烈动机，至少他要厘清和几个女人的关系。他三次发怒都与女人有关。这三场戏都非常激烈：[48]第一次是遇到奥菲利娅，第二次是夜晚与母亲发生争吵，第三次是在奥菲利娅墓前“忘乎所以”(他后来对霍拉旭这样形容自己)。

这三场戏里他都对别人(奥菲利娅、乔特鲁德和雷欧提斯)勃然大怒,但在指责他人的同时他也袒露了自我,第三次发怒的那场戏中,他甚至在公共场合袒露自我。他遇到奥菲利娅时,对内心的探求转变成了暴露欲。此时折磨自己和折磨别人几乎没什么区别。哈姆雷特好像越折磨别人,对自己的折磨也就越大,反过来也是一样。无论哈姆雷特是否有俄底浦斯情结,他在责骂母亲性欲无度时,确实也在伤害着自己,也让自己感到痛苦。第三次在公共场合的发怒与前两次有本质的不同。在和奥菲利娅及母亲的争吵过程中,哈姆雷特都是“赤身裸体”地折磨着她们和自己,他剥去了所有的虚礼和威仪。他是个有情人,奥菲利娅却是不忠的爱人,他是个好儿子,她母亲却背叛了他父亲。但在第三次发怒的那场戏中,哈姆雷特在众目睽睽之下跳进坟墓,他不仅是那个赤裸的自己,还大呼他王族的名号:“我乃是丹麦王子哈姆雷特。”

在莎士比亚笔下,愤怒并不等于疯癫。尽管怒火中烧的人和他原本的样子大相径庭,会说出原本说不出口的话,但暴怒的哈姆雷特并没有疯。他下一场戏就向雷欧提斯道歉,因冒犯了他而怪自己一时发狂:

> 请你恕罪,先生……我既然承认不是有心作恶,请你当众恕我这遭,只当我是隔屋放箭,误杀了我的兄弟。(5.2.172–189)

但他的道歉并不诚心,因为他并不感到愧疚。莎士比亚强调,对于残忍地让罗森格兰兹和吉尔登斯吞去送死,哈姆雷特并没有真诚道歉。正如哈姆雷特对霍拉旭所说,“他们本是自己钻求这差使的”,他们罪有应得,这确是事实。哈姆雷特也没有为杀死波洛涅斯道歉,他那时也怒气冲冲,但并非蓄意将其杀害。不过,他事后也没有对此感到过抱歉。

哈姆雷特的两个自我有一个共同特征,即他们都无比骄傲,这一特征强化了两个自我。作为王子,他无比自傲;作为智识和情感绝对优越的人，他也无比自傲。事实上他鄙夷除霍拉旭之外的所有人。他揶揄嘲笑他们，对其生死视若无睹。他知道，作为王子，他可以戏弄波洛涅斯或奥斯里克（Osric）；作为人，他可以嘲弄深爱他的爱人和母亲，指出她们道德上的污点。与哈姆雷特相比，他们所有人的确显得逊色，他有理由轻蔑他们。这一自傲令他站到了伟大阶梯的顶端，但也正是同样的原因，他永远企及不了道德阶梯的顶端。正是被撕扯着的人格、智识上的教养、激动易怒的本性，[49]以及无比的自傲等特质，共同造就了哈姆雷特极富魅力的个性。

但他的同代人，即故事中的其他角色却感受不到这一魅力。除了霍拉旭（可能还除了奥菲利娅），剧中其他人都对哈姆雷特的魅力无动于衷。哈姆雷特对他们来说毫无吸引力。因此观众就得站在霍拉旭的角度，从故事讲述者的视角来看待哈姆雷特。我们得采用哈姆雷特的好友霍拉旭的视角。正是借由霍拉旭的魔力，哈姆雷特才变得极富魅力。正因为我们透过霍拉旭的视角来看哈姆雷特，他在我们看来才极富魅力。但霍拉旭并不是陷于两难处境的人。他是穿上罗马长袍的现代人，是蒙田（Montaigne）理想中依靠自我奋斗取得成功的人，他也在威登堡求学，但他身上却没有暴怒的激情和无比的自傲。他就是我们的眼睛，也是一面明镜。我们看待哈姆雷特时都变成了霍拉旭，成了映照他的现代明镜。在现代观众看来，哈姆雷特就像一个现代人，这是因为他的形象正是透过现代人的眼睛映照出来的，此外没有别的镜子。

亨利从没有完全丧失自我，只是从哈利王子变成了亨利五世。哈姆雷特则三次自我革新，他几乎丧失自我，经历着自我的分裂和弥合，最终丧命。而奥菲利娅的自我尚未弥合，她就丧命了。在奥菲利娅身上发生的，是自我完全异化的故事。麦克白夫人身上也上演了一出自我异化的故事，只不过她并不是受害者。奥菲利娅尽管也犯了过错，却是个受害者，但她的过错与所受的惩罚极不相称。她短暂的年华表明，罪恶之人会连带着无辜之人一同覆灭，她的结局证实了历史的不公和命运的无常。

不可回转的疯癫是人格完全异化的最后阶段。疯女人疏离于整个世界和她自己。有人认为，在莎剧中，自我折磨和病态的自我探究是滋生疯癫的沃土。但事实情况恰恰相反。作为彻底自我异化的典型，麦克白夫人和奥菲利娅却是两个完全不会自省的女人。她们两人在其他所有方面迥然不同，却有这样一个共同点。她们没有同一性的问题，不会质疑自己的所作所为。反传统精神病学学者莱恩（R. D. Laing）在其名作《分裂的自我》（*The Divided Self*）中，将奥菲利娅的命运作为案例进行研究。他认为，像奥菲利娅这样绝对顺从的女孩很容易成为精神分裂症患者。但麦克白夫人既不顺从，也不是因循守旧的人，为何还是彻底自我异化，并像奥菲利娅一样以自杀了结呢？相较于其他人的看法，我更相信莎士比亚的智慧，因此我倾向于接受这样的观点：如果一个人自认不受自我同一性问题的困扰，完全缺乏对自我的反省和审视，那最终会导致完全的疯癫。当然，只有在时代脱了节，在所有"外在的"期望落空的世界里，才会发生这样的情况。麦克白夫人是个马基雅维利主义者，她确定麦克白有必要实施杀人的罪行，但却不相信他们要为此付出代价。她以为罪行了结之后，[50]她和麦克白就可以过上幸福的生活。但麦克白却不是个马基雅维利主义者，麦克白夫人后来也无法理解整个世界。她从不扪心自问。她自觉罪恶可能只是因为她的计划失败了，但我们看到她只会走向两个极端：要么自我同一，要么自我不同一。

奥菲利娅也同样如此，我们看到她要么自我同一，要么（在发疯那场戏中）完全异化，突然不再是原来的自己。但我们从来看不到她扪心自问。她在独白中只提到了她的哈姆雷特，说他心性大变，但她并没有审视自己。她从未想过自己将爱人出卖给了父亲和国王，因为她这样做时毫不自知。她对父亲、国王、哥哥，还有哈姆雷特都极为顺从。但她是个彻底的传统主义者，因为服从家庭和君主对她来说是第一位的。她从未质疑过忠诚的优先次序。从发疯那场戏中我们可以猜测，她之所以感到愧悔，是因为她与年轻的王子恋爱了。至少在布莱纳（Kenneth Branagh）自导自演的那版《哈姆雷特》电影中，他让我们相信情况是这样的。这只是一种解读，但如果考虑到奥菲利娅与麦克白夫人之间的相似性，这种解读可能是个合理的猜想。麦克白夫人在完全异化的状态下透露出她曾实施的暴行（不断地清洗手上不存在的血渍），因此奥菲利娅在她唱的那首激荡人心的情歌中或许也透露了她曾做过的事。当然，歌中透露的也可能是她想做但事实上并未做成的事。以上种种都是臆测。但奥菲利娅从未质疑自己的同一性，只提出哈姆雷特的同一性问题，这一点绝不是臆测。

奥菲利娅之所以发疯乃至丧命，是因为她再也无法理解这个世界。莎士比亚很是了解尼采在后世的说法：如果受难有意义，那么人们尚能忍受痛苦。对奥菲利娅来说，自己的爱人杀了自己的父亲，这本身就是可怕的创痛。但如果她能试着理解背后的前因后果，她还有可能应对这一痛苦。哈姆雷特和波洛涅斯当时怎样想的？她父亲波洛涅斯是什么样的人？哈姆雷特又是什么样的人？奥菲利娅却对这些都一无所知，对她来说一切都毫无意义。发生的这些事超出了她的理解范围，这并不是因为她太愚笨或太天真，而是因为她从不关心意义，不过问对错，也不在意她周遭的世界和她自身。她全盘接受世代相传的现成的意义。她从未试着摆脱他父亲和兄长的唠叨、建议和警告（或者说规劝和教诲）。对他们的这些老生常谈，她信以为真，就像她坚信哈姆雷特爱的誓言一样。

《哈姆雷特》融合了家庭悲剧与政治历史悲剧（《李尔王》更是如

此),这使得奥菲利娅(在莎士比亚的世界里)成了历史的无辜受害者的典范代表。[51]从历史和政治的双重意义上来说,她都是受害者。首先,她不能理解的行为和事情大多与政治有关。她父亲说王子的社会地位远在她之上,她不愿意去理解这个话;但对于国王派她监视哈姆雷特背后的政治企图,她是真的理解不了(波洛涅斯也派人监视他的儿子,但这并非出于政治原因)。雷欧提斯忤逆国王,这是政治颠覆的行为。不过在这种情况下,这一政治行为的本质也是私人仇怨。雷欧提斯想为他父亲的死报仇。对父兄的爱和对情人的爱则让奥菲利娅左右为难(奥菲利娅没有母亲,这点很重要)。

其次,不仅在政治领域,在家庭范围内,时代也脱了节。哈姆雷特的家庭是怎样的?国王与王后之间的爱是怎样的?一方面说来,政治上的忠诚、荣誉连同家庭陷入一片混乱,整个世界成了虚妄。另一方面,这个少不更事的女孩仍极其看重这些忠诚、荣誉和家庭,视之为坚不可摧、确定无疑的本分。这是何等鲜明的对照。她不了解对她说话的这些人,一个字也听不懂。无论是出于本分要敬爱的人,还是她自己爱上的人,她都全盘信任。这些人当中,有的值得信任,有的完全不值得;有的心思单纯,有的却复杂难测。她不知道人性的复杂性。她理解不了哈姆雷特的质问("你贞洁吗?"[3.1.105];"你美丽吗?"[3.1.107]),她出于孝道便对哈姆雷特撒谎(哈姆雷特问:"你的父亲呢?"奥菲利娅答:"在家里,殿下。"[3.1.132-133])

哈姆雷特的痛苦有意义可寻。他不断给自己的痛苦赋予不同的新的意义,但他的痛苦仍是一样的。他对世界、人性和时间所做的痛彻的审视和反思,以及在行动与沉思之间来回的摇摆,这些就像霍拉旭的友谊对他的意义一样,都是使他恢复理智的方法。奥菲利娅的痛苦却毫无意义。她的天真和无知(她的天真就等同于无知)令她无法赋予痛苦意义。她与罗森格兰兹和吉尔登斯吞两人不同,哈姆雷特说这两个不自量力的"微弱之辈"，在"两个强敌猛烈争斗的时候"（5.2.62–63），自愿被卷进纷争。奥菲利娅却不参与、不干涉、也不调解斡旋各种纷争，只是勉力活下去。天真或无知也是罪恶吗？这是个古老的神学问题，莎士比亚像追问许多其他古老的神学问题一样，一次又一次地发问，直面这一难题。典型的政治和历史的无辜受害者是那些自认没做错什么，却无端遭受巨大痛苦的人（但他们的无知/天真就是一种过错）。对于他们爱人的遭遇和周遭世界发生的一切，他们都无法理解。人们一想起这些受害者，眼前就出现了他们浮在历史的长流中，身上覆满鲜花的样子。①

是否确如朱丽叶、福斯塔夫、爱德蒙、夏洛克以及许多其他莎剧中的人物声称的那样，[52]人在秩序井然的世界中所占据的位置不过是一件衣服或一个名号？就不能是腿脚、胳膊、皮肤、眼睛，或身体的任何一部分吗？一个人若被剥光衣服，只剩下腿脚、胳膊、皮肤、眼睛或身体的其他部分，那他还是原来的自己吗？一个人若敢于舍弃一切排场，打消对世界、荣誉、头衔、家庭的妄念，像他刚出生时那样，赤条条地处于人世中，那他还是他自己吗？在本章一开始我就给出了自己的答案。我认为莎士比亚并没有一概而论。他将这一问题交给每一个悲剧人物来作答，性格各不相同的他们给出了迥然不同的答案。

比如说，我们根本看不到"赤条条的"亨利五世，相反，他总是变换装束，将哈利的衣裳换上君王的华袍。这身衣服他穿着是否合身另说，不过一旦披上，他就要担负起这身华袍所代表的一切重任。他对福斯塔夫不光彩的背弃标志着换装的终结。他在父亲还活着时将王冠试戴在自己头上则标志着他换装的开始。那时他辩称自己毫无恶意，只是想掂量一下王冠的份量。的确，他像在裁缝店试穿新衣的人一样，只

① ［译注］参考奥菲利娅死时的样子。

是试戴一下王冠。若把世界比作舞台的话,他就是在带妆彩排。哈利试戴王冠这一动作可以扩充为一个完整的故事:对哈利来说,他的王冠、华袍和权杖就像戏服,或像是喜剧中扮女装的男孩子穿上的裙子。哈利正在带妆彩排,他需要学习国王走路和说话的威仪——正式走上戏剧舞台和历史舞台之前,他需要学习如何演好这一角色。上台后,衣着得体的他就要投入演出,去扮演适合这身戏服的角色。

莎剧中绝大多数人选择变换服装,也有许多人选择脱下衣服,还有少数人则在面对死亡时赤裸一身。但赤身露体并不等同于面对死亡时感到的vanitatum vanitas[虚空的虚空],这既不是骷髅舞,也不是中世纪神秘剧。骷髅舞本身即是目的。面对自己的虚无,他们并没有找到自己的同一性,而是与之妥协,这是完全不同的生存性的体验。赤身露体则是探寻同一性的最后一步。被剥得一丝不挂的人必须在赤裸中认识真实的自我,在知道自己赤身露体的情况下继续生活一段时间。之所以如此,并不是因为他会一直衣不蔽体,莎剧中没有哪个角色一直是赤裸的状态,而是因为,被剥得一丝不挂,在赤裸中认识到自我,是人最根本的生存性的体验。赤裸的人体验到人类生存的本真,体验到人生完满中生存的偶然性,体验到自己是上帝任意投掷的一枚骰子。李尔王的故事就是如此(霍姆[Iran Holm]在英国皇家国家剧院出演李尔王时,就是赤裸着的)。

[53]我无法在此对李尔多次蜕变的复杂性做出面面俱到的分析,所以,我将集中讨论从李尔让权那场戏到后来赤身站在暴风雨那场戏之间发生的事,聚焦他褪去衣服的过程。让权这场戏不仅意涵深刻复杂,而且有的解读,至少从纯粹生存性的角度,会推翻我之后对于李尔如何走向赤裸的所有论述。如果从生存性的层面来解读《李尔王》整部剧,可以把它读成一则乞求被爱的故事。如果李尔为了乞求被爱而让权,那他就更像爱德蒙而不像葛罗斯特。若作此解读,则邪恶的爱德

蒙和愚蠢的李尔都乞求被爱，二人也都在自己被人所爱的幸福感中死去。像在他其他剧中一样，莎士比亚此时再次把情境推向极端。他让恶毒的私生子和愚蠢的国王这两个乞求被爱的人都死而无憾。

我颇认同这种解读方式。只不过，李尔王和葛罗斯特以及和爱德蒙的相似点分别出现在不同舞台上。在政治和历史舞台上，他的遭遇和葛罗斯特类似；而在生存性的舞台上，则和爱德蒙类似。当政治和历史上命运相似的两个人(李尔和葛罗斯特)被抛入深渊时，他们同样也登上了生存性的舞台，这又是莎士比亚胆识过人之处。考特(Jan Kott)在《莎士比亚——我们的同代人》(*Shakespeare, Our Contemporary*)一书中将李尔与贝克特(Beckett)笔下的戈多(Godot)进行对比，对那些只能想到生存性舞台的人来说，这一对比颇有道理。贝克特笔下只有一个生存性的舞台，但莎士比亚的《李尔王》中却有两个舞台。我现在只讨论历史舞台上的李尔王是如何蜕变的，看看赤身露体的他如何从历史舞台走上生存性的舞台。我也可以讨论葛罗斯特的变化，但他和李尔有巨大的不同。葛罗斯特是被人戳瞎，不是自己主动弄瞎的(像俄狄浦斯那样)。打个比方说就是，葛罗斯特的衣服是被别人剥去的，不像李尔那样是自己主动把衣服剥光。

布鲁姆(Allan Bloom)在《莎士比亚的政治》(*Shakespeare's Politics*)中提到，李尔曾是个让国家欣欣向荣的好国王，这一说法可能有些道理。他过去至少是个传统的国王，不会自省，不会追问“我是谁”的问题，因为在他看来，他理所当然就是国王，根本无需质疑。第五幕中他甚至说自己“是个彻彻底底的国王”。他从没想到，权力和威严竟有所不同。传统上它们二者是同一的。他也从没想到，他为了彰显自己的特权放弃合法王位，结果却是他也失去了使用暴力的权力，再也不能罔顾他人意愿而强迫他们做某些事。他放弃权力的同时，也不明就里地失掉了自己的威严。时代脱了节，发生了许多“违背自然”的事情,如儿女们违抗父亲。在李尔看来,考狄丽娅不屈从于父亲的威严,这种做法也是违背自然的。

考狄丽娅的确是个反叛者,她敢于冒着大逆不道之名,[54]在李尔王还大权在握时违抗父命。她对父亲的爱不是仪式性的,而是一种不能用爱的宣言表达出来的情感,是她珍藏在内心的感受,这对考狄丽娅来说是自然的,却与李尔理解中的自然完全不同。李尔乞求从小女儿那里得到爱,同时又坚决认为她深厚的情感应让位于自然权利。李尔要求别人爱他,但在考狄丽娅的自然观念里,爱不能被命令,康德后来也重复了这一观点。可见,在《李尔王》的第一场戏中,两种自然观就已经发生碰撞,但李尔还没意识到这一点,他还没有陷入两难处境。即便他意识到了两者的冲突(他对考狄丽娅的爱或许就已经是另一种自然的表现),他也不愿承认,坚决抵抗。或许正因为如此,他才想要聆听爱的宣言,而不愿接纳一种全新的、反传统的、(对他来说)惹人恼火的爱,这种爱不听从命令,不顺从权威。即便李尔称得上是个好国王,他也仍是个僭主,因为他容忍不了自由,容忍不了恣意的善(freedom of goodness)。他后来被逼着直面恣意的恶便是为此付出的代价。

李尔这位从不自省的传统国王,注意不到时代脱了节,不知道法定权力并不等同于事实权力。他意识不到,一旦他放弃了事实权力,就会同时失去他还不愿完全放弃的法定权力。由于失去了特权和军权,他迫不得已违背心愿。尽管他还拥有法定权力,但只能受制于事实权力。时代脱了节。这个冥顽不化、自以为是、天真轻信的老人本可以透过最爱的小女儿对他的反抗注意到时代的变化,但他的无知让他越发顽固。在这样关键的时刻仍然不去思考,只能说真的是愚蠢。李尔是个傻瓜,但他的傻与波洛涅斯或马伏里奥的傻不同。他的愚蠢中没有喜剧成分。这种盲目无知的愚蠢非常危险。只有他身边那个并不愚蠢的弄人和忠心的随从肯特(Kent)才会当面告诉他这一事实。

当肯特前来侍奉已遭大女儿虐待的国王时，李尔问他是谁。肯特答说："一个人，先生。"（《李尔王》1.4.9）肯特也对两难处境毫无察觉，在他看来只有一种自然，那就是传统。"一个人，先生"之所以重要，是因为它颠倒了这句话一般的意思。对肯特来说，回答"一个人，不过是一个人"其实正是伪装的说法。他真正的身份是肯特伯爵，但现在却伪装成"一个人"。当李尔问他为什么要来侍奉自己时，他说李尔的神气之间有种力量，让他自愿称其为主人。李尔问："那是什么？"肯特只用了"威严"这个词来回答。对肯特来说，李尔虽失去事实权力，其威严却没有丝毫减损。他还是原来的样子，还是国王。[55]他也仍像国王那样行事，例如辱骂殴打他女儿的仆人。他并不控制君王的怒气。

直到面对康纳瑞尔时，他才开始意识到自己什么也理解不了了。

这时李尔才第一次质问自己的同一性："这儿有谁认识我吗？这不是李尔。李尔是这样走路，这样说话的吗？他的眼睛哪里去了？……谁能够告诉我我是什么人？"

弄人答说："李尔的影子。"（《李尔王》1.4.208–213 / 四开本220–226）弄人反应机敏，回答准确。

李尔最初质问自己的同一性，是因为他不能再维持原来的仪仗。从这一意义来说，他的确是李尔的影子。从他对康纳瑞尔说的最后一句话就可以知道，他的确如此。

他说："你以为我一辈子也不能恢复我的原来的威风了吗？好，你瞧着吧。"（四开本1.4.302–304）

他此时仍坚信自己能从国王的幽影变回真正的国王。

对李尔来说，变成国王的影子首先意味着失去自我（即他是国王）。失去自我也就意味着失去整个世界。这样会越过自我完全异化的界线，变得疯癫。

他祈求："啊，天呀，别让我发疯！"（四开本1.5.45）

后来在里根家中,他又对康纳瑞尔说:“女儿,请你不要使我发疯。”(四开本2.2.376)

当里根把他赶出家门时,他骂道:“不,你们这一对伤天害理的妖妇!”(《李尔王》2.4.437)

接着又对弄人说:“啊,傻瓜,我要发疯了!”(《李尔王》2.4.445)

正是在这样的情境下,他在暴风雨之夜离家而出。外面不仅是自然的暴风雨,它更有着象征意义(就像《暴风雨》中的一样)。经过暴风雨洗礼的人已不再是刚刚奔入其中的那个人。李尔已彻底蜕变了。他好像有沐神恩,变成了另外一个人。

前一场戏中(2.3),为躲避追捕,爱德伽乔装打扮成可怜的汤姆。他说:“可怜的汤姆!做他还不错;我不再是爱德伽了。”(《李尔王》3.3.186-187)纹章经典版(Signet Classic edition)的编辑弗雷泽(Russel Frazer)在脚注中这样解释:“别人认不出我的话,我倒有几分机会活命。”它有两层含义:曾经的我现在什么也不是,因此别人将认不出我,我也认不出我自己。说着这句话,爱德伽便脱光了衣服。乔装成这样一个卑贱之人,爱德伽身上的一切已被剥光,谁都认不出他就是葛罗斯特合法的儿子。李尔也没认出可怜的汤姆。但爱德伽说自己是“一个人”,并不像肯特那样,是为掩饰真实身份,而是表明了他的本质。

暴风雨这场戏在生存性的舞台上上演。李尔的暴怒也如狂风暴雨般大作,诅咒着他那两个忘恩负义的女儿。

但他也说:“我是受害大过于害人的人。”(《李尔王》3.2.60)。

这是李尔第一次质疑自己。他虽认为女儿犯下的罪大过他自己的罪,却也总算意识到自己有罪。

肯特接着说:“哎呀!光着头呢!”(《李尔王》3.3)

李尔开始光着头,接下来,要连身上都精光了。

“我的头脑开始昏乱了。”李尔说道。

他什么也理解不了了。[56]但实际上远非如此。这时的李尔第一次生发出同情心："可怜的傻小子，我心里还留着一块地方为你悲伤哩。"(3.5.73)

从下述这段台词中可以看出他的转变。李尔发现赤身露体中蕴含着真理，他说：

> 衣不蔽体的不幸的人们……啊！我一向太没有想到这种事情了。安享荣华的人们啊，吃点药吧，到外面来体味一下穷人所忍受的苦，分一些你们享用不了的福泽给他们，表示上天是公道的。(3.4.25 – 33)

此时我们感觉到，李尔脱掉了身上最后一件君王的华服。接着，扮成疯子的爱德伽出场了。李尔说道：

> 唉，你这样赤身裸体，受风雨的吹淋，还是死了的好。难道人不过是这样一个东西吗？想一想他吧。你也不向蚕身上借一根丝，也不向野兽身上借一张皮，也不向羊身上借一片毛，也不向麝猫身上借一块香料。嘿！我们这三个人倒是虚伪的了，**只有你才是本来面目**；赤条条的人不过是像你这样的一个寒碜的赤裸的两脚动物(着重部分由作者标明)。

李尔也扯掉了自己的衣服。接着，李尔四次称爱德伽为"哲学家"，李尔需要他，需要与他为伴。有趣的是，此刻他的朋友们反而理解不了他的做法。他们觉得他已经失去了理智，不曾想他现在这般才是真正的清醒。李尔王询问了有着"本来面目"的"哲学家"许多问题。

"让我先跟这位哲学家谈谈。天上打雷是什么缘故？"(3.4.141 – 142)

又问:“我还要跟这位最有学问的底比斯人说一句话。您研究的是哪一门学问?”(3.4.144-145)

还说:“高贵的哲学家,我们来作伴吧。”(158)

“我要跟我这位哲学家在一起。”(3.4.163)“来,好雅典人。”(3.4.166)

没人能理解他,但我们可以。这两个赤身露体的人看起来疯疯颠颠,是因为他们将自己剥得一丝不挂,但他们才是所有人当中最清醒的人,因为他们知道自己是什么。他们不过还原人的“本来面目”,是赤裸裸的人罢了。

三 扮演、表演与假装、伪装

[57]我们千万不要忘了,莎士比亚写的是戏剧而不是小说,而且是英国戏剧,不是古希腊戏剧。观众们强烈地感受到莎士比亚笔下的历史人物——或者说他笔下的所有人物——扮演着他们的角色。尤其在他的历史政治剧中更能感受到这一点。亨利五世扮演着英国国王、亨利四世之子的角色;玛格莱特扮演着为家人复仇的王后的角色;安东尼扮演着三巨头之一,他在爱情与责任之间难以抉择,在东西方之间左右为难。

莎士比亚的剧作是为舞台演出而写就的,这就意味着一个众所周知的事实:亨利五世、麦克白及其他人物都是由演员来扮演的剧中角色。扮演亨利五世的演员的身体并不是亨利五世本人的身体。亨利五世谈论自己的身体时和朱丽叶一样:两人都坚持认为身体和名字并不等同。但扮演亨利五世的演员的身体不是亨利五世本人的身体(他的身体早在演出前就已腐坏),扮演朱丽叶的演员的身体自然也不是朱丽叶的身体。对于某个角色来说,他(她)的身体就等同于他(她)自己,但这一角色会有上千个演员出演过(各是不同的身体)。这个演员不是英国国王,也不是维罗纳的贵族女孩。他们必须扮演别人,成为自己所不是之人(to be what they are not)。或者说,他们在表演时必须变形,变成和自己完全不同的另一个人。

古希腊戏剧也是要上演的,但出演的演员们都戴着面具。演员戴上面具就是在伪装,他掩藏起自己的脸,也就掩藏了他的身份和名字。莎剧中的演员都会露出脸来,那张脸就代表了他这个人。脸是一个人身份的重要组成部位,在莎剧中尤其如此。这也就是说,演员的身上同时融合了自己和他人的身份,演员自己的脸同时代表着他所饰演角色的脸和身份。舞台或者说演员对于剧作人物的呈现所发挥的重要作用,恐怕没有哪个剧作家会像莎士比亚认识得这样深刻。莎剧中的许多主人公都发表过他们对戏剧表演的看法,其中最有代表性的就是哈姆雷特。此外,普洛斯彼罗(Prospero)(可以把他比做老年的哈姆雷特)[58]则摘下了他那张并不存在的面具,跳出他扮演着的角色,请求观众谅解他扮演的这个角色并不是他本人。

不过,我们说莎士比亚的作品是戏剧,并不仅仅因为它们需由演员来表演,更是因为剧中的历史人物或准历史人物的角色并不是固定不变的,尤其在戏剧一开始。正如我之前强调的,莎士比亚笔下的主人公总在不停地自我塑造、自我革新。他们扮演着自己的角色,有时只是一个角色,有时一连扮演好几个角色,有时又同时扮演好几个角色。这些剧中人物自己也像演员一样。此时我想再次引用厌世的杰奎斯说的"整个世界是一个舞台"这句话,莎士比亚让我们觉得的确如此。拥有一个名字和身体的我们,踏上了舞台一样的世界,在其中,我们不能进行彻底的自我塑造,而是要受制于承袭来的名字和自己的面孔(英语有助于我们理解这一点,因为英语中*actors*一词既可以指舞台上的演员[play*actor*],也可以指那些活跃在世界舞台上的历史行动者[historical *actor*]。其他大多数语言里没有这种用法。但我们知道莎士比亚是用英语创作的)。

我们在历史剧中登上了世界舞台。莎士比亚历史剧中的演员扮演着过去曾活跃在世界舞台上的各类角色,这些角色在现在的舞台上表演。莎士比亚笔下历史与政治的行动者体现了再现(representation)

的两种意涵。非但如此,他们还玩转了传统的/中世纪的再现概念,或者说与古老神话相关的再现概念。因此,“再现”意味着某个人的行动取决于他(她)所处的地位,或者取决于神话赋予他(她)的本质。这一类再现的角色哪怕不是神话人物,也仍可以出现在舞台上,而且是重复出现。例如,每个君王都受到上帝膏沐,从而代表着王权。只要传统君主制一直存在,这类人就会在舞台上不断得到再现。神话人物也像某些传统角色一样不断重演。托马斯·曼(Thomas Mann)在他的约瑟系列小说中完美地刻画了这种本质主义的重复(essentialist repetition)。[①] 雅各(Jacob)的仆人以利亚撒(Eliazar)再次演绎了亚伯拉罕(Abraham)那个也叫以利亚撒的仆人的角色。以利亚撒在圣经中扮演的角色始终是以色列人始祖的仆人。

但除此之外,“再现”还有第二个意涵,莎剧中的主人公,甚至包括那些传统角色从这个意义上来说都具有再现性(representative)。他们再现了诸多抉择、手段、模式以及具有典型意义的行为和成败。什么东西成为范式就意味着,它体现了某种教诲、警示、期望,可以成为测试案例和典型,以及推至极端的某种理想状态,这样的典范能够脱颖而出,即便经过漫长的时间依旧令人瞩目。在世界舞台上表演就是呈现一出具有再现性的演出,行动者(演员们)自己很清楚这一点。

一部剧作的上演包含了双重意义。一部由剧作家写出来的戏剧,会让我们感觉它似乎是由剧中的演员成就的。出演的演员们要经历无

---

① [译注]《约瑟和他的兄弟》(*Joseph Und Seine Brüder*)是托马斯·曼创作的四部曲小说,讲述了圣经《创世记》(27–50章)中从雅各到约瑟的一段故事。四部曲分别为《雅各的故事》(*Die Geschichten Jaakobs*,《创世记》27–36章),《少年约瑟》(*Der Junge Joseph*,《创世记》37章);《约瑟在埃及》(*Joseph in Ägypten*,《创世记》38–39章);《供养者约瑟》(*Joseph, der Ernährer*,《创世记》40–50章)。

数次的排练、首演和终演。[59]他们可能会在演艺巅峰停止演出,也会有演出失败的情况。有的演出精彩非常,有的反应平平,有的恶评如潮。剧作表演中包含了许多偶然性因素。最重要的一点是,舞台上的演员穿上了戏服要去扮演某个角色,但这个角色本身已经给自己套上了戏服——莎剧中三分之二的角色可能都是这样。这些演员要表现的人物性格本身可能就是在变化的。这就是莎剧的游戏,这是一出有趣的传球游戏。真实的戏剧舞台上的演员和世界舞台上的行动者相互传球,他们也和剧作家传球(是剧作家让世界舞台上的行动者革新他们扮演的角色)。

然而,他们玩的还是一出捉迷藏的游戏。处在历史行动者和舞台演员中间的,是剧作文本本身,它是不断革新所造就的结果,同时又是我们得以进行无限创造的源泉。卢卡奇在一篇探讨莎士比亚创作的短文中说,莎剧中的主人公根本没有动机,正是因为这个原因,阐释者总是可以给他们赋予动机。在这一观点的基础上,我想补充的是,首先赋予主人公动机的便是舞台上的演员。演员如果不能厘清角色的行为逻辑,他是无法扮演好这一角色的,他必须赋予角色特定的动机。一个人做出什么样的文本阐释,主要看他赋予角色什么样的动机。

戏剧中的行动包括言语行为、争吵、辩论、命令、对话以及沉思等。莎剧中的独白也有各种各样的类型。此外还有*无声*的行为,这类行为有时也会伴有言语行为,但大多数情况下发生在言语行为之前或之后。例如,每一次谋杀都是无声行为,莎士比亚历史剧中经常出现的战争场面,以及许多其他的暴虐行为也都是无声的。其他无声的行为还包括亲吻、爱抚、下跪、屈膝、脱戴王冠、侍奉、吃喝,甚至包括翻船事故等等。穿衣、脱衣、走路、跑步、恳求、跳舞等等也都是无声行为。莎剧中的无声行为比古希腊戏剧中的要多得多,但可能比某些现代戏剧中的要少。莎士比亚悲剧中的无声行为通常都有深刻意涵,绝非不值一提的琐事。

正如我刚才提到的,无声行为常常也会伴随着言语行为。通常言语行为出现在无声行为之前,但也多次出现相反的情况。言语行为(可理解为通过言语实施的行为)“包围”着无声行为。言语行为通常是可逆转的,不过相较于独白,对话中可逆的情况较少。话一旦说出了口,就如覆水难收,无论这话伤害到了另一个人,还是持续萦绕在对话双方的心头,说出口的话就一直在那儿了。如果有的话深深地伤害到了一个人,那么,尽管被伤害的人也可能会原谅说出这话的人,他也很难忘记这句话对他的伤害。例如,《亨利六世》上篇一开场,温彻斯特(Winchester)和葛罗斯特就发生了激烈的争吵。两人都控制不了对对方的恨意,[60]随着他们的互相辱骂,口头之争演变为灾难性的后果:最终约克(York)家族取得胜利,这是他们二人都不想见到的结果。

不过,有时,口无遮拦的话也是相对可逆转的,例如通过请求原谅这种言语行为。根据阿伦特在《人的境况》(*The Human Condition*)中论述的观点,宽恕的重要性超过了行动的两个基本特征,即它的不可预知性和不可逆转性。我赞同阿伦特的这一观点,并打算以莎剧中另一场相互谩骂的戏为例说明。这出戏(《裘力斯·凯撒》第四幕)以布鲁图斯和凯歇斯的和解告终:两个老友互相请求对方原谅自己。但这种可逆转性只是相对的。

莎士比亚喜欢通过刻画言语行为与无声行为(尤其是激烈的无声行为)的关系来塑造人物,尤其是那些在历史上举足轻重的角色。莎剧中的军人角色(无论是将军还是普通士兵)最主要的特征之一,就是他们的言语行为和无声行为之间没有任何不一致的地方。军人们无论在别人面前还是独处时都不做伪装;除了提防共同的敌人,他们无需对任何人隐瞒自己谋划的事情。他们都是直率坦白的人,其品性中看不到言语行为和无声行为之间存在着时间差。这样的品性在战争中具有专门的战略作用——具体作用取决于战争中的处境、敌人的动向以及他们接到的命令。他们主要的言语行为都不是自省性质的,大多数是表达命令或服从的词句,有时说的是作战计划(战争策略)。这些言语行为常常伴有行动本身(例如他们一边战斗一边说话)。他们可能会评论自己正在做的事情,也可能自我鼓舞或辱骂敌人等等。对于普通士兵或传统的将领来说,即便是回顾性的言语行为通常也与自省无关。军人们确信自己做的一切(奋勇杀敌、占领他国等行为)都是正当无误的,无需回顾过去并做任何反省。他们如果回顾过去,也是要么谈论自己经历的辉煌战役,要么吹嘘当时的自己如何胆识过人,或者夸赞别人怎么勇猛无惧,性格不同的每个人说的事各不相同。

显然,对莎士比亚来说,这类普通士兵或传统将领并不是出色的政治家。出色的政治家懂得,言语行为要和之后的无声行为以及所付诸的行动本身拉开距离。在无声行为完成后,政治家们通常不会夸夸其谈,而是反思自己的决定,从历史的角度对其进行分析。莎剧中,亨利五世和屋大维两人最能代表这类出色的(马基雅维利式的)政治行动者。

对莎士比亚来说,在政治上和道德上最成问题的是那些混合了两种特征的人:某些人反叛传统,只信奉或主要信奉“自然法”,[61]但这个人在回顾过去并解释自己的言语行为和无声行为之间的关系时,又好像他曾坚定地站在了传统这一边。这种人虽然不依仗传统习俗,但他们在开始行动前,对于要做的事情并不会多加思考。如果有人想打破传统或者反叛传统,他就不仅先要考虑他要做的事情正确与否,还要想想这件事他能否做成,以及这件事又会对他的个人发展产生何种影响。而麦克白却是不加思考就急于行动的人。他是个军人,而且作为军人,他从不会拉开决定和行动之间的距离。在打仗时,决定和行动之间留有空隙可能会引发灾祸,或者被认为是懦弱的表现。麦克白杀伐果断,行事毫不犹豫,有着坚韧不拔的品质。他谋害国王时的心态就像在战场上杀敌一样。他一旦决心实施以下犯上、大逆不道的罪行，便立即付诸行动。此外，他的决定在某种程度上也遵循了传统的模式：他听从了女巫的建议、妻子的命令以及匕首的暗示。他不假思索就实施了罪行，在完成谋杀的那一刻就追悔莫及。直到这时，才意识到他自毁了前程，且命不久矣。在他的独白中（《麦克白》2.1），麦克白看似在思考，实则并没有，他只是在遵从命令。谁在命令他？其实是麦克白自己心里的麦克白夫人在命令，是他臆想出来的血淋淋的匕首在召唤。他知道自己在作恶。他因为听从了匕首的召唤，就必须采取行动。麦克白说：

> 我正在这儿威胁他的生命，他却在那儿活得好好的；在紧张的行动中间，言语不过是一口冷气。（钟声）我去，就这么干；钟声在招引我。不要听它，邓肯，这是召唤你上天堂或者下地狱的丧钟。（2.1.60－64）

他刚把邓肯杀死，就已经意识到："麦克白再也不能睡了。"（2.2.41）麦克白永远不会成为有良知的人，相反，他的人格将会瓦解。难以启齿的罪恶感让他变成了嗜血的僭主。

麦克白夫人立即注意到了他的变化，却理解不了他，她还劝解道："我们干这种事，不能尽往这方面想下去；这样想着是会使我们发疯的。"（2.2.31－32）她说的没错。

《一报还一报》中，当安哲鲁（Angelo）看到狱吏似乎不愿次日处死克劳狄奥（Claudio）时，怒不可遏地说："我不是早就吩咐过你了吗？你难道没有接到命令？干吗又来问我？"

狱吏答："卑职因为事关人命，不敢儿戏，心想大人也许会收回成命。卑职曾经看见过法官在处决人犯以后，重新追悔他宣判的失当。"（《一报还一报》2.2.7－12）

安哲鲁希望此事赶紧了结,即刻处死克劳狄奥才好。他下达死刑命令后,他人就该直接执行,狱吏却仍思考再三。狱吏疑惑这一命令为何下得如此草率,如此突然(我们知道故事的情节:正是因为狱吏假装从命,[62]暗地里救下克劳狄奥,这部剧才能有个相对大团圆的结局)。

哈姆雷特在这个问题上,和他在许多其他事情上一样,是对立统一的矛盾集合体。无休止的沉思使最初决心要付诸的无声的复仇行为(杀死克劳狄斯)离他越来越远,而不是越来越近(或许那一刻起他已经打算做别的事了,只是他自己还没有意识到。)但他怒火中烧时,对自己正在做的事又不予以三思,例如随意谩骂自己、奥菲利娅和他的母亲。他动怒时还拔出剑来杀了人(他本可以看看帷幕后的情况再动手)。对于他让罗森格兰兹和吉尔登斯吞去送死这件事,我则有个更坏的猜测。这不过是他玩的游戏的一部分。哈姆雷特和这两个小人玩了一出猫捉老鼠的游戏,对他来说这个游戏的“结果”似乎突然有了艺术上的美感。毕竟,哈姆雷特也是舞台策划人。只是他在最后不再表演。

身为剧作家和演员的莎士比亚玩转着角色扮演这个游戏。他笔下的人物,尤其是那些历史政治剧中的人物也玩着属于他们自己的游戏。他们有时用不同的方式扮演同样的或相似的角色,有时用同一种方式扮演两个或多个完全不同的角色。而且舞台上大大小小每个演员,都有他们各自的角色要扮演,他们与各自的角色之间都有着独一无二的联系。

莎剧里有些演员态度极其严肃认真:他们依据历史脚本竭尽全力地去扮演角色。另有些演员则滑稽好笑:他们和所演的角色嬉笑怒骂,还和别的角色一起逗乐。但这两种演员的区分与悲剧和喜剧的题材无关。例如,理查三世演了个丑角,马伏里奥却非常严肃地对待自己的角色。

一个人可以承袭传统的角色，可以创造全新的角色，可以变换自己的角色，还可以试着摆脱所有角色。有些历史行动者扮演着先辈传袭下来的角色，他们是依据继承的权利行事的传统主义者，这些人通常都把自己等同于所扮演的角色，和角色不分你我、亲密无间。虽说如此，他们也经常在表演，而且总会在表演时有些用力过猛。他们清楚地意识到自己代表着传统，便一再宣扬、强调这一点。传统角色需要由传统主义者来扮演，尤其当其面对的强权否定他们身份的合法性和重要性时，就更需要如此。霍茨波就是个明证。当国王让他忘记摩提默一事时，他说：

> 我这全身血管里的血拼着为他流尽，一点一滴地洒在泥土上，我也要把这受人践踏的摩提默高举起来，让他成为和这负心的国王、这忘恩而奸恶的波林勃洛克同样高贵的人物。（《亨利四世》上篇 1.3.131－135）

霍茨波暴躁的性情正应了他绰号的含义：易怒。但这位易怒的贵族青年也是个率直的（但并不十分机敏的）勇士。[63]霍茨波除了演他自己，从不假扮成任何其他人。但他不仅是他的这个角色，他也在扮演他的这个角色。如果一个人所演的角色发生改变，那他必定有过惊讶错愕或无所适从的经历。他可能像李尔王那样，完全变成了另一个人；也可能像理查二世那样，变得能同时扮演多个角色。相比从前的自己，改变后的他们更能了解自己和他人（如《李尔王》中的葛罗斯特）；也可能不再像原来那样自以为是、处处提防（如《无事生非》中的贝特丽斯与培尼狄克）。

莎士比亚笔下的角色并不都只是演员，少数一些人还担任舞台策划人或参与剧本创作。他们和剧作者一起创作，或更准确地说，一起进行舞台设计。这些人给其他角色设下陷阱，对他们进行试炼、考验、嘲弄、揭露,迫使他们变得不像原来的自己;这些人要么羞辱他人,要么让他人自我羞辱。在莎剧中担当舞台策划,本身并不能表明此人是善是恶。更准确地说,完美无瑕的好人在莎剧中当不了舞台策划,因为他们不会把别人当作纯粹的工具加以利用。哪怕对于罪有应得的恶人,他们也不忍羞辱。霍拉旭、布鲁图斯、亨利六世都当不了舞台策划人。哈姆雷特、理查三世、文森修公爵([Vencentio]《一报还一报》)、普洛斯彼罗以及帕克可能是莎剧中最有代表性的几位舞台策划人。

假装、假扮和伪装表演并不是舞台策划的所有方式,尽管它们与其中任何一种方式都息息相关。假扮他人或扮演一个陌生的角色也可以具有误导性。人们使用这些手段通常是为了误导他人,但这些手段也会是为了得到某些东西。因此,伪装就是为达目的所实施的一种手段。我稍后再来讨论这一点。

舞台策划还包括种种为达目的而采用的手段。哈姆雷特设计捕鼠器一场戏是为了找到国王心虚的证据。毋庸赘述,上演这场戏不仅仅为了达到这一目的。它本身就是目的。哈姆雷特想看到惊恐万分的国王是什么样子,他想看"这出好戏",不但想看舞台上演的,还想看看观众席上的好戏。哈姆雷特喜欢愚弄波洛涅斯和奥斯瑞克。这两人都是弄人,也是他的臣仆,是玩世不恭的他最合适的消遣对象。他喜欢扰得他们惴惴不安、方寸大乱,要么震慑他们,要么至少也让他们窘态百出。他们不仅是弄人,还是阿谀奉承的小人,受到这样的待遇确实是罪有应得。扮演舞台策划人一角还有着某种自我神化的意味。毕竟,历史舞台的策划者只能是上帝。正如之前提到的,让罗森格兰兹和吉尔登斯吞去送死,是哈姆雷特舞台设计时的突发奇想。[64]我在此最后一次提一下第五幕中哈姆雷特性格的剧变。这时的他也不再担任舞台策划人。哈姆雷特是莎士比亚笔下对自我认知最深刻、最真诚的角色。虽然他从不曾向别人坦承自己的罪过(他无比自傲),但他也没有特别地偏爱自己。哈姆雷特不再扮演舞台策划人一角时,也同时辞演了所有角色。从这点来看,他和暴风雨那场戏中的李尔颇为相似:他也剥去了所有角色,赤裸一身。

以哈姆雷特为例便可看出,舞台策划这个游戏本身也是目的。就最深层次的意义而言,对于要弄他人的人来说,这是个有趣的游戏,那些被要弄的人则时常感到痛苦。哈姆雷特只要弄那些弄人和有罪的小人,理查三世则要弄所有人。对他来说,直接杀人没什么乐趣,要弄迫害的对象才让他觉得津津有味。他是个施虐狂。遭他毒手的人也大多罪孽深重、邪恶可恨,但并非所有的被害人都是如此。我会在本书的第二部分再来讨论理查三世的故事。

依照通常的解读,文森修公爵(《一报还一报》)乔装回到维也纳(Vienna)是为了探明安哲鲁能否当好摄政。不过在我看来,这种说法只对了一半。因为在知晓安哲鲁的罪行后,公爵本可以立即显露真身来解决争端,但他一开始就打算考验所有人,他像在写作剧本那样,安排好了臣民未来的命运。例如,他安排玛利安娜(Mariana)许身安哲鲁,并在几经误解和混乱之后让她嫁给他。公爵在伪装成教士时就决心要娶伊莎贝拉为妻。看着自己编排的剧本中的人物经受着恐惧和颤栗,他显然乐在其中。他故意让他们受苦,哪怕他已经知道这一复杂情势的结局是什么,因为给故事收场的人正是他自己。任由角色在惶惑中行动,这正是他暗藏私心、以此自娱的游戏。

对于公爵的这番舞台策划,人们可以有两种截然相反的解读。一种是从故事的表面意义去理解。这样的话,公爵就和安哲鲁摄政一样,是个德性可疑的人,他仅仅是个旁观者,但却在臣民面前扮演上帝,自己制造难题,又自己去解。但我们也可以有另一种解读。公爵就像普洛斯彼罗一样。他仿效着莎士比亚本人的做法,让角色们任意行动,把他们置于各种情境中,任由他们显露本来的面目,或露出从不曾有的样

子:或邪恶可怕、自私自利、冷酷无情、腐化堕落,或荒唐可笑、轻佻无聊。他这才跳出来说:

> 让我们忘掉一切,不计前嫌。那些顺利经受住考验的正派人要原谅他人。瞧,人就是这样的。毕竟是我(公爵)让这些人物自由行动。就像莎士比亚创作他的剧本一样,我也在写剧。我把这些角色放到我设置的情境中——和我的老师莎士比亚一样——观察他们如何行动。我通常(我的老师莎士比亚也是如此)任由他们走向悲惨的结局。[65]但我现在意识到自己作为舞台策划人的职责,才给出了一个相对大团圆的结局。这个结局是他们应得的,没有太美好,也没有太悲惨。因为包括伊莎贝拉在内,没有一个人是完全无辜的。尽管我让伊莎贝拉代表宽恕而不是正义,我依然是个公正的剧作家。

帕克是个有着喜剧色彩的舞台策划人。他将魔力花汁错滴在四个雅典青年的眼中,又听从奥布朗的命令,给泰坦妮娅(Titania)的眼中也滴了几滴,随后任由这场爱的游戏展开。他乐在其中。因为他当然知道——所有非悲剧的舞台策划人一直都知道——这部戏剧会有个大团圆的结局,我们只需静待好戏上演。其中充斥着愚蠢、痛苦、羞辱、自卑,毫无意义却令人神伤的爱情和嫉妒的戏码一一上演。如果你昨日的恋人今晚转而说他痛恨你,你可能再也理解不了这个世界。不过,这种舞台策划的手法难道不也是剧作家的把戏吗?其目的是让角色呈现他们本来的面目。《一报还一报》中的安哲鲁不就声称他爱着玛利安娜,后来却根本认不出她吗?拉山德(Lysander)变得厌恶赫米娅(Hermia),转而爱上海丽娜(Helena),仅仅是因为魔药的功效吗?魔药改变的难道不只是时间而已吗?它只不过把两年间可能发生的事缩短到了两个小时。当泰坦妮娅第一次对戴上驴头的波顿(Bottom)表达爱意时，这个聪明的驴子道出了《仲夏夜之梦》传达的至理名言。

泰坦妮娅说："我爱你。"

波顿答道："咱想，小姐，您这可太没有理由。不过说老实话，现今世界上理智可真难得跟爱情碰头。"（《仲夏夜之梦》3.1.134–137）

我且引用《无事生非》（5.4.73–78）中贝特丽丝和培尼狄克的一段对话。在莎士比亚的全部作品中，他们两人是最成熟、最真挚、最忠诚的一对恋人。

培尼狄克问："你不爱我吗？"

贝特丽丝答："啊，不，不超过理智的范围……"

贝特丽丝问："你不爱我吗？"

培尼狄克答："不，不超过理智的范围。"

《哈姆雷特》和《理查三世》中的两个主角最本质的特征就是他们都担任了舞台策划人。但他们不仅是舞台策划人，同时也是演员。帕克和文森修公爵则只担任舞台策划人，这是他们唯一的"行动／表演"。但这些戏剧从总体上来说并不是只写舞台策划的。不过，《暴风雨》则是一部关于舞台策划人的故事，这部剧也由这位舞台策划人写成。普洛斯彼罗既是哈姆雷特，也是文森修公爵，又是帕克。但他并不是理查三世，哪怕他也会欺压爱丽尔（Ariel）和凯列班（Caliban）。爱丽尔和凯列班就是他自己，是他灵魂中的两个不安的精灵，作为舞台策划人和剧作者的普洛斯彼罗让他们服从听命。他在剧作一开始就兴起暴风雨，后来又策划了所有的剧情和人物的遭遇。像维也纳的文森修公爵一样，普洛斯彼罗在剧情展开前就已经知晓结局，因为他正是据此结局才写的开场。[66]这部剧展现出神圣的先见如何随着时间慢慢展开。不过，演员们事先并不知道脚本，因此无论是清白无辜的好人，还是罪孽深重的坏人，都在恐惧中颤栗不已。舞台策划人扮演着上帝的角色。当然，他玩弄着的这些角色是虚构的——他们是由戏剧舞台上的演员所扮演的世界舞台上的行动者。《暴风雨》反映出了舞台策划和戏剧创作的过程。演出结束后，分别扮演哈姆雷特、克劳狄斯以及奥菲利娅的演员们起身向鼓掌的观众谢幕——如果他们演得好的话。《暴风雨》和《一报还一报》一样，剧中都没有人死去。莎士比亚悲剧中的主角最后都死去了，但事实上，也可以说他们并没有死。

《暴风雨》中的普洛斯彼罗不是演员。但从另一方面来说，他又是个演员。这位舞台策划人的所有符号化角色（凯列班和爱丽尔）都有着神奇的象征意义。我赞同在我之前的一些阐释者的观点，认为这些角色象征着普洛斯彼罗内心的原始元素（如本能、欲望等等）。这位舞台策划人和剧作家将野蛮的凯列班和精灵爱丽尔当作自己的所有物。

普洛斯彼罗说凯列班："这个坏东西我必须承认是属于我的。"（《暴风雨》5.1.278–279）

收场诗中，这个演员／剧作家对观众说："愿你们格外宽大，给我自由。"（收场诗20）

普洛斯彼罗在剧中最后的话是对有翼的精灵爱丽尔说的："以后你便可以自由地回到空中，从此我们永别了。"（5.1.321–322）

虽说如此，我们内心野蛮的念头和恣意的幻想仍必须加以管束。谁来管束它们呢？理智能做到吗？这几乎不可能。只有规矩（order）管束得了它们，这一规矩也是智慧（用凯列班的话来说就是"他的书本"）。一部剧也须得有规矩，剧情得有始有终。舞台策划人让角色进行自我革新，让他们践行自己的智慧；他也任由他们的蠢行和恶计落空，甚至任由其美德无所报偿。不过，他既然是舞台策划人，就必须强迫他们，令其服从。

《一报还一报》的结局是（成问题的）正义的到来，《暴风雨》的结局则是宽恕，这不仅指普洛斯彼罗宽恕他人，还有更深层次的意义。我们可以想想贡扎罗（Gonzalo）在谈到大团圆结局的那番话里的深意。

他说：

> 我们大家呢，在每个人迷失了本性的时候，重新找着了各人自己。（《暴风雨》5.1.215－216）

什么叫“找着了自己”？对贡扎罗来说，“自己”意味着灵魂中最好的部分。找着了我们自己也就意味着找回最好的自己。这是好人说出的话，因为贡扎罗本身是个好人。这也是莎士比亚对于“我是谁？”的问题给出的最终回答。

我们还可以在另一个同样深刻的意义上去理解《暴风雨》中的宽恕。普洛斯彼罗，或者说是扮演普洛斯彼罗的演员，再或者说是创造出普洛斯彼罗的剧作家和舞台策划人说道：

> 你们有罪过希望别人不再追究，愿你们也格外宽大，给我以自由。（收场诗19－20）

莎剧中只有为数不多的几个舞台策划人，[67]却有许多角色假装成完全不同于原本自己的样子。这和角色扮演还不是同一回事。某个人扮演某个角色，并不等于是在假装成什么样子。他可以把自己等同于自己扮演的角色，并令它更使人动情。他也可以过度扮演这一角色。他还可以拉开自己与角色的距离，变换角色或扮演多个角色。他更可以试着摆脱所有的角色，“只成为他自己”。与此相反，有的人可以完全是别的样子，是一个和他扮演的角色完全不同的人，他可以区分“是这个样子”和“看起来是这个样子”。

在后一种情况中，即便不用假装，角色扮演也能够鲜明地凸显出所是（being）与不饰以假装成分的所是之本质之间的区别。所是（being）与所是之本质（essence of being）之间的对立与假装无关，但假装强化了相似与所是之间的区别。哈姆雷特和他母亲第一次发生言语交锋时,就对相似与所是进行了简洁明了的区分。

王后问了她儿子一个与死亡有关的问题:“为什么这件事对你好像很特别呢?”

哈姆雷特答道:“好像,母亲!不,是这样就是这样,我不知道什么‘好像’不‘好像’。”

在列举了悲痛的所有外在表现后,他继续说:“这些才可以说是真正的‘好像’,因为这是人人可以假扮出来的举动,但是我心里有非外表所能宣泄的悲哀,这些,不过是悲哀的装点服饰罢了。”(《哈姆雷特》1.2.83-86)

尽管假装不仅仅是扮演某个角色,但它很可能显得像一种次级的角色扮演。一个人可以扮演他所是的样子,或者扮演成他想成为的样子,还可以扮成别人期望但自己并不想成为的样子。这三种角色扮演类型彼此难解难分。正在扮演角色的人常常意识不到自己是在扮演,除非他故意表演得过火。然而,假装的人却知道自己在假装,知道他实际上是在扮演某个角色。一个人假装,也就是说他在假装扮演别人的角色,一个并不属于他自己的角色。他想被当成另外一个人,想要被别人认错、误解。他想欺骗他人,他还清楚地知道自己有没有欺瞒成功。

莎士比亚的喜剧中有许多双重的角色扮演。例如,舞台上一个男孩子扮成女孩,由“她”出演女孩角色。这个“女孩”在戏里又套上男孩的装束,假扮成男孩的样子。虽然他/她最后总会回归女孩的角色,但他/她扮演的男孩实在太像了,常会有美丽的女人爱上他/她(如《皆大欢喜》、《第十二夜》等剧)。这种双重戏法造就了一个个既充满情欲又诙谐有趣的奇异情境。

此类轻松愉快却又有些复杂的性别变换戏法在莎士比亚的悲剧中则不存在。但在那些讲述政治、历史和伟业成败的莎剧中,双重角色扮演对戏剧结构有着重要意义。例如,扮演葛罗斯特公爵之子爱德伽的演员，先是扮演了可怜的汤姆，后又重新扮演公爵一角，最后又出演了未来的国王。

我此前提到，莎剧中的战士（士兵、将领）和政治家（或者说精于政治的人）这两类人在许多方面都迥然不同。[68]一般说来（虽然并不总是如此），伟大的将士属于传统人物（最突出的反例是亨利七世）。一个将士无论是否遵从传统，他的伪装和假装都只是为了欺骗或误导敌人，他在军中同僚面前从不伪装，不愿欺骗他们。他认为不存在内部敌人，即便发现有，他也会直接迎战。这就是为何伏伦妮娅（Volumnia）劝告科利奥兰纳斯奉行政治伪善的论述只是个伪命题。[①] 科利奥兰纳斯在战场上欺骗伏尔斯人时无需做道德上的斗争，但对于在民众面前装出不同于自己的另一幅样子却犹豫不决，伏伦妮娅看来对此十分迷惑。伏伦妮娅劝他的理由只是表面的，并没有击中要害。在科利奥兰纳斯看来，欺骗敌人是最古老的伎俩，欺骗同胞中的敌人却是新颖的做法，这违背了传统，大错特错。欺骗敌人能增强荣誉感，欺骗同胞（即便他看不起这些人）却会让他名誉扫地。打仗的人从不隐瞒自己的动机，因为他们的动机相当明确，那就是取胜。他们只需要隐瞒对敌的战术和策略。但政治家却连自己的动机也隐藏起来。看重荣誉的传统将士不适合出演这一政治家的角色。如果他勉强扮演，只会演得了然无趣、漏洞百出，他非但不会变得神秘难测，反倒让人一眼看透。

在莎士比亚看来，战争策略和政治策略尽管在形式上相似，本质上却截然不同。更为重要的是，好的战争策略或好的政治策略需要不同品性的人去实行。莎剧中，精于政治的人往往也善于战事，但骁勇的战士和将领却往往不善于政治谋略。莎士比亚的这些洞见与马基雅维利的观点十分契合。精于政治、有着政治敏锐力的人不再是传统角色，

---

① ［译注］参见《科利奥兰纳斯》3.2。

而是现代人物。政治家(或有政治手腕的人)是新兴人物,他们能够仅仅根据战士们的能力,给其中最精锐的人安排恰当的职位。精于政治的人十有八九能赢得所有胜利。一个人若能成为好的狐狸——政治家必须是只好狐狸——那他也定能成为好的狮子,或至少能驯服好的狮子。但好的狮子很少同时也是好的狐狸。莎剧中骁勇的战士要么极大地造福了他的同胞,要么给他们带来极大的损害。他可能成为无私的英雄,也可能成为残忍嗜血的僭主,但他永远不会成为伪君子。政治家(包括宗教领袖在内)既可能作恶(如温彻斯特),也可能造福(如屋大维),但他们也总是伪善者。

莎剧中的伪善,尤其是政治伪善有着不同的形式。莎士比亚笔下的每个伪君子都有他自己伪善的方式。正如我曾提到的,莎士比亚——与莫里哀不同——从不将人刻画成或善或恶的典型,而是把他们刻画成复杂多面的角色,[69]与任何人都不相雷同。

莎剧中那些独一无二的角色根本无法用统一标准加以衡量,也无法将其分门别类,但我仍想将出现在莎士比亚政治舞台上的各色伪君子进行分类,对此我要先表达一下歉意。

莎士比亚笔下最伟大、最成功的政治伪君子从不隐藏他们的品性,他们不会假装成别的样子。这些人是以目的为导向的行动者,他们清楚地知道自己想要达成什么目的。为此,他们会采取多少有些可鄙的手段,也会隐藏起他们的动机和将要采取的策略。从这个意义上来说,他们是伪善的,因为如果必须伪善才能达成目的,他们便会如此行事。用康德的话说就是:他们不但对敌人隐藏起行动的准则,对朋友也同样有所保留。这些以目的为导向的行动者向来冷酷无情,但他们之所以行事冷峻,并非出于报复、仇恨或怨怼,每一个冷酷的行动背后都有其目的和必要性。我此前已提到,亨利五世弃绝福斯塔夫时说的狠话就是一个妥善使用残暴的典型例子。在莎士比亚塑造的所有政治家中,屋大维当属最冷血的伪君子,虽然他并非一个残暴的角色,但他行事总是相当残忍。亨利五世也并非残暴之人。他们做出残忍的事,以及背弃友人等等,都只为达成一个目的。这其中当然包括维护自己的权力与威严,却又不止于此。他们深信自己的权力能给国家带来最大的福祉,深信自己是历史命运或神意的执行者,认定自己是天选之子,有着非此不可的命定职份。

另一种完全不同类型的伪君子则是伊阿古这种人。他假装成不同于自己的其他样子,隐藏起真实的品性和动机。他和爱德蒙一样信奉自然法。但他是个微不足道的小人物。莎士比亚此番刻画的这位阴险狡诈的伪君子,行动范围有限,社会地位低下,所以我们很难说他的卑劣是否与他卑微的社会地位有关。莎士比亚再次触及政治家和军人之间的关系。伊阿古是个军人,这是他过去扮演的角色。我们甚至不知道军人对他来说是主要的角色还是次要的角色。要么在剧本展开之前,他那优秀军人的形象已经是一种伪善的扮演,要么他先是本分地扮演着自己的角色,后来才发展成我们看到的这种坏的品性。情况到底怎样,我们只能猜测。或许奥赛罗对伊阿古的信任并非像我们以为的那样无知且不当;或许战争时期与和平时期的伊阿古根本就是两个人——这都只是或许。但这部戏剧一开场,伊阿古就已经是个玩弄政治手腕的卑劣之人,只不过他却装成一幅老实本分的军人模样——他是个操弄政治的人,而不是个政治家。

[70]如果伊阿古有机会搅弄政治风云,他很可能会像理查三世那样,极尽伪装之能事,在宏大的历史舞台上牵着别人的鼻子走。不过伊阿古只是个地位卑微的小人,仰承主将的鼻息,甚至连副将的职位也谋不成。他以操弄政治为生,竭力欺骗他人,只为毁了他们的生活。伊阿古的政治手腕造成了恶果,但他只能冤枉少数人,只能摧毁他构陷之人的个人生活,他对威尼斯的政治状况造不成任何影响。他诱使奥赛罗

成了杀人凶手，让苔丝狄蒙娜惨遭杀害；他让罗德利哥（Rodrigo）被杀，又全凭喜怒杀害了自己的妻子。伊阿古作恶并不为谋取私利，也不是出于报复之心，只是为了满足施虐的快感。

在伊阿古的故事中也蕴含着马基雅维利式的教诲。一个人若是为了某个有所助益的目的而做出残忍的事，达成目的后也不再残酷，这样的人就可能会是个伟大的政治谋略家。一个人若是根本不为达成什么有益的目的，那他就会把谋略倾耗于满足施虐的快感。这是对政治才能的极大滥用，其结果就是毫无所得，有罪之人和无辜之人都要付出代价，像《奥赛罗》中的情形一样。这些操弄政治的卑劣之人只能赢过那些天真的对手，如果有些具有公民勇气的人站出来，为保护受害者而奋起反击，他就会遭到挫败。《无事生非》中的克劳狄奥宁愿相信恶人约翰（Don John）的鬼话，也不愿相信爱人希罗（Hero）的贞洁，要不是贝特丽丝和培尼狄克对克劳狄奥耍了点诡计才救下恭顺（这种恭顺已经过时）无辜的希罗，她早就蒙冤而死。《奥赛罗》中的爱米丽娅（Emilia）则是另一个女性反叛者，她是贝特丽丝这一贵族女性的平民化身，但她的救场来得太迟，最后自己也成了冤魂。

无论是政治家还是操弄政治的人，无论是世界历史上举足轻重的大人物还是社会地位有限的卑微角色，莎士比亚笔下所有类型的伪君子通常都愤世嫉俗。将伪善与愤世嫉俗完美融合的人物就是著名的葛罗斯特公爵，即后来的理查三世，我会在后面对他进行详细探讨。莎士比亚还刻画了一些狂热分子，他们有的伤害别人，有的没有恶意。但莎士比亚认为，狂热分子、苦行主义者和自以为是的人在其内心深处也是伪善的。例如，《皆大欢喜》中的公爵就指责表面极度厌世的杰奎斯实则虚伪，他说：

> 最坏不过的罪恶，就是指斥他人的罪恶：因为你自己也曾经

> 是一个放纵你的兽欲的浪子；你要把你那身因为你的荒唐而长起来的臃肿的脓疮、溃烂的恶病，向全世界播散。（《皆大欢喜》2.7.64-69）

但对于杰奎斯是不是伪君子，阐释者的解读各有不同。《一报还一报》中的安哲鲁也是个伪君子，但他很可能一开始并不是这样的人。他一开始是个狂热分子，后来变成了伪君子，杰奎斯则一开始是个伪君子(如果他确实如此的话)，后来成了狂热分子。[71]莎士比亚从不认为教会里的显贵会有真诚的宗教信仰或谦卑的奉献精神(这可能和他自己的政治信念有关)。这些显贵或多或少都有些伪善和愤世嫉俗。在莎士比亚看来，真正的教徒应是谦卑良善的，但这样的人倘若参与政治，便没有任何成功的希望，因而也有害于政治。莎士比亚在这里比马基雅维利走得更远，他对现代世界曙光来临的看法有了韦伯式的转向。他相信现代世界的诸神是多样的，相信政治、宗教、战争以及创作艺术等领域之间各自有着相对独立性。

我已经对宏大的政治谋略与龌龊的政治手腕作了明确的区分。前一种人为了获得成功，为了在世界舞台上达成目的而积极谋划；后者则意图毁灭他人，密谋满足私欲。但在喜剧、非悲剧和传奇剧中，人们(尤其是女人)可能会为了救人或自救，出于正义地进行密谋，他们这样做时常常不掺杂丝毫虚伪，甚至在其伪装中也没有虚饰。例如，《温莎的风流娘们儿》中的两个女人设计捉弄福斯塔夫这个又老又胖、自负狂妄的好色之徒，又同善妒多疑的丈夫开了个玩笑。马伏里奥也遭到了这样的捉弄和背叛。莎剧中经常上演这种捉迷藏游戏，这是其戏剧艺术中最强烈的一味调味剂，使他的剧作区别于所有古典戏剧。古希腊悲剧中玩弄这些把戏的是天神而不是人。莎剧中的男男女女则彼此施展着完全不同的把戏。帕克和爱丽尔虽是精灵却很像人，是我们梦幻世界中爱作弄人的淘气鬼。

伪装之后的扮演并不等同于伪善。非但如此，莎剧中许多伪装起来扮演某个角色的人既不愤世嫉俗，也不虚伪。许多阐释者可能会质疑我这个观点。例如，他们会把《一报还一报》中的公爵看成伪君子。但我却不这样理解，只要把他和普洛斯彼罗一比较就很清楚了。莎剧中，有的人套上伪装是因为魔法的作用（如波顿变成驴子），有人伪装是为了探查别人的想法（如混入士兵中的亨利五世），有人伪装是出于忠诚，为保护敬爱之人免受伤害（如《李尔王》中的肯特），有人伪装是为了赢得爱情（如《终成眷属》中的海丽娜），有人伪装是为了在不义之中苟活下来，以待来日伸张正义（如《冬天的故事》中的赫米温［Hermione］和潘狄塔），有人在灾难中幸免于难，伪装是为了开启新生活并赢得公爵的爱情（如《第十二夜》中的薇奥拉［Viola］），有人伪装是为了免遭谋害（如《李尔王》中的爱德蒙伪装成可怜的汤姆），不一而足。除此之外，还有的人无需变换服装、改变声音、粘上胡子、改容易貌就能够伪装。疯癫也是一种伪装的方式。利用疯癫来伪装自己正是哈姆雷特的专长。

伪装起来的人们通常出于或好或坏的目的愚弄他人，但他们有时却反受人愚弄，［72］沦为笑柄，如被伊阿古愚弄的罗德利哥和被温莎的风流娘儿们愚弄的福斯塔夫。

每个伪装起来的人不仅掩藏自己的计划、行动和感情，还隐藏起自己的品性和身份。伪装也是自我异化的一种（并非只有装疯卖傻才是自我异化）。但在这种自我异化中，他很清楚自己的处境，只要情况允许，他们可以随时褪下伪装。一个人若是摆脱不了伪装的身份，那他就已经失去自我，要么就是又穿上了一层伪装。说自己不过是个“人”也可能是一种伪装（我们从肯特那里看到了这一点），赤身露体也可能是一种伪装。但并不是所有伪装在任何情况中都能适用。就像狼可以披上羊皮，羊却不能披上狼皮（它能做到的话就不是羊了）。上等人可以伪装成下等人，下等人若伪装成上等人则会变得非常荒唐可笑。

一个人若要隐藏真实的自己不能仅仅靠更名改姓（像爱德伽、肯特、文森修公爵、普洛斯彼罗以及莎剧中许多其他人物那样），他还必须遮住自己的真实面目和“内心秘室”。随意穿上一件别人的衣服并不能将他的内心秘室遮挡起来，他必须远离那些意图拨弄他灵魂之弦的人。

在莎士比亚的伟大剧作中，至少剧情一开始时，人们之间都互不了解（霍拉旭和哈姆雷特是个特例）。不过，随着剧情的展开，他们开始互相有所了解，知道对方或忠诚或不忠，或充满温情或残忍野蛮。无论他与这个世界格格不入，还是找到了立身处世的办法，他永远不会忘记所遭受的这番考验。悲剧和多数喜剧中都会出现这样的情况。莎剧中的人物有着双重倾向，一方面渴求别人理解，一方面又隐藏自己，让内在灵魂免受他人侵扰。它会让毫无城府的人物摆脱轻易掏心掏肺的习惯，但也会让那些时刻有所戒备的人舍弃折磨人的怀疑主义和厌世情结。《雅典的泰门》是表现这一主题最极端的例子。剧中主人公一开始毫无城府——他谁都相信，对什么都不加怀疑——最后却又痛骂所有人，谁也不信。但莎剧的人物很少像这样从一个极端走向另一个极端，从绝对信任走向彻底怀疑。

哈姆雷特将捉迷藏这一游戏玩得最得心应手。舞台策划人的角色是他伪装的手段。他与别人的周旋都属于他的伪装技艺。他无需穿上他人的衣服来伪装——他只需变换一下笑容、语调和词句就可以了。虽然他也曾蓬头垢面、装疯卖傻以掩藏自己，但他其实无需更名易容或改变装束，就能让别人理解不了他在说什么。[73]我们知道衣服及面部表情都只是“表象”，是可以假扮的。一个人的真实面目虽不能假装，但却可以将其隐藏。哈姆雷特想隐藏起自己的真实面目。他曾两次把自己的内心比作乐器。他对罗森格兰兹和吉尔登斯吞说：

> 哼,你把我看成了什么东西!你会玩弄我;你自以为摸得到我的心窍;你想要探出我的内心的秘密;你会从我的最低音试到我的最高音;可是在这支小小的乐器之内,藏着绝妙的音乐,你却不会使它发出声音来。哼,你以为玩弄我比玩弄一支笛子容易吗?无论你把我叫作什么乐器,你也只能撩拨我,不能玩弄我。(《哈姆雷特》3.2.351-360)

剧中的人物上场时一无所知,他们对世界知之甚少,对自己也不甚了解,不知道该信任谁,又该怀疑谁。悲剧、喜剧以及传奇剧都是讲述心智启蒙的剧作。随着剧情的展开,剧中人对自己和他人渐渐有了更深入的了解。剧中也有相反的情况出现,有人认为自己对世界和周遭的一切已足够了解,但随着剧情的展开才发现自己一无所知——他们既不了解自己也不了解他人。这两种情况在多数莎剧中是同时展开的。我们不该忘记,时代脱了节。若把我们对于世界和自我的了解当作一盘棋局,那么,自我的隐藏、伪装和揭露都是棋盘上走的每一步棋。我们要和别人对弈,这是一种社交游戏。他人或是队友或是对手;他们想了解我们,想探查我们隐藏起来的面目,这样做可能是为了让我们希望落空,可能是想帮助我们,也可能是为了向我们表露真心。我们永远无法真正了解一个未卸下伪装的人,反之亦然。

戏剧的情节就是一出对弈游戏。我们对于人性(以及自我)的了解和无知,要么互相印证,要么互有分歧,但二者总是息息相关的。我们在这世上都互不相识,我们都遭人背叛,也会背叛他人。但我们也可以成为好友,感受交友之乐。但我们之间仍是陌生人。

当奥本尼(Albany)意识到自己必须统治这个满目疮痍的无主国家时(因为忠臣肯特将紧跟他主人的步伐,追随死去的李尔王踏进坟墓),他说:

> 不幸的重担不能不肩负;感情是我们唯一的言语。年老的人已经忍受一切,后人只有抚陈迹而叹息。(《李尔王》四开本 5.3.318-321)

《李尔王》以彻底的放弃作为结束。我们不应忘记:说这话的人伪装成赤身露体的傻瓜,[①] 伪装成那“不过是一个东西”的可怜的汤姆,那个“事物本身”,而且只要他还活着,他就会在自己的铠甲下面穿上可怜的汤姆那身具有象征意味的破衣烂衫。

《皆大欢喜》中的公爵被他的弟弟赶下王位,我们也可以透过他的眼睛看看这个充满谎言与背叛的世界。[74]他忠诚的朋友阿米恩斯(Amiens)唱了一支最抚慰人心、令人振奋的歌曲:

> 吹,吹,冬天的风,
> 你不似人间的忘恩负义
> 那样的伤天害理;
> 你的牙不是那样的尖,
> 因为你本是没有形迹,
> 虽然你的呼吸甚厉。
> 咳喉!咳喉!来对冬青唱支曲。
> 多半友谊是假,多半爱情是愚。
> 咳喉!冬青!
> 这里的生活最有趣。
> (《皆大欢喜》2.7.175-184)

---

① [译注]此句有疑问。上述引文出自奥本尼之口,作者错以为是装扮成可怜的汤姆的爱德伽所说。

的确，多半友谊是假，多半爱情是愚——但并非全部如此。奇幻森林里的生活令人神往，但只对某些人来说如此。对厌世的杰奎斯来说，生活就毫无乐趣。莎士比亚从不明确表明立场，但有人认为在这一关键问题上他态度明确。他同情怀疑主义者，对极度绝望的人有着深刻的理解，唯有对厌世主义者敬而远之。

四　绝对的外邦人

[75]奥布莱恩(Geoffrey O'Brien)在评论阿兰·布鲁姆的专著时写道,一部剧一经上演就发生了改变,对此我深以为然。日前布达佩斯上演了由阿尔弗第(Robert Alföldi)执导的《威尼斯商人》,这场演出就为观众改变了这部剧。看剧之前,我并没有怀着过高的期望,但看完之后,一部全新的《威尼斯商人》映在我脑海中,给我带来了极为真切的冲击。剧中台词没有丝毫改动(尽管这部剧新的匈牙利文译本更贴近莎士比亚的用语,但之前的译本词藻更加优美,只是通篇采用诗体翻译)。既然我准备讨论莎剧中绝对的外邦人,我就免不了要想起这一版本的夏洛克,这场演出在我脑海中挥之不去。如果我没有去看这场戏,那我根本写不出这篇解读文章。但看完这场演出后,这一解读对我来说就是不言自明的了。

外邦人或异族——他们是些流亡避难、无家可归、惨遭放逐以及寻求庇护之所的人——可能是悲剧中最传统的一类角色。在桑内特(Richard Sennet)看来,《俄底浦斯王》(*King Oedipus*)本质上并非家庭剧,而是一部有关外邦人的悲剧。俄底浦斯在科罗诺斯(Colonus)也是个外邦人。俄瑞斯忒斯各处逃亡,厄勒克特拉在自己的本邦仍是个外邦人,伊菲革涅亚则在奥利斯(Aulis)和陶里斯(Tauris)两地都是外邦人,普罗米修斯(Prometheus)遭到驱逐,在欧里庇得斯的剧作《酒神的伴侣》(*Bacchae*)中,狄俄尼索斯(Dionysus)及其信徒经常被人称为

"异族"——我还可以举出许多例子。但他们都还不是绝对的外邦人。他们虽被逐出家园,却仍可归家,例如俄瑞斯忒斯和伊菲革涅亚都回到了家乡,俄底浦斯死后也魂归故土。可能除了美狄亚,古希腊悲剧中就没有绝对的外邦人。即便对美狄亚来说,最令她痛苦的也是她作为女人的命运,而不是她身为绝对的外邦人的遭遇。莎士比亚自己可能都没意识到,在这一点上他遵循了古希腊的传统。但他也对其进行了改动。

在《莎士比亚的政治》一书中,布鲁姆认为《奥赛罗》和《威尼斯商人》最能体现莎士比亚的政治观念,我却并不认同这一观点。[76]的确,莎士比亚对历史政治的想象围绕着外邦人展开,但它围绕的是境况中的外邦人(conditional stranger),即处于某种情境中的外邦人,而不是绝对的外邦人。囿于两难处境中的人通常属于境况中的外邦人。两种自然观念撕扯着他们,他们与那些遵守传统的人格格不入,也无法融入只信奉自然权利的人们中。当莎剧中的人物发觉他们所遭遇的事情是一团乱麻,发现一切出乎意料又难以理解时,他们就对这个世界感到陌生。但只有那些曾身处这个世界并对它有所了解的人,才会对它感到陌生(如自绝于罗马的科利奥兰纳斯)。那些觉得遭到彻底背叛的人也会对这个世界感到陌生,如雅典的泰门。安东尼是罗马人,他曾对罗马人的一切都了如指掌,但在爱上了一个异国女人,并且爱屋及乌地爱上东方之后,他对罗马也感到陌生疏离。但作为罗马人的他还说不上是个外邦人。克莉奥佩特拉在她自己的东方世界也不是外邦人,她在埃及感到轻松自在;她对罗马人来说是外邦人,他们不仅会把她当作凯旋仪式上的战利品,还同她彻底疏离。莎剧中还有许多相互疏远的恋人,但与爱人疏远的男人或女人并不是绝对的外邦人。

变得疏远陌生也意味着他的行为举止颇为怪异。当人们不能理解一个人的所作所为,或他的某个做法背离了所有人的预期,违背了常理时,人们就觉得他行为怪异。但行为怪异的人并不是绝对的外邦人。他们的怪异行为是解得开的谜题。那些疏离的角色身边总有些人热衷于解开他们的谜团。哈姆雷特知道,他的敌人总在想方设法地撬开他心灵的秘室。他确实奇怪,行事怪异,但他不是绝对的外邦人。行事怪异也可能意味着行事荒唐可笑。但反过来,荒唐的行为并不总是怪异的。当某个底层社会的人说出自己都不知道意思的"雅词"或"外语",或者语无伦次地与人争辩,操着满口不规范的英语时,他们显得荒唐可笑,但一点也不奇怪。

在莎士比亚笔下,只有当他们卷入的事情超出了自己所能理解的范围,或者不小心闯入了一片他们理解不了的境地,他们才变得奇怪。例如,《无事生非》中老实可笑的警吏们胡乱讨论了一番哲学,但也同时揭露了一通阴谋计划。偶然事件牵扯出了人物角色,这的确是个奇怪的巧合。不过波顿、道格培里(Dogberry)甚至特林鸠罗(Trinculo)(《暴风雨》中的人物)都不是外邦人。他们规规矩矩地处在社会等级秩序中自己该属的位置上;彼此认真对待,大约也能预料对方是怎样的人。比他们位高一等的人(以及与其类似的观众)觉得他们荒唐可笑,[77]但只要这些人还处在自己该属的位置上,我们就还能预料其行为。只有当他们像在《暴风雨》中那样越过了界,① 我们才会觉得惊讶。

莎士比亚的许多政治剧中,境况中的外邦人都是主角。但在所有剧作中,只有两个绝对的外邦人:夏洛克和奥赛罗。有趣的是,两人的故事都发生在威尼斯这个世界化的都市。当然,莎士比亚是从前人那里取材,但他也是从许多故事中准确地选取了这两个作为素材改编成戏剧的。我认为这一点至关重要。绝对的外邦人并没有与他们的世界

---

① [译注]《暴风雨》中的特林鸠罗和斯丹法诺流落到荒岛以后,妄图在岛上称王,便是僭越了等级秩序,逾越了界限。

疏离，因为他们从来就不归属于所生活的这个世界。他们之所以是外邦人，并不是因为他们的行为有违他人预期，而是正好相反：正是因为他们的行为迎合了他人对于外邦人的预期，所以他们才成了外邦人。他们与所处世界的联系是偶在的，因为他们付诸行动的那方土地和他们自己的根、和哺育他们的传统毫无关系。此外，周遭的世界和其中的阶层等级都异于他们的传统。《奥赛罗》中没有第二个摩尔人。《威尼斯商人》中虽然还提到过夏洛克之外的另一个犹太人，但我们从未看到夏洛克身边有犹太人作伴（他曾说要去犹太教会堂见其他犹太人），相反，我们只看到他和威尼斯的非犹太人待在一起。

有的人之所以是绝对的外邦人，一是因为他是*以外邦人的身份被雇佣*来此，来做大都市里的本地人不愿做的事。奥赛罗就是为外邦服役的雇佣兵，他这次来是要为威尼斯征战。威尼斯人雇佣他去执行极为凶险的任务：让他冒生命危险与土耳其人作战，去做耽于享乐的威尼斯青年不愿做的事，后者只愿坐享胜利的甜美果实。奥赛罗说是被雇佣，其实也是被利用，只要他尚且有用，就会被一直雇佣。一旦他打赢了决定性的战役，就会被立即解除将军职务（正如我们所知，威尼斯贵族们在尚不知晓苔丝狄蒙娜惨遭噩运时，就已经这样做了）。他们也用同样的手法利用放高利贷的夏洛克。威尼斯商人们认为借贷取息有失体面，但他们仍从夏洛克那里借贷，并在还完利息后获得了大笔利润。显然，夏洛克的行当受他们鄙夷，却又为他们所需。莎士比亚清楚地表明，夏洛克尽管收取利息，但他不但没有触犯威尼斯商人的经济利益，反而于他们有利。海上冒险的船只如果能平安归来，这些商人冒险家们就能赚得盆满钵满。他们的商船忙于劫掠土著人——我们知道，被劫掠的是东方人——和贩卖奴隶。他们基督徒纯洁的良心倒能对此等恶事过得去。与他们做买卖的东方人在他们看来也是外邦人。威尼斯商人对待同伴可能得体，但对外邦人却并非如此。虽然这一点在剧中多有强调，但该剧的阐释者却常常忽视。[78]《奥赛罗》中也出现了极为类似的情形。剧中的威尼斯人是与外邦人（主要是土耳其人），即与东方人作战。来自东方的奥赛罗被威尼斯贵族雇来抗击东方人。

如果这两部莎剧共同传递了某些政治讯息的话，那这一讯息一定非同寻常。典型的政治历史剧一般是关于君主制和共和制的剧作，但这两部却是关于世界主义的剧作。莎士比亚想要探讨所有重要处境下的人性本质，这让他在威尼斯发现了新的处境和绝对的外邦人这一新的人物类型。通常情况下，莎士比亚会将他的角色扔掷到可以同时触碰传统与现代边界的处境中。但在大都会的威尼斯，旧世界已经消失。在绝对的外邦人所置身的世界里，一切已经重新洗牌。

奥赛罗和夏洛克之所以是绝对的外邦人，是因为在这个雇佣和利用他们的世界中，他们有着绝对的无根性（rootlessness），而被雇佣就是他们生存的基础。非但如此，他们的雇主自觉有理由轻贱他们。威尼斯人对奥赛罗这个雇佣兵的鄙夷程度，丝毫不亚于他们对放高利贷的犹太人夏洛克的嫌恶。二人都被视为不信基督的异教徒，是与自己完全不同的他者。莎士比亚刻画的绝对外邦人的本质中有一个重要元素，那就是，他周遭的人根本没有兴趣去了解他。他们对这个外邦人本身一点也不感兴趣，只在乎他的（既受人鄙夷又有利可图的）用处。苔丝狄蒙娜——她是莎士比亚笔下最美丽、最叛逆的女孩之一——之所以独一无二，就因为全剧只有她一人把奥赛罗当人而不是有用之物看待。《威尼斯商人》中根本没有谁对作为人的夏洛克表现过一丝兴趣。作为人的夏洛克在他们眼中是不存在的。

当然，只有某人愿意效劳，别人才能雇佣他。而且他的付出也只能是效劳而已，但有的人却怀着更高的或不同的期望。有人说，自己效劳过后，也要和他为之效劳的人平起平坐。有人认为自己尽心尽力地为威尼斯效劳之后，自己也已然成了威尼斯人，或至少够格当个威尼斯人。奥赛罗和夏洛克都这样想。他们认为所效劳的对象并不比自己优越，只是不同罢了，他们为这个世界付出的辛劳足够使自己成为其中一员。奥赛罗和夏洛克并不觉得自己低人一等，这两个外邦人希望被当作本邦人，得到应有的重视和尊重。但他们也知道这不过是妄想。他们个性中的紧张不安和敏感易怒，以及唯唯诺诺和勃然大怒之间的不停变换正是一些心理表征，反映出他们的处境与诉求间的冲突。

[79]我们从剧作中可以看出，奥赛罗有着民族同化主义的幻想。至于夏洛克，各家解释则各有不同。在我看来(这一解释也适用于1998年在布达佩斯演出的版本)，夏洛克也是一个民族同化主义者。整场演出都围绕着一句极其重要却常被人忽视的台词展开。第四幕中，鲍西娅(Portia)以法学博士的面目出场，一遇到安东尼奥(Antonio)和夏洛克她就问：

> 这儿哪一个是那商人，哪一个是犹太人？(《威尼斯商人》4.1.171)

显然，她凭外貌分不出两人来。夏洛克从外表上看来像个威尼斯商人，穿着威尼斯贵族的衣袍，从体型、表情甚至面貌上都看不出他是个犹太人。那为什么说他是犹太人？又是什么让他成了犹太人呢？即便鲍西娅从外表上分辨不出威尼斯商人和犹太人，但其他商人、公爵和所有威尼斯人都知道他们两人谁是谁。他们能看出来，是因为他们事先知道。他们会这么看，是因为他们期望犹太人会像犹太人那样行事，而威尼斯贵族则像威尼斯贵族那样行事。他们知道犹太人和威尼斯贵族迥然不同。他们知道安东尼奥是自己的同胞，夏洛克却是彻底的外邦人。人人都痛恨夏洛克，因为他是犹太人。

如果有人心里期望别人与自己有别，那么别人在他眼中就会当真有别。奥赛罗的不同之处体现在他的肤色上。没有人会问哪个是凯西奥(Cassio),哪个是摩尔人,因为只要看一眼就能分辨出来。奥赛罗渴望同化的愿望已因他的肤色而破灭,但他仍不自知。他的天真、对人性的茫然以及易怒和脆弱等特点,都极大地促成了他的罪行和毁灭,但这些缺点并不是他犯罪的原因,只是条件而已。

由于人们一眼分辨不出威尼斯商人和犹太人的区别,所以威尼斯人事先知道夏洛克是犹太人这一点,便决定了他们对他的态度以及对他职业的看法。他受雇来放高利贷;他手里没有远航去东方的船,也没有掠夺他人财物或者获取奴隶的武器。简而言之,他没办法靠冒险生财。作为犹太人,他从事着在威尼斯贵族看来极不光彩的行当。他们信奉亚里士多德的观点,认为让钱生钱是违背自然的做法。但他们显然不觉得派船买卖金币、香料或奴隶违背了自然,反而认为这是光彩的事。主人需要奴隶,这是光彩的。主人们把奴隶当奴隶看待,这也是光彩的。冒险是光彩的,为财富冒险更是光彩的。这类商人认为,有些生财之道并不会贬损人格,他们既能赚得盆满钵满,又能仍是体面人和好基督徒。而那些靠违背自然的手段生财的人理应遭到蔑视。

但在莎士比亚笔下,夏洛克身上还有一处反映出,他的确是犹太人。[80]他的外表、举止、笑容等等看起来都和威尼斯人无异,但他仍坚持着犹太人的祈祷方式。夏洛克与剧中另一个犹太人杜伯尔(Tubal)之间的一小段戏正表明了此意。夏洛克说:

> 去,去,杜伯尔,咱们在会堂里见面。好杜伯尔,去吧;会堂里再见,杜伯尔。(《威尼斯商人》3.1.119-121)

临近剧末,无论夏洛克实际上是否被暴民所杀,当他被迫改信基督教时其实就已被杀死了。最后一场戏中提到了他的遗嘱,所以他多半已被处以私刑。

莎士比亚刻画了奥赛罗和夏洛克这两个(失败的)同化过程中的

绝对的外邦人。显然,除此之外没有更好的方式可以刻画他们。莎士比亚不能将剧本背景放到摩尔人或犹太人的共同体中,因为那样的话,它们就不是有关绝对的外邦人的戏剧了。

在莎士比亚的大多数政治剧和历史剧中,两个世界会发生冲突,而且同化不了对方。正因为如此,在所有的外邦人中只有两个绝对的外邦人。他们在讲述同化失败的剧作中担任主角,自己也逃脱不了失败的结局。但莎剧中并不只有绝对的外邦人渴望同化,有些私生子也在努力融入生身父亲所在的世界。他们有时光明正大地赢得父亲所在世界的尊重,有时则间接占取那个合法世界的席位。然而,莎士比亚笔下两个绝对的外邦人却毫无融入另一个世界的希望,他们不可能既保留异质性(strangeness,如信仰和肤色),又被他人完全接纳。我并不是说渴望同化总是一种幻想,但在很长的一段时间内它的确如此。莎士比亚表明,这是一种极具代表性的妄念。

在观看布达佩斯的那场演出之前,我认为《威尼斯商人》是部不可思议的剧作。它通过鲍西娅这一个角色将三则故事联系在一起。其中两个故事是寓言,或者说是童话。第一则是三个匣子的故事(金匣子、银匣子和铅匣子),求婚者必须从中选出正确的匣子才能赢得鲍西娅和她的巨额财产。这则故事并不是莎士比亚的原创,他也没有绞尽脑汁地让它比原有情节更加有趣。剧末则出现了戒指的故事,并随之上演了意料之中的大团圆结局。夏洛克与威尼斯商人安东尼奥的故事看来像是夹在了这两则童话中间。然而这部剧的剧名并没有提到鲍西娅,而是提到了安东尼奥,因为他才是威尼斯商人。虽说如此,读者对他并不感兴趣。当鲍西娅和她的寓言故事不是主要情节时,夏洛克就主导着情节。因此常有人认为,夏洛克才是剧名所指的威尼斯商人。

阐明这部剧的体裁就和阐明它的结构一样困难。这部剧应归于哪一类?长久以来,[81]它都是以喜剧的形式上演。但只有当观众一边倒地站在排斥外邦人的威尼斯青年这边，才能说它是部喜剧。从这种片面的观点看，夏洛克只是个邪恶的滑稽角色。说他邪恶，是因为他哪怕最爱的是钱，却仍要割别人的肉；说他滑稽，是因为他一败涂地，自己搬石头砸了自己的脚。好人最终战胜了卑劣的恶人，我们因而有理由哄笑欢呼。这样的话，《威尼斯商人》就成了一部欢庆剧（Carnival play），伴着歌舞庆祝魔鬼的溃败和生命的凯旋。

这种阐释现已不合时宜，不仅仅由于我们有了奥斯维辛（Auschwitz）的惨痛教训。如果两难处境是莎剧的基本结构要素，那我们也可以认为，《威尼斯商人》中也存在着这一两难处境。我们之所以采取这样的假设，更是因为，那些或好或坏的角色，如爱德蒙、朱丽叶以及亨利五世等，对自然权利的问题有过讨论，夏洛克和他们一样，也谈及这个问题。尽管整个世界重新洗牌，传统已所剩无几，人们仍可以继续借用自然权利来挑战统治的世界。对于这一莎剧中重复出现的主题，我们正应特别重视，并假设它在这部剧中也发挥着结构上的组织作用。

《威尼斯商人》的确很难像《奥赛罗》那样，明确地以悲剧的形式上演。这不仅因为身为将军的奥赛罗身份较为高贵，适合做悲剧主人公，而放高利贷的夏洛克只是个不冒风险的平民，他从事的卑贱行当让他不适合当悲剧主人公。最重要的原因是，《奥赛罗》中无辜的苔丝狄蒙娜和爱米莉亚都死于奥赛罗出于嫉妒犯下的蠢事，而《威尼斯商人》中除了夏洛克自己，没有人受到损害。这样说来，《威尼斯商人》既非喜剧又非悲剧，也不是莎士比亚后期的那类传奇剧。在这部剧的异质性结构中——它让我们感觉是由三个不同的童话故事松散地粘合在一起——第二个与恶人夏洛克有关的故事似乎最难把握，在剧中它比其他两则故事更有力度，内涵也更丰富。从这里也可以明显地看出，莎士比亚让他笔下的角色不仅在独白中，也在与他人的交流中进行自我创造。

依照对这部剧的惯常解读，放高利贷的夏洛克只对钱感兴趣，而威尼斯的年轻人尽管并非完满无瑕，却心系爱与友谊等比钱高贵得多的事物。照这种解读看来，这部剧传递的主要信息是正义与宽恕之间的冲突。鲍西娅口若悬河地呼吁宽恕，夏洛克则吁求正义，不愿宽恕。如果照这种方式解读，则《威尼斯商人》可视为《一报还一报》的姐妹篇，因为后一部剧也讲述了宽恕与正义两种原则间的最终对决。

[82]我的阐释则与此不同。从文本中绝对生发不出卑劣的放贷人与正派的年轻人之间的对照。宽恕与正义的对照只是鲍西娅用来劝告夏洛克的说辞，也是《一报还一报》中伊莎贝拉劝说公爵的说辞。但在莎剧中，说辞绝不仅仅是一句哲学的或宗教的陈述，所有说辞都与情境有关，是一种行动。伊莎贝拉恳求公爵发发慈悲的行为是仁慈的，鲍西娅诉诸慈悲来反击夏洛克的行为却并不仁慈。毫无疑问，她们的说法都很有道理，但在具体剧作中，一番说辞的真实性还要看它的真诚度。从这个角度看来，两部剧之间没有可比性。那些嘴里恳求着慈悲，后来却变得毫无慈悲之心的人(鲍西娅)是虚伪的，而那些曾经毫无慈悲之心，现在却恳求他人大发慈悲的人(伊莎贝拉)则表现出他们的忏悔。鲍西娅和伊莎贝拉虽然说的是同样的话，做的事却并不相同。

按照我自己对《威尼斯商人》的解读，贪财的人不是夏洛克，而是整个威尼斯。戏剧一开始，巴萨尼奥(Bassanio)就以爱的名义胁迫安东尼奥，向他索要钱财：

> 因为你我交情深厚，我才敢大胆把我心里所打算的怎样了清这一切债务的计划全部告诉您。(1.1.132-134)

他需要钱财来赢得鲍西亚，又要通过她弄到更多的钱。安东尼奥的船还在海上未归，巴萨尼奥却仍坚持找他要钱，安东尼奥又竭力想满足所爱之人的一切愿望——若非如此，这个故事根本不会展开。

安东尼奥素来以他对犹太人的仇恨闻名。威尼斯人一贯鄙夷犹太人,安东尼奥对他们却是怀着私恨。他憎恶夏洛克借钱给人不是出于情谊,而是为收取利息放高利贷,他的憎恶与日俱增,最后成了无端的仇恨。安东尼奥不仅像其他人那样,因为夏洛克的外邦人身份而鄙夷他,他自己更是个反犹分子,秉持坚决的反犹主义。威尼斯商人安东尼奥是个毫无理智的人。他对巴萨尼奥的爱也毫无理智,但这种爱促使他行了最大的慷慨:他愿为朋友而死,借钱给他娶妻,哪怕这意味着他俩关系的终结。莎士比亚只暗示了他们之间存在着同性恋情,可能别的解释也说得通。但毫无疑问的是,安东尼奥深爱着巴萨尼奥,即便帮朋友促成这桩婚姻有违自己对他的强烈感情,他仍在所不惜。他对巴萨尼奥的爱会激发他去做不理智的事,去冒未知的风险,他对夏洛克的恨也像他其他狂热的感情一样完全失控。对这个威尼斯商人来说,这部剧以一场得不偿失的胜利(Pyrrhic victory)告终。① 他解了恨,却得不到爱。非但如此,鲍西娅的胜诉让他一败涂地。因为对他来说,死于夏洛克的匕首之下总好过眼看着巴萨尼奥投入这个富有女人的怀抱,[83]眼看着他爱的人再也不需要他的爱和钱了。

再回过头来说我的论点。从第一场戏开始,剧中的每个人都对金钱十分着迷,除此之外,他们不对任何事情上心。连爱情也总与金钱挂钩,甚至屈居其下。夏洛克与其他威尼斯人的区别并不在于其他人对钱不感兴趣而只有他一人爱财。夏洛克收取利息时精于算计,但一遇到安东尼奥他就理智全无,变得和安东尼奥一样。在那场生死对决中,两人都只关心那一磅肉。对决的一方是个极端的反犹主义者,他拒绝夏洛克想被同化的愿望,比任何人都更明确地表示他们威尼斯人不欢

---

① [译注]源自伊庇鲁斯国王皮洛士,他于公元前279年打败罗马人,但自己的部队也伤亡惨重。

迎夏洛克。对决的另一方是极为仇恨安东尼奥的犹太人。他不要实在的钱，而要安东尼奥的一磅肉当作利息，可见他已不是原来的自己，因为他感兴趣的已不再是谋利。夏洛克执着于取走安东尼奥身上的肉，就像安东尼奥执着于拥有巴萨尼奥一样。这两个执迷的角色站在舞台中央，准备杀人或者被杀。此刻唯有他们两人不再执迷于金钱，而其他仍然心系金钱的人此时渐渐模糊，退居次要地位，成了这场对决的观众。莎士比亚的天才之处并不在于刻画出了这样一个犹太人形象，而在于刻画出了一个外邦人如何想通过恶的激化(radicalization of evil)把自己变成本邦人。

“恶的激化”一词取自萨特(Sartre)，他说过，受压迫者活在压迫者的注视之下，必须扮演压迫者给他们分派的角色。受压迫者只有接纳自己原本的样子，并立即对压迫者进行反攻，才能实现自我解放。局面扭转之后，受压迫者会以其人之道还治其人之身，把那些曾经的压迫者也当成自己的客体(object)，而不再奉为主体(subject)。萨特在为《全世界受苦的人》(*The Damned of the Earth*)所作的序言中写道，[①] 倘若受压迫者不仅想要在政治上解放自我，还要在心理上解放自我，其唯一的方式就是恶的激化，其实就是指采取暴力行动；事实上，通过暴力才能让恶激化。

我并不认可萨特最后的结论。我引用萨特只是为了表明这正是莎士比亚所描绘的情形。手握匕首的夏洛克此刻怒火中烧，他确实打

---

① ［译注］法语书名为*Les Damnés de la Terre*，取自《国际歌》第一句歌词，法农(Franz Fanon)著，1961年出版，萨特为本书作序。这是法农在生命最后时期的著作。作者从社会经济政治状况、人的生理和心理等方面，揭露长期的殖民统治对于非洲社会结构的深远影响，对非洲人民生理和心理的伤害和摧残，从而指出，第三世界的人民在进行反殖民化斗争中和获得独立之后将面临着一系列的社会问题和经济问题，独立并不意味着真正的解放和自由。

算剖开敌人安东尼奥的心。从未杀过人的他此时掏出匕首，目露凶光。这个向来卑微屈从、安于忍让的人，突然像非犹太人那样睚眦必报。但夏洛克终究是个犹太人，他永远不会触犯律法。他听不进敌人让他发发慈悲的请求，因为慈悲是基督徒的美德。犹太人的义务是遵守律法。当他意识到自己的行为有悖律法时，[84]这才丢掉刀子，签署了自己的死亡证明(这与科利奥兰纳斯决意不攻打罗马有着惊人的相似)。夏洛克只维持了片刻的伟岸，经历恶的激化之后，他重又认可了别人对他说的一切，重新扮演起卑微的犹太人一角，变回了由敌人的目光汇聚成的客体。但经历了恶的激化，一切不可能恢复如常。夏洛克只能是原先的自己的影子。

但我们要问，夏洛克怎么会走到需要面对生死对决，走到恶的激化这一步？这是他生命中仅有的既悲惨又恶毒的时刻。这个犹太人到底愤恨到什么程度才会抛却谦卑的伪装，挥动着刀子将恶激化？一开始他并没有这样做。签定借约时，夏洛克盘算的是，安东尼奥的船定会安全返航，他不需要利息，只要拿回他的本钱就可以了。他之所以要用一磅肉作为利息，是为了向安东尼奥表明，他们两人是平等的：真正有价值的是活生生的人而不是钱。他从未想过真的从他憎恨的敌人身上割下一磅肉来。但后来他的女儿杰西卡(Jessica)和一个信仰基督的威尼斯青年私奔了。她不但被诱拐走，还听从那个基督徒的建议偷走了父亲的钱财。杰西卡还是个小女孩，她的私奔实际上是他人有预谋的诱奸。现在让我们设想一下自己是这位父亲，独女被人诱奸，跟着人私奔，还受人怂恿偷走了自己的一部分财产。若是没有她父亲的钱，这个犹太姑娘能有多少价值？夏洛克陷入的正是弄臣里戈莱托(Rigoletto)的处境，[①] 正如我们所知，里戈莱托动了刀子。夏洛克没有这样做。他

---

① ［译注］《弄臣》是威尔第作于1851年的意大利歌剧。主人公里戈莱托

在女儿被诱拐后听闻安东尼奥的钱财遭了损失,这时才决意报复,才诉诸自然权利。且听夏洛克怎样说安东尼奥的:

> 即使他的肉不中吃,至少也可以出出我这一口气。他曾经羞辱过我,夺去我几十万块钱的生意,讥笑着我的亏蚀,挖苦着我的盈余,侮蔑我的民族,破坏我的买卖,离间我的朋友,煽动我的仇敌;他的理由是什么?只因为我是一个犹太人。难道犹太人没有眼睛吗?难道犹太人没有五官四肢、没有知觉、没有感情、没有血气吗?……你们要是用刀剑刺我们,我们不是也会出血的吗?你们要是搔我们的痒,我们不是也会笑起来的吗?你们要是用毒药谋害我们,我们不是也会死的吗?……要是一个犹太人欺侮了一个基督徒,那基督徒怎样表现他的谦逊?报仇。要是一个基督徒欺侮了一个犹太人,那么照着基督徒的榜样,那犹太人应该怎样表现他的宽容?报仇。你们已经把残虐的手段教给我,我一定会照着你们的教训实行,而且还要加倍奉敬。(3.1.49-68)

现在让我们来看看对安东尼奥进行的这场装模作样的审判。公爵虽认可借约有效,却仍劝夏洛克温和一些。温情是莎剧中的关键词,人们常常在正义行使的过程中呼唤温情,却很少有人应允。怒火中烧的夏洛克温和不起来,他决意残忍到底。但更为重要的是,除了温情,

---

貌丑背驼,在宫廷里当一名弄臣。年轻貌美的曼图亚公爵专以玩弄女性为乐,而里戈莱托常为公爵出谋,帮他干勾引朝臣妻女的勾当,引起人们的愤恨,大家定计对他进行报复,让他不自觉地参与诱拐他自己心爱的女儿吉尔达。里戈莱托发现自己竟将女儿交给公爵后,决定雇刺客杀死他。当他从刺客手中接过装有尸体的口袋,以为大功已成时,忽闻公爵高歌之声,急忙打开口袋,发现里面装的是奄奄一息的女儿,这使他痛苦万分。原来,这个获悉行刺计划的少女对虚情假意的公爵一往情深,甘愿为爱情而替公爵一死。

这些人也不指望他能怎样。他们期望他至多能像个土耳其人和摩尔人,从未指望他能像个文明的基督徒。[85]见证这场审判的人当中,没有一个人相信这个犹太人会温和行事。他们唯一能想到的就是,只要给他更多的钱,他就会善罢甘休。他们本想给他更多的钱,让他改变主意饶了安东尼奥,没想到这却让他更加暴怒,因为他们在用自己的目光把他判定成一个绝对的外人(借用萨特的概念),一个与他们不同的犹太人。我们且来看看文本。

巴萨尼奥问:“难道人们对于他们所不喜欢的东西,都一定要置之死地吗?”

夏洛克答道:“哪一个人会恨他所不愿意杀死的东西?”

接着安东尼奥插话进来:

> 请你想一想,你现在跟这个犹太人讲理,就像站在海滩上,叫那大海的怒涛减低它的奔腾的威力,责问豺狼为什么害母羊为了失去它的羔羊而哀啼……要是你能够叫这个犹太人的心变软——世上还有什么东西比它更硬呢?——那么还有什么难事不可以做到?(4.1.65–79)

有趣的是,安东尼奥在这里诉诸自然权利,但他和夏洛克诉诸自然权利的目的正好相反。夏洛克说无论犹太人还是基督徒,我们的自然本性都是一样的,唯一的区别只在于注视的目光或看待的视角。种族主义者安东尼奥却说,犹太人的本性就不同于基督徒,他们像豺狼一样,生性心肠坚硬。安东尼奥的论断仍将夏洛克置于绝对的外邦人的境地。而夏洛克在那一境况里待得越久,就越想扭转局面,杀他为快。就是在此时,他撕开了他周遭世界的虚伪面目,说道:

> 你们买了许多奴隶,把他们当作驴狗骡马一样看待,叫他们

做种种卑贱的工作，因为他们是你们出钱买来的。我可不可以对你们说，让他们自由，叫他们跟你们的子女结婚？为什么他们要在重担之下流着血汗？让他们的床铺得跟你们的床同样柔软，让他们的舌头也尝尝你们所吃的东西吧，你们会回答说："这些奴隶是我们所有的。"(4.1.89-97)

紧接着，鲍西娅便上场吁求慈悲，她呼吁用慈悲来调剂公道，这真是个绝妙的论断。鲍西娅请夏洛克发发慈悲。她的爱人巴萨尼奥却立马打断她，说他们已经愿出安东尼奥所欠钱款的三倍还给夏洛克，他仍拒不接受。巴萨尼奥还说：

请堂上运用权力，把法律稍为变通一下，犯一次小小的错误，干一件大大的功德，别让这个残忍的恶魔逞他杀人的兽欲。(4.1.211-214)

这段对话中，夏洛克被排除在外。他们说给他钱，被他拒绝。他们让他发发慈悲，又被他拒绝。但他们一边这样做，一边又不停地辱骂他。因此他们再次判定，夏洛克"生性上"做不到他们觉得他应该做到的事情。当鲍西娅的精明使得夏洛克败诉后，攻击便像暴风雨般地向他袭来。先前吁求慈悲的人，如今却一个个用最残忍的方式折磨他。对他们来说，让夏洛克拿不到那实为报复的所谓利息还不够，[86]他们还要拿走——眼下这么做是有违法律的——他自己的钱。他们瓜分他的财产，实际上把一半分给了那个强奸、诱拐了他女儿之后又劫掠了他财产的青年。安东尼奥丝毫没有避讳，他让夏洛克死后必须把一半财产给那个"最近拐走她女儿的那位绅士"(4.1.381-382，什么样的绅士竟会拐走一个女孩？)

在彻底击溃夏洛克后，鲍西娅问他，"犹太人，你满意吗？你有什么话说？”

夏洛克答，“我满意。”(4.1.390-391)

鲍西娅当然是在嘲笑他。还有一点颇有意思，那就是她——还包括在场的大多数人——从来没有叫过夏洛克的名字，只把他称为“犹太人”。

当夏洛克违心地做完包括改信基督教在内的种种事情之后，他说：“请你们允许我退庭，我身子不大舒服。文契写好了送到我家里，我在上面签名就是了。”(4.1.394-395)

毫无疑问，夏洛克最终死了。第五幕中他们宣读了他的遗嘱。但1998年在布达佩斯上演的版本中，他说完话后便遭到迫害，被人活活打死。如果我们仔细阅读文本，并设想一下在展现群众集体复仇的戏码中，人们的仇恨会失控到何种程度，就会发现这一版本的解读非常合理。

我之所以如此详细地分析该剧的第四幕第一场，是为了展现戏剧中绝对的外邦人与周遭的世界如何交流。以自然法为基础的两种截然不同的观点(在夏洛克看来，犹太人在本性上和非犹太人是一样的；在安东尼奥看来，犹太人这一种族与自己完全不同，他们本性上要低劣得多)，体现了绝对的外邦人在空间本体论上(spatio-ontological)的处境。对于境况中的外邦人来说，他们的同一性会变得混乱，两种自然的观念(即遵循传统和信奉自然权利)要么相互冲突，要么差异极大。但对于绝对的外邦人来说，没有什么传统可言，有关自然的传统观念已经消散，剩下的只有“自然”，但是自然本身又分为同一性和非同一性。《威尼斯商人》中的安东尼奥尽管对巴萨尼奥怀着深爱，却仍被疏离，因此一直是孤身一人。杰西卡背叛了父亲，并且像莎士比亚笔下众多角色一样被爱情愚弄，她也是孤身一人。

从某种程度上来说，杰西卡依旧是他父亲的女儿，她也是一个同化失败的例子。哪有体面的基督徒姑娘不但被人从父亲身边诱拐走，还听人怂恿偷取父亲的钱财呢？她的所作所为给她的未来蒙上阴影，但舞台上并没有明说她将来的命运。与她相反，鲍西娅既不傻，也不受爱情愚弄，她掌控了整部剧。说她以狡计取胜(她在选匣子的游戏中也曾这样做)，是因为她总会根据自己的意愿扭曲法律。她在莎士比亚的群芳谱中是个临界个案。她一面是罗瑟琳，一面又是玛格莱特。鲍西娅独立、倔强而且冷酷，她不仅是个现代女性，更是女版的马基雅维利。不过，她虽精于政治，却仍然是个女性，所以她冒的风险和赢得的胜利只属于她个人。

《威尼斯商人》与《奥赛罗》一样，都是有关绝对的外邦人的戏剧。[87]它也是一部讲述现代世界的戏剧，莎士比亚虽未能亲眼见证这个世界，却能感受到它的到来。因为在前现代与现代的分界线上，两种自然的观念(传统的观念与自然权利的观念)相互冲突。但在现代世界中，只有自然权利是正当的权利。但人们对于自然权利可以做出两种相反的解释：既声称人生而平等，也声称人生而不平等。这时的不平等并不是指传统意义上的，而是指本性上的，即种族上的不平等。法国大革命的世界与殖民主义的世界正在同时到来。

我此前已经有所暗示，威尼斯人对待奥赛罗和夏洛克的态度有好些相似之处。如果看看他们称呼这两人的方式，其相似就更加惊人。就像他们一般都把夏洛克叫做“犹太人”，奥赛罗也常被称为“摩尔人”。连苔丝狄蒙娜在第一幕第三场中也两次称他为“摩尔人”。剧中第一次提到奥赛罗是怎样的情形？那时，伊阿古正在警告苔丝狄蒙娜的父亲：

> 就在这时候，就在这一刻工夫，一头老黑羊在跟您的白母羊交尾哩。(1.1.88-89)

种族差异再次和动物界扯上关系,安东尼奥也曾这样联系二者。在《奥赛罗》中与在《威尼斯商人》中一样,“自然”本身(不包括传统)才是主角。勃拉班修(Brabanzio)笃信他女儿一定是受了魔法之害,因为他绝不相信奥赛罗可以不用魔法就赢得苔丝狄蒙娜的心。他说:

去跟一个她瞧着都感到害怕的人发生恋爱!假如有人说,这样完美的人儿会做下这样不近情理的事,那这个人的判断可太荒唐了。(《奥赛罗》1.3.98-101)

苔丝狄蒙娜爱上的是奥赛罗的故事,而不是他的身体。因为他是个外邦人,一个与她认识的所有威尼斯绅士都截然不同的绝对的外邦人,她才爱上了他。对于绝对的外邦人来说,这也是个隐患:爱人钟情的不过是某种类型的人,而不是他本人。苔丝狄蒙娜爱上奥赛罗时还不知道他是谁,她只听说了他的故事、相貌和痛苦,只知道他和大好的威尼斯青年绝然不同。

一个人对于犹太人夏洛克和摩尔人奥赛罗无论是爱是恨,其实都一样。对于威尼斯人来说,他们都不是独立的个体,而是他们的种族和绝对他者的代表。因为要想了解某个人的个性特征,就必须在那人自己的情境中去理解他。若一个人认识了许多犹太人,他就能知道,夏洛克作为一个具体的人有其独特性,而不仅是“犹太人”。若一个人生活在摩尔人中间,他就能了解到作为个体的奥赛罗,而不是只把他当作“摩尔人”。然而,绝对的外邦人的命运就是:无论死活,他都没有个人身份,只有一个集体的身份,即便在那些与他最为亲近,或爱他、或恨他的人看来,他都是如此。

绝对的外邦人在他所处的环境中只是一种类型。因此,人们总乐于把他定型为某一类型的人。[88]他们认为夏洛克就该视财如命,奥赛罗就该是蛮勇的军人,莎士比亚却打破了这一成见。即使在威尼斯人看来,夏洛克只是“犹太人”,奥赛罗也只是“摩尔人”,但在莎士比亚看来却并非如此。他将贪婪的放贷人置于非理性的激情胜过了贪婪的情境中,将老实无谋的军人置于非理性的妒忌毁灭了尊严和骄傲的情境中。即便如此,这两人也都不能代表他们犯下的非理性的罪行。奥赛罗不能代表妒忌,夏洛克也不能代表残忍。当然,这两个角色之间的巨大差异自不必多说。夏洛克重新回到谦卑的状态,奥赛罗则对自己进行了审判。而《奥赛罗》无论如何也不可能排演成喜剧。

五　人性的评判：背叛与遭人背叛

[89]本邦人只需要知道如何合理地雇佣绝对的外邦人就可以了。例如，威尼斯公爵只要知道奥赛罗是个骁勇的战士，能奋力为威尼斯作战就已足够。伊阿古却需要对他有进一步的了解，因为他想换一种——非功利性的——方式利用他。他希望自己的手段可以让奥赛罗自我毁灭。想要毁了奥赛罗并不需要对他的品性有多么深入的了解，只要给他开个致命的玩笑就能达到目的。伊阿古瞄准了奥赛罗的阿喀琉斯之踵，找准了他致命的弱点。他也知道，奥赛罗是个轻信无知、毫无戒备之心的人。他说：

> 那摩尔人是一个坦白爽直的人，他看见人家在表面上装出一副忠厚诚实的样子，就以为一定是个好人；我可以把他像一头驴子一般牵着鼻子跑。(《奥赛罗》1.3.391－394)

奥赛罗是个军人，他只能分辨出战场上的表象与实情。

伊阿古惯用的伎俩是找出一个人性格中的弱点或激情，利用它来操纵此人。他知道凯西奥在酒精作用下会失去理智，也知道罗德利哥垂涎苔丝狄蒙娜。伊阿古抓住这些弱点来玩弄他的受害者，和他们玩着猫捉老鼠的游戏。伊阿古是个优秀的谋略家，因为他发现，只需稍稍玩弄他人性格中的某一个缺陷或弱点，此人就会性情大变：彬彬有礼的威尼斯绅士变成粗鲁的醉汉，吝啬的贵族白白把钱袋扔出窗外，轻信的摩尔人则妒忌得发狂。伊阿古不需要对人性有多么全面的洞察,就能顺利实施那些粗陋的伎俩。但要想成功实施,他还需要一个条件:获取他所背叛之人的信任。他欺骗的对象是那些不善体察人性的人,诸如奥赛罗和视伊阿古为无物、不会费丝毫心力去了解他的威尼斯贵族。伊阿古只需对奥赛罗耍一点小把戏,因为奥赛罗颇看重伊阿古,[90]认为他不是可有可无的小人物,而是自己的战友,是值得依赖的人。伊阿古恣意诽谤时,奥赛罗还认为"这是一个非常诚实的家伙,对于人情世故是再熟悉不过的了"(《奥赛罗》3.3.262-264)。奥赛罗这句话包含了两个意思:其一,他是个忠厚老实的军人,所以我相信他;其二,他比我更了解威尼斯,我不得不相信他说的每句话。而且我是个有点儿年纪的黑人,作为外邦人又对内情一无所知,所以他也比我更了解苔丝狄蒙娜。因此他说:

> 也许因为我生得黑丑,缺少绅士们温柔风雅的谈吐;也许因为我年纪老了点儿。(3.3.267-270)

但伊阿古对另一个人的品性(爱米丽娅)的判断却失误了——这在莎剧中是一个非常典型的现象——这决定了他最终的命运。骗人者会被另一个恶人欺骗,这是莎剧中最常出现的情形(可参见《李尔王》中的康纳瑞尔/里根/爱德蒙三人组,或《理查三世》中的勃金汉[Buckingham]公爵)。但在《奥赛罗》中,欺骗伊阿古的不是恶人,而是个好人。伊阿古对人性有着自己的理解,他认为,所有男人要么邪恶、要么愚蠢、要么贪求权力,他不相信有大公无私的正派人存在。他认为包括苔丝狄蒙娜和爱米丽娅在内的所有女人实际上都是娼妇,或至少可能成为娼妇。可惜他并不了解自己的妻子,没想到她竟会大义灭亲地奋起反抗,破坏他全部的计划,即便最后他杀了她,也于事无补。

在一个充斥着伪装、欺骗和背叛的世界中,一个人若对人性拥有良好的判断力，便可占得先机，它本身和此人道德水平的高低无关。这一良好的判断力是发扬美德还是助长邪恶，都取决于这个善于体察人性的人想要玩一出什么样的游戏，又有何种目的。

莎剧中，一个人是否善于体察人性，这一点在政治舞台和攻防之计上都发挥了重要的作用。爱意、仇恨、情欲、猜疑、妒忌、欲望、野心、贪婪以及报复心等，是莎士比亚政治舞台上的几种主要激情。我会在后面几章再来讨论这个问题。

对于莎剧中善于体察和不善体察人性的角色，并没有一个统一的分类标准。每个角色都是独一无二的，每个善于体察或不善体察人性的角色也是如此。悲剧中最不善于体察人性的就是奥赛罗和李尔。《奥赛罗》和《李尔王》这两部戏剧完全是以他们对人性的糟糕判断为线索展开的。

有人可能还想加上《一报还一报》，虽然它不是悲剧而是部传奇剧。有人会说文森修公爵把维也纳交托给安哲鲁是因为错看了他的品性。但也有人会说——这是我自己的理解——看错人的责任并不在公爵，因为安哲鲁在欲求伊莎贝拉而不得之后，品性才发生了变化，这是谁都无法预知的。[91]伊莎贝拉在吁求公爵发发慈悲时说：

> 我想他在没有看见我之前，他的行为的确是出于诚意的。（《一报还一报》5.1.442－444）

但也有人会说伊莎贝拉太过仁厚，因为像安哲鲁这样极度自以为是的人通常都是坏的顾问，公爵对安哲鲁品性中的危险可能早有所防范。这就看各人怎么解读了。

《暴风雨》中的普洛斯彼罗将命运的无常归咎于自己不善体察人性。他在第一幕第二场中说道：

> 我这样遗弃了俗务,在幽居生活中修养我的德性;除了生活过于孤寂之外,我这门学问真可说胜过世上所称道的一切事业;谁知这却引起了我那恶弟的毒心。我给与他的无限大的信托,正像善良的父母产出刁顽的儿女来一样,得到的酬报只是他的同样无限大的欺诈。(1.2.89-96)

我之所以引用普洛斯彼罗的话,是想表明这番话和《一报还一报》中伊莎贝拉的吁求有某些相似之处,不过前者的说法更加复杂。起初是普洛斯彼罗对他弟弟的品性判断失误,但他给予的绝对信任也是促使他弟弟变恶的一部分原因。普洛斯彼罗荒政是他犯下的政治错误,从这点看来,他被人夺权虽然在道义上说不过去,政治上却情有可原。普洛斯彼罗的故事预示着这部剧将以宽恕作为结局。但对人性的错误判断只为这部剧提供了背景和前史,戏剧本身的剧情并不是由这一错误造成的。舞台上的普洛斯彼罗对于人性有着相当准确的判断,他对人性虽有所怀疑,却也未到厌恶的程度,而正是这些良好的判断刺激着他所有的行为。剧中的普洛斯彼罗不再受他弟弟所害,因为他如今已大不一样;他已经善于体察人性,学会了自制,也有了政治智慧。

最善于体察人性的是那些优秀的政治家,如亨利五世、屋大维、米尼涅斯(Menenius)和阿格立巴(Agrippa)。他们的判断从未失误。然而他们对于人性本身并没有有多大兴趣,而是只关心某些特定人物所具有的政治意义。亨利还是哈利王子时,他对人性本身表现出强烈的兴趣,可是当上国王后,他便摆起了成功政治家的姿态,只关心他人有何政治功用。理查三世在判断人性上从未有丝毫失误——哪怕有所闪失,他也能掌控局面,并成功补救——把他称为反传统政治的人最为合适。

在说了这么多之后,如果有人总结说,在莎剧中,若是某个人盲目信任他人,那么这就是愚蠢糊涂或目光短浅的表现,那可就大错特错了。有些人盲目的信任确实愚蠢，有些人的信任却是宽宏大度的体现。最善于体察人性的人也会盲目地去信任一两个人。通过之前对哈姆雷特和霍拉旭关系的探讨就可以看出，他们两人伟大友谊[prote philia]的基础正是盲目且绝对的信任。没有对人性的良好判断就盲目地信任别人，[92]此举存在着巨大的风险，并且常常招致灾难。但盲目的怀疑也会招致灾难。起初，人们总是睁大双眼，可一旦信任某人或怀疑某人之后，就会变得盲目，即便发现了什么蹊跷也故意视而不见。陷入热恋的人通常会盲目信任。

《第十二夜》这部精彩的喜剧讲述了一出有关信任、怀疑和背叛的故事。安东尼奥爱着西巴斯辛(Sebastian)，所以当他认为自己遭到所爱之人的背弃时，他的痛苦更为强烈(这段同性之谊使得剧中的船长安东尼奥和另一部剧中的威尼斯商人安东尼奥成了难兄难弟，但前者要比后者更加善良和单纯)。但最后结果表明——这是观众从一开始就知道的事——安东尼奥信对了人。这部喜剧中只有马伏里奥一人真正地遭到背弃。伊里利亚(Illyria)的女人们拿他取乐，就像伊阿古戏弄勃拉班修一样：前者利用他虚荣的丑陋秉性来误导他。我们或许会因为他被人背叛而对之抱以一丝同情。但在莎士比亚看来，虚荣不同于嫉妒，它是一种卑劣的恶。嫉妒之人可能是喜剧性的，但虚荣之人永远不可能是悲剧性的。这一论断颇有些道理。

莎剧中有些极善于体察人性的人，他们对于自己的人性有着强烈的兴趣。他们想了解自己的“乐器”，想知道为什么自己灵魂的心弦能发出声响。由于他们不仅是旁观者(观众)，也是行动者(演员)，所以他们对于人性的判断以及对于人本身的强烈兴趣都内含在其行动之中。对于人性的判断或可成为他们自我保护的武器，或可有助于揭露他人的伪装，或者这两件事都能做到。但对于人性的了解也可以是目的本身。毋庸赘言，最懂得体察人性的人会高度赞赏同样精于此道的人，在他们看来,糟糕的判断力是人性的严重缺陷。这些最善于体察人性的人是舞台策划人、诗人和历史学家,他们当中最伟大的就是普洛斯彼罗、哈姆雷特和凯撒。

普洛斯彼罗的性格在剧作一开始就已经确定下来了(这也就是为何他只担当舞台策划人),他不会遭人背叛,也不会犯原则上的错误。哈姆雷特却不仅担任着舞台策划人,还是剧中演员。凯撒则根本不是舞台策划人,而是个政治行动者和历史学家。凯撒是莎士比亚笔下唯一一个对人的灵魂抱有强烈兴趣的伟大政治家。

但在莎剧中,没有人对人性的判断可以达到面面俱到的程度。首先,即便最善于体察人性的人,无论他是正派人还是恶人,总会至少错看一次,而这一次的失误就足以导致他们的毁灭,改变他们的命运,或使他们经受严峻的考验。其次,他们的判断大多数是碎片化的,而且是以特殊的方式做出的评判。有些人评判另一个人时,却把对此人先前的了解都忘了。他的评判是对是错,这就视情况而定了。有时,不善于体察人性的人可能碰巧做出了最正确的判断。[93]一切皆有可能,而一切都只会发生一次。

《哈姆雷特》中最善于体察人性的两个人是哈姆雷特和克劳狄斯。他们都想用适当的手段,以自己的方式置对方于死地。哈姆雷特除了寻求真相之外别无所求,克劳狄斯除了掩盖真相之外别无所求。哈姆雷特希望光明磊落地行事,他希望一切能如因果报应(retributive justice)一样清朗,国王却想暗中行事,将丑行掩藏在黑暗之中。若不是海盗袭船,哈姆雷特偶然得救,国王差点就得手了。可能让人感到惊讶的是,哈姆雷特这样善于体察人性的人竟然需要拿到确凿的证据(克劳狄斯写给英国国王的信),才能够意识到自己为何被送往英国。更让人惊讶的是,哈姆雷特手握国王决意谋杀自己的证据,在决斗前竟然仍未对他起疑心。克劳狄斯所了解的哈姆雷特正是这样的人。他确信无疑地对雷欧提斯说：

> 他是个粗心的人，一向厚道，想不到人家在算计他。（《哈姆雷特》4.7.107－109）

他的确说中了。从某种程度上来说，国王对哈姆雷特的评价类似于伊阿古对奥赛罗的评价。哈姆雷特心无城府、宽厚大方。但是，被克劳狄斯这般评价的哈姆雷特，从一开始就怀疑前者杀了人，他也为他设下了陷阱。克劳狄斯准备与哈姆雷特进行最后的对决，没有打算让雷欧提斯代劳；他要看看他和哈姆雷特两人谁设计的陷阱更好。结果表明，他们都失败了。因为克劳狄斯和伊阿古一样，在对人性做出判断时犯下了致命的错误：他对挚爱的妻子了解得还不够充分。他没想到乔特鲁德居然会对他说不，她此前从未做过这样的事。我们还记得，哈姆雷特的责骂曾让她动摇，但她对克劳狄斯情欲上的依恋很快又变得愈发强烈。唯有死才能让她摆脱这种依恋。克劳狄斯没有想到她会为了自己的儿子甘愿赴死，毕竟她曾在儿子和现任丈夫之间选择了后者。

伊阿古和克劳狄斯都设下了陷阱，都认为他们的对手毫无防备、粗心大意。他们设下的陷阱和哈姆雷特设下的捕鼠器完全不同。哈姆雷特设陷阱是为了收集罪证，让所有人看到事情的真相。克劳狄斯和伊阿古设陷阱则是为了毁灭敌手，这样他们才能遮掩自己的恶行，逃脱罪责。因此我说克劳狄斯除了掩盖真相之外别无所求。话说回来，既然哈姆雷特最终落入了陷阱，我为什么还说他可能是莎剧中最会体察人性的人，而奥赛罗则是最糟糕的呢？

哈姆雷特通过观察人来解释所有事情，他能从别人的表情、眼神、微笑和语调中洞察真相。但他反而不能从事情本身中发现什么蹊跷，因此他这样的人根本不会去检查比赛用的刀剑有无问题。我们只要看看他在遇到父亲的鬼魂之后怎么做的，就能知道他是怎样的人。他设下捕鼠器是为了观察国王的表现。通过观察他的眼神和脸色,[94]哈姆雷特就能窥探到他的灵魂。他听不到克劳狄斯假惺惺地忏悔时所作的祷告,因为那是一段独白(只有观众听得到)。但他看到了克劳狄斯跪倒在十字架上的救主面前,看到他嘴唇翕动,甚至还看得到他的神情。善于体察人性的他可以很好地解读出其中的讯息。奥赛罗恰恰是哈姆雷特的反面。他相信了别人捏造的事实,因为他觉得只有所见的事实才是可信的,他读不懂别人的神色。他连苔丝狄蒙娜的神色都读不懂,甚至连试也不愿一试。他也读不懂别人给他释放的讯息。从第一幕奥赛罗的叙述中可以明显地看出,在他们的恋爱关系中,是苔丝狄蒙娜先主动的。奥赛罗根本没有注意他本人或他的故事如何吸引了苔丝狄蒙娜,直到这个像朱丽叶一样叛逆的女孩不逾矩地明确向他表达爱意时,他才知道了她的心意。不久之后,嫉愤难当的奥赛罗想起苔丝狄蒙娜为了他不惜忤逆父亲的做法时,他只看到了这一作为不争的事实的行为,却完全不考虑她的品性、神色、举止等等。他不信任苔丝狄蒙娜,因为他不信任自己。

哈姆雷特则能够完全信任他人,他毫无保留地信任着霍拉旭。他认为自己在某些事情上也值得信任。正如我在第二章中探讨过的,他是个善于自省的人,作为一个在威登堡学习过的路德宗信徒,他对自己的了解不过是作为一个人应有的自知。因为他知道自己身上充满着惊奇之处,所以从不对自己感到惊讶。对人性的良好体察则是这枚硬币的另外一面。他经常思考人性问题,虽然他只关注某些人的人性(因为只有少数人能激起他极大的兴趣),但仍能几乎毫无偏差地从所有人的眼神和脸色中窥探出他们灵魂的秘密。

《哈姆雷特》中有三场重要的戏可以充分展现哈姆雷特的思考和其直觉间的相互作用。它们分别是与霍拉旭、与罗森格兰兹和吉尔登斯吞,以及与奥菲利娅的三场对手戏。

哈姆雷特刚遇到霍拉旭(《哈姆雷特》1.2)就问他："霍拉旭，你究竟为什么离开威登堡？"(1.2.164)

霍拉旭答："无非是偷闲躲懒罢了，殿下。"(1.2.168)

哈姆雷特接着说："我不愿听见你的仇敌说这样的话，……我知道你不是一个偷闲躲懒的人。"(1.2.169－172)

这句话的重点在于"我知道"一词，他知道霍拉旭是什么样的人。

哈姆雷特刚遇到罗森格兰兹和吉尔登斯吞时(2.2)则语带调侃，像在大学时那样聊起天来。直到哈姆雷特问："我的好朋友们，你们在命运手里犯了什么案子，她把你们送到这儿牢狱里来了？"(2.2.242－244)

这时，情况发生了变化，他们不再互相调侃。哈姆雷特起了疑心，他们的对话变得严肃。他需要确凿的事实，因此他直接抛出了之前问霍拉旭的那个问题："你们到艾尔西诺来有什么贵干？"(2.2.272)

罗森格兰兹答："我们是来拜访您来的，殿下。"(2.2.273)

此刻哈姆雷特或许感受到一丝遭人背叛的痛楚。但他需要知道真相，所以继续问下去："不是有人叫你们来的吗？"

这两个朝臣并没有直接作答。哈姆雷特接着说(他与罗森格兰兹和吉尔登斯吞两人的友情就此终结)：[95]"你们是奉命而来的；瞧你们掩饰不了你们良心上的惭愧，已经从你们的脸色上招认出来了。"(280－281)

遭人背叛的一丝痛楚现在消失殆尽，对旧日好友的信任彻底破灭。从现在开始，这些旧友比敌人更可恶，他们是密探、眼线和叛徒，所以更加卑劣。哈姆雷特只需看一眼罗森格兰兹和吉尔登斯吞的脸色就足以将他们看穿，足以彻底知晓他们是什么样的人。

哈姆雷特在与奥菲利娅那场爱意／恨意满满的对手戏中也有类似的转折点。

就像他遇到霍拉旭、罗森格兰兹和吉尔登斯吞时那样，他又抛出

了测试题："你的父亲呢？"(3.1.132)

奥菲利娅答："在家里，殿下。"(3.1.133)

这是再明显不过的谎话，哈姆雷特再次遭到背叛。但与此前不同，这次的背叛让他一直深受其伤。接着便是哈姆雷特的第一次暴怒(这次暴怒和他装疯或近乎真疯无关)。我此前已经提到，哈姆雷特三次暴怒都与女人有关，其中两次发怒都是在和女人的相处过程中。哈姆雷特遭人背叛并不是因为他像奥赛罗以及莎剧中其他许多角色那样，缺乏对人性的洞察，相反，恰恰是因为他总能提前迅速地发现别人的背叛，而这正源于他极善于体察人性。如果他没有发现奥菲利娅的背叛，情况也许还会好一点，但在哈姆雷特看来，没有什么比事实真相更重要。

如果有人像我这样去理解哈姆雷特，就会觉得两部最好的《哈姆雷特》改编电影中有一些完全不必要的情节，它们甚至可能是解读上的偏差。在奥利弗(Olivier)和布拉纳(Branagh)出演的两版电影中，[①] 哈姆雷特都是直到发现了藏在帷幕背后的国王和波洛涅斯时才获知真相，并且才意识到奥菲利娅在撒谎。但我认为这种解读对哈姆雷特来说有失公允。因为哈姆雷特并不是从帷幕后的窸窣声，而是从奥菲利娅的脸色和眼神中获知真相的。他只要看一眼奥菲利娅，就能洞悉她的背叛；他无需亲眼看见就知道自己正被人秘密监视。

现在我要回过头来讨论对人性的体察和政治之间的关系。尽管莎剧中的每一种情形都是独一无二的，但莎士比亚仍坚定地认为，这二者的关系贯穿他全部的剧作。想仅凭事实就认定发生的一切，这是愚蠢的做法，因为世界上从来就没有纯粹的事实，每桩事实都经过了人的阐释。把某种阐释等同于事实是愚蠢的表现。善于体察人性是优良政

---

① ［译注］分别是1948年由奥立弗(Laurence Olivier)自导自演的《哈姆雷特》电影版，和1996年由布拉纳(Kenneth Branagh)自导自演的版本。

治的前提条件。它需要的只是一种简单的认知，只需比单纯的功能性了解稍多一点，但也无需多太多。一个人只要能粗略地明白可以从别人身上预期得到什么东西，或者可以影响他人的想法和立场，只要达到这样的程度就可以了。例如，一个人需要知道他的政治伙伴和敌人主要拥有什么美德和罪恶，了解了这些之后，他才能或者给他们设下陷阱，或者改变他们，或者化敌为友等等。但他并不需要对别人的美德和罪恶知道得多么事无巨细，[96]也不需要对别人有全方位的了解，更没有必要洞察他们灵魂最深处的秘密。一个人若思虑过度，也就是说如果他那种探求自己和他人的激情过盛，反而会削弱制定目标和采取手段的理性决断力。如果一个人的目标是制定行动的重要方略，那么过度探求就更不可取了。显而易见，莎士比亚笔下的人物中，最成功的政治家并不是最有趣的人。

但这当中有一个特例，他就是莎士比亚的群英谱中最伟大的政治人物：凯撒。（我在本书的第三部分会详细讨论《裘力斯·凯撒》这部剧，在此只稍稍提及为何他是最善于体察人性的人）

凯撒是个历史学家，莎士比亚也将他刻画成这样的形象。他和哈姆雷特一样善于体察人性，但两人完全不同。哈姆雷特评判那些与自己息息相关的人。他能将朋友与敌人、卑劣之人与高贵之人、虚伪之徒与正人君子、表象与本质区别开来。凯撒则从政治层面评判人性。他对人性整体上有精准的判断，所以能准确地知道谁会在政治上构成威胁，谁又没有危险性。他对表象与本质间的差别并不在意，揭露他人欺骗性的外表对他来说也是次要的事。我且再重复一遍，他像历史学家那样思考。他想把一个人的脾气、性格、德行、想法以及心理状态作为一个整体来理解。激发他行动的不是对真相的渴求，而是好奇心——是了解一切，让一切各归其位的热情。他不是马基雅维利式的人物，而是作为历史学家的马基雅维利本人。他当然也是一个行动者。但别人的行动是否会对他本人有所触动,在他看来并不是主要问题,他不像哈姆雷特那样看重这一点。原因之一是:在莎士比亚笔下,凯撒的所作所为不仅是政治行动,也是历史行动。他的品性具有历史意义,他有着其他政治行动者难得的睿智。他的眼界超越了自己的生命,这是因为他的奇想远远超越了当下。莎士比亚对于政治与历史以及政治意义与历史意义之间的区分,在这部剧(以及《亨利六世》)中得到了最鲜明突出的体现。

让我们来听听凯撒如何向安东尼形容凯歇斯的形象。这番话没有用独白的方式展现,这一点很是重要。凯撒在给安东尼传授历史教诲,在给他上一堂关于人性的课,告诉他谁是危险的,又为何危险。安东尼资历尚浅,需要有人给他指引。凯撒不但警醒安东尼要提防凯歇斯,还极其精准地描绘了凯歇斯的形象。我们甚至可以说,他给凯歇斯下了一个"定义":他先确定了他的genus proximum[近属],再以此判断他的differentia specifica[种差]。他说:

> 我要那些身体长得胖胖的、头发梳得光光的、夜里睡得好好的人在我的左右。那个凯歇斯有一张消瘦憔悴的脸;他用心思太多;这种人是危险的。(1.2.193–196)

> 我希望他再胖一点! (1.2.199)

[97]还说:

> 他读过许多书;他的眼光很厉害,能够窥测他人的行动;他不像你,安东尼,那样喜欢游戏;他从来不听音乐;他不大露笑容,笑起来的时候,那神气之间,好像在讥笑他自己竟会被一些琐屑的事情所引笑。像他这种人,要是看见有人高过他们,心里就会觉

得不舒服，所以他们是很危险的。我现在不过告诉你哪一种人是可怕的，并不是说我惧怕他们，因为我永远是凯撒。(1.2.202-213)

这一整段精彩的人物描写是莎士比亚的独创，他以普鲁塔克《布鲁图斯传》和《凯撒传》中的几句话为素材，却完全改动了它们的含义。普鲁塔克笔下的凯撒说他最害怕像布鲁图斯和凯歇斯这样面色苍白如腊的人。但莎士比亚笔下的凯撒根本不害怕任何人，而且他只提到了凯歇斯，并没有提及布鲁图斯。善于体察人性的凯撒认为凯歇斯也善于体察人性，但他和(关心历史意义的)自己并不是同一类型的人，凯歇斯更加狭隘，眼光只局限在政治层面。这是普鲁塔克未曾提到的。凯撒评价凯歇斯，说他能够窥测他人的行动，不会被人误导，能够看到别人行动背后的动机，从而不会受骗。剧中的凯歇斯果然处处都印证了凯撒对他的刻画。

虽说如此，凯撒仍遭到了背叛，那他还是最善于体察人性的人吗？一般人都认为布鲁图斯背叛了凯撒，但我认为莎士比亚并没有从这种传统视角看待这一问题。人们常常提及凯撒遗言：

Et tu mi filii, Brute?[也有你吗，我的儿子，布鲁图斯？]

我们知道，这句话来源于苏维托尼乌斯(Suetonius)的记述，但在莎士比亚笔下，这句话缩减成了这样："Et tu, Brute?"["也有你吗，布鲁图斯？"]后一个版本表现出了他在遭到背叛时感到的惊异，而不是绝望的呼号。如果布鲁图斯竟也反对他，那便让凯撒就此倒下吧。这句话是凯撒站在历史舞台上说出的，而"我的儿子"(mi filii)一词则把格局仅局限在了情感充沛的家庭舞台。此外，莎士比亚让观众觉得，凯撒正是通过让自己被人谋杀而完成了他的历史使命。政治和历史自此分道扬镳。

六　爱情、两性、颠覆：政治剧与家庭剧

[99]希腊悲剧中，政治剧大多也是家庭剧。剧中有妻子杀害丈夫、儿子杀害母亲、父亲杀害女儿、叔叔杀害侄子、儿子杀害父亲、哥哥杀害弟弟、父亲杀害儿子、母亲杀害儿子、丈夫杀害妻子等等情节。但神话素材里并没有私人领域和政治领域之分，至少欧里庇得斯之前没有这种区分。私人领域并不是公共领域的对立面，它也是公共的。至于欧里庇得斯的戏剧艺术，不光尼采，就连希腊人也认为他写的都是些堕落腐化的悲剧（如阿里斯托芬在喜剧《蛙》[*Frog*]中表达的观点）。在他之前，或许只有索福克勒斯的《安提戈涅》（*Antigone*）展现了私人领域与公共领域的冲突。黑格尔即是从这一角度解读该剧。但他所说的"私人"并不等同于现代意义上"私人"的含义，更不是莎士比亚所说的意思。黑格尔在他的解读中提到theomachia，即诸神之争，争斗的一方是死亡之神，是家庭和妹妹安提戈涅所代表的死界，另一方是光明之神，代表着公共的和政治的城邦。

希腊人为悲剧奠定了基调，使得悲剧永远不可能完全超然于家庭剧之外，也不可能完全摆脱政治剧的范畴。tragédie classique[古典悲剧]中，悲剧总是在私人领域与公共领域的冲突中展开，更准确地说来，是在爱情与顺从（一般是对父亲的顺从）、政治危急与政治责任的冲突中展开。尤以威尔第（Verdi）和普契尼（Puccini）的歌剧为典范的

opera seria[正歌剧],① 与以席勒(Schiller)作品为代表的德国古典主义的重要剧作一样,通常都遵循这一模式。

莎剧中则不存在模式。他的剧作中也会出现爱情与顺从的冲突。安东尼可能是唯一一个被爱情与政治责任撕扯的角色,但实际上,[100]他面临的冲突较此复杂得多。朱丽叶和罗密欧不用在爱情与顺从之间左右为难,因为他们欣然选择了爱情。奥菲利娅不用为难,因为她只会顺从(如果这完全是她自己的决定)。伊莎贝拉也不感为难,因为她毫不迟疑地将自己守贞的誓言摆在了姐弟情谊之前。莎士比亚笔下最有趣的角色是那些奋不顾身地投入湍急流水之中的人,他们或勇敢地向自己的目标泅去,或被流水席卷,走向自我毁灭。他们有意无意地许下承诺便奋勇直前,绝少优柔寡断。

莎士比亚最重要的历史剧都是家庭剧——这些戏剧讲述了兰开斯特(Lancaster)家族和约克家族间的悲剧性冲突,这两个家族是同一家族的两个分支。在他所有伟大的悲剧中,有两部悲剧(《哈姆雷特》和《李尔王》)也是家庭剧,在其他悲剧中,一部分是家庭剧(《奥赛罗》和《科利奥兰纳斯》),另外少数几部则完全不是家庭剧(《麦克白》《安东尼与克莉奥佩特拉》以及《裘力斯·凯撒》)。但在所有这些剧作中,私人领域与公共领域、个人领域与政治领域的交汇都有着十分重要的意义。大多数喜剧和传奇剧中也是如此,无论其戏剧冲突发生在家庭之内(如《辛白林》),还是发生在家庭之外(如其余的多数剧作)。

历史性构成了戏剧的内在结构。历史是一连串同时进行和接连不断的政治行动组成的洪流,历史是一张由行动织就的网,不断涌现的新的行动将这张网拆开又叠起。人们在这张网里进进出出,既织网又解网。莎士比亚的舞台本身是历史的舞台,不断地有演员上场、退场、

---

① [译注]18世纪意大利的虚构的严肃故事型歌剧。

返场。这不是史诗舞台,而是历史政治的舞台,因为每一个上场和返场的人都会参与织网或解网。戏剧这张大网让每个演员都成了历史的行动者。在所有关乎私人生活的戏剧场景中——也就是那些与爱情和两性相关,或与父母子女之间冲突相关的剧情——也是如此。即使这些剧情与政治毫无关联,仍有着历史意义。之所以说每一场戏都具有历史性,是因为扮演恋人的演员们走上了舞台。正在上演的所有事情——只要它在舞台"上"——都具有历史意义。我们应该还记得此前引用过杰奎斯说的"整个世界是个舞台"这句话,它也可以如此逆向解读:整个舞台是个世界。这个舞台本质上是历史性的。这样的话,历史就是莎士比亚历史剧、悲剧以及某些传奇剧和喜剧的媒介。但只有在一个非常广泛的意义上,即,在没有任何事物能够当下呈现的意义上,历史才是使一切变得同质化的媒介。在悲剧的舞台上,除了"历史的事物",没有任何事物能呈现自身。

我不想给所谓"历史的"下定义,我只想说明,历史作为莎士比亚悲剧、历史剧以及某些传奇剧和喜剧的媒介到底是何意。我刚才提到了由同时进行和接连不断的政治行动所构成的网,这些行动又编码成记忆、想象、期待等。[101]我此前提到过dianoia[思想]一词,在亚里士多德看来,它是戏剧最主要的特征之一。与这位古代哲人的看法一样,思想在莎士比亚笔下也发挥着重要的作用。我还提到过具有莎士比亚特色的人物独白。此外,莎剧中不断出现预言、预测和诅咒,剧中人物反复提及过往的所作所为,提及那些无法忘怀的互相谩骂和对合法性的诉求,他们也不断地对过往进行重新解释。在诸如诅咒、预言、推测以及警示的语言游戏中发生了什么?正是这些活动创造和重新创造了历史。剧中人物将记忆、筹划、恐惧与希望等内在情绪用语言表达出来,正是在这些语言游戏中,过去、现在和将来的行动被编码和或重新编码,留待人去破解。

阿伦特认为行动是政治生活的本质。行动是新的开端，它常常无中生有，给世界引入全新的事物，用阿伦特的话说，这是行动的“诞生性”（natality）。但她又补充说，如果没有史学家和历史书写，行动就不会被人铭记，它们将不留痕迹地消失殆尽。在包括莎士比亚悲剧在内的所有悲剧中，行动通常是言语行动。但在莎剧中，行动通过言语行动被编码，而这些言语行动是可以由行动者自己来做出回应、重新编码以及预先编码的。莎剧中不需要历史学家，因为行动可以通过行动者的言语和想法展现自身。莎士比亚不仅是个编年史家，不仅使应被铭记的伟大事迹变得永恒，他还呈现出历史本来的面目。在他笔下，历史是由政治的和非政治的行动织成的网，这些行动多半存在偶然的巧合，此外还有行动的编码。政治行动者从无中自由地行动，但他们也在这张网中进进出出。对于将要解码或重新编制的那个代码，他们总得能够理解。历史故事不是神话，因为它们完全由行动者自己书写。但这一新的开端本身也进入了这张网的连续性中。它重新编码，又重新解码；重新把这张网的丝线解开，又重新将其织好。

莎士比亚笔下的家庭剧和非家庭剧都是历史剧，但这两张网截然不同。正如我在开头提到的，莎剧中没有宏大叙事，他更喜欢呈现各有不同而独一无二的历史。历史本身无法用戏剧的方式呈现出来。我顺带说一句，歌德的《浮士德》（*Faust*）的第二部分以及匈牙利剧作家马达可（Imre Madach）的《人类的悲剧》（*Tragedy of Man*）曾尝试过这种呈现方式。但无论这些作品有多少诗性特征，我们都无法把它们当作戏剧来阅读和观赏。

这样说来，莎士比亚的历史剧、悲剧、传奇剧以及某些喜剧中，每个登台的人都进入了历史。无论演员们演的这场戏是有关爱情情欲、兄弟相争、战争打仗还是商讨国事的，[102]他们都具有历史性。具有历史性和具有公共性并不是一回事。古希腊悲剧中的一切事务都是公共的，兄弟姐妹间的交谈所具有的公共性并不亚于神与半神间的对话。我们可以看到，在莎剧中，恋人之间有许多私人性的戏份。所谓私人性的戏份并不是说他们有何密谋，而是说这些戏份不用暴露在众目睽睽之下，因为它们只与那一对恋人自身有关。独白显然也不是公共性的。行动者之所以时常自言自语，要么因为他的那些想法只与他自身相关，要么因为这些想法只是些从内心最隐秘、最无意识之处钻进脑海中的不定的念头或愿望、疑惑、恐惧、希望等。无论一个人心里想些什么，那都不是公共性的，除非这些想法所泄露出的秘密直接与公共事务有关。在与爱情有关的戏份中也是如此。但即便是私人性的戏份也具有历史性，因为它也参与编织或解开这张由重要行动构成的网。即便是表现个人恐惧的最私密的戏份，也具有历史性。

政治/公共舞台只是历史舞台的一个维度。历史舞台不仅更加宽阔，而且，在历史舞台上更常出现的情况是，某一行动的政治意义和历史意义是分化的。那经常上演的冲突不是私人领域与公共领域的冲突，而是历史领域与政治领域的冲突。"政治的"按其定义显然就是公共的，"历史的"却并非如此。我以凯撒为例。从政治上来说，他在3月15日这天去元老院是十分不明智的，但这一政治上的不智之举却让他成了一个传奇。卡尔普妮娅（Calpurnia）的恐惧也被织进了这张网中。后面我会再来讨论历史意义与政治意义的分化。现在我只想讨论这一分化对于爱情故事的发展有何意义。以罗密欧与朱丽叶这对陷入热恋的青年为例。两人热烈的爱情只与他们自己有关，这爱情独一无二、令人无可抗拒。但他们分别来自维罗纳两个对立的家族，他们的爱为家族所不容，从而变得具有历史性。发生在他们身上的一切都是偶然的，没有什么必然之事，也没有什么计划好的或有可能发生的事情。但莎剧中的历史通常正是由偶然性构成的历史。历史毁灭了这对爱人，但正因为他们被历史所愚弄，所以他们的生死变得极具代表性。

他们的爱情故事会成为一座丰碑，一份纪念，他们的名字将永远被人铭记。

黑格尔指出，兄弟姐妹的关系在古典悲剧中有着特殊的含义。这些戏剧中的爱有时也指女儿对父亲的爱，但首先是指兄弟姐妹间的情谊。除此之外，当然还有朋友间的友谊。莎剧中，兄弟姐妹的关系并没有占据如此重要的地位。其中有诸多原因，黑格尔曾提到过的原因之一就是：古希腊悲剧中通常不存在两种自然观念的分裂或矛盾。[103]兄弟姐妹虽然性别不同，却由血缘自然地联结在一起，这一纽带不是经由自由选择的。只在欧里庇得斯笔下才出现了热烈的爱情。莎剧中，两性间的欲爱是最私密的情感。也就是说，两性间最亲密的激情，即经由自由选择的非传统的爱，才是两性之间的自然纽带。它比兄弟姐妹的血缘纽带更符合自然。这便是哈姆雷特在奥菲利娅墓前呼喊的：

> 我爱奥菲利娅；四万个兄弟的爱合起来，还抵不过我对她的爱。（《哈姆雷特》5.1.266－228）

这句话表明，就爱而言，两种自然观念的天平此时倾向了自然法这一方。不独《哈姆雷特》中如此，这也是莎士比亚作品中的普遍情形。爱也可以是同性之爱（如《威尼斯商人》和《第十二夜》中两个安东尼奥的爱）和自然权利意义上的普遍的、自然的爱。值得注意的是，尽管柏拉图对话中表明，古希腊人将同性之爱视为最卓越的爱，但古希腊悲剧对此却从未提及。我们需要一个渴望探索人类所有情感的莎士比亚，他会在戏剧世界中给予同性之爱一席之地。

在莎士比亚其他具有代表性的“家庭剧”中，两种自然的观念并不总是偏向某一方。这些家庭剧的冲突发生在父子、父女以及母子之间（剧中也有母女冲突，但并不具有代表性）。子女忤逆父亲违背了自然,但对子女来说,要求自己的正当权利是符合自然的,尤其当他们违抗父亲专横的想法和念头,只为选择真心所爱时,这是完全符合自然的诉求。对于父女之间乱伦关系或乱伦幻想的刻画是最特殊的例子。有人把(《暴风雨》中的)凯列班解释为普洛斯彼罗灵魂中野蛮的那一面,我曾说过我认同这种说法。凯列班意欲强暴米兰达,这揭示出了普洛斯彼罗压抑着的、无意识的欲望。《泰尔亲王配力克里斯》开篇即描绘了一对父女之间的乱伦关系,配力克里斯将他新生的女儿遗弃他乡,直到她婚礼那天才得以相见,他之所以这样做是为了不被她诱惑！显然,他们畏惧的是"自然"一词的第二重解释。莎士比亚给我们讲述了一则全新的故事,它与个人的爱情、激情以及包括性依赖和性厌恶在内的性欲有关,这些情感和欲望与角色所处的社会地位毫无瓜葛。提坦妮娅对一头驴子的迷恋尽管只发生在梦中,但她的例子仍展现出了盲目的欲爱会走向何种极端。不过,莎士比亚和弗洛伊德的观点一样,他笔下的梦常常代表着被压抑的欲望。强烈的爱情与灼热的性欲之间的纠缠有着重要的历史意义。激昂的仇恨、嫉妒和野心也同样如此。

兄弟姐妹间的争斗多发生在兄弟之间(有时也会像《李尔王》中一样,发生在姐妹之间)。莎剧中不共戴天的仇恨通常发生在兄弟之间,[104]手足相残是莎剧中最常见的一类政治谋杀。谋杀兄弟未遂也应归属于手足相残,因为从良心上来说,一旦下决心去杀害兄弟(不仅是起意而已),就等同于已经这么做了。如果考虑到莎剧中有许多弟弟窃取哥哥王位的情形,我们或许会奇怪,为什么他的戏剧绝少展现兄弟间的情谊。这或许源于他敏锐的历史观察力,又或许是个人的原因,或出于戏剧手法的考量。毋庸赘言,兄弟阋墙、王位争夺、弟弟上位、兄长被废、手足相残乃至谋杀兄弟未遂等等,都是有着重大政治意义的行动。这一切在政治舞台上上演。为了强调历史舞台在除了共和制之外的其他统治制度下的政治维度,莎士比亚诉诸讲述手足相争和父子冲突的这两种类型的家庭剧。与讲述性欲与爱情的戏剧相反，在手足和父子这两种冲突中，历史维度和政治维度只是稍稍分化而已。

手足相争具有政治意义，且常常会威胁或颠覆政治。强烈的爱情和灼热的性欲无关政治，但却具有历史性，它们经常也会对政治构成威胁或起到颠覆作用。

当私密生活以非同寻常、始料未及并且违反传统的方式进入历史时，政治生活本身就会濒临危险。众所周知，兄弟不和、野心、嫉妒和仇恨等等在传统上都极具政治颠覆性，强烈的爱情和灼热的性欲也会以始料未及的方式造成政治颠覆。强烈的仇恨，尤其是对兄弟的仇恨总是一种恶，它也总会产生恶果。但爱与此不同。包括性欲在内的强烈爱情既可能是善，也可能是恶。但无论善恶，它总会变得具有颠覆性，因为这样的爱出人意料、违背传统。

布鲁姆(Harold Bloom)认为，莎士比亚对于热烈的爱情，尤其对欲爱并不抱有同情，他笔下伟大的恋人都是邪恶之徒。我完全不赞同他的观点。显然，所有伟大的恋人都代表了自然的第二种观念。他们的信念、承诺和选择都源于自身的激情。对他们来说，爱是自然的驱力，他们必须顺应这一驱力；管它是传统的观念、精明的打算还是紧急的形势，欲望都高于一切。对于奉行第二种自然观念的行动者来说正确的事，在这些伟大的恋人看来也同样正确。他们可能是邪恶之徒，但他们也可以极富魅力或对道德品性漠不关心。他们是好是坏完全取决于他们的本性(因为它不能再取决于传统)。

莎剧中，包括欲爱在内的热烈爱情大多都具有政治颠覆性，这是因为，强烈的爱情和性欲都不受约束，毫不在意外界的限制。[105]但并不能就此说明这些情感必然是邪恶的。一般说来，所有颠覆性的行为和情感(不独强烈的爱情如此)在道德上都既有可能是恶的，也可能是好的，还有可能是中性的，或者从不同角度看来三者皆有可能。谋逆者刺杀凯撒的决定极具颠覆性,顺利实施后更是对政治造成了颠覆性的影响。不过与但丁(Dante)笔下人物不同的是,莎士比亚笔下的布鲁图斯和凯歇斯都不是恶人。布鲁图斯虽然刺杀了凯撒,却仍是美德的典范。他虽不是个绝对的有德之人,但其形象却非常伟大。罗密欧与朱丽叶之间的爱情,以及麦克白和麦克白夫人之间的爱情,都具有政治颠覆性。但罗密欧与朱丽叶相爱时并不想伤害他人,而克劳狄斯对乔特鲁德的爱却促使他成了杀人凶手,最终给丹麦带来毁灭。

尽管热烈的爱情并不总是邪恶的或具有政治颠覆性,但情感热烈的恋人倘若作为政治行动者,则总是不足为信。热烈的爱情可能具有重要的历史意义,却有损于政治。《安东尼与克莉奥佩特拉》中的安东尼清楚地表现了这一点。为什么像安东尼与克莉奥佩特拉之间这样热烈的爱情常常会对政治构成威胁,也会对恋人自身造成致命伤害呢?这不仅因为它是爱情,或者说是一种新式的爱情,更因为这爱情太过热烈。莎士比亚坚定地认为,尽管伟大的激情和欲望能够给历史带来某些全新的、伟大的事物(这些事物有好有坏),但伟大的爱欲和激情却不能指引人们取得政治上的功绩。政治,尤其是好的政治,一定是理性的或近乎理性的,它只能允许强烈的野心存在,而且得是冷静克制的野心;它必须了解内在和外部的限制有哪些。爱情与性欲却都是非理性的,它们是炽热的激情,不知何为限制,至少不知道何为外部的限制。

莎士比亚很少刻画天真纯洁的、隐秘沉默的以及浪漫的爱情。他描写过一厢情愿的单恋,处于单恋的爱人们渴望他们的爱有所回报,或终有一日能拥有他们的爱人。爱情里也包括了性的欲望,无论爱人们是否明确说出这一点。一般情况下,如果莎士比亚刻画的是底层人物,那他们的言语中就会充斥着粗鲁的性爱描写,如果是贵族,他们就会常常把性爱的意图遮掩起来,只通过玩文字游戏或双关语给出暗示。

当剧中角色贪求爱而不得回报时,莎士比亚就会给出比平常强得多的价值判断。即便有些求爱的花言巧语和诱骗手段可以原谅，但强迫他人爱自己总是卑劣可耻、令人生厌的行为。最美好的爱情是两人自由地互相吸引和欲求。因此，只为获得财富才向某人求爱是卑劣的行径，被爱人的美貌或品格吸引而去求爱则是高尚的做法。莎剧中有多少对恋人，就有多少种爱情。例如，要阐释《驯悍记》这部剧就尤为困难，因为彼特鲁乔（Petrucchio）靠着凯瑟琳娜（Katherina）父亲的帮助，或靠着威逼利诱强迫凯瑟琳娜嫁给了他，不但如此，他还将她“驯服”，[106]让她自愿屈从。这其实是诱骗。但彼特鲁乔诱骗凯瑟琳娜不是因为渴慕她的身体，而是想要她的钱。《驯悍记》既可以排演成喜剧，又可以像那些讲述思想独立的女孩如何受骗的故事一样，被排演成暗黑剧。

伊摩琴（Imogen）的故事中则不存在模棱两可的情况。她是辛白林（Cymbeline）的女儿，爱上了波塞摩斯（Posthumus）。她父亲和继母违背她的心愿，强迫她另嫁他人（并未成功）。关于莎士比亚刻画性的颠覆力量，有一点值得注意。辛白林曾因听信王后的谗言而错怪了自己的女儿，临近（大团圆的）结局时，他人转达了王后死前的供认：

> 她供认她从没有爱过您，她爱的是您的富贵尊荣，不是您；她嫁给您的王冠，是您的王座的妻子，可是她厌恶您本人。（《辛白林》5.6.36－39）

这段话不仅吐露了恶毒的王后再嫁的动机，还提到了她在性关系上对第二任丈夫的厌恶，她只是为了自己那同样恶毒的儿子才嫁给他。《一报还一报》中的安哲鲁可能是最卑劣的一个角色，他因无法满足的欲望而堕入彻底疯狂的深渊。他只做了一件恶事，虽然最终并未得逞，但这一行为集结了胁迫、强奸、欺骗、谋杀等等恶行。但他疯狂的情欲中没有掺杂其他欲求，或许这就是他尚可忏悔并且能被宽恕的原因。

在莎士比亚笔下,欲望和爱情常常不可分割,在安哲鲁身上尤为如此。他分不清什么是爱,什么是欲,我们也分不清。

我看似认同布鲁姆的观点,即认可莎士比亚怀疑性欲的力量,对热烈的爱情缺乏同情。但事实上我并不这样认为。我想回顾一下之前提到的一点,即莎士比亚的戏剧世界中存在着伟大阶梯与道德阶梯,以及历史阶梯与政治阶梯的对比。有些人站在伟大阶梯的顶端,另有些人则站在道德阶梯的顶端。同样,有些人站在历史意义的顶端,另有些人则站在政治成功的顶端。这些情况常常出现在同一部剧作中。但这并不是模式,因为莎剧中从来就没有什么固定模式可言。包括爱情在内的某些情感可能会在某一阶梯上占据高位,在另一阶梯上却并非如此。陷入热恋的爱人们可以轻而易举地站在伟大阶梯和历史意义阶梯的顶端,或至少能接近顶端。

细心的观众都能觉察到哈姆雷特与奥菲利娅之间存在着强烈的性吸引和性张力。哈姆雷特在奥菲利娅墓前发怒的那场戏中,他承认对奥菲利娅怀着热烈的爱情,我们必须相信他说的话。因为哈姆雷特会戏弄别人,却从不撒谎。我们为什么竟会觉得克劳狄斯对王后的爱要比哈姆雷特对波洛涅斯女儿的爱更加热烈?难道就因为克劳狄斯为了和他的嫂子尽享床第之欢而杀害哥哥,而哈姆雷特没有为了爱杀人吗?如果奥菲利娅对他能像他母亲对待克劳狄斯那般忠诚,哈姆雷特除了保守己心,本已做好了为奥菲利娅牺牲一切的准备。他说:

> 你会哭吗?你会打架吗?你会绝食吗?你会撕破你自己的身体吗?……我都做得到。(《哈姆雷特》5.1.272-274)

[107]哈姆雷特之所以对奥菲利娅怒不可遏,是因为他发现奥菲利娅不忠,发现她没有全情投入地去爱。他弄不懂女人心了。为什么他母亲能对一个恶棍忠贞不二,奥菲利娅却背叛他呢?哈姆雷特发现

奥菲利娅并不是朱丽叶那样的女孩，这一点激怒了他。不过，他也只是被激怒而已，他的爱意还没有转变成恨意或报复心。他永远不会杀害奥菲利娅，像奥赛罗杀死苔丝狄蒙娜那样。难道这能说明他缺乏激情吗，或许可以说，它体现出哈姆雷特的激情并不那么以自我为中心。在爱情中，哈姆雷特知道限度在哪里。

布鲁姆在分析莎剧时，预设爱欲或情欲一定是不顾限度的。莎士比亚并不认可这一点。我稍后在讨论《安东尼与克莉奥佩特拉》时，会试着再现莎士比亚的手法，看他如何将这对情感热烈的恋人间的关系，以及他们的所作所为、所思所感一同织成一幅精美的锦缎。安东尼和克莉奥佩特拉知道爱情的限度在哪，哪怕罗密欧与朱丽叶之间热烈的爱恋越过了所有陈规旧俗，他们也知道何为限度。习俗只是限制之一，其他限制还包括道德准则以及他人的目光。莎剧中满是前后矛盾的深情承诺，甚至是责任或诺言。

但什么是爱情？什么时候人们才可能会把爱情等同于激情呢？莎士比亚笔下的爱情有一些绝对的特征。我此前提到过其中一点，即真正的爱情必得有所回应。罗密欧就把他对朱丽叶的激情说成是爱情。整个故事也印证了这一点。无论是邪恶的爱、美好的爱、符合习俗的爱或完全有悖习俗的爱，莎士比亚笔下的爱情总是相互的。只有两人心意相通才能是爱情，强暴甚至强迫就范根本不能称为“爱情”。当我们不知道其中一方的心意时，很难称其为爱情。例如，在《一报还一报》剧末，公爵决意娶伊莎贝拉，这在我们看来就不是爱情。若出现了不忠背叛，也算不得爱情。莎剧中伟大的爱侣，无论他们是好人还是恶人，都不会背叛对方。他们都忠于对方，为对方而活，为对方而战，也可以为对方而死。

莎士比亚笔下的爱情有不同的类型，可以由一个极端走到另一个极端。其类型如此之多，每一种类型又如此独特，所以我只能粗浅地论及它们的历史政治意义。其中一种极端的类型我称之为“次等的爱情”。这是一种合宜的爱情,结局常常是合宜的联姻。这种“合宜”大到有利于国家利益,小到可以满足金钱欲望。这种爱情里虽然会有求爱环节,却没有激情可言。求爱的场面或机敏或有趣,男女双方妙语连珠,可见两人非常般配。不过,即便是最程式化的求爱,[108]只要两人互相爱慕,那他们之间也是爱情。亨利五世和法国公主凯瑟琳(Katharine)的皇室联姻便是如此,巴萨尼奥和鲍西亚之间也同样是爱情(他们的结合融合了爱情和金钱欲望)。

我认为“政治意义”和“历史意义”就是在这一点上分道扬镳。从政治上看,皇室联姻是最为明智的选择。它不但没有颠覆性,反而会给国家带来安定,可以支撑男人的政治雄心。安东尼因为克莉奥佩特拉的缘故,没有好好利用他和奥克泰维娅(Octavia)的联姻,这是他最不具有政治见地的举动。但从历史上看来,正是这一非政治的举动才使他有了伟大的历史意义。

我认为莎士比亚在刻画另一种爱时丝毫没有抱以同情。在这种纯粹凡俗的爱情中,国家利益不是最重要的,爱人们只在乎个人财富。莎剧中有一些为了国家利益结合的婚姻,但在程式化的求爱环节之后,我还没有看到有哪一段爱情以不幸收场。但喜剧中有些与政治毫无关系的凡俗爱情却非常不幸。我们不需要以强迫就范的婚姻为例(如《驯悍记》),毕竟《理查三世》中将求爱和强迫就范结合在一起的婚姻更为可怕,① 因为至少从表面上看来,理查三世是出于岌岌可危的国家利益才这么做的。我想举的不幸的例子,是莎剧中那些原以为心意互通、互相吸引、无与伦比的爱情。《无事生非》中,克劳狄奥看到希罗的

---

① [译注]指理查三世先派人杀害了亨利六世的王子爱德华亲王,随后花言巧语地骗娶爱德华的寡妻安夫人。

第一眼就认定她为自己的妻子。其实这是因为他已经查明，她是里奥那托（Leonato）唯一的继承人。培尼狄克问："您这样问起她，是不是要把她买下来？"（1.1.170）他问得十分在理。克劳狄奥的爱情果然很快就经不住第一次考验。

对一个女人纯粹凡俗的爱并不一定是受到钱财的驱使。这种爱可能是肤浅的性吸引，或者像《爱的徒劳》中一样，把"坠入爱河"的外在迹象信以为真。当俾隆（Biron）了解到爱的真谛时，他向罗瑟琳（Rosalind）坦言，或者说向她道歉：

> 小姐们把礼物交换戴起，我们认错了人，追的只是爱人的标记。（5.2.468–469，强调为笔者所加）

在莎士比亚笔下，恋爱中的女人往往比男人更敢于打破习俗，更有反叛精神。她们大多忤逆自己的父亲，如《仲夏夜之梦》中的赫米娅或《皆大欢喜》中的西莉娅（Celia）。一部剧中通常有两对恋人（例如上述这两部戏剧），但这两对恋人的爱情并非都具有颠覆性，或者在专制的统治者和父亲看来并不都有颠覆性。

当西莉娅提到命运女神的赏赐时，罗瑟琳说："她的恩典完全是滥给的。这位慷慨的瞎眼婆子在给女人赏赐的时候尤其是乱来。"

西莉娅说："一点不错，因为她给了美貌，就不给贞洁；给了贞洁，就只给丑陋的相貌。"

罗瑟琳则答道："不，现在你把命运的职务拉扯到造物身上去了；命运管理着人间的赏罚，可是管不了天生的相貌。"（《皆大欢喜》3–41）我们不应忽略罗瑟琳这一说法中对于自然权利的有力论证。

[109]在这部最严肃又最轻快的戏剧中，政治的颠覆性中又混杂了两性的颠覆性，因而变得复杂，这表现在两个方面：其一，罗瑟琳的爱情本身就具有反叛性；其二，她女扮男装，颠覆了她的性别角色，引起了

好几次误解。但这两种颠覆力量最终并没有造成实际上的颠覆，相反，在它们的助力下，正义和合法的统治得到恢复。从这一角度看来，《仲夏夜之梦》中也出现了类似的情形。并没有谁说恋人若信奉自然法，就注定会招致灾难。如果一定要认定信奉自然法的恋人会引发灾难，那只有当这段爱情处在历史与政治阶梯的顶端，并在世界舞台上上演时才会如此。

颠覆性的力量究竟是致命的还是有所助益，也取决于将会被颠覆的秩序是什么样的。《仲夏夜之梦》中，真心相爱的恋人们颠覆了专横的父权制，并将重建更高等级的秩序。而在《皆大欢喜》中，合法的公爵被他弟弟放逐，时代从戏剧一开始就是颠倒脱节的。只有通过爱与激情的颠覆才能将时代重整。如果从一开始时代就已经颠倒混乱，颠覆行为反而可能重整乾坤。不过，这种情形只发生在喜剧中。

莎士比亚对于贝特丽丝和培尼狄克的刻画从几个方面来看都非同一般，极富吸引力。这对恋人不但反抗习俗，还认为所有爱的惯例皆是虚情假意。对他们来说，凡俗的爱总不过是虚礼、性欲和情感依赖，以及掩饰的贪婪这三样不好的东西。此外，放弃寻求所爱也让这两人与众不同，他们心中高度理想化的爱人是要在人格独立、道德品性、才思机敏上与自己对等的，如今自己不再青春年少，对于能找到这样的伴侣他们已不抱希望。他们的爱情故事既老套，却又总是令人感到十分有趣。他们都觉得对方是冤家，却没意识到自己已经坠入爱河。他们两人的爱情之所以非同一般，是因为莎士比亚笔下的这段完全不遵从习俗的爱情竟然不具有颠覆性。因为这对爱人遇到的阻力不同以往，他们需要克服、战胜、颠覆的不是外在的阻力，而是内心对于爱欲(eros)的不敬。不是他们征服了对方，而是爱情(爱欲)征服了他们。这是莎士比亚着力刻画爱情发展过程时出现的特例。一开始，两人彼此之间并没有好感，爱情也没有随即出现。即便彼此有好感，也是存在于潜意识中的，这对爱人只有在团结一致抗击暴行和不公的关键时刻才意识到爱情已经萌发。

贝特丽丝和培尼狄克将脱节混乱的时代重整。这种爱热烈吗？充满情欲吗？这对恋人认为自己的激情和理性和谐一致，但正如我在前一章提到的，难道是因为这个原因，这种爱就不够热烈吗？并非如此。或许培尼狄克和贝特丽丝之间之所以能发展出理智的爱情，是因为他们不需要颠覆外部的力量。[110]颠覆正义秩序的不是培尼狄克和贝特丽丝两人的爱情，反而是克劳狄奥和希罗之间因循传统的爱情。所以一到紧急关头，克劳狄奥和希罗两人就会完全失去理智。我再重复一下莎士比亚深信的观点：互通心意且经受得住考验的爱情才是伟大的。培尼狄克和贝特丽斯的爱情如此，莫扎特笔下的塔米诺(Tamino)与帕米娜(Pamina)也是如此。① 从这一角度看(但不是从所有角度看都是如此)，恋人们善恶与否，或理智与否都是次要的。

在莎士比亚刻画的一系列爱情中，处于另一个极端的是恶人之间伟大的、强烈的、充满性欲的爱情，它是纯粹凡俗之爱的反面。我已经试着说明，莎剧中的热烈的爱情，尤其是强烈的性吸引本身绝不是邪恶的。但莎士比亚赐予他笔下几个恶人一份特别的礼物，即给了他们伟大的爱情。有些能够体验到伟大的爱情，并对爱人一直保持忠诚的人的确是恶人。正如我在前一章中提到的，莎士比亚还刻画了乞求爱的人。有些男人会为了获得爱的明证而做出无可挽回的蠢事(有时女人们也会如此，不过比较少见)，而事实上真正的爱根本不需要证明。李尔就是个例子。他们也可能像爱德蒙一样，对爱的渴望驱使着他们在罪恶的深渊越陷越深。莎剧中，乞求爱的人无一例外都是具有颠覆性的角色。

---

① [译注]莫扎特歌剧《魔笛》中的男女主人公。

接下来我要讨论的是一些恶人或即将作恶的人，他们对爱的渴望已经得到满足，知道自己被人爱着。莎剧中最危险的是那种既罪恶又激烈的爱情，但感情的激烈和罪恶之间并不存在因果关系（莎剧中从来就不存在因果决定论）。尽管克劳狄斯杀害了哥哥才能占有嫂子，但这并不是他杀人的原因。尽管麦克白在妻子的怂恿下杀了人，但这也不是他杀人的原因。玛格莱特和萨福克之间长期的奸情肯定也不是导致葛罗斯特死亡的原因。但这些爱情关系都促成了罪行的实施。除其他条件以外，它是罪行产生的条件之一。由此，公义、法律、正统、道德、生命以及安全感统统都遭到了这种爱情的破坏和颠覆。

上文提到的三个例子其实完全不同（有两例在布鲁姆的讨论中十分重要）。我此前已经简要分析了两种类型的性颠覆之间有何区别。当热烈的爱情或两性关系颠覆了传统及国家的政治秩序时，我们可以说它是性的颠覆。当两性角色发生反转时，我们也可以说它是性的颠覆。从第二个含义来看，我们可以说女扮男装的罗瑟琳或薇奥拉（《第十二夜》）犯下了性别倒错这一“罪过”，哪怕她们并没有颠覆政治秩序。不过从“性的颠覆”的第一种含义来看，我们可以说克莉奥佩特拉和她对安东尼的爱对罗马构成了政治颠覆性，[111]哪怕她并没有颠覆两性角色，反而是富有诱惑力的女性气质的典范。我且从这一角度来细致分析那三对罪恶的恋人之间的伟大激情。

我们并没有看到克劳狄斯和乔特鲁德之间露骨的恩爱场面，他们总是一同出现在公众面前。我们从克劳狄斯的忏悔中了解到他的激情，并从哈姆雷特对乔特鲁德的指责中也间接知晓了她的激情。哈姆雷特说他母亲沉溺于与克劳狄斯交欢，因此建议她戒掉性瘾。对于哈姆雷特的指责，我们可以信也可以不信，但他的说法听起来很有道理，因为乔特鲁德和儿子大吵一番后，很快又盲从于丈夫。但在这段爱情中，并不存在“性的颠覆”的第二个含义。乔特鲁德是个彻彻底底的女性，不曾站在男性的立场、不曾发挥男性的作用、不具有男性的性格，甚至不曾穿过男性的衣服。她沉溺于克劳狄斯的爱中，无法自拔，这是女性常见的痼疾。这里，"性的颠覆"是具有政治颠覆性的：这对感情热烈的恋人犯下了一桩政治罪行。哪怕乔特鲁德对克劳狄奥实施的罪行一无所知，我们仍可以肯定地说，这是"一对恋人犯下的罪行"。她从哈姆雷特那里获知谋杀的真相后，依旧无所作为。她对第二任丈夫(杀害她第一任丈夫的凶手)热烈的爱并没有因此改变。她不愿去查明哈姆雷特的指控是否属实。我们也许可以猜测，她早就怀疑是克劳狄斯杀害了她的前夫，却仍想装得毫不知情。在极权国家生活过的人都非常了解这种心理上的抗拒。

《麦克白》中的性的颠覆同时满足了它的两重内涵。麦克白和麦克白夫人之间若没有热烈的爱情，邓肯就不会被杀害，苏格兰也仍将保持传统的合法秩序。不过，不同于乔特鲁德只会追随克劳狄奥，《麦克白》中的两性角色发生了反转：麦克白夫人成了男人，麦克白则成了女人。

麦克白夫人像理查三世一样，做出了生存性抉择。她选择当一个能狠下心来的男人：

> 来，注视着人类恶念的魔鬼们！解除我的女性的柔弱，用最凶恶的残忍自顶至踵贯注在我的全身；凝结我的血液，……不要让天性中的恻隐摇动我的狠毒的决意！来，你们这些杀人的助手，你们无形的躯体散满在空间，到处找寻为非作恶的机会，进入我的妇人的胸中，把我的乳水当作胆汁吧！(《麦克白》1.5.39–49)

我们不知道她在收到麦克白的信之前是个什么样的女人，我们第一次见到她时，她就决定当个邪恶的男人。但我们也可以说，莎士比亚非常清楚什么是生存性抉择,也就是说,一个人只能选择自己原本就是的样子,成为潜在就已是的那个人。[112]麦克白夫人已经选择做一个不向任何法律或权力屈服的人。她不但挑战了合法秩序,更挑战了自然的正当。她天生是个女人,而女人(可能也包括男人)天生富有同情心。怜悯是一种天然的情感,麦克白夫人却决意彻底摆脱这些情感。我想再重复一遍,她不但否定责任和正统,还要摆脱自然的秩序、传统的美德以及天然的情感。

虽说如此,有人仍可能会提出异议,认为麦克白夫人不过是个普通的反叛者,她信奉自然,以此作为对习俗的反叛。毕竟,女性服从于男性是一种习俗惯例,而像男人一样行事的女人就会是自然的反叛者。但麦克白夫人的情况不一样,因为她选择当个男人不是为了要求独立和自由。她之所以选择当一个男人,是为了以某一种方式——以一种违反自然的方式,利用男人拥有的独立和自由。

莎剧中,同情与怜悯不仅是女性的德性,男性也会拥有。在莎士比亚的世界中,温柔、怜悯、宽恕是重要的美德,缺少这些美德并不会让一个男人显得更有男子气概,而是更少男子气概。麦克白夫人坚持怂恿麦克白去杀人,说他不能做懦夫,而要当个男子汉,麦克白对此一直有所迟疑,他在杀人之前说:

> 只要是男子汉做的事,我都敢做;没有人比我有更大的胆量。(1.7.46–47)

莎士比亚几乎所有的悲剧和大多数喜剧中都有残酷之人,但他们都不具有男子气概。他笔下残暴的女人确实比残暴的男人更加可恶,因为男人的职责便是上战场打仗,战场上见惯了残忍的暴行。女人们则无需懂得如何施暴,也没有什么事需要她们这样做。但在莎剧中,不必要的残暴就和缺乏同情心与良善一样,是人邪恶或卑劣的表现。

如果我们仔细听麦克白夫人的独白以及她对丈夫说的第一句话，就会发现，她只在一种意义上去除了身上的女性特征：她选择成为一个不受同情这种本能影响的人。她决定自己动手杀人，也让她的丈夫杀人，因为她爱自己的丈夫，并且确信他也爱着自己。她之所以变得残暴，是想帮助她丈夫登上王位。事实上，她履行的是传统的女性角色。听听她怎样称呼麦克白：

> 伟大的葛莱密斯！尊贵的考特！比这二者更伟大、更尊贵的未来的统治者。(1.5.53–54)

麦克白夫人的性别有着双重的意涵，因为她虽"解除了女性的特征"，却仍是女性中的一员。她提到的暴行恰恰与自己的女性特质有关。正是因为她仍有着女性的想象力，她想像的场面才会如此残酷：

> 我曾经哺乳过婴孩，知道一个母亲是怎样怜爱那吮吸她乳汁的子女；可是我会在它看着我的脸微笑的时候，从它的柔软的嫩嘴里摘下我的乳头，把它的脑袋砸碎，要是我也像你一样，曾经发誓下这样毒手的话。(1.7.54–59)

[113]包括理查三世、爱德蒙、伊阿古这样的恶人在内，任何一个男人都想象不出如此残忍的暴行。麦克白夫人和许多女人一样，也用爱胁迫她的丈夫。对他说：

> 从这一刻起，我要把你的爱情看作同样靠不住的东西。(1.7.38–39)

唯有杀害邓肯，麦克白才可以证明自己爱她。

人们经常能注意到，麦克白夫妇之间存在着性紧张。从文本中可以明显看出,他们之间的爱情超过了婚姻关系中传统的依恋,从麦克白夫人成功用爱胁迫麦克白的那段话就可以看出这一点。有些阐释者认为,麦克白之所以对妻子言听计从是因为他性无能,他只有用所谓男子汉的行为来弥补这一缺陷。这当然只是阐释的一种。莎剧之所以有多种解读就是因为他从不会将原由明说,这里也是一样。一如卢卡奇所言,正是因为莎士比亚从不给出具体原由,而只是把不同人物放到极端情境中,再去观察这些人之间发生了怎样的化学反应,以及由此触发了怎样的行动,所以,各种对"原由、动机"的不同解释才同样有道理。

我不能再这样一直分析麦克白夫人的性格,但对当前的讨论来说,有一件重要的事情不可忽略,那就是:谋杀过后,麦克白和麦克白夫人的两性关系发生了重组。一方面,麦克白背负沉重的罪恶感,麦克白夫人却打算忘了这场谋杀,继续快乐地生活下去。麦克白摆脱不了杀人的阴影,罪恶感迫使他一再地杀人。抛却了柔弱和良心的麦克白夫人,一旦登上王座后,反而停止杀人。她没有罪恶感,也没有继续杀人的必要。作为莎士比亚笔下最残忍的角色之一,麦克白夫人实际上可能可以成为一个完美的马基雅维利主义者。因为她可以冷血地杀人,也能及时停手。麦克白却杀人杀得停不下来。曾让他杀人时举步不前的心境,现在却促使他杀更多的人,比他妻子的怂恿更管用。他甚至没向妻子透露,他决意杀死班柯(Banquo)和他儿子:

> 你暂时不必知道,最亲爱的宝贝,等事成以后,你再鼓掌称快吧。(3.3.46–47)

但事成之后,又有新的罪恶感袭来,他又去实施新的罪行,如此无休无止。麦克白夫人继续指责他没有男子气概。她此时说的没有男子气概是指他失了理智。深感罪恶又说看到幽灵鬼魂,这都是他不理智的表现。麦克白夫人爱着丈夫,但为了让他恢复理性的冷漠,便开始残忍地对待他：

啊！要是在冬天的火炉旁，听一个妇女讲述她的老祖母告诉她的故事的时候，那么这种情绪的冲动、恐惧的伪装，倒是非常合适的。不害羞吗？你为什么扮这样的怪脸？说到底，你瞧着的不过是一张凳子罢了。(3.4.62－67)

[114]麦克白夫妇之间的关系所发生的变化，与莎士比亚笔下其他有着热烈爱情和性依赖的邪恶恋人之间所发生的完全不同。在麦克白为“证明”对妻子的爱意而杀人后，他们的爱情反而变得糟糕。由于麦克白的罪恶感，爱情化为乌有。麦克白最后决战时(5.5)获悉了妻子的死讯，他只说了句：

她反正要死的，迟早总会有听到这个消息的一天。(5.5.16－17)

这就是他给麦克白夫人的讣告。

然而，普通的罪恶感却不能将萨福克和玛格莱特分开。他们之间热烈的爱情或许最能展现出，莎士比亚是如何用复杂笔法刻画出邪恶中所蕴含的爱之伟大的。如果仅仅因为《亨利六世》是莎士比亚初出茅庐时写的作品就认为它不够出色，这是非常愚蠢的想法。由于我在本书的第二部分会详细分析《亨利六世》上、中、下三部剧，在此我只来说说萨福克和玛格莱特两人爱情故事中的一个恩爱场面。

如果从头到尾讲述的话，这将是个漫长、完整的爱情故事。萨福克第一眼看到年轻的公主玛格莱特时，我们就见证了两人爱情的萌生，直到萨福克死去，我们仍能在玛格莱特无尽的悲伤中感受到这段爱情。这段故事中有着各种具有颠覆性的事件。萨福克让他的情人玛格莱特当上了英国王后，因为唯有这一方法能让她时刻陪伴在侧，占有她是颠覆政治的重要一步，它引发了玫瑰战争。政治颠覆在戏剧一开始就已是决定性的了。年少的亨利六世拒绝听从家长的忠告，缔结了一场极不明智的婚姻，这违背了皇室联姻的原则，是个不可原谅的过错。此外，萨福克和玛格莱特这对情人——一对靠自我奋斗取得成功的男女——无时无刻不在秘密合谋。他们的敌人约克家族最终将从这一阴谋中获益。王后拥有情人这一众所周知的事实同样具有政治颠覆性。只要萨福克活着，玛格莱特就无法“去除女性特征”，这是性的颠覆的另一个意涵。她虽思想独立、残忍成性，但只要和萨福克在一起，她就仍是个女人。

但我们也可以认为，她是在用残忍回应整个王室对她的敌意。玛格莱特是异乡人、外来人，是所有人都不接纳的“法国女人”，除了她丈夫亨利六世，所有人都轻贱她。玛格莱特也爱她丈夫亨利六世，和他在一起时，她起初扮演着母亲的角色。然而，后来随着她的残忍越来越占上风，她更多地扮演起了男性角色。她把丈夫留在后方，自己上阵打仗。这是莎剧中最能表现男女双方的性别倒错的例子。这部剧也能让我们洞察爱情的秘密。[115]作为莎士比亚世界中最邪恶的一对恋人，他们不止一次地在私密情境中互表爱意。我们见证了一份真诚深厚的爱情，一份从不会遭到背叛和怀疑、永远被珍视的爱情。莎士比亚没有把这份厚礼赠予罗密欧与朱丽叶，也没有给安东尼与克莉奥佩特拉，而是送给了萨福克和玛格莱特这两个杀人凶手。

且让我引用几段萨福克遭放逐后，他和玛格莱特惜别时说的话吧。这是他们最后一次见面。我们有必要把一整段话读完。王后说：

> 把手伸给我，让我用悲痛的泪水像露水一样滴在你的手上，作为我赠送给你的悲痛纪念物，望你加以珍惜，别让天上降下的

> 雨水将它冲去。(吻萨福克手)唉,但愿我的吻痕深深印在你的手上,使你常常想到吻你的樱唇,正在为你发出千百次的叹息!离开我吧,你走了以后我才更能体会我的悲伤,……我一有机会一定召你回国,否则你放心,我自己也情愿遭受放逐。事实上我跟你分离,也就等于是被放逐了。去吧,不必再对我说什么,此刻就去吧。呀,还不能走!(《亨利六世》中篇3.2.343–357)

听听萨福克怎么说的:

> 我离开了你,也就活不下去了。倘若我死在你的面前,那就如同依傍在你的怀中做了一场美梦。在你面前,我可以通过我的呼吸将灵魂散发到空中,好像襁褓中的婴儿衔着母亲的乳头平静而柔和地死去。要是离开了你,那我就会如醉如痴地呼唤着你,要你来合上我的眼睛,要你将嘴唇对准我的嘴,或者堵住我的魂灵儿不让它逃跑,或者将它吸进你的身体,让它居住在这座甜蜜的仙宫里。在你的身旁死去,好比谈笑一样地轻松;和你分离以后再死,那就像千刀万剐一般难受。唉,让我留下吧,不论遭受什么灾殃,也顾不得了!(3.2.392–406)

萨福克对玛格莱特说话时,把她比作了自己的母亲。我们要注意“平静而柔和”这些词。除了和萨福克在一起时,我们平常根本看不到玛格莱特平静柔和的样子。莎剧中的角色和不同的人在一起会呈现出完全不同的样子,玛格莱特就是个鲜明的例子。有人也许会问,玛格莱特有这么多面目,到底哪个才是她?然而,即便我们后来看到玛格莱特拿着浸满拉特兰(Rutland)血渍的手帕,又看到她像古老的复仇女神一样诅咒着理查三世,我们也不该忘记,作为爱人的玛格莱特曾亲吻着恋人的手,让他感觉自己像一个婴孩,正枕在温柔母亲的膝上安眠。

我想说明的是，莎士比亚经常将两性角色的颠覆——当女人扮演男性角色时——与邪恶联系在一起。在这些情况下，扮演男性角色的女人都有着男性才有的残忍个性。其他一些智慧、可爱、温柔的女人也可能扮演男性角色，但她们并不具有男人的性格特征，她们不过是女扮男装。但这件男装相当重要。[116]穿上它，女孩就可以扮演独立自由的小伙子。像薇奥拉或罗瑟琳一样，女孩穿上男装就变成了体面温柔、机智有趣的青年。但有些时候，一些美好的女性即便不套上伪装，也可以做通常只有男性才能做的事情。例如，海丽娜（《终成眷属》）在医生这一男性主导的职业中大有所为。而我们不应忘记，在这一时期，伊丽莎白一世是英国的女王。

七　时间女妖斯芬克斯

[117]莎剧中的时间是斯芬克斯女妖，但我们永远无法知晓这位斯芬克斯的秘密，永远解不开她的谜题。在莎士比亚的喜剧和悲剧中，那些极具代表性的男女主人公(有时甚至包括一些不太具有代表性的角色)或被抛入不幸与绝望的深渊，或高歌凯旋，或行动正酣，或已结束行动，当他们以旁观者的身份反思或以叙述者的身份讲述这段经历时，就会与名为时间的斯芬克斯女妖直接对话。他们想要破解时间的斯芬克斯之谜，便不断质问她。但这样的质问总归于徒劳，因为时间的秘密就是生命的意义所在。而除了何为意义本身这一问题，生命便别无其他意义。

在那些时间的确以斯芬克斯的面目出现的代表性的莎剧段落中，斯芬克斯给出谜题，让人寻求或悲或喜的谜底(这些谜底无一正确)。如果我们细究这些莎剧段落，就会有意想不到的发现：罗马剧中的时间都不会被称为谜题，但在所有英国史剧以及两难处境(即两种相互矛盾的自然观念)撕扯着人们的伟大悲剧中，时间都是一个谜。当时代“脱了节”，时间就成了斯芬克斯之谜。在罗马剧以及某些传奇剧和喜剧中，时代也会脱节混乱，不过，剧中人物尽管会像反思时日与年岁那样去反思时间，却并不会探问时间之谜。这一点在罗马剧和少数几部以虚构的“古代”世界为故事背景的传奇剧中尤为突出。地点，即人们身处的位置是对是错，以及颠沛流离、惨遭放逐的恐惧等等，才是这类戏剧的关注点。一个人是在此处,还是一无所归(乌有之乡),即“在何处”这个问题,在这类剧作中的重要性远远超过了英国史剧和除《奥赛罗》(这是一部关于绝对的异邦人的剧)之外的伟大悲剧。

和许多喜剧一样,英国史剧和伟大悲剧中具有代表性的历史故事都发生在“本邦”:如英格兰、苏格兰、丹麦等地。即便是历史剧中发生在法国的戏份,实际上仍然归属于英国的戏份,[118]因为那个地方要么现在是,要么曾经是英国领地,或计划被纳入英国,除少数几个人,剧中人物也都是英国人。所谓地点的统一,传统上一直被误认为亚里士多德对于伟大悲剧的要求。但相较于历史剧、悲剧甚至大多数喜剧,这种统一在罗马剧和传奇剧中极少出现。科利奥兰纳斯不但在外国领土上征战,还留在了那儿;他成了异邦的英雄。他可以问“何处是我的本邦”这个问题。辛白林的两个儿子在丛林中长大成人,伊摩琴也逃到那里避难。《皆大欢喜》故事发生的地点随着海丽娜从一处转移到另一处。潘狄塔从西西里出发一直来到波西米亚。配力克里斯(Pericles)在一座座岛上颠沛流离,普洛斯彼罗则住在一座岛上。安东尼的本邦又在哪里?是罗马还是埃及?罗马剧中,只有《裘力斯·凯撒》的空间布局和“理查”或“亨利”系列剧类似。

然而,无论是凯撒、凯歇斯还是布鲁图斯,他们都不会追问时间的斯芬克斯之谜,在死前更不会这样做。当时间成为罗马剧中反思的焦点时,它要么指的是希腊人所谓的kairos[时机](一个人得到或错失某样东西的时间),要么是指moira fatum[命运](时间是某种隐秘神意的执行者)。例如,对凯撒来说,3月15日就是时机,对《安东尼与克莉奥佩特拉》中的庞贝(Pompey)来说,船上的宴会是他要抓住的时机。罗马历史的命运就系于这些重要时刻。若是凯撒转变心意,抑或是庞贝另作打算,罗马史就得重新改写。然而,时机并不是一个谜,因为凯撒和庞贝都意识到了它的存在,凯撒决定接受命运,庞贝则决定让杀人的最好时机从手中溜走。

探寻未来将会如何,命运有何安排,窥知行动有何结果,这些对罗马人来说重要的事,对于一千五百年后的英国人来说也同样重要。但未来的时间之所以成谜,正因为它发生在将来。到了未来,它就会被揭晓,因为未来转瞬就又会成为过去。时间本身并不是谜,若是如此——我还要再三重复吗?——生命本身以及生命的意义也就成了谜。对于莎士比亚罗马剧中的主人公来说,生命本身及生命的意义并不是谜。

从这个意义上来说,莎士比亚同时也是一位卓越的历史学家。他自己是否意识到这一点无关紧要,但他的确是位历史学家。罗马剧中主人公的时间观念,即对于时间的解释和思考,的确只属于基督教产生以前的希腊人和罗马人。如果说莎剧中有什么时代错误的话,那只是一些客观事实上的疏漏。而且我们知道,就历史真实而言,他不会赋予单纯的事实以重要性(以苔丝狄蒙娜的手帕为例)。《裘力斯・凯撒》中不断敲响的钟声在客观事实上的确属于时代错乱,但它却具有诗学的真实。在诗学意义上来说,这钟声出现得绝对恰如其分。[119]而只有人们到了被两难处境(即两种自然观念)撕扯时,只有人们处于前现代与现代的交界时,时间才会成为斯芬克斯之谜,因为只有那时,人们才会追问生命的意义(以及宇宙、道德以及其他一切事物的意义所在),追问这些问题的人自己都无法做出解答。

时间性(temporality)是莎剧基本的戏剧组织原则,在没有仔细研究之前(即使只是粗浅简略的了解),我们无法讨论莎士比亚伟大悲剧和历史剧中时间的斯芬克斯之谜(若想对它的研究不至于太过粗浅,还需要对莎士比亚的戏剧艺术进行更广泛的结构分析,这将远远超过本书有限的主题所能够涵盖的内容)。在我看来,时代是(几乎)所有莎剧的基本组织原则,而不是只在那些其中时间脱了节的戏剧或主人公受制于两难处境的戏剧中才是这样。

我不会把莎士比亚的戏剧称作史诗剧。可能只有《泰尔亲王配力克里斯》这一部剧是用史诗的方式来架构时间的。莎士比亚安排了一个歌队的角色(由一个名叫高厄[Gower]的人担任),[①]其任务是讲述两场戏之间发生的所有故事。发生于不同国度不同时间的两场戏,借由歌队的陈述衔接在一起。这个歌队让我们依稀想起古希腊戏剧中的歌队,因为高厄不是剧中角色,而是起到了叙述者的作用。因此他(歌队)说:

> 以后的事情如何转变,敬请诸位慢慢地细看:我只是说一些蹩脚的诗句,把飞驰的光阴带了过去;我无法把时间这样轻轻带过,除非你们的思想紧紧跟着我。[②](《泰尔亲王配力克里斯》4.2)

也就是说,要想把故事串起来,读者必须在思想上紧跟叙述者的诵文,哪怕这诗文看似蹩脚,它仍能够驾驭飞驰的光阴。但在莎剧中,驾驭飞驰光阴的并不是蹩脚的叙述者,因为"飞驰"的光阴只是时间的一种变化形态。史诗时间(至少在莎士比亚的时间中)是通过叙述可以将其驾驭的"飞驰的光阴",然而,不断变换形态的时间却难以驾驭(有时,时间还可能变得蹩脚不便,需要借助拐杖)。

自从莎士比亚在欧洲大陆成为崇拜的对象,尤其在德国受到莱辛和歌德的推崇后,人们经常会探讨他对时间的独特处理方式。莎士比亚没有遵从所谓的亚里士多德式的三一律(即时间、地点和行动的统一),因为在他的大部分剧作中,时间和地点都是不统一的。自从莱辛反驳了莎士比亚罔顾三一律的说法后,这个问题又以另一种方式提了

---

① [译注]莎士比亚的这部剧主要取材于英国14世纪诗人高厄的《情人的自白》。剧本开头解释剧情的老人即是高厄。

② [译注]引自梁实秋的译文。

出来：莎剧中的时间跨度（和希腊悲剧不同）常常超过二十四小时，有时是一年，有时甚至是数十年（有时我们甚至不知道时间跨度有多大），莎士比亚如何在这种情况下保证时间的统一？

[120]每部文学作品都会压缩时间，这是艺术哲学中的惯例。演出一部剧通常需要三到四个小时（阅读一部剧可能只需要两个小时），一部悲剧的内在时间至少是二十四小时（如《安提戈涅》），从这点看来，古典悲剧和拉辛或莎士比亚的剧作之间并没有本质的不同，因为都压缩了时间。剧中人可以在剧中至少"生活"二十四小时（二十四小时压缩在三个小时里），他也可以在其中"生活"十五年（将十五年压缩在四个小时里）。二者并没有本质区别，因为戏剧的时间性和其他文学作品的时间性并无不同。两天之内读者就可以从大卫·科波菲尔（David Copperfield）的出生读到他第二次结婚；书中的人物可以在两三天之内就"过"完一生。

现在我只讨论戏剧，尤其是莎士比亚的戏剧。一如我们所知，古希腊戏剧用几何的方式压缩时间；它将时间描绘成一个圆。二十四小时正好是完美的圆形，从日暮回到日暮，从黎明回到黎明。这是神话时间：它是一种作为单元的重复的时间，具有可重复性。而历史时间既不是圆形的，也是不线性的，至少不完全如此。若要以图形来展现时间，我会选择心电图的图式，但这仍然不够理想。因为历史时间也是线性的。心跳并不会以同样的方式重复，心跳的节奏会发生变化，节奏远不止一种，这个节奏有一个心跳永远达不到的趋向。而展现历史时间的图形不同于健康心跳的心电图。同时，也经常有人指出，历史时间首先是在圣经中以线性时间的形式出现的，尤其在《列王纪》中，诸多事件构成了时间。

莎剧中的时间是历史性的。一如所有的历史时间，在他的戏剧中，事件——尤其是事件的密度——构成了时间。但莎士比亚是第一位坚持摒弃所有神话主题(这类主题和神话时间一同得到继承),并代之以历史主题的伟大悲剧作家,这一做法可以更有利于历史时间将这些历史主题组织起来。自然此时失去了它的组织能力。从黎明回到黎明,从日暮回到日暮,从春天回到春天等等,是自然组织的时间,它们也是神话时间。节日等对大自然的讴歌庆祝,和宗教节日及庆典一样,年年重复。而在莎士比亚笔下,不可重复的事件不遵循任何自然规律。构成莎剧内在时间的事件和行动的节奏从来都不是自然的,而是历史性的。所有历史性的事件都会被“压缩”,但并不是通过神话的方式。莎剧中至少有五种主要的组织时间的元素:密度、速度、强度、摆幅和停顿。

[121]密度(density):密度可以是情感上的、思想上的,与行动息息相关。例如,有人认为,独白是在内心完成的言语行为,它发生在一瞬间,但在我们观众看来并非如此,因为演员会缓缓说出主人公的想法。此外,许多单独的事件作为“纯粹的行动”突然在同一时间发生。比如一个人被杀死,他不是被一招毙命,而是被刺多下,此事件中还包括杀他的凶手和旁观者——他们也在行动。参见刺杀凯撒事件。密度变大不但没有压缩时间,反而延展了时间。但剧作中的时间之所以能被延展,是因为它本质上是被压缩的。为了创造密度,停顿必不可少。

速度(speed):速度是一系列事件开展的节奏。它可以快也可以相对较慢(尽管不可能完全慢下来),可以加速也可减速。通常情况下,倘若第一场戏的剧情发展得较慢,到第五场就会急速加快。一系列事件发展得相对缓慢,是为了符合具体情境下对不同人物的展现。每当角色之间产生特殊的化学反应,剧情就开始加速,并达到悲剧的高潮(堆尸如山)或喜剧的高潮(喜事叠加)。但一部剧中的加速和减速也都各有节奏。莎剧中所有场次的戏都在推动剧情向前发展(因此我们说他的戏剧不是史诗剧),不同的事件会以不同的速度推进,不同的行动以及独一无二的行动者都会大大影响加速或减速的幅度和性质。有些事件会以较慢的速度推动剧情。若非如此,莎士比亚就是在用同样的方法或至少以相同的程度塑造他笔下的男女主人公。但莎士比亚没有这么做。他之所以将某一系列的行动减慢,就是为了放大他偏爱的(或他厌恶的)那个人物身上的某一方面。霍拉旭、哈姆雷特以及小丑同在墓地的那场戏就是典型例证:赶在最后剧情开始加速之前,放慢事件发展的节奏。玛格莱特王后和萨福克之间的恋爱戏也是典型的减速剧情。自此之后,剧情开始加速。这些剧作的结构表明,如果没有之前的减速剧情,之后的加速剧情可能就不会包含与此前同样的时间密度。

强度(tension):密度与速度这两种对时间性的戏剧处理在古希腊悲剧中并不罕见,[122]虽然它们在古希腊悲剧中没有像在莎剧中这样,有着如此强大、独特的组织能力。不过,在古希腊悲剧中,完全找不到我所谓的强度或松弛度。在莎剧中,除了在最后一场戏的末尾(堆尸成山或喜事叠加),通常情况下,最紧张的戏份之后都紧接着一个放松的戏份。所有人的时间感并不是完全一样的。在某些人看来充实的时间,在另一些人看来则空乏无趣;在某些人看来可怕的时间,在另一些人看来却轻松愉快。不同的时间体验也成了戏剧结构的一部分。神话时间里不会产生不同的时间体验,但历史时间里则会如此。《麦克白》中最紧张、最浓缩的剧情之一就是第二幕第二场。麦克白刚将邓肯杀害时喊道:

我已经把事情办好了。

但他的所作所为立即“哽住他的喉头”,那高喊“麦克白将再也得不到睡眠”的复仇鬼魂折磨着他。麦克白夫人去把血涂到那两个“熟睡的侍卫”身上,等她回来时响起了敲门声。接下来一场戏,守门人上场把门打开。这个守门人的满腹牢骚可能是莎士比亚笔下最具喜剧性的独白。麦克德夫随后上场,这时,还没人知道发生了什么。巨大的紧张感之后,就出现了松弛下来的剧情,而当谋杀的恶行被人发现时,新的紧张感又重新袭来,《麦克白》中的这段戏只是例证之一,喜剧中也有一些类似的例子。

摆幅(swing):强度与强烈紧张之后的松弛也可以说成是摆幅。莎剧中有不同类型的摆幅。剧中人物的感情状态和情绪会发生极端的摆动(如从愤怒转到温柔,或者反之亦然)。例如,克莉奥佩特拉总是处于这种摇摆状态。剧中还有道德—伦理的摇摆(例如,从急于复仇到宽恕原谅)。有命运的极端摆动:如战争中的胜负无常,权势地位的陡然生变等等。还有人际关系的极端摆动:如朋友反目或化敌为友,如刚表忠心又突然背叛等等。几乎所有类型的摆动都出人意料,有时甚至是主人公不该经受的。它们在莎剧中都是主人公经受的实实在在的摇摆。莎剧中没有机械降神(deus ex machina)的存在;好运从不会毫无征兆地突然降临。

停顿(pause):莎士比亚具有代表性的戏剧作品中都没有叙述者的存在,正因为如此,他不能省略对事件的刻画(所有事都在舞台上发生),他必须剔除时间本身。我们无需知道他具体省略了多少时间,[123]因为时间本身都已被他剔除,自然也无多少之分。我们知道哈姆雷特去英格兰又回到埃尔西诺(Elsinor)一定费了些时间，但我们不知道他用了多久。穷究这个问题毫无意义，因为它只是一个停顿。然而，当人们对这一停顿进行编码时，它就变成了时间。例如，哈姆雷特告诉霍拉旭他的经历，却对时间要素只字未提。彼时彼处发生的事，此时此处也正在发生，因而停顿有着时间上的意义。停顿因此成了意义重大的间歇（break）。就历史剧而言，我们从历史书和脚注中能获知亨利六世活了多久，又在位多少年，我们手头有确切的年表。但这个年表只是空泛的知识，构成不了《亨利六世》这部剧。在历史剧和其他莎剧中，停顿是间歇，在这个意义上，它也是一个在时间上意义重大的停顿，因为它在编码时、在记忆中、在意识里都在继续。发生在第一幕第一场之前的事件都不叫停顿，它不是构成时间的要素。莎剧和希腊悲剧一样，剧中人物时常会去回忆去年或数年前的往事。

除了构成时间的停顿外，还有构成意义的停顿，这种停顿必须隐藏起来。密度（即时间的延展）是悲剧的绝对要求。然而，这种隐藏的停顿，是创作和作品密度得以存在的保证。剧中的停顿虽微不足道，却展现了阐释的开放性。每个阐释性的舞台表演（每一个舞台表演都是阐释性的）所阐释的主要都是停顿。举例说来，《哈姆雷特》中，哈姆雷特父亲的鬼魂是怎样移动的？哈姆雷特做了哪些动作？剧中人物乍看起来是怎样的？哈姆雷特是吻了奥菲利娅还是打了她？剧中没有写到的细节实际上存在着。我们必须猜测这中间发生了什么。

我刚才提到莎士比亚戏剧艺术中组织时间的五个要素，这五个要素既组织了剧情，也组织了剧情中主要的时间和时间性的类型。不过，列举、探讨时间性的组织要素还不能表明，剧情中的这些要素将组织出哪些时间类型；这样的方法也不能告诉我们那些时间经验是什么。我现在就转而讨论这个问题。

在其精彩的《时间的伦理》一书中，赛福（Wylie Sypher）区分了《理查三世》中存在着的四种时间经验。他也讨论了其他莎剧中几个其他的时间类型，他还基于海德格尔对于时间的理解，说明需要在莎剧中区分周围世界（Umwelt）的时间、共同世界（Mitwelt）的时间以及内在世界（Eigenwelt）的时间三者之间的不同。[124]我在讨论莎士比亚笔下的时间时会借用到赛福的许多观点。

赛福提到的四种时间分别是：编年的时间、命运的圆环、报应的时间以及心理持续的时间。在此基础上，我还要补充几种时间：作为时机的时间、不可逆转的时间、（违背预期的）作为变化的时间、作为节奏的时间、作为“时代”的时间（我们的时代），以及作为初始与终末的时间。我会先探讨这些时间概念，再回到由这章的题目和开头第一句话引出的问题：剧中人物对于时间这位斯芬克斯女妖的“质问”。

编年的时间

编年时间（相比于赛福，我在更宽泛的意义上使用这个词）即客观时间。莎士比亚无论取材于霍林谢德（Holinshed）、普鲁塔克还是其他作家，他都会利用他们的素材来确定某些行动或事件的具体时间。若有人阅读时问道：“我们现在在故事中的哪里？”那他就是在莎剧中寻找指路的时间路标。编年时间是线性的。事情的发生有先有后，时间顺序不会颠倒。若有两场戏分别发生在两个不同的地点，我们就会想搞清哪一场戏发生在前。这些无趣的路标看起来毫无意义，却可以正式地标定时间。它们和剧情无关，只起着路标的作用。赛福从《理查三世》中找了一个好的例证：理查在将海司丁斯（Hastings）处死之前，让伊里主教（the Bishop of Ely）给他送些好吃的草莓来。主教先下场又重新上场，说他已经把草莓拿来了。这个标定时间的完全不起眼的细节起到了组织时间的作用,而且缓解了紧张感(和《麦克白》中守门人的那场戏一样)。这一类紧张中夹杂的松弛也是重复或打乱事件节奏的方法之一。对海司丁斯来说决定生死的重要时刻,对主教来说不过是去拿草莓了。此外,这场戏还突出了我此前提到的莎剧中自然时间与历史时间的区别。从自然时间来看,此时正值早春或初夏,是一年中最美好的季节;但从历史时间来看,此时只有黑暗,是最崩坏的僭政时期。

命运的圆环

命运的圆环保留了环形的时间。环形时间是传统的(古希腊和古罗马式的)戏剧时间。它的完整形式是一个圆。[125]事实上,它并不总是闭合的、完整的圆。亚里士多德在《诗学》中说,悲剧主人公必须经历命运的突转:他必须从最高处跌到人生的最低谷,或者从低谷升到最高处。如伊菲革涅亚、俄瑞斯忒斯、俄狄浦斯等希腊剧中的主人公,都历经了完整的圆环,他们从高处跌落到谷底,最后又回到高处,尽管这一经历未必都出现在同一部剧中。莎士比亚的大部分传奇剧还保留着古希腊式的命运的完整环形模式。这些剧作近乎于童话,这正印证了卢卡奇的一个观点。他认为传奇剧正是童话的一种,是神话的世俗化变形。我想补充的是,不独希腊神话如此。虽然圣经故事在本质上是单线的,但它对神话的环形时间也很熟悉。只是圣经中起作用的不是命运之轮,而是神意的指引:是惩罚与宽恕的圆环,或者说是审判与升高的圆环(以约伯为例)。由于莎士比亚的传奇剧也是道德性的(与悲剧和喜剧相反),戏剧最后,善良正直的人——恶人或冷漠的人永远没有机会——会再次升华。在他的故事中,虽然命运之轮带来的结果并不会否定故事原本的偶然性特征,但仍沾染了一丝神意的色彩。例如《理查三世》中,几乎所有命运由好变坏的人都是罪有应得。但正是借由理查的行动,这些人才得到了该有的下场。

报应的时间

我此前提到,莎士比亚悲剧中时常出现诅咒、预言和预测,我也论及其重要性。它们有着多重的时间性。诅咒和预言增强了紧张感,由此加大了剧情的密度,也使摆动幅度加大。哪怕剧中人似乎已经忘了他们曾说出的预言、诅咒和愈来愈强的期待,我们却铭记于心,也参与其中。那些发出预言的人(除了那些职业预言家)通常都处于情绪亢奋或精神敏感的状态中。我们认为这些人比其他人看得更远,感受也更为强烈。

情绪或精神的紧张是增加摆幅的方式之一,其时间意义不在当下,而在未来显现。有一个小小的谜题有待在接下来的变化中揭开。古老的哲学智慧告诉我们,变化就是时间,但我们期待的不仅是变化,更是向着某个方向发生变化,期待着某句话能够及时得到印证。对于未来的历史事件,我们不能证实也无法证伪,如果预言日后应验,那这预言就是真的。[126]诅咒也是到真的生效之时才能说诅咒有用。也就是说,那些使得预言越来越趋向应验的变化就发生在停顿中。有些人发出预言,有些人吐出诅咒,而可能就在这部剧中的某些时刻,或是在下一部剧中,停顿就被解除了。预言将如当下发生的事件一样重新出现在眼前。咒骂也会作为生效的诅咒而从停顿中重回人们的视野,或者被人想起并实施。被人遗忘的事情如今被人回想起来,它们借由剧中人物的想法来到当下。但诅咒和预言真的被人遗忘了吗?不,观众并没有忘记。预言和诅咒就像手帕上的结,是开始的标志,是某些事一定会到来、一定会应验的标志。观众可能会相信剧中人已将其遗忘,因为从不曾听他们将其提起,或者不到紧要关头他们从不采取行动。

但观众也可能持相反的看法,他们可以感受到意味深长的有意缄默。

我曾在第一章中提到,莎剧中,并不是所有的预言都会成真,也不是所有的诅咒都会应验。现在我要回过头来再讨论一下这个问题。在这些情形中,诅咒和预言展现的不是善恶报偿的时间,而是编年的时间。它们正好验证此事发生了,而且此前已有人说过。诅咒和预言——如果它们应验的话——正和伊里主教的草莓一样,起到了指示客观时间的路标作用。

预言、预测和诅咒都是指向未来的言语行为,它们大多是有效的言语行为,都需要以停顿安排其时间。但我想将它们分开讨论,因为预言、预测与诅咒分别有着不同的道德价值。前两者是对未来的事实陈述,也就是说,它们假定人有着某种理性的或神圣的预见能力。后者则是善恶报偿的(道德的)陈述,假定了话语具有某种神秘力量,要么是直接的力量(被不公对待的人说出的话有这种能力),要么是间接的力量(上帝会听到无辜之人受害后的哭号,从而命诅咒应验)。

莎剧中许多聪明的角色都发现,多数预言都是推理得出的,不需要借助神秘的先知先觉。尤其是那些精于政治的人,他们更不会把这种神奇的能力归于先知先觉。迷信的人倾向于认为预言家这类人身上有着常人所不能及的能力,那些对政治敏锐的人则通常会去操纵"如果怎样怎样,就会怎样怎样"的可能性。他们相信历史中的规律,相信理智的预测,包括出现失误的可能性。以华列克(Warwick,他是成功的政治家的典型)和亨利四世的对话为例,在《亨利四世》下篇第三幕第一场,国王想起了理查二世曾预言诺森伯兰既然会背叛他,当然也会背叛自己,他说:

> "总有一天,"他(理查二世)接着说,"总有一天卑劣的罪恶将会化脓而溃烂。"[127]这样他继续说下去,预言着今天的局面

和我们两人友谊的破裂。(《亨利四世》下篇3.1.70-74)

现实主义者华列克回答他:

各人的生命中都有一段历史,观察他以往的行为的性质,便可以用近似的猜测,预断他此后的变化,那变化的萌芽虽然尚未显露,却已经潜伏在它的胚胎之中。凭着这一种观察的方式,理查王也许可以作一个完全正确的推测,因为诺森伯兰既然在那时不忠于他,那奸诈的种子也许会长成更大的奸诈,而您就是他移植他的奸诈的一块仅有的地面。(亨利四世》下篇3.1.75-87)

亨利眼中神秘的预言能力,在华列克看来不过是政治上合理的推测。华列克借用了亚里士多德对于dynamis[潜能]和energeia[实现]的概念,来说明诺森伯兰的不忠早就埋藏在他的性格之中。诺森伯兰在为了亨利背叛理查二世时,就有再背叛亨利的可能。华列克并没有说一个人若曾背叛一人,那他必将背叛另一人。他若这么说,就说明他很不精于政治了。有趣的是,亨利简化了华列克这一明智的判断,将他的假设理解为绝对,将可能性变成了必然性,他说:

那么这些事实都是必然的吗?让我们就用无畏的态度面对这些必然的事实吧。(《亨利四世》下篇3.1.87-88)

有趣的是,下一场发生在叛军之中的剧情正呼应了同样的主题。当毛勃雷(Mowbry)声称现今的局面侵害了他和他朋友的荣誉时,威斯摩兰(Westmoreland)答道:

啊!我的好毛勃雷勋爵,您只要把这时代中所发生的种种不幸解释为事实上不可避免的结果,您就会说,您所受到的伤

害,都是时势所造成,不是国王给与您的。(《亨利四世》下篇 4.1.101-104)

在莎士比亚其他剧作中,基于类比和重复做出的预测最后也可能被证明是完全错误的(可参考奥赛罗如何解释苔丝狄蒙娜曾背叛她父亲)。不过通常情况下,有些人可以对别人将来的行动给出合理的猜测,这类预言展现出他们对于人性有透彻的认知(这可能会让我们想起凯撒对于凯歇斯的了解,即便他并没有给出什么具体的预测)。

"报应的时间"可能并不完全符合这类预测,因为除了黑暗的预言(即对厄运的预言)之外,还有着光明的预言(即对伟大和成功的预言)。例如,亨利六世曾预言年幼的亨利·都铎(Henry Tudor)将会成为英格兰最伟大的君王(《亨利六世》下篇4.6),这让我们对美好的结局充满期待。但两种预言的时间结构是一样的,即某个人用将来完成时态说出激情昂扬的预言,好像这预言已经实现。由于我们讨论的多是历史剧,因而知道许多已经确实发生的事情是怎样的,但在阅读时,我们被带回到过去。过去是我们所处的现在,我们是在当下对未来做预言,也只有到了明天——也就是等到剧中的另一个当下——预言才会像人们的计划或目标一样得到应验。

[128]当我们做出这个或那个决定时,所有决定就如同各种各样的causa finalis[目的因],指引着我们的行动。然而发出预言的人和在未来实现预言的人却并非同一个人。预言者并不是在陈述他的目标,而是在描述一种将来完成时的确定性。预言的实现是有条件的确定性。预言者满怀自信说出坚定的陈述,尽管在华列克看来,它还不是可靠的预言,却已让人觉得这不是预言,而是一种势必实现的目标。预言一旦说出口,它就已经存在,它在暗处涌动,在时机尚未成熟之时运转。人们愿意相信预言。如果相信预言的人是剧中角色,他们就会通过自

己对预言的相信,促使预言之事成真。这也是停顿借以伴随行动发生的方式之一;停顿可以成为行动的无意识的维度。但无意识这种说法可能不太恰当。因为预言在记忆中被编码,而一切能在记忆中被编码的东西,哪怕将它在停顿中放回到头脑中的无意识区域,它仍能够无处不在。

诅咒(以及祝福)有着吁求的能力,吁求此世和来世有人执掌公义,诅咒(以及祝福)的应验是道德秩序的明证。莎剧中的诅咒和祝福(直接地或间接地)所吁求的都是神圣正义,因而其应验正是一种神正论。诅咒和祝福应验之时,也可称为善恶报偿之时。对于推测和预言来说则显然并非如此。无论诺森伯兰是否会背叛亨利四世,无论亨利七世是否会成为亨利六世预言的有福君主,道德秩序都不会受到丝毫影响。但理查三世或麦克白是否会惨死则是道德秩序的明证,可惜考狄丽娅之死可能表明,这样的秩序并不存在。在我看来,《李尔王》是莎士比亚笔下最黑暗的一部剧(它发生在一个尚处于异教的世界)。①

当无辜之人诅咒有罪之人时,戏剧的时间秩序必须和世界的时间秩序协调一致。正义必须在剧末才能得以伸张。报应到来的时间也必须和剧作时间相一致。而对于祝福来说,这却不是必需的要求。如在《理查三世》这部结构简单的悲剧中,诅咒和祝福看似同时发生。被谋害之人的鬼魂诅咒了理查,接着又去祝福亨利七世。不过,这些诅咒不过是将他们活着时就已说过的诅咒又重复了一遍,但祝福却是第一次。(并不是只有无辜的受害者才会诅咒他们的加害者。在莎士比亚笔下,没有比这更简单又显而易见的了。除了无辜受害者诅咒恶人之外,恶人的同伙也会诅咒那有着根本恶的恶人。就像恶人不但会背弃好人,

---

① [译注]考狄丽娅之死太令人痛苦,怜悯人的上帝仿佛在此剧中缺席。所以作者说这部剧的发生背景尚处于异教世界。

也会背叛别的恶人一样，这种情况尤其在《理查三世》中发生过多次。[129]诅咒和祝福的道德内容可能会大相径庭，但两者的时间结构大体上是一致的。）

心理持续的时间

心理持续的时间是莎士比亚刻画人物的主要方式之一。莎士比亚假定每个人都有体验的流动，每个人无心的和未言明的生活体验都处于不断的流动之中。这些体验中是什么逐渐变得清晰，它们又是如何呈现出来的，这些展现了一个人主要的性情、道德品质和心理特征。迫切并且突然地表达出个人体验，反映出此人也是这样急躁的性格，反之亦如是。例如，在前一种情形下，急躁的人脑海中想到什么事，他就会立即将其转化成行动。他的想法（目标）和行动之间没有任何停顿。从这点看来，霍茨波和麦克白的心理持续时间是一样的。但他们的道德品质和心理特征又极大地改变了这种典型的心理持续模式。麦克白在事后一直思考其所作所为，他的心理时间是一种对时间的不可逆转性有了扩大的体验的心理时间，这就是所谓的密度。这在霍茨波身上则不曾发生，除了死前最后一刻他才稍稍反思，这一点我此前已有所提及，稍后还会再做讨论。

简略地说，一个人的心理状态变化越大，其流动的体验变得清晰的那个时刻越别具一格，他的时间体验也就越密集且越强烈，哈姆雷特和李尔王便是例证。

时机

Kairos［时机］是做某事合适的时间，是人们必须抓住的时间，是行动的“当下”,是适当的政治时间,也是适当的历史时间(虽然并不是必需的)。我在本章一开始就提到,在莎士比亚的罗马剧中,时机是首要的时间概念和主要的时间经验,在历史剧和伟大悲剧中则并非如此,但时机作为适当的政治时间依旧有其重要性。有些人能意识到“就是现在”“立即行动”“马上动手”,这种对时机的敏锐捕捉不仅仅是一种政治天分。有的人能抓住时机,有的人却让时机溜走。精于政治的人知道什么样的时机一定要抓住,他从不会错失行动或动手的契机。从这点来看(但也仅限于这一点),政治上举足轻重的人物掌控着时间。他们像驾驭一匹马一样地驾驭着时间(知道在何时何处上下马)。掌控时间也可能意味着掌控着命运。挟持了时间(时机)的人同时也挟持了命运。

[130]然而,命运和抓住命运的时机并不能完全等同。莎士比亚应和了马基雅维利的看法:一个人若抓住了正确的时机,那他极有可能可以掌控命运。但即便人们抓住了时机,也并不必然就能掌握命运。即便是最精明、最冷酷、最有政治手腕的人也不能将其他对手消除殆尽,不能排除政治游戏中各种各样的意外事件。即使抓住了正确的时机,人也不能征服命运。但政治自由可以因此扩大,只要行动者从不曾错失行动(或按兵不动)的良机,他也极有可能以此唤来命运的相助,获得成功的可能性。在历史剧中也是如此。

不可逆转的时间

政治上“错失适当的时机”便是不可逆转的失败。如果某人在政治的紧要关头错失行动的时机,如果他犹豫不决,让机会白白溜走,类似的机会便不会再来。机会不会一而再,再而三地出现,它有且只有一次。布鲁图斯否绝了凯歇斯将安东尼一并除掉的提议,这是他犯下的最严重的政治错误,它完全不可逆转,这一错误在极大的程度上导致了共和事业的覆灭。哈姆雷特若是个政治家,就会在克劳狄斯独自祈祷时将其杀死,然后在人民的拥护下登上王位,他会重整乾坤,成为一个伟大的君王。一旦错失了这个机会,类似的机会便不会再来。比莎士比亚差不多晚三百年的塔列朗(Tallyrand)[①] 认为,错失恰当的时机这种政治失误"比犯罪和差错更加严重"。在莎士比亚笔下,情况则更为复杂。在政治意义和一般意义上来看,错失时机是差错,更是一种犯罪。

但是反过来的说法也对:抓住适当的时机虽然在政治上正确,但仍有可能是一种犯罪。在多数情况下,犯罪本身就是最大的过错。麦克白曾有一次当上国王的大好机会。麦克白夫人在政治上的判断是对的:如果你想当国王——麦克白的确想当——这一绝妙的机会一生中只会出现一次。国王正在他们的城堡中安睡,麦克白可以轻而易举地将其杀害,而后登上王位——要么现在动手,要么永无机会。麦克白抓住了时机,可结果如何呢? 这一犯罪行为本身成了他最严重的过错。为了在政治上抓住时机,他得先变成政治人物。正如马基雅维利所描述的:一个人既要有勇无畏,也要清醒理智,要对敌人强硬,但如非必要切不可犯罪。

哈姆雷特和麦克白都不是政治人物。哈姆雷特很有自知之明:他若没有克劳狄斯有罪的证据就蓄意谋杀,这不符合他的性格。他给自己不杀克劳狄斯找的理由是,只有以政治上合理的方式才能将其杀死。

---

① [译注]夏尔·莫里斯·塔列朗(Charles Maurice de Talleyrand-Périgord,1754-1838)法国大革命时期的政治人物。贵族出身,曾当过神甫,后来参加政治活动,他从18世纪末到19世纪30年代,曾在连续六届法国政府中,担任外交部长、外交大臣甚至总理大臣的职务。

善良的天性让他错失了这次机会。为什么说他本性善良？[131]我再重复一次，假如他抓住了这次机会，他本可以成为丹麦国王，并成为一个伟大的君主。但这样他就不再是哈姆雷特。哈姆雷特最伟大的——也可能是唯一的——目的就是成为他自己。在亲手使自己的覆灭变得不可逆转的过程中，他成为了他自己。哈姆雷特没有抓住时机，麦克白却抓住了。对于麦克白来说，抓住时机是不可逆转的事。他成了凶手，他再也洗不净自己的双手。一如我们在麦克白夫人发疯的那场戏中看到的，她的双手也洗不净了。

罗伯特（David Robert）提醒我注意到，莎士比亚的悲剧与其喜剧和传奇剧最主要的不同在于，某一行为或某些行为*可逆转与否*。在本书的引言部分，我引用了哈姆雷特那句著名的台词"时代脱了节"，并补充说几乎所有莎剧中的时代都是脱了节的。悲剧和大部分历史剧中的时间都不能被匡正，没人能拨正时间。但在喜剧和传奇剧中，时间实际上都被拨正了。这便是二者最主要的区别，或者说得准确一点，这便是莎士比亚笔下（不）可逆转性的意义所在。我且再补充一句，这不是非历史时间与历史时间的区别，也不是政治时间与非政治时间的区别。所有莎剧都有历史的维度，其中大部分也都涉及政治（如《辛白林》《一报还一报》《皆大欢喜》和《无事生非》都与政治有关）。

许多莎评家都提到，他的一些喜剧和所有传奇剧中，都存在着一个可能使剧情发展成悲剧的瞬间。这一瞬间正是可逆转性与不可逆转性分道扬镳之时。可逆转性（即将时间拨正）首先关涉亚里士多德所谓的悲剧中必不可少的要素：处于高位的人被抛至命运的谷底，或处于命运谷底的人上升到至高的位置。在莎士比亚大多数（尽管并非全部）喜剧和传奇剧中，都有发生这两种境遇的转变，如无辜之人被抛至命运的谷底，最后又重登高处。但在莎士比亚几乎所有（尽管并非全部）的悲剧中也会出现这种情况。马尔康（Malcolm）逃至国外，但最后还是当上了国王；爱德伽，那个衣不蔽体的“物本身”最后也手握至高权力。二者的区别——这是个巨大的差异——显而易见：在悲剧或历史剧中，处于伟大阶梯顶端的人物从来不会经历这种两次的境遇转变（《亨利五世》中就没有从高处到低处的境遇变化）。

但我们必须问这样一个问题：喜剧或历史剧中有人站在了伟大阶梯的顶端吗？（不）可逆转性的结构构成难道不是取决于人物本身吗？传统上一直认为，莎剧是和“命运剧”相对的“性格剧”，[132]我们不可避免地要去讨论，命运的（不）可逆转性是否仅仅取决于人物性格。在两种情况中（命运的可逆转与不可逆转这两种情况），命运都是相对的，它的可逆转与否取决于人物性格本身，正如戏剧剧情也是这样被人物性格推动的。一如我们所见，《威尼斯商人》是个临界个案，因为夏洛克并没有让我们觉得是喜剧性的；《雅典的泰门》也是个临界个案，因为泰门又让我们觉得荒唐可笑。

莎剧中没有机械降神，也没有干涉人事的上帝存在。但剧中人通过他们的信仰、愿望和吁求，间接地促成了命运的到来——命运不是由哪一个角色促成，而是取决于多个人物之间的关系及他们之间产生的化学反应。如果人们忽略政治的因素，认为悲剧和历史剧与喜剧和传奇剧的本质区别，就在于前者具有不可逆转性，后者具有可逆转性，那我们就还需要再次指出莎剧中偶然性的作用。同一种模式不会在莎剧中出现两次。偶然性是一次“抛掷”，只是这时的抛掷者不是上帝也不是自然，而是剧作家本人，他将不同的人物抛掷到一场戏中，和我们读者一起观察，看看他们如何在与他人的交流中发展出自己的性格，又如何决定一件事是否可逆转。

李尔王的原初故事是个大团圆的结局。但莎士比亚笔下的人物——以及他们之间的化学反应——决定了命运的不可逆转。麦克白的原始故事中，麦克白有继承王位的合法资格，对邓肯的憎恶也合理正当。但在莎士比亚笔下，麦克白遇到了三女巫，加上他妻子的性格，这些都足以使剧情向不可逆转的方向发展。我曾提到莎剧在架构上运用了时间的加速：当出现绝对的不可逆转性时，时间性就变得密集，剧情发展的速度就会加快。

喜剧中的时间最终被拨正后，极少出现时间上的加速：未解决之事和已解决之事都可能以相同的速度发展。无论症结有没有解决，在这一系列事件中，爱情故事总是扮演着最重要的角色。在爱情中也会出现从高处跌落至谷底，以及从谷底重登高处的情况：男女主人公对自己的爱情不抱希望，他们要么被爱人背叛，要么错以为自己被背叛，自己的爱情得不到回应，要么错以为没有回应。爱情中的时间将会被拨正，性别倒错也会被纠正过来：有情人要么是一直被人爱着的，要么有人回转过来爱上他；所谓不忠要么不过是场误会，要么最终取得原谅；女孩会脱下男人的伪装，重新变回女孩；对爱绝望的海丽娜和玛丽安娜会恢复如初；波顿会脱下驴头变回人脸。不过，《驯悍记》这部剧让我对这一观点有点动摇。在《特洛伊罗斯与克瑞西达》中，莎士比亚则对这一观点打了明确的问号：这部剧中的时间实际上没有被拨正回来。

我且回到“抛掷”这个说法。莎士比亚通常会根据他的素材，[133]将不同类型的角色抛掷到悲剧或喜剧中去。这个选择并不一定和伟大本身相关，而是与角色身上伟大的品质和类型相关。莎士比亚的戏剧艺术在本质上与古希腊戏剧不同。亚里士多德称悲剧模仿伟大人物，喜剧模仿底层人物，在莎剧中却并非如此。我同意布鲁姆(Harold Bloom)的说法，他认为罗瑟琳是莎士比亚笔下最伟大的角色之一。但她对生活的热爱，她在情感和理智上的平衡，她身上始终如一的正义感，她的幽默感以及善良的本性都不会让她成为悲剧人物，但也没让她达到成为喜剧人物的程度。生来就为重整时代的罗瑟琳纯粹只是个美好的人物。罗瑟琳的陪衬角色——她的父亲，即被逐的公爵，她的朋友西莉娅以及她的爱人奥兰多——让她在拨正时间以及促使结局变得完满的过程中,发挥了主要的作用,莎士比亚这样的安排足见他的温情。罗瑟琳与薇奥拉(她也曾女扮男装!)及少数几个女性角色一样,有幸收获了剧作家的献花,通常情况下,这位剧作家不愿给他笔下的任何一个角色此等嘉奖。

尽管传奇剧中的时间也会被拨正,剧中悲剧性的趋势也如喜剧中一样可逆转,但传奇剧(除了《一报还一报》)和喜剧之所以让我们觉得完全不同,就在于剧中的*停顿*。一般说来,在传奇剧中,从时代脱节到时间被拨正,期间逝去的时间要比喜剧中的更长,而且通常(虽然并不总是如此)*停顿会替代行动*。《暴风雨》中我们只看到了拨正时间的过程,过往的一切都留存在记忆中,恶行只在某些人发狂的脑海里和噩梦中上演了一遍,《辛白林》中被掳的王子的命运也是如此。

即使在喜剧和传奇剧中,可逆转性也是相对的。并不是所有的事都能逆转。此外,拨正时间*并没有令时间本身倒流,它是让命运或厄运逆转,或者说得再准确一点,它是在命运即将定型前令其回转,变* sors mala[*厄运*]*为* sors bona[*好运*]。从定义上来说,时间当然不可逆转,但在莎士比亚笔下,时间并不仅仅是从定义上理解的。因为在传奇剧中,时代脱了节的世界和时间将被拨正的世界并不是同一个世界,有时喜剧中也是如此。这个世界已经*发生改变*。人们若有了某些经历,便会因这些经历发生变化。那些能够分辨忠或不忠、明辨表象和本质的人,与经受长期考验前的自己相比,如今已大不一样。那些学会反抗或宽恕、学会爱人的人,与经受长期考验前的自己相比,也已大不一样。那些开始了解自己、发现自己的错误和愚蠢的人,与经受考验前的自己相比,也大不一样。这些角色——除了舞台策划人——[134]在剧初和剧末都不再是同一个人。有些人行动时预设别人也同样发生了改变,有人可能变了,有人却可能并未发生改变。那些希望他人改变的,可能变化的是自己。这一系列转变像是在玩旋转木马，只是它并不总是带来欢笑。试炼与错误、恐惧与颤栗、希望与期待、背叛与圆满、欢笑与教训、考验与反击等一系列事件构成了一部戏剧。

喜剧和传奇剧中许多事情都可有回转之地，即使是命运——在上文讨论过的意义上来说——也可以逆转。但在悲剧这一具有不可逆转性的剧类中，有些行为和发展也是可逆转的。李尔和考狄丽娅在悲剧结尾重新相亲相爱，父亲的诅咒也因此而失效。爱德伽重新成为父亲真正的儿子，这位父亲在视力完好时看不清真相，瞎了之后才洞察一切。实际上，悲剧中最常发生逆转的情感就是爱与恨。比如，将死的哈姆雷特和雷欧提斯互相原谅、达成和解。

作为变化的时间

时间就是变化，变化就是时间。人物本身的变化和他们所处位置的变化就是时间；有从好变坏的变化，也有从坏变好的变化，有被人理解的变化，也有被人误解的变化，这类变化就等同于时间。有的变化振奋人心，有的变化让人惊恐。最骇人的变化莫过于某些人某些事出了格或者脱了节。且听奥菲莉娅说道：

> 啊，一颗多么高贵的心是这样殒落了！…… 眼看着他的高贵无上的理智，像一串美妙的银铃失去了谐和的音调，无比的青春美貌，在疯狂中凋谢。（《哈姆雷特》3.1.153－163）

莎剧中的人物总是在不断反思着变化——思考着时间的、性格的以及人物命运的变化。他们也像其他人一样对变化做足了准备。变化中既有恐惧，也有希望。当时代脱了节，几乎所有的确定性也都消失不见。一切皆可能发生，几乎每个人都会打破预期。两难处境就是变化的不可预知性的最主要的表现之一。

节律不齐式的时间

变化的不可预知性的另一个主要表现便是节律不齐式的时间。且让我们再听听奥菲莉娅的哀叹。她把哈姆雷特的疯癫比作“美妙的银铃失去了谐和的音调”。[135]在莎士比亚笔下,人和时间一样都会发疯。人和世界一样,内部都回响着音乐。音乐由旋律、节奏以及和音组成。绝无仅有的突发事件就如同不和谐的噪音。整个世界跑了调,就像节律不齐时的心跳节奏。这个节律不齐式的、不成调的世界是疯癫的,因为它已毫无节奏可言。此处回归到柏拉图《斐勒布》(*Philebus*)中的主题:无限需要有限来限制,因为只有有限决定一切。若没有有限给予限定,一切只不过是低劣的无限;没有有限,也就没有音乐、语言、书写可言,也就没有人类的社会性和可重复性。

无需赘言,莎士比亚笔下的节奏绝非正统柏拉图主义意义上的节奏。对莎士比亚来说,人们可以超越旧有的节奏,创立新的节奏规范,并从此遵循这一新的规范。哈姆雷特不止一次地将自己比作一支精妙的乐器,说自己要为提防不速之客而将乐曲声隐藏起来。他说自己的心思“不是命运之神的手指所能任意吹弄的笛子”(《哈姆雷特》3.2.68–69)。但关于可重复性的可能性还是需要保留的,否则音乐就没有节奏和曲调可言。这种可重复性要么是指行动本身的可重复性,要么是指在理解和构想时通过言语行为或思考等完成的行动所具有的可重复性(哈姆雷特向霍拉旭展示了他内心的节奏和音乐)。失去了节奏、曲调、韵律,便成了绝对的“疯癫”;理查三世和他的世界中就毫无曲调和节奏可言。但倘若他人变得不再能理解另一个人灵魂中的韵律和曲调,这也会造成节奏和旋律的失调。奥菲莉娅还不如波洛涅斯了

解哈姆雷特,波洛涅斯实际上注意到了哈姆雷特在装疯,他说:

> 这些虽然是疯话,却有深意在内。(《哈姆雷特》2.2.207-208)

当然,音乐可以转调,一个人灵魂中的节奏或者时间的节奏也会发生改变。古老的智慧告诉我们,人须得紧跟时间的节奏。当时间的节奏稳定不变时,这则简单的智慧足以指导我们过上好的生活。但在脱了节的时代里,这话就不再适用。对人来说最为重要的事情,就是要能发现时间的节奏和曲调已发生变化。理查二世在一段关于时间的伟大独白中,承认他最大的失败是没有注意到时间的节奏和曲调已悄然变化:

> 我的耳朵能够辨别一根琴弦上的错乱的节奏,却听不出我的地位和时间已经整个失去了谐和。(《理查二世》5.5.47-48)

在莎士比亚笔下,优秀的政治家不仅要抓住行动的适当时间,还得知道如何适应时间不断变化的节奏。他们应注意到何时跑了调,美妙的音乐何时变得刺耳,这一知识有助于他们实现自己的目的。但成功的政治家并不就是那些让时间的音乐跑调,令世界变得节律不齐的人。如玫瑰战争中和大多数悲剧中的恶人也能做到这一步。我之前说,伟大悲剧中的时间无法被拨正,我主要指的是恶行不但无法逆转,反而不断累积。[136]或许我还能补充一下,悲剧中的时间节奏也会变得节律不齐。某些恶行促使时间跑了调,时间的节奏再也不能恢复如旧。要么像《理查三世》中的圆满结局一样,有新的节奏和曲调出现,要么像《哈姆雷特》的结局那样,(且让我再说一次)没有出现替代的新的节奏和曲调,这部剧的结尾处并没有终结这个故事,而是重新开始复述这个故事本身。恶行确实不是唯一能破坏时间曲调和节奏的行动类型;刺杀君主的布鲁图斯和凯歇斯并不是恶人,但他们也破坏了曲调和节奏。

莎士比亚笔下,只有一个人破坏了时间的曲调却仍能自信地把握住自己创立的节奏律动,此人非凯撒莫属。

作为时代的时间

在一些人听起来发疯似的、跑了调的曲调,在另一些人听来也可能是新颖的欢快旋律和新颖的节奏律动;这就是时代(times)的音乐。莎剧中的人物不断提及时间或者时代。莎剧正是关于某些具体时代的戏剧。莎士比亚借哈姆雷特之口,表明了戏剧的目的:

> 自有戏剧以来,它的目的始终是(像一面镜子)反映自然,显示善恶的本来面目,给它的时代看一看它自己演变发展的模型。(《哈姆雷特》3.2.21–24)

我们且注意这句台词中隐喻的变化。哈姆雷特(或莎士比亚)说戏剧是映照自然和善恶的镜子。这是传袭自柏拉图的传统隐喻,在各种阐释文本里都有使用。显然,哈姆雷特(或莎士比亚)此处的意思是,戏剧是一面真实透亮的镜子,它映照出自然真实的样子。但当他继续说到"时间的年岁和身体"时,他又用了形体和压力的隐喻。时间或年岁是一具有形的物体,留下了它的压痕、印记和记号。那么,是在什么东西上留下了记号?在整部戏剧上留下记号。又在谁身上留下?在年岁或时间自己身上留下记号。戏剧发生的年岁在戏剧本身之中留下印记。

历史性不是一面镜子,因为它与善恶本身无关,与人性中恒常的品性无关。它在这些事物身上留下印记,密封多次最后再打上结,历史的分量便是由这些事物决定。它的分量可能很重,也可以很轻。莎剧中的人物受他们的时代所困,抱怨自己生错了时代。他们觉得自己要么适应这个时代,要么与其格格不入。他们正因为受时代所困,所以便觉得自己被束缚在他们那个时代中。但可能也正因为如此,他们并没有被束缚在那个时代,因为他们的时代也是我们的时代。时间的第三个维度即是表演的时间——它是一个不断变化、不断更新的时间。我稍后还会再来讨论这个问题。

作为开始和结束的时间

[137]一部剧在哪里开始,又在哪里结束? 歌德说悲剧的结局是死亡,喜剧的结局是婚礼。古典戏剧并非如此,但在莎士比亚的戏剧世界中,这一说法大体上正确。莎士比亚的戏剧是完全历史的。我们可以将刚才引用的哈姆雷特的话重新释义:历史和时间在人的生存上留下印记,但镜子映照出生存本身。莎剧的结局要么是死亡,要么是婚礼:两种结局都是有限度的生存性的结局。完美的爱情和死亡都是自然的结局,然而仅仅作为自然的结局,它们还不是生存性的;它们只有是历史性的,才是生存性的结局。自然只有通过历史性才能成为生存。历史性即是此在(dasein)的历史性。

现在我想回到我这些想法的开端。莎士比亚笔下的主要人物都是偶在的,或变得具有偶在性。在两难处境中做出的选择、对自然权利的认可让人变成偶在的。与后来现代剧中的男女主人公不同,莎士比亚笔下的男女主人公都让自己成了偶在的,他们像抛掷东西一样地选择自己的处境。他们选择了赤裸生存的状态。他们成了他们选择成为的人,婚礼或死亡都是他们这些选择的圆满结果。非偶在的人物也会结婚,也会死亡,但他们只遵循传统,他们从来不会是剧中的主要角色,但对剧作的发展也相当重要。在他们看来,莎士比亚笔下生存性的男女主人公与自己形成对照,那些人之所以去走自己选择的路,是因为正如路德所说,他们别无选择。哈姆雷特需要福丁布拉斯和雷提欧斯,在走自己的道路时,他需要一个传统作为对照。

生存者的时间性和历史时代交织在一起,但二者又有不同。例如,权力(力量)一词就有着双重的含义。阿里斯托芬在其喜剧《蛙》中区分了拥有幸福和拥有权力两种状态。他借埃斯库罗斯之口说,俄狄浦斯大权在握时并不幸福,他在戳瞎自己并失掉王位之后反而变得幸福了。莎士比亚笔下的幸福则非常复杂:它无关一个人有权与否、有德与否、有罪与否。我很快还会回头来讨论这个问题。在他看来,并不是幸福和权力之间发生了分歧,而是权力本身,即"拥有权力"这个概念内部产生了分歧。一个人越能成为他自己,他就越拥有完满的权力(力量)。这种情况在一个人将死的那一刻也会发生,就像《奥赛罗》中的角色在死时成为了他自己(不仅对奥赛罗来说如此,爱米丽娅也包括在内)。

如果从生存者拥有的力量这一角度来看待政治权力,政治权力就成了虚空的虚空。但它还不是彻底的虚空的虚空。政治权力和生存者的力量极少相一致,但它们也会有一致的情况(如亨利五世和凯撒)。但就算二者之间存在着张力,它们也并不必然互相矛盾,无论是在好人身上还是坏人身上。[138]普洛斯彼罗以亲王的身份回到祖国。当葛罗斯特爬到王权顶端时,他自愿选择的恶也达到顶峰,但当他政治权力在握时,他个人的力量则开始瓦解。但理查三世如非觊觎至高王权,他也无法变得绝对邪恶。莎剧的结局要么是死亡,要么是婚礼。那戏剧的开始在哪里呢?

我们轻易就能看出何处是戏剧的结局:当戏剧的极限和角色的极限协调一致时,就到了故事的结局。戏剧的极限就是剧情的终止,即到了时间的第一和第二维度结束的时候，当唯一剩下的只有时间的第三维度(即演出的呈现)之时。接着，便是寓意的或真实的幕布要落下的时刻，也到了其他空间闭合的时候。观众仍然可以停留在剧中的时间和空间中，留在戏剧舞台——更准确地说，可以是威尼斯，可以是皇室城堡，也可以是荒岛——至少可以留在他(她)脑海中的舞台。对于喜剧，观众还可以继续想象剧中人物的未来生活。但戏剧是有限的(peras)，无限(apeiron)则需要到有限中去找寻。

相比来说，找到何处是开端则更为困难。戏剧显然都有个正式的开头：那块寓意的或真实的幕布掀起，观众步入了另一个时代(或另两个时代)和另一个空间。但在这点上，莎剧和古典戏剧仍大不相同。他的剧作中通常不止有一个开头，而是至少有两个甚至更多的开头。简单说来就是，在观众看来的剧情开端，和生存者的命运将要在剧情中达到顶点的剧情开端，二者之间存在着张力。我们很难在其中发现任何“规律性”。

《罗密欧与朱丽叶》就有两个单独的开端：其一是剧作一开场；其二则是朱丽叶阳台上的独白。《李尔王》也是如此。第二个开端是暴风雨之夜，李尔赤裸站在荒原时。这时历史舞台中出现了生存性的舞台。喜剧《无事生非》中同样也能发现在第二个剧情的开端出现前的“推迟”。《哈姆雷特》和《皆大欢喜》一样，两个舞台大致是连在一起的。《仲夏夜之梦》中，生存性的舞台是梦幻的舞台。戏剧开始前发生的事(那些由舞台上的角色讲述的过往)在历史上和政治上都具有非常重要的意义(例如，安东尼在罗马民众面前讲述凯撒的胜利事迹)。通过给生存者的肩上附加非常沉重的责任(如鬼魂给哈姆雷特的重任)，这些事件也能够在他们身上留下印记，但它们并没有在构成生存者的历史性上发挥本质的作用，因为这些生存者会成为他们选择成为的人。哈姆雷特也是如此。

对于剧中人物，尤其是对主角来说，他们所谓的开始并不是戏剧的开始，结束也不是戏剧的结局。他们不是这部剧的角色，而是另外两个舞台上的演员：历史舞台与生存性的舞台上。他们在历史舞台上既是演员也是观众，但在生存性的舞台上他们只是演员。[139]克尔凯郭尔（Kierkegaard）说，这一小小的舞台是神圣的舞台。莎士比亚并没有明着这么说，但他也不拒斥这种说法，他只是把舞台呈现出来。

历史舞台就是时代脱了节的舞台，剧中人物生来是要将其拨正，他们或成功或失败。生存性的舞台则是由一次“抛掷”搭建起来的，剧中人物选择自己的角色，他们要么完成了自己选择的命运，要么以失败告终，要么有最好的命运，要么有最坏的厄运，要么成了好人，要么成了恶人。两个舞台上不同类型的力量、不同类型的生命与死亡以及不同类型的爱都岌岌可危。莎士比亚笔下的主角所活动的这两个舞台，总是处于不断的混乱、紧张、摩擦和冲突之中。也正因为如此，他们对时间感到着迷，要找时间的斯芬克斯女妖，想揪出她的秘密。但这都是无望之举，因为本就不存在这样的秘密。莎士比亚笔下时间的秘密和我们时代的秘密一样，正是命运的意义所在，这一意义由于两个舞台之间的巨大差异而变得神秘莫测、难以言明。因为当这两个舞台奇迹般地协调一致时，斯芬克斯女妖就消失不见了。对凯撒来说，时间不是斯芬克斯之谜。因为他既属于自己的时代，也同时属于后世的所有时代。罗瑟琳也同样如此。这就是独一无二的伟大所拥有的奇迹。不过除此之外还有一个奇迹，即剧中人物蒙受恩典，这是许多传奇剧的童话中可能会出现的情况。

“此外仅余沉默而已。”哈姆雷特死前如是说。尽管随后舞台上充斥着入侵军队的喧嚣，对哈姆雷特来说剩下的只是沉默。但哈姆雷特死时并没有寻问斯芬克斯的时间之谜，他只让朋友帮他向后世正名。他的遗愿是后世能给予他公正的论断和评价。尽管在历史舞台上，脱了节的时代已经无法拨正，哈姆雷特却再次肯定，生存性的舞台上复杂多舛的生活才是他自己的生活，他深信将来的叙述会为他正名。

戏剧的结局会对开头进行确认或质疑。那些质疑“开头”的角色，即那些从未选择成为自己，或认为自己的生存性遭遇了失败的角色，会质问斯芬克斯之谜。那些与自己身处的时代格格不入的人，以及那些没有注意到时间的曲调和节奏发生变化的人，也会去质问。对所有这些人来说，时间仍旧是个谜。他们总是错误地理解了时间和时代。时间因而是所有历史剧和政治剧中的主角。理查二世三次提及时间——每一次提及都是在重要的戏剧性时刻。亨利六世那段伟大的独白即是思考时间的自白。在本书的第二部分，我会详细讨论斯芬克斯之谜在具体剧作的不同情境中有何不同的表现。

[140]不过我先以麦克白为例，简要地探讨一下他的生存性的失败。麦克白的故事中最吸引人之处就是，麦克白杀人之后，其命运在不可逆转的道路上绝尘而去，刚犯下罪行的他立刻就已经清楚地知道，走上这条路便再也无法回头，他的选择是致命的。他的生命已失去全部意义。他在这时第一次提及时间：

> 要是我在这件变故发生以前一小时死去，我就可以说是活过了一段幸福的时间；因为从这一刻起，人生已经失去它的严肃的意义，一切都不过是儿戏；荣名和美德已经死了，生命的美酒已经喝完，剩下来的只是一些无味的渣滓，当作酒窖里的珍宝。(《麦克白》2.3.89－95)

对于生存者麦克白来说，生存性的开端和结局同时发生了，也就是说开端即是结局。这个开端就已经注定了他毫无意义的必死的结局。通常情况下,悲剧中加快的节奏标志着历史舞台和生存性的舞台之间存在着罕见的差异:历史舞台上上演的故事可能需要几年,而在生存性的舞台上完成这件事只需一瞬间,即麦克白成为杀人凶手的那一瞬间。麦克白在剧末的独白只不过呼应了他在邓肯死时说的那段独白。他说:

> 明天,明天,再一个明天,一天接着一天地蹑步前进,直到最后一秒钟的时间;我们所有的昨天,不过替傻子们照亮了到死亡的土壤中去的路。熄灭了吧,熄灭了吧,短促的烛光!人生不过是一个行走的影子,一个在舞台上指手划脚的拙劣的伶人,登场片刻,就在无声无臭中悄然退下;它是一个愚人所讲的故事,充满着喧哗和骚动,却找不到一点意义。(《麦克白》5.5.18-27)

在一个被上帝遗弃、被他人遗弃、丧失意义的世界中,只剩下一种时间:单调的被记录的时间。时间只是个客观物(objective),在这个由傻子组成的舞台上,一年接着一年、一代接着一代、一人接着一人、一个影子接着一个影子地在舞台上停留片刻(此时我想提醒读者注意,莎士比亚多次用舞台作比喻。实际上这并不是个比喻。我还想提醒的是,这里的影子是柏拉图洞穴里的影子,但不知道具体可能是谁的影子)。我们在生命中的某个瞬间,可能会有和麦克白一样的感受,在品味并引用他这段话时也会再次深有同感。不过那只是一瞬间——是主观的时间。一瞬间并不具有决定性。年纪轻轻、生机勃勃却丧失生命意义的人,毕竟少之又少。对这些人来说,麦克白的话可能有些道理,但他们理解不了其真正的意涵。因为只有在莎士比亚笔下,借由莎士比亚之手,麦克白一瞬间的绝望才会变成生命的完满。也许,这种简洁清晰地表达出来的恶人的彻底绝望就是一种神正论。

着迷于时间的并非只有悲剧和历史剧中的主人公,莎士比亚喜剧中的许多角色也对时间感兴趣。原谅我又用我最爱的喜剧《皆大欢喜》为例。[141]这部剧中厌世忧郁的杰奎斯(虽然杰奎斯只是旁观者而非真正的行动者,但他实际上和莫里哀笔下的厌世者很像)对生死的一通感慨显然和麦克白说的话极其相似。但从杰奎斯嘴里说出来,听起来像是一派颠三倒四的胡话,因为他不是在说自己的生活,而是在评价他人的生活。他斥责这些人哪怕遭受背叛、历经失望与丑恶,竟仍能饶有兴味地生活、相爱、寻欢作乐。在杰奎斯看来,热爱生活的人大错特错,肤浅至极。他对生活有着深切真实的厌恶。他也因此会受到人们的不断指责。我们此时生活在亚登森林这个美好的乌托邦里。但亚登森林根本不可能存在,从这个意义看来,它并不是乌托邦。但就其有时可以无所不在而言(at times being everywhere),它又是一个乌托邦。

杰奎斯说他在森林中遇到了一个傻子,他可能是真的遇到这样一个人,也可能只是他的想像,他说:

> 一个傻子,一个傻子!我在林中遇见一个傻子,一个身穿彩衣的傻子;唉,苦恼的世界!……“早安,傻子,”我说。“不,先生,”他说,“等到老天保佑我发了财,您再叫我傻子吧。”于是他从袋里掏出一只表来,用没有光彩的眼睛瞧着它,很聪明地说:“现在是十点钟了;我们可以从这里看出世界是怎样在变迁着:一小时之前还不过是九点钟,而再过一小时便是十一点钟了;照这样一小时一小时过去,我们越长越老,越老越不中用,这上面真是大有感慨可发。”我听了这个穿彩衣的傻子对时间发挥的这一段玄理,我的胸头就像公鸡一样叫起来了,纳罕着傻子居然会有这样深刻的思想;我笑个不停,在他的表上整整笑去了一个小时。啊,高贵的傻子!可敬的傻子!彩衣是最好的装束。(《皆大欢喜》2.7.12-33)

忧郁的杰奎斯拒绝生活,他一直处于义愤的情绪中,不仅想要傻子的彩衣,还向往傻子的生活状态。他将麦克白对时间的看法转换成喜剧性的语言。麦克白摧毁了意义,从而成了沾染鲜血的傻瓜;他的时间是我们注定无意识地走向死亡的客观时间。它是一个愚人所讲的故事。杰奎斯自己想成为傻子,像傻子那样行事。傻子(他自己)之所以好过所有人,是因为傻子知道那些"聪明人"不知道的事情:世界上只有客观时间的存在,生命毫无意义、无知无觉。他说世界是一个舞台,所有的男男女女都是演员,他们的表演可以分为七个时期,在说这个故事时他很快又回到了他最喜爱的话题。他描绘的这七个时期——从婴儿到老年——令人极其厌恶。这段话是根据麦克白所说的"一个小时接一个小时"创作而来。生命中没有了惊喜和对照,速度和节奏一成不变,不再有张力和松弛,时间就这样机械单调地向前走动。

事实上,罗瑟琳关于时间的喜剧性看法正好与此相对。她将"主观时间"和"客观时间"进行了对比,所谓主观时间,即满怀期待的时间、备感倦怠的时间、期盼爱情的时间以及深感绝望的时间。这些都是不同类型的时间,其中蕴含着深刻的内涵。时间不能用小时来计量,时间要么承载意义,要么毫无意义,要么承载了一个人的品性,要么与品性无关。[142]不同的时间中有不同的角色。

(扮成了男孩的)罗瑟琳对她的爱人奥兰多说:"那么树林里也不会有真心的情人了;否则每分钟的叹气,每点钟的呻吟,该会像时钟一样计算出时间的懒懒的脚步来的。"

奥兰多问:"为什么不说时间的快步呢?那样说不对吗?"

罗瑟琳答:"不对,先生。时间对于各种人有各种的步法。我可以告诉你时间对于谁是走慢步的,对于谁是跨着细步走的,对于谁是奔着走的,对于谁是立定不动的。"(《皆大欢喜》3.2.296-304)

她还说:“对于一个订了婚还没有成礼的姑娘,时间是跨着细步有气无力地走着的;即使这中间只有一星期,也似乎有七年那样难过。”(307-309)。

罗瑟琳在牧羊人中生活了一段时间,但她的时间绝不是牧羊人的时间。至于何为牧羊人的时间,我们将在亨利六世的故事中听到他的看法。

八　善与恶：罪过、善良与邪恶

[143]莎士比亚不是道德学家，但他笔下的某些角色却是，如忧郁的杰奎斯、《雅典的泰门》中愤世的艾帕曼特斯(Apemantus)以及《一报还一报》中的安哲鲁。这些道德学家责难全人类，在他们眼中男人都是叛徒，女人都是娼妓。道德学家们都自以为是，因为他们显然都把自己排除在外；他们担任着法官的角色，只此原因，他们的说法就并不可信。正如公爵对杰奎斯所说：

> 最坏不过的罪恶，就是指斥他人的罪恶。(《皆大欢喜》2.7.64)

公爵的看法既不能说"对"也不能说"错"，他只不过为享乐生活辩白，承认人性存在弱点，允许肉体和其他感官的"罪恶"存在。

如果说道德学家是像杰奎斯和艾帕曼特斯那样的评论家和旁观者，莎士比亚所做的就是任他们表现自我。他本人没有在剧情中做出任何评判，没有揭示任何真理(aletheia)。道德学家的真面目不是由剧作家而是由其他角色揭开的，这些角色也大多颇有争议。但当道德学家也是剧中角色时(如安哲鲁)，剧情就给出了评判。摘下面具的安哲鲁不仅是个伪君子，还不惜犯下最残忍的罪行，以求在满足私欲的同时保全正直的假相。并非所有的道德学家都是伪君子。布鲁图斯(《裘力斯·凯撒》)也是个道德学家，但他不是伪君子。一些阐释者强调布鲁图斯自以为是。他和安哲鲁一样,不只是评论家和旁观者,还是剧中的行动者,但他又和安哲鲁相反,他彻底践行了自己绝对的道德准则。他一直是所有莎剧中最富同情心的道德学家。在他身上也完美体现了莎士比亚的历史意识。布鲁图斯代表的是古代共和式的而非现代世界的道德主义。如果这种道德主义出现在伦理观念复杂得多的现代世界,就会变得很不可信。

道德学家们没有求知欲,对于各种品性的独特之处不感兴趣。[144]他们只泛泛地思考或评判(如所有女人都是娼妓;所有男人都觊觎财富、权力、奢华和色欲;每个人都会为了自己的利益而将你背叛),因而对人性的了解十分单薄。莎士比亚笔下的道德学家们也有点儿像文化评论家。他们评判所处的时代,评判所谓的道德败坏,认为自己的时代充满罪恶。尽管莎士比亚笔下伟大的悲剧都会出现某些极其相似的情形,例如《理查三世》《哈姆雷特》《麦克白》或《李尔王》中的时代的确都充满了罪恶与极度的败坏,但当伟大的悲剧主人公像一个悲观的厌世者那样说话时,总会出现一个莎士比亚式的“对位”。哈姆雷特说出厌世的话语,他承认自己是忧郁者中的一员,说着他们的语言;如果莎剧中有谁一点儿也不自以是,甚至反对道德主义,那一定非哈姆雷特莫属。

人类不能使我发生兴趣;不,女人也不能使我发生兴趣。

当他发完这通厌世的感慨后,莎士比亚让罗森格兰兹展现对位,说道:

要是人类不能使您发生兴趣,那么那班戏子们恐怕要来自讨一场没趣了。(2.2.317-19)

这些戏子(他们也是人类)果真还是让哈姆雷特高兴了起来。不过，尽管这种莎士比亚式的对位打断了哈姆雷特那番话的节奏，但这个对位的意思再清楚不过：让哈姆雷特高兴的戏子只是在扮演(playing)人，而不是以其人类本真的样子(being)使他高兴。

莎士比亚不是道德学家。他对人类灵魂中最细微的震颤都太过着迷，因而成不了道德学家。但不可思议的是，无论是喜剧、悲剧或传奇剧，其剧情本身的发展却成了一种道德评判，而且是我们现代读者可以接受的道德评判。我指的是你我这样的现代读者。从两个似乎相互矛盾的观点来看待这一问题很是有趣。一如我们所知，莎士比亚的许多同时代人及后来人——不止在英国——认为他的剧作伤风败俗、亵渎神明，甚至野蛮粗鄙。人们常常为了更正作者的道德缺失或低俗趣味而改动戏剧的结局。但是，随着浪漫主义运动兴起的莎士比亚崇拜彻底改变了这一局面。如今，人们甚至不敢设想去改动莎剧中的情节，更不敢改动戏剧的结局。有人可能会说，之所以发生这样的情况，是因为现代人的审美趣味拒斥道德说教，他们对剧中的道德寓意丝毫不感兴趣。这种观点可能正确，但只是片面的。

莎剧的情节的确围绕着道德问题展开。它们比现代读者预想的具有更深刻的道德意义。即便整个世界都跌入坟墓中，这也是罪有应得，是公正的惩罚。没有人能质疑莎士比亚笔下恶人的邪恶，没有人能为安哲鲁、麦克白、克劳狄斯或伊阿古辩白。斯托帕德(Tom Stoppard)将罗森格兰兹和吉尔登斯吞抬为主角，[①] 想极力改变莎士比亚笔下哈

---

① ［译注］《罗森格兰兹和吉尔登斯吞已死》(*Rosencrantz and Guildenstern Are Dead*)，汤姆·斯托帕德最出名的剧作之一，曾获得1968年的托尼奖。1990年，斯托帕德将它改成了同名电影。这部作品主要从罗森格兰兹和吉尔登斯吞这两个配角的角度对整个《哈姆雷特》进行了新的解构。

姆雷特的道德等级。然而至少在我看来，他实际上并没有做到。[145]莎士比亚让我们认可他笔下的恶人就是恶的，好人就是好的；但他也通过让我们接纳某些犯罪的恶人，来接纳他们的罪过、恶行以及“重大过失”。我们认可恶人可以展现出伟大的美德，好人也可以展现出致命的恶德，这意味着我们认可拥有某些美德的恶人仍是恶人，拥有某些恶德的好人仍是好人。如果随着剧情的发展，罪恶变成了值得高兴的事，我们也就接受了主人公的felix culpa[幸运的过错]。①

我曾多次提到，我们可以在每一部剧中轻松地看出人物的道德等级，我也曾提到伟大的等级与道德的等级有所不同。德性上最完美的人所缺乏的美德，可能是德性并不出众的人身上卓越的闪光点。尽管莎士比亚经常将伟大与德性、罪恶与无辜、善良与卑劣别出心裁地，甚至含混地融合在一起，尽管他笔下的人物有着灵活性和复杂性，经常发生变化和革新，但莎剧中仍蕴含着我们很难解释清楚，甚至根本解释不了的道德严肃性，我们只能将它标识出来。

虽说如此，我仍心怀忐忑地想试着谈谈莎士比亚的道德观。我想要弄清楚四个不同的问题。问题一，莎剧中有哪些行动或激情无一例外全是恶的，或是由邪恶导致的？邪恶(vice)和罪恶(sin)之间，或邪恶和罪行(guilt)之间有何区别？问题二，在莎士比亚看来，主要的美德有哪些？是否存在普遍的美德或具体的美德？美德在不同情境下会有不同的发展吗？问题三，伦理价值主要由行为结果还是由行为动机来判定？问题四，莎剧中有恶(evil)和根本恶(radical evil)吗？什么是恶？什么是根本恶？良善(goodness)是美德吗？恶(evil)即是邪恶

---

① [译注]felix在拉丁语中意味“幸福”“神佑”，culpa意为“过错，堕落”。堕落中所藏的幸运在于人们能大胆地承认自己的罪恶，忏悔之，等待伦理审判，悔改，以求得救赎。

吗？或者它还是别的什么？我们很难对这些问题进行单独的讨论，因为它们在剧作中几乎总是交缠在一起。我只能试着说说非常粗浅的想法。

从culpa[过错]一词的意义来看，辜负他人的信任总是一种罪恶或道德沦丧。背叛不但丑恶，还等同于撒谎。它相当于发伪誓，因为信任建立在誓言或比仪式性的誓言更神圣的盲目信仰之上。在莎士比亚看来，没有了信赖，生活将轰然崩塌。值得信赖的人，或可依托的事业和义务，是生活唯一坚实的基础。只有不曾辜负他人信任的人才会信仰上帝。

莎士比亚笔下有一大群曾辜负他人信任的角色，他们各不相同。尽管他们各有自己的独特性，但犹大和彼得这两个原型仍是莎士比亚的角色定位的基点。他还借用了felix culpa[幸运的过错]这一模式。对莎士比亚来说，背叛他人比背叛事业要罪孽深重得多。华列克数次变节的罪过，都比不过爱诺巴勃斯(Enobarbus)的一次背叛。[146]爱诺巴勃斯不仅是安东尼的随从，更是他亲密的、深信的好友。背叛朋友比背叛当权者更加罪孽深重。奥菲利娅背叛了爱人，罗森格兰兹和吉尔登斯吞则背叛了朋友。他们对于国王和父亲的忠诚并不能减轻自己的罪过。出于懦弱或私欲而背叛朋友几乎已是最卑劣的行径，但为了攫取利益或权力而背叛信任你的人则更加恶劣(如《暴风雨》中的安东尼奥。该剧中的普洛斯彼罗根本不信任凯列班，所以凯列班背叛的是主人而不是朋友)。最为卑劣的是为了攫取利益或权力，在爱与忠诚的谎言之下包藏着背叛的祸心，并毁了最信任你的人。康纳瑞尔和里根这样背叛了李尔王，爱德蒙这样背叛了父亲葛罗斯特，理查三世这样背叛了他的两个兄弟。这就是恶。

在莎士比亚不曾出错过的道德评判中(事实上是对剧情的评判)，除了恶，一切都可以恢复如初。对身边的野蛮人我们必须严加看管。

而彼得这类人可能一时道德沦丧或变节,但迟早甚至绝对终会回心转意。当他们请求宽恕或说出“对不起”之后,仍能再表忠诚、重获信任(如《亨利六世》下篇中的克莱伦斯[Clarence]对于约克家族的背叛和悔改)。人犯错之后,一般确实会留有污点,恶人便会为了达到自己的目的利用这些污点(理查三世就是这样利用了克莱伦斯的把柄,伊阿古则一再强调苔丝狄蒙娜曾背弃父亲的信任)。犹大这类人也可以悔罪,但只有一死才能获得赦免。因为即便他所背叛的人可以原谅他,他们也无法原谅自己。在见证了(更确切地说是承受了)他所背叛之人以何等的宽宏回馈他之后,爱诺巴勃斯在悔罪中死去。但那些彻头彻尾撒着谎的人,那些发誓效忠、直表爱意,转而却背信弃义的人,无论死活都得不到宽恕。莎剧中的恶人就得不到宽恕。

但怎样才算是felix culpa[幸运的过错]?在莎士比亚笔下,背叛是一种卑劣的罪恶。那如果一个本身就很卑劣的人被他人背叛呢?或者说,如果一个人背叛他人是出于高尚的目的,这算是背叛吗?有这样高尚的目的或高尚的价值存在吗?对康华尔忠心耿耿的仆人看到他残忍地弄瞎葛罗斯特的眼睛时,义愤填膺地站起来反抗主人。此时仆人是高尚的,主人却甚是卑劣。在莎士比亚看来,亨利五世背弃福斯塔夫就是一种felix culpa,因为他的背叛不是出于个人原因,而是为了最后大获成功的政治目的。

政治上佯装变节、假意效忠大多都可以算做felix culpa,而且是莎剧中的政治家拥有的手段。此时莎士比亚和马基雅维利可谓意气相投。《奥赛罗》中的总督利用摩尔人,在与土耳其人的对战中大获全胜。奥赛罗被其利用了,也可以说被其以这种方式背叛。总督运用了政治手段,奥赛罗则欠缺这样的手段(有趣的是,《威尼斯商人》中的总督也扮演了同样精于政治的角色)。[147]虽说如此,即便最后结果表明之前的背叛是一种felix culpa,背叛仍然是卑劣的行径。Felix culpa,

即带来好结果的恶行并不能将政治家抬高到伟大的悲剧英雄之列。正如我曾提到的，莎士比亚笔下只有亨利五世和凯撒两人既是伟大的政治家，又是重要的悲剧人物。而莎士比亚创作的凯撒故事甚至从未描写到他曾犯下felix culpa。

如果背叛是莎士比亚笔下最卑劣的恶行，嫉妒则是最卑劣的激情。对权力的渴望有可能使人接近伟大，而贪图财富(有时甚至敛财)以及贪恋色欲(有时甚至沉湎声色)也属于最后可能被原谅的恶行，尤其是在喜剧中。莎士比亚笔下的嫉妒有着多种色彩，可能像马伏里奥的嫉妒那样与虚荣有关，也可能像伊阿古那样，与妒忌有关。它可以像三部罗马剧中平民的嫉妒那样，表达的是政治义愤。也可以像温彻斯特主教或葛罗斯特公爵夫人艾丽诺(Eleanor)(二人都是《亨利六世》中的人物)的嫉妒那样，还伴有无休止的挫败感，爱德蒙也是如此。在最后这种情况中，嫉妒会发展成为邪恶。

嫉妒是激发报复心的原因之一，如果报复之心加上了嫉妒和艳羡、权力欲或色欲，它就会拥有狰狞的面目。但是，如果报应正义站在报复者这边，如果报复的动力根源于义愤，并且心中怀着正义，那么报复中就可能蕴含着伟大。然而在莎士比亚笔下，即便是正当的报复也常常因残酷而扭曲。正如我此前已提到的，残酷是莎士比亚犹为厌恶的一种品性，他喜欢温柔、和善以及宽容(如果可能的话)。残酷是丑恶的，但未必卑劣。莎剧中有几位大名鼎鼎的人物就执着于残忍的报复。不过，莎士比亚在这里略倾向于亚里士多德主义，认可“中庸之道”，即“不能过度”——最好不要陷入极端。我们要打击犯罪、惩罚罪犯，但只能施以惩戒而已，不能过分施虐，不该让罪犯受邪恶的折磨，不能对此还拍手称快。应当彻底摧毁恶。恶的破灭是幸福，折磨他人却很难称得上幸福。

莎士比亚持有一种康德式的观念：除了那些因为恶而变得铁石心

肠的人,每个人的灵魂中都回响着良心的声音。他的戏剧世界中经常出现这样的戏份:被雇佣的职业刺客同情起受害者。《亨利六世》中篇、下篇以及《理查三世》中的玛格莱特有着多重面目,是一个浪漫主义-巴洛克式的人物,她是复仇过度的典型。她执迷于狂热的复仇。

莎剧中的罪过是某些罪恶的行为,而邪恶则是人的性格特征。它们可能恒久不变,也可能突然出现,随着剧情的展开,这些邪恶既可能加重,也可能减轻。但罪过和邪恶都不等同于恶(evil)。

谋杀、背叛、不忠、诬告都是罪过。[148]事实上,它们是莎剧中最重大的罪过,即便它们没有让人变恶,也与恶密切相关。恶人(有好几种道德上的恶)一定犯下了罪过。罪过尚可被宽恕,但无论是人还是上帝,(在莎士比亚看来)都不能宽恕恶。

大多数罪过可得宽恕,是因为罪人可以请求他人的宽恕。莎剧中的恶人却从不请求宽恕。我之前提到,背叛了安东尼的爱诺巴勃斯愧悔不已,在悔恨中死去。爱德华(Edward)国王后悔派人杀死自己的兄弟克莱伦斯,也在悔恨中死去。伊莎贝拉和公爵宽恕了安哲鲁的罪过,所以《一报还一报》不是悲剧,安哲鲁不但活了下来,甚至娶了他曾欺侮过的姑娘为妻(她也同样宽恕了他)。喜剧中的宽恕和忘怀有时甚至可以说太容易了些。

莎剧中所有的角色都会犯一两次甚至多次的错误。这些错误的行为不是罪过,因为它们轻易就会被人遗忘。某些人走了一两步错路,如诽谤诬告、没来由地怀疑他人,对人心生嫉妒或怒火中烧等等之后,并不需要请求宽恕,因为只要他纠正原有的错误并承认自己的愚蠢,就能皆大欢喜。哪怕像薇奥拉和罗瑟琳这样极尽完美的人物,由于扮成男孩使得女孩爱上自己,也在不经意间造成了他人的痛苦和混乱。即便在喜剧中也没有无辜之人,但这并没有让他们成为有罪之人。

事实上,莎剧中的人物并不是本身有罪,而是在某件特定的事情上无辜或者有罪。在莎士比亚的政治视野中，这一区分极其重要。有些政治行动者犯的是某桩罪，却往往被人指控犯了另一桩罪，哪怕在那件事上他们是无辜的。将罪过从某件事上转嫁到另一件事上的把戏(被指控犯罪的人其实完全无辜)，是莎士比亚英国史剧和罗马剧中反复出现的主题。我稍后会来探讨这种典型的政治煽动行为。我们在悲剧和喜剧中也会看到同样的政治煽动行为。例如，伊阿古为了让奥赛罗相信凯西奥荒淫无度，便指出他也曾酗酒滋事。

根据赫斯曼(O. Hirschmann)在其名作《激情与利益》(*The Passions and the Interests*)中的看法，在莎士比亚生活的时代，激情与利益的对比已成为讨论的热点。因此，激情与理性的关系至少可以向四个不同的方向延伸，每个方向又还可以再加以延伸。莎士比亚也在文本中区分了道德理性和算计理性。即，前者等同于"正直的"或"道德良善的"理性，后者等同于"有用的""成功的"理性，着眼于利益。[149]这两种理性或许能约束(某些)激情，也可能助长(某些)其他激情，还可能都屈从于激情。我且再复述一遍我对《威尼斯商人》的分析。在浮躁的威尼斯青年身上，算计理性比任何一种激情都要强烈，它甚至已经发展成为一种激情；有时算计理性中还混杂了其他激情，例如爱情。在安东尼奥和夏洛克身上，激情完全战胜了算计理性。除鲍西娅之外的所有威尼斯人都承诺归还夏洛克更多的钱，试着增加他的实际利益来让他的激情退却。另一方面，鲍西娅则以道德理性(宽容和慈悲)的名义来劝说夏洛克。

伟大悲剧中的主人公，如哈姆雷特、李尔和奥赛罗等，以及历史剧中的许多主要人物，如亨利六世，他们都只了解一种理性，即道德理性。他们不会算计，哪怕算计是为了达到某个道德目的，是为了正义所做的"尝试"。但喜剧中却有许多角色，尤其是那些觅求女方嫁妆的年轻男子，则将算计理性当作主要的行事准则，他们根据这种算计理性来调整自己的激情。

莎士比亚笔下最伟大的悲剧角色都有着强烈的激情。他们全身心地沉湎于这些激情当中。但莎士比亚并没有像后来的黑格尔那样，认为缺乏强烈的激情就不能在历史上取得伟大的成就。莎士比亚笔下举足轻重的历史行动者都不是激情满满的人，至少没有李尔、奥赛罗或哈姆雷特那样的激情。这些历史行动者的长处是精于算计理性。他们并不是完全缺乏激情，而是让激情服务于算计理性，或让算计理性服务于激情。我们必须注意到，莎士比亚笔下的恶人也会充分动用算计理性来为自己的激情服务。麦克白总在算计，却又总是失算。莎剧中还有许多极富激情的悲剧主人公坚守着道德理性，他们要么像布鲁图斯一样，让道德理性成为内心唯一的激情，要么像哈姆雷特一样，让它至少成为内心众多激情中的一个。然而，举足轻重的历史行动者还会让这一道德理性服务于算计理性，或至少尽其所能地使二者时常能协调一致（像亨利五世那样）。

莎士比亚不是个道德学家，尤其在政治领域并非如此；但他也不是个反道德主义者。在他的世界中，以道德为基础的政治会像纯粹以激情为基础的政治一样，终将以惨烈的失败告终。但如果政治单纯以算计理性为基础，除了政治行动者个人的成功之外，不考虑任何其他的目的，那这样的政治是空泛的，迟早也会失败。政治关乎权力，但权力指的是对于某些事情拥有权力（power-for-something）。最为重要的是这个事情是什么。故此，在政治中，行动的结果总是至关重要。我曾提到亨利四世（波林布洛克）有许多恶劣的行径，此外，他还犯下了诸如背叛和谋杀等等严重的罪行，[150]但他却以某种方式成功得到了开脱。首先因为他诚心悔过，饱受了良心的苛责。其次是因为他在王权稳固后便立即停止杀戮。再次是因为他的统治大体上于有利于国家社稷。最后是因为他留下了一个优秀的合法继承人：改过自新的好哈利王子。

莎剧中有些人经常会算计好行动的结果。波林布洛克从一开始便是这样精于算计理性。他精明狡猾、谎话连篇，只要关系到自己的利益便能巧舌如簧，擅于提出莫虚有的指控。他不会因激情失去自制，而且道德感淡漠。但他既不残忍也不善妒，他只贪求权力。此外，由于他对自己所遭受的不公愤愤不平，所以心中也仍有一丝对正义的诉求。在莎士比亚的政治世界中，每个人都曾遭遇愤懑不平之事，但不是所有人都能对其善加利用，或使其转而于自己有益。波林布洛克却做到了这一点。在莎士比亚的政治剧中，我们可以看到一个有趣的、有故事情节印证的圆形结构。政治行动者的某些品性已经预示了故事的结局。他们提前计划好了行动的结果，结果本身也会反过来让他们的目的和行为变得合理：结果决定了政治评判。

*在莎剧中，历史（并不是世界历史）也是评判者。*但历史有双重的评判标准。成功并不是唯一有益的结果。即使行动者本人在政治上失败了，他获得的历史意义也是好的结果。行动者可能也意识到，未来和历史编纂者有双重的评判标准。

回到我的观点上来，我认为莎剧中的罪过（culpa）并不等同于邪恶。因为善和恶是人的品性，而不是行为，所以一个人在犯下过错之后可以请求别人宽恕，但一个人不会为他自己的邪恶本性向人求情。罪过通常可以原谅，邪恶则多会遭人鄙弃。莎剧中激情洋溢的角色常常会从一个极端走向另一个极端。他们中有的聪慧过人（如哈姆雷特），有的则不够聪明（如奥赛罗）；但这两种人经常都会从一个极端走向另一极端。激情洋溢的人容易陷入近乎疯癫的暴怒。怒火中烧的他们可能会做出一些连自己都难以置信的事情，等到清醒以后才追悔莫及。正是因为激情洋溢的人容易走极端，所以他们犯下罪过并不是（或者说绝少是）因为本性邪恶。最高贵的人物如果过于激动也可能犯罪。奥赛罗大体上不是个善妒之人，他的嫉妒不是邪恶本性，而是一种疯癫，是暴怒时的状态，与其本性极不相符。哈姆雷特的三次暴怒也同样如此（这三次都与女人有关）。愤怒是一剂pharmakon［解药、毒药］，它既是毒药也是解药，因为它也可以净化人们的邪恶。［151］它清除了食古不化的老人（李尔）身上的虚荣，在暴风雨中发疯的那场戏里，李尔的专横也得到净化。我只简单地提一句，喜剧人物身上只有几种有限的激情（通常是爱意、性欲、嫉妒、怨恨），邪恶的种类也不多（通常是虚荣、恶毒、嫉恨）。这些通常以喜剧情境为基础的荒唐可笑的邪恶并没有危险性。

莎剧中，有清醒政治头脑的人绝不会因暴怒失去自制。他们遵循着算计理性，或者说目的理性。每一个有着清醒的政治头脑、有所作为的行动者都会依据这一理性，保持冷静、理性的分析。但这并不意味着莎剧中每一个听从目的理性指导，并能理性分析的人就是优秀的政治行动者。伊阿古、爱德蒙、理查三世，甚至麦克白都经常依据这一理性进行算计。但对他们来说，算计理性服务于他们的激情，服务于狂热、漫无目的的妄念和无穷无尽的目标。例如，伊阿古善妒，他满腔仇恨和怒火，决意毁灭一切，处心积虑地想达到称不上目的的目的（因为仅仅毁灭他人称不上是目的）。莎剧中这些毫无理性的理性主义者无一例外都失败了，意欲毁灭他人的人常常也要遭到自我毁灭。或许自我毁灭只是毁灭他人所引发的政治结果之一，因为他人的毁灭，尤其是僭主的灭亡通常会让其他所有人——包括之前的敌人——转而抗击这个毁灭者。又或许从心理上来说，自我毁灭本身就有对死亡的迷恋或自虐的倾向。自我毁灭为何如此，每个阐释者也各有不同的解答。

正如我之前指出的，政治人物并不是毫无激情的人。他们只是将主要的激情投入到政治权力的角逐当中，其中包括角逐至高的王权。如嫉妒、虚荣、报复心、对爱情和色欲的渴望甚至亲子之爱等等其他激情，在他们身上并不强烈。政治人物也不会毫无理由地就意欲摧残、折磨甚至毁灭他人，尤其对那些他有胜算或可以收买过来的人，他更不会这样做。所以我之前说，在莎士比亚笔下的政治人物看来，算计理性并非总与道德理性相冲突。两者可能会有冲突，但并不会演变成稳定的对立状态。莎剧中有许多精于政治的人都属于这一类型（如华列克和《奥赛罗》中的总督），但只有少数几个能够拥有伟大（如《一报还一报》中的公爵），且只有凯撒一人赢得了世界历史级的重要性。

莎士比亚与亚里士多德代表的古典伦理学存在着遥远的距离，与笛卡尔和斯宾洛莎所代表的现代理性主义追随者之间也隔着一道鸿沟。莎士比亚的悲剧直接反驳了伦理理性主义者的主要论点：美德即是幸福，一生践行完满的美德就是完满的幸福。[152]莎士比亚悲剧中德性完美的人却可能比其他人更不幸福。哪个头脑清醒的人会说亨利六世幸福，或者说朱丽叶在幸福中死去呢？爱米丽娅幸福吗？考狄丽娅幸福吗？哈姆雷特（他代表着霍拉旭灵魂中更好的那一部分）死后，霍拉旭会幸福吗？随李尔一起死去的肯特幸福吗？就连少数活下来的，其德性终得命运报偿的有德之人，也不能说他们是幸福的（《暴风雨》中的贡扎罗可能是个例外）。布鲁图斯在死时肯定了自己的一生，因为他不曾遭人背叛，但他一生心系的共和国事业却彻底葬送了，我们能说这是幸福吗？麦克德夫在胜利的那一刻感到幸福吗？他虽胜利，却再也无法让惨遭谋害的妻儿复生。有些人即便不曾遭受无可挽回的个人损失，却也永远无法忘掉自己经历的邪恶与痛苦。正如奥本尼在李尔王悲剧的结语中说的：

> 年最老最能忍，我们年青力壮，将见不到这样多，活不到这样长。（《李尔王》5.3.320－321）

他传达的是幸福吗？

但在莎士比亚的喜剧中,有德之人可以获得幸福。喜剧的结局是婚礼(也有一些例外),而不是死亡,真心相爱的恋人终于喜结连理,这在传统上看来当然就是幸福。不过更为常见情况的是,那些缺德的人也会被宽恕,他们也可能结婚并获得幸福。德性即是幸福,但那些有德之人身边的缺德之人最终也会幸福。少数真诚(honest)的人和纯粹的运气决定了结局是否圆满。

我所谓的真诚之人并不是指有德之人,而是指那些认为自己身处幸福的世界,并对"幸福"一词抱有维特根斯坦(Wittgenstein)式理解的年轻人。他们不愿伤害他人,且爱邻如己,用信任的目光看待世界、看待未来、看待他人。谁若这样看待世界,世界也报之以笑脸。莎士比亚并没有说德性就是幸福。他刻画了一些对世界、对他人、对生活都满怀爱意的年轻人。这种爱意(以及他们可爱的天性)最终让他们深受喜爱并获得快乐,也会使那些不该幸福的人感到幸福。有些人注定会生活得快乐。他们需要好运来满足自己的愿望,但那都是些正派的、富有同情心的、合宜的愿望。喜剧中的有德之人并不会自以为是,他们就像太阳的光芒温暖着他人,不知不觉中就赋予他人力量。他们本性善良,无需刻意为善。

莎士比亚钟爱这些人,但他是否对这类人毫无保留呢?我对此表示怀疑。我们只需听一听《暴风雨》中米兰达和普洛斯彼罗之间常被人引用的那一小段对话(《暴风雨》5.1.184-188),就能对此产生类似的质疑。

[153]米兰达说:"神奇啊!这里有多少好看的人!人类是多么美丽!啊,新奇的世界,有这么出色的人物!"

普洛斯彼罗说:"对于你这是新奇的。"

不过,莎士比亚伟大喜剧中的女孩并不都像米兰达那样天真,她们已经目睹了这新奇世界中发生的某些事,甚至亲眼见证了一些可怕事情的发生，但她们并没有因此对这个世界丧失生活的爱。

莎士比亚的确在本质上再次肯定了旧有的道德秩序，他剧中的恶人永远不会幸福。良心之声不会缄默，罪恶也无法抹除，坏人在此世就会遭受报应。莎士比亚只是没有肯定相反的情况，即有德之人一定幸福。有德之人也可能不幸。但如果不是这样的话，世上就没有德性可言，只剩下算计。我在此把解释尼采的话套用到对莎剧的解释上：热爱生活的人是上帝的幸运儿，如果他本性善良，同时又有好运的话，他就能把颠倒混乱的时代重整，即使不能重整，也至少可以毫不费力地让其回归正确的位置，让整个世界充满爱意、轻松、自信和快乐。

莎剧中有多少个优秀、正派、诚实的角色，他的世界中就有多少种优秀、正派与诚实的品质。同样，莎剧中有多少个邪恶的角色，他的世界中也就有多少种不同的邪恶。犯下过错的人总会给他人带来恶。恶即是承受本不该由自己承受的痛苦。激发了恶的人，也就是那些无由来地让他人遭受痛苦的人，这人已经犯了罪或者放任邪恶滋长。所有的罪行（有时甚至包括一些罪孽深重的）和邪恶都可能被宽恕，但根本恶与其不同。根本恶不可宽恕。德里达（Derrida）曾说，只有那些“不可宽恕的事情”才能被宽恕。但莎士比亚在此拒绝了任何悖论，在他看来，根本恶不可宽恕。根本恶之人不会宽恕自己，其他人也不会宽恕他们，连上帝也不会。只有极致的好人才会宽恕。被这些恶人谋杀、损害、侮辱之人的所有诅咒都将临到他们自己头上。没有人宽恕理查三世、克劳狄斯、麦克白和他夫人、温彻斯特、里根、爱德蒙、康纳瑞尔以及伊阿古。而且我们知道，哪怕他们曾短暂地良心不安，他们也不会宽恕自己。他们也不会请求他人的宽恕，除了《哈姆雷特》中的克劳狄斯，但克劳狄斯也清楚自己在做虚伪的祷告，并不会得到上帝的垂怜。

我们再来看看德里达的说法，他认为只有那些“不可宽恕的事情”才能被宽恕。但他还补充说，恶人必须请求宽恕，如果不这样做，谁也无法宽恕他们。莎士比亚笔下根本恶之人之所以得不到宽恕，其原因正在于此。他们不会在道德上忏悔自己的所作所为。他们只会像麦克白夫人那样，意识到自己的邪恶并没有助其达成目的。或者像理查三世那样，[154]意识到整个世界（包括他所害之人的鬼魂）都与他为敌，自己终将一败涂地。但他们根本不会为了做过的恶事而悔过，而是后悔它的结果不如所愿。我之前强调过，莎士比亚总会考虑政治中的后果，无论它有益与否。但他考虑的不仅是单纯的后果，而是某事对他人、对人民、对国家造成的后果。如果莎剧中根本恶之人会后悔，那只会是因为他们的恶对自己产生了恶果，他们根本不在意别人如何。这是莎剧中根本恶的主要特征之一，和所有允许悔罪、可被宽恕的邪恶和恶行相比，这一特征使得根本恶成了最独特的恶。在这一关键问题上，莎士比亚坚绝拥护犹太教—基督教的道德传统。

阿伦特在其著作《耶路撒冷的艾希曼》（*Eichmann in Jerusalem*）及《精神生活》（*The Life of the Mind*）中提出，恶就是缺乏思考（unthinking）的状态。恶人之所以邪恶，是因为他们对所做的事不加片刻思考。莎士比亚也了解这一类型的邪恶。当罗森格兰兹和吉尔登斯吞说他们并不认为丹麦是座牢狱之后，哈姆雷特说：

> 啊，那么对于你们它并不是牢狱；因为世上的事情本来没有善恶，都是各人的思想把它们分别出来的。（《哈姆雷特 2.2.251－252）

这两人因为行动时不加思考，事实上成了恶的帮凶。他们身上有许多恶习，例如奴颜婢膝、溜须拍马，还犯下了背叛朋友这一最大的罪。不过我们大致可以说，他们做这些事时不曾加以思考。或许正因为如此，他们两人不是莎士比亚笔下根本恶的典型。麦克白起初也不加思索、不加反省地突然行动，但他后来再行动时便深思熟虑了，因为他已明白“流血必须引起流血”(《麦克白》3.4.121)。莎士比亚笔下大多数的恶人都是极度自省的，他们总在不停地思考和谋划。他们遵循的是算计理性而不是道德理性，所以这不会让他们缺乏思考；他们通常都准确地知道自己正在做什么。理查三世、伊阿古、爱德蒙、里根、康纳瑞尔和麦克白夫人都是如此。

因此，我认为莎士比亚笔下有根本恶的存在，并且认为根本恶之人就是那些犯下不可宽恕的罪行，却从不请求宽恕、也不会被人宽恕的人。这些莎士比亚式的根本恶之人共有一个决定性的特征，即克尔凯郭尔所谓的“魔性的”(demonic)：① 他们完全只与自己亲近，不与其他人交流。他们说得很多，却没有人能领会深意。他们说出的话只不过是在掩饰未说出口的真话，到最后关头仍不愿吐露心声。因而，根本恶就是一个人在善面前因焦虑而采取的绝对自我封闭，我们也可以像克尔凯郭尔一样，称它是魔性的。

我们此时可能会回想起邪恶的麦克白夫妇的故事。[155]他们本来相互信任、深爱对方。但自从麦克白杀了邓肯之后，夫妻之间便不再交流，感情变得淡漠。两人都不再听对方说话，变得自我封闭、寡言少语。虽饱受良心的折磨却从不请求宽恕的麦克白夫人到最后也没有宽恕自己：

> 事情已经干了就算了。睡去，睡去，睡去。(《麦克白》5.1.65)

这是她在舞台上最后的台词。麦克白甚至没有时间去理解她，因为他直到生命的最后一刻仍坚信女巫的谎言，受她们愚弄。伊阿古也提到

---

① [译注]在伦理阶段，克尔恺郭尔提出“魔性的”(demonic)这一个概念，它是“自我隔离”(self- seclusion)的。跟这种自我隔离的情况相反的是爱，爱可以引导人走出自我隔离的处境，也就克服了“魔性的”。

他为何沉默：

> 什么也不要问我。你们所知道的，你们已经知道了；从这一刻起，我不再说一句话。(《奥赛罗》5.2.309－310)

里根联合康纳瑞尔来打击她的父亲和妹妹考狄丽娅，最后却被康纳瑞尔谋害。波福主教温彻斯特主使了许多起谋杀案，其中最为恶毒的是谋害了他的侄子——善良的汉弗莱(Humphrey)公爵。他最终在极度的痛苦中死去。亨利六世站在他床边为他祷告：

> 哦，天体的永恒运转者呵……呀，把那捣鬼的、捉弄他的灵魂的恶魔赶走吧！把这阴暗的绝望从他的胸头解除吧！……愿他灵魂平安，如果这是合乎上帝意旨的话！红衣主教，如果你希望获得天堂的幸福，就把手举起来，表示你的愿望。(波福主教死)他死了，毫无表示。哦，主呵，饶恕他吧！(《亨利六世》中篇3.3.19－29)

我之所以如此详细地引用这段话，是为了让大家对根本的善人的灵魂有简单的了解。莎士比亚笔下的根本善与正义无关。根本的善人会宽恕那些不可宽恕之人。然而，主教死前仍毫无悔改的表示，也就是说他拒绝交流，可见他是魔性的。连上帝都不会宽恕他，只有亨利六世才会如此。

莎士比亚笔下根本恶之人中有一个特例，他就是爱德蒙。我在前面的章节中提到，爱德蒙也受爱情愚弄，他这个罪人渴望认同，渴望被爱。他在确证自己被爱的那一瞬间(康纳瑞尔为了他，先杀死了里根，后又自杀)，便打开心扉。也就是说，他开始与人交流，并试图(徒劳地)中止他最为罪恶的谋杀，他想救下考狄丽娅，说道：

> 我倒想做一件违反我本性的好事。(《李尔王》5.3.218－219)

但这并不是悔罪。当爱德伽谴责他背叛了自己和父亲,导致轻信的父亲被人残忍地弄瞎双眼时,他只答说:

> 你说的不错,诚然是的。命运的法轮整整转了一圈。我现在落到这个地步。(《李尔王》5.3.164－165)

哪怕高贵善良的爱德伽也不会宽恕爱德蒙,因为谋杀考狄丽娅是不可宽恕的罪过。

我们将会发现莎士比亚所刻画的根本恶中有一个重要特征,它使莎士比亚成了康德主义者或苏格拉底的信徒,[156]即恶人的邪恶并不来源于他们内心邪恶的激情,而是在于他们信奉邪恶的准则(evil maxims)。莎剧中的人物身上有许多激情,这些激情可能会向恶的方向发展,激发出恶的行为。这其中有我提到过的嫉妒、仇恨、艳羡、报复心等等,但它们都不会让一个人本身变得邪恶。充满激情的人,无论是聪明的还是愚笨的,都有可能从一个极端走向另一个极端,可能因为某些邪恶的激情失去自制,但他们仍会悔罪并请求宽恕,且由于深受良心的折磨而想再尽力做些好事。有时他们被某种激情裹挟,做出本性通常不愿意做的事。

但信奉邪恶的准则却与此大不相同。它不断地给人指路,驱使他在邪恶的道路上愈走愈远。理查三世说:“我只好打定主意以恶人自许。”(《理查三世》1.1.30)一些当代哲学家不相信有人会打定主意去当个恶人,他们认为理查三世这一角色不过是诗意的创造。但相比于其他任何人,我更相信莎士比亚对于人性的了解。但如果我们去看麦克白的故事,就会听到一条更加耳熟能详的邪恶准则:即三女巫合唱的“美即是丑,丑即是美”(《麦克白》1.1.10)。麦克白应和道:

我从来没有见过这样阴郁而又光明的日子。(1.3.36)

“美即是丑，丑即是美”的深意并不是说“只要杀人符合乎你的利益就去做”，而是指“杀人是好的”。这就是邪恶的准则。麦克白夫人随即附加了另一条准则：

你不敢让你在行为和勇气上跟你的欲望一致吗？(《麦克白》1.7.39-41)

这条邪恶的准则相当可怕。因为莎剧中哪怕最为正派的角色，他的灵魂中都包藏着一些坏的甚至是邪恶的欲望。哈姆雷特像莎士比亚笔下的其他角色一样，并没有遮掩自己邪恶的或危险的欲望。但在正派人的灵魂中，如果他知道某一行动本身是错的或是恶的，那么从个人欲望到付诸行动之间的路途就会障碍重重。而有的人却认为，一定要把这些路障清除干净，有什么欲望应立即付诸行动，不去清除这些阻碍反而强化它的束缚是懦弱的表现，这样的准则便是邪恶的准则。伊阿古说他自己设计陷害奥赛罗、苔丝狄蒙娜和罗德利哥“不过是为了给自己解解闷，占些便宜”(《奥赛罗》1.3.378)。这也是邪恶的准则，不过更微不足道一些罢了。

有人大规模地依照邪恶的准则行事，有些人则在小范围内作恶。莎士比亚对于伊阿古这一类型和以理查三世、麦克白、里根／康纳瑞尔、爱德蒙为代表的这一类型都有着浓厚的兴趣。伊阿古这类人在小范围内作恶：他能同时毁灭几个好人和恶人，但他撼动不了整个国家的根基。但这引出了另一个问题，他为什么撼动不了呢？原因在于他地位卑微，而且他生活的威尼斯是个共和国。我们可能惊叹莎士比亚竟有如此的政治洞察力，原来莎剧中的根本恶从不会对共和国产生致命的危害。[157]实际上,罗马剧、《威尼斯商人》及《特洛伊罗斯与克瑞西达》中,都不存在根本恶。

莎剧中最突出的具有根本恶的人都是声名响亮的大人物,他们大多出身王室。根本恶在君主国家会发挥其政治破坏力。拥有至高权力的僭主若遵循邪恶的准则行事,便会利用这一权力颠覆国家、破坏法律和秩序,摧毁生活、安定、正义、道德以及国内的和平。根本恶之人(僭主)本身就是瘟疫,所以根本恶极具传染性,会激发其他的恶。根本恶之人最终必须被赶下王位。而要废黜恶人,唯有通过内战的方式,内战也就成了一种涤罪的手段。也就是说,如果恶人当政,好人就要奋起抗击恶人。托马斯·曼(Thomas Mann)曾说,纳粹时代"在道德上是幸运的",因为每个人都清楚地知道哪一方代表着善。在根本恶之人作僭主的莎剧中,情况也是如此。里士满、麦克德夫和爱德伽等抗击僭主的人都是救世主,因此在政治上更能取得成功。

根本恶之人如何能够攫取至高无上的权力?他们并没有统一的途径(我顺便提一下,莎剧中,尤其在传奇剧中,有一些邪恶的僭主和专制家长,但他们并不是根本恶之人,他们会后悔自己的所作所为,在剧末也会得到宽恕,如辛白林、安哲鲁和里昂提斯)。麦克白通过谋杀攫取王权;在莎士比亚笔下,他没有继承王位的合法性,他一开始就是个僭主,王位的合法继承人立刻便逃往国外。克劳狄斯也通过谋杀攫取王权,但他通过与之前的王后结婚取得了合法性,并且没有一开始就行残暴之事。当他察觉自己遭人反对时才变成僭主。理查三世则通过萨拉米战术(salami tactic)逐步攫取权力。① 他一点点蚕食比他位高权

---

① [译注]也称切香肠式战术、德国香肠战术,也就是渐进战术或车轮战术。由于萨拉米香肠通常直径都比较粗,食用时每顿切下几片,直到把整根香肠吃完,所以才把循序渐进的战术称为萨拉米香肠战术。

重之人的权力。他在成为僭主之前已是个杀人凶手。里根、康纳瑞尔和康华尔则是合法地获得了至高无上的王权,老国王将王权作为礼物交到他们手上。但剧中的僭政有双重意涵:李尔像个僭主那样,剥夺了小女儿的继承权。我们虽无从知晓他当政时是不是个僭主(从肯特的评价看来,他或许不是),但他确实是个专制家长。当专制家长正好又是国王的时候,他的专横可能会产生致命的政治后果,李尔的过失就是个明证。

根本恶之人如何攫取了至高无上的王权？正如许多阐释者所说,莎士比亚执着于探寻这个问题。但由于没有统一的途径,由于这些恶人可以通过不同的方法达到目的,我们因而得出了一个可怕的结论:在君主制国家中,根本恶之人能否成功大多取决于偶然因素,即,它取决于一小撮人的品性,或者可能取决于靠近至高权力的某一个人的品性。正如我此前提到的,我认为莎士比亚并不完全赞同黑格尔的妙语,他并不完全同意如下说法:人类从历史中学到的唯一的教训,[158]就是人类没有从历史中吸取任何教训。

预言、预兆、迹象、鬼魂、魔法以及其他迷信在莎剧中具有重要的戏剧功能。它们展现了人物行动的条件,创造了情境。但只有当各种预兆、预言、鬼魂以及魔法与情境中的角色具有本质的联系时,莎士比亚才会采用这一戏剧手法。艾丽诺夫人(《亨利六世》中篇)常常被拿来和麦克白夫人比较。她们二人都希望自己的丈夫能戴上王冠,都怂恿丈夫去谋害合法君主。麦克白乐于实施这桩谋杀(他已经多次想这么干了),善良的葛罗斯特公爵却无条件地忠于国王,甚至愿意为忠心献身。麦克白夫人讲究逻辑论证,她之所以认可麦克白相信女巫的预言,是因为这与她的计划相符。她认为良心不安的丈夫看到的幻象不过是他懦弱的表现,她才不相信什么鬼魂的存在。相反,艾丽诺夫人则相信魔法、施咒和蛊惑(可能因为她没有别的方法来满足自己的野心)。她伙同巫师(实际上是个密探)给王后施咒,想以此助她丈夫和自己登上王位,不成想却掉入自己设下的陷阱,给无辜的丈夫和自己带来厄运。

伊阿古和爱德蒙拿鬼魂之说打趣。康纳瑞尔没有施咒,却用了下毒的手段。事实上,莎剧中所有遵循"自然法"的角色都蔑视预兆、预言、施咒和魔法。不过,战败前的理查三世是个反例。但他看到的幻象和女巫们营造的幻影起着完全不同的作用。这些幻象不是"情境"的缩影(in nuce),它们是报应的使者和死亡的精灵。事实上,它们虽是幻象,但它们"说"出的东西却至关重要;它们代表着恶人丧尽的良心。

通常情况下,莎士比亚笔下邪恶的僭主只有一个美德:勇敢。鬼魂、幻象、幽灵在不断地挑战他们的勇气。它们使恶人的心因恐惧而颤抖。恶人为什么会恐惧?因为他们过去克服恐惧的唯一方法在面对鬼魂时都显得苍白无力,因为幽灵和鬼魂是杀不死的。而且,僭主杀害的人越多,出现的幽灵也就越多。麦克白的故事最能说明,一个人的心态如何从勇敢变得懦弱,又从懦弱变得勇敢,这一点与他们对超人类的鬼怪之力以及自己的力量相信多少息息相关。我们知道麦克白一开始是"英勇的麦克白"(《麦克白》1.2.16)、"勇敢的表弟"(1.2.24)、"尊贵的壮士"(1.2.24)。他是得力战将,遵循传统,和塔尔博是一类人,不属于温彻斯特那一类。但女巫们已等候他多时,对他念出邪恶的准则("美即是丑、丑即是美")。[159]对于征兆、超人力的迹象,以及野心在他狂热的头脑中幻化出的可怕意象,他总是深信不疑。那柄幻化的匕首指引他走向邓肯的房间。他在杀人的瞬间听到有声音喊着"不要再睡了!麦克白已经杀害了睡眠"(2.2.33-34)。他还说"我不敢回想刚才所干的事"(2.2.48)。当班柯的鬼魂(被他谋害的好友)第二次出现时,他惊呼"我吓得面无人色"(3.3.115)。麦克白第二次遇见女巫时,听信了那句著名的模棱两可的预言,被她们愚弄。他因为相信女巫的话才又恢复了勇气,但这种勇气不是美德:这是一种基于盲目自信的表面勇敢,基于麦克白错误的认知,他以为他无需冒险便可为所欲为。最后当他发现一切都是骗局时,他承认了自己懦弱的本质,并拒绝与麦克德夫交战。麦克德夫于是说:

> 那么投降吧,懦夫,我们可以饶你活命,可是要叫你在众人的面前出丑:我们要把你的像画在篷帐外面,底下写着,“请来看僭主的原形”。(5.10.23–27)

就在这一瞬间,麦克白又找回了那个已经被他遗忘的自己,变回了遇见女巫之前的样子,他说:

> 虽然勃南森林已经到了邓西嫩,虽然今天和你狭路相逢,你偏偏不是妇人所生下的,可是我还要擎起我的雄壮的盾牌,尽我最后的力量。(5.10.30–33)

他死在自己唯一的归属地,死在了战场上。莎士比亚在故事情节中设计了两次女巫出现的情境,从而加速了剧情的发展,《麦克白》可能是所有莎剧中剧情发展最快的一部。

但麦克白与女巫的第二次相遇并没有重复他们第一次相遇的情景,而是向相反的方向发展。第一次相遇是对他的试炼,结果麦克白难挡女巫的诱惑。第二次相遇则是对他的报应。女巫告诉他真相的同时也对他撒了谎。她们给他施了最可怕的诅咒,即让他有了无所畏惧的盲目自信。在麦克白看来,这些女巫是恶魔般的存在。但她们真是这样吗?人毕竟有自由意志,可以抵挡这种恶魔般的诱惑。在我看来,这些女巫是命运的使者。麦克白面前出现了一个十字路口,他可以自由选择走哪一条路。

莎士比亚给遵循传统的人提供了这一选择。但他没有把剧中那些信奉自然法的人置于十字路口。这可能是因为他们不太会受幻象的迷惑，只会义无反顾地做自己正在做的事，也可能是因为传统的道德准则约束不了他们。麦克白则完全囿于传统的道德准则，所以才会在谋害国王之后，切断了与过往生活的所有联系。他本可以保持传统意义上的德性，也并不容易变成根本恶之人，他"本性"并不邪恶。[160]爱德蒙、葛罗斯特(理查三世)、伊阿古、麦克白夫人等根本恶之人则根本不会被置于善与恶的十字路口。然而麦克白还是选择当了恶人，且无论从哪种意义上来说都很邪恶。麦克白是现代的尼禄(Nero)，理查三世却不是。如果需要历史参照的话，或许可以说，理查三世是希特勒的前身。

根本恶具有自我毁灭性，统治者的根本恶则在政治上和历史上都具有毁灭性。根本善虽像康德的"神圣意志"那样光芒闪耀，但统治者的根本善却也会给政治带来毁灭(对历史却不具有毁灭性)。不过具体如何，我们还是让剧作本身来讲述吧。

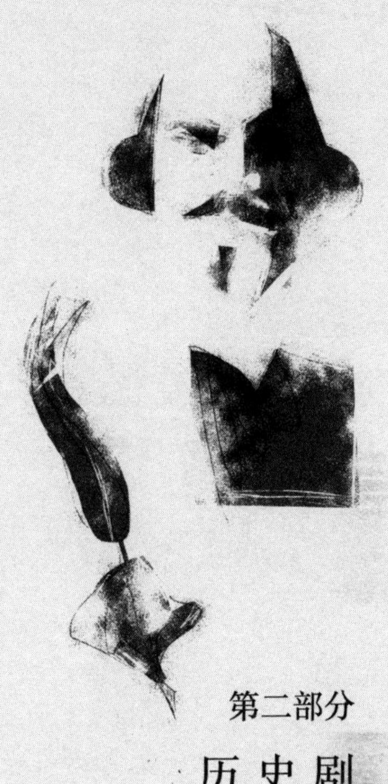

第二部分

历史剧

九 《理查二世》

[163]有些莎剧中只有一个主角，还有一些莎剧，则是所有角色分量相同或者不相上下。《理查二世》《理查三世》，可能还有《科利奥兰纳斯》属于前者；而《亨利六世》(上、中、下三部)、《裘力斯·凯撒》以及《安东尼与克莉奥佩特拉》则属于后者。

帕普(Joseph Papp)在为矮脚鸡版莎士比亚经典丛书(*Bantam Classics Edition*)所作的序言中写道，理查二世在剧中"占据主导地位"，因为他的语言掌控着整部戏剧。不过，即便理查确实主导了这部最后演变成独角戏的剧作，若没有对手，他也根本不可能成为独唱家。莎士比亚用了惯常的创作手法：他将某些角色放到一起，任他们发生化学反应，从而引出最终的结果。但这些化学反应并不会立即产生历史上的最终结果——这一点众所周知——它只会最终呈现角色的本质和形象。这些角色是莎士比亚的创造，大多数也是角色的自我创造。如果一个角色在剧情中进行了更多的自我革新，变得完全不同于曾经的自己，或至少变得不再是我们熟知的那个样子，那么在剧本结构中，衡量所有角色的天平就会越向他这边倾斜。

如果留心观察《理查二世》中的角色的发展，我们就会发现，衡量角色的天平显然直到第三幕才开始倾向于理查二世这边。我们在前两幕看到的主要是理查二世在统治期间犯下的政治错误。正如莎剧中经常出现的情形，我们会首先对生存、历史以及政治发生变动的条件产生些许了解。起初剧情发展缓慢,到第三幕开始才加速发展。而且一如莎剧中的惯例,造成命运转变的所有条件累积起来也并未构成必然性。从莱布尼茨对于偶然性的著名理解来看,大多数条件都是偶然的,因为事情也能够以其他的方式发生。但在最初的行动之后,理查二世进行了自我革新,这个新的自我遇到了波林布洛克和诺森伯兰等对手。他的命运成了定数,[164]在耗尽其命运的过程中,他接纳并展现了这一新的自我,之前所有的偶然性因此被扬弃了。

我们先简单回顾一下前两幕戏,这两幕戏展现了理查拥有威严和败落的条件。理查说出了全剧的第一句台词,他准许波林布洛克对诺福克(Norfolk)提出控诉,也准许诺福克为自己申辩。我此前提到过,我们永远无法知晓波林布洛克关于诺福克杀了葛罗斯特的控告是否有根据。此外,第四幕第一场中,另一群人对奥墨尔也提出了同样的控告,结果发现还是没有人知晓这一谋杀事件的真相。在莎士比亚对于历史和政治的理解中,这种情境具有重要意义。首先,探寻事件的真相并不是最重要的政治动机,最重要的是让人相信这一真相。再者,人们愿意相信对他们有利的真相。葛罗斯特公爵夫人(即被谋害的公爵的遗孀)坚定地认为,她丈夫的死要么是毛勃雷(即诺福克公爵)和国王的合谋,要么是前者在国王的授意下所为。但作为原告的波林布洛克是否也对自己提出的控告深信不疑,这还有待商榷。我们很快将会发现波林布洛克身上的马基雅维利主义者的本质,他会根据自己的政治需求选择处境。戏剧开始前,毛勃雷就知道他是个马基雅维利主义者,随着剧情的发展更能看出,毛勃雷对他的了解很透彻。但我们不能就此认定波林布洛克是在撒谎,认定他的控告是假的。莎士比亚任我们去猜测,对于第一场重头戏中有关真相的种种疑问,他都不予置评。

这第一场戏让我们想起了侦探小说的开头,主要嫌疑人都已现身。但理查二世一点也不像大侦探波洛,他根本不想知道真相是什么。

理查二世和葛罗斯特之死真的有直接或间接的瓜葛吗？虽不大可能有关，但事事没有绝对。我们面前这个相当稚嫩的年轻人还没有准备好稳坐王位，他更想逍遥快活，不愿担负起严肃的公共责任。但这个年轻人是受膏的君王，是他父亲合法的继承人，有稳居英国王位的合法性。他没有感到自己的君王权威受到威胁，他天生就是君王。戏剧一开始，他是从这个意义上来理解“自然的”。他从不反思自己在做些什么，他确信他做的事都是对的，只因为是他在做。他的君王权威意味着他总是对的，他所有的决定也是对的。从某种程度上来说，他和年轻的哈利王子(后来成为亨利五世)一样没有责任感。或许迟早有一天，他也会成长为好君王，可惜对手们并没有给他时间。就这样，他不但没有机会成为好君王，反而失掉了王位，这让他自我革新成了一个意义非凡、丰富多彩又极具魅力的历史人物。

这部剧的第一场戏至关重要，因为观众直接进入了剧情的关键点。[165]毛勃雷和波林布洛克因葛罗斯特公爵之死争吵不休。波林布洛克控告毛勃雷叛国。这个控告相当荒谬，因为他同时也猜测，对方杀人得到了国王的授意。或许正因为如此，我们更倾向于相信毛勃雷而不相信波林布洛克。或许这也是因为，我们看到舞台上的毛勃雷自觉有罪时便坦然承认自己的罪过。毛勃雷虽激昂易怒，却个性坦诚。他说：

> 我的敌人的可尊敬的父亲，我确曾一度企图陷害过您的生命，为了这一次过失，使我的灵魂感到极大的疚恨；可是在我最近一次领受圣餐以前，我已经坦白自认，要求您的恕宥，我希望您也已经不记旧恶了。(《理查二世》1.1.136－141)

真相这时才大白。原来两人的敌意与葛罗斯特公爵之死无关，而是植根于两个家族的宿怨。对莎士比亚来说，剧中角色是否诚心请求宽恕一直是重要的议题。毛勃雷请求宽恕,此时插手进来的国王也在促成双方和解,这一刻至关重要。国王当然也是在严格遵守必要的仪式:流血决斗前,国王应努力促成敌对双方和解,让他们“不计前嫌”。毛勃雷的荣誉、美名受人污毁,所以他拒不和解。莎士比亚让毛勃雷使用了如荣誉、耻辱、羞辱、美名等一整套传统贵族的伦理词汇,却对正义、良心、忠诚等只字未提。波林布洛克也使用了同样的一整套词汇(荣誉、羞辱、耻辱)。理查是传统的君王,整个故事的背景从表面上看也是属于中世纪的。毛勃雷和波林布洛克都声称对方背叛了理查王和自己,也都宣称自己“正直忠诚”。但当莎士比亚让毛勃雷说出“像参加一场游戏一般,我怀着柔和轻快的心情挺身赴战”(1.3.95-96)时,我们再次看到,他有倾向于毛勃雷的迹象。我们知道,在莎士比亚的词汇表中,“柔和”(gentle)一词有着怎样的魔力。

此外,毛勃雷的话确实符合传统,他像是一位忠诚的中世纪贵族,而波林布洛克的话听起来却有些虚伪,尽管我们此时还并不知道他确实就是个伪君子。我们很快就会发现,他不是遵循传统的人,而是个“新人”。至于他是在第一场戏中就打算亮出他新人的身份,还是在放逐的过程中变成了新人,这就看各人如何解读了。莎士比亚没有给出任何确定的,甚至可能的答案。但与理查不同的是,我们会觉得,波林布洛克后来的发展在意料之中,他后来的样子已经完全潜藏在先前的自我当中了。他只不过变成了他早就所是的人,成了一个政治家,也就是说,变成了一个信奉自然法的人。

理查犯下的第一个严重的政治错误是掷下他的御杖。他没有让上帝作出裁决。没人能理解他为何不让这对强大的敌手决斗。他犯下的更严重的错误是,[166]在宣布判决和惩罚之前与刚特(Gaunt)商议。商议后的判决显然不公正。毛勃雷被判处终身放逐,而理查在和波林布洛克的父亲交谈过后,则决定只放逐他六年。为何做这样的判决呢？可能因为波林布洛克属于王室成员。然而正是这种家族联系使波林布洛克更具危险性。“脱节的时代”这一主题此刻第一次在剧中出现。毛勃雷哀叹不能再说母语时，的确已隐约暗示了这一点。他说从此时起，自己的舌头“像一张无弦的古琴”(1.3.156)，“像一具被密封在匣子里的优美的乐器，或者匣子虽然开着，但是放在一个不谙音律者的手里”(1.3.157－159)。这番话里还出现了打乱的节拍和放逐等母题。

接着，理查又做出了一件于政治无益的举动：他让两个被放逐的臣子宣誓不会图谋不轨。这一誓言极不合宜，它只暴露出理查缺乏对人性的了解。我们很快会发现，理查实在不了解波林布洛克的品性，没有觉察到他具有的危险性，毛勃雷反而了解他的为人。毛勃雷预言波林布洛克将来会叛乱，他那段著名的台词常常被人引用。不过这当然还不足以说明他对人性有着良好的判断，因为至少在莎剧中，每个遭受不公待遇的人都会预言这一不公的决议将会结出恶果。如果他们预言成真，那可能仅仅是巧合而已。不过我们也可以认为，毛勃雷在波林布洛克的品性中的确看到了某些理查不曾注意到的东西。毛勃雷对波林布洛克说：

> 可是上帝、你、我，都知道你是一个什么人；我怕转眼之间，王上就要自悔他的失着了。(1.3.197－198)

事实上，刚特与波林布洛克父子分别的那场戏便印证了毛勃雷的话。这并不是因为他们公开谈论了什么筹划，其实他们并没有谈及(可能波林布洛克还没有制定出明确的计划)，而是因为刚特是这样说的：

> 不要以为国王放逐了你，你应该设想你自己放逐了国王。

这句看似无心的话其实已经涉及了角色颠倒和世俗等级次序中的地位的主题,不免让人联想起废黜君王的行为。刚特临别前说的话更加意味深长:

> 要是我也像你一样年轻,处在和你同样的地位,我是不愿留在这儿的。(1.3.268)

显然,放逐对于波林布洛克和毛勃雷来说有着完全不同的意义,其不同并不仅仅在于前者的放逐是有限期的。毛勃雷以不成曲调的音乐作比,哀叹抛却母语便等同于死亡。波林布洛克尚且年轻,更重要的是,他还有一番事业要做。这番事业是什么?父亲和儿子其实都已心照不宣。在明说之前已有所暗示。

第一幕的最后一场戏中,我们看到国王和他的朋友们在一起。他这时说的话和之前正式场合中说的完全不同。[167]他一点儿也不威严,而是相当地愤世嫉俗。他显然一点也不信波林布洛克说的话,对他起了疑心。他极不情愿地承认波林布洛克确实具有极强的政治天分,能向"平民殷勤献媚"(1.4.23),"用诡诈的微笑和一副身处厄境毫无怨言的神气取悦穷苦的工匠"(1.4.27-28),"好像我治下的英国已经操在他的手里,他是我的臣民所仰望的未来的君王一样"(1.4.34-35)。他指责波林布洛克极其虚伪。但在莎剧中,政治天分总和虚伪脱不开干系。理查已注意到波林布洛克的举动已俨然是个国王,但他发现后并没有做出什么决策。此时,国王决意出征爱尔兰,但怎样才能得到急需的军费呢?他一点也不收敛自己漠视一切的态度(像波林布洛克那样虚伪一点,在政治上更为有利)。当他获悉刚特病重的消息时便说:

> 上帝啊,但愿他的医生们把他早早送下坟墓!他的金库里收藏的货色足可以使我那些出征爱尔兰的兵士们一个个披上簇新

的战袍。(1.4.58–61)

我们不应忘记，这部剧中，除了理查二世，每个主要角色最后都犯下了杀人的罪(其实这也是我不相信理查曾参与谋杀葛罗斯特的另一个理由)。理查不是个马基雅维利主义者。他获悉刚特即将老死的消息时非常高兴，这样他就可以把手伸向刚特的金库，但他这样做不是为了个人获利，而是为了筹措军资。他本该听从马基雅维利的教诲：你可以杀人，但不可以占有别人的财产或妻子！理查可能犯下了最严重的错误：他侵占了他人的财产。这种做法永远得不到宽恕。剧中还提到他强行征收繁重的租税。

此外，我们不禁要问：为何国库会亏空如此？合理地支配国库，保证战时的军费开支难道不是国王和谋臣们的职责吗？难道真的像理查希望我们相信的那样，波林布洛克在民间享有声望只是因为他会献媚奉承？他之所以得民心，会不会还因为在国王的默许下，出现了许多不义的行为呢？在第一幕的最后我们已经能感觉到，尽管理查的统治有深厚的传统基础，尽管他现在要去征战，而波林布洛克还在放逐中，但他已不是后者的对手。温和的犬儒主义与无耻的虚假伪善此时互相交战。伪善将轻松赢得政治的胜利，犬儒的国王虽没有犯罪，但他一再犯下的过错却帮助波林布洛克赢得更加轻而易举。

第二幕出现了两个新角色：约克和诺森伯兰(后者早已出现在舞台上，但之前还不是独立的角色)，他们是这部剧的“最佳配角”。约克是波洛涅斯这类人，但相比波洛涅斯(他担任克劳狄斯的总管一角)，约克扮演的角色更加重要。他正直忠诚，只对国王尽忠尽责。[168]他若不知道谁当权就会感到困扰。我们可以说他是机会主义者的代表，但他自己并不这样认为，因为他忠诚的对象不是某个人而是某种权威。他本能地区分了国王的两个身体。他只忠诚于国王的神圣身体，并不在意是哪个实在身体占据了神圣身体。诺森伯兰则是一个伟大的造王者(kingmaker),他是另一个更具代表性的造王者华列克的前辈(我们不应忘记,莎士比亚塑造华列克这一角色在前)。诺森伯兰将拥立波林布洛克为王。

配角是给历史主角作陪衬的,没有他们的助力,一切就不可能发生,有了他们的助力,许多不同的事情才会出现。这两个配角对于推动历史情节的发展十分必要。一部剧中有多少个这样的配角也有着重要意义。如果一部剧中的角色相对较少(这部剧就是这样),那么有一类人便会代表"骑墙派"(the average),约克便属于这类人。

第二幕第一场直接延续了第一幕最后一场戏。我们甚至没有喘歇的间隙。不管怎么说,莎士比亚本人并没有给戏剧划分场次。在两场戏之前(1.3中),毛勃雷预言他的死敌波林布洛克将会叛变,从而预言了理查的未来;此时波林布洛克的父亲刚特也预言了理查的覆灭。在毛勃雷看来,是波林布洛克导致了理查的惨败,但在刚特看来,理查是咎由自取。这些对未来的预测既不是预言,也不是诅咒,而是基于事实作出的推测,即便他们在阐释这些事实的时候抱着强烈的偏见。毛勃雷和刚特都透过有色眼镜来看待这些事实:他们的预言其实是推测。毛勃雷凭经验断定波林布洛克是个虚假伪善的人,刚特也凭经验断定理查玩忽职守,对国家管理不善,说他"你现在是英格兰的地主,不是它的国王;你在法律上的地位是一个必须受法律拘束的奴隶"(2.1.113)。虽然刚特对国王的指责多半是对的,但他表达的意思和跟儿子告别时说的话是一致的:这个国王并不是真正的国王,因为他没有维护法律(传统)的权威,而这正是他所继承的王国得以存续的基础。这两次指控简洁明了地展现了理查将来的命运。但正如我之前所说的,并不是所有的预言都会成真。要想促成这些特殊的预言成真,还需要许多偶然事件的发生。

我刚刚提到这场戏中出现了两个重要的配角。其实,王后也在这时同国王一起出场,但她此时还是个被人忽视的角色。国王的宠臣们——濒死的刚特称他们是谄媚的佞人——也保持着沉默。约克一开始充当和事佬,希望所有人都能和平相处。以他局限的心思来看,[169]只要不破坏传统,每个人都有理。当国王宣布没收刚特的土地和收益以资助爱尔兰战争时(我们已从上一场戏中知道了他这一计划),约克提出了反对。他的反对意见里还掺杂着一丝预言的意味。他说,如果传统在某个方面遭到破坏,继而就可能造成全方面的崩坏。刚特的财产只能由他儿子合法继承,就像理查的王位也是从他祖先那里合法继承来的一样。如果谁破坏了传统的某个方面,那势必给整个传统带来致命一击。理查现在这样践踏传统,那他也就无法依据传统来证明他统治的合法性,至少很难再具有说服力。

理查对此却无动于衷,轻率地说:“随你怎样想吧,我还是要没收他的金银财物和土地。”(2.1.210-211)

对此,约克的回答再次暗示了将来的命运:“陛下,再会吧。谁也不知道什么事情将会接着发生。”(212-213)

但接下来,莎士比亚突然揭露了国王一个迄今尚不为观众知道的性格特征,即盲目信任他人。约克退场后,理查仍然任命这个刚刚强烈反对他做法的约克为英格兰总督。国王真的如此听信谄媚小人的奉承吗?如果这样的话,他为何会把至高的权力赐予这个根本不曾奉承他的人?难道这只是他荒政的又一次表现?或者说,他像凯撒和哈姆雷特在生命的最后时刻表现的那样,已将一切置之度外?还是说,这个受膏的国王坚信,坚守传统的人永远不会背叛他?

我们在此又一次看到莎士比亚如何用对位法创作一部戏剧。理查将至高权力交到他那审慎小心却目光短浅的王叔手中之后,叛乱者们即刻登场。他们因刚特的土地和财产被充公而集结在一起。诺森伯兰策划了这场叛乱，其实叛乱于他本人并没有多少利害关系，他这样做只是因为他热衷于操弄政治和密谋叛乱，他想要操练自己的实力，证明自己傲人一等。和后来的华列克一样，他的能力也在于拥立新君。但他目前的主要任务是挑起这场游戏和冒险。发动叛乱就是他的游戏，目标是废黜旧王、"拥立"新君。诺森伯兰汇集了贵族和平民的积怨，并火上浇油地在旧恨之上又添新怨(例如，他为此大骂"最下流的昏君！")。但是请注意，在密谋这场戏中，诺森伯兰还披露了一条新的讯息。他从密探处获悉，波林布洛克由布列塔尼公爵(Duke of Britanny)提供军备，已经登上了英格兰海岸。

试想这消息多么有趣！公爵的财产还未被充公时，波林布洛克就已经举兵进犯英格兰了。[170]而波林布洛克随后却辩称，他此举只是为了夺回合法的财产。但我们知道真相，因为莎士比亚已经向我们透露他在财产被充公前就已兴兵的秘密。他这个借口是假的。但这不是借口吗？他合法的财产被充公，就算这不是他向国王兴兵的动机，不是至少也是个正当理由吗？这些问题不但对我们来说有多种解释，对剧中的角色来说也是如此。因为在莎士比亚笔下，阐释的多样性以及行为和动机的可阐释性都包涵在剧作中。无论如何，刚特的财产被充公将会成为叛乱者谋反的正当理由，至少他们可以在事后如此辩解。

但不善政事、疏忽大意、恣意妄为的理查似乎一点也没意识到，他将刚特的财产充公，这给叛乱者奉上了多么绝妙的借口。至少，剧中没有迹象表明，他在诺森伯兰之前就获悉了叛乱的消息，或至少与他同时获悉。但他可能猜到了波林布洛克图谋不轨，他的随从也可能告诉他这种可能性。但在莎士比亚的历史观中，重要的是，人们采取政治行动和历史行动时，总会假借很多理由，将时间颠倒便是手段之一。未来和过去相互颠倒，所有表象都是假的。但无论谋逆的理由可信与否，叛乱者都已和诺森伯兰集结成一伙，拥护有行动力和决断力的波林布洛克。

理查显然对此一无所知。他只是个任性浅薄、愤世嫉俗、自以为是、思虑不周的年轻人,他没有强大的意志力、伟大的人格或重要性。在剧中其他角色和我们看来,理查是这样的人,他自己可能也这样认为。天平暂时倾向了波林布洛克这边。至少,波林布洛克行动之迅猛似乎可以说明他会成为更好的国王(即便剧中还没有人下此结论),而理查却无人称颂。

此刻我们感觉到,剧情节奏开始加速,从刚特一死便立即开始了。但在舞台上,至少有两种不同的时间体验,观众更适应其中一种。对诺森伯兰和叛乱者来说,节奏加快了,他们更要把握住时机:就是现在,即刻行动! 但理查对时间的感受却并非如此。他刚聚敛到爱尔兰战争所需的军费;他的时间还很充裕。他尚未感到时间在加速前进,他对自己的命运还一无所知。观众却心知肚明。

然而在下一场戏中,行动的速度又开始放缓;时间几乎静止了。我们看到布希(Bushy)陪着王后入场。不祥的预感折磨着王后,国王的随从布希则竭力劝慰。王后深爱着丈夫,为他担惊受怕。值得注意的是,[171]布希安慰王后的话和麦克白说的话几乎一样,只是意思完全相反:

> 娘娘因为把这次和王上分别的事情看偏了,所以才会感到超乎离别以上的悲哀,其实从正面看去,它只不过是一些并不存在的幻影。(2.2.20–24)

王后并没有受到宽慰,她试着描述自己的悲伤:

> 我的悲哀是凭空而来的,也许我空虚的悲哀有实际的根据,等时间到了就会传递给我;谁也不知道它的性质,我也不能给它一个名字;它是一种无名的悲哀。(2.2.36–40)

这其实就是克尔凯郭尔描述的焦虑。接着格林(Green)上场了,行动在刚刚短暂的静止后又开始猛烈加速。格林获悉波林布洛克已经踏上国土,他列出了转投叛军麾下的勋爵们的名字,还提到叛军甚得民心,精于政治的波林布洛克据说曾不断向这些民众献媚。我们突然落入政治危急的状态。这时,约克上场了。我们很快会清楚地发现,他是最不适合当摄政的人选。他是个典型的下属,只会听命于无可争议的主人。他当不了统率、做不了决定,没有自己的想法。他也是个目光短浅的机会主义者,其忠诚毫不可信。他说:

> 两方面都是我的亲族:一个是我的君王,按照我的盟誓和我的天职,我都应该尽力保卫他;那一个也是我的同宗的侄儿,他被国王所亏待……好,我们总要想个办法……一切全是一团糟,什么事情都弄得七颠八倒。(2.2.111-122)

约克决定仍效忠国王,但他无力应对这紧急局面。他的失败不可避免。

在这一关键时刻,理查的宠臣发觉他们的国王显然已毫无胜算。谄媚小人不出所料地当了叛徒,卑劣的背叛常常不必付什么代价。这种戏码不断地在历史上和我们的日常经验中上演。对于布希、格林这类人,我们很是熟悉。

莎士比亚一如既往地区分了不出所料之事与特例。多于一个人——剧中此时是三个人——代表不出所料之事,特例则由一个人来代表。巴各特即是特例,他仍对国王忠心耿耿,决意追随他去爱尔兰。

下一场戏中(2.3),我们对政治家波林布洛克有了进一步的了解。这场戏之前,我们只在第一幕中见过他一次。重返英格兰和舞台的他自信满满,意气风发地率领着声势浩大的叛军。几乎人人都向他臣服。

为何如此？我们并不知道原因。或许因为他有反叛的正当理由。约克随即上场。波林布洛克立马展现出了他狡猾的品性。他向约克跪拜，以此公开宣示对国王的忠诚。他明白摄政的约克代表着国王的威权。下跪的举动既是政治礼仪，也是虚伪的矫饰。波林布洛克需要让约克保持中立。约克一开始骂他是反贼和叛徒，他骂得没错。[172]波林布洛克的回答却充满精心盘算的诡辩。他说自己并没有未满放逐期就回国，因为他之前是以海瑞福德(Hereford)的名号遭放逐的，而现在则是以兰开斯特的名号回归。接着，他提到自己有理由愤慨：因为他被剥夺了承袭的权利。他说：

> 为什么我要生到这世上来？要是我那位王兄是英格兰的国王，我当然也是名正言顺的兰开斯特公爵。(2.3.121-123)

"我是"一词非常重要。他是兰开斯特公爵，这就是他的身份。他这个理由既显真诚，又极具欺骗性。波林布洛克其实想成为另一个人(想获得不属于他的王位)，但他假装只要求取回自己应得的东西："所以我不得不亲自提出我的世袭继承权的要求。"

我不能理解有些阐释者竟认为波林布洛克真诚坦率。我们不是在上一场戏中看到那些小人已树倒猢狲散了吗？不是听说大部分的勋贵已心生异心了吗？他们不是转而投靠公爵，打算拥立新君吗？若不是如此，他们的所作所为就将毫无意义。对于机会主义者和一心向上爬的人来说，只有合乎目的理性的行动和选择才是有意义的。约克却等着波林布洛克说出这些虚伪又站不住脚的借口。正如我们所知，他只是假意站在国王这边，其实他哪边都不想支持，只是等着看谁会成为他无可争议的主人。故此，他明说自己无能为力，"只好置之度外了"(158)。但波林布洛克下一步的举动却不是虚伪的。他希望叔父能陪他去趟勃列斯托尔堡(Bristol Castle)，帮他"铲除"(166)国王的党徒。

一切已准备就绪,但最后一枚骰子还没掷下。我之所以提到掷骰子,是想说明接下来这件事的偶然性。但下面说的也仅仅是猜测。忠诚的威尔士皇家军队获悉理查已死的虚假情报,于是四下逃散。谁放出了这则假情报?剧中虽未有提及,但我们几乎可以肯定,是波林布洛克在威尔士的士兵们中散布了这条致命的谣言。波林布洛克这位手段高明的马基雅维利主义者策划了这最后一出偶然事件。

第二幕以萨立斯伯雷(Salisbury)的台词作为结束,他还未在这个故事中出演他的角色。他在此处以及之后担任了合唱队一角。他的一番话听起来像理查二世的葬礼哀歌:

> 啊,理查!凭着我的沉重的心灵之眼,我看见你的光荣像一颗流星,从天空中降落到卑贱的地上。你的太阳流着泪向西方沉没,看到即将到来的风暴、不幸和扰乱。你的朋友都投奔你的敌人去了,命运完全站在和你反对的地位。(2.4.18–24)

这很像希腊合唱队的台词,传递的信息却是现代的。我们如今从政治层面——整个故事至此一直在这个层面上演——转移到了历史层面。[173]在历史层面,行动的直接后果无关紧要,长远的后果却令人哀叹。随着波林布洛克谋逆的开始,导致玫瑰战争爆发的所有事件将接连上演。我们至今对理查二世都没有什么好感,不会为他或他的命运伤怀。为什么这里会将理查的命运比作流星、西沉的太阳和即将到来的风暴呢?这些天启的异象所预示的历史灾难,是舞台上的人无法理解和预见的。对他们来说那是隐秘的未来,对我们来说却是已经揭示的过去。我们能够理解这一切。

萨立斯伯雷的葬礼哀歌已将作为国王的理查埋葬,但他的哀悼也标志着一种新生。未来虽潜藏着战争、谋害、屠杀,却也暗含了新人的世界。它也标志着作为人的理查的新生,他成了忧患之子。传统已遭破坏,很快将化为灰烬。但从灰烬中走出的人们将由自然法这颗新星引领,一个崭新的世界即将随之诞生。这是个丑陋的新世界,但其中却也有着一种新型的伟大。实际上,这一切在后三幕戏中已经发生了:另一个伟大的理查出现在我们面前。

第三幕一开始(我必须再次重申,莎士比亚并没有给他的剧作划分场次),波林布洛克便发表了一通颇自以为是的长篇大论。他申明了处死理查党徒的理由。与只下放逐令却从不杀人的理查不同,波林布洛克杀人时觉得心安理得。他还喜欢给自己的谋杀行为找借口,这些借口有时显然不足为信。比如说,他声称布希和格林必得处死,不仅因为他们有误君误国之嫌,还"隔绝了他的王后和他两人之间的恩爱,使一个美貌的王后孤眠独宿"(3.1.12–13)。说完这些话,他还特地向王后致意。其实从之后国王与王后的相处中,我们根本看不出他们的感情存在裂痕。莎士比亚此时采用了和永远不会实现的预言一样的创作手法。也就是说,他用实例证明,波林布洛克的多数指控都是表面上的操纵手段,他甚至没有兴趣让这些指控尽可能逼真一些。从这点来看,波林布洛克和理查三世很像。

理查二世突然变成了"作为人的理查"。我说"突然",并不是说这是一蹴而就的。理查的性格至少经历了三次突然转变。他开始进行自我革新,但同时也尝试了多个不同的角色。他创造了角色并进行扮演。他一个接一个地创造不同的角色,也一个接一个地扮演。他开始踏上成为自己的艰苦路途。理查深受其苦,却也乐在其中。

我们在第三幕第二场再遇到理查二世时,最先会对他的语言感到惊异。他与宠臣高谈阔论时说的话浅显易懂,话里有些冷嘲热讽、狂妄自大,而如今却无迹可寻。[174]他现在的语言风格变得夸张华丽、极富诗意,或者说相当深沉凝重、情感充沛。语言寻求自身的意义。他一回到祖国,便俯身摩挲故土,向大地女神祷告:

> 亲爱的大地，虽然叛徒们用他们的铁骑蹂躏你，我要向你举手致敬；像一个和她的儿子久别重逢的母亲，疼爱的眼泪里夹着微笑，我也是含着泪含着笑和你相会，我的大地，并且用我至尊的手抚爱着你。不要供养你的君王的敌人，我的温柔的大地……不要讥笑我的无意义的咒诅，各位贤卿；这大地将会激起它的义愤，这些石块都要成为武装的兵士，保卫它们祖国的君王，使他不至于屈服在万恶的叛徒的武力之下。(3.2.6–26)

此时理查扮演着受膏君王的角色。传统本身已不再被视为理所当然。理查开始用坚毅高贵的姿态扮演国王这一伟大角色。英格兰的国王召唤英格兰的泥土和石块变成他的兵士和护卫者。他已经开始诗化自己的角色；将他在尘世的政治角色转变成戏剧角色和历史角色。我再次重申，他创造了自己的角色，并乐于扮演它。实际上他沉湎于谈论君王的尊严，哪怕这番话里充满悲伤。沉浸在这一角色中时，他没有为夺回权力付诸任何政治行动。他只关切诗意的力量，不在乎政治力量的实施。他宣称：

> 汹涌的怒海中所有的水，都洗不掉涂在一个受命于天的君王顶上的圣油；世人的呼吸决不能吹倒上帝所拣选的代表。每一个在波林勃洛克的威压之下，向我的黄金的宝冠举起利刃来的兵士，上帝为了他的理查的缘故，会派遣一个光荣的天使把他击退；当天使们参加作战的时候，弱小的凡人必归于失败，因为上天是永远保卫正义的。(3.2.50–58)

其后的克伦威尔(Cromwell)可以向他传授一则世俗的智慧，那就是仅仅信靠上帝是不够的，人还需要额外做好万全的准备。但对理查来说，现实越来越不如意，他要退居到幻想的世界中。他想象的的宏大戏剧取代了确凿的真实境况,在这出想象的戏剧中,上帝派来的天使将为理查而战,犯上作乱者将堕入地狱,上帝的勇士们将荣升天堂。可惜理查的幻想支撑不了现实的政治。他刚营造了复仇天使的诗意幻象,萨立斯伯雷带来的噩耗便给他泼了冷水。他说理查来晚了一天,威尔士军队已四散逃亡(2.3)。

理查立即从激昂的顶点跌入绝望的深渊,一度在激昂与绝望之间来回徘徊。他又尝试扮演一个新角色。他继续书写自己的戏剧,做他的白日梦;但他的诗句很有深意。他以一种真实的方式将自己的故事诗化,也就是说,他把自己的故事从偶然性中抽取出来,将它抬高到本质的层次。用我自己的术语来说就是,他开始将自己的故事从政治历史的舞台中抽离出来,[175]让它在生存性剧场的生存性舞台上演。他不断提及的时间将两个舞台连接起来。他说:

> 爱惜生命的人,你们都离开我吧,因为时间已经在我的尊荣上留下一个不可洗刷的污点。(3.2.76–77)

此处的“时间”一词有三重意涵。其一,它指的是时机(他错过了行动的最佳时机);其二,它指的是“时代”(历史时代);其三,完全从经验事实来看,它指的是他来晚的那一天。奥墨尔听到这番话后提醒道:“宽心,陛下!记着您是什么人。”(3.2.78)这句话至关重要,因为它所说的正是理查陷入的困境。理查不知道自己是谁;他记得自己曾经是谁,却想不起自己将来会成为谁。所以他答道:

> 我已经忘记我自己了。我不是国王吗?醒来,你这懈惰的国王!不要再贪睡了。国王的名字不是可以抵得上二万个名字吗?(3.2.78–79)

时间母题之后，与新人理查有关的第二个重要母题——名字母题出现了。理查获悉他的宠臣已被处死，最后又听说约克已投诚。理查哀叹：

高喊着灾祸、毁灭、丧亡和没落吧；死是最不幸的结局，它必须得到它的胜利。(3.2.98–99)

在理查理解自我的故事中，死亡是重要的环节。他致力于研究死亡。他先说："让我们坐在地上，讲些关于国王们的死亡的悲惨的故事。"(3.2.151–152)这句导语意味深长。他并非首先将自己置于国王的角色，而是扮演起故事的叙述者。他没有端坐在王座上，而是席地而座，像史学家那样娓娓道来：

他们全都不得善终；因为在那围绕着一个凡世的国王头上的这顶空洞的王冠之内，正是死神驻节的宫廷。……再会吧，国王！戴上你们的帽子；不要把严肃的敬礼施在一个凡人的身上；丢开传统的礼貌，仪式的虚文，因为你们一向都把我认错了。(3.2.156–170)

我们可以看看生存性的舞台如何从历史舞台的背后渐渐浮现。此时虽有他人在场，虽是说与他人听的，但理查二世的这段长篇独白(monologue)其实主要是说与自己听的内心独白(soliloquy)。他提出了同一性的疑问。他反思"我是谁"？"我是否错把自己当成了国王？""你们是否错把我当成国王？"这一沉思可以用boule[理性思虑]这一希腊术语来表达，思虑的结果便是prohairesis[道德选择]，即决心成为什么样的人。理查下定决心后所做的选择便是退位。但这并不是真实的决定，倒不如说是一种戏剧性的尝试。理查想要尝尝放弃王位的自

辱滋味,他沉湎于扮演这个角色。这是近乎受虐式的自辱,而不是胜利的自我确证。因此这场戏最后,理查又回到了历史舞台,说道:

> 解散我的随从人众;让他们赶快离开这儿,从理查的黑夜踏进波林勃洛克的光明的白昼。(3.2.213–214)

我们在这场戏中看到,衡量主角的天平如何开始向理查这边倾斜。大获全盛的波林布洛克并没有发生变化,他仍是个马基雅维利主义者,继续实施着暴行。[176]但他的势力越大,他的意义便越小。相反,理查虽失去权势,却越来越具有重要意义。从这一刻开始,无论谁站在舞台前,这部戏剧都已经成了理查的独角戏。

第三幕第三场的确是波林布洛克布置的舞台,但这纯粹是政治剧场中的舞台。波林布洛克想尽快了结一切,他希望理查顺利退位,不想再多费周章。波林布洛克的虚礼不过是块遮羞布。他一开始必须对国王表现出忠诚与敬意,这样才能把他从城堡中引出来,推动事情向正确的方向发展。波林布洛克定下了目标,并为此选择了恰当的手段,他坚信自己的目标定会达成。但他对对手全新的人格考虑不周,他对这个全新的理查感到陌生,而这个理查对他自己、对我们来说也是如此。波林布洛克此时犯了个错误:他在政治剧场中搭建了这座舞台,以为自己是舞台上冉冉升起的新星。但实际上这座舞台是为世界剧场搭建的,理查的魅力将盖过波林布洛克,成为台上真正的主角,后者在他面前只是个空有君王名号的无名小卒。理查抢尽了波林布洛克的风头,而且他是有意为之。这就是理查的胜利。

这场戏一开始,理查就大出风头。他嘲弄波林布洛克惺惺作态的忠诚,又诅咒诺森伯兰(他是波林布洛克一党的幕后推手):

> 可是告诉你吧,我的君侯,万能的上帝正在他的云霄之中为

我召集降散瘟疫的天军;你们这些向我举起卑劣的手,威胁我的庄严的宝冕的叛徒们,可怕的天谴将要波及在你们尚未诞生的儿孙的身上。(3.3.84-89)

我们看到了和之前一样壮丽宏大的异象。在理查的幻想中,天使军团总站在他这一边,上帝必定支持着他。但他此时没有祈祷赢得胜利,而是祈求比胜利更重要的东西:

上帝啊!上帝啊!……啊!我希望我是一个像我的悲哀一样庞大的巨人,或者是一个比我的名号远为渺小的平民;但愿我能够忘记我的以往的尊严,或者茫然于我的目前的处境。(3.3.132-138)

他祈求获得从历史舞台升至生存性的舞台的力量。他祈求上帝的恩典让他回归作为人的理查。

接着他跳起了脱衣舞——他跳这第一支脱衣舞时脱得并不彻底。他和后来的李尔王一样,一开始并没有脱掉身上的衣服,只是脱去了灵魂和思想中君王的华服。他脱衣的举动有些模棱两可。他拿不定主意他这样脱去华服是迫于无奈,还是自愿的选择。他一面脱下衣服,却又一面自怨自艾;也就是说,他表演着脱衣,却又感到强烈的自怜。在这座自我革新的舞台上,他是扮演国王的弄人,又是扮演弄人的国王。他君王的身份使得其惨状惹人落泪,[177]他说的每一句话都是纯粹的诗。莎剧中还有一些不同处境中的国王也发出过类似的感慨。但他们没有一个境遇像理查这样。理查感叹:

国王现在应该怎么办?他必须屈服吗?国王就屈服吧……他必须失去国王的名义吗?凭着上帝的名义,让它去吧。我愿意

> 把我的珍宝换一串祈祷的念珠,把我的豪华的宫殿换一所隐居的茅庵,把我的富丽的袍服换一件贫民的布衣,把我的雕刻的酒杯换一只粗劣的木盏……把我的广大的王国换一座小小的坟墓,一座小小的小小的坟墓,一座荒僻的坟墓;或者我愿意埋葬在国王的大道之中。(3.3.142-154)

由于理查此时仍高居他自己城堡的高墙,居高临下地对下面的人说话,诺森伯兰感到不安:“请您下来吧。”(3.3.176)他说臣民想和国王当面谈谈。这对于戏中的理查来说是个绝妙的提示词,他开始兴致勃勃地玩弄起这个字眼,或者说,这其中混杂了一种自我折磨的兴致。他的回答中有些自虐意味,但这种经常出现的受虐倾向可能也是他快乐的源泉。或许我们可以进一步说,他精神上、灵魂上以及存在上的优越感已经成了他快乐的源泉。他说:

> 下来,下来,我来了;就像驾驭日轮的腓通,因为他的马儿不受羁勒,从云端翻身坠落一般。在阶下?阶下,那正在堕落了的国王奉着叛徒的呼召,颠倒向他致敬的所在。在阶下?下来?下来吧,国王! (3.3.177-181)

他这番话是在表达愤怒吗?我并不这样认为。或许也可以说他愤怒了,但他更主要的是在玩一出猫鼠游戏。理查玩弄着高(贵)与低(贱)互换的文字游戏。高高在上的人不是落到低贱的境地吗?或者说,叛乱者即使坐在高处,不仍是低贱的吗?这段自嘲再次展现了政治历史的剧场与生存性的剧场之间存在着复杂的联系与对立。这场戏最后,理查在地理空间上下降了,但精神上却没有。

波林布洛克(这个了不起的伪君子)是理查的陪演,他这个拙劣的演员创造不了新的角色。当波林布洛克再次假称自己只为讨回继承的权利时,理查当众进行了嘲讽;他也会嘲讽别人。约克见状流下了眼泪(理查还去安慰这个不知缘何哭泣的叛徒),并赞成理查退位。

理查表示愿意退位时语带讽刺,他问:“你要什么我都愿意心悦诚服地送给你,因为我们必须顺从环境压力的支配。现在我们要向伦敦进发,贤弟,是不是?”

波克布洛克答:“正是,陛下。”

理查王说:“那么我就不能说一个不字。”(3.3.204-208)

这时剧中出现了停顿,上演了一场剧情减速的戏。王后、侍女和园丁上场了。王后对所有的事情还一无所知。我将在园丁的戏份上省点笔墨。他们担任了合唱队,或更准确地说,是“反”合唱队的角色。他们细数理查的缺点,责怪他疏于政事。他们将国家比作一座花园,这是莎士比亚最钟爱的比喻之一。整个国土就是一座花园:

> 她莠草蔓生,她的最美的鲜花全都窒息而死,她的果树无人修剪,她的篱笆东倒西歪,她的花池凌乱无序,她的佳卉异草,被虫儿蛀得枝叶雕残。(3.4.45-48)

[178]只有莎士比亚的戏剧天才才能在理查的两次盛大表演中插入这场戏(和下一场戏)。我们如今已和理查产生了共鸣,所以沉浸于他的嘲讽、幻想、语言和激情当中。但我们必须记住,园丁口中的国王理查,与我们后来见到的理查还不能说成是同一个人。他不是个失去王位的聪明人,而是个玩忽职守的庸碌之辈,有些自以为是、玩世不恭,在政治上昏聩无能。这场戏的最后是王后在默然哭泣。而理查在进行盛大的演出时,并不曾想起过他这位哭泣的王后。

第四幕第一场的剧情继续减速。此处重演了第一幕第一场的剧情。这两场戏有着同样的关切点:葛罗斯特公爵的暴死是由谁造成的?这次是奥墨尔遭到了杀人的指控。我们尚不清楚这次指控背后有何利益纠葛;奥墨尔是理查的宠臣,但他也是变节的约克的儿子和继承人。我们不仅搞不清这次指控背后的动机,也不知道指控的结果会如何。实际上,这整场戏并不仅是对第一幕开头那场戏单纯的重复,更是一次喜剧性的重演。它像是按照第一幕第一场的戏剧主题写就的一出讽刺剧。为自证清白,许多人掷下发起决斗的手套,许多人互相提出无理的指控(例如,奥墨尔还需要找人借一只手套,因为他的手套已经不够扔了)。

波林布洛克显然不愿放弃任何一次表现伪善的机会,他声称要赦免他的敌人诺福克公爵(即毛勃雷),要撤消他的放逐令。但诺福克公爵已经死了,不可能再叫他来见证波林布洛克的宽宏。这个卡莱尔(Carlisle)都知道的消息,波林布洛克肯定早就再清楚不过。这场喜剧性的戏的最后,波林布洛克让互控的双方靠决斗解决争执,他将为他们指定决斗的日期。但我们后来再也没听说过任何有关这场决斗的消息,或许因为根本就没有举行。波林布洛克极善于拖延。但当约克上场后,这出喜剧就结束了。第四幕第一场的后半部分,剧情又开始以愈发迅猛的速度加快发展。

加速发展的不仅只有剧情。在理查的盛大出场之前,波林布洛克就在另外的灯光下展现其毫无变化的性格。现在的他又像个马基雅维利式的君主那样,迅速果断、行为专横,容忍不了丝毫异议。理查出场前,莎士比亚就让他露出专横的一面,而理查的出场则会让所有人都黯然失色。

约克前来宣布:理查愿将波林布洛克立为自己的嗣君。他像波洛涅斯一样(但历史高度在他之上),立即向新王致意:

> 他现在已经退位让贤,升上他的宝座吧;亨利四世万岁!(4.1.102-103)

正等候约克这句提词的波林布洛克即刻宣布:“凭着上帝的名义,我要升上御座。”(4.1.104)[179]此处提及的上升和下降是两种空间上的位移,理查后来再次将这一现实的位移反转,让自己的下降成为高升的象征。新人刚称王,忠厚正直的老臣卡莱尔便不加思虑,直言道:

> 哪一个臣子可以判定他的国王的罪名?在座的众人,哪一个不是理查的臣子?窃贼们即使罪状确凿,审判的时候也必须让他亲自出场,难道一位代表上帝的威严……却可以由他的臣下们任意判断他的是非,而不让他自己有当场辩白的机会吗?(4.1.112–120)

他接着指责波林布洛克的叛徒行径,并预言未来。与第一幕中出现的预测不同,卡莱尔的预言不是根据当下经验做出的简单推断,他是在对某些行为可能产生的后果进行深思之后,判断这样的结果是注定会发生的。伊丽莎白时期的观众和我们一样,已经知道卡莱尔的预言皆已成真。虽说他所预言的一切本可以不这样发生(例如,如果亨利五世活得再久一些,一切将大不相同)。但波林布洛克的行为所引发的某些事件确实很有可能——尽管没有必然性——会导致后来已经实际出现的后果。卡莱尔说:

> 要是你们把王冠加在他的头上,让我预言英国人的血将要滋润英国的土壤,后世的子孙将要为这件罪行而痛苦呻吟……混乱、恐怖、惊慌和暴动将要在这里驻留,我们的国土将要被称为各各他,堆积骷髅的荒场。(4.1.127–135)

且注意一下卡莱尔的表达方式。他用了假设语态,意思是:如果你们坚持给这人加冕,就会导致这些后果,但你们尚有时间重新考虑。

他说完最后一句话后，诺森伯兰将他以“叛国罪”逮捕，波林布洛克对此袖手旁观。我们应该还记得，理查曾任命咒骂过自己的约克为摄政，现在卡莱尔不过质疑了一下波林布洛克的合法性，便在他的应允下即刻被逮捕。不仅如此，虽然剧本中只提到卡莱尔一人被捕，波林布洛克说话时却用了复数：“各位受到逮捕的贵爵们。”(4.1.149)卡莱尔显然只是被捕众人中的一个。更显而易见的是，被捕就意味着死刑。接着，理查出场，他立刻赢得了所有人的注意。这位退位的国王即将成为真正的国王。

卡莱尔刚才哀叹国土要变成骷髅堆积的各各他(Golgotha)，此时理查则站在了各各他山的顶端，穿上了基督的长袍，以忧患之子的形象示人。与忧患之子相比，谁还在意地上的君王呢？理查越来越心甘情愿地脱下君王的华服。他离开了政治历史的舞台，攀上了骷髅山，站上了对他来说是神话舞台的生存性的舞台。[180]在莎士比亚笔下，他这些举动并不是按照时间顺序进行的。他并不是先脱下君王的华服，再去出演忧患之子这一神话角色，这两件事情是同时发生的。理查来回变换，有时一下扮演两个角色，又或者在两个角色间摇摆不定。这比以往更清楚地表明，理查虽然遭受了巨大的痛苦，但痛苦给他带来的意义比王权要大得多。尽管他在扮演着自己，也确实在遭受痛苦，但他正是在用这种颠三倒四、杂乱无章的方式享受他的痛苦。在扮演角色的过程中，他也在试炼自己、敲打自己、创造自己——创造出新的自我。他创造出的不是一个固定不变的新我，而是多个互相关联却各不相同的新我。理查身上没有先在的dynamis[潜能]就完成了entelecheia[潜能的实现]。他成了与曾经的自己完全不同的人，因为他自己做了这样的选择。他“纵身一跳”，完成了生存性的飞跃。

理查上场后环顾四周，看到曾经向他奉承献媚的人如今拜服在新王脚下。一开始，他提到了“脱衣舞”中最难的环节：他还没有摆脱君王的思维。接着他说道：

> 你们应该多给我一些时间，让悲哀教给我这些表示恭顺的方法。可是我很记得这些人的面貌，他们不都是我的臣子吗？他们不是曾经向我高呼“万福”吗？犹大也是这样对待基督；可是在基督的十二门徒之中，只有一个人不忠于他；我在一万二千个臣子中间，却找不到一个忠心的人。(4.1.157–162)

理查此时第一次披上了忧患之子的衣裳。但他紧接着便对波林布洛克冷嘲热讽、予以调侃。他喜欢逗弄波林布洛克。他并不顺从，而是在玩一出看似顺从的游戏。他手里拿着王冠，让波林布洛克抓住王冠的另一边。我设想当时的情景是这样的：一个人递出王冠让另一个人拿，可那人刚一伸手，他又嘲弄地把王冠收了回去。要不然波林布洛克接下来那句恼羞成怒的话（“我以为你是自愿让位的”[4.1.180]）就说不通了。

理查再次以忧患之子的身份回答他：“我愿意放弃我的王冠，可是我的悲哀仍然是我自己的。你可以解除我的荣誉和尊严，却不能夺去我的悲哀；我仍然是我的悲哀的君王。”(4.1.181–183)悲哀的君王已是他的新身份。但他接着又玩起了嘲弄人的把戏。

波林布洛克讨厌这一切，他想要切入正题，于是直接问道：“你愿意放弃你的王冠吗？”(4.1.190)

理查却不让他回到正题，继续拿他取乐：“是，不；不，是；我是一个没用的废人，一切听从你的尊意。现在瞧我怎样毁灭我自己。”(4.1.191–193)

他现在跳起了新的脱衣舞步。但他脱衣服的方式和李尔完全不同。李尔在爱德伽这个“物本身”面前脱光衣服，用列维纳斯（Levinas）的话说就是，他在他者的面前脱光。而理查脱衣服的举动既庄重严肃，又充满嘲讽。[181]因为他不是当着“物本身”,即当着他者的面脱光,而是在自己面前脱光衣服。他是自己的镜子。理查不断变成他所扮演的角色,也不断扮演着他变成的人,因为他发现自己成了一个演员、一面镜子,他想要最大限度地发挥这一新的才能。于是他褪去一切,说道:

> 从我的头上卸下这千斤的重压,从我的手里放下这粗笨的御杖,从我的心头丢弃了君主的威权;我用自己的泪洗去我的圣油,用自己的手送掉我的王冠,用自己的舌头否认我的神圣的地位,用自己的嘴唇免除一切臣下的敬礼……愿你千秋万岁安坐在理查的宝位之上,愿理查早早长眠在黄土的垅中!上帝保佑亨利王!失去王冠的理查这样说;愿他享受无数阳光灿烂的岁月!还有什么别的事情没有? (4.1.194-212)

他详细列出他放弃的东西,它们构成了理查自创的退位大典。

他演绎着他的退位大典,乃至过度演绎,但其中也有他最基本的真诚。他以忧患之子的口吻提到了“黄土陇中”(earthly pit)。各各他是死亡之地,聚集了暴死者的尸骸。理查预见到自己很快将在各各他横遭惨死,但他认为死亡对他来说不是下降,而是上升。只是紧接着,情况陡然生变。

理查问道“还有什么别的事情没有?”得到的回答是:

> 没有,就是要请你读一读这些人家控诉你的放任小人祸国殃民的重大的罪状;你亲口招认以后,世人就可以明白你的废黜是咎有应得的。(4.1.213-217)

这些话我们听来耳熟吗?当然了。在历史上确实有过的一些走过场的审判中，秘密警察和公务人员说的就是这些话。你不得不作伪证诬陷自己和邻人，不得不破十诫中的不得作假见证这条戒律。亨利四世如此下令，前任国王理查不愿照做。他永远也不会这样做。他知道这种态度会让他赔上性命，在他之前和之后都有人因此死去。这位忧患之子不会承认他和宠臣犯下了“祸国殃民”的大罪。理查再次环顾四周，说道：

> 嘿，你们这些站在一旁，瞧着我被困苦所窘迫的人们，虽然你们中间有些人和彼拉多一同洗过手，表示你们表面上的慈悲，可是你们这些彼拉多们已经在这儿把我送上了苦痛的十字架，没有水可以洗去你们的罪恶。(227–231)

接着他又被要求读出自己的罪状，他仍没有照做。他说：“我的眼睛里满是泪，我瞧不清这纸上的文字。”(234)

诺森伯兰仍想劝他认罪，尊称他“我的主上”(234)。理查王却骄傲地答道：

> 我不是你的什么主上，你这盛气凌人的家伙，我也不是任何人的主上；我是一个无名无号的人，连我在洗礼盘前领受的名字，也被人篡夺去了。唉，不幸的日子！[182]想不到我枉度了这许多岁月，现在却不知道应该用什么名字称呼我自己！……请吩咐他们立刻拿一面镜子到这儿来，让我看一看我在失去君主的威严以后，还有一张怎样的面孔。(4.1.244–257)

人是什么？人是他的名字和面孔，它们是标志，是身份的外在标识。我们用名字来称呼一个人，凭面孔来认出一个人。理查失去了名字，便丢掉了一半的身份认同。他现在想要照照镜子，看看自己的面孔，追寻“我是谁”这一问题的答案。他刚穿上忧患之子的鞋履，正在前往各各他的途中。但在被谋害之前,他想知道作为人的自己到底是谁。旁人同意给他拿来镜子,但他们都被理查惹得又急又恼。因为理查还没供读他的罪状,他若不大声细数自己的罪过,亨利四世的正统性就仍受到质疑。他们让理查拿到镜子,这样他才有望认罪。但他会这样做吗?这个忧患之子仍与得胜的亨利玩着猫鼠游戏。他永远不会宣读他和宠臣的"罪状",永远不会作伪证。

在众人的催逼下,他说:"当我看见那本记载着我的一切罪恶的书册,也就是当我看见我自己的时候,我将要从它上面读到许多事情。"(4.1.263-265)

他要怎么做?从镜子中读出自己的罪恶吗?他说:"把镜子给我,我要借着它阅读我自己。"(4.1.266)

他要弄了所有人,上演了一出喜剧。那些人休想从理查这里得到他们想要的东西。理查已准备好去往各各他。

镜子拿来了,理查认不出镜中的自己。他说,这是因为镜子映照出的还是一个无忧无虑的年轻人,但他内心已经大为不同了。他又照了另一面镜子。我们从哈姆雷特/莎士比亚那里知道,戏剧即是一面真实的镜子。理查的行为便是他照的另一面镜子。他将目光从自己的时代和自己的政治故事中转移开来,看向了莎士比亚创作的故事。他看的这面镜子就是戏剧。正是这面镜子给了他映照一切的透镜(looking glass)。真实的面孔映照在镜子里,而映照着善恶的莎剧则是内心的镜子。你从中可以看到平时看不到的东西。理查说道:

> 一点不错,我的悲哀都在我的心里;这些外表上的伤心恸哭,不过是那悄悄地充溢在受难的灵魂中的不可见的悲哀的影子,它的本体是在内心潜藏着的。(4.1.285-289)

哈姆雷特后来几乎原封不动地将这番话复述了一遍。在场的每个人现在都清楚，理查是不会供认他和宠臣的罪了，必须把他送到伦敦塔关押起来。这出喜剧就此结束。理查赢得了这场生存性游戏的胜利。

此时场上只剩下寥寥几人。曾经的一幕又重复上演。我们已经了解了第二幕第一场戏中波林布洛克的阴谋叛变，这时我们又获悉了一场针对亨利四世的阴谋内幕。但与重演第一幕开头的那场决斗时一样，这次谋逆的重演也带有讽刺剧的喜剧色彩。[183]这两出讽刺剧的主要作用是一致的：它们都展现了波林布洛克的品性，让我们了解政治中的马基雅维利主义的运作细节。尽管波林布洛克更倾向于实施惩戒，而且行动起来迅猛果决，但如果宽厚于他有利，他显然也会发发慈悲。他是个狡猾的狐狸，却还不是个狮子。他不认可出于暴怒、复仇甚至软弱杀人，他若杀人，那一定是经过了理性的考量。

第五幕是理查对生命的告别。他知道当自己自愿选择了这条死路，他的命运便已然注定。剧情在第五幕没有加速发展，反而减速了，这是莎剧中很少发生的情况。亨利四世开始了他的统治，他下令处死敌人，又默许手下杀害理查。他这些做法都是例行公事，是一种手段，是他统治技艺里必不可少的一部分。这就是他从不动怒的原因。他总在盘算着手段和目标。但这样的他却被理查的诗情激怒了。理查的陈词繁复冗长，跟他想解决的问题毫不相关，让人不由得生厌。理查既已退位，却仍激怒敌人惹来杀身之祸，这种荒唐的固执实在让波林布洛克无法理解。他了解自己这类精于政治的人，他也十分多疑，因为他总怀疑有人会做出他现在所做的事。他也能看透潘西（Percy）这类头脑简单的勇士，但他理解不了他那也在演戏的儿子。

我再说一遍，对他来说，理查是最大的谜团，但他并不想解开理查的谜底。他对别人乃至他自己的“本质”都不感兴趣。在戏剧的后半部分，随着年龄增长而来的自怜和忧思，让亨利四世的态度愈加缓和。

但这是典型的dynamis[潜能]的energeia[实现]。亨利四世早期的灵魂中已经埋有情绪缓和、任性而为、自怜抱怨的种子,只是它们当时在其性格中并未占据上风。莎士比亚塑造的波林布洛克相当出彩:他在攫取权力的过程中动用了每一种政治技巧。但我们后来发现,他在最后有所松懈。他一旦掌权,便松了一口气,虽然他仍按照常规打压敌人,但缓和了不少。

不过,且让我们先回到第五幕的开场。第一场戏是理查和王后惜别的情景。理查现在得去往邦弗雷特(Pomfret),王后则须回到法国。我们看到,他们的关系并不完全是虚礼,两人的深情厚意绝不是一时的激情。理查建议王后到法国的修道院栖隐,不要和自己一起受苦。他在世上的时间所剩无几,因为"我是冷酷的'无可奈何'的结盟兄弟,爱人,他跟我将要到死厮守在一起"(5.1.20-22)。当诺森伯兰前来押送他去邦弗雷特时,[184]理查预言了此人将来的命运:亨利现在用来对付自己的手段,将来也会用来对付诺森伯兰。在本书的第一部分,我曾提到《亨利四世》中有一场戏是亨利回想起理查的预言,惊愕它果得应验。但有人提醒他,理查的话并不是预言,只是一种预测或推断。理查这时的推断不是基于事实或经验,而是根据他对人性敏锐的洞察做出的。我们知道在这部剧的前三幕戏中,理查极不善于洞察人性,他这种糟糕的判断力也是促成波林布洛克取胜的原因之一。但理查褪下君王的华服,为自己创造出新的人格之后(更准确地说,他创造了几个相互关联的身份),他就变得善于体察人性。早在亨利还没动手之前,理查就确信自己一定会被杀害。

莎士比亚在简单刻画了国王和王后依依惜别的场面之后,大胆地将悲伤的氛围转为怪诞的(而不是喜剧性)。这场戏一开始,约克正在向他妻子讲述理查退位时的情景。但约克的叙述与莎士比亚的呈现有本质的区别。约克描述旧王如何退位时,已是对新王"宣誓尽忠的臣子”;他所说的故事一开始就是对历史的歪曲。正因为如此,他的叙述至关重要。刚刚在我们面前上演的事件就这样完全被他曲解了。这并不是说约克讲述的故事是假的,从他的话里可以听出,他甚至同情旧王。之所以说他曲解,是因为他根本不理解理查说的话;他只能看到理查的软弱和泪水,看不到他的力量。

对于已经知道故事来龙去脉的台下观众和其他角色来说,约克的叙述所起的作用并不在于复述这个故事。莎士比亚让我们看到,对于历史事件的追忆存在着不确定性和脆弱性,它取决于大事件的见证者给出的证词是否具有真实性,或者是否真实。没有什么证词说得上是真实的,但戏剧是真实的记述。莎士比亚呈现的是“原初的”“真实的”“确切的”事件,约克的叙述则可以说是该事件的见证者提供的证词,但这两人的叙述中有着某些共同之处。这一共同点便在于:理查退位的场面在他们看来都是“戏院”里的一出戏。莎士比亚笔下的理查是世界这座大剧院中的伟大演员;而在约克看来,历史剧院中的真正主角是他现在的主上,是那没有进行表演的亨利。因此约克才说:

> 正像在一座戏院里,当一个红角下场以后,观众用冷淡的眼光注视着后来的伶人,觉得他的饶舌十分可厌一般;人们的眼睛也正是这样,或者用更大的轻蔑向理查怒视。没有人高呼“上帝保佑他!”。(5.2.23–28)

在约克的回忆中,观众觉得理查的话是可厌的“饶舌”,而那个没有登台出演的亨利似乎才是人人瞩目的新角。

[185]接着展开的便是约克公爵、公爵夫人以及他们的儿子奥墨尔三人之间的怪诞故事。约克发现儿子为支持理查加入了刺杀新王的叛党,他赶忙要去面见亨利,告发自己的儿子。公爵夫人给奥墨尔备了最好的马,让他赶在父亲之前面见国王,并请求宽恕。这场戏本身其实

骇人听闻。父亲要告发儿子,并置他于死地,这将变成玫瑰战争的葬礼进行曲中最悲伤的曲调之一。这出戏融合了可怕的和喜剧性的因素,其结果是怪诞。父亲喊着“反了,反了”,在台下三次吵吵嚷嚷,只为让人把他的靴子拿来。他妻子想护住儿子,就被骂成“放肆的妇人”“发疯的妇人”(5.2.110)。约克遇到所有事都过于兴奋夸张、小题大作。他的夸张不过是愚蠢的表现,但愚蠢往往也会带来危险。

但这一怪诞的冲突再次发挥了重要作用(它延续到下一场戏中):它让我们注意到,马基雅维利式的亨利四世身上也有一丝人情味。这两场戏不仅写了一次扼杀在萌芽中的叛乱,一个必须处理叛乱的国王,还关系到两对父子。我们在第五幕第三场中看到,和潘西在一起的波林布洛克已经和《亨利四世》中的他一样,是个总在抱怨儿子不成器的父亲。在此之前,他一直都在演戏,他过去只关心事实、权力、暴力、目标和手段,此时我们才第一次听到他哀叹长子的斑斑劣迹:

> 谁也不知道我那放荡的儿子的下落吗?……他是我的唯一的祸根。(5.3.1–3)

他说自己的儿子“荒唐”又“柔弱”,他显然羡慕诺森伯兰有潘西这样的好儿子。正在这时,另一个“儿子”奥墨尔冲进殿内,跪倒在国王面前请求宽恕。另一个父亲也闯了进来大呼:“你有一个叛徒在你的面前呢。”(5.3.38)国王一下子义愤填膺,说道:

> 啊,一个叛逆的儿子的忠心的父亲!你是一道清净无垢的洁白的泉源……可是你的失足的儿子这一个罪该万死的过失,将要因为你的无限的善良而邀蒙宽宥。(5.3.58–64)

这种浮夸的语气不是冷静的亨利惯常的风格。同为父亲的他此时与另一位父亲产生了共鸣。他所谓的“洁白的泉源”不光指约克,也指他自己,父亲身上伟大的优点将使儿子们得到宽宥。亨利受到的触动、精明的盘算——奥墨尔立即告发了其他叛乱者,这一点很有利用价值,以后还可以此胁迫他——和他的幽默感让奥墨尔得到了宽赦。之所以说他有幽默感,是因为当公爵夫人也闯入殿内一起求情时,波林布洛克展现出了幽默这种新的性格特征。马基雅维利主义者擅长冷幽默。亨利看透了这场戏多么的怪诞,说道(这是他在剧中说得最有人情味的一句话):

> 我们这一出庄严的戏剧,[186]现在却变成‘乞丐与国王’了。我的包藏祸心的兄弟,让你的母亲进来;我知道她要来为你的罪恶求恕。(5.3.77–80)

我们需注意的是,理查二世的戏剧艺术和性格中,常常表现出强烈的嘲弄与讽刺,但他却没有幽默感。亨利四世却是个有幽默感的人。

但在接下来那场非常简短的戏里,同样的亨利又将变成邪恶的杀人凶手。他是否越过了马基雅维利所谓的“必要的”谋杀这一限度?莎士比亚对此未下断语。无论如何,这次谋杀不同以往。他实施的其他谋杀都是直截了当地处死敌人。有些虽是走过场的审判,却至少表面上维护了法律的威严。此时发生的事则大为不同。亨利来到了抉择的十字路口。在莎士比亚笔下,亨利实际上越过了界,却又再退回到限度内。

事情是怎样的?艾克斯顿(Exton)对他的仆人说:“你没有注意到王上说些什么话吗?‘难道我没有一个朋友,愿意替我解除这一段活生生的忧虑吗?’他不是这样说吗?”(5.4.1–3)

亨利说的当然是邦弗雷特的废王,他的手下心领神会,决定去谋害理查。这不是公开的处刑,而是卑劣的暗杀。但当艾克斯顿杀害了理查前来领赏时,国王却说:“艾克斯顿,我不能感谢你的好意,因为你已经用你的毒手干下一件毁坏我的荣誉、玷辱我们整个国土的恶事了。”(5.6.34–36)

艾克斯顿愤然说:“陛下,我是因为听了您亲口所说的话,才去干这件事的。”(5.6.37)

国王却反驳:

> 需要毒药的人,并不喜爱毒药,我对你也是这样;虽然我希望他死,乐意看到他被杀,我却痛恨杀死他的凶手……愿你跟着该隐在暮夜的黑影中徘徊,再不要在光天化日之下显露你的容颜。(5.6.38–44)

这是伪善吗?当然是。他是彼拉多吗?不,他比彼拉多更卑劣。他暗示手下谋杀理查后却不愿对此负责,反而严惩凶手。但他这样做并不是为了逃避他人的责难或害怕被人揭发,而是因为真的对此厌恶。这个杀人凶手让亨利感到厌恶,他还留有一丝道德观念。除此之外,他也已经达成了目标,如今可以抛却所有手段了。对于一个真正的马基雅维利主义者来说,这些都是至关重要的。亨利已经站到了权力的顶端,无需再往上爬。

让我们对整个故事做个梳理。波林布洛克头脑冷静,知道自己的目标是什么(篡夺王位);他的游戏就是要达成目标,但他从不享受游戏的过程。波林布洛克是个以目标为导向的伪君子,但他并从不沉湎于扮演角色。他甚至不会和他的阶下囚玩猫鼠游戏。他是个拙劣的演员,一旦功成名就,便松懈下来。我们看到,即使只过去了很短的时间,剧末的亨利就已变得很老成了。老成意味着他失去了宏大的野心。他为什么需要登上王位？他这么做只是因为他有能力得到王位，而且他也相信对英格兰来说自己会成为更好的国王。但每个篡位者都是这么想的——除了理查三世，他是根本恶之人，从不撒谎。所以我在前面说，亨利暗示手下去谋害理查时越过了界，但他又退回到了限度之内，[187]因为他把这些手段都抛弃了，再也不会利用这些特殊手段。亨利永远当不了伟大的国王，但他会成为一个相对贤明的君主。

虽说如此，在逼迫理查退位的那场戏中，亨利实则已经越过了界，他后来还将理查卑劣地谋害。这些做法不仅破坏了传统(理查此前已对传统进行了破坏)，更将传统彻底摧毁，促成了一批或多或少靠自我奋斗的人迅速崛起。自然法将受到推崇。

在邦弗雷特的牢狱中，理查再次发现了自我，又几乎是最后一次对自我进行了革新。莎士比亚通常会让他笔下即将殒命的主人公说出一番意涵丰富、具有代表性的话，他把这份特殊的礼物当作对他们的祝福。除克莉奥佩特拉和奥赛罗之外，理查二世是所有这些人当中最受祝福的那一个。作为戏剧诗人的他，理应受此奖赏。他因遭受痛苦而创作出诗，他把自己从一个公认的平庸演员，变成了一个在自创的世界舞台上最具创造力的表演艺术家。对于一个在语言中自我革新的人，最应该让他说出高水准的台词。

牢狱中的理查最终孤独一人，无论是在一般意义上，还是按照黑格尔对“自在”一词的理解，他都是一个人。理查一直在思考，他成了思想家。他再也无法行动；他别无选择。他会自省：

> 我要证明我的头脑是我的心灵的妻子，我的心灵是我的思想的父亲；它们两个产下了一代生生不息的思想。(5.5.6–8)

理查开始在他的内心世界里塞满各种思想，从现在开始，这就是他全部的世界。他过上了哲人和剧作家的生活,效仿塑造了他的莎士比亚。思想和言语得来不易,因为一个由思想和言语组成的世界并不自由,他说:

> 安分自足的思想却用这样的话安慰自己:它们并不是命运的最初的奴隶,不会是它的最后的奴隶……这样我一个人扮演着许多不同的角色,没有一个能够满足他自己的命运:有时我是国王;叛逆的奸谋使我希望我是一个乞丐,于是我就变成了乞丐;可是压人的穷困劝诱我还不如做一个国王,于是我又变成了国王;一会儿忽然想到我的王位已经被波林勃洛克所推翻,那时候我就立刻化为乌有;可是无论我是什么人,无论是我还是别人,只要是一个人,在他没有彻底化为乌有以前,是什么也不能使他感到满足的。(5.5.23–41)

这时,历史舞台逐渐退隐,唯剩生存性的舞台。莎士比亚借理查之口说话,理查也借莎士比亚之口说话。

接着发生了一件事:有人奏起了音乐。音乐声从另一个世界,即从外面和远处传来。这不是臆想,而是真实的声音,是为理查演奏的乐曲。这支乐曲重新开启了历史舞台,这个舞台中的时间是脱了节的。他说:

> 我听见的是音乐吗?嘿,嘿!不要错了拍子。美妙的音乐失去了合度的节奏,听上去是多么可厌!人们生命中的音乐也正是这样。我的耳朵能够辨别一根琴弦上的错乱的节奏,[188]却听不出我的地位和时间已经整个失去了谐和。我曾经消耗时间,现在时间却在消耗着我。(5.5.42–44)

理查曾因不愿读出写满自己和朋友罪状的公文而自愿赴死，现在他却供认了自己最严重的政治(并非个人的！)错误。他没有听出时间的节奏和曲调发生了变化，没有注意到时代在悄然改变。直到他成为阶下囚，并且命运不可逆转时，他才注意到时代脱了节。但他错失时机之后，生命就不再仅仅由历史时间来衡量。他的时间是所有人的时间，具有主观性、有限性和必死性。他说：

> 时间已经使我成为它的计时的钟；我的每一个思想代表着每一分钟，它的叹息代替了嘀嗒的声音，一声声打进我的眼里；那不断地揩拭着眼泪的我的手指，正像钟面上的时针，指示着时间的进展……这样我用叹息、眼泪和呻吟代表一分钟一点钟的时间。(5.5.50-58)

理查被这不成调的乐声搅得心烦意乱，直到他意识到这音乐是为他演奏的，才感慨它总是“好意的表示”。这时，马夫上场了。他是理查唯一的忠仆。然而连他也带来了令人沮丧的消息，他说理查最爱的巴巴里马现在也让波林布洛克骑了。连马都背叛了理查；接着，马夫被人撵走，看守带来了有毒的食物，杀手随后上场。

这时又发生了一件事。在生命的最后一刻，理查又变成了另一个人，他变得行动果决。他殴打了看守，杀死了两个刺客，这是他不曾做过的事，几分钟之前他甚至想象不到自己会这样做。此前他既不是狐狸，也不是狮子，但在生命的最后一刻，他像狮子一样勇猛。

理查被艾克斯顿击倒在地后，说出了最后的台词。这是虔信者的临终遗言。他离开了历史舞台，将自己提升到超然的世界。他诅咒艾克斯顿，但他预言的不是尘世的报应，而是天谴。他将判决的权力交给万王之王：

> 那击倒我的手将要在永远不熄的烈火中焚烧……升上去,升上去,我的灵魂!你的位置是在高高的天上,我的污浊的肉体却在这儿死去,它将要向地下沉埋。(5.5.108-112)

接下来的事我们已然知晓。亨利四世允诺"要参诣圣地,洗去我这罪恶的手上的血迹"(5.6.49-50)。但他永远不会兑现诺言。他将象征性地在宫中的耶路撒冷寝殿死去。历史并不会根据诅咒或祝福来发展。但理查相信天谴的到来,而且他的救赎是一桩和苔丝狄蒙娜的手帕一样确切的"事实",或者终会成为这样的"事实"。理查相信自己会得到救赎,而他的敌人会下地狱。所有人都知道这一点,或会逐渐明白。理查对天谴的吁求成了历史的因素。亨利洗不净他的双手:他永远是个弑君者。圣经上说,上帝惩罚恶人直到第五代。[189]历史的行动者们了解他们的命运。上帝一定会惩罚亨利四世的恶行。即便不惩罚他,不惩罚他的儿子,也终会惩罚他无辜善良的孙子亨利六世和他的玄孙爱德华(Edward)。爱德华被人杀害,就像理查当年在他曾祖的授意下被人杀害一样。历史的车轮没有紧随天谴的步伐,但两者之间仍有联系。历史行动者使自己的行为合法化,好像他们是实现天谴的工具。但这类辩护从来不会是全部的借口,人们会感受到天谴的存在,也对它的到来怀着信念。

问题并不在于莎士比亚是否相信这一联系,因为他对此确实有着无限的兴趣。我们也可以说他深信历史和天谴存在着联系。他从天谴的结果来观察它的运行机制,因为只有这结果是可见的。它们都属于comedie humaine[人间喜剧]中的悲剧。在玫瑰战争的系列故事中,谋害理查相当于原罪。这是在历史中,而非政治中犯下的原罪。政治上来说,亨利已足够成功,他的儿子成了英国历史上闪耀的明星。但在莎士比亚笔下,政治是短暂的,历史才会长存。政治上成功的行为却会成为历史上的灾难,因为精于政治的新人波林布洛克谋杀了受上帝膏沐的君王,他犯下的是原罪。人们可以认为,因为亨利没有兑现参诣圣地的诺言,所以历史上的灾难是天谴的结果。就像他曾用虚假的诺言欺骗国王一样,他也用同样的方式欺骗了上帝,而且他从不悔罪。

十 《亨利六世》

[191]从历史哲学的角度来看,理查二世、亨利六世和理查三世的故事都讲述了他们的失败与毁灭。从道德的角度来看,他们三人却有本质的不同。理查二世的罪过大多在于荒政渎职和盲目自信。亨利六世是个彻彻底底的好人,理查三世则是个根本恶之人。从政治哲学的角度来看,理查二世的命运给后来的政治行动者提供了前车之鉴。亨利六世和理查三世的故事则例证了马基雅维利时常提及的政治准则:根本善和根本恶在政治上都具有灾难性。前者提供了教训(类比),后两者提供了准则,但它们的区别并不是偶然性与必然性的对立。偶然性不仅在理查二世的故事中发挥着重要作用,在亨利六世的故事中也同样如此;我们在理查三世的故事中则可以看到一种断裂。在理查三世攫取王位前,偶然性仍起着作用,虽然不像在前两部剧中那样作用显著。但理查三世当上国王后,偶然性就彻底消失了,取而代之的是绝对僭政的机制。

这一诗性的处理方式也可以用一个合理的哲学命题来表述:如果国王是绝对的好人,他的追随者便仍能以合理的政治方式行事,救他和他的王国于危难之中。但如果国家元首是根本恶之人,那么每一个想以合理的政治方式行事的人都会被僭主残杀。在根本恶统治的情况中,政治和历史重叠在一起,教训与机制重叠在一起;恶必然残酷暴虐,却也必然会自我毁灭。除非适时制止根本恶的运转,否则它将以不断加快的速度导致国家覆灭。这是莎士比亚笔下唯一的“历史必然性”。

《亨利六世》上、中、下三篇与《理查二世》和《理查三世》在剧作手法上的重要不同在于,《亨利六世》不是独角戏。[192]我们会在《亨利六世》三部剧作中遇到一群重要的角色,他们平起平坐,人格力量上几乎可以相互匹敌。这群人当中有传统的英雄,也有完全依靠自我奋斗取得成功的人;有许多狮子和狐狸,也有绵羊和蛇。尽管莎士比亚在这部剧中没有像他后期那样(如在《科利奥兰纳斯》中)频繁借用动物比喻,但他仍然很好地使用了这些动物意象。我之所以提到这一点只是因为,在莎士比亚的时代,《亨利六世》的语言常被人批评过于粗野朴拙。尤其因为莎士比亚经常借用动物比喻,所以有人认为他文辞空洞浮夸。我之所以提到《科利奥兰纳斯》,是想说明这类动物比喻并不是技艺不精、初出茅庐的剧作家的拙计,而是只要他觉得某些情境和角色适合用动物作比,他就会如此使用。总而言之,我和许多人的想法不同,《亨利六世》在我看来绝不是初出茅庐的剧作家不成熟的作品。我认为这个三部曲是莎士比亚最为深刻的历史剧之一。它有着自己闪亮的完美之处。

《亨利六世》上、中、下三篇最初是三部独立的剧作。它们都有专属的一系列角色,每部剧里与中心事件、情节、行动更为密切的角色也各不相同。有些出彩的角色只出现在其中两部剧里。可能正是通过这种方式,这几部戏剧最好地保留了一种类似编年史的创作风格。但《亨利六世》中的任何一篇都构不成史诗剧,三篇合起来也称不上史诗。在我看来,《亨利六世》上、中、下三篇是巴尔扎克式的人间喜剧在戏剧上的对应,这几部历史剧探讨了人性和存在的极端情形。这幅历史与存在的全景图围绕着国王与王后这两个主要角色展开,一直到全剧末尾,他们都是万众瞩目的焦点。但这部剧真正的主人公其实是历史本身,即战争、阴谋、英勇、背叛和内讧等等。

故此,所有阶层都登上了舞台:不仅有王公贵族及其随从,还有叛党、百姓、海盗、市民、市长和绅士们。不仅有英国的男男女女,还有法国的国王、贵族、战士、市民、太子,最后但并非最不重要的人物还有奥尔良少女——圣女贞德(Joan of Arc)。我们或许还记得霍拉旭在《哈姆雷特》剧末说的话。霍拉旭在要讲述哈姆雷特的故事时,并没有说他要讲述的是哈姆雷特王子、国王以及王后的故事,他说的是:

> 你们可以听到奸淫残杀、反常悖理的行为、冥冥中的判决、意外的屠戮、借手杀人的狡计,以及陷入自害的结局;这一切我都可以确确实实地告诉你们。(《哈姆雷特》5.2.334-339)

这就是历史,就是莎士比亚在《亨利六世》上、中、下三篇想要确确实实传达的故事。

尽管《亨利六世》由三部不同的戏剧组成,[193]每一部又有各自的角色,但我们很难将它们单独分开来看。纽约的帕普公共剧院(Joseph Papp Public Theater)曾上演过一场精彩的《亨利六世》,用了连续两个晚上演完了这三个部分。

上篇

正如我们所知,《亨利六世》上篇写于较短的中篇和下篇之后。我们很能理解莎士比亚为何觉得有必要给这部戏剧加上第一部分。上篇给我们呈现了触发玫瑰战争的"充分理由"和构成爆发条件的所有事件。哪怕有一个条件不满足,玫瑰战争可能也都不会发生。每颗骰子都是上帝从不同的骰子盒里相继掷出来的,这些骰子之间大多没有关联。但将它们投掷的结果叠加,便构成了历史命数中最不幸的点数。每次投掷的结果本身并不是不幸的。例如,如果掷到一个根本的好人来当国王，它本身并非不幸。但如果和其他投掷的结果叠加在一起，可能就有灾难性的后果。如果一个国家丢失了先王赢得的国土，此事本身也并不必然具有致命后果，这种情况时有发生。但若和其他事件累积在一起，那么，《亨利六世》中失去法国的国土就会造成最不幸的结果。

我刚才说每颗骰子是从不同的盒子里掷出来的，但我并不是说这些骰子相互之间没有影响。一颗骰子掷出去后，它可能会影响下一个盒子里掷出来的下一颗骰子。理查三世若依据他善良的品性来行事是一回事，但他必须在一个已有骰子掷出来的世界里做出选择。这些骰子是他做决定时已有的条件。对于亨利六世来说，一方面是各种条件之间的相互作用，另一方面是他所做的决定并不是在回应这些条件，而只是单纯遵循自己的品性行事，这二者加起来便成了致命的巧合。我前面之所以说《亨利六世》三篇戏剧中的主角是历史，正是因为莎士比亚特别关心多次投掷的骰子之间的联系。

我再重复一遍，《亨利六世》上篇讲述了触发玫瑰战争的“第一颗骰子”，这场战争本身将会成为中篇，尤其是下篇的历史主题。

对莎士比亚来说，呈现某事(此处指玫瑰战争)发生的充分理由并不是要勾销历史事件展开过程中本质上的偶然性特征。唯一的例外可能是根本恶之人坐上王位，我们可以说这件事存在着必然性，虽然它欠缺了目的论这一必然性的必要组成部分。因为莎士比亚对待这个问题，和他看待许多其他问题一样，是个彻底的亚里士多德主义者，[194]无论他对亚里士多德了解与否。一个事件或多个事件发展的总体决定因素并不会自身累加起来，然后变成必然性。只有目的论上可把捉的东西才是必然的。每个事件一定有其内在目的。理查二世在选择了自己的命运并成为他自己之后，《理查二世》的结局便以这种方式获得了某种必然性。因为理查二世本人给事件的发展提供了目的因(causa finalis)。《理查三世》中或许也可以看到这种模糊的目的论(后面我会细致讨论这部剧)。

但亨利六世的故事中却没有目的论的存在。由于并没有某个隐藏的目标或目的,所有事都毫无意义可言。莎士比亚此时必须模仿《创世记》中的上帝,必须把历史棋盘上所有由他"初创"、行为理应受他管束的棋子一扫而净,但他这样做没有任何内在的目的。我们将会看到,唯一幸免于难的就是亨利六世本人。他将是莎士比亚剧作中的挪亚(Noah)。他是挪亚不是因为他本人在这场劫难中得救,相反他将像羔羊一样被人屠宰,而是因为亨利六世"拣选"并祝福了历史上的弥赛亚——亨利七世,这位亨利七世就像大洪水中那只带来和平的鸽子,是人类的解救者。其他人不但得在事实上消失,还得作为一种人的类型整个从棋盘上清除出去。亨利七世登上了一个已被理查三世横扫干净的棋盘。这一切发生在理查三世落败之后,即大洪水停歇之后。

几乎所有的阐释者都认为,《亨利六世》上篇的中心人物是塔尔博,我也赞同这一观点。不过需要注意的是,塔尔博在第一幕第四场才第一次出现。但在第一场戏中,第一颗危险的骰子已经掷出。莎士比亚就这样让我们直接进入历史。故此,塔尔博必须延后出场。

这部剧以亨利五世的葬礼作为开场。国王的兄弟和王叔们刚刚参加完葬礼。谁知这些已故国王的近亲突然在他们父兄的灵柩旁大肆争吵起来。这是典型的莎士比亚式的故事。这里争吵的双方不是兄弟——由于不能完全罔顾事实——而是国王的兄弟和国王的叔叔。莎士比亚再现了圣经上第一个悖理的故事,即该隐和亚伯的故事。所有类似的兄弟之争中,都有一个该隐和一个亚伯。此时,已故国王的兄弟,善良的汉弗莱扮演了亚伯一角,[①] 而后来成为主教的温彻斯特则扮

① [译注]汉弗莱即葛罗斯特公爵,文中经常两个称呼换用。

演了该隐一角。从第一场戏开始,他们就确定了各自的角色,不会互换也不会改变。对于他俩互生怨怼的原因,莎士比亚给出了一些暗示。汉弗莱当上了护国公,而年长一些且是私生子的温彻斯特则无缘这一高位。温彻斯特信奉天主教,阐释者们不断告诉我们,莎士比亚对这一教派没有什么好感。[195]但这些原因和其他类似的理由都解释不了他的仇恨为何如此深切,他的所作所为又为何如此恶劣。莎剧中永远不会给出充分的理由。

已故国王的近亲之间产生了不和、嫌隙和深切的敌意,这就是第一颗掷出的最危险的骰子。如果王族之间相互团结、友爱、理解,玫瑰战争根本就不会爆发。此外,兰开斯特家族的威权也不会因为约克家族的最后胜利而受到挑战。第一场戏提醒我们,莎士比亚实际上依旧遵循了希腊悲剧的模式,即政治和历史的悲剧同时也是家庭悲剧。嫌隙、仇恨和谋杀首先是出现在家庭内部的。历史、政治以及血缘纽带这三者互相巩固,这样,悲剧才能给历史舞台中的(或与历史舞台同时的)生存性的舞台提供足够的空间(亨利五世的另一个兄弟,同时也是法国摄政的培福[Bedford]将不会发挥重要作用)。

当葛罗斯特和温彻斯特(在祭坛前)第一次恶语相向时,一名使者来报:居恩、香槟、巴黎、鲁昂、兰斯、奥尔良以及其他城市皆已沦陷。莎士比亚经常将客观的时间顺序转换成戏剧的和历史的时间。在他笔下,有时十年好似一天,有时一天好似十年。因此在剧中有限的时间里,公爵们便是在亨利五世葬礼这一天获悉法国大片领土沦丧的消息的。如果丧失国土这件事在历史上确实发生在这一天的话,那么亨利五世就不能被称颂为伟大的、无可争议的征服者,因为丢失大片法国领土的责任不能算到他那尚是婴孩的儿子头上。但莎士比亚觉得这一问题无须细究,我们也全然相信他。亨利五世的确是伟大的征服者,如今正好在他葬礼这一天,传来了大片法国领土丧失的消息。我们也在此第一次听说了塔尔博的名字。我们获悉他战败被俘，福斯塔夫临阵脱逃。培福要去法国扭转战争局面，葛罗斯特决意宣布幼小的亨利登基。第一场戏以温彻斯特简短的独白作为结束，他说："我打算把新王从埃尔萨姆宫哄出来，好让我坐上掌握国运的最高舵楼。"（《亨利六世》上篇 1.1.176－177）他决意要当护国公，善良的汉弗莱的丧钟由此敲响。

接着，我们的目光立即转向法国。此时场面变得波澜壮阔，莎士比亚开始向我们讲述圣女贞德的故事。大多数阐释者认为，莎士比亚对待贞德颇为不公，他塑造这一角色时带着英国人的偏见。我却并不这样认为。我不会说莎士比亚刻画的奥尔良少女是他笔下最深入人心的角色，但已是足够成功。如果有人认为莎士比亚一定站在英国人这一边的话，那他也一定认为塔尔博说的话就是莎士比亚的心声。我认为这是严重的误解。至少我不会这样解读莎士比亚。[196]塔尔博是遵循传统的人，他英勇高贵，却也目光短浅、固执已见。对于任何前所未有、令人惊异且与常规格格不入的新兴事物他都理解不了。他认为贞德是女巫和魔鬼的邪恶听差。他浑身上下都充斥着偏见。对人秉持偏见是他的性格，他对于自然法或他者一点也不理解。约克对贞德的看法又能说明些什么呢？这个约克之后会残杀半数兰开斯特家族的人。当约克大骂贞德"恶贼，你要咒骂，等把你绑在火刑柱上再咒骂吧"时，他的话里又有多少可信之处？

然而当我们听贞德自己说话，或目睹她的声音和话语对他人施加的影响时，我们会对她产生完全不同的印象。例如，她曾用言语成功劝服勃艮第（Burgundy，这件事将最终决定法国的战况）。在塔尔博看来，一个自称听从神意召唤，穿上男子的戎装打了胜仗的农家姑娘必然是个娼妇。但塔尔博并不是莎士比亚的代言人。我唯一能给出的证据就是（如果文本解读还需要给出证据的话），莎士比亚笔下的这类角色（包括福丁布拉斯在内）都相当无趣，这样的人永远当不了剧作家的代言人。

且听一听贞德对勃艮第说的话：

> 请你看看你的祖国，看看富饶的法兰西，这许多名城大邑，被残暴的敌人践踏到什么地步了。你好比是一位母亲，眼见自己的无辜的婴儿，命在旦夕，不久即将合上幼嫩的眼睛，你心里不觉得难过吗？你看，颠连困苦的法兰西，现在已经遍体鳞伤……唉，倒转你的矛头吧。(3.7.44–52)

勃艮第被她的话劝服了，转而请求祖国的宽恕。贞德于是说出了这句时常为人引用的话："真像个法国人干的，转过去，又转回来。"(3.7.85)以此表达她对叛徒的轻蔑。法国即将战败时，贞德召唤战场上"熟识的幽灵"。这些幽灵虽然出现，却默不作声地垂下头，贞德当不了女巫或撒旦的女儿。莎剧中经常出现幽灵，如《哈姆雷特》和《裘力斯·凯撒》两部剧中都有幽灵。但在莎士比亚笔下最为重要的是，贞德所做的一切都是为了国家利益，而不是为了她自己，我们现在称其为爱国主义。她对幽灵们说：

> 那么就把我的灵魂，我的躯体，我的一切，统统拿去，可千万别叫法国挫败在英军的手中。(5.3.22–23)

最后关头，她否认自己粗鄙的出身，声称自己有高贵的血统。这个童贞女还慌称自己怀了孩子——她所说的一切只是为了自救。她当然想要活命，她也是人，这太符合人性了。贞德不失尊严地为了自救而做出微弱努力，而那些英国贵族嘲弄她、咒骂她，欣赏这个年轻女孩受难的模样，这是何等的粗鲁和残暴。两相对比，贞德绝对优于他们。例如，贞德这样评价自己：

> 我从来没有差遣过邪魔恶鬼。只因你们被肉欲冲昏了头脑，被无辜者的鲜血沾染了灵魂；[197]只因你们无恶不作，腐朽不堪，缺乏一般人所具有的恻隐之心；所以你们才认为除了乞援于恶鬼，就不能创造奇迹。错了，你们这些坚持谬见的人！贞德从降生以来就是一个贞女，她的心地是纯洁无疵的，她惨遭你们的屠杀，她要上叩天阍，申求昭雪。(5.3.42－53)

华列克则回应道："众位，请听我说。姑念她是一个女子，你们在火刑柱前，多堆一些柴草。"(5.3.55－56)

他以为这是个绝妙的玩笑。除了《威尼斯商人》，我还从未在哪部剧中看到过比这群英国贵族更满怀偏见、残忍野蛮的人，他们嘲弄地欣赏着贞德遭受羞辱，对她即将面临的死刑开着玩笑。贞德的诅咒终会应验。

贞德的故事贯穿了整个《亨利六世》上篇，这也是一出性倒错的故事。贞德穿上男人的衣服，像男人一样指挥战斗。但她从没有假装成男人(和罗瑟琳或薇奥拉不同)。她虽承担起男人的重任，却是以女人或处女的身份去做这件事的。她看起来像个绝对的反叛者，但她确实如此吗？我此前提到，绝对的外邦人之所以绝对，是因为他们从没有和同伴在一起。我们从未看到夏洛克在犹太人中行事，也未看到奥赛罗在摩尔人中行事。但在这部剧中，我们虽看到贞德在一群英国人中行事(他们是她的死敌)，但我们也看到了她处在法国人中间，是法国人的救主。或许正因为如此，我们更想窥探出剧作家自己的想法。剧作家是英国人，他怎么可能站在法国一方呢？但此时的莎士比亚却既是英国人又是法国人，既是男人又是女人。

容我补充一点：我们从未看到贞德与女性同伴在一起。她是个女人，又不是个女人。在我看来，在莎士比亚笔下所有性颠覆的角色中，她是最为复杂的一个。原因有很多:其一,她是个历史人物。其二,她的性格发生了很大的变动。其三,法国人和英国人对她的解读和评价完全不同,这就使得她的形象变得格外复杂。

法国人出演的剧情在内容和美感上比不上英国人的剧情,这一点合情合理。法国人,即法国故事中的角色,只是英国的整个命运中的一颗骰子。这颗骰子掷出去以后,法国的角色就要退场了,尽管对英国人来说,法国仍是战利品,是他们回忆、不平和夺取的对象。现在,我们需要缩小视野,关注引发玫瑰战争和导致传统英国覆灭的其他条件。

我们已经看到有两枚骰子是怎样掷出来的:围绕着幼王引发的家族争端掷出了第一颗,法国的动乱又掷出了一颗。随着贞德在《亨利六世》上篇最后被处死,与法国的纠葛暂时告一段落,英国看似有了转机,但我们从莎士比亚的戏剧中已知道——[198]不仅仅来源于我们的历史知识——英国败局已定。

塔尔博的故事就是英国命运的象征。他代表了英国因循守旧、所向无敌、英勇无畏、天真纯朴、精力充沛、目光短浅与坚定顽强的一面。他从不会对自我的身份认同产生怀疑。塔尔博就是塔尔博;他代表着荣耀的、骄傲的、自信的英国。塔尔博之所以成为《亨利六世》上篇的主人公,不仅因为他个人的伟岸,更是因为他的象征身份。莎士比亚要展现导致英国自我毁灭的所有条件,就需要塑造一个对照的角色。只有这样一个来自被毁灭的世界中的角色,才可以跟那些使英国自我毁灭的罪魁祸首形成对照。

我们之前已听闻塔尔博战败被俘。但第一次见到他时,他已被赎回,和萨立斯伯雷在一起。萨立斯伯雷对他的称呼一听就极具代表性。他致意:

> 塔尔博,我重新见到你,我的活力、我的欢乐,都又回复过

来了！

这是来自爱人的问候，也就是说，英国深爱着塔尔博。萨立斯伯雷很快将惨遭横死。与此同时，贞德攻进了奥尔良，塔尔博则像我之前提到的一样，不停地辱骂她。第一幕的最后一句台词至关重要，因为莎士比亚此时将他的主人公置于传统的羞耻文化中，塔尔博大呼：

> 唉，我宁愿和萨立斯伯雷一同阵亡！这种败阵的耻辱简直使我抬不起头来。(1.7.38–39)

塔尔博根本听不见良心的声音，他唯一认可的道德权威就是他同胞的目光；他唯一能感受到的道德情感就是羞耻。他的所作所为都是忠勇之举。他与奥凡涅伯爵夫人(Countess of Auvergne)的那场戏，再现了战神与维纳斯之间的古老神话，几乎所有的欧洲语言都曾用不同的方式对这一故事进行了文艺复兴式的和巴洛克式的重新演绎。莎士比亚不仅刻画了塔尔博的英勇，更刻画了他的精明，他让他成为了集体身份的代表。我们知道，伯爵夫人想用美色诱他前来，再一举将他俘获。莎士比亚强调这位战神面相丑陋、身材矮小，他的外表似乎与其名声极不相符。当伯爵夫人以为胜券在握时，塔尔博唤他的士兵破门而入。他说：

> 您以为如何，夫人？我说塔尔博不过是他自己的影子，您现在信了吗？这些人才是他的身子，才是他的筋腱、他的胳膊、他的膂力。他用这个身子拴住你们企图反抗的颈项。(2.3.61–64)

这一小段台词突显了莎士比亚刻画人物的功力。它表达了和通常的自然法论点相反的意思。塔尔博的确是英军的首领，这是他的实体，集体身份则是他的筋腱、胳膊和膂力。在莎士比亚所有的历史剧中,集体身份这一由名字、面孔、自然和传统组成的身份都毫无疑问是坚不可摧的。塔尔博没有参与玫瑰战争开战的宣誓。当他在法国遇到亨利六世时,所有骑士都已佩戴上红玫瑰或白玫瑰,但他甚至没注意到这一点,只是跪拜下来说道:

> 吾王陛下,列位大人。我听到您来到这里的消息,[199]就把战事暂时停止,特地前来向陛下致敬。我曾用这条臂膊替吾王克服了五十座城堡,十二个城市,七处坚强的城池,还俘获了五百名高级将领。为了表示我的敬意,我用同一条臂膊将我的佩剑放到王上的脚前,并以恭顺的忠忱,将战绩的光荣,献给上帝和吾王陛下。(3.8.1–12)

这位忠心耿耿的战士可能是最先意识到这一点的人:年幼的国王不仅缺乏马基雅维利式的手腕,连将叛徒除之后快这种政治上的惯常手段也没学会。

他在返回战场前对国王说:“我这就去,陛下,我希望此番出征,仍和以往一样,把敌人杀得豕突狼奔。”(4.1.76–77)

塔尔博没有注意到暗潮汹涌的局势,但约克家族与兰开斯特家族间的激烈争端可能正是导致他没有获得兵力增援的原因。在约克看来,萨穆塞特(Somerset)是叛徒;在萨穆塞特看来,约克才是叛徒。他们毫不关心法国的战事,已经被仇恨冲昏了头脑。约克说:

> 该死的萨穆塞特,我征调他的骑兵去支援塔尔博,并且已和塔尔博约定,他怎么迟迟不去!鼎鼎大名的塔尔博正在渴望我的支援,我却被那奸贼误了事,不能给我们崇高的将军以及时的援助。(4.3.9–14)

其实他本可以独自前去增援。路西(Lucy)恳求他:“请您迅速派队伍驰援塔尔博将军吧!……英勇的公爵,快往波尔多去吧!快去吧!要不然,塔尔博、法兰西以及英国的荣誉,全都完了。”(19-23)

约克却不听劝,任由塔尔博去送死。他说(他当然在撒谎,这是他惯常的做法):“路西,别指望我能做什么,我束手无策,徒唤奈何。”(43-44)

下一场戏中,萨穆塞特用同样的理由为自己开脱:“已经太迟了,我现在已没法派出队伍。这次约克和塔尔博定下的进军计划过于鲁莽……约克怂恿他作战,是别有用心的,他希望塔尔博战败而死,以便独享盛名。”(4.4.1-9)

他的说法多半没错,但我们也不能对此确信无疑。路西这时担当起了合唱队的角色,他感叹道:“忠勇高义的塔尔博,不是陷在法国军队的手里,而是陷在英国人的尔虞我诈之中。他一定不能生还英国了,他的命是被你们的内讧断送的。”(36-39)

塔尔博遭人背弃,古老的英国也遭到新兴的英国背弃。互骂对方是恶人和叛徒的人都承认塔尔博的荣耀、勇气和美德。但死去的塔尔博对他们更有利。

接下来的这场戏中,这个心思单纯、传统守旧的人将升华成悲剧英雄。尽管塔尔博得到了升华,但他永远登不上生存性的舞台,他和他的儿子只能留在历史政治的舞台上。但这个历史的舞台将会因为他们而获得一丝神话的色彩。父子俩再现了代达罗斯(Daedalus)和伊卡洛斯(Icarus)的古老神话。他们就像英雄升至神化的奥林匹斯山一样,从尘世的舞台向上飞升。[200]塔尔博父子并肩作战,在对对方的关切以及对祖国、荣誉和英名的热爱上,两人不相上下。父亲想救儿子,儿子想救父亲,双方各不退让。最后他们像两颗星星一样划过高空。莎士比亚在“飞/逃”(flying)这个词上玩了一出文字游戏。

约翰说："有您这样一位顶天立地的父亲，如果我逃走，我就不配做塔尔博之子。别再提逃走二字吧，那是丝毫没用的。我是塔尔博之子，我一定死在塔尔博的跟前。"(4.6.50-53)。

老塔尔博理解儿子必死的决心，便不再提"逃走"，而改说"飞升"。对他说："既然如此，你就学着伊卡洛斯的榜样，紧跟在他父亲代达罗斯的身边。你是我最最疼爱的爱子，让我们寸步不离，一同作战，表现出我们高贵的品质，光荣地献出我们的生命。"(54-57)

后来小塔尔博在他之前战死。他呼喊道："我的另一条生命在哪儿？我自己的生命是完结了。啊，小塔尔博在哪儿？英勇的约翰在哪儿？……以无比的威力沐浴在敌人的血海之中，我的伊卡洛斯，我的生命的英华，就这样光荣牺牲了。"(4.7.1-16)

接着，他又说："我父子们马上就要不受你的压制，摆脱你的牢笼，插上双翼，飞向柔和的天空，再也不在尘世里忍受折磨了。"(4.7.21-22)

塔尔博相信他们父子将获得不朽的荣名，这是历史上伟大的英雄才配得到的传奇美名。但有一点与这场感伤的戏形成了反差。战胜塔尔博父子的是贞德。她对这位落败的英雄小塔尔博有着完全不同的印象。他们曾有过交战。

贞德这样说道："乳臭未干的小伙子，叫你败在姑娘的手里。"

他却不屑地回答："天生我堂堂男子，岂肯和你这浪妇交锋！"(38-41)

从这句话我们知道，小塔尔博和他的父亲如出一辙，他也必须和他一同死去。他和父亲一样心思单纯、忠心耿耿、具有英雄气概。他也不属于这个正在形成中的新世界。

我们很快会在《亨利六世》下篇中看到相应的父子同台的场面(这部剧更早完成)，但那是一幅父亲杀了儿子、儿子杀了父亲的悲惨情景。这一情景没有发生在法国战场,而是在英国的内战中上演。我们也会听到父亲哀恸儿子的惨死,儿子悲悼父亲的不幸。塔尔博父子为抗击国王的仇敌选择共同赴死,像代达罗斯与伊卡洛斯这对父子一样并肩作战,博得不朽荣名,而之后却有父子在毫不知情的情况下失手杀死至亲。两相对比,是何等强烈的差距!这部历史剧中仍蕴藏着家庭剧;家庭的自我毁灭也会带来国家的自我灭亡。萨穆塞特和约克置塔尔博父子的性命于不顾,就是置传统的英国、传统的美德和传统的忠诚于不顾。自此之后再没有什么是确定的了,一切都充满了不确定性。国家和人们的生活都失去了依凭的根基。一道深渊就这样在每个人的脚下裂开。但这些人只看得到正努力攀越的顶峰,[201]两眼只向上眈视着王位、财富和虚名,哪里注意得到脚底的深渊。

离题许久之后,我且再回头简要分析第一颗掷下的骰子,也就是兰开斯特家族内部产生的不和,护国公葛罗斯特与主教温彻斯特之间的互相仇恨。早在第一幕第三场,整座伦敦城,包括市民、官员和市长都已直接或间接地卷入了这场家族纷争。我们必须注意到,敌对的双方此时已经穿上了不同的制服。葛罗斯特的亲兵身着蓝色制服,温彻斯特的亲兵则身着褐色制服(我们觉得这些亲兵的等级更高)。葛罗斯特想进入伦敦塔,温彻斯特的卫兵却坚决不予放行。两人的第一次争吵明确地预示了后来的纷争。温彻斯特骂葛罗斯特是“揽权僭位的窃国公”(《亨利六世》上篇1.4.31),葛罗斯特则骂他叔叔是“明目张胆的阴谋家”(1.4.33),紧接着指控他曾意图谋害亨利五世(该说法真假难辨),还声称他纵容娼妓干罪孽的勾当(而这与之前的罪过完全不能相提并论)。

温彻斯特说:“你就是受诅咒的该隐,如果你愿意,你就杀死你的兄弟亚伯吧。”(1.4.38-39)

这一回击非常有趣。我们都知道,温彻斯特将会扮演该隐一角,杀害葛罗斯特。可他为什么说自己是亚伯呢？所有人都倾向于认为自己是受害者而不是加害者吗？连凶手自己也这样认为吗？这是个相当重要的心理学问题。

葛罗斯特却答道："我不杀你，我只把你赶回去。"(1.4.40)他做不出谋害人这种恶事。

当温彻斯特搬出教皇来威胁他时，葛罗斯特大呼："婊子儿，我说，给他带上络头，带上络头。"(1.4.52)

人称"善良的汉弗莱"的他平时连只飞虫都不忍伤害，此时却一反常态，这很能说明问题。我想他可能气疯了，或者一时怒不可遏，我们知道哈姆雷特也曾像他这样。怒火中烧的人说出的话可能并不是他们的本意。葛罗斯特遇到他叔叔这个死敌时更易失控。

两人的恶语相向演变成穿蓝色制服和穿褐色制服的亲兵们的械斗。伦敦市民也卷入其中，敌对双方各有支持者。前来调停争斗的市长并不是持中立态度。他显然很了解这群人，"早前"，即早在剧作开始之前，他已对葛罗斯特和温彻斯特两人的品性有所了解。他可以说一些我们观众不能说的话。

他没有说葛罗斯特一句坏话，却评价温彻斯特："这个红衣主教比魔鬼更不讲理。"(1.4.83)

作为担当了合唱队一角的人物，他最后还补充说了一件重要的事情："我的老天爷，这些贵族们怎么这样爱闹事！［202］我在四十年当中一次架也没打过。"(1.4.88－89)

现在，我们将在第二幕第四场中看到，第三枚骰子掷了出来，我们会在此目睹国会花园中召开的一场具有象征意义的会议。这出戏据说完全是莎士比亚的原创。莎士比亚对这一事件进行了简明而形象的叙述，这一事件可谓是所有触发了玫瑰战争的事件的概括。这场戏十分出名。有人认为，莎士比亚是想在行动展开前，先将剧中的主要人物一一介绍。悉数上场的人物有理查·普兰塔琪纳特(Richard Plantagenet,即后来的约克公爵)、华列克、萨穆塞特以及萨福克。还有一些次要角色也登场了。我们听到他们继续着之前在议会大厅里已有的争论。他们上一场争论时我们并不在场,所以现在必须从参会双方各自的陈述中猜测他们到底交涉了什么。但我们永远无法知道他们有没有正确概述自己之前的观点。显然,理查刚才在议会中发言了。他挑开话头,其他人则因不安都保持着沉默。理查的第一句话是说:

> 列位大人,诸位先生,大家怎么都不开口呀?难道没有人敢说一句公道话吗? (2.4.1-2)

阅读莎士比亚的经验告诉我们,他笔下呈现的所谓真相常常十分可疑。有些人不加质疑地接纳所谓的真相,不容许他人论断,这些人得到的往往是假相。但此时我们仍不知道其间的利害关系。萨福克最先承认:

> 说实话,我对于法律问题实在外行,我从来不能叫我的意志受法律支配,我宁可叫法律顺从我的意志。(2.4.7-9)

以我们对他的了解,这番话至少很坦诚,确实是他这样一个靠自我奋斗成功的新贵和一心攀附的人说得出口的。萨穆塞特于是让华列克做个评判。此时我们已经能猜出来,一定是约克和萨穆塞特两人之间起了争执,而萨福克不愿给他们评理。华列克一开始也勉为其难。有人觉得他们各有道理,但两人互不认可对方的观点。

理查说:“真理明明是属于我这方面。”(2.4.20)

萨穆塞特却答:“在我这方面,真理是如此鲜明,如此明白,如此明亮,如此明显。”(2.4.22-23)

理查继续说:“如果他认为我的主张是合乎真理的,就请他从这花丛里替我摘下一朵白色的玫瑰花”(2.4.29-30)

萨穆塞特也接道:“敢于坚持真理的,就请他替我摘下一朵红色的玫瑰花。”(2.4.32-33)

摘红玫瑰还是摘白玫瑰就是选择哪一个真理。真理是绝对的,只有一个真理。但此时却出现了两个真理,分别由红玫瑰和白玫瑰代表。玫瑰战争最初是真理的对决。莎士比亚当然没有读过后现代作家的作品,但他清楚地知道:在政治中为了某个绝对的真理打得不可开交其实相当荒唐。塔尔博不是为真理而战,而是不问对错地一心为祖国而战。这是很朴素的想法。但现在爆发了一场全新的战争,是一个真理与另一个真理的对决。但世上并无绝对真理,至少在历史上、政治上以及合法性问题上没有绝对的真理可言。[203]我们将从莎士比亚创作于十年后的理查二世的故事中获得这一教诲。但理查的故事发生的时间比我们讨论的《亨利六世》要早得多,玫瑰战争中的各色人物对理查也再熟悉不过。但我们还是不知道真理是什么。那些摘下玫瑰的人知道吗?无论如何,华列克摘了白玫瑰,萨福克摘了红玫瑰。凡农(Vernon)和律师也摘了白玫瑰。约克似乎获得了多数人的支持。少数服从多数的原则也能适用于真理问题吗?显然不能,因为敌对双方仍在互相谩骂,(以真理的名义)公然诬告。华列克摘下白玫瑰,并承诺效忠约克和约克家族;与此同时,他还预言道:

> 今天在这议会花园里由争论而分裂成为红、白玫瑰的两派,不久将会使成千的人丢掉性命。(124-127)

我们已经猜到自傲的理查·普兰塔琪纳特正与国王所属的兰开斯特家族较劲,却不了解个中缘由。我们在下一场戏将听到理查的自我辩白。摩提默在弥留之际告诉理查——他当然愿意信服这种事——

根据家族谱系,理查比亨利更有权继承王位。而且理查的积怨也事出有因,他父亲因为支持摩提默而被先王处死。摩提默死时,我们窥见了理查这个愤世嫉俗之人和伪君子的隐秘内心。他在摩提默的尸体前发表了一通简短的葬礼演说:

> 摩提默家族的昏暗的火炬就这样熄灭了,是被一些更粗鄙的野心压灭的。(2.5.122-23)

显然,他认为自己的野心更为精巧、不易察觉。

第三幕第一场的戏至关重要,在此,我们来到了国会会场。还是个孩子的亨利六世直到这第三幕才姗姗出场。这场戏延续了之前的剧情:温彻斯特和葛罗斯特仍在互相谩骂。约克一党却暗中窃喜,因为兰开斯特家族内部越是互相仇恨,于他们就越是有利。这时,幼王出来调停双方的争斗。

莎士比亚笔下很少有像亨利六世这样稳定不变的角色,可能只有理查三世可与其匹敌。根本善和根本恶都有着超凡的根源。我们无法解释为什么亨利六世会成了根本善之人,理查三世则成了根本恶之人。但这两种角色都不会发生本质变化,至少不会有性格的转变。亨利六世以后会遭受诸多痛苦,这些痛苦的生活经历将引发他进行新的思考,但他仍然保持着童年时的性格。他的善良一开始体现在他用的宗教术语上,后来他又发现了道德律,[204]几百年后的康德称其为“绝对命令”(the categorical imperative)。[①] 但他无论是用圣经、共同理性还是

---

① [译注]绝对命令是指德国哲学家康德用以表达普遍道德规律和最高行为原则的术语。又译“定言命令”。“命令”即支配行为的理性观念,其表述形式有假言和定言两种。假言命令(the hypothetical imperative)是有条件的,认为善行是达到偏好和利益的手段。定言命令则把善行本身看作目的和应该

道德律来为自己的情感和信念正名，他的道德宪法(moral constitution)都是第一位的，它比为自己辩护更为重要，他深信这一点，以至于当他必须说服自己若要更好地进行统治，就不能完全出于善意行事时，他发现自己根本做不到这一点。他意识到自己只能当个好人，因此，他也只能变得被动。

我们第一眼就能将亨利六世彻底看透。他很容易被人看穿，没有一个隐藏着的自我。有时人们指责他太过天真，但到后来，他的天真会慢慢褪去。可惜他只能表现得好像他很天真似的。他的性格就是如此。

他在调停这场凶险激烈的争吵时说道：

> 葛罗斯特叔父，温彻斯特叔公，你们都是我们英国的国家栋梁，我要恳求你们，如果恳求是有效的话，务必要和衷共济、言归于好才好……贤卿们，我虽然年事还轻，可我也知道，臣僚不和，好比是一条毒蛇，会把国家的心脏给啃掉的。(3.1.66-74)

这位国王不是下令，而是恳求；他没有用命令句式，而是用了劝说的口吻。他坚信爱的力量。他对温彻斯特说："如果你没有恻隐之心，谁还有恻隐之心？"(3.1.112)最终葛罗斯特让步了。善良的汉弗莱虽然易怒，却深爱着亨利，知道大是大非。温彻斯特已不能说是生气，而是愤恨了，他不愿让步。国王又再次恳求他，最终促成了这对仇敌的和解。国王竟像个孩子一样开心，说起话来也显得稚嫩，说道：

做的，它出自先验的纯粹理性，只体现为善良意志，与任何利益打算无关，因而它是无条件的、绝对的。比如做善事是因为在做善事之后会得到嘉奖及名誉，这是假言命令，而定言命令则是指做善事的原因就是觉得这是对的事情，这是人性的准则。

> 啊,亲爱的叔父,慈爱的葛罗斯特公爵,你们讲了和,我真高兴呀!(3.1.145-146)

接着理查·普兰塔琪纳特向国王请愿,国王再次表现得有求必应、温柔和善:他封普兰塔琪纳特为约克公爵,并将他父亲的遗产发还给他。但所有的和解不过是表面文章。叔侄之间以及约克家族和兰开斯特家族之间的仇恨愈演愈烈。当国王与公爵们动身去参加加冕礼时,场上只剩下了担当合唱队角色的爱克塞特(Exeter)。他知道他们"表面上虽然假装和好,心里却燃烧着敌对的毒焰,总有一天要爆发出烈火来的"(3.1.194-195)。他此时又提到了一则古老的预言(在莎士比亚的时代众人皆知):

> 出生在蒙穆斯的亨利赢得一切,出生在温莎的亨利毫无所得。(3.1.202-203)

第四幕第一场戏发生在法国,塔尔博也在场(我此前已讨论过这场戏),贵族们已经各自佩戴上红白玫瑰。国王这时才第一次听说贵族之间又生了新的嫌隙和争吵。他对敌对的双方说:

> 我的主啊,脑筋不清的人够多么糊涂,为了一些无聊琐屑的小事,竟会闹到这样地步!约克和萨穆塞特两位好堂兄,请你们冷静一下,和和气气的吧。(4.1.111-115)

国王又没有下令,还是再次吁求。他吁求的是什么?他在呼吁理性。这番争斗在他看来纯粹是疯狂之举。[205]这些人如同福丁布拉斯一样:他们为之而战、为之而死的事情毫无意义。我们第一次注意到,亨利六世的良善是理性的。他的理性不是工具理性,不是为达目的而寻找合适手段的理性。他的理性是一种道德理性。在他看来，为了无聊琐屑的小事而争得不可开交是极其悖理的。由于亨利经常吁求正当理性（即文艺复兴时期，由伊拉斯谟大胆提出的 recta ratio），我们可以认为他是信奉自然法的人，而非遵循传统之人。但从亨利的思考方式来看，这一结论并不合理。因为亨利六世——像一般意义上的根本的好人那样——既不是守旧的人，亦不是新式的人，既不是遵循传统的人，亦不是靠自我力量成功的人。他超越了文化、超越了历史。亨利的道德理性并不总是不问政治。像 recta ratio［正当理性］通常所是的那样，它是相当合理的。例如，他吁求两方贵族和解时说道：

> 两位贤卿，我请你们不要忘记我们所处的环境。我们是在法兰西境内……还有各国的诸侯，如果他们听到英国的亲贵大臣，为了无关紧要的琐事，互相倾轧，以至丧失我们在法兰西的领土，岂不要引为笑谈！唉，望你们顾念先王创业不易，顾念我尚在冲龄，不要把先人血汗换来的基业，视同儿戏。让我把这场无谓的纠纷，替你们秉公处理。比如我戴上这一朵玫瑰。我看任何人也没有理由，因此就可以揣测我是偏袒萨穆塞特，而薄视约克。(4.1.137–152)

这番话在政治上来说很合理，但摘下红玫瑰这一举动却犯了严重的政治错误。亨利并不认为摘下红玫瑰有什么不妥（他也可以摘白玫瑰），因为这在他眼中不过是琐屑的小事。而且他还是个孩子。像所有道德理性主义者一样，亨利感受不到象征意义的维度。他视非理性的政治象征为无物。但他周围的公爵们却认为，国王摘下红玫瑰的举动别有用意（如果他摘的是白玫瑰，公爵们的反应也是一样，只是解释不同）。历史行动者赋予象征符号以意义，经常用象征符号考虑问题。亨利六世虽然正站在历史舞台上表演，他所出演的这部戏剧却只适合于在生存性的舞台上上演。他理解不了历史神话。莎士比亚依然让贵族爱克塞特担当了合唱队一角,这场戏仍以他的预言和哀叹作为结束。

如今,英国不可避免地丧失了法国领土,兰开斯特家族内部的敌意与日俱增,兰开斯特家族与约克家族争权夺势,这些情况出现后,最后一枚骰子也从最后一个盒子里被掷了出来:这颗骰子便是两性的倒错。亨利在处理兰开斯特家族的内讧和与约克家族的争端时完全不谙世故,他对待两性问题也是如此。我赞同阿伦特的说法,我也认为,不谙世故就是不懂政治。

英国此时的处境已非常危急,国王身边的朝臣却尚未觉察,更不用说国王本人了。他还是个孩子,说的话也很孩子气。[206]但直至他悲惨命运的终结,他一直都是如此。当葛罗斯特提议通过联姻来与法国讲和时,他答道:

> 哎,真的,叔父。我素来认为,我们两国人民都奉行同一的宗教,如果互相残杀,那是既违天意,又悖人情。(5.1.11-14)

当葛罗斯特提议缔结一桩明确的、于政治有利的婚姻后,他又说:

> 嫁给我!叔父,我还年轻呀!我现在专心读书才是正理,还不到谈情说爱的时期。不过,依着贤卿的意见。(5.1.21-24)

"谈情说爱"一词满是书生气,表明他还是个没有任何情爱经验的孩子。这桩皇室联姻的计划被萨福克的阴谋断送了。他爱上了法国的玛格莱特,没有她就无法过活(从后面故事的发展中我们知道,情况确实是这样)。他必须想办法与她长相厮守。为此他筹谋把她嫁给国王,让她当上英国王后。从萨福克的角度看来,这一计划合情合理,但年轻的亨利怎么会落入圈套呢？诚然，这些历史事实是莎士比亚不能更改的，但他本可以给出剧中人如此行事的动机。而事实上，他没有这么做。

因为如果真需要给出什么解释的话，亨利的性格本身已经“解释”了他为什么会违背先前的承诺，愿意缔结这场不合理的婚姻。他的性格解释了为什么当时除了萨福克的话，谁的建议他都听不进去。他说自己之所以愿娶玛格莱特为妻，是因为萨福克生动地描绘了她无与伦比的美貌(5.5)。作为亨利的叔叔和忠诚的护国公，葛罗斯特劝他趁着为时未晚改变心意。他为什么还是没有这样做，为什么没有拒绝娶玛格莱特？我们解释不了，却能够理解他的做法。他是个不谙世事的年轻人，不知何为政治的紧迫性。他只听得到内心的声音，此时他内心的声音就是爱的召唤。看到某人的肖像就爱上他(她)，这样的情况直到18世纪都还是稀松平常的事——在舞台上当然如此，在现实生活中也可能发生。因为坠入爱河这件事本就毫无理智可言，爱情一触即发、无从解释。肖像几乎和本人一样逼真。

但莎士比亚给我们展现的是介于两者之间的情形。亨利既没有收到过玛格莱特的肖像，也没有亲眼看到她本人，他只从她的爱慕者那里听到了关于这个姑娘的描绘。陷入爱河的萨福克以爱慕者的心境向亨利形容玛格莱特的芳容。他的爱触发了另一个人的爱情，在某种程度上说来，这爱极具感染力。玛格莱特的爱慕者描绘她时表现出的热烈爱情感染了亨利，以至于亨利好像也爱上了她，他自己对此心知肚明，说道：

> 我不知道是由于萨福克伯爵的话打动了我的心，还是由于我年事太轻，受不住炽热的爱情的冲击，我只觉得心烦意乱。(5.5.79－84)

当亨利劝说葛罗斯特时,只把他当成了自己的叔叔,并没有把他看作护国公,亨利希望获得他个人的理解。

从此刻开始,亨利这一违背政治的决定就被他的敌人(以及一些朋友)反复提及。[207]他没有娶富家女,却娶了个贫寒的姑娘,他没有获得陪嫁的土地,反而送出去不少。而且玛格莱特是个异邦人和外国人。她是“法国女人”,有着外来的风俗习惯以及与众不同的态度、要求和习性,她一直是英国王室的肉中刺。她的出现让国王的亲信之间产生了新的分歧。此前只有温彻斯特和葛罗斯特之间的怨怼(尤其是温彻斯特的野心和敌意)在破坏兰开斯特家族内部的团结,而此时,萨福克的野心也助长了内讧的危险。

莎士比亚用两段简短的独白展现了这种危险,一段独白出现在众人对亨利的婚姻大事进行讨论之后,另一段则在他对婚姻做出最后决断之后。第五幕第一场结束时,温彻斯特对着已经退场的众人,尤其对着退场的葛罗斯特喃喃自语道:

> 从今以后,我温彻斯特站在爵位最高的贵族面前,也不寒伧……除非你低头认罪,我定要把我们的国家闹得天翻地覆。(5.1.56-62)

整部剧以萨福克的独白作为结束,他说:

> 玛格莱特立为王后,她就能控制王上,而我呢,我既能控制她,也能控制王上和整个英国。(5.7.107-108)

这两人的阴谋筹划都没有得逞,但却贻害无穷。

就这样,《亨利六世》上篇以婚礼作为结束。这是喜剧中典型的“大团圆结局”。但婚礼之后风雨欲来。即便我们对英国历史一点也不了解，也知道暴雨将至。戏剧中的风暴已在酝酿当中。

中篇

《亨利六世》中篇有一系列新角色上场(我们知道，起初它才是第一篇)，上篇中的许多角色则永远退场了，这多半是因为莎士比亚严格遵循着编年史的"事实真相"(例如，我们知道培福死在了法国)。《亨利六世》的中篇继续通过多个微型剧、小型悲剧和小型喜剧展现壮阔的历史图景。《亨利六世》的中篇和下篇根本不曾提及塔尔博的名字，这常常让人们觉得很是奇怪。莎士比亚在修润这两部剧作时，为何没有让笔下的人物提及上篇中的英雄呢？虽然我注意到了这一点，但这个问题并没有答案。塔尔博属于已经沉没的旧世界、属于大洪水之前的旧时代，他和玫瑰战争中两个家族之间致命的、自毁的争斗并无多少关联。

《亨利六世》中篇的最终版本中，一开始，剧情就直接延续了《亨利六世》上篇的最后一场戏，我们几乎得不到片刻歇息。[208]这一天是国王的大婚之日，这是他第一次看到未来的王后，所有的期望也都得到了证实。他爱上了玛格莱特，说道：

> 她的外貌已使我目眩魂迷，她的婉转的辞令又十分庄重得体，更使我欢情洋溢，热泪盈眶。我心中充满愉悦。众位贤卿，望你们用欢乐的心情同声欢迎我的爱妻。(1.1.30–34)

我们可能会讶异，这其中发生了什么？在莎士比亚的所有作品中，玛格莱特是唯一一个被两个截然不同却极为显贵的男人深爱着的女人。残酷无情、依靠自我奋斗的萨福克公爵爱着她，先王亨利的子孙，善良的亨利六世也爱着她。两人都对她一见钟情，至死不渝。玛格莱特也爱他们两人,但却是两种迥然不同的爱。爱着萨福克的玛格莱特是个充满激情和欲望的女人,爱着丈夫亨利的她则像个体贴忧心的母亲。我们很难对她抱以同情,说她是个母老虎再合适不过,因为除了自己的两个男人(后来还有她的儿子),她对其他所有人都冷酷无情。她随时准备谋害、折磨或嘲弄那些与她的两个男人作对的敌人。

但她身上最引人注目的,并不是她的残酷无情或绝对忠贞(一个女人虽同时属于两个男人,我们也仍可以说她绝对忠贞)。我们必须注意到她身上有些别的特点。玛格莱特周身氤氲着别样的光彩,这使得她与所有的英国女人大为不同。这可能是因为她是个外国人,有着不同的习惯,但更有可能是因为她有着出众的个人魅力。剧中善良的汉弗莱的妻子艾丽诺夫人也是个冷酷无情的女人,但她只是个简单直接、傲慢自大的公爵夫人,毫无特殊的吸引力。玛格莱特则有着多副面孔:她热情四射、难以捉摸。她可能会让我们想起莎士比亚笔下另一个女性角色,即来自“东方”的女人克莉奥佩特拉。但克莉奥佩特拉只有安东尼一人爱着,而且她一点也不邪恶,只是个机会主义者罢了。莎士比亚将玛格莱特从妙龄的青春一直刻画至凄苦的老年,她是莎士比亚所有作品中最复杂的女性角色之一。

我此前已提到,亨利的这桩婚姻不仅激怒了那些勉强支持他的人,也令他最忠心的友人大为光火。他将安茹、缅因两郡拱手让予王后的父亲,这更是令护国公气愤至极。除了国王和萨福克,所有人都反对这桩极不划算的交易。国王却看不到这桩婚姻的任何阻碍,也没有提任何条件;他要么没注意到朝臣们的反对,要么觉得这些异议不值一提。葛罗斯特预测,这个不合理的决定将使英国丧失在法国的领土。在我们看来,这却不那么令人信服。他的预言就算应验了,在本质上也没有实际意义,因为就算英国缔结了一桩更好的皇室婚姻,这一情况仍然极有可能发生。

但这一事件本身对于未来具有重大意义。[209]莎士比亚向我们展现了贵族华列克对失地这件事的反应。他说，国王对王后的偏宠把他逼得要违逆国王了。他是这样说的，我们怎能确定他说的是真的呢？安茹和缅因两地是华列克在战场上奋力为英国夺取来的，它们的丧失是对他本人的蔑视。国王事不关己、不谙世事地慷他人之慨，这对他的伤害最大。从这一刻开始，造王者华列克将紧随约克的野心与计划。那么，如果缅因和安茹两地未失，他还会这么做吗？我们无从知晓。这只是华列克变节的众多理由之一。莎剧角色的行为与选择最初总是由角色自己用不同的方式给出解释。台上的角色和退场的角色之间总是有着不断的猜疑和理解。

但此时摆弄命运之轮的不是华列克，而是他的父亲萨立斯伯雷。温彻斯特和葛罗斯特这对叔侄的积怨每隔一段时间就会当众爆发，这让萨立斯伯雷觉得，约克也有取代葛罗斯特护国公之位的资格。作为观众的我们已经知道，约克包藏着做王的野心，萨立斯伯雷即便不知道他野心勃勃的谋划，也能对他的品性做出合理的猜测。为了实现更大的阴谋，他们现下结成了一个小型联盟。从此刻开始，萨立斯伯雷和华列克将赌注押在了约克这颗冉冉升起的新星身上。

现在只剩约克一人留在殿内。这是他最辉煌的时刻，他在这一刻把捉住了政治的脉搏。作为一个优秀的马基雅维利主义者，就像波林布洛克曾经从理查手中夺来王冠一样，约克也知道怎样行动才能将王冠从亨利手中夺来(这两部剧中有一些共同的主题)。例如，约克知道，尽管民众喜爱葛罗斯特，但却憎恶粗鲁冷酷的萨福克和他的异国情人玛格莱特。另一方面，他觉得华列克和他约克也能得到民众的支持，这样或许也就能够鼓动民众反抗国王。我们将会看到，这一计谋之后果然得逞。约克开始规划他的前景，预谋最佳的实施手段，他说：

> 为了这个目的,我不妨站到萨立斯伯雷父子这一边来,在外表上对骄横的亨弗雷公爵表现一下拥戴的态度。等到时机一到,我就提出对王冠的要求,那才是我所追求的最高目标。即便那气派十足的兰开斯特,也不能让他篡夺我应得的权利,不能让他把王杖拿在他那幼稚的手里,不能让他把王冠戴在头上,他那种像老和尚一样的性格是不配当王上的。可是,约克呵,你得耐心一点,要等待时机成熟……我就要高举乳白色的玫瑰……我要树起绣有约克家族徽记的旗帜,对兰开斯特家族进行搏斗。我要使用武力,迫使他交出王冠,这些年来,在他的书呆子般的统治之下,英格兰的威望是一天天低落了。(1.1.240-259)

这个觊觎王位的人第一次全副武装,准备投入战斗(至少他本人如此)。[210]但如果我们仔细听他的独白就会发现,这个约克更像当上了亨利四世的波林布洛克,而不太像他的儿子葛罗斯特,即后来的理查三世。不过,随着剧情的发展,约克表明,他不愧是他小儿子的父亲:他把这一虽说残酷却十分合理的马基雅维利式的筹划抛却脑后。他虽未变得十恶不赦,却也越发邪恶。而这一幕中的他还不能成为他儿子效仿的典范。他知道什么时候是合适的时机,他要奋起把握自己的机遇。他开始认为自己比亨利更有理由坐上王位(他的合法性虽然薄弱,但因为他自己的信念,他便觉得自己越来越有理)。他确信自己是个更好的国王,因为亨利显然无法胜任王位。

这一想法也不无道理。亨利说起话来就像是牧师在布道,他的关注点只在书本上。只沉湎书本而不付诸行动的国王是什么样的?约克对亨利的描述让我们想起普洛斯彼罗的自白:他当国王时由于沉浸于研读魔法书,疏于国王的职守,使得他弟弟篡夺了王位。约克认为手握王杖的人就得担负起国王的职责，国王如果履行不了职责，倒不如退位。约克的独白不是对历史的反思，因为他几乎没有一点历史想象力。这是一通政治说辞，而且本身也说得在理。但我们知道，约克很快就会失去原有的沉着冷静，不再是个老练的马基雅维利主义者，而是越来越屈服于他那混乱可怕的冲动激情。因此我们说，此时便已是约克最为辉煌的时刻。

护国公葛罗斯特是约克的野心计划中最大的障碍，他同样也是萨福克的绊脚石。约克家族与兰开斯特家族还没有展开第二回合的权力争斗。因为在兰开斯特家族内部，温彻斯特与葛罗斯特不仅照常敌对，萨福克也掺和了进来。萨福克并不想做王，但他想当国王的首席顾问和英格兰最有权有势的公爵。从此刻开始，除了亨利的所有人都在密谋筹划。但最终，这些纵横交错的阴谋的线索并没有达到他们预想的结果。这些行动者在智谋上互相较劲，想要胜过对方，但最重要的是先要胜过自己。

剧情从第一幕开始就在加速发展。随着剧情展开的速度加快，剧情的密度也在不断增加。或者说，由于多重阴谋和多个计划的快速变换，我们觉得剧情的密度越来越大。每个人都在操弄政治，每个人都想左右他人。多种暗藏的手段、隐秘的筹划、秘密的计谋等等之间的相互关联让人觉得毫无理性可言。观众看到的隐秘计划、秘密筹谋和敢于冒风险的算计越多，这些狂热的算计看起来就越不合理性。这些诡计多端、精于政治的公爵们像是受到了一股看不见的力量驱使，像是被傀儡师操纵着的提线木偶。[211]事实上，这些计划和筹谋都是行动者的思想、灵魂和行动的产物，与fatum[命运]无关，但这确实给了我们一种在观看木偶戏的错觉。

这些行动者们虽有心机和谋划，却很快会被自己盲目的情感所裹挟。他们的筹谋并非是真的筹谋，而是他们意识当中的激情的表现。

约克那勃勃的野心根本不可能允许他冷静下来。萨福克和王后那中烧的妒火也让他们无法清醒地估算敌人的实力。更别提嫉妒心极强又富有野心的艾丽诺了。不受控制的激情使得空气中都弥漫着非理性的气氛。我们已经觉察到,这些算计和筹谋终将失败,它们可能只是具有马基雅维利主义的外在形式,内核仍然有着自毁性的冲动。

在《亨利六世》的中篇和下篇这两部剧中,除了国王和葛罗斯特的所有人都具有这种自毁冲动。为此,这两人都感到茫然无助,国王的无助来源于他那与政治格格不入且不谙世事的纯善。葛罗斯特的无助则源于他那早已过时的正直。连他的妻子艾丽诺(她是麦克白夫人的最初雏形)都极其厌恶他这种老派的正直。我们可以把她想像成麦克白夫人,只不过她的丈夫是个深爱着她的正人君子。设想一下,若整个道德世界在他这样的人面前坍塌会发生怎样的情况。他的整个世界也跟着坍塌,脚下再无坚实的根基,因为他再也不能理解这个世界。如果你能设想这种情景,那你就会对葛罗斯特公爵的痛苦感同身受。他所遭受的痛苦并不是由他的性格或行为导致的,与他的为人或者他对国王(他的侄子)的不二忠心也没有关系。当一个人再也理解不了他身处的世界时,这种痛苦便会在灵魂中滋长。

生活失去坚实的根基,使得由葛罗斯特公爵夫妇出演的微型悲剧变得至关重要。冲突的双方一个是因循守旧、诚实正直的公爵,他知道自己的职责所在并深爱着妻子;另一个是野心勃勃、冷酷无情的公爵夫人,她根本不在乎那些早已过时的职责。她企图利用巫术来获得她想要的一切,妄想当上英国的王后。她不打算用马基雅维利式的妙计,而是想通过魔法,即通过控制自然来达成目的。

莎士比亚在剧中塑造了一对互怀怨怼的女性角色,与温彻斯特和葛罗斯特这对互怀怨怼的男性角色相呼应。玛格莱特王后和葛罗斯特公爵夫人之间的故事是温彻斯特与葛罗斯特两人故事的翻版。国王的叔叔葛罗斯特手握一人之下、万人之上的权力。国王的叔祖温彻斯特由此心生嫉恨。他认为自己更该坐上那个位子，侄子的目中无人更是将他彻底激怒。正直的葛罗斯特可不是亨利那样的圣人，[212]他不放弃任何强调温彻斯特不过是祖父私生子的机会，说明自己才是正统的子孙。他俩的故事几乎原封不动地在两个女人身上重演。玛格莱特是英国王后，手握至高的权力，公爵夫人却看不起她，并且从不掩饰对她的轻蔑。王后不是英国人，而且家境平平。艾丽诺吹嘘自己的一件衣服比王后父亲所有的资产加起来都值钱。

和温彻斯特一样，王后也用毁灭性的仇恨来回应这种轻蔑。她决心除掉公爵夫人，只要能达成目的，不惜动用一切卑劣的手段。只要葛罗斯特公爵夫人一直以王后自居，她就永远当不成真正的王后。萨福克不但附和玛格莱特的愤恨，还给她煽风点火，因为他也嫉恨护国公的权势。他也想攫取这一人之下、万人之上的权力。因此，便有三人在为这一权力你争我夺，一是手握这一权力且不愿放手的葛罗斯特；二是想要获得这一权力的温彻斯特；还有一人则是萨福克。此外，还有想要攫取最高权力的约克，以及想拥立约克为王的萨穆塞特和华列克。

现在，让我们看看这两个女人是怎样的情况。玛格莱特享受着至高无上的女性权力——她不但尊享王后之位，还可以支使两个位高权重的男人。但她认为，只要公爵夫人一直指手划脚，多舌地指点她在英国宫廷中该如何行事，她就没有实权可言。玛格莱特不过是习惯了法国的风俗，公爵夫人就认定她是个篡夺英国王后之位的娼妇。公爵夫人希望她丈夫能当上国王，为此她先要除掉玛格莱特和萨福克这两个最大的障碍。

正是这些条件促成了葛罗斯特家庭悲剧的发生。我此前已提到，这出微型悲剧具有生存性的重要意义，它关系到人失去了生活坚实的根基。这出微型悲剧也引发了严重的政治后果，它将导致葛罗斯特的垮台。

再一次地,莎士比亚没有明确告诉我们,对公爵夫人的审判以及葛罗斯特的垮台是玫瑰战争爆发的必要条件。他只是说一切就这样发生,但我们至少可以把这些事件理解成必要条件。这颗骰子就这样掷了出来。且让我们跟随着剧情,观察剧中人物的行动。

我们在第一幕第二场就听到了葛罗斯特公爵夫妇的谈话。公爵夫人直言:“伸出你的手,去抓那金晃晃的宝物。怎么,你的胳膊不够长吗?我来用我的胳膊接上你的胳膊。”(1.2.11-12)

她丈夫答道:“啊,耐儿,亲爱的耐儿!你如果真心爱你的夫主,就把这些野心勃勃的邪念抛弃掉吧!”(1.2.17-18)

他告诉妻子自己做的梦。这个梦之所以重要,不是因为它真的会发生(事实上,事情没有按照葛罗斯特的梦那样发展),而是因为它映现了葛罗斯特的恐惧。他梦到自己的职杖折成两截(可能是红衣主教干的)。[213]两截断杖上分别挂着萨穆塞特和萨福克的脑袋。公爵夫人对这个梦所做的粗浅解释并不能让我们满意,这之后,她又幻想自己当上了英国王后,想以此取悦丈夫。

葛罗斯特不但不为所动,反对的态度也越来越强硬,说道:

> 你现在还在捣鬼,难道要把你的丈夫和你自己,从富贵尊荣的地位弄成一败涂地吗?(1.2.47-49)

对葛罗斯特来说,尊荣已是最高奖赏,但在公爵夫人看来,尊荣不过是个空名,权势才是实在的一切。她不听劝告,也不愿屈从。这时,她开始哀叹自己生为女人的命运。此时,剧中第二次出现了两性倒错的主题。玛格莱特王后和公爵夫人这两个相互争斗、最终也都一无所有的女人倒错了自己的性别角色。剧中有些角色也提到过亨利六世很像个女人。因为调解矛盾是女人的职责,残酷和野心才是男人该有的

特质。莎士比亚刻画了这一说法,但却并不相信它。且听公爵夫人的独白,她说:

> 如果我是一个男子,是一个公爵,是一个亲贵,我一定要把这些讨厌的绊脚石搬开,我一定要踩在他们无头的尸体上前进;可是,作为一个女人,我也不甘落后,我一定要在命运的舞台上扮演我自己的角色。(1.2.63-67)

我为什么认为莎士比亚没有把公爵夫人塑造成"一个男人"呢?因为整部剧都证实了公爵夫人的愚蠢。在公爵夫人看来,(除了亨利六世之外的)所有男人都该像最残忍的男人那样行事,都该踩在敌人无头的尸体上前进。但结果如何?这些人自己也会变成无头死尸。可见一切都是虚空的虚空。亨利六世虽也遭遇了同样的命运,但他至少从未苛待任何人。他宁愿自己承受不义,也不愿施行不义。至少,好人的命运没有比杀人凶手更悲惨。

在所有野心勃勃的人当中,只有约克能够(至少是暂时地)控制怒气,掩藏心计。故此,在莎士比亚笔下,相对于其他人,他注定会脱颖而出——相对地且暂时地——赢得这场权力斗争的胜利。温彻斯特、公爵夫人、萨福克以及玛格莱特王后都不是伪君子,他们即便在暗中搞些阴谋诡计,自己的感情、情绪和野心却都昭然若揭。他们会当众爆发冲突,以此表露对他人的愤恨。他们的情绪都能从脸上或一举一动中看得出来。在莎士比亚看来,他们注定会失败。激情与利益之间常见的冲突或张力——我在本书的第一部分简要论述过这一点——在这部剧中以时间性并置(temporalized juxtaposition)的形式出现。一个人只有控制了激情,才能追求自己的利益。约克至少暂时做到了这一点,而他的竞争对手都没有做到。之所以如此,可能是因为在约克看来,虽然他夺位的合法性存疑,[214]但这是一场他要付出努力去赢得的竞争或比赛。对其他人来说这并不是比赛。这些人认为自己要么在出身上要么在品性上高于所有人,理应得到想要的一切;因而他们从不愿隐藏自己的傲慢,因为隐藏起的傲慢便不成其为傲慢。

以第一幕第三场为例。此时国王要在萨穆塞特和约克两人中决定谁来当总管大臣,国王说他自己保持中立。华列克(毫无疑问地)举荐约克,勃金汉则举荐萨穆塞特。

萨立斯伯雷问国王为什么偏向萨穆塞特,王后却插话说:"这是王上要这样办的呀。"(1.3.118,我们知道国王其实并不偏向谁)

葛罗斯特为了挽回局面说道:"娘娘,王上已经成年,可以拿出自己的主张来,用不到妇女们干政的。"(1.3.119-120)

可玛格莱特相当聪明地亮出了王牌,反问他:"王上既然已经成年,那么为什么还需要您来摄政呢?"(1.3.121-122)这话一针见血。

葛罗斯特离开后,她故意把扇子掉到地上,呵斥公爵夫人:"把扇子拾起来给我。哼,贱人,你不肯拾吗?"(1.3.141)

在打了她一耳光后又假惺惺叫道:"啊呀,对不起,夫人,刚才是您吗?"(1.3.142)

对于心高气傲的女人来说,这真是闻所未闻的羞辱!公爵夫人针锋相对:"刚才是我吗!嘿,不是我还是谁,骄横的法国女人!要是我能挨近你这美人儿的身边,我定要左右开弓,打你两巴掌。"(1.3.143-145)

国王劝她:"好婶婶,请息怒,她不是有意的。"(1.3.146)

公爵夫人回道:"不是有意!好王上,请您早留点神。她会箝制住你,把你当作吃奶的孩子要着玩儿。"(1.3.147-148)

这场戏揭示了主要角色之间关系的本质。国王是个善人,但他不能像国王一样行事。此时他甚至不知野心和仇恨为何物。他说这些人都毫无理性。正如我之前提到的,国王的善良是理性的。他不解,人们为什么相互憎恨呢？这毫无道理！他们为什么彼此伤害呢？这毫无道理！他们为什么心怀妒忌、嫉恨、仇怨呢？相比伤害他人，反而是他们自己的灵魂会受到更多伤害啊。这毫无道理！

我们或许可以从王后的视角再来审视一下这一场戏。我们从她口中得知，结婚之初她就对丈夫感到失望。见到他之前，她把他想象成另一个萨福克，结果发现两人大不相同。但她的失望渐渐演变成另一种不同的爱（正如公爵夫人洞见到的，他们的感情此时就已开始演变）。国王不是萨福克那样欲望强烈的人。他虽是个男人，却成了玛格莱特要疼惜和保护的乖儿子。她经常越俎代庖，做一些不该由女性参与的事务（例如号令军队），因为她的丈夫做不好传统应由男人来做的事。[215]玛格莱特总是像保护自己的孩子那样对待丈夫。

葛罗斯特公爵夫人早就决定利用巫术让自己当上英国王后。和兰开斯特家族中所有重要的人物一样，她也被激情蒙蔽了双眼，她身上主要的激情就是野心和嫉恨。在密探的帮助下，揭发并毁灭她（和她的丈夫）简直轻而易举。需要注意的是，这密探是主教（他属于兰开斯特家族）和约克公爵雇来的。主教由此成功地除掉了公爵夫人和葛罗斯特，但从中获利的却不是他。巫师这场戏（1.4）也有着双重作用。为了揭发公爵夫人的险恶用心，早已有人提前做好了安排。约克突然打断通灵仪式，故作惊讶地问公爵夫人："嗳哟，夫人，您在这儿吗？"（1.4.43）。但通灵仪式中召唤上来的鬼魂——和麦克白遇到的女巫一样——给出的模棱两可的回答却不是预先安排好的。公爵夫人询问国王的命运将会如何，鬼魂答道："公爵还活着亨利就要下位，但他比他活得更长，后来死于非命。"（1.4.31－32）

每个人都能随自己心意去解读这则预言，因为它不是合理的推理，而是强烈的愿望营造出的想要让人信以为真的幻像。人们也可能把真相当作谎言，对其视而不见。当被求问到萨福克的命运时，鬼魂答道："他要死在水里，就此完结。"(1.4.34)对于萨穆塞特，则说："他最好不要挨近堡垒。"(1.4.36)预言一经说出，这些话语就萦绕在剧中所有杀人凶手和受害者的脑海之中。只有正直的葛罗斯特和善良的国王是例外，因为他们不信巫术。

第一幕结束时，葛罗斯特的敌人已为他布下圈套。接下来的两幕戏中，想要击垮葛罗斯特的人们手拉着手围站在圈套边，步步紧逼这头落入圈套、无力自保的羔羊，要将他置于死地。

其实在布下圈套之前，也就是说，在他们揭发公爵夫人的险恶用心之前，葛罗斯特已遭到了众人的围攻。例如，第一幕第三场中，有平民给他递交了一份控告萨福克的诉状。他在那场戏里遭到了所有人的谩骂，其中数王后骂得最凶，他气得退了场。葛罗斯特这时的退场加强了对他性格的刻画。他尽管自视甚高、容易冲动，却仍决定用意志力控制自己的情绪。他重新登场时说道：

> 嗯，大人们，我刚才在庭院里散了一会儿步，怒气已经平息，我再来和诸位谈一谈国家的政务。(1.3.155-157)

当之后一段(可能并不那么具有喜剧性的)喜剧小插曲打断主要情节的发展时，向葛罗斯特施加的压力已经十分大了。这段小插曲并不是停顿，因为它对故事的后续发展起着必不可少的作用。[216]学徒彼得(Peter)控告他的师傅犯了叛国罪，因为他师傅说约克才是英国的合法君王。师傅霍纳(Horner)否认这一指控。两人的比武虽然推迟到下一场戏才上演(结果是学徒在决斗中，或说得准确点，在互殴中杀死了他那骗人的师傅)，但这一指控足以使萨穆塞特替代约克，被任命为总管法国事务大臣。

且让我们来看看第二幕和第三幕，在这两幕戏中，网罗葛罗斯特的圈套已经设好(虽然在第二幕第一场开始时，葛罗斯特还没意识到圈套的存在)。第二幕一开场就是圣奥尔本围场的田园生活,国王在众人的陪同下放鹰捉水鸟。飞鹰的动态让国王大悦。他兴奋地惊叹上帝与自然的神迹:

> 贤卿,您的鹰紧紧地围绕在水鸟集中的地方回翔,飞得多么好呀,它腾空的高度,别的鹰全都比不上。看到这鸢飞鱼跃,万物的动态,使人更体会到造物主的法力无边!你看,不论人儿也好,鸟儿也好,一个个都爱往高处去。(2.1.5-8)

但只有国王一人想到自然和上帝,在其他人看来,这只鹰飞翔的动作完全是一个隐喻(暗示着人的腾飞和扑袭),它很容易就引发了新的愤怒与仇恨。国王对这愤怒与仇恨的反应依然符合他的性格,他没有下令,而是劝道:

> 我请求你,我的好王后,别多嘴吧。这些亲贵们已经闹得不可开交了,别再火上添油吧。世上的和事佬是最有福的。(2.1.33-34)

主教和葛罗斯特躲在国王的眼皮底下相约决斗。国王似乎没有觉察,说道:

> 风势越来越猛,你们的脾气也越来越大了,贤卿们。这样的音乐真使我心里烦恼!弦索不调,怎能有和谐的音乐?贤卿们,请你们让我把这争端调停一下吧。(2.1.58-61)

国王并没有听到什么音乐,音乐对他来说只是一个隐喻(就像鹰飞翔的动作对其他人来说一样)。其他人对于老鹰飞翔动作的隐喻性理解现在得到了回应:国王用不和谐的“恼人的音乐”这一隐喻回应了他们。

这时剧情又出现了停顿。一出假神迹的闹剧打破了表面上宁静的田园生活(它其实早已遭到破坏)。接着勃金汉带来了公爵夫人艾丽诺谋逆的消息。红衣主教洋洋自得地对葛罗斯特说:

> 这桩消息不免使您的威风黯然失色。至于咱们的约会,大人,您还能准时到场吗? (2.1.192–193)

其实他从未打算真与葛罗斯特决斗,因为对于这件葛罗斯特始料未及的事,他早已心知肚明(他正是雇佣密探去揭发公爵夫人的元凶之一)。葛罗斯特的态度此时陡然转变。他现在才意识到自己一败涂地,他深受痛苦的打击。因为他知道对他夫人的指控很可能确有其事(他回想起了与妻子的交谈)。他不但认输,还遭到了痛击,说道:

> 妄自尊大的教士,不要再刺痛我的心了。烦闷和忧愁使我六神无主。我既然处于劣势,即便对方是一个下贱的奴才,我也不能跟他对抗,对于你,我只得认输了。(194–197)

但他应对王后时仍不失尊严。他肩负着双重的责任,既要对妻子所违逆的国王尽忠,又要对可能犯下谋逆重罪的妻子尽责,他说:

> [217]假如她不顾荣誉,不顾德行,竟和那些污浊得像沥青一般足以玷辱贵族身分的人们往来,我就将她从闺房中、从我的身边赶出去,让她受到法律的制裁,在公众面前丢脸,因为她已使葛罗斯特的名誉扫地了。(2.1.206–211)

国王就在这一刻突然长大成人了。这出田园生活戏开场时,他还是个男孩,但这场戏结束时,他说起话来俨然像个男人了。他的性格并没有发生改变。我再重复一遍，他的善良有着超验性的根源，和理查三世这类根本恶之人身上所拥有的恶一样，都是恒常不变的。但从这一刻起，他不仅仅只是个善人，他还有了自己的信念，他开始用非传统的术语表达他的观点。原本常识性的、幼稚的理性被非常识性的、成熟的原则所取代。说得更明白些就是：亨利六世发现了绝对命令；他成了早期的康德主义者。正是从此刻起——作为莎士比亚的角色——在莎士比亚看来，这个自始至终不善于从事政治的人在历史上占据了重要地位。

每个"正常的"国王，甚至一个"正常的"人，在听到有人想谋害他的性命并篡夺他的权力时，都会感到愤怒和憎恨。这个国王却没有这样，他只是说：

> 呵，上帝呵，奸徒们干下了丧心病狂的事情，害得他们自己也手足无措了！(198)

这是善良之人而不是天真之人说出的话。因为他说的都是实话，符合他说这话时的语境。他说中了公爵夫人的下场，但他指的不仅仅是她，还包括这个故事中所有的恶人。国王效仿基督，一如既往地宽宥众人。但宽恕和正义是两回事。作为人，他可以宽宥众人，但作为国王却不能一味宽宥。在这个故事中，法律第一次主宰了城邦。事实上，这种情况在所有与君王和王国有关的莎剧中也是第一次，同时也是最后一次出现。国王说道：

> 明天返回伦敦，要把这件案子彻底查明，叫一干人犯低头认罪。把这案子放在公理的天平上衡量以后，一定能够是非分明，大张公道。(213-217)

他的意思是:我们已经听闻了这一严肃的指控,不能装作什么事都没有发生。这个案子应当交给公正的法庭来判决,正义由此将得以伸张。这时,亨利身上又出现了新的矛盾。这不是国王的身份与不能胜任这一角色的圣洁孩童间的矛盾,而是完美的基督教君主与他要掌控的局面之间的矛盾。亨利映照出了完美的基督教君主的模样,成了真实存在的反马基雅维利的君主。然而,这个令亨利突然成长为基督教君主的局面,最需要的却是一个马基雅维利式的君主。但在亨利身边,乃至他的敌人中间,都没有一个这样的人。

国王再次出场前,我们目睹了一次密会,[218]其目的是商讨谋逆大计。这些公爵早有谋逆之心,只是直到现在才明确表态并庄严宣誓。

华列克和萨立斯伯雷这一对"造王者"父子向觊觎王位的约克跪拜,尊他:"我们的君主英王理查万岁!"

但约克这位仍看似完美的马基雅维利主义者却立即提醒他们:"不过在我还没有加冕以前,在我未将兰开斯特家族诛戮以前,我还不是你们的王上。"(2.2.64–66)

此时此刻,这还不是他们的任务所在。因为他们不用自己动手,自有兰开斯特家族内部的人替他们实施暴行,约克说:"要等候他们把那位牧羊人——那位好好先生亨弗雷公爵搞垮以后,我们再动手。他们的目的在此,如果我约克能够言中的话,他们在追求这个目的的时候,必将自取灭亡。"(73–76)

他虽然没有完全说中,但基本上预言得没错。我们从中可以再次看到,在莎士比亚笔下,那些从事政治却又受激情驱使的角色有着怎样的心理活动。也就是说,约克坚信他希冀的事一定会发生,他所憎恶的事则永远不可能发生。

第二幕第三场中,我们来到伦敦,目睹了对公爵夫人的审判。剧情开始加速。随着妻子的败落,葛罗斯特毫无疑问也将随之垮台,这不过是时间早晚的问题，只是这一刻来得太快。国王认定艾丽诺有罪(她也确实有罪)，判处她示众三天后流放男人岛。葛罗斯特深感心碎。他知道这一判决公正无疑。

我们还记得他此前只是假设妻子有罪，现在不得不承认她确实罪孽深重，他说："艾丽诺，你看，这是法律给你的制裁，法律所惩治的人，我也无法替他辩解。……我恳求陛下，准我退朝吧，让我排遣一下心头的烦忧，调养一下衰老的身体吧。"(2.3.15－21)。

国王这时却打断话茬，让葛罗斯特交出权杖："今后我将依靠上帝的庇佑和支持，依靠上帝做我的明灯和引路人。汉弗莱，你宽心回去吧，我对你还会像你做护国公的时候一样，恩眷不衰。"(2.3.23－27)完美的基督教君王这样说，但他身边却豺狼环伺。

遭到放逐的公爵夫人对这群豺狼了如指掌。这对她来说轻而易举，因为她自己也是一头豺狼。她知道无论自己是否有罪，葛罗斯特都会不惜任何代价为她辩白。"慈悲"(mild)使得葛罗斯特一败涂地(不要忘了，慈悲是莎士比亚笔下最伟大的德性之一)。

公爵夫人对他说："无论你怎样远走高飞，也出不了他们的罗网。"(2.4.56)

她虽在道德上犯错，政治上却看得准确，葛罗斯特则是道德上无瑕，政治上却大错特错。他说："只要我奉公守法，忠于国家，哪怕我敌人的人数加上二十倍，哪怕每一家敌人的权力也加上二十倍，他们也无法伤我一根毫毛。"(2.4.61－64)

葛罗斯特现在成了国王的同道中人。他们二人好似活在一个由模范的基督教君王统治的理想王国，在那里，公义昭彰、义人无畏。葛罗斯特说得都错吗？[219]公爵夫人又说得都对吗？如果葛罗斯特也与他们狼狈为奸会怎样呢？我们可以猜到他仍会被人谋害，可能只是时间上稍晚一些，但这样的话，除了丢掉性命，他的骄傲、自尊和荣誉也将尽失。

第二幕以公爵夫人将被放逐作为结束。但在他们两人最后告别前又发生了一件事。传令官奉命宣召葛罗斯特去国会。他大吃一惊,因为这是国王第一次没有征询他的同意。他一时间忘了自己已经不是护国公了,但他很快回过神来,答道:"好,我一准出席。"(74)

第三幕第一场是《亨利六世》中篇的重点。我们来到了国会,葛罗斯特此时还没到场。他不在场时,王后、萨福克以及主教等人对他大肆辱骂,指控他犯了重重罪行。他们不断给国王施压,确信"软弱"的国王能很容易受他们影响,并会就此屈服。谁知国王竟坚硬如铁。但国王却得侍奉两位主人:一是法律程序,二是自己的良心。他明确表示,他们必须遵守法律程序。有了控告,就必得有庭审和判决。若非如此,国家的法治将陷入混乱。亨利决心捍卫法律:没有法治,公义就无从谈起。他坚信这是一种必须留心遵从的形式主义。与此同时,他也让自己的良心发声,他摸着良心说:

> 众位贤卿,一句话,你们对我如此关怀,要把我脚前的荆棘芟除,是值得赞许的。但是,凭我的良心说话,我们的宗室葛罗斯特对于朕躬绝对没有叛逆之心,他比得上吃奶的羊羔、驯良的鸽子一样的纯洁。公爵志行端方,宅心仁厚,绝没有邪恶的念头,绝不会对我进行颠覆。(3.1.66.73)

这时,萨穆塞特带着法国领土尽失的噩耗上场了。紧接着,已受尽辱骂和指控的葛罗斯特才姗姗来迟。他一出场,萨福克就以叛国罪将他逮捕。他们公布了他的罪状(法国领土丧失的消息助燃了已经炽热的仇恨和毁灭之心)。一条条莫须有的罪名落到葛罗斯特的头上。他单枪匹马地抵御着一群强盗和暴徒的攻击。这些都是诬告和诽谤,可惜无人听他辩驳。灾难临头,国王却不为所动。他有何作为吗?没有,他并未动用王权进行干涉。他能干涉吗?如果干涉会产生什么样的后果?这些其实都不是亨利考虑的问题。因为他从不关心他的作为或他不作为将会产生什么后果,他只关心一件事:即他的行为能否成为规范——成为铸就更好未来的典范。因此他说:

> 葛罗斯特贤卿,我十分盼望你能将一切嫌疑洗刷干净,[220]我的良心告诉我,你是无罪的。(139-141)

亨利六世之所以相信“公正的审判”,并不是因为他相信针对葛罗斯特的必是一场公正的审判,而是因为他相信审判本身必然是公正的,是强权者的命令和决定无法替代的。但他也知道——他再清楚不过了——这场审判绝对做不到公正,不过仍有一丝可能。他接下来的做法令众人惊愕不已。葛罗斯特被卫士押下去后,他也站起来离开了国会。留待法律自行完成其程序。但他忍不住对国会里的众人,尤其是那些兴风作浪的贵族表达了强烈的厌恶和怀疑。

玛格莱特问他:“怎么,陛下要离开国会吗?”(197)

国王答说:

> 哎,玛格莱特,我的心房已被悲伤淹没……哎,亨弗雷叔父!我看到你的脸就知道你是多么正直、笃实、忠诚……我只能为他的命运悲啼,在我的哽咽声中,我要问:到底谁是叛逆?葛罗斯特他绝对不是的。(198-222)

亨利任凭法律自行完成其程序与他坚信葛罗斯特无辜是否并行不悖?我认为在一定条件下,答案是肯定的。正如我们多次注意到的,不光观众或读者会对角色进行阐释,剧中角色也在不断地对其他角色进行着阐释。亨利离开国会之后,其他人便开始这样做了。葛罗斯特的死敌们——有些也是国王的敌人——在想，如果按法律的正常程序走，葛罗斯特可能不会被定罪，反而会无罪释放。王后、温彻斯特、约克和萨福克都意识到，这样的话，葛罗斯特尚有活路，要想将他彻底置于死地，就得另寻更极端的法子。

王后说："我的亨利主公在大事上总是冷冰冰的。"(224)

她的意思其实是说亨利并非残酷无情之人，她因此下定论："我看非赶快把这个葛罗斯特从这个世界上清除掉不可，清除了他，我们才能高枕无忧。"(233-234)

红衣主教(他是这伙人中最恶毒的)补充道："把他弄死确是值得一试的策略，不过我们还没有找到杀他的借口，最好是经过法律程序，判他死罪。"(235-237)

萨福克反驳道："依我看，那不是好办法。现在王上还要设法救他，老百姓也许会暴动，来挽救他的生命，而我们要证明他的死罪，除了一些无关紧要的罪状以外，证据还是十分不够的。"(238-242)

国王不正说对了吗？他的决断不正是很明智吗？如果葛罗斯特的罪状是"无关紧要"的(正如萨福克所坦言的)，他不是就会被无罪释放吗？萨福克借用了众所周知的豺狼和羊群的故事，说道：

> 不行，必须叫他死。狐狸纵然没有咬出羊的血，但它生性就是羊群的敌人……要杀他就杀他，不必拘泥法律的条文。不论使用什么圈套、什么巧计，不论趁他醒着还是睡着，都没关系，只要弄死他就行。(3.1.257-264)

红衣主教温彻斯特决定助他一臂之力，说道："这件事只要你表示同意、赞成，刽子手由我去找，我对于王上的安全实在是太不放心了。"(275-277)

[221]这场旨在谋害葛罗斯特的秘会以红衣主教的保证结束："无须再谈了。我去对付他,保管他以后再也不会给我们添麻烦了。"(323–324)

这一切的发生只用了不到一天的时间。

除了谋害葛罗斯特之外,每个人还各有自己的私心。温彻斯特想弄死他叔叔,却不想置国王于死地,因为这意味着他们兰开斯特家族的覆灭。约克佯装去平息爱尔兰的叛乱,实则想利用这场叛乱来谋反。他看起来仍像个完美的马基雅维利主义者。他仍能保持冷静,仍能在采取下一步行动之前充分筹谋。除了他那冷酷的野心,没有什么能够驱使得动他。然而,他在某些程度上的确称得上是理查三世的父亲。因为他不仅仅会为了达成目的而去杀人,还会杀人取乐。能够愚弄那些对他毫无防备之心的人,这令他洋洋自得,他的某些举动表明,他钟爱残酷。

第三幕第一场的结尾是约克的一段独白。这一刻至关重要,因为这时展现的是将要铸就未来的人脑海中想象的未来模样。约克站在未来的角度回望当下,概述了接下来的几场戏中将要发生的事情,国王将在这几场戏里逐渐成熟,葛罗斯特的命运也将就此确定。约克说:

> 你必须做一个你所希望做的人,或成为你应该成为的人,你目前的地位拼掉了也无所谓,那是不值得留恋的……我的头脑比结网的蜘蛛更加忙碌,我要织成罗网来捕捉我的敌人……眼见得汉弗莱将被害死,只要把亨利赶开,那王位就非我莫属了。(3.1.333–383)

"你必须做一个你所希望做的人,或成为你应该成为的人"这句话表明,他在做一个生存性的抉择。约克选择当未来的国王,选定了自己的命运。但每一个与自身的良善无关的生存性抉择最终都会失败。亨利选择成为一个遵从“绝对命令”的人。约克则把当国王作为自己的天命。这是两种不同的自我选择和两种迥然不同的命运。

莎士比亚在后来的剧作中还会刻画好几场无辜之人被冷血杀手残害的戏。此处(3.2)他却没有让我们目睹葛罗斯特被杀害的过程。杀手登场时,谋杀就已经完成。但这场简短的戏触及了日后在莎士比亚笔下非常具有道德意义的一个主题。总是有两个杀手,在其中一人看来,杀人只是在履行职责或展现他的杀人技艺,另一个人却开始感到良心的刺痛。

国王一出场便要审理葛罗斯特的案子,说道:“去叫我们的叔父立刻晋见,告诉他今天开审,要审明他是否犯有被控的罪状。”(3.2.15–17)

国王此时担任了临时法官的角色。除非能证实葛罗斯特有罪,要不然他就是清白的。正义必须自行其是。我再次重复我的问题:国王太天真了吗?我认为这取决于什么是天真。他相信法律的神圣性。他不相信他的家族成员会邪恶到犯下杀人的罪孽。[222]萨福克已经获悉了葛罗斯特被成功暗杀的消息,却假惺惺地前去传唤,回来时报告葛罗斯特已死的“新闻”(这对他来说已不是新闻)。

雇凶的红衣主教补充道:“这是上帝暗中给了判决。我夜里梦见公爵变成了哑巴,一句话也说不出来。”(3.2.31–32)

国王闻此便晕倒了。晕倒的这一瞬间又有着丰富的意涵。因为他突然意识到,围绕在他身边的,不但有野心勃勃、恶意满满的贵族,还有恶本身,他接受不了这个事实而晕了过去。所以他才会严厉拒斥萨福克惺惺作态的安慰,呵道:

> 不要用甜言蜜语掩饰你的恶毒。不要用你的手碰我。不许碰我,我说;你的手一碰到我,就好比是蛇的毒舌使我吃惊……不

> 要对我看,你的眼光能伤人。可是,你不要走开;蛇王,到我这边来,用你眼中的凶焰杀死我这无辜的注视你的人吧。(3.2.45-53)

不许碰我!不要看我!我们知道蛇王巴西利斯克(basilisk)用目光就能杀人。它不但杀死人的肉体,还能湮灭人的灵魂。

显然,温柔善良的国王此时丝毫无法容忍身边有恶的存在。这时,王后来为萨福克求情。她和她的情夫都犯了一个严重的错误。她认为丈夫既然能容忍萨福克和自己偷情,肯定也能容忍他杀了王叔葛罗斯特。她才是真的天真。这是玛格莱特对他最大的误解。莎士比亚笔下有一些角色对人性总体上有很好的判断,却唯独对伴侣的品性知之甚少。玛格莱特便是如此。玛格莱特以为自己可以用爱来胁迫丈夫,她说道:

> 为我伤心吧,我比他更加可怜。怎么,你掉过脸去不理我吗?我又不是个可厌的麻疯病人,对我看看吧。怎么!你像一条蝮蛇一样,聋了吗?那么就放出你的毒液,整死你的遭到遗弃的王后吧……死吧,玛格莱特!你活得太久,已经害得亨利忍受不住而啼哭了。(3.2.73-121)

玛格莱特实在大错特错。温柔的亨利依旧态度强硬,根本不会屈服。

这时,拥戴约克的一干人等上场了。这一刻约克等候已久,他现在终于可以除掉他的敌人了。华列克公开指控萨福克和红衣主教谋杀了葛罗斯特。我们知道,这是明摆着的事实。国王当然也知道,但他没有明说,因为这没有经过法律和庭审的证实。所以他答道:

> 华列克爱卿,公爵已死,是毫无疑问的了。至于他是怎么死的,只有上帝知道,我亨利是不知道的。你去到他的卧室里,验看

他的尸体,看能不能查出他暴死的原因。(3.2.130-133)

也就是说,国王根据司法公正,要求对葛罗斯特进行尸检。

亨利独自一人留了下来,他祷告:

> 主宰万物的天主呵,我内心中不能不认为亨弗雷是遭到了毒手,请您制止我这些念头,不让我想下去吧!如果我是转错了念头,那么上帝啊,请宽恕我,因为只有您才能作出判断。(3.2.136-140)

[223]接着,众人抬来了葛罗斯特的尸体,指出他尸身上遭人残害的痕迹:他是被人勒死的。萨福克又开始了新一轮的虚伪矫饰,他愤愤不平地为自己确实做过的事辩解。这是莎士比亚最深刻的洞察之一:罪恶滔天的人在别人控告他的罪行时,确实可以佯装得义愤填膺。萨福克被华列克指控时,他确实可以不露出丝毫的罪恶感。他骂指控他的人是"头脑愚蠢的爵爷"和野杂种。两人为此拔剑相向。

这时萨立斯伯雷带领着一群百姓上场,他们希望国王能将萨福克放逐或处死。国王告诉众人,他已经打算这样做了。当然,他并不打算将其处死,只想将他逐出英国。这是亨利第一次像个国王一样施行惩罚,还为此发下了誓愿。他知道自己绝对不会打破戒令。因为人既已发誓,便不可亵渎上帝之名。若没有发誓,他尚能收回成命,可他不打算这样反悔。

他说:"因此,我向天主发誓,我作为他在尘世上一个很不称职的代表,决不容许萨福克再在我们的周围散布毒素,我限他三天以内离开,否则处死。"(3.2.289-292)

王后哭着向他求情:"哦,亨利,请允许我替善良的萨福克讲个人情吧。"(293)

他答道：

> 不善不良的王后，你把萨福克叫作善良的人吗！不用讲下去了，我说。你如果替他讲情，你只能在我的怒火上添油。我如果说出了我的意见，我就要实行我的意见；我如果是发了誓，那就更加不能收回成命。(3.2.294–298)

接下来便是萨福克遭放逐前和王后惜别的情景，这可能是莎士比亚笔下最动人的爱情场面，我在本书的第一部分已经有所讨论。

我现在回过头来讨论第三幕第二场的前一部分。当华列克和萨福克拔剑相向时，亨利有一段沉思非常不符合他国王的身份，他说：

> 一个问心无愧的人，赛如穿着护胸甲，是绝对安全的，他理直气壮，好比是披着三重盔甲；那种理不直、气不壮、丧失天良的人，即便穿上钢盔钢甲，也如同赤身裸体一般。(3.2.232–235)

虽然国王认为这番话句句在理，但作为国王，并不是拥有"纯洁无暇的灵魂"那么简单。国王不仅仅只是关心他个人灵魂的至福，他首要的责任是谋求国家的福祉。不知亨利是否意识到他担负着这一责任。"政治的"和"历史的"之间的矛盾已经在这个舞台上出现。从政治上来说，亨利当初在国会里如果立即将萨福克及约克等人放逐，并且凭着他国王的威权为葛罗斯特辩白的话，他就是做了正确的事。但那样的话，他也就成了僭主，虽然政治清明，却仍是个僭主。但如果国王坚持认为，唯有法律才能决断公义，坚持先查明真相再进行审判，[224]这不正是君主立宪制度下的君主该有的作为吗？亨利成了正义的元首典范。这是亨利第一次遵循绝对命令行事。事实上，他信奉的准则是：任何人想做的和决定的事，也是国家元首应该不分时间和场合去做和决定的。也就是说,亨利不考虑具体情境,只依据普遍法则行事。因此我很难说他完全疏忽了作为国家元首、作为至高权威和王者的责任。虽说如此,他仍然失职,因为他对处于特殊历史时期的国家和他那一代人还有应尽的责任。亨利六世的人格和生存性选择与他的政治责任之间有着不可调和的矛盾,从这个意义上来说,他是莎士比亚笔下一个充满悖论的角色。

上帝的审判是公允的。杀人主犯温彻斯特在极度痛苦中死去,毫无救赎的希望,国王却待在床边为他祈祷。另一个凶手萨福克将被劫持,最后死于海盗惠特莫尔(Walter Withmore)之手。将他处死是民心所向:vox populi, vox dei.[民众的声音就是上帝的声音]。但与红衣主教不同的是,这个骄傲自大、不怀好意、邪恶歹毒、自我奋斗、一心向上爬的人死时仍忠于自己。哪怕面对死亡,他仍想着向上爬。他将自己那罪有应得、毫无体面的死与历史上伟大英雄的死相提并论:

> 来吧,兵士们,尽量拿出你们残暴的手段,那样才能使我的死亡永远留在人们的记忆中。伟人们被卑贱的人杀害,那是常有的事。口若悬河的图里乌斯死在一个亡命之徒的手里;勃鲁托斯忘恩负义的手刺死了裘力斯·凯撒;庞贝为野蛮的岛民所害;今天我萨福克也在海盗的手里丧生。(4.1.134-140)

这个靠当王后的情夫才爬上高枝,无论在战时还是平时都无一伟绩和建树的人,竟敢将自己比做图里乌斯(Tullius)、凯撒及庞贝等罗马史上的伟人,好不荒唐!虽说如此,我们仍信服莎士比亚,信服萨福克的自我神化;直到死前他仍在维护着这一膨胀的自我形象。它表现了萨福克身上除爱情之外的另一重要激情:狂妄自大。他生时自傲,死时仍然如此。

现在(4.2)这幅戏剧图景再次开阔起来。我们从社会阶层的顶端来到社会底层,看到了凯德率领的那一群暴民。社会上层和底层参与的其实是同一出政治游戏,这一点表现在两个方面。其一,至少从莎士比亚的叙述看来,凯德叛乱其实是约克煽动的,他这样做是为了动摇亨利的统治地位,让自己有机可乘。其二,在底层民众中间上演的是一出对上层社会的讽刺剧。希腊剧场中的每一部悲剧都有其各自的讽刺剧。在莎士比亚笔下,悲剧及其讽刺剧可以在同一部戏剧中同时上演。《亨利六世》中篇便出现了这种情况。

[225]凯德和约克一样,声称他母亲是普兰塔琪纳特家族的一员。他们都为了称王滥杀无辜,但两人杀戮的对象有所不同。例如,凯德决心杀了所有的律师、会读写的文人和所有会说法语或拉丁语的学者。

有一个书吏承认他会写自己的名字时,暴民们叫道:“他招供了,把他带走!他是一个坏蛋,是个叛徒。”(4.2.106-107)

凯德对他的判决是:“把他带走,我说!把他的笔墨套在他的脖子上,吊死他。”(4.2.108-109)

贵族们被敌意、骄傲和仇恨驱使,暴民则出于弱者的积怨。暴民也杀人、偷抢、逃跑,也就是说,他们做的事,位高权重的贵族也同样在做。二者的区别并不在于谁善谁恶,而是高低贵贱的区分。莎士比亚的戏剧中有一丝尼采的意味。对尼采来说,某人的行为是高贵还是卑劣有着最为重要的意义。但在莎士比亚笔下,善恶的区别永远不会由于贵贱区别而消弭。非但如此,贵族间的恶远比民众间的恶更具危险性。邪恶比比皆是,不过,底层人民的良善与贵族的良善也同样熠熠生辉。只有后者的光芒才能照得更广阔、更深远。

第四幕中,上层社会与底层社会的几场戏交替上演,每一场篇幅都非常简短。这让我们觉得许多行动是同时发生的,它们营造出了断奏的效果。例如,在第四幕第四场这场简短的戏中,玛格莱特手捧萨福克的首级上场(19世纪以后,这一幕会让我们想起玛蒂尔德[Mathilde de la Mole]亲吻于连[Julien]头颅的样子)。随后,国王就接到了凯德叛乱的消息。这场戏近乎荒唐:国王和王后站在观众面前,王后却将死去的情夫的头颅贴在胸前(她说她想找回这个头颅所属的身体——这又是一个荒唐之处)。

国王询问王后:“怎么样,夫人! 还在为萨福克的死伤心吗? 假如我一旦死去,亲爱的,只怕你未必会这样伤心吧。”(4.2.20-24)这是国王唯一一次对妻子提到她对萨福克的爱。

王后答道:“不,我的爱,那我就不只伤心,我是要为你自尽的。”(4.2.23)

她说的是实话,只是后来没有真的死去。她丈夫的死给她带来的悲痛将是无以复加的,那将是无穷无尽、振聋发聩、永无止境的悲痛。一个感情洋溢的女人有着充沛的爱,足以让她将这些爱意热烈地倾注在三个男人身上。

国王对凯德叛乱的态度也很有代表性。他说的话并没有揭示出他新的性格特征,这只是他原本的性格在另一种情境下的表现。他说他并不想立即派兵征讨凯德:

> 我要派遣一位主教去对他们开导。要叫这么众多的愚民死在刀剑之下,上帝是不准的。(4.4.8-10)

他是太圣洁呢? 还是也太过天真? 还是说他看得透彻?

[226]他是圣洁? 天真? 还是明智? 我们先来看看,这三种说法能否相互折衷一下。确实不应让“愚民”死于刀剑之下,但莎士比亚呈现的是愤怒的暴民。然而,无论国王的判断与实际如何相悖,在他看

来，这些人都是他的子民。

当差官向他报告，暴民们要杀害学者、律师和绅士时，他惊呼：“唉，悖逆的人们！他们不知道自己干的是什么事。”(4.4.37)

该说他太天真，太不像个国王，还是该说他太聪慧了呢？可以回想一下在我们这个时代阿伦特是如何讨论恶的，她说，作恶就是“不加思考”地行动。借国王之口说出的属于耶稣基督的话语，听起来并不天真和不谙世事。

他最后派遣克列福(Clifford)率兵前去平息叛乱，但这支军队并不是去攻打叛军，而是去劝降。勃金汉对投诚者说：“兵丁们，随我来，我来想个办法替你们向王上讨情。”(4.7.224–225)

结果确实如此，国王赦免了所有人。他说：“我虽然命途多蹇，可是我可以向你们保证，我决不会刻薄寡恩。如今我感谢你们，宽恕你们，遣散你们各归原籍。”(4.8.18–21)

众人欢呼道：“上帝保佑吾王！上帝保佑吾王！”(4.8.22–23)

与此同时，凯德则死在了肯特郡，命丧乡绅艾登(Alexander Idem)之手。在这场非常简短的戏中，肯特郡人艾登作为绅士阶层的完美代表出现在了我们面前。

事实上，亨利六世将这一复杂困顿的局面处理得十分得当。他仍然正直、诚实、公正，是基督教君主的镜鉴。他成功地恢复了统治秩序，让暴民归顺于他。他成功地挽救了民众的生命与财产，恢复了国内和平。自他在第三幕长大成人后，亨利就在学着成为一个伟大的君王。但他仍不自信，充满了悲观的预感，觉得自己承担不了王者的重任。在这场给亨利带来认可和成功的戏之前，莎士比亚让他说出了一段简短的独白：

> 从来世上当国王的，有比我的权力更小的吗？我刚刚爬出摇

篮,在九个月的幼龄就被放到国王的宝座上去。如果说有什么老百姓想当国王的话,我这国王却更巴不得去当老百姓。(4.8.1–6)

这段独白至少有两重内涵。我刚才提到的“他充满了悲观的预感”是内涵之一。第二重内涵则与亨利奉行的“康德主义”和普世主义有关。在他看来,他并不是生而为王的,也可能生而为平民,实际上,他更想当个平头百姓。因此他不仅以国王的身份,也是以一个百姓的身份在行事和决断。这就意味着,他和他的众臣、随从及子民之间并不是家长式的关系。他可以和他们换位思考,是他们中的一员。一个并不想手握至高权力的人,有时要比那些一心想要攥紧权力的野心家能更好、更公正地行使这一权力。

[227]从这里开始,剧情突然加速展开。平息完爱尔兰叛乱的约克登场了。他是回来夺取王位的。亨利刚刚既公正、又很有国王作派地处理好了国内纷争,此时又陷入了进退维谷的境地。从这一刻起,他可以继续按国王的作派行事,但却无法再做到公正。或者说,他可以继续做到公正,但却不能再按国王的作派行事。他被这种矛盾击垮了。折磨他的不是约克或白玫瑰党人,而是他不具备应对这种双重重任的能力。他别无选择。由于他只能公正地行事,所以他后来只能放弃国王的行事作风。这种矛盾不仅会将这位国王毁灭,还会毁了古老的英格兰。

这时我们觉得自己目睹了理查二世的故事又一次重演(莎士比亚先写了《亨利六世》,所以也可以把理查二世的故事看作是对亨利六世故事的重演)。它重复了哪些?《理查二世》中的许多细节都得以重演。我们在讨论莎士比亚笔下的英国历史时,可以反用托尔斯泰评价家庭的那句名言:好的统治各有各的好,而所有野心家对王位的觊觎、他们使用的阴谋诡计和采取的政治谋杀则都是相似的。正如在理查二世的故事中,有个差官来报,说波林布洛克已从布列塔尼(Brittany)回到了英国,这部剧中也有人前来奏报(4.9),说约克已经从爱尔兰兴兵回国,但他并非要对国王图谋不轨,只是要把他称作逆贼的萨穆塞特从国王身边清除出去。这是白玫瑰党人第一次直接向兰开斯特家族发出挑衅。还记得数年前,约克和萨穆塞特在王室花园中互相挑衅(《亨利六世》上篇第二幕第四场)。他们分别摘下了第一朵白玫瑰和红玫瑰。而在那些最初参与谋反的人当中,这时只有红玫瑰党人中的萨福克死了。

我们(观众和演员们)毫不怀疑约克觊觎着王位和国家。即便我们此前不知,约克的第三次独白(5.1)也清楚地昭彰了他的用心,他说:

> 本爵这次从爱尔兰回来是为了要求我的权利,要从软弱的亨利的头上摘下那顶王冠。(5.1.1–2)

实际上,这部剧的许多阐释者认为,我们之所以觉得亨利“软弱”,是因为约克这样说了。但我们无需全盘接受约克的说法。他这样说是为了增强他的理由:他很强硬,所以他有权统治。我们对这种自然权利的观点相当熟悉。亨利的软弱让他天生不适合治国,约克则天生适合,所以他才说,“我的手生来就注定要掌握黄金”(5.1.7)。

亨利仍想知道约克兴兵的原因。他派勃金汉前去:“勃金汉贤卿,我请你去见约克,问他兴师动众是为了何事。”(4.8.37–38)

亨利想听到什么答案?是想听听约克如何文过饰非吗?他不是已经听到约克的说法了吗?约克说他此举只为清除萨穆塞特,并不针对国王,这样的辩白其实毫无说服力。[228]但这却让萨穆塞特难得有机会在寥寥数行台词中展现自己的德性和价值。我们其实对萨穆塞特知之甚少,但此时,莎士比亚对他献上了他的赞誉。

萨穆塞特在听到约克编造的理由后，只对国王说了一句："主公，我甘愿入狱，也甘愿就死，只要对国家有利。"(4.8.42–43)

这些话在这部剧中非常难得。说出这番话的萨穆塞特可见是个义人。

国王命人"问出他的理由"，但当勃金汉来到约克营帐里寻问他兴兵的理由时，约克却怒火中烧。但约克觉得自己的力量还没壮大到能把话直接挑明，所以他继续玩起了捉迷藏，回答道：

> 噢，勃金汉，请你原谅，我这半晌没有答话，实是因为我心头烦恼。我带兵来到这儿的目的，是要将狂妄的萨穆塞特从王上的驾前赶走，他这人对王上、对国家，是图谋不轨的。(5.1.32–37)

有趣的是，我们看到，约克现在离他小儿子理查的品性又更进了一步。他提到自己"心头烦恼"，这是一种喜剧式的举动。他试着当个喜剧演员，他那邪恶的儿子会把他这种做法臻于完善。勃金汉回答他，说萨穆塞特已被关进塔狱。他可能所言非虚，因为萨穆塞特确实主动提出愿为他的国王和国家作此牺牲。但显然亨利没有接受他的请求，如果接受，那便有悖亨利的品性了。约克和我们一样，很快便会发现萨穆塞特仍是自由之身。听闻萨穆塞特被囚的消息，约克解散了军队。虽然他实际上并没有这样做，但他至少这样说了。他还把他的几个儿子押给亨利当人质。这是我们第一次对约克的儿子们有所了解，他们将对这段(历史)故事的后续发展起到至关重要的作用。

当萨穆塞特(亨利想把他藏起来，不让约克看见)和王后一同上场时(5.1)，约克勃然大怒。他不再装模作样，而是怒气冲冲地说：

> 骗人的国王！你明知我最恨一个人言而无信，为什么失信于

> 我？我刚才把你叫做国王吗？不对，你算不得什么国王，你连一个逆臣都不敢管、不能管，当然就不配统辖万民。(5.1.91－95)

国王从未许诺过什么(莎士比亚并没有写到)，而且我们也知道他从不会食言。说萨穆塞特已被囚，这是勃金汉撒的谎，何况我们不知道他那是故意撒谎，还是真的不知实情。但我们知道约克指责国王不敢处置逆臣其实毫无道理。因为萨穆塞特并不是逆臣，约克才是。国王若要证明自己敢处置逆臣，应该去处置约克而不是萨穆塞特。萨穆塞特立即觉察到这一点，骂道：

> 万恶的逆贼呀！我逮捕你，约克，因为你犯了背叛王上的重罪。大胆的逆贼，低头认罪吧，跪下来求恩吧。(5.1.106－108)

他说得很对。约克让他的几个儿子给他作保，王后则叫来了克列福。这时国王在做什么？[229]他在哪儿呢？他为什么默不作声？理查的儿子们从一侧上场，克列福则从另一侧上场。接下来出现的，是正统的王室传统中所能想象到的最大的不敬之举。

克列福向国王下跪行礼，约克却对他说："谢谢你，克列福。……我是你的君王。"(5.1.123－125)

包括角色和观众，我们所有人都惊呆了，约克竟敢如此违逆。他表面上让儿子来作保，其实是让他们来做帮手。

从这一刻起，满怀傲气和怒火的约克扮演起了国王的角色。他觉得在这个舞台上，他可以随意作弄克列福、王后和国王等人。但他并不打算作弄萨穆塞特，只想尽快将他了结。约克的举动让我们都惊呆了，亨利也深有同感，说道：

> 说得对，克列福。疯狂和野心使他公然和他的王上对抗了。

(5.1.130－131)

造王者萨立斯伯雷和华列克此时也上场了。他们也参与了这出政治游戏，开始偷偷用他们捏造的合法性，为约克对王位的要求辩护。这时所有的事都悬而未决。国王说约克“疯狂”，其实也可以说他处于自然状态。此时在场的有一位合法君王和一个觊觎王位的野心家；前者手中已无实权，后者尚未掌权。所有人一齐发声，事态加速发展，但我们看不到它将如何发展，只看得到波云诡谲。仇恨带来的紧张感令人难以忍受。

国王并没有干涉约克的疯狂。他已一败涂地，不知如何是好。他信奉法律，但现在已无法律可言。他秉持良善，但现在众人只会互相仇视。此时此刻他哑口无言。

只有在看到年老的萨立斯伯雷向约克跪拜时，他才不禁深思：“还谈什么信义？说什么忠忱？如果两鬓如霜的老人都不忠不信，人世间谁还有忠信？”(5.1.164－166)

、接下来两人还进行了一段虽然简短却非常重要的对话。国王问萨立斯伯雷：“难道你不曾向我宣誓效忠吗？……既然有过誓言，你能对天反悔吗？ ”(5.1.177－179)

萨立斯伯雷回答道：“立誓去做坏事，那是一桩大罪；如果坚持做坏事的誓言，那就是更大的罪。”(5.1.180－181)

王后说他“刁滑的叛徒总会狡赖，不用请诡辩家帮忙”(5.1.189)。莎士比亚让他的角色肆意发泄他们的仇恨、报复、傲慢以及野心等等情绪。

但在我们看来，萨立斯伯雷和华列克既不是狐狸也不是狮子，而是蜘蛛。蜘蛛是理性主义者。他可以为自己的所有的恶行都找到有力的依据。萨立斯伯雷或华列克凭着(看似)有力的依据行恶事，他们不是第一次这样做了,也不会是最后一次。他们的论述逻辑显然是有道理的。如果你曾立誓去杀人,那么违背誓言当然更好。但效忠亨利并不是罪过。萨立斯伯雷根本无法证明,[230]效忠一个从未伤天害理的君王是一种罪,所以他的推论中最重要的命题根本无法成立。他从一个伪命题出发,很容易得出一个逻辑上正确但道德上败坏的结论。莎士比亚熟知魔鬼善于逻辑推理。但萨立斯伯雷还算不上是个魔鬼,他只是魔鬼的拥护者。

国王依旧默不作声,但克列福警觉起来,命部下武装起来。这时,约克的小儿子理查,即后来的葛罗斯特公爵和理查三世,说出了他在这部悲剧中的第一句台词:

> 呸!省省吧,别说硬话啦,今晚你就要去和耶稣基督共进晚餐啦。(5.1.211-212)

这句话很是玩世不恭、亵渎神明。

这便是*自然状态*。在自然状态下,唯一起决定作用的就是霍布斯所谓的*力量*——纯粹的身体力量,它与道德、正统和权力无关,甚至也与政治和暴力无关。整个传统摇摇欲坠,传统中的准则和规范也不能幸免。自然状态中毫无正义、忠诚和荣誉可言。更强壮的人将赢得胜利。但情况真是这样吗?更强壮的人会只因为力量更强便取胜吗?力量真的一直有用吗?今天这人握有蛮力,明天可能就是别人力量更强。正如霍布斯所言,自然状态下,人的生活短寿而危险,以力量为准的话,没有人能获得安全感。人们无法给力量以时间限制,力量本身就是一时的,根本无法固定在一人身上。今天更强壮的人明天可能就变虚弱了,今天略虚弱的人明天可能又变强。

这种自然状态的时刻在莎士比亚的历史视野中极具代表性。在他看来，力量既不是历史的主角，也不是政治的主角。它带来的不过是转瞬即逝的胜利。旧世界的废墟上如果没有一个新世界建成，一切还是会轰然倒塌。每一个自视甚高的勋爵很快都会归于黄土。

在从城堡到圣奥尔本战场的一路征程中，约克看到自己吉星高照。但没有哪一颗凭借力量升起的新星能恒久闪耀。一颗恒久的星星必须有规则可循，在天空中有一定的运行轨道。力量却是个拙劣的绘图员，它根本描绘不出这样的轨道。

在圣奥尔本战场上，老克列福被约克杀死。他死前说道：

> 毕生事业就此完了。

他仍是为某项事业、为某个人而死，他的灵魂还没有充斥着混乱。在杀害老克列福时，约克丢弃了传统的骑士精神。杀死年迈的老人不该是骑士所为，但在自然状态下，这些准则全然无效。地狱大门就此大开，天下大乱。老克列福之死令他的儿子小克列福燃起了复仇的烈火。他发誓要用更加残忍的暴行来回报约克的罪行，他发誓：

> 约克没有饶过我们的老人，我也决不饶过他们的婴孩。(5.2.51－52)

他发这样的誓，其实就已经是犯了罪。在莎士比亚的所有戏剧中都有一个绝对的底线。人本不该杀人，但还是有人杀人。人本不该杀害老人，但还是有人一不小心杀了老人。[231]但人不该杀害婴孩，这是绝对的底线，没有例外可言。在莎士比亚笔下，杀害婴孩是绝对的恶。当克列福发下重誓，说他不会放过约克家族的婴孩时，他做的事就和理查三世将来要做的事一样了：他选择当个恶人。

约克是个骁勇的军人，他的儿子也是一样。他在杀了老克列福之后，又杀了死敌萨穆塞特。这时，国王和王后出现了。国王不是个军人，他既不逃跑也不作战，只会呆在原地，无计可施。他怎会逃跑呢？那岂不是听天由命、胆小怯懦的表现？所以他说：

> 我们能挽回天意吗？好玛格莱特，停下来。(5.4.2)

他又怎会去作战呢？那就意味着去杀人。亨利没有做到一个男人本该做的事，这时反而由玛格莱特扮演了男性和战士的角色。她将替亨利作战，因为亨利自己不愿作战，也不愿逃跑。最后还是王后意识到他们必须撤退到伦敦去。

谁是这场战争的英雄？没有参战也不愿逃跑的国王肯定不是英雄。杀了两个劲敌的约克可能是，至少他从这场战争中获益了。但真正的英雄却是他的小儿子理查，他三次扶萨立斯伯雷上马，救他脱险。我们对于理查，这位后来的葛罗斯特公爵和理查三世了解多少？我们[此时]知道的是，他玩世不恭，是个亵渎神明的不信教者，但也知道他爱戴父亲胜过一切，时刻准备为他而战，并且骁勇无敌。

战争胜利后，这部剧也进入了尾声。如同《亨利六世》上篇以联姻告终一样，《亨利六世》中篇也以约克的胜利告终，两部剧都看似结局圆满，但实则并非如此。在这部剧的最后，华列克出场作总结陈词。这只是华列克在此时此地作的总结，与其他人无关。莎士比亚没有总结什么经验教训，他考虑的是人间喜剧。他让华列克说：

> 众位大人，今天真是一个光辉的日子。享有威名的约克公爵在圣奥尔本战役中获胜，这件事应该永垂史册。(5.5.34－36)

这件事并不会“永垂史册”，这一胜利带来的恶果将遭人唾骂。日后也没有人会记得这场无足轻重的胜利。

下篇

《亨利六世》下篇是这三部剧中最短的一部,但其剧情最密集、进展最迅猛。这部剧描写了玫瑰战争这场极具破坏力的内战。这支以亨利七世的胜利为结束标志的死亡之舞始于圣奥尔本一役,在"第一四联剧"的第三部剧里,[①] 它将成为一个非人格的主要"角色"。[232]这部讲述内战的剧作不停地变换故事发生的地点,剧情跌宕起伏。它讲述了命运的流转、人们的背信弃义,以及王位的易主。它是莎士比亚笔下最紧张、最跌宕起伏的戏剧之一。莎士比亚在剧中自由运用时间元素。数年浓缩成寥寥数天。在这支死亡之舞(danse macabre)中,内战的节奏变得敏感,肢体不听大脑指挥,不受任何中心、计划或目的的束缚自由地舞动。

这是一段没有具体主角的历史。亨利六世仍留在生存性的舞台上。我们将看到,这部剧一开始就是他最具代表性的出场,这一出场也有着最为重要的历史意义。但在这场有着伟大的历史—生存性意义的戏之后,作为历史行动者的国王便悄然退场,在动荡与混乱中消失不见,在内战的死亡之舞中踉跄蹒跚。这部剧的主角既不是亨利,也不是爱德华、约克或者理查,这是一出有关疯狂的戏剧。莎士比亚笔下的历史和政治从来都不是完全理智的,但像这样绝对的疯狂,他也只写过两次:一次是这部戏剧(包括《理查三世》),另一次则是《李尔王》。

《亨利六世》下篇的第一幕第一场在更深刻的层次上再现了《亨

---

① [译注]一般将《亨利六世》(上、中、下)和《理查三世》称为"第一四联剧",《理查二世》、《亨利四世》(上、下)、《亨利五世》称为"第二四联剧"。

利六世》中篇第三幕第一场的剧情。在中篇的第三幕第一场中,我们看到亨利从一个书呆子气十足、满心虔诚的孩子突然成长为信奉普遍道德法的男人,那场戏发生在议会大厅。与其类似,下篇的第一幕第一场也发生在议会,这一点极具代表性。正是在议会大厅里,亨利坚决只按章程行事,不在乎他的行为会产生何种直接后果,只想提出一个判决的先例以供后世之用。(在葛罗斯特的案子中,)他决心让法律自行其是,不受专权的干扰。我认为从本质上来说,他做得正确无误。如果逆臣们没有暗杀葛罗斯特,法庭本会将他无罪释放(逆臣们早猜到会是这个结果)。现在,类似的第二轮好戏上演了。

国王从战场上回到了伦敦,战场上的他既不愿作战,也不愿逃跑。他那时做的事,或者说得更准确一点,他那时不愿做的事,从政治上说来绝对是大错特错的。但考虑到他的性格,他的做法契合了良好的道德秩序。从政治上来说,逃跑是合理的做法,因为回到伦敦是他保住王位的唯一出路。但亨利热衷的是在他看来高于王位的东西:他对成为有德之人极为热衷。他在战场上原地不动,也就是说他不愿作战杀人。对他来说,无所作为便是最好的作为。他信奉苏格拉底的格言:忍受不义要好于施行不义。这一说法至少对他适用。他也知道别人信奉的是恰恰相反的理念,但他并不在意。

《亨利六世》下篇的第一幕第一场的剧情紧紧衔接着上部戏剧的最后一场戏,国王的脱逃使得约克一党大为光火。此外,他们也在互相吹捧对方怎样杀了敌方的显贵人物。[233]小儿子理查特别受到他父亲的称赞。华列克指着(高台上的)王位让约克去坐:

> 这是国王的御座,坐上去,约克。这是属于你的,不是属于亨利王的嗣子的。(《亨利六世》下篇,1.1.26-27)

且让我们看看接下来发生了什么。

我要事先说明，整个第一幕第一场的剧情都是莎士比亚的独创。在霍林西德的记述中，约克态度恭敬，拒绝对国王行凶，协约的条款是由国王和未来的护国公约克一起拟定的，只是之后王后破坏了协约。

我们且来看看莎士比亚的独创吧。在篡位者约克强占的王座旁，围拢着全副武装的兵士。接着华列克说出的话极具代表性，他说：

> 胆小的亨利，他那种畏首畏尾的作风，早成了敌人的笑柄，他若不退位让国，让约克公爵做国王，我就要使这一届国会成为流血的国会。(1.1.139 – 142)

而后他又对约克说：

> 只要我华列克振动铃子，不论是国王本人，或是他的亲信，……谁也不敢搧动一下翅膀。我要扶植普兰塔琪纳特为王；谁反抗就干掉谁。理查，请打定主意，争取王位。(1.1.45 – 49)

约克就此登上了宝座。华列克发出了可怕的威胁：如果亨利不退位，这里就将变成流血的国会。华列克表明，他可以动用由英国贵胄组成的最高机构来达成自己的目的。国会会场可能会演变成战场，但管他的呢，结果才最为重要。他提到的第二个称呼也很有深意(此处他强调普兰塔琪纳特由他“扶植”)。约克声称自己有权继承王位其实是一派胡言。或者说得好听点，这不过是华列克的托辞，他决心单凭一己之力扶植他人坐上王位。新国王并非从先前国王留下的种子里自然生长出来，而是由一个优秀的园丁扶植的。园丁播下新的种子进行栽种培育。华列克便是在扶植新王，他是个造王者。人们怎样才能造王或者扶植新王呢？他当然唯有依靠自然法。这就是为何约克和华列克需要一再强调亨利王软弱无能，不适合做王。此番指控正确与否并不重要，他们之所以选取这一罪名是为了强化自然法的观点，以期将另一个家族扶植到王位上。

接着亨利六世出场了。他说起话来既非没有国王的派头，也并不怯懦无能。他身边的贵族都佩戴着红玫瑰。

他指责道："众位贤卿，你们看那桀骜的叛徒坐在什么地方，他竟敢窃踞御座。"(1.1.50-51)他提醒众臣，正是此人杀害了他们的父亲。这时红玫瑰党人丝毫不逊于白玫瑰党人，都蓄势大开杀戒。

威斯摩兰(Westmoreland)喊道："哼，我们能任着他这样放肆吗？去揪他下来！我怒火中烧，按捺不住了。"(59-60)

但国王不许他的臣民手染鲜血，说道："耐着点儿，威斯摩兰伯爵。"(61)[234]

克列福知道该怎么做。红玫瑰党人数量众多，他们既盼着复仇，又忠于亨利，所以克列福说："像他那种懦夫才能忍耐。如果您父亲老王还活着，他决不敢僭坐御座。仁慈的君王，让我们在这国会会场里把约克家族打个落花流水。"(62-65)

但国王却让他们停手，说道："*我决不忍心把国会变成屠场。*"(70-71，着重号为我所加)

别人说什么也无用。亨利就此失势，这印证了他不善于从事政治的事实。但这句话不仅让他保守了自己的灵魂，还让他进入了历史。因为不让国会变成屠场本就是人们应该遵守的普遍法。*对华列克来说，国会只是他达成目的的手段，而对亨利来说，国会本身就是目的。*这是亨利大放光芒的时刻，但他很快便衰颓下来。他为什么妥协？不是因为他惧怕约克的势力，而是因为意识到自己在一件重要的事情上理亏了——虽不是他犯的过错，但他确实理亏。

红、白玫瑰党人都没有拔出剑来,是亨利制止了他们,不让他们血染国会会场。取代刀光剑影的是一场言辞之战。双方势不两立,都在为自己的继承权奋力辩白。国王的随众们先前只因遵循王命才暂时停手,此刻,心中的复仇之火也越燃越旺。在激烈的争执中,约克的几个儿子变得越发心烦气躁。理查插话说:

鸣起鼓来,吹起号来,管保昏王要逃跑不迭。(198)

但此刻以国王自居,端坐王位上的约克却希望双方免于流血杀戮,因为他发现自己靠言辞就能取胜。

我曾提到过这番关于王位合法权的唇枪舌战的转折点。亨利给出了明摆着的理由:他是哈利,是亨利五世之子,而后者又是先王亨利四世之子。约克打断他说:

那是他对自己的君王造反。(134)

此时此刻,先被废黜后又被谋害的理查二世的王杖出现在了国会会场。亨利于是败下阵来,因为他意识到自己理亏。在这番舌战中,所有人都在用惯常的理由为自己的私利或野心做合理解释,种种解释其实只是掩饰。狼正在陈述它有权吃掉小羊,其实它本想不费唇舌地一口吃掉。亨利却是这群人中的例外。他很是真诚。他为自己的继承权正名只是出于本心,而不是因为需要粉饰自己的私利、仇恨和野心。他的祖父是废黜合法君王的篡位者,当约克用这一事实诘难他时,亨利承认约克说得没错。他的自我辩白到此为止。他丧失了对自身合法性的信念,说道:

我不知怎样回答才好;我的理由有漏洞。你们说,国王是不是可以收养一个继承人。(135-136)

他实在语出惊人！在这群满怀恶意、野心勃勃的贵族看来，理由就是理由，没有谁愿意承认自己理亏。[235]但国王却这样做了。他猛地意识到，自己的祖父正是和约克一样的逆巨贼子。他承认自己国王的名头不实。克列福随即向他保证，无论亨利的继承权有理无理，自己都会拥护他，亨利虽然赞赏他的忠心，却接受不了这种“有理或无理”的说法。约克于是让他卸下王冠。华列克威胁亨利：

> 尊重这位具有君王气概的约克公爵，否则我就将部队调进会场，用篡位者的鲜血写下约克公爵稳坐御座的权利。(167–170)

他跺了跺脚，兵士们便应声而入。毫无疑问，国王定会妥协，他确实做出了一定的妥协。他之所以妥协不是因为自己的生命受到威胁，更不是因为考虑到他的亲信随从的安全，最重要的原因是，他早就决定要杜绝最危险的事情发生，他绝不允许血染国会会场的事情发生。他若置之不理，这里将一片疮痍。而且，在受到威胁前，他还意识到了自己的继承权并不坚实。

亨利此时打算妥协，并不是因为他软弱，而是因为他的信念。他确信此时此刻做出妥协是对的。他承诺在他死后会将王位传给理查·普兰塔琪兰特。这一妥协很是明智。他不想退位。退位就会再次将国王一旦面临重压或威胁就要退位这件事变成一条普遍法则。他从理查二世的命运中吸取了教训。国王有选择继位者的自由，这或许还有可能成为一条准则或惯例。没有人能对此准则表示什么异议，所以他做此选择。但这一做法再次成了亨利最坏的政治举措，因为它激怒了原本效忠亨利的贵族。他剥夺了他儿子的王位继承权，罔顾了拥护他的人的利益。

良好的政治和善良的人性此时必不相容(历史上也有明证)，两者本身也相互矛盾,其矛盾不可化解。亨利为了避免在道义上犯错,不得不做出政治上大错特错的事来。而他的敌手全都选择了在政治上看似无误、道义上却充满问题的行动方案。当然,他们是否真的做出了政治上正确的决定另当别论,但他们至少试着这么做。历史自有公断。他们双方都已埋骨古老英国的废墟之中,可见这两种选择都具有毁灭性。

但此时此刻,这一选择还不至于招致灾难。亨利的提议虽令人痛心,但若双方真诚接受,仍可以避免血腥内战的爆发。此举在政治上看来当然很不明智,但如果双方严格履行了的话,我们仍可以说亨利的这一决议在历史上是明智的。

亨利让约克发下此誓:"我这里决定把王位永远让给你和你的子孙,但必须附一条件,那就是,你宣誓停止内战,当我在世的时候,你必须尊我为王,[236]再不蓄意谋反。"(195-201)

约克应答道:"我愿意立此誓言,而且一定履行。"(202)

他真这么想吗?哪怕只是暂时应允?或许那一刻他确是认真的。尽管他有着凌驾万人之上的错觉,但面对受膏沐的君王,他仍需表现出些许敬重。这个大逆不道、无所顾及的男人身上仍留有一丝多愁善感。这种混合在莎士比亚笔下并不罕见。但他显然不属于(尼采所谓的)能够守诺的那一类人。他无法守诺,因为他记性很差。他可能今天诚心诚意地发了誓,但如果受利益所驱,又有儿子们的怂恿,第二天他就会把誓言抛诸脑后。

毫无疑问,莎士比亚认为约克遭到了神圣天谴的报应。他的惨死就是对他发假誓所施加的惩罚。我们还可以进一步说,上帝还将对他的惩罚报应在了他的子子孙孙身上,因为这些人几乎都被他最爱的小儿子理查杀光。但此时此刻,约克还预见不到这一切。国王自己则不需要先预见到什么,因为无论结果如何,亨利都不会背誓,他信仰上帝的惩罚与智慧。他十分清楚,如果约克背弃了这个誓言,英国就将陷入巨大灾难。但约克不会为了免遭痛苦便去遵守誓言。

从这场戏开始,亨利的行为(而不是性格!)再次发生了变化。他变得全然被动。之所以如此,起初是因为他意识到自己再无用武之地,而且他也为剥夺了儿子的继承权而感到愧疚。后来则是因为他发现,效忠他的红玫瑰党人竟也和白玫瑰党人一样凶狠残暴,他们的行为和约克党人的残暴行径不相上下。兰开斯特党人也不关心是非对错,只想着大开杀戒,亨利不愿再与他们有何瓜葛。在他看来,敌友已经无甚差别。非但如此,他还陷入了一场道德危机。因为红玫瑰党人毕竟效忠于他,他得为他们的行径负责。他本应制止这些人所行的不义之事,却又发现自己无力劝阻。但他仍觉得应试着找出一条解决之道,只是他虽努力为之,却依旧力不从心。他总觉得应该更努力一点才是。亨利无法为自己开脱。

他首先遭到了玛格莱特的指责,她说的似乎不无道理。她骂亨利是个无情无义的父亲。我们又一次听到这只母老虎开口说话,此番是为了维护她生命中另一个重要的男人,她亲爱的儿子:

> 你对他如果有像我对他一半的爱心,如果你体会到我生育他的时候所受到的苦楚,如果你曾像我一样用血液将他喂大,那你就当场洒出你心头最宝贝的鲜血,也断断不能让那野蛮的公爵做你的继承人,而剥夺你亲生独子的继承权。(1.1.221-226)

[237]玛格莱特还是那个玛格莱特。没有什么比她的丈夫和儿子更珍贵,没有什么比他们更值得她去维护、去珍惜和疼爱。她不在乎什么国家(反正这不是她的国家)、国会(反正这不是她的国会)、和平(还有谁在乎和平?),她只在乎她的丈夫和儿子。

亨利答说:“宽恕我,玛格莱特;请宽恕我,亲爱的儿子。我是被华列克伯爵和约克公爵所逼呀。”(229-230)

玛格莱特怒火中烧,回问道:“逼你?你是一国之主,你能让别人逼你吗?”(231)

她误解了亨利,他之所以会被逼着做某事,并不是因为他懦弱,而是因为他想维护自己的国家。玛格丽特意识不到这一点,她说:

> 即便那些兵丁把我推上刀山,我也绝不同意那宗法案。可你这人却贪生怕死,不顾荣誉。亨利,你既是这样的人,那我只得对你宣告离异,再不和你同桌而食,同榻而眠,直到你把那宗剥夺亲王继承权的法案撤销为止……我此刻就离开你。来吧,我的儿子,我们就走。我们的人马已经齐备,我们追上前去。(1.1.245-257)

王后显然不会遵守国会的法案,这法案对她来说毫无效力,她并没有宣誓。她集结人马,为儿子的权利而战,徒留国王悲痛欲绝,但他理解王后的做法,说道:

> 可怜的王后呵。你看她又爱丈夫,又爱儿子,她是走投无路才大发雷霆的。(265-266)

但他马上又担心她会带来致命的后果,便命爱克塞特紧随王后而去,如果还有可能的话,替他阻止内战的进一步爆发。

这场篇幅相当长的戏之后,一直到剧末,每场戏都非常短(只有少数几场例外)。每场戏的快节奏都突出了恐惧与希望、好运与噩运、兴盛与败落、忠诚与背叛以及生与死的跌宕起伏。

第一幕第二场中,约克的儿子理查和爱德华劝他们的父亲背弃誓言。理查的话更具有深意。如果说华列克(《亨利六世》中篇)让我们听到的是魔鬼代言人的诡辩之辞,那我们现在终于听到了魔鬼本人给出的理由。和其代言人一样,魔鬼本人也可以为他的每条恶计找到形式上有力的理由。华列克这个魔鬼代言人所主张的是,攫取权力是终极目的,其他一切都只是达成目的的手段,而理查这个魔鬼给出的理由则是,权力争夺总离不开残杀。这个魔鬼不仅执迷于权力,更是暴虐成性,他说:

> 凡是誓言,假如不是在一个对宣誓人掌有管辖权的真正官长面前立下的,就毫无约束力。亨利的王位是篡去的,他对您没有管辖权……所以,起兵吧!……我一天不用亨利心头的半冷不热的血来染红我佩在身上的白玫瑰,我就一天不得安宁。(1.2.22–34)

约克等的就是这个说法,立即说道:“够了,理查。我决定做国王,否则宁可去死。”(1.2.35)

我们可能要问,更易受人左右的是亨利王吗?难道不是约克吗?到底是谁意志不坚定呢?

这一时间节点在剧中非常重要,正在这时,有人来报:[238]王后已兴兵来犯。敌对双方同时行动,这一点对于理解莎士比亚笔下的政治历史人物至关重要。王后和约克都声称自己不是最先兴兵的一方,他们兴兵只是因为对方已经这么做了。双方都是先发制人,但又都为自己背信弃义的行为辩驳,好像是因为对方先背信弃义才逼得他们这么做的。

战争爆发了。我们在这场戏中(1.3)目睹了绝对的恶。这是亨利六世的故事发展到现在出现的第一件不可饶恕的罪行,它是亨利党人而不是约克党人作的恶。这一绝对的恶便是残杀孩子。克列福杀害了约克的儿子鲁特兰(Lutland)。在很大程度上来说,在他真正杀人之前,这场残杀就已经发生了。我们还记得,当克利福看到年迈的父亲被人杀害后,就决意对约克家族的人赶尽杀绝,即便对婴孩也不会有半分怜悯。有些事根本不能起心动念,因为只要动了念头,一旦条件允许,他就会把这些想法付诸实践。莎士比亚提到,理查数小时之前说他想用亨利的心头血染红他佩戴的白玫瑰。他定会去实现这个愿望,就像克列福现在不假思索地要实现他的想法一样。克列福不属于莎士比亚笔下魔鬼式的人物,他不是理查那类人。他之所以变得邪恶是因为一心想为父报仇,他自以为这是合理正当的复仇之火。但他对什么是正当的复仇一无所知。他所做的一切都是缺乏思考的行动。

我在本书第一部分讨论莎士比亚对于恶的刻画时提到,莎剧中有些人作恶的首要原因是他们缺乏思考(我要说明的是,到目前为止,并不是所有的恶都出于缺乏思考)。克列福并没有为自己的行为找冠冕堂皇的理由,哪怕是这样恶劣的行径。他只想为父报仇,并且觉得杀个孩子为他父亲偿债未尝不可。莎剧中有多少个恶人,就有多少种不同类型的恶。

克列福非但不辨善恶,还分辨不了恶与根本恶的区别。

当他看到鲁特兰和教士在一起时,立即放了教士一条生路,说:“看在你是个出家人,饶你一命。至于那个该死的公爵的小崽子,他父亲杀了我的父亲,我一定不能饶他。”(1.3.3-5)

教士恳求他:“哎哎,克列福呀,这无辜的孩子,千万别杀他,不然你要引起天怒人怨的。”(8-9)

孩子也求他:“哎,仁慈的克列福,我宁愿你一剑杀了我,不要再用狰狞的面目吓唬我。善心的克列福,我死以前,请容我说一句。我是一个微不足道的小娃儿,不值得惹您生气,您要报仇就对大人们报吧,请

放我一条生路。”(1.3.17–21)

可以想像,这孩子吓得不敢睁开眼睛,不敢看这张狰狞的面孔。克列福却说:

> 我只要一见到约克家族的任何人,就不由得怒从心起,气愤填膺。我一定要把他们这一支该死的家族连根拔除,一个孽种也不留,在这以前,我是如同生活在地狱里一般。(1.3.31–34)

你听明白了吗?[239]他和希特勒同声相应:犹太孩子长大了就成了犹太人;约克的孩子长大了就成了约克。他决心将“这一支该死的家族”连根拔除。

这孩子乞求道:“仁慈的克列福,可怜可怜我吧!……我从未得罪过您,为什么一定要杀我……以后我如犯过错,你随时可以处死我,现在你实在没有理由要杀我呀。”(1.3.36–46)

克列福回他:“没有理由!你的父亲杀了我的父亲,为此,你就非死不可。”(47,着重号为我所加)

这是什么样的推论?孩子死前援引了奥维德的诗句:“Di faciant laudis summa sit ista tuae![假借汝手,荣耀归主]。”(48)这诗可能是他几天前刚从教士那学来的。这个聪慧孩子说出的话是多么讽刺!神灵确实让克列福单凭这一凶残的行径就被世人永远记恨。

儿子死后,紧接着就是父亲之死。约克短暂的荣耀就此终结,一切都归于虚空的虚空。他如今知道:“我的寿算快到尽头了。”(1.4.26)诺森伯兰(他是亨利党人)对他心存仁慈,克列福和玛格莱特王后却毫不心软。

作为初出茅庐的剧作家,莎士比亚在第一幕最后一场戏中使用的修辞技巧常为人诟病。有些表达的确过于绮丽繁复,有些修辞手法毫无诗意,还有些比喻太过夸张俗套。例如,莎士比亚的一些同时代人就指出,他有些原本意欲表达严肃意思的台词,最后听起来却荒唐可笑。咒骂玛格莱特王后的那句“女人的外表下包裹着一颗老虎的心”(1.4.138)最常受人批评。从诗艺的精妙上来看,这些批评家可能挑剔得没错,但从整场戏的架构上来看,这一指责就没那么有道理了。对克列福和王后两人极尽残酷的本性的刻画,本质上是莎士比亚式的。这部剧中克列福与王后残忍作弄约克的情景,与《李尔王》中康纳瑞尔、里根和爱德伽作弄葛罗斯特的情景似乎没有趣味上的差别,至少我看不出。使得《李尔王》中的场景更具冲击力的唯一原因是葛罗斯特全然无辜,而这部剧中的约克并不无辜。

莎士比亚偏爱走向极端,借此呈现人性的残酷无情和施虐手段所能达到的极致,唯此他才能探寻人性的各种极端可能。莎士比亚对于人类的每种可能性都抱有极大的兴趣,因此他自始至终在多部剧作中不懈地刻画着人类犯下的绝对罪行(例如,《麦克白》中也有婴孩被杀)。到底是什么使得他们越过了人性的底线?《亨利六世》下篇中的克列福越过了底线,玛格莱特同样跃跃欲试。这些人可能是像理查三世那样,独自一人越过底线,越过低到不能再低的极限,也可以像杀害约克的人或《李尔王》中作弄葛罗斯特的那群人一样,三三两两地一起跨过去。罪行就这样发生,而莎士比亚直面现实。谁是残忍的野蛮人?定然不是剧作家。

玛格莱特为了延长约克的痛苦,[240]没有让克列福立即将他处死,残忍的一幕由此上演。从此刻开始,所有的角色都被重写了。约克经受着暴虐的作弄,原本目中无人、虚伪做作、渴求权力的他将要扮演忧患之子的角色,越来越像十字架上饱受折磨的耶稣。但他仍是约克,他永远不会承认自己的罪行,永远不会宽恕他人,也不会乞求他人的宽恕。尽管他要扮演一个忧患之子那样的角色,但他并不是忧患之子的翻版。一个人的处境和他本人的落差之大，至少会使旁观者深受触动，最终会让人同情他的处境，而不在乎他是谁。约克的处境甚至打动了冷酷的诺森伯兰，他哭了出来：

> 我看到这个人的灵魂被他内心的痛苦折磨到这种地步，纵使我对他有不共戴天之仇，我也忍不住要为他痛哭了。(1.4.170–173)

尽管这场戏中，约克扮演了忧患之子的角色，但我们对玛格莱特有了更进一步的了解，可以更深入地剖析她的品性。从政治意义上来说，这场戏——它也是莎士比亚进行人性探讨的样本之一——重现了克列福残杀孩子的情景。玛格莱特将浸满孩子鲜血的手巾拿给这父亲看，以此折磨他。她极尽嘲弄，对敌人无法愈合的创痛讥笑道：

> 我请求你，约克，痛哭一场吧，这样才能使我看了开心……汉子，你为什么一声不响？你该发狂呀。我这样戏弄你，就为的是使你发狂。跺脚吧，咆哮吧，暴跳如雷吧，你要是那样，就能使我高兴得边唱边舞了。呵，我明白了，你是要我给你一点报酬，才肯替我消愁解闷。约克一定要戴上王冠才肯说话的。好，给约克拿一顶王冠来！将军们，你们来对他鞠躬致敬。(1.4.87–95)

她将一个纸糊的王冠戴在他头上。莎士比亚给了约克说话的时间和机会。我们并不感兴趣他如何指责玛格莱特颠倒了女性身份，又如何对她破口大骂(例如，我们知道玛格莱特生得美貌，他却骂她丑陋不堪)。但他的诅咒很有意思。他说：

> 来吧，把这王冠拿去，你们取得王冠，也取得我的诅咒；你们这种辣手的人所给我的安慰，等到你们需要的时候，也会落到你

们自己的头上的。(164-169)

接着,玛格莱特和克列福杀了他,将他的头砍下来,悬挂在约克城的城门上。约克的诅咒很快就会应验。我在后面会再提到,这两次残杀事件(即克列福残杀鲁特兰,以及他和玛格莱特残杀饱受折磨的约克)从一开始就有着政治和历史的意义。因为这一刻意味着国王不再清白无辜,他身边尽是杀人凶手,他的妻子和最忠心的臣子成了最大的恶人。相较于白玫瑰党人到目前为止所做的恶事,这两人的所为有过之而无不及,他们彻底越过了底线。

这场戏的每一句台词都渗透了莎士比亚对于政治的马基雅维利式理解。全然的良善不仅是政治灾难,更会演变成伦理灾难。绝对良善的人并不能阻止恶的发生。他从不作恶,但他身边的所有人都可能作恶,因为他会给予他们宽恕,还会替他们悔罪。[241]搞政治的人需得装扮一番才能登上政治舞台,他不能像还在生存性的舞台上那样,依旧以生存性的本真状态出现。但政治舞台上的亨利仍是赤裸本真的样子。尽管他对普遍法则的吁求让他有可能获得“历史”意义,但在具体情境下,他终究会失败,也必定会失败。我再重申一次,他不但在政治上一败涂地,在伦理上(虽然不是在道义上)也失败了。耶稣虽曾告诫人不要抵抗恶,但国王却应该抵抗恶,因为他的国是建在尘世的。亨利却无力抵抗恶。

接下来是约克的三个儿子的戏。他们此时已听闻己方战败、父亲惨死的噩耗。这场戏是整个故事的又一转折点,虽然很少有人注意到它。从这一刻起,约克的三个儿子(爱德华、乔治[George]和理查)将成为整部剧以及这场政治博弈的主角。我们可以从中获得一些对理查的了解:他深爱着父亲,父亲是他一生中唯一爱戴的人。我们后面会看到,他憎恶自己的母亲,这种憎恶与父子之情有密切的关联。心理学家或许可以从这种家庭结构中发现理查个性形成的端倪。但一如我经常提到的,莎士比亚从不明说各个角色行事的动机,他只呈现他们的行动,在不同的处境中做出对他们的评价,这样,我们就可以从他们身上获得诸多教益,也能给出自己的解读。莎士比亚鼓励我们有多种解读,不限于某一种。我们还可以从这场戏中得到一些政治教诲。

华列克随后登场,战败对他来说不值一提。在战场上有输也会有赢。他还是个造王者。约克既然已死,约克的长子爱德华就是下一个国王。华列克一如既往地自有盘算,决心实施他的造王计划。

第二幕第二场中,得胜的玛格莱特在约克城隆重地迎驾亨利六世,她觉得这是个大好的日子,还问她丈夫:"主公,您看到那东西,心里不觉得高兴吗?"(2.2.4)

约克终于死了,她终于可以把王冠重新戴到亨利头上。亨利却一点也不欣喜,只觉得懊悔同情,他说:

> 呵,我心里的感觉,就好像害怕触礁的人看到礁石一样呢。看到那首级,只能使我从心底里感到不安。上帝呵,请您不要降罚,这不是我的罪过,我不是居心要破坏我的誓言呵。(2.2.5-8)

克列福闻此甚是忧虑,说道:"仁慈的君王,您断断不可再像这样过分宽大,光知道怜恤别人而损害自己。"(2.2.9-10)

他还建议亨利立其子爱德华为王位继承人。他们二人孰对孰错?这一点又有谁可以评判?从政治上来说,克列福是对的。但他弃仁厚于不顾,先残杀了一个孩子,后折磨了孩子的父亲,现在又让另一个父亲立子为储。他的建议可信吗?如果他是对的,亨利能断然拒绝他吗?

亨利未做出让步。他了解克列福的为人,注意到了他模棱两可的处境。[242]敦厚善良的克列福已不复存在。他甚至不愿回应克列福,而是首先说道:

> 克列福口若悬河,说的全是大道理,可是,克列福,请你告诉我,你从未听人说过,来之不义的东西是不会有好下场的吗?父亲一味贪财,多行不义,儿子能永享幸福吗?我只想替子孙积德,我但愿我的父亲当年也只把他所积下的德留给我!……哎,约克堂兄,你的朋友们哪里知道,我看到你的首级挂在这里,我心里有多么难过呵。(2.2.43–55)

亨利不会惺惺作态,他确实感到哀痛。他虽穿着君王的华服,却一如既往地保持着赤裸本真。

接下来,剧情发展得更为迅猛,每场戏以断奏的形式接连上演。玛格莱特王后与爱德华随即对峙不下,爱德华前来讨回他父亲的王位继承权,国王想让步,玛格莱特却不让他说话。

“你既然不容柔和的国王开口,就不必谈判下去。吩咐他们吹起号角,让我们血红的旗帜飘扬起来。”(172–173)

爱德华这一句话结束了对峙的僵局,玛格莱特这才意识到危险,喊道:“等一等,爱德华。”(175)

爱德华却答:“不,爱斗口的婆娘,我们决不再等了,今天的一席话要送掉一万人的性命。”(176–177)

对于这数万人的死,无辜的国王脱得了干系吗?克列福死前指责他(2.6):

> 亨利王呀,假如你像别的君王那样……坚决执行自己的权力,对约克家族不作让步,他们就决不会像夏天的苍蝇一般

蜂拥而出，我和千万个忠臣义士就决不至于殉难而死，留下孤儿寡妇为我们悲伤，你自己也就一定能够安享尊荣直到此刻。(2.6.14－20)

性情(Gemüt)伦理与结果伦理间的冲突爆发了。如果从结果伦理的角度来看，对于数万人的死亡亨利难辞其咎。但如果从个人品德的角度来解读这个故事，亨利则是无辜的。他主观上从不想做任何坏事，他甚至不愿享受权力给他的甜头，不愿品尝妻子赢来的短暂胜利的滋味。

亨利还能怎样？他唯一能做的就是卸下国王的职份，加入哀悼者的合唱队。国王没有为他的行为辩解，但也没有谴责他的部下。他就是他自己，成不了其他人，他做不到违背本心，也不是能屈能伸的人。这一缺点也是他的力量所在：他的品性就是如此。如果他换一种方式行事，我们能否保证最后的结果一定不同或者一定更好？那样的话，亨利六世可能就成了另一个约克，甚至成了另一个理查三世。但他自始至终就只是亨利六世。魔鬼的棋牌游戏正在进行，有些人不得不出牌，亨利却从未参与牌局。

亨利这就样独自坐在了山坡上。他的这种作壁上观既有字面义也有比喻义。此时双方鏖战正酣，没人知道输赢属于谁家。[243]哀悼的国王并不关心输赢，他只说：

我在这土岗之上，暂且坐下来歇一会儿。上帝叫谁得胜，就让谁得胜吧！……我真宁愿死掉，如果这是符合上帝旨意的话。活在世上除了受苦受难，还有什么别的好处？(2.5.14－20)

接着，这位国王像狱中的理查二世一样，开始谈论时间。他们提到了同样的错误，即自己错失了适当的时机。但他们对时间有不同的理解,这一理解的不同显现了两人品性上的差异。理查哀叹自己没有听到历史奏出的不和谐的杂音,没能觉察时代的变迁,懊悔自己没能抓住时机。亨利谈的却不是这些。他知道自己本就抓不住时机,甚至他可能已经听到了不和谐的音调,但他无法令其和谐悦耳,因为他理解中的时间超越了"时代"(the times)的含义,它不是政治时间,也不是所谓的时机。在他看来,真正的时间应是自然时间(time of nature),而非历史时间。自然时间中有春夏秋冬的更替,有神(或自然)使物各安其位,使人各司其职。他感叹:

> 上帝呵!我宁愿当一个庄稼汉,反倒可以过着幸福的生活。就像我现在这样,坐在山坡上,雕制一个精致的日晷,看着时光一分一秒地消逝……多少时间用于畜牧,多少时间用于休息,多少时间用于沉思,多少时间用于嬉乐。还可以计算一下,母羊怀胎有多少日子,再过多少星期生下小羊,再过几年可以剪下羊毛。这样,一分、一时、一日、一月、一年地安安静静度过去,一直活到白发苍苍,然后悄悄地钻进坟墓。呀,这样的生活是多么令人神往呵!多么甜蜜!多么美妙!(2.5.21-40)

莎士比亚笔下有许多英国国王都幻想过老百姓的简朴生活(如亨利四世与亨利五世),摆脱国王的忧思与重负。还有一些国王(如理查二世)则反思时间。亨利六世在他一连串的思绪中把这两件事都想了一遍。在莎士比亚塑造的所有国王中,唯有他所说的即是真实所想。亨利四世和亨利五世可能只有某一瞬间沉湎于类似的想法,过了一会儿他们又欢欣鼓舞地承担起国王的责任。但亨利六世从来就不想当国王。王权对他来说一直都是重负,他甚至因为自己履行不了国王的职责而深感愧疚。如果亨利六世的生命可以重新来过,他会祈求上帝让他当个牧羊人,也就是说,让他当个卢梭式的而非霍布斯式的自然人。

接着上演的两场戏好似一出神秘剧,与《亨利六世》上篇中塔尔博父子争相为对方牺牲的一幕形成了鲜明对照。到了《亨利六世》下篇,我们看到父子相互残杀。

亨利坐在山坡上哀叹道:"不幸的汉子,哭吧,我也要为你痛哭。在内战的战火中一切都将毁灭,[244]让我们哭瞎我们的眼睛,让我们的心房被忧伤压碎吧。"(2.5.76–78)

接着又哭号:"一桩惨事接着一桩惨事!这种惨事真是出乎常情之外!唉,我宁愿用我的死亡来阻止这类惨事的发生!"(94–95)

他还悲叹:"人君为百姓们的灾难而哀伤,有像我这样深切的吗?你们确是够伤心的了,但我的痛苦却超过你们十倍。"(2.5.111–112)

玛格莱特王后让他从山坡上下来,带他逃往苏格兰。她要替亨利奋战到底,不会让他轻易死去。

亨利悄悄回到英格兰时却被护林人认出了,他被扭送给国王爱德华,随后又被关到伦敦塔中。与此同时,另一个重大的历史事件正在酝酿当中,它是过去的再现。在亨利六世统治初期,引发玫瑰战争的重要原因之一就是,亨利做了一件性颠覆的事。当时,年轻的亨利决心迎娶玛格莱特(这个漂亮女人还是萨福克的情妇),为了娶她,亨利毁弃了他叔叔为他交涉好的一桩皇室联姻。我们或许还记得,正是此举使得华列克和他父亲背弃亨利,转而效命约克,投靠约克家族。现在,相似的历史又重演了。当年背弃亨利而投靠约克、之后又扶植爱德华为王的华列克,如今正在法国说媒,想让波娜(Lady Bona)嫁到英国,成为王后。与此同时,爱德华这个名声在外的登徒子却在追求葛雷(Grey)夫人,但这个寡妇要他明媒正娶,否则不愿与他同床。国王应允并娶了她,此举辜负了华列克的热忱。他在法国获悉了爱德华改变心意的消息,立刻做了一件之前已做过的事。他现在又背弃了爱德华,转而宣誓效忠亨利,许诺帮他夺回王位。

我们知道莎士比亚喜欢刻画这类重复的事件,这并非因为他想忠于史实(其实他常常罔顾史实),而是因为这样他就可以同时表现以下两点。其一,每个历史事件都是独特唯一的,所有条件只会出现一次,历史不会重复。其二,历史和政治一样,都有规律可循。例如,有一条历史规律便是,君主掠夺臣民的财产,尤其是侵占田地的做法,通常都会招致灾难。我们知道,这也是马基雅维利的观点。莎剧中有好几个重复之前剧情的例子。举例说来,理查二世犯下的一个严重错误就是将刚特的财产充公。《理查二世》开场的争端是诺福克与波林布洛克相互指控,而在这部剧的第三幕中,其他几个主要角色又再现了这一争端,两次争论都围绕着是谁杀害了葛罗斯特公爵这一悬而未决的问题,因此,这是一个重复。

而在《亨利六世》这部剧中,莎士比亚点明了两个特定事件中反映出的一些规律:如果国王罔顾国家利益,全凭个人喜好选定王后,就会给政治带来危险。正因为如此,历史上每个具体的行动和事件虽然不可能重复,有些特定的模式却会重演。[245]意料之中的事与难以预料的事在历史中奇妙地结合在一起,我认为莎士比亚对这种奇妙的结合本身感兴趣,当然,这也可能有着实际的原因。我们都知道,他的戏剧大多会在女王面前上演。我们或可猜测,或许女王对这类重复的故事情有独钟,因为它们未来还有可能再次发生。

我们还是回到这个故事:莎士比亚给出了一个不可重复却又重复出现的例子。华列克竟然第二次变节,他说:

> 我来的时候是爱德华的钦差,我回去的时候变成了他的死敌。(3.3.256-257)

但与他第一次的突然变节相比，他这一次变节几乎再没有回旋的余地。玛格莱特又重燃希望，因为她的儿子爱德华亲王娶了华列克的女儿安(Anne)。先前的死敌就这样和解。约克的次子克莱伦斯也突然决定迎娶华列克的二女儿。这位造王者同时成了最大的婚姻掮客。他许诺，凡与他亲近者必得胜利。但这件事只是部分地再现过去。爱德华王和亨利王不同，亨利背后没有兄弟辅佐支持，更没有兄弟为自己谋求利益。而这时，爱德华最小的弟弟理查已经露出獠牙。

早在《亨利六世》下篇的第三幕第二场，理查就第一次说出了一大段独白，这段独白是针对爱德华的婚姻有感而发的。理查暗自希望国王在这段婚姻中生不出子女。轮到他继承王位前，挡在他前面的还有他的两个兄弟、亨利王，还有亨利之子爱德华亲王，他可不希望爱德华再生出子女挡他的路。我们从后面的故事中得知，理查会将这些障碍一一扫除。从他这段话里，我们还可以知道，他不敢奢求婚姻，因为他非常清楚自己畸形丑陋，难博人喜爱(“我在我妈的胎里就和爱情绝了缘”)。

理查在这里第一次提到了自己心怀鬼胎的原因：他因为生来丑陋不受人待见，这才只能去争夺王位。我们无需认可他这一自辩的理由，因为人生中发生的任何事都不能直接凭因果关系去解释，它更解释不了一个人行事的目的。理查在此却把他的一切恶行归结于因果关系(他以后还会这么做)，说得好像是因为他丑陋，才促使他决心杀掉每个挡他路的人一样。不过，我们虽然不会认可他解释的自己意欲夺取王位的原因，但他把自己刻画成一个残暴的喜剧人物，这似乎非常精准，后面发生的事情确实印证了这一点。理查了解他自己。他近乎完美地践行了“认识你自己”这句箴言，他说：

我有本领装出笑容，一面笑着，一面动手杀人；我对着使我痛

> 心的事情,口里却连说“满意,满意”;我能用虚伪的眼泪沾濡我的面颊,我在任何不同的场合都能扮出一副虚假的嘴脸。我能比海上妖精淹死更多的水手,我能比蛇王眼中的毒焰杀死更多对我凝视的人。我的口才赛过涅斯托……我比蜥蜴更会变色,我比普洛透斯更会变形,[246]连那杀人不眨眼的阴谋家马基雅维利也要向我学习。(3.2.182-193)

这段自我描述中,可能只有“痛”和“心”两个词会让我们觉得匪夷所思。理查说自己也是个会“痛心”的人。这和我们在《理查三世》中了解到的他完全不一样。理查的品性已经定型了吗?正如我此前提到的,理查三世和亨利六世一样,其品性不会改变。虽说如此,他此时却说自己会痛心。但自此之后,不论他怎样经常地评价自己,都不会再提及痛心二字。

我对理查这一转变的解读完全基于我自己的哲学视角。《理查三世》一开场就是理查关于自我生存性抉择的独白,但在这里,他将“自我”看得比那个选择更重要。这个自我之后要进行一次生存性的抉择。在他自愿选择当个恶人之后,便再也不会提及自己的痛心,因为他选择让内心也变得邪恶。但这是后话,我们现在还是回到《亨利六世》下篇的剧情。

我且回到剧情的主线上来。亨利六世又当上了英国国王,但他现在心意已决,他知道自己不适合统治国家,便不想再理政,而是把国政交由给华列克打理:“因为你(华列克)素来是一帆风顺的。”(4.7.25)他又同意了封克莱伦斯为护国公。亨利只想挂个国王的虚名,他说:

> 现在请你们携起手来,同心协力管理政务,不生异见。我封你们两人都做护国公,我自己只过我私人的生活。(40-42)

他实际上发明了一种君主立宪政体。但亨利还希望把玛格莱特和他的儿子爱德华接回英国。接着亨利王为里士满伯爵亨利祈福(即后来的亨利七世),说出了那段著名的台词:

> 过来,英格兰的希望。(68)他的相貌温和而有威仪,他的头形生来配戴王冠,他的手生来能握皇杖,他本人在适当时期可能坐上皇家的宝座。(71－74)

我们熟知的"天赋权力"的要义在这段话中得到鲜明的体现。

接着,又有一件事在此刻简短地得到了重复。人们背弃失去合法性的君王,这一切总让我们觉得似曾相识。在国王爱德华身上也出现了同样的情形,他遭到华列克等人的背弃,不过,他搬来了德国和荷兰的援军帮他夺回王位(他还像波林布洛克一样,夺回被华列克没收的土地)。王位争夺战中,爱德华打赢了,亨利再次失败。克莱伦斯不出所料地再次变节,重新归附哥哥爱德华的阵营。他们逼迫华列克也跪地求饶,但骄傲固执的造王者坚决不从。爱德华下令:

> 我要趁着你的头刚砍下来还温暖的时候,一把揪着你那乌黑的头发,用你自己的血在地上写下这一句话"翻云覆雨的华列克再也不能翻覆了"。(5.1.55－57)

爱德华是直到华列克倒向敌方时才感受到他这阵狂风的威力的。不过,华列克的结局也是罪有应得。亨利说他之所以将国政交给华列克是因为他素来的好运,但到头来我们会发现,说他好运简直大错特错。[247]华列克倒向亨利之后,他的好运就变成了噩运。

> 你居然躺下了。你一死,就没有什么可怕的人了。华列克的

确是最使我们头疼的灾星。(5.2.1-2)

由爱德华念出他的悼词着实有些奇怪。华列克像莎士比亚笔下许多英雄一样,在将死之时才觉察到一切皆是虚空,他感叹道:

唉,什么气派、权势、威风,都算得什么?不过是一抔黄土罢了!不管你活得多么好,你总逃不了死亡。(27-28)

从第五幕开始,原本相当宏大的场面开始收缩,变得越来越促狭。人越来越少,舞台越来越小。只剩下两个王室家族留在这座悲剧舞台上,一方是兰开斯特家族的爱德华亲王、玛格莱特和亨利六世,另一方则是约克家族的国王爱德华、克莱伦斯和理查。台上角色越来越少,悲剧性却越来越强。除了国王爱德华,台上所有这些人很快都将死于非命,只是这部剧中还没有写到。不过这部剧最后还是分出了胜者和败者。

但如果我们联系《理查三世》的剧情就会发现,这两个家族的命运并不均衡。兰开斯特家族的命运不仅极度悲惨,而且,至少有些人的命运还引起了读者和剧作家的一致同情(尤其是亨利六世)。连玛格莱特也步了约克的后尘。第三幕中,约克这位马基雅维利主义者和篡位的恶人突然堕入悲惨的境地,扮演了忧患之子一角。之后的玛格莱特处在悲惨境地里的时间虽然不长,却也可以让她成为圣母玛丽亚,扮演忧患之子的母亲。当她抱着被残杀的儿子哭号时,我们觉得她的哀恸与诅咒能上达天听,就像被她羞辱、嘲笑和作弄的约克发出的哀恸与诅咒一样。这就是莎士比亚的公正不倚吗?这与公正无关。悲剧为这些扮演各种角色的历史人物提供了表现自己的舞台。至恶之人如若沦落到一败涂地、受人践踏、备受折辱的地步,也会让我们为之流下同情的泪水,他们以极大的热情或尊严完成了自己扮演的恶人角色。这与公正无关。约克家族的两兄弟也值得同情，尤其是克莱伦斯，但他们的命运永远达不到悲剧性的崇高。

第五幕第四场是最后的对决。玛格莱特俨然是个国王，她明知失败已是定局，却仍然保持着威严和骄傲。这是玛格莱特最光辉的时刻，她对将士们说：

> 将军们，战士们，我想说的话，我的眼泪阻住我说不出来。我每说一个字，我的泪水就哽住我的咽喉。因此，我只简单说几句。你们的亨利王上被贼人囚禁，他的王位被篡夺，他的国家被敌人变成屠场，他的臣民遭到屠杀，他的法令被取消，他的国库被掠夺。站在对面的就是造成这一切灾难的野心狼。你们是为正义而战。以上帝的名义，将军们，下令进攻，勇敢杀敌吧。(5.4.73－82)

到了第五幕第五场，玛格莱特和她的部下都成了阶下囚。随后，士兵们将爱德华亲王押解上场。爱德华亲王只出场过寥寥几次，[248]但在莎士比亚的历史剧中他却不同寻常，他是唯一一个具有王者风范的王子。我们还记得，年轻时的亨利五世可远称不上有王者之风。爱德华尚未掌权时就像个真正的王子一样果断强硬。他骂得胜的国王是“野心勃勃的约克”(5.5.17)和叛贼。王后不禁感叹：

> 呵，你父亲能像你这样刚强就好了。(5.5.22)

莎士比亚再次强调了“人为因素”——这一众多偶然因素之一——的重要性。亨利六世不像他儿子那样刚强，只是生物学上的偶然。如果由他的儿子爱德华当国王的话会怎样……莎士比亚并没有沉湎于书写历史的另一种可能，而是在这一小段戏中阐明了他的历史观：

没有什么是必然的,大多数事情也可能以别的方式发生。

爱德华亲王随后被残忍杀害。国王先刺了他一剑(这一剑可能就让他毙命),克莱伦斯又补刺一剑。玛格莱特哀求他们:“也杀了我吧。”(41)理查本想将她了结,却被国王爱德华制止。玛格莱特晕了过去。理查则去塔狱准备谋害亨利。

从昏厥中苏醒过来的玛格莱特已变得与往日截然不同,短短几分钟之内,她沧桑了许多。她现在已经成了《理查三世》中的玛格莱特,只记得她那无辜的丈夫和儿子遭到了怎样的残害,却忘记了自己曾经的所作所为,忘了她也曾把蘸满鲁特兰温热鲜血的手巾拿给将死的约克看。她现在化身成了复仇女神,哭喊道:

> 屠夫呀!恶棍呀!吃人的生番呀!多么娇嫩的一棵树,你们不等它长大,就把它砍掉了!绝子绝孙的屠夫们,你们自己如果有儿女,只要一想到他们,就不会这样毫无心肝了。不过你们这些刽子手,如果你们有儿女,也叫他和这少年王子一样遭到横死!(5.5.60-66)

莎士比亚笔下的诅咒和预言密不可分,玛格莱特的预言也是如此。爱德华和克莱伦斯的孩子即将出生或已经出生,后来爱德华的孩子果然被人杀害,但克莱伦斯的孩子则幸免于难。玛格莱特自此之后将一直扮演她现在出演的角色。一直以来,她都是个激情四射的女人,她敢爱敢恨、善妒多疑、复仇心切。她又慷慨仗义、心怀大恨、勇猛无畏,她的情感总是偏激的。而从现在开始,她所有的激情都将汇集成仇恨这一种激情。从今往后,她将化身成复仇女神。

第五幕第六场是《亨利六世》系列悲剧的终结。我们来到伦敦塔,看到亨利正在读书。我们不该忘记亨利才智出众。他读的一定不是魔法书(像普洛斯彼罗读的那些书),而很有可能是宗教或哲学著作。有趣的是,亨利在死前才对他人表现出一丝讽刺,[249]他现在才意识到自己正在参演一出戏。他有这种感觉,并不是因为他自己是剧中的演员(他从来就不是),而是因为他遇到了理查这个喜剧演员,他对理查说:“咱们的名角儿打算演出什么当场出彩的好戏?”(5.6.10)讽刺理查的他虽然遭受了巨大的创痛,却仍然高理查一筹。

代达罗斯和伊卡洛斯的主题此时再次出现。塔尔博父子战死的那场戏里第一次出现了这个主题,当时儿子先于父亲战死。在之前父子相互残杀的那场戏里,我们看到了塔尔博父子争相为对方牺牲的场面如何以相反的方式重演。现在我们又看到了父子双双牺牲的场面。只不过这样的情景不是出现在战场上,而是在塔狱里。这一对代达罗斯和伊卡洛斯并不是在争相为国捐躯,而是双双被自己的同胞屠杀。

理查嘲弄亨利和他的儿子,也讽刺代达罗斯和伊卡洛斯的故事(他和麦克白一样,没有自己的孩子),他说:

> 什么鸟儿不鸟儿,当年关在克里特岛上的呆鸟妄想教他儿子学鸟飞,尽管装上翅膀,后来还不是跌到海里淹死。(5.6.18-20)

亨利依然保持着本真,他从不责问上帝,从不埋怨命运或历史的不公。因为他知道,他经历的不是宇宙史,而是政治史。他只责怪那些拥有自由意志、本可以别有选择的人,他说:

> 我就是代达罗斯,我的可怜的儿子是伊卡洛斯,你父亲是断绝我们归路的弥诺斯,你哥哥爱德华就是融化我儿子翅膀的太阳,你自己就是吞噬我儿子的大海。哎,用刀杀掉我吧,不要用言语刺痛我的心!我的胸膛能忍受你的刀锋,我的耳朵却受不了你

使我听了伤心的话！（5.6.21-28）

接着，亨利预言成千上万的人都将因理查的诞生而痛心疾首。

非但如此，他还故意激怒理查，让他一怒之下杀了自己，他但求速死。只有惹恼了理查才能让他一剑刺死自己，了结一切痛苦。他发现，让理查结果自己性命的最好办法就是嘲笑他的残疾，提及他母亲生他时的痛苦与失望。

他故意说："你一下地就满口生牙，可见你生来就要吃人。我还听到不少别的话，如果都是真的，那你是来……"（53-56）

话未说完，亨利的挑衅就成功了，理查忍无可忍，呵道："不要听了。预言家，叫你言还未了，一命先休。这是完成了上天授与我的一桩任务。"（57-58）

这句话意味深长。理查自认是奉命行事。难道他奉了魔鬼之命，要杀掉这世上所有良善之人？还是说他要杀掉所有人，将所有参与这场血腥之战的人都从世上扫除干净？这句话是信奉宿命之人的人生信条。他可能从出生起便命定是世界的祸根。这是他要做出恶之生存性抉择的前奏。为了了解他的想法，舞台上只能留他一人在场，亨利这个最后的见证者非死不可。

对于理查"奉命行事"的说法，亨利回他："是呀，你杀人的任务还将层出不穷哩。呵，请求天主赦免我的罪过，也请天主宽恕你。"（59-60）［250］

说出这番临终遗言的亨利俨然成了耶稣基督。他请求上帝宽恕杀害他的凶手。他宽恕了不可宽恕之人。用德里达的话来说，这才是宽恕的真正意涵。

这时台上只剩下了理查一人。亨利已经死了，他却往这死人尸体上再刺一剑，这一举动实在残忍至极。

他刺的这人不但已经死了,在死前还曾请求上帝宽恕他,他边刺边说:"我就把你推进地狱,并且告诉你,是我推你下去的。"

他还说:

> 我本是个无情无义、无所忌惮的人……老天爷既然把我的身体造得这样丑陋,就请阎王爷索性把我的心思也变成邪恶,那才内外一致。我是无兄无弟的,我和我的弟兄完全不同。老头们称作神圣的"爱"也许人人都有,人人相同,可我却没有什么爱,我一向独来独往。(5.6.68-84)

这正是我之前提到的观点:理查的品性在《亨利六世》系列剧中仍是有所变化的,只有在《理查三世》中才是绝对稳定的。

从理查先前的独白中我们知道,就算他可能实际上心痛不已,表面上也能装得快乐。他好像知道爱与痛的滋味。我们不能否认他对父亲的敬爱。他曾救过父亲的命,他父亲也把他看得比其他儿子都重。父亲的死令他痛苦不已,此后他再也不爱任何人。父亲死时,他就已经在伸手去够王冠了。理查(即约克公爵)的后继人不必然是他的儿子理查吗?但理查从来没有用这个为人熟知的传统说法为自己的诡计辩解,这本身就让人生疑,但我们还是暂不考虑理查的心理活动吧。

这时我们看到,头脑清醒的理查正在精心算计,他已经铲除了爱德华亲王和亨利六世这几个妨碍他争权夺利的障碍;现在只剩下自己的家人还挡在前面。但至亲相残也不是什么了不得的新鲜事。理查在先前的独白中就已经下定决心,为了获取至高权力,付出什么代价都不为过。到目前为止,还是两个家族互相残杀,自理查开始,则无所顾忌,约克家族不止残杀兰开斯特家族,更进一步自相残杀。到目前为止,只有男人被杀,女人和孩子尚能幸免。克列福杀死鲁特兰是唯一的一次例外(这是可耻的大罪)。理查则无所顾忌,女人和孩子他也照杀不误。这种无所顾忌已经不仅仅是恶,而是根本恶了。在先前的独白中,理查还没有选择成为根本恶之人,他确定了自己的目标,但还没有做出生存性的抉择。但在这段独白中,他决定摈弃同类,做个不讲人情、不顾手足情谊的孤家寡人。他决定让他的灵魂与身体相匹配。上天给了他丑陋的身体,但他本可以选择拥有美好的灵魂,他却反而让灵魂去配合身体。

理查决心当个独来独往的孤家寡人,这意味着什么?这似乎意味着根本恶是绝然孤立的。[251]根本恶能制造恐惧,却与爱无缘。确是如此吗?我并不这样认为。也许,理查提到爱时候,他指的是一种特殊的爱,一种想要成为别人的渴望。没有人会爱他现在这个样子,除非他不是这个样子才会有人爱他。他说的爱也有可能是神圣的爱。上帝不怜爱他,他也不敬爱上帝,更不会爱世人。因此爱一直与他无缘。这是绝对的孤独,是一种生存性的孤独。理查所做的生存性抉择,即将自己放逐出神圣舞台,与他选择当个孤独的人息息相关。但理查的生存性抉择中有着一股张力,或者说有一个悖论。他离开了神圣舞台,自愿当个不信上帝的魔鬼,一个信奉虚无或虚无主义的魔鬼。但魔鬼是上帝的对立面,他只有站在神圣舞台上才能与上帝对决。没有上帝也就无所谓魔鬼。

《亨利六世》下篇的最后一场戏中,国王爱德华亲吻着他的新生儿奈德(Ned)。我们忘不了在此之前,有一位母亲也为她儿子的死哀哭,那个也叫奈德的儿子正是被这个爱德华所杀。国王爱德华说他已为儿子铺平了一切:

你稳坐江山。我们含辛茹苦,让你坐享其成。(5.7.19-20)

两位叔叔也来亲吻他们的侄子。吻过孩子的理查随即把自己比作犹大。我们不要忘了,此人——他的品性自此不会再有变化——喜欢扮演各类角色,善于化用各种圣经的、神话的和历史的比喻。

国王爱德华将失去儿子与丈夫的玛格莱特送回法国。但我们都知道,她并没有回去。历史上的玛格莱特是否回到了法国无关紧要,史书上记载她是回去了,但莎士比亚笔下的她并没有走。后来在王宫里游荡的,可以说已是玛格莱特的鬼魂。我们可以说,玛格莱特变成了幽魂,一直游荡,直至目睹约克家族的人一一惨死,也可以说玛格莱特的幽魂萦绕在有罪之人的脑海中,这两种说法没有什么差别。如我所说,玛格莱特已化身复仇女神,她继续诅咒着罪人,并假借理查之手惩罚他们(她比理查活得还久)。

十一 《理查三世》

[253]莎士比亚多次刻画过僭政的逻辑，但只有在《理查三世》和《麦克白》两部剧中，僭主自己才成了根本恶的代表。僭主理查理智清醒，僭主麦克白却毫无理性。他们二人的性格截然不同，但两部剧中僭政的机制（mechanism）却极为相似。其实，所有僭政的机制都有某些相同点，当理政的僭主是恶人或根本恶之人时，这些僭政就更是相似。在向我们呈现《理查三世》中的僭政机制如何运行时，莎士比亚也让我们见识了他关于所有僭政机制的远见卓识。僭政是莎士比亚笔下最为抽象的统治形式，莎剧中，王政和王政之间（如理查二世的统治与亨利五世的统治）以及共和制和共和制之间（如《奥赛罗》中威尼斯式的共和制与《科利奥兰纳斯》中罗马式的共和制）几乎没有相似性可言，它们都是具体的统治和管理形式。但*僭政却是抽象的*。因此各种僭政，尤其是各种邪恶的僭政，其实大抵相同。莎士比亚提醒人们提防僭政，提防陷入僭政的危险泥淖。因为僭政一旦建立，同样的机制就会运转起来，就像从前发生过的所有僭政那样。上至贵族下至百姓，对任何人来说，僭政都是灾难性的，它也会给僭主本人带来灾祸。

正因为莎士比亚笔下的僭政机制是抽象的，所以理查三世这个角色和希特勒等人如出一辙。我们不需要把这个故事移植到现代，理查就已与他们完全重合。我们可以毫不费力地从这个过去的故事中洞察当今政治的本质。理查三世是过去的希特勒等人。相较于麦克白，他与他们更为相似。《理查三世》的剧情也比《麦克白》要简单明朗得多,之所以这样说是因为,其一,《理查三世》中只有理查这一个主角,其他人都是他的牺牲品和他的另一个自我,这是理查的独角戏。《麦克白》却并非如此,至少麦克白夫人和她丈夫旗鼓相当。其二,麦克白的非理性使得他那部剧更为复杂。理查这样理性至上的僭主则可以让我们清楚地洞察到,[254]一个根本邪恶的僭政如何运作,其命运又将如何。

《理查三世》是莎士比亚笔下剧情最为简单的悲剧之一。《理查二世》也是一出独角戏,但两部剧截然不同。理查三世的品性一直稳定不变,剧情逐步发展,理查三世却从不曾革新自我,这一点不同于理查二世。实际上,《理查三世》中的所有剧情都是可预见的。可能正是因其简洁明了、直截了当,这部剧才深受欢迎。也或许是这个魔鬼稳定不变却又复杂难懂的性格,使得理查三世一角成为了名伶们争相竞演的对象。

在某种意义来说,理查三世糅合了亨利六世和理查二世的特点。他和亨利六世一样,有着严格的自我同一性;但他又和理查二世一样,是个伶人、戏子和喜剧演员,只是两人的戏份不同。理查二世的戏份是自我发现与自我建构,是要弄清楚自己是谁。而至少在很长的一段时间里,理查三世的戏份是掩饰真我,扮演他人。两人都在各自的戏份中找到了乐趣。但对理查二世来说,演戏苦乐参半,他可能会在出演时受尽虐待。理查三世获得的则是纯粹的乐趣,他才不会受到虐待,只有他虐待别人的份。他只与人逢场作戏,这正好满足了他折磨、误导、最后再毁灭他人的目的。《理查三世》中唯有玛格莱特特坚不可摧,因为她已经变成了幽魂,成了一个一无所有的活死人。理查对玛格莱特已无计可施,因为他对她造成的伤害已经无可复加了。他杀不了、威胁不了也折磨不了一个幽魂,但幽魂却可以用诅咒来折磨他、残害他。

理查之所以是根本恶之人,是因为他自愿选择当这样的恶人。《亨利六世》下篇中,莎士比亚通过理查最后的独白已经阐明了这一点。《理查三世》的现代演出版本中,有时就会以上一部戏中理查的独白作为开场。虽然在《理查三世》开篇的独白中,理查再次提到了他对于恶的生存性抉择,但刚才提到的那种做法还是颇有意义的。因为《理查三世》的开篇独白并没有像在《亨利六世》下篇中那样,强调这种选择所带来的绝对孤独,而这种孤独是魔鬼的典型特征。"我打定主意以歹徒自许"这句常被人引用的台词,最为简洁明了地展现了他的生存性抉择。这是相当精准的表达:理查并不是因为选择恶而成了根本恶之人,而是因为他自愿选择让他自己是一个恶人。他又提到了那个我们似乎都已经知道的事实:丑陋的外表促使他想让内在也变得丑陋。

这个他反复提及的理由也常被人们用来解释理查作恶的动机和原因,好像他那丑陋的外表和母亲的嫌恶真的会决定他灵魂的品质。这种解释可能正好迎合了大众的偏见。健全人对身体畸形的人总有些疑惧,觉得这些人的灵魂可能也是扭曲的。莎士比亚考虑到了这种常见的偏见,并在剧中充分展现。但我认为他并不认可这种偏见。[255]他从不相信那些由自然或传统决定的事,他只相信人们要么选择自然,要么选择传统,要么两者都选,他也相信人们可以通过不同的方式做出选择。我们不应忘记,理查是他父亲最喜爱的儿子,比他的两个哥哥更受称赞,他对父亲的忠心也毋庸置疑。这些也都是他生命中非常重要的因素,但为什么没有影响他的为人呢?这是因为他一旦以恶人自许,就不能再提及父亲的疼爱,不能再当回那个曾经为约克家族的事业英勇搏杀的战士。他既然选择当个恶人,就得选择接受自己丑陋畸形的外表以及母亲的嫌恶和憎恨,就得摈弃父亲的偏爱和称赞。

自愿选择当个恶人到底是什么意思?我在本书的第一部分已经

讨论过根本恶的问题。根本恶的罪行是不可宽恕的,因为根本恶突破了人的所有底线。但人的底线在哪?又是谁设定了这些底线?在理查的时代,上帝及其订立的十诫为人类设定了底线。这是个人人信仰上帝的世界。理查既然自愿选择当个恶人,就等于选择打破所有戒律,他实际上违反了全部十诫。也就是说,理查选择当个撒旦,成为上帝的对手(God's Gegenspieler)。这与他的性格可能并不相符,而是剧作的情境使然。我之前提到,在莎士比亚笔下,再独来独往的人也都需要对手(Gegenspieler),只有棋逢对手时,他的品性才能充分发展或表现出来。尽管波林布洛克的光辉远不及理查二世,但他还是可以算做理查二世的对手。《理查三世》中的理查则找不到对手,无人能与之抗衡。打败理查并赢得最后胜利的里士满,是个从未与他正面对决的局外人。里士满称理查为上帝的敌人:

> 他始终与上帝为敌。你们既和上帝的敌人交战,做上帝的战士必得天道庇佑。(《理查三世》5.5.206-208)

战场上襄助里士满得胜的帮手,是许许多多怎么也杀不死的鬼魂和幽灵。那些惨遭理查谋害之人的冤魂成了上帝的帮手,且正如里士满在决战前的祷告中所形容的,他自己则是上帝庇佑的君主。可见,理查的对手正是上帝,他要在这场生死之战中打败上帝。这就可以解释为何《理查三世》中有大量的独白:因为在莎剧的舞台上,上帝从不与人对话。理查三世是恶魔撒旦。人竟能是撒旦吗?我认为不能。但人可以扮演撒旦、摹仿撒旦,可以自愿选择当上帝的对手。我们若细心读剧就会发现,剧中经常有人吁求"万王之王"。也就是说,只有万王之王能帮得了他们,只有万王之王能与此恶人抗衡,也只有万王之王有能力打败这个邪恶君主。

理查撒旦式的品性或许可以解释《理查三世的悲剧》这一剧名的意涵。[256]莎士比亚在剧名中强调,我们看的是一部悲剧。一个绝对的恶人也可以成为悲剧主人公,因为他是上帝的对手。爱德蒙和伊阿古的故事不是悲剧,克劳狄斯也不是悲剧角色。但邪恶的理查却是悲剧主角。他有一种超凡的个人魅力(charisma):邪恶的魅力。

有人会说,《约伯记》中上帝的对手撒旦并不邪恶。他只是和上帝在人身上打赌,考验约伯的是上帝而不是撒旦。但莎士比亚写的是历史剧而不是神秘剧。上帝的对手理查不仅在生存性舞台上,还在历史与政治的舞台上行动。绝对的恶具象为绝对的僭主。莎士比亚必须通过具体的邪恶化身来为我们呈现最为抽象的僭政机制。尽管政治历史本身的机制也是抽象的,但通过对理查的具体刻画,这部剧将能成为一部真实的戏剧或真实的悲剧。因此,莎士比亚在理查身上融合了邪恶的僭主、《约伯记》中撒旦以及伪君子和喜剧演员这几种人物特征。

与《约伯记》相反,在这部剧中,考验人们能否抵挡邪恶、会不会被诱惑的不是上帝,而是理查。理查成功扮演了撒旦的角色,他尽管其貌不扬(身体畸形又遭母亲嫌恶),却毫不觉得"低人一等",他没有一丝自卑情结;他和魔鬼撒旦一样自视高人一等。为了得到想要的一切,他无所不用其极。他拥有魔鬼的强大力量,而他最为重要的能力是,他藐视所有底线。别人可能只敢在梦里想想的事,他会立即付诸行动。在他看来,白日梦和要达到的目的之间没有差别。他的白日梦就是他的目的。如果一个人不知何为底线,那么在他看来,就什么事都有可能,什么事都可以做,什么人都可被诱惑,什么想法都得屈于他的意志之下。这是因为,首先,不在乎底线就意味着没有良知,而良知(我们从《哈姆雷特》中得知)让我们成了懦夫。从这点看来,理查绝对英勇过人。他因为没有良知,所以无所畏惧。舍弃良知(以及荣誉感和羞辱感)是上帝的对手能获得其他所有能力的原因。他可以制造恐惧,而且这种恐惧不只是理性的恐惧(因为一个毫无良知的人可以做到杀人不眨眼),还是一种毫无理性的恐惧。这种一边制造恐惧同时又拒斥所有底线的做法,使他有了超凡的个人魅力。

理查在此魅力之上还有所点缀。这个毫无良知、专擅制造恐惧的男人还是个猎艳高手(charmeur)。这些能力集合在一起造就了这个魔鬼,理查三世似乎成了绝妙的诱惑者。莎士比亚向我们展现了理查诱惑人的能力:先是惨遭理查杀害的爱德华亲王的遗孀安(Anne)夫人,她对理查恨之入骨、盼其惨死,理查却诱骗她嫁给了自己;他后来又想在伊丽莎白王后(Elizabeth,他残害了她的孩子)身上故伎重施。

[257]一如既往地,莎士比亚笔下对某场戏的重复是为了达到强调和对比的效果。诱惑安夫人和伊丽莎白王后这两场戏的重复,让我们进一步了解了理查这个蛊惑人心的魔鬼,这两个轻易受骗的女人也让我们看到了女性的弱点(但我们并不知道理查是否成功诱骗到伊丽莎白王后,她可能只是表面屈从)。理查引诱她们是想从中获利,想看看自己魔鬼般的势力有多强大。他也像撒旦一样,想要证明所有人都会受到邪恶的诱惑,无一例外。但当理查的想法得到证实,看到自己竟出乎意料地成功蛊惑了别人时,他还是被这样的结果吓了一跳。在蛊惑安夫人之后(他畸丑的外表并没有妨碍他俘获她的芳心),他心想:

> 什么!我这个杀死了她丈夫和他父王的人,要在她极度悲愤之余娶过她来;她的咒骂还在嘴边,眼眶里还含着泪,她那心头之恨还有这斑斑血痕做实证;上帝、她的良心和我的这些缺陷都在控诉我,叫我简直站不住脚跟,而我呢,只凭包藏的祸心和满面的春风,仍要把她弄到手,哪怕她有整个世界,而我却空无所有!哈! (1.2.218-225)

显然他正在与上帝(和良知)作对。但我们不清楚的是,他对自己的胜利是否只感到高兴。因为“我却空无所有”这句感慨的意思含混不清,把它和理查接下来的台词连起来读就更令人觉得如此,他接着把自己与被他杀害的爱德华亲王进行对比,又枚举了自己一连串的杀人行径。所以这句感慨既可以说是魔鬼的欢呼,也可以说是他深深的愧悔。此时的理查很像《约伯记》中的撒旦。

有人可能会好奇,理查的所作所为是否确实是反抗上帝的撒旦的行径,他们的做法是否有违上帝的旨意?还是说在执行上帝的旨意?理查所做的不是在施行正义的报应吗?当然,他杀害小王子的罪恶行径不属于此类。但除此之外,我们可能都会有这种感觉。玛格莱特在诅咒整个约克家族都要遭到报应时,说理查“仍留在人间,他是地狱的使者,专为魔鬼们收买灵魂,解送冥府”(4.4.71-73)。玛格莱特认为,理查既是对抗上帝的魔鬼,也是上帝施行惩戒的工具。从这点看来,《理查三世》也是一部有关神正论的剧作。我们可以看看紧接着刚才引用的那句话之后,玛格莱特说了什么:

> 不过,快了,快了,他那无人怜悯的惨局已面临终结。眼见地面即将崩裂,地狱喷火,恶鬼呼号,圣徒祈祷,为了风驰电掣地传他上路。亲爱的上帝,撕毁他的命契吧!我但求能在瞑目之前说一声,“恶狗死矣”。(4.4.73-78)

最后,上帝的骑士里士满又将玛格莱特的这句话重复了一遍:“今天我们战胜了,吃人的恶狗已经死了。”(5.8.2)

玛格莱特已化身异教的复仇女神涅墨西斯(Nemesis),玛格莱特的幽魂——就像《麦克白》中的三女巫一样——[258]召唤来超自然的各色魂灵。她的诅咒在历史舞台上回响。里士满却是在战场上,在历史舞台上说出了这段庆祝胜利的豪言壮语。在玛格莱特看来,理查是个魔鬼，在里士满看来，他则是个僭主。实际上他两者都是。

但魔鬼和僭主这两个特征还是只能塑造出一个抽象的形象。理查既是撒旦也是僭主，这部剧既与根本恶有关，也与根本的僭政有关。这条单一的线索使得这部剧的剧情结构相对简单，主要人物的刻画也相对抽象。但这部剧之所以成为一部剧，还因为理查这个人物的具体性。正如我之前所说，他还是个伪君子和喜剧演员。他是个演员，喜欢演戏。他不断重新塑造自己所扮演的角色，但本性从未发生变化。他和理查二世一样，是个率性恣意的演员，但他在表演时不知何为底线。他曾把自己比做变色龙，可以随意变换颜色。他可以出演任何他喜欢的角色。他简直是个出色的演员。

他演得好吗？出色的演员是要让观众信服他*就是*所扮演的那个角色。从这个意义上来说，有那么一会儿，理查确实是出色的演员。第一幕中，所有人——当然，除了玛格莱特——都相信他，人们觉得他的外表与内在一致。此外，他不仅是一个演员（actor），还是个历史行动者（historical actor）。他不仅是个在戏剧舞台上表演的演员，还是在历史舞台上的历史行动者。理查三世这个喜剧演员将这一张力和矛盾带到了他的表演当中。在戏剧舞台之上，历史舞台出现了，这便是僭政的机制。而理查作为这一僭政机制的掮客则是在另一座舞台上行动。历史舞台上的行动拆穿了他在戏剧舞台上用作伪装的一切游戏和表演。相信他的人越来越少。他们逐渐意识到他在撒谎、伪装，他吐不出一句真话。他们将看到这个喜剧演员的表演背后隐藏着一个僭主，因为他像僭主那样行事。但即便如此，他仍继续表演。他已经不在乎别人相信他与否，只是为了好玩而在磨炼演技。

他这样做可能是因为，他喜欢看别人不相信他却又必须装作信他的样子，他喜欢看到他的虚伪如何迫使其他人也必须跟着虚伪地说话、做事，他享受他们那既不情愿又很拙劣的洋相。他享受出演喜剧，因为作为喜剧演员,他比所有的敌人和朋友都要高明。他之所以继续表演,还为了能在所有拙劣的演员中出类拔萃。我们永远不知道自己看着的是历史舞台还是戏剧舞台,不知道理查是在表演给我们观众看,还是给"他们"(即剧中人)看,不知道他的表演是出于怨恨还是好玩。理查在表演时毫不顾及底线,这一点使得这个魔鬼和僭主成了一个可怕却真实的人物,成了一个人们永远无法忘怀的复杂角色。

为了厘清僭政的机制,我们需要一步步紧随剧情的发展。莎士比亚为玫瑰战争划定了一片非常广阔的腹地。[259]他在《亨利六世》三部曲中逐一呈现了所有掷下的骰子,给出了玫瑰战争爆发的"充分原因"。《理查三世》则讲述了玫瑰战争的结局,所以莎学家们通常将其与《亨利六世》三部曲合称为四联剧。从某种意义上来说,我认同这种说法。毕竟在《理查三世》中,古老英国的两大家族彻底覆灭,过去的所有角色都从舞台上消失。但将这四部剧放在一起,并不是解读这些系列事件的唯一方式。莎士比亚从未表明,解读某部戏剧时,必须要回溯之前的剧作,而且,莎士比亚通常会给观众提供多种解读的可能。

如果我们把《理查三世》单独拎出来读,将理查这个魔鬼般的角色换成另外一个人,就会发现,玫瑰战争已经是一件过去的事了。爱德华王确实沉溺于声色犬马又虚荣多疑,但这不过是许多其他国王共有的缺点。剧中只有寥寥数笔的小王子们也有成为明君的潜质。爱德华和他的儿子本可以进行和平安稳的统治。我们不应忘记,理查在为自己的险恶用心辩白时,其中一条理由就是他厌恶当前的境况:新王统治的时代没有战乱频仍,反而歌舞升平,一片祥和。正是因为受够了和平,他才要向所有人开战。

这让我们感觉到——这可能并不是个肤浅的印象——在莎士比亚的历史想象中,邪恶的僭政之所以出现,最为重要的前提是有一个根本恶之人,而且他成心作恶。一个毫不顾忌底线的恶人是邪恶僭政成型所必不可少的前提条件。这个历史空间并不是许多枚单独的、有时还可能是同等重要的骰子一起掷下才会使某个结果发生的那种历史空间,因为其中有一枚骰子的重要性远超其它。没有这个因素,什么事都无法发生。没有理查的话,爱德华和他的儿子本可以和平执政。

当然,魔鬼也不可能时时处处都处在主导局势的位置,莎士比亚还需要呈现魔鬼得以成事的条件,至少要在一开始呈现出来(因为拖到后面就为时已晚)。他所需的诸多条件已经具备:亨利六世被害时,活下来的人仍满怀未竟的野心和未能雪耻的遗憾。新的性颠覆(爱德华王娶了一个平民的寡妻)又给诸人加增了新的不快,他们在《亨利六世》下篇中已经明显表露出不满。此外,伊丽莎白王后(之前的格雷夫人)的亲眷在朝中也不受约克家族人的待见,他们受到的恩宠更是激起旧贵族的怨愤,对于那些原本就与这些新贵为敌的人来说更是如此。简而言之,这部剧一开始就有许多余留事务,理查为了自己的利益而在这些事情上大做文章。他人的怨愤成了理查晋升的有力工具。

作为观众、读者和知情人,我们当然知道,[260]在爱德华娶格雷夫人并生下他们的孩子之前,理查就已暗下决心要当国王。我们也已经知道,理查毫不顾及底线,白日梦和现实在他看来没有什么两样。早在他两个哥哥还活着,甚至亨利王和爱德华亲王也还活着的时候,他就已经梦想着当国王了,要想实现这一白日梦,就要将他们铲除殆尽。区分不了欲望和现实是疯狂的表现,但邪恶也是一种疯狂,至少在莎士比亚笔下如此。

我已经试着表明,在莎士比亚笔下,邪恶是一种疯狂。这种近乎疯狂的邪恶之人不知何为底线,他们既分不清欲望和白日梦的区别,也不知道现实情况与他们的所作所为之间是否有差。我们知道,希特勒等人也常被人看作疯子。

理查最突出的性格特征的确是他的理性。他会在事前算计好每一步。这一点(以及其他许多方面)使他成了麦克白的极端对立面。一个疯子,同时又极具理性,这不是很矛盾吗?我认为,从历史和心理这两个方面来看,莎士比亚对他的刻画都极为精准。疯狂与目的理性并不互相排斥。一个人可以被某种执念迷住心窍,却仍能够算计好需要采取的具体步骤。举例来说,一个人既可以固执地认为娼妓败坏了社会,又能提前算计好时间、地点和手段,在不被警察抓获的情况下将她们杀害。

还有一种错误的想法,即认为恶人只有生来就接近权力中心,才有可能能执掌国家大权。20世纪的情况当然不是这样,但放在早前的世代,这种说法也不完全正确。尼禄(Nero)和卡利古拉(Caligula)都并非生来就是罗马皇帝。理查的父亲以叛国者的罪名被处死,作为小儿子的他既没有头衔也没有荣誉,他肯定不是生来就接近王位的人。他和他父亲一样,都得清除通往权力之路上的障碍。

我一直在说僭政的机制和邪恶的僭主,但理查三世在他政治生涯起步时并不是个僭主。因为他的政治生涯始于亨利六世执政末期以及爱德华王的和平治下。但早在他还未接近权力中心时,理查就已经是根本恶的化身,并占据了舞台的中心位置。他一开始还没有获得政治权力,只能在家里或小范围内当个僭主。《理查三世》甚至也可以划分成两部分。前半部分讲述了葛罗斯特公爵的故事,写这个邪恶的喜剧演员如何清除通往权力之路上的障碍,正是在这一阶段,他需要动用他作为演员和伪君子的功力。后半部分开篇,理查已是护国公,后又当上了国王,[261]因此这部分讲述的是僭主理查三世的故事。我们正是在这一部分深入了解到僭政的运行机制。前半部分只向我们展现了理查的性格和这位未来僭主的阴谋诡计。他的这些阴谋已预示了后来的僭政机制,正如不用等到极权政党掌权,只需从其组织形式和运行方式中就可以看出,一个极权主义的国家和社会将有怎样的机制。

葛罗斯特公爵在奋力攫取绝对权力的同时，却装成天真无辜、几近稚嫩的样子，去谋害他的朋友、兄弟和敌人。他之所以一再假装无辜，是为了把自己犯下的罪转嫁给他人。这样做有两个目的：一是通过谋杀来铲除那些他通往至高权力之路上的绊脚石；二是不时地为自己杀人的罪行开脱。好些人像牵线木偶一样，甘愿被他操控和愚弄。但也有例外，有些人已经从他的所作所为中看清了他的真面目，不会被他的花言巧语和惺惺作态所蒙蔽，理查骗不了这样的人，也就是说，他骗不了玛格莱特和自己的母亲。但他还是成功操控了大多数人。

理查的虚伪不仅仅是答尔丢夫（Tartufferie）式的。[①] 他这种伪君子不会为了达到目的而假装成另外一个人。邪恶的他不会假装成品德高尚的人。理查是一个复杂得多的演员。他有时扮演成某个角色，然后又让这个角色再扮演另一个角色。他还经常表演得十分过火，他不仅喜欢表演，还喜欢夸张过火的表演方式。我之前提到过，僭主通常具有超凡的个人魅力，他总能制造恐惧。理查在获取了实际上的（虽然不是法律意义上的）至高权力后便是如此。理查攫取王位后，恐惧占了上风，他便不再那么热衷于表演喜剧。从这时起，他可以操纵他人，因为他有了制造恐怖的能力。

莎士比亚让第三幕成了葛罗斯特公爵和理查三世的分水岭。前者是一个力图当上僭主的邪恶的喜剧演员，后者则已经启动了僭政的运转机制。直到这一幕前，理查暗地里指挥杀人时仍在佯装无辜。而从第三幕第一场开始——从他将小王子们关到伦敦塔开始——他就开始明目张胆地杀人（除了暗杀小王子和自己的妻子），还假称他下令处死的那些人都是罪有应得。处死海司丁斯便是最具代表性的例子。

但在第三幕第一场之前，我们已能感受到暗流涌动。第二幕第四

---

① ［译注］莫里哀《伪君子》中的主人公。

场中,伊丽莎白王后在获悉他的兄弟们都被押到邦弗雷特(Pomfret)的噩耗后,说道:

> 蛮横无道的暴政开始在蹂躏软弱无能的皇家宝座;来吧,毁灭、死亡和凶残的屠杀!摆在眼前的就是一幅荒凉的残局。(2.4.50–53)

王后已在这幅残局中看出了僭政的完整机制。[262]不过,关押并处死王后的兄弟们只能被视为“常规的”马基雅维利主义。毕竟,这些遭到王室成员嫉恨的新贵,本身也绝非清白无辜。王后之所以看透,是因为她的兄弟们都是僭政的牺牲品。此时,所有人都能感受到僭政已开始运作:这是著名的色拉米香肠战略的序幕。他一片一片地切,直至将整段香肠吞下。前面的人被铲除,后面的人竟还拍手称快,殊不知下一个就临到自己。伊丽莎白王后比其他人更早地看清了理查要当僭主的野心,因为他第一个拿她的家人开刀。而此时对他们的审判尚且还不是走过场。我们后来听到了三个市民在讨论爱德华王之死可能导致的后果,这是莎士比亚在这场戏呈现的“另一方”的态度。

其中一人说:“葛罗斯特公爵是个十分危险的人。”

但其他两个人觉得由个孩子来当国王更危险(这是从亨利六世身上得到的教训)。正如市民乙所说:“的确,人们内心里充满了恐惧。”(2.3.38)

他们都感觉到无以明状的恐惧正在袭来。到处人心惶惶。

但在第三幕第一场,小王子们被关押到伦敦塔之后,就出现了第一次走过场的审判。僭主理查亲自下令处死海司丁斯,但他仍在假装和演戏。然而,他声称自己清白的方式发生了新的变化。他一开始坚称哥哥乔治的死以及王后的亲眷遭处决都和他没有一点关系,现在却又拿正义当利剑,声称海司丁斯有罪,是个逆臣贼子。理查将他对海司丁斯的谋杀合法化,美其名曰"遵从法律"。我再说一遍,僭政机制就是从这时起开始全面运转的。我想,也正因为如此,莎士比亚才会把伊里主教摘草莓的这场戏作为僭政开始的标志,我在本书的第一部分已讨论过这一点。

我想从前两幕的剧情中挑出几场戏,给以简要概述,说明它们为呈现僭政机制做了什么样的重要准备。《亨利六世》下篇以亨利的死亡作为结束,僭政正是从此刻初现的。《理查三世》前两幕戏涉及理查和他家族的各种事务,讲述了理查如何位及护国公,即如何攫取权力的过程(他已经获得绝对权力之后,加冕不过是锦上添花的事)。莎士比亚兴致勃勃地刻画了理查这一形象。他让理查至少三次声称自己清白无辜。我们看到,他那不太聪颖的哥哥克莱伦斯如何像其他人一样信任他。他们或许被他的伪善所蒙蔽,或许因为他们有着共同的敌人,以为信任他于己有利(如海司丁斯),又或许因为他们并不关心他清白与否。

安夫人(参看理查诱骗她的那场戏)即便不相信理查无罪——他面对安夫人时甚至不愿辩称自己无罪,因为杀害亨利既是令他骄傲的事,也是人人皆知的事实——仍轻信了理查对自己的爱是其杀人的动机。[263]看这场戏的人都觉得,安夫人竟把理查当成真心爱她之人,这实在太过荒谬。理查演得很过火,却靠着虚张声势赢得了她。他把剑递给安夫人,让她杀了自己,这一冒险的举动其实是算计好了的。理查敢于冒这个险,这可能会让我们觉得,他也有了赴死的打算。但其实风险一点也不大;理查善察人性,对女性很是蔑视,他确信没有女人拒绝得了男人的示爱,哪怕此人是个杀人凶手。如果这个凶手谎称他杀人全是出于对她的爱,她更是无法拒绝。

莎士比亚当然也玩了个小把戏。他让我们看到理查如何愚弄他人,又让我们时常成为他的倾诉对象,不断走进他的内心。莎士比亚为理查设计了许多独白,在这些独白中,理查不但向我们展露了他的那些不为人知的品性,还和我们推心置腹,告诉我们他的目的、计划和手段。所以我们已经提前知道他正在做什么,他想要什么,他又打算如何行动;我们可以一步步跟上他的计划。从某种意义上来说,我们也是他的帮凶,因为我们看进了他的内心。一个不相信任何人的孤家寡人必须相信我们,因为莎士比亚想让他如此。莎士比亚的这个小把戏让这部剧更受欢迎。

理查在他第一段著名的独白中就告诉我们,他要谋害哥哥克莱伦斯。一切都按他的计划进行着。他向他哥哥告别:

> 去吧,走上你那万劫不复的路吧,单纯的克莱伦斯!我是多么爱你,恨不得马上把你的灵魂送归天国,单看上天是否有意收下我这份礼物。(1.1.118-121)

他有许多类似的台词,我之所以选出这一小段,是因为它清楚地表明,理查在和上帝作对,他自愿当个魔鬼,要发起对上帝的挑战。在第一幕第四场克莱伦斯被谋害的那场戏中,克莱伦斯回应了这一对上帝的挑战,只是他并没有直接回应理查。因为克莱伦斯一直以为是他的哥哥爱德华派人来杀他,而弟弟理查则深爱着自己。

他对凶手二人说:"荒谬的子民呀!那崇高的万王之王早已在他的法典上训诫过:不可杀人!"(1.4.190-192)

凶手却反问他,他在杀害别人的时候怎么没有想到这条戒律呢。

克莱伦斯答说:"你的灵魂深处居然还有一点敬神的念头,能让你来劝我求取上帝的饶恕?同时你却又漠视你自己的灵魂,不求安宁,违抗着神意来杀害我?"(1.4.245-248)

接下来上演的是在莎剧中经常出现的一个戏码,只见两个杀手,一个满心愧悔,一个毫无悔意。悔过的杀手乙甚至不愿去领赏金(尽管他把自己比做彼拉多,而不是犹大)。理查是杀人凶手,但他对抗的不是克莱伦斯,而是上帝。

莎士比亚虽然在设法攫取权力的邪恶机制与推动僭政机制运作的邪恶之间做出了区分,但理查要的把戏中——除了假装和演戏之外——[264]已经有一些是属于僭政机制中特有的了。我想到,对理查来说,使用条件句是一种罪过。在莎士比亚笔下,僭主和尊重法律的国王之间的分界线正在于,他们如何解读并使用条件句。它关系到说话人的语气。我们还记得,亨利六世在说到葛罗斯特公爵(汉弗莱)被指控的罪名时用了条件句,后者在说到他妻子的罪行时也用了条件句,他们的意思是:如果他/她罪名成立,我们会将其严惩,但首先得查明他们的罪名是否属实。一些王公贵族提出,针对葛罗斯特公爵的指控属实,亨利六世却说,我们无法知道确切的情况,只能按照正常的法律程序来审判。但这部剧中的情况则恰恰相反。理查总是下定论,其他贵族会说"如果这是真的话,那么……",理查却受不了什么"如果"。在他看来,谁敢用条件句,谁就有谋逆之嫌。而他说的话无论多么不可信,都是对的。他容忍不了谁说"如果"。

第一幕第三场中,我们第一次看到他专横地拒绝使用条件句。他指控王后做了恶事:"你也许(may)否认最近海司丁斯大人入狱的事有你的一份。"

利佛斯(Rivers)答,"她也许可以,大人;因为——"。

话音未落,理查反问道:"她也许可以,利佛斯大人!嘿,谁不知道?她可以做的,大人,也许还不只是否认这件事。"(1.3.90-94)他极其讽刺地用"也许"一词玩弄文字游戏,话里还暗含着威胁。

僭政一旦建立(在爱德华王死后),被人窥探和告发的恐惧便弥散开来。伊丽莎白王后提到僭政时说"水罐也有两只耳朵"(2.4.37)。但正如我之前提到的,僭政的机制到第三幕第一场才开始全面运转。到那时以后,没人能提反对意见。要么绝对服从,要么死,这就是僭政的逻辑。

僭政机制全面运转时,僭主就坐在这个圆圈的圆心。这位端坐圆心的僭主也是一个教练员,所有处在这个圆中的人都得练习跳过横杆。这道横杆越升越高,也就是说,他们要去实施或认可越来越严重的罪行。对拥护僭主的人来说这是一番道德测试,但这与正派人无关,因为正派人连最低的那道杆都不会试着越过去。我再重申一遍,这只是针对僭主的拥护者的测试。他们中的许多人跳过了铲除敌人这道最低的横杆,他们给敌人设下陷阱,暗中操控,对他们的死拍手称快。海司丁斯、勃金汉、凯茨比(Catesby)以及理查自己,他们四人都跳过了这道横杆。

接着,这根道德的横杆升高了一截。此时,理查党人要把爱德华王的两个小王子关押到伦敦塔,剥夺他们的继承权,由理查篡夺其位。海司丁斯迟疑了,他没有跳过这道杆,为此,他要被理查处死。接着升高的横杆则是杀了那两个孩子,连邪恶的勃金汉也下不了手,他为此送了性命。凯茨比则坏事做尽,这并不是因为他比勃金汉更恶毒,而是因为他遵循传统,又人微言轻。[265]他认为侍奉君主就得尽心尽力,不能有丝毫质疑。理查自己则不但跳过了所有横杆,甚至连这些杆都是他设置的。他设置了这些恶的横杆,试验他人作恶的决心,谁敢迟疑就杀了谁,这些都是根本恶的表现。谁跳不过横杆就得掉脑袋,他们跳了一杆又一杆,终于所有人都掉了脑袋。根本恶之人就这样独活了下来。

第三幕第一场中,勃金汉和理查派凯茨比去见海司丁斯,给他带去他的死敌明天就要被杀的好消息,还要刺探他对于理查打算加冕的反应。

勃金汉问:“万一,我的大人,我们发觉海司丁斯大人不肯和我们

一起行事,那又怎么办?”(3.1.188-189)

理查只回他一句:“砍掉他的头。”(190)

也正是在这个时候,理查许诺把原本属于他哥哥的海瑞福德伯爵的爵位和一切动产赏赐给了勃金汉。理查把勃金汉视作自己的桑丘(Sancho Panzo),视作一个用恶武装起来的同伴。勃金汉并非天生的恶人,但他喜欢玩这出跳杆的游戏,因为他有财富、爵位、权力等利益可图。他靠着理查向上爬,和理查同流合污,自然也沾染了他的邪恶。这便是疑心重重的理查信任勃金汉的原因(如果能说他信任何人的话)。勃金汉一直完全依附于理查,但如今则可以和他一起当一个邪恶的小丑。我们或许还记得,理查是个孤家寡人。在他还一心向上爬的时候,他只对观众们推心置腹。现在,勃金汉也成了他的心腹。

结果很快表明,海司丁斯不愿跳过第二根横杆。他说:

> 我宁愿我这副头颅被砍掉,就是不愿看到那顶王冠戴错了头。(3.2.40-41)

他不过是想夸大一下自己的决心,没想到被他说中了。他怎么也不敢相信,在全心全意为理查铲除了王后及其家族势力后,理查竟会要了他的脑袋。他觉得自己安全无虞,还得意洋洋地说:

> 可是今天哪——你听着莫泄漏出去——今天那些冤家要服死刑,而我的处境却大有改进了。(3.2.98-100)

话虽如此,但是,那些次日要在邦弗雷特被处刑的人,不也曾觉得自己安全无虞吗!

那么,扮演魔鬼的理查是不是同时也是上帝的刽子手呢?邦弗雷特是理查二世曾被杀害的地方。所有这些要在邦弗雷特被处死的人,都曾谋害过亨利六世和爱德华亲王。现在这些被杀的人都曾参与杀人,而这些要对他们行刑的人也同样如此。但不同的是,这些要被行刑的人开始忏悔了,他们深受良心的折磨,深切地悔罪。但他们悔罪的意愿有多强烈,复仇之火就有多炽热。

葛雷说:"玛格莱特当时诅咒过海司丁斯和你我等人,因为我们眼见理查刺杀她的儿子,却站在一边,若无其事,此刻她的恶咒果然应验了。"(3.3.14-15)

利佛斯接着说:

> 当时她也诅咒了理查,也诅咒了勃金汉,也诅咒了海司丁斯。上帝呀!你现在接受了她对我们的诅咒,不可忘了还有他们;为了我姊姊和她那两位王子,亲爱的神,愿你就满足于我们的热血吧,[266]反正你也知道,这场流血冤狱是无从避免的了。(3.3.16-21)

我们是否还记得,在《亨利六世》中篇中,众位王公贵族围坐在餐桌前的讨论就决定了葛罗斯特公爵的命运?此刻我们又坐到了桌前,海司丁斯打算和众人讨论国王的加冕盛典何时为宜,他心里想的自然是小王子的加冕礼。随后理查上场了(现在仍是葛罗斯特公爵),他还打发伊里主教去为他摘些草莓。他又将勃金汉拉到一边,告诉他凯茨比探听来的消息:海司丁斯不赞成理查加冕为王(我们已经知道理查曾对勃金汉说,如果海司丁斯不从,就"砍了他的头")。这便是那个分叉的十字路口。理查直至此刻仍在出演他的喜剧,因为他还没有将僭政机制启动,或者至少可以说,僭政机制此时只是刚开始缓慢运转,许多人还未注意到它。

例如,海司丁斯便毫无觉察。海司丁斯对理查展示出的虚假形象信以为真。他说：

> 我想世上再没有人会像他那样喜怒都藏不住的了；只消看他的脸色你就知道他心中想些什么。(3.4.51－53)

这番话告诉我们，理查在其哥哥爱德华统治时期是个多么成功的伪君子和喜剧演员。理查这时又开始玩一轮新的游戏。他仍在玩乐，但此番玩的游戏是对别人施以莫须有的指控。他的成功不再依托于作为喜剧演员的精湛演技，而是单纯凭靠制造恐怖。为此，理查问了个"诗意的问题"，从而开启了僭政的第一次走过场的审判。

他问各位，如果有人用妖术谋害他该当如何："我请教各位，如果有人施展妖术，谋我的性命，还用恶魔的符咒，伤我肉身，这个人该当何罪？"(3.4.59－62)

海司丁斯此时还没意识到，他会成为这位新生诗人的第一个牺牲品，他答道："我说，大人，这种人是死有余辜的。"(66)

理查随即压上王牌：作妖谋害他性命的正是伊丽莎白王后和海司丁斯的情妇休亚(Shore)夫人。

海司丁斯说："*假如*她俩做下了这样的事，尊贵的大人。"(73，着重为我所加)海司丁斯用了条件句。他的潜台词是，假如并不是这样呢？

但理查不会允许"假如不是"的说法。"如果"一词给海司丁斯招来了杀身之祸，他竟将理查绝对的判断句改换成了条件句。理查叫嚷道："假如！你为这该死的娼妇搪塞，你还来对我说什么'假如''假如'吗？叛徒，砍下他的头来！……负责去照办；其余赞助我的人，站起来，跟我走！"(3.4.74－79)

这场心理战好不精彩！理查显然并不打算杀害伊丽莎白王后或

休亚太太，对她们的指控只是个诱饵，他知道海司丁斯一定会上钩。

海司丁斯最终领悟了真理，所有拥护僭主到头来却遭其陷害的人，最终都一定会领悟这个简单的道理。海司丁斯说完下面这段话就将行刑了：

> 伤心呀，英国的前途，伤心呀！我个人何足道哉；是我太愚蠢了，我早就该预料到的呵…… [267]此刻我需要那个和我交谈的牧师了；悔不该对从吏自鸣得意，说什么我的仇人们今天要在邦弗雷特惨遭屠杀，而我还自以为安全，庆得恩宠。呀，玛格莱特，玛格莱特！现在你那番沉重的诅咒已落到我可怜的海司丁斯的头上了。(3.4.80-93)

第三幕中，邪恶的野心触发了僭政机制，正是从这一幕开始，剧中的时间被压缩，行动变得越来越迅速，也越来越密集。我们从海司丁斯的话中得知，他和他的敌人将在同一天被处死。我们也从之前的剧情中得知，他的死在一定条件下也预示了他敌人的死期。下一场戏中，洛弗尔(Lovel)和拉克立夫(Ratcliff)手持海司丁斯的首级上场。恐惧演变成恐怖。市长此时也在场，因为他必须马后炮地说他赞同这番处决。理查仍在表演他那套老把戏，假装自己受到了恶人奸计的威胁，但我们能感觉到，此时，台上这些看他表演的观众对他迅速失去了信任。他们开始看清，这是头披着羊皮的恶狼。理查演的喜剧再也骗不了任何人，他不过是靠着营造绝对恐惧才当上国王，并暂居宝座。

虽说如此，他还是继续当了会喜剧演员，因为他热衷演戏，不过原因不止于此。他一开始需要扮演旁人，现在则无需这么做，因为他反而可以给他人制造恐怖。他继续演戏，恰恰是因为他知道没有人再相信他，但这些观众出于对他的恐惧，又不得不装出相信他的样子。勃金汉暂时担任他的配角。他和勃金汉在一起时是真诚的,但这番真诚也像一场游戏,只有在勃金汉愿意处处追随他时,这游戏才能玩得下去。然而理查却开玩笑说,是他在追随勃金汉。

理查给他这个密友上了一课:"来,老弟,你能不能身子发抖,脸上变色,一句话没讲完就拦腰切断,从头讲起,又在中途打住,装出疯癫模样,惊惶失措。"(3.5.1-4)

他的好学生答道:"嘿!我就会扮演老练的悲剧角色……满腹狐疑;我也会装出假笑,又能运用各种鬼脸怪相;这两副脸谱都由我随意调配,以丰富我的技艺。"(5-9)

这两个好搭档打算联袂演出。

莎士比亚让我们看到,他们两人在市长、议员、两位主教以及市民面前联袂演出,想借此让他们支持理查加冕。第三幕第七场可看成一出极具莎士比亚特色的剧中剧。理查和勃金汉既是舞台策划人,也是剧中主演,他们设计了剧情,分配了自己和其他人所要扮演的角色。但他们演得好吗?理查出演亨利六世的角色。他假装成一个良善的圣徒,显得不愿接受王冠:

> 唉!你们何必硬要把重担堆在我身上呢?我不配治理国家,不应称君王;务必请你们不要误会,我不能,也不愿,听从你们的要求。(3.7.194-197)

[268]理查在效仿亨利六世的同时,实际上也在嘲弄他。他扮演着被他谋害的国王,这本身就是一出残忍的喜剧。勃金汉在这出喜剧中的戏份,则是假扮善良的汉弗莱,他最终"成功"劝说理查接受王位。其他人则默不作声。市长不得不赞同,他若是不从,理查的话里已暗藏杀机。理查和勃金汉其实是拙劣的喜剧演员,因为他们并不能把自己等同于所扮演的角色。舞台上发生的是什么?这两个好演员必须在台

上扮演拙劣的演员,还演得非常逼真。这是一出双重的喜剧,它是这部剧广受喜爱的又一个原因。

在市长、议员、主教和市民面前上演的这出喜剧周围,弥散着死亡的威胁。海司丁斯前一天刚被处决,王后的亲眷也已被处死。理查彻底露出了獠牙,连勃金汉也感到恐惧。但还得有女人组成的歌队加入进来,才能体现巨大的恐怖。《理查三世》中的四个女人组成了希腊式的歌队。她们是亨利六世的遗孀玛格莱特王后、爱德华王的遗孀伊丽莎白王后、约克公爵夫人(理查、爱德华及克莱伦斯的母亲);安夫人有时也包括在内,她是被杀的华列克的女儿,爱德华亲王的遗孀,理查的现任妻子。这几个女人组成的歌队突出了僭政的一个重要特征,即男人们都死于非命。她们的父亲、丈夫和儿子都已被或将被僭主杀害,这些痛失丈夫和孩子的女人们为挚亲哀号恸哭。像欧里庇得斯的剧作《特洛伊的妇女》中那样,她们的哭号和受害者绝望的悲鸣混杂在一起,响彻舞台。不同的是,特洛伊的男人们至少是战死沙场,这些悲惨的英国男人却成了恶的牺牲品。特洛伊人至少是被异族的希腊人所杀,这些英国女人的丈夫和儿子却是死在自己的族人、同胞以及亲人手下。

我刚才说这些女人的哭号响彻舞台,她们的诅咒也同样如此。在莎士比亚的任何一部剧中,没有哪个角色像理查三世这样,被这么多女人深恶痛绝地诅咒过这么多次。

我刚才提到了希腊剧,在这一点上,《理查三世》比莎士比亚的其他任何一部剧都更为接近希腊戏剧。《理查三世》中的这些女人是真正的歌队,至少从通常意义上的莎剧人物来看,她们几乎都没有个性可言。《亨利六世》中的玛格莱特有着非常复杂的个性,但在这部剧中却个性全无,她只是悲伤、报复和仇恨的化身,她既是幽魂,也是复仇女神。她的诅咒几乎全部应验,死在理查手下的每个冤魂都在召唤着诅咒快点降临。玛格莱特的诅咒有时让我们感觉她说的没错,理查可能真的是“上帝的情报官”——他是上帝派来实施神圣惩罚的工具,只是他自己并未察觉。

莎士比亚不会像玛格莱特那样极端。[269]例如,理查命人杀害了两个无辜的小王子,而他们本不应该受此惩罚。我只想顺带提一句,此处再次证实了莎士比亚的历史观:并不是所有的诅咒都会应验,也不是所有的计划都能成功。克莱伦斯的孩子就成功逃脱了被杀的厄运,玛格莱特的诅咒并没有在他们身上实现。她的诅咒就像乐曲中强劲的主导旋律,其他人也会用这个旋律谱出别的乐曲。她唱出——更准确地说——是哭喊出乐曲主题,其他人则缓缓地接替她唱下去。这支恐怖与哀号的乐曲,这些不和谐的声音越来越喧闹,并在第四幕达到高潮。

但玛格莱特并不是唯一“丧失”个性的角色。伊丽莎白王后和安夫人都没有个性可言。安夫人只是个被动消极的角色,她像玛格莱特一样诅咒理查,却又屈从于理查的个人魅力,嫁给他后又悔恨不已,最终成了唯一死在理查手里的女人。她在生命结束前加入了这支女子歌队。但她自始至终只有声音而已,不成其为一个角色。

这支女子歌队中,唯有理查的母亲,即约克公爵夫人得到了一定程度的性格刻画。她之所以重要,是因为她对理查知根知底。我们在《亨利六世》下篇中,已经从理查自己和亨利六世的口中得知,这位母亲恨透了她的儿子,但到了这部剧中,我们才听到她亲口说出对他的恨意。公爵夫人听到了玛格莱特的诅咒,她的回答让我们对她有了新的了解。她说:

> 呵!亨利的妻后,我啼哭,你莫得意;上天知道,在你哀痛中我曾陪过眼泪。(4.4.59-60)

公爵夫人除了疼爱孙儿，憎恨理查之外，我们看到她还有着别的情感。我们发现这个女人还会因为别人的痛苦哀哭。她能够感同身受——玛格莱特就做不到这一点。公爵夫人流露出的这种情感使她不仅有别于玛格莱特，还有别于她的丈夫约克公爵。

玛格莱特一直毫无悔意。伊丽莎白王后让她教自己如何诅咒。但没有人能像玛格莱特一样善于诅咒。因为她没有良善之心，她心中充斥着复仇的怒火，不再有一丝爱意。玛格莱特是唯一能与理查匹敌的人，但这并非因为她也是根本恶之人，虽说她对约克的折磨是玫瑰战争中最骇人的场景，虽说她身上也不存有一丝善良。她会活得和敌人们一样久。理查必得比她先死，因为她靠诅咒而活。其他几个女人则靠希望而活。伊丽莎白王后生有一位公主，在上一段婚姻中还生有一个儿子。公爵夫人还有三个孙儿。而玛格莱特是唯一一个身后无子，死后也无人追悼的人。她和理查一样是个孤家寡人。她并非自愿当个孤寡之人，她的惨况是理查一手造成的。但这也是她的力量所在。

[270]《理查三世》中的歌队并非只有这一支女子歌队。我们还听到了受害人的哀号，以及冷眼旁观之人镇定自若的声音。这位旁观者不去诅咒，他只是观察、记录、描述看到的一切。他也发出悲叹，但他悲叹的不是自己的命运，而是整个国家的命运。

我所说的是剧中一小段关于录事的剧情，在这场戏中，他手持海司丁斯的判决书上场。我们听到的当然是他的独白。他正在自言自语，因为他的这番话不能在公开场合说。只有身处另一个时代的观众才能听他的想法，因为他所说的是在当时被禁绝的危险想法。到处都有密探，人们不敢大声表达。但没有人能监听我们脑子里在想些什么。他说：

> 这就是海司丁斯好大人的判决书；这上面正楷大写，抄得煞是整洁，准备今天在圣保罗教堂宣读：且看这结尾部分衔接得何等紧凑。凯茨比昨晚才把稿子送来，我花了整整十一个小时抄完。拟原稿也用去同样长的时间；不过五小时之前海司丁斯还在人世，没有被控，没有被审，自由自在地满不受管束。这真是个妙不可言的世界！哪个笨汉看不出这么明显的诡计？可是谁又有偌大的胆子，敢说一个字，除非咬紧牙关，只推说不知？世道险阻；眼见这种败行，也只得装聋作哑，藏在心底，这样下去，还成什么世界？（3.6.1－14）

录事知道对海司丁斯的审判不过是走过场，调查还未开始前他就已被控有罪了，所有人都看穿了这一诡计，但却无人敢说出实情。这就是对海司丁斯的审判的意义：这是理查手下第一次走过场的审判。莎士比亚无须多写几个这样的案例，一个典型案例就能代表所有。他用实例说明了僭政运转的机制，所有的反对意见都遭到压制。当勃金汉和理查二人在市长、议员、主教以及市民面前联袂出演那出拙劣的喜剧时，我们已经目睹了海司丁斯遭指控和行刑的结局。

理查已是国王，但他无法享受权力的乐趣。我们能够预见到这一点，不仅因为如他自己所说，“罪恶越陷越深”，还因为他并不热衷统治——他只热衷于残害人、折磨人、出演喜剧以及制造恐惧。第四幕第二场中，他透露了自己的诡计，他决意杀害自己的妻子，另娶伊丽莎白的女儿为妻，并把克莱伦斯的女儿嫁给一个微贱的穷汉（我们在欧里庇得斯的《厄勒克特拉》中已经见识了这种手段）。他不久前刚和勃金汉推心置腹，告诉他只要小爱德华还活着，他就不能尽享王权的乐趣。他起初只是稍加暗示，勃金汉便装作听不懂的样子。他于是直说（他在这个第二自我面前从不隐瞒）：

> 我要那私生子死;我还要把这件事马上办到。你怎么说啦?快讲,简单明了。(4.2.19-21)

勃金汉一时下不了决心。理查把这根恶的横杆抬得太高了,他不知自己能否跳得过去。[271]但片刻的迟疑对理查来说就够受的了,这不仅是理查邪恶的心理使然,更是由僭政的逻辑决定的。僭主不允许"假如"的存在,自然也就容忍不了片刻的迟疑。僭主发话时,所有人必须立即无条件服从。勃金汉过了一会改变了主意(或表面上改变了),说他愿意做那事,但现在为时已晚。因为理查作恶从不会有丝毫迟疑。他见勃金汉稍有迟疑,便打算弃他不用,转而起用与雇佣杀手过从甚密的提瑞尔(Tyrrell)。理查下了决心:

> 深思熟虑而聪明过人的勃金汉,我再不能让他靠拢来参预计谋了。他长期以来不辞辛劳地支持我,难道现在想喘口气啦?好,让他去吧。(4.2.43-46)

理查三世这时又成了孤家寡人,这个恶魔陷入了终极的孤独。在这个舞台上,只剩这位根本恶的化身,他表演着独角戏。上帝只能有一个走向极端的对手。

勃金汉在迟疑片刻后决定服从(或假装服从)理查,因为他想起来,理查曾许诺赐予他海瑞福德伯爵和爵位以及那些动产,现在是时候请封了。这时,莎士比亚又给我们好好上了一课,他告诉我们恶人的心理和僭政的机制是怎样的。理查对勃金汉的诉求毫不理睬,好像根本没听到他在说什么。勃金汉于他来说已一无是处。直到这场戏结束时,他才用"我今天无心封赏"(4.2.119)几个字打发这个一直以来忠心耿耿的同伙。勃金汉这时才充分理解了僭政的机制,他知道自己将被处死了：

> 呵，我该想起海司丁斯来了，我的头颅难保，快投奔布勒克诺克去吧。(4.2.124－125)

理查说他想置小爱德华于死地，是因为只要他还活着，自己就算不得真正的国王。我已经说过，我们根本不会认可他这一自辩的理由。莎士比亚实际上说得很明确。理查牢牢记得，亨利曾预言里士满会成为国王，既然他相信里士满会当国王，为何还要杀害小爱德华呢？原因确如理查所说，"罪恶越陷越深"，他犯罪不是出于必要，而是因为他热衷作恶。他既然自愿选择当个恶人，如果他不经常作恶的话，他就不能保持本我。这就是他叫来提瑞尔，命他暗杀小王子们的原因。

这是《理查三世》中第二次出现雇凶杀人。这样的情况在其他悲剧中通常只有一次，有时甚至不会出现。这一剧情的重复一如既往地凸显了政治体制或(和)个人品性中的典型特征。此处重复的雇凶杀人的剧情意在向我们强调，我们正在亲自目睹根本恶的施行。第一次暗杀的是克莱伦斯，他是凶手理查的哥哥，第二次暗杀的则是两个孩子。克莱伦斯不仅是理查的哥哥，更真心地爱护他、相信他；小王子们则是理查的侄子，理查是他们的监护人。[272]理查在这两次暗杀中都犯下了双重的罪过。理查在第二次暗杀中犯的还是极致的罪过(他杀害的是孩子)。恶的横杆已抬到最高处了。除理查外，只有麦克白杀过孩子。只有根本恶才会越过最后的底线。在莎士比亚笔下，这实际上是理查最大的罪过，其它罪行与之相比都无足轻重。理查既已犯下这一极致的罪过，继续杀人更是不在话下，勃金汉随后被他处死。但自此之后，人们也看清了他的面目。理查向上帝挑起了决战，只有这个对手会给他降下惩罚。

与暗杀克莱伦斯不同的是，两个孩子被暗杀的场面并没有直接在观众面前上演（这一点很像《亨利六世》中篇葛罗斯特被杀时的情景）。非但如此，孩子们被杀的细节是由提瑞尔而不是杀手本人来陈述的，莎士比亚似乎不想让我们亲眼看到此等极致的恶行。提瑞尔说连最狠心的杀手也“心头软了下来”(4.3.7)。

其中一人几乎要改变主意（杀害克莱伦斯时也出现过同样的情形）。“他俩就这样受到良心的责备；话也说不出来；那时我们分了手，我便来向血腥的国王复命。”(4.3.20－22)

请注意，是杀手的头目说国王残暴血腥。莎士比亚再次呈现了理查的施虐倾向。他不但想置两个孩子于死地，还对提瑞尔说：“晚饭后到我这里来，提瑞尔，我要你告诉我他们死时的经过。”(4.3.31－32)他用餐时还想听听杀人的细节来助兴。

这时，理查打算娶被他杀害的两个孩子的姐姐为妻。我们不知道这距离他们被害过去了多久，但我们猜时间短得很。他可能想第二天就举办婚礼。这对伊丽莎白王后获悉她的儿子被理查杀害的噩耗来说已经足够，但她却无力回天。理查心急如焚，他想要立即实施他的计划。拟定计划和实施计划之间的时间差是莎剧人物具有代表性的特征，它也可以显露这一角色施行某一计划的决心。理查是个能够许诺［并保证其实施］的人，虽然这听起来有些可怕。他会迅速地将自己的想法和念头付诸实施，把这些念头转变成合理的计划，并为此选择合适的手段。他像麦克白一样，出于本能地、不加思索地迅速行动。正如理查在第四幕第三场中所说：

> 耽误的结果是叫人丧志乞怜，寸步难移。

不仅理查行事迅速，整部剧也是进展飞快。当理查还沉浸在杀害两个孩子的喜悦中时，战争就爆发了，他得之不易的王位岌岌可危(尽管都是别人为他的王位付出代价)。

第四幕第四场是沉湎于哀哭诅咒的女人们最后一次出场。她们已经获悉小王子的死讯。[273]伊丽莎白王后先前让玛格莱特教她如何诅咒，现在，她和公爵夫人都学会了，但公爵夫人只诅咒她自己的儿子。

我之前提到，公爵夫人说过的一句话突显了她的品性：她说自己曾为亨利和爱德华亲王的死哀哭。这句话对于第四幕第四场前半部分的解读非常重要。

公爵夫人问理查(我们不知道她为什么这么问)："你是不是我的儿子？"(4.4.155)

她想和他谈谈(为什么想和他谈？)她甚至补充说"我一定用和缓温柔的语调。"(4.4.161)

理查答道："我有要紧事呢。"(4.4.162)

我们还是不知道理查的母亲公爵夫人打算和她儿子"温柔地"说些什么。因为她接下来说的话远远谈不上温柔。她说："在你和我同处的岁月中，你何尝有过片刻给我任何安乐。"(4.4.174–175)

她想修复母子间往昔的纽带，这个母亲憎恶她的儿子，但仍想和他谈谈。为何如此？我们对于这对母子的关系的理解是否过于简单？她用诅咒激怒理查时，仍然是个母亲。她要做什么？让他停止杀戮吗？可他已经杀光了所有她母亲珍爱的人。让他认罪？让他忏悔？让他哪怕表现出一丝人性？她要和理查谈谈一定情有可原，因为她迫切地要和他说话。她近乎绝望地说：

> 再听我讲一句话；从此以后决不再同你讲话了。(4.4.182)

这是威胁吗？既然他们互相仇恨，那他根本不会在乎这个威胁。但他真的不在意吗？最终获得母亲的一丝认可，难道不是这个魔鬼隐秘的愿望之一吗？他或许认为，如果他达成了父亲（是他母亲深爱的丈夫，她的“男人”）从未取得的成就，由他这个约克家的理查夺得英国王位，那他母亲就会认可他。他若这样想，就犯了最致命的错误了。公爵夫人之前说的那句话表明，她是个温柔良善之人，这样的人绝对不会认为一个杀人凶手有何光荣可言。她的温柔，甚至是她的良善，也使她说出的诅咒更为可怕和极端。她与玛格莱特不同，并不是个满怀深恨的女人。她现在不仅诅咒理查，还希望她儿子的对手赢得战争胜利。谁还在乎约克家族的命运？公爵夫人根本不在乎。她说：

> 我要为你的敌方祈祷，向你攻击，让爱德华孩儿们的小灵魂在你敌人的耳边鼓噪，预祝他们成功，赋与他们胜利。(4.4.191－194)

约克公爵曾想方设法地要从亨利和兰开斯特家族手中夺取王位，如今她的遗孀却只希望继位的约克家族战败。这便是覆灭的开始。

我在前面提到，第四幕第四场的后半部分似乎重复了第一幕第二场中理查向安夫人求婚的剧情。伊丽莎白是否真的接受了理查的请求？还是说，她假装应和不过是为了赢取更多的时间和机会，好加入里士满的阵营？不同的阐释者对此仁者见仁，智者见智。在我看来，此时伊丽莎白和理查两人的角色发生了互换。[274]最终是伊丽莎白伪装成功，理查错信了她，所以才会说她是“温情的傻子，浅薄易变的妇人”(362)。这话和向安夫人求婚后说的话一样。但这段重复的剧情是颠倒过来的重复。这并不是说伊丽莎白不诚实，在整番谈话过程中，她一直很真诚。（在莎士比亚的语境中）她提及万王之王便足以保证她的真诚。如果我们细心阅读文本就会发现,伊丽莎白在谈话最后才开始假装。但她不过假装要去询问女儿的意愿。她并没有过分假装,但这个借口可以让她成功脱逃。伊丽莎白还成功地将理查心中的魔鬼再次召唤了出来。她并没有像往常那样骂他是魔鬼,而是引导他自愿发了假誓,并且诅咒自己,理查觉得发誓不过是小事一桩,勃金汉也曾这样做。理查再次挑战自己的命运。他诅咒自己:

> 我还希望昌达,也愿意悔罪,在胜负难定的敌我交锋之际,我祈求好运来临!我诅咒我自己!天意与幸运莫给我欢乐。(328-331)

也就是说,他再次向上帝和命运女神发起挑战。他正在奔向死亡的结局。他体验了一切,又失去了一切。他真的一败涂地吗?也不尽然,他那魔鬼般的演绎让他获得了头奖。

但在理查覆灭之前,勃金汉还要死在他手里。临刑之际,勃金汉展现了一项杰出的才能:他简洁明了地告诉了我们他做的恶事、犯的罪行,以及邪恶僭政如何运转。他承认超越性的力量起了作用,并以此解释他和理查的所作所为。他告诉我们,他(和理查)曾向上帝发起挑战,最后以失败告终,他还承认一切结果都是神圣正义使然。勃金汉不仅悔罪,还站在旁观者甚至是被害者的角度(玛格莱特的角度)审视自己。他把自己当成客观对象,进行了一番中肯的描述与评价。他的最后一场戏清楚地表明,莎士比亚并不想把勃金汉刻画成另一个根本恶的缩小版。莎士比亚想点明一个更具政治和历史意义的教诲:根本恶的毒菌会将其他人感染。在我们当下的时代,极权统治和极权统治者已印证了莎士比亚的这一洞见。且听勃金汉说道:

> 这个,这个万灵节日真叫我失魂落魄,我的罪恶逃不了这最

> 后的审判。天神的明眼岂可欺,我不知自量,想玩弄手法,从前假意指神立誓,对天欺心,而今正是害了自己。歹人们剑拔弩张,可是那矛头都终于刺进了他们自己的胸膛……好了,弟兄们,领我到罪恶的刑场去吧;害人终于害己,责人者只好自责。(5.1.18-29)

在波士委(Bosworth)战场上,光明骑士与黑暗骑士最终狭路相逢。但理查并不仅仅是撒旦的代表,[275]他不是个抽象的概念,他一直是个有血有肉的鲜活人物。这部剧终究是理查的悲剧。然而,我们对里士满知之甚少,我们只需知道,他足以让这出悲剧终结。

这部剧作为一个整体,同时在生存性的—超验的舞台与历史—政治的舞台上演,理查和里士满的关键对决也同时在这两个舞台爆发。里士满自认是上帝的骑士,他说:

> 呵!上天呀,我自命为您手下的小将领,愿您恩顾,照看着我的战士们……愿您指派我们为您的执法人,好让我们在您的胜利中同声欢颂。(5.4.61-67)

里士满也是英格兰的救星,他肩负的历史使命是将祖国从僭政中解放出来,并为之带来和平。此外,他还是个新人,一个"自然人",一个局外者。他并非生而为王,他很清楚这一点。这就是他歌颂那些依靠自我奋斗取得成功之人的原因,他说:

> 成功一旦在望,就像燕子穿空一样;有了希望,君王可以成神明,平民可以为君王。(5.2.23-24)

里士满出身的确较为低微,正是希望给他插上了燕子翅膀,让他有望作王。

这两个依靠自我奋斗、自命不凡的人在战场上狭路相逢。两人都通过自我选择当上了国王，理查选择当个魔鬼，里士满则选择当个解放者，他们旗鼓相当、难分伯仲。

里士满将两个舞台(生存性的—超验的舞台与历史—政治的舞台)紧密联系了起来，在这两个舞台上同时与敌人作战。他简洁明了地展现了这一联结。他在第五幕第五场对士兵们演讲时，先是立足于生存性的—超验的层面，又后转到历史—政治的层面。

他先如此说理查这个杀人凶手："一颗卑劣的假宝石，空凭英国的王座来衬托出光芒，其实是装错了地位，满不相称；他始终与上帝为敌。你们既和上帝的敌人交战，做上帝的战士必得天道庇佑。"

接着，他又站在历史—政治的层面说："如果你们挥着汗除恶歼暴，功成名遂之后，自可高枕无忧；如果你们为国家战胜公敌，国家自然会把肥甘犒赏你们。"(5.5.204-212)

里士满是个不折不扣的英雄，我们将看到他和士兵们欢呼胜利的喜悦。里士满同时出现在两个舞台上，并且都赢得了胜利，理查却恰恰相反，他在生命的最后时刻似乎完全弃绝了历史—政治的舞台，而独自留在生存性的—超验的舞台上迎接失败与死亡。这一"独自"有着双重意涵，既指他只留在了这一生存性舞台上，也指这舞台上一直是他孤零零一个人。

生存性的—超验舞台已经布置妥当。死在理查手下的冤魂在他的梦中出现并诅咒他。这些冤魂接着又来到里士满身边，为他祈福，并许诺他胜利在望。理查和里士满都做了梦。两人梦中景象的不同取决于他们心态的差别。[276]里士满说他做了美梦，理查的梦中却出现了[可怖的]幻象，虽然他一再劝慰自己那不过是个梦。

理查遇到了最大的恐怖：他逐渐明白他的生存性选择失败了。除了选择当个善良正直的人，其他所有的生存性选择都有失败的危险。但我们可以发现，选择当个正直的好人的方式与选择当个恶人的方式，这两者可互相映照,因此恶的化身其实也可以避免生存性的失败。毕竟,选择当个好人或恶人并不需要事先拥有什么特殊的才能(当个哲人或政治家等此类具体的生存性选择则与此不同)。但至少在克尔凯郭尔看来(他是第一个冲破生存性选择困境的哲人),选择当个好人和选择当个恶人之间仍然有着本质区别。因为选择当个正直的好人,就是回归为人,而选择当个恶人,则是自绝于人类,也就是说,恶人选择的是魔鬼式的自我封闭。

我们很难据此得出什么结论,唯一确定的结论便是:莎士比亚比哲学家们早好几个世纪就发现了生存性抉择及其困境,他还表明,这种生存性抉择是人类灵魂的一种可能,是一道谜题。莎士比亚通过理查这一角色,刻画了恶人的生存性选择,我们现在必须跟随着理查到战场上去,看看他何时才会发现这一终极的生存性失败所带来的致命威胁。

克尔凯郭尔针对生存性的失败阐发了一套哲学—心理学的理论,我想补充的是,如果一个人的生存性选择遭遇失败,那么,他的人格也将随之分崩离析。问题是,莎士比亚笔下的理查是否遭遇了这种人格的崩塌呢?

惨死在理查手下的人阴魂不散,将他从梦中吓醒,他喊道:

> 再给我一匹马!把我的伤口包扎好!饶恕我,耶稣!且慢!莫非是场梦。呵,良心是个懦夫,你惊扰得我好苦!……我难道会怕我自己吗?旁边并无别人哪:理查爱理查;那就是说,我就是我。这儿有凶手在吗?没有。有,我就是;那就逃命吧。怎么!逃避我自己的手吗?……呀!我爱我自己。有什么可爱的?为了我自己我曾经做过什么好事吗?呵!没有。呀!我其实恨我自己……我是个罪犯。不对,我在乱说了;我不是个罪犯……犯

> 的是伪誓罪,伪誓罪,罪大恶极;谋杀罪,残酷的谋杀罪,罪无可恕;种种罪行,大大小小,拥上公堂来,齐声嚷道,"有罪!有罪!"我只有绝望了。天下无人爱怜我了;我即便死去,也没有一个人会来同情我;当然,我自己都找不出一点值得我自己怜惜的东西,何况旁人呢?(5.5.131-137)

我曾说过理查没有良心,但他现在似乎良心发现了。[277]我们还能再相信他吗?他的良心告诉自己,他是个杀人凶手。他极度惶恐,但他怕的不是鬼魂,而是他自己。他为什么会怕自己?这是因为他无法爱自己。没有人爱他,不被别人爱的人也无法爱自己。但他既然选择当个恶人,就得爱这个自愿选择成为的样子。他必须爱自己,如果他不爱,他的人格就将分崩离析。如他所说:"理查爱理查;那就是说,我就是我。"(137,着重为我所加)

正是在此时此刻,理查邪恶的生存性抉择遭遇了失败,理查的个人存在和人格也分崩离析。实际上,从他这段受到惊吓后说出的独白中可以看出,理查已不再是原来的自己,不再是我们认识的那个理查。即便他看起来仍是理查,但其实已变成了另一个人。因为他的人格已经分崩离析,一半自我怜惜,一半又自我憎恶,一半自我审判,一半又自我认可。不过,虽然他的人格发生了分裂,但他并没有良心发现。这段心理上和道德上的"小插曲"比想象得更加严峻,却又不那么合乎伦理道德。说它更严峻,是因为良心发现通常并不会导致一个人的自我认同全面崩塌,回想一下勃金汉死前的话就明白了。说这段戏不那么合乎伦理道德,是因为理查只关心自己的同一性问题,他只关心他是谁,却从未想到过他人遭受的痛苦。这似乎印证了克尔凯郭尔的观点。邪恶的生存性选择会分崩离析,但在莎士比亚笔下,这一情形并没有发生。他笔下的理查又将自己重新整合,克服了生存性的危机。

正因为如此,我们会认可最初的剧名“理查三世的悲剧”。理查克服了他的生存性危机,回归了原本的自己。他之前自愿选择当个恶人,这一点现在已经不重要了,唯一重要的是,他又再次坚决地肯定了自己的生存性选择,再也不会——也不能——迷失自我。理查死前仍在坚决捍卫他的自我选择,哪怕十恶不赦,这也将是他唯一信守的誓言。他选择了邪恶,如今虽无力作恶,但他自始至终都忠于这一选择。管他是好人还是恶人,是胜利的国王还是失败的僭主,是杀人凶手还是清白无辜——谁在乎呢?理查就是理查,他没有人爱,这就是他做出的选择。他怜惜这个不为人所爱的自己,坚称“我就是我”。他至死不渝地忠于自己的选择。理查喊道:

> 一匹马!一匹马!我的王位换一匹马!(5.7.7)

在这之后——这可能是整部剧中最常为人引用的台词——他至死仍坚定着自己的生存性选择:

> 奴才!我已经把我这条命打过赌,我宁可孤注一掷,决个胜负。(5.7.9–10)

这句对凯茨比说的临终遗言,出自一个超跃善恶的尼采式人物之口。随即他便被擒杀了。

莎士比亚再次让我们直面极端情境——这些情境比生命、灵魂和人们更为宏大。[278]当理查的自我即将丧失,其人格开始分崩离析时,他才最接近真正的人。但当他把自我重新整合并说“我已经把我这条命打过赌”(5.7.9–10)时,他不仅说出了自己的真实处境,也表明了他可以整合自我的原因。他一旦决心当个恶人,就已经拿性命作赌。他如今一败涂地,但他永远不会说是上帝赢了他。打败他的绝不是上帝,而是得怪自己运气不好,赌运不佳。这既不是上帝,也不是魔鬼掌控的世界,上帝和撒旦谁赢谁输,完全取决于骰子掷出来的结果。在理查看来,他自己的失败和里士满的胜利都实属偶然。

无论是美梦中醒来的里士满,还是被噩梦惊醒的理查,他们都借用鬼魂的话来解释这个世界。杀人凶手必得受罚,这是上帝的审判。里士满是上帝的骑士,他必定得胜,撒旦的邪恶势力注定失败。理查憎恨自己,而且他发现——他一直都知道这一点,而且做不到无动于衷——没有人爱他。须得注意的是,在这场戏中,理查已经离开了历史—政治的舞台。他一直没有重返这一舞台,他在最后声称偶然支配一切时也依旧没有回归。当他喊"我的王位换一匹马"时,也是在说,谁还在乎王位?这一切都是虚空。为了碰碰运气、孤注一掷,他要决战到底。这时的理查需要一匹马,而不是王位。王位留给里士满就好了,里士满将在历史—政治的舞台上大获全胜。

那么,在生存性的—超验的舞台上,情况又是怎样?很可能,莎士比亚站在里士满这边,他的胜利就是对理查的天谴,魔鬼受到了万王之王的惩罚。但理查的那句"碰碰运气,孤注一掷"并没有就此消散。莎士比亚还留有一丝余地,让我们对其做出不同的解读。尽管在这部剧中,对这一议题可解读的余地很小,但在后来的其他戏剧中,此类问题则有相当大的解读空间,如《麦克白》与《李尔王》中涉及的相关讨论。不过,可能正是因为对正义的天谴有着单纯、坚定的信念,我们才会如此钟爱《理查三世》。

玫瑰战争就此结束。正如里士满所说:

> 今日国内干戈息,和平再现;欢呼和平万岁,上帝赐万福!(5.5)

这一历史—政治上的圆满结局，是莎士比亚剧作中所少见的。莎士比亚憎恨战争，尤其憎恶内战，他热爱和平。但并不是所有的剧作都像《理查三世》这样，在剧终时能获得充满希望、阳光普照的和平。毕竟，在经历地狱之后，我们必须相信尘世天国的存在。

第三部分

三部罗马剧

[279]莎剧中既有好的政治,也有坏的政治。在道德问题上,他探索一切事情,对千差万别的人性有着无限兴趣。他对政治问题的判断则简单明确:好的政治会取得成功,坏的政治则会失败。克尔凯郭尔曾表明,当一个人表现得左倾或右倾,并且关心行为的结果时,他在道德上就已经迷失了。但一个好的政治家恰恰就是要么左倾要么右倾,并且关心结果的人。正是在这个简单的意义上——并非因为政治家弃绝了道德关怀——政治处于道德之外。莎士比亚和马基雅维利都是这样理解道德与政治的关系的。

我们要在具体情境中寻找结果。和马基雅维利一样,莎士比亚也明白共和政制与君主政制截然不同。我在本书的第一部分讨论过绝对的外邦人,我想试着说明的是,莎士比亚有着敏锐的历史意识。共和政制下的人类的可能性总是与君主政制下的完全不同。就政治而言,显然更是如此。我敢说,尽管莎士比亚可以将君王刻画成或好或坏的政治人物,但只有在其背景是罗马共和制的戏剧中,才会出现纯粹的政治。只有在共和制的背景下,政治还关切着当全新的诸制度创立时,诸自由的构成,而非仅仅关心如何更好地、变着法地行使权力。

确实,莎士比亚所有戏剧中的时代都是脱节的,悲剧和历史剧中的时代都无法匡正。一方面,在有关君主制的戏剧中,故事一开始的时代就是脱节的(在某两、三部戏剧中,时代可能脱节得更早,如在讲述玫瑰战争的历史剧中,自理查退位起,时代便开始脱节)。我们可以推测,在传统未被触动的过去,时间像一首完整的曲子,或一种连续不断的节奏。但在有关共和制的戏剧中,时间本身就是“脱了节”的象征,因为这才是政治时间的本质。共和制下,一切都是永恒流变的,时间的节奏总是断断续续。[280]君主制下,只有当时代脱节,当合法性出现问题时,政治的实质才能显现出来。而共和制本身就与政治有关。如果没有政治,没有昨日与今天的冲突,没有利益的纠葛(不仅是少数有权有势、野心勃勃之人间的利益纠葛,也包括集团利益与不同政见的利益),也就没有共和制可言。以共和制为背景的戏剧中,群众发挥的作用与以君主制为背景的戏剧完全不同,原因就在于此。

有些莎学家声称,莎士比亚把共和制下的群众刻画成了英国暴民,我在前面已经表态过,我并不同意这种说法。莎士比亚的历史意识不会让他作出如此刻画。我在稍后探讨具体剧作时,会再来谈这个问题。但我在这里先透露一点:虽然在英国历史剧和某些喜剧中,群众总是以滑稽可笑的形象出现,但在罗马剧中他们绝非如此。英国历史剧中的暴民之所以可笑,是因为他们没有实权,又或是因为,他们只是精明的掌权者手下一群唯命是从的工具。但罗马剧中的群众则不可能是荒唐可笑的样子,他们也并不总是暴民,即便有时会被人操控(如《裘力斯·凯撒》中的群众),他们依然掌握着实权。受到膏沐的国王崇高神圣,有着绝对的权威,是至高的君主。但共和国里没有受膏的国王,没有神圣的政治权力,因为诉诸绝对权力与共和精神相悖。只有在一个没有绝对政治权威存在的世界里,在统治权以及各种各样的权力能被不断质疑和考验的情况下,才能刻画出纯粹的政治是什么样的。

因此,莎士比亚的罗马剧在本质上是政治的。但其中依然大量存在着莎士比亚作出的政治阶梯与历史意义阶梯的区分,同样,其中也存在着人在政治阶梯和道德阶梯上所占据的不同位置的区分。但在三部讲述罗马共和制的戏剧中,最让我们觉得独特的一点是,剧中没有根本恶之人,大多数人一点也不坏。这可能是因为,历史材料相对严格地限制了莎士比亚对人物的塑造,虽然我对这种说法表示怀疑。我更愿意相信,正是因为这类戏剧中没有绝对的权威存在,自然也不可能有绝对的恶。罗马世界中没有基督教的上帝,因此也没有莎士比亚所谓的魔鬼,没有上帝,也就没有上帝的对手。

我会将三部罗马剧首先当作政治剧来加以探讨,尽管这只是它们的一个方面。莎士比亚选取了罗马政治史上三个不同的阶段,我也会依据这三个阶段在历史上出现的时间顺序进行讨论,而并不考虑这三部剧在莎士比亚全部剧作中的创作顺序。因此,我将最先讨论最后才写成的《科利奥兰纳斯》。

十二 《科利奥兰纳斯》

[281]《科利奥兰纳斯》这部悲剧中的主人公可能不近人情,却绝非邪恶之人。马歇斯(Caius Martius)直到生命的最后一刻仍然像个被宠坏的孩子。卡斯托里亚迪斯(Cornelius Castoriadis)曾告诉我,① 根据他数十年从事精神分析的经验,一个人如果认为所有人都爱他,或者忍受不了有人不爱他,那此人就是个永远也长不大的孩子。这是对科利奥兰纳斯的精准描述。他虽是个成年男人,却仍备受母亲的宠爱与呵护,他摆脱不了她的溺爱与评判。他是个憎恶平民的贵族,但当平民不愿以崇拜和尊重回敬他时,他又深感受伤。他甚至想象不到,他对伏尔斯(Volscian)贵族奥菲狄乌斯(Aufidius)大将表现的善意和尊重会得不到回报。

科利奥兰纳斯既自傲又无知,既暴躁又残酷,似乎很难赢得现代人的同情。但他却做到了。匈牙利平民诗人裴多菲(Sandor Petofi)曾将《科利奥兰纳斯》译为匈牙利语,他在这位贵族英雄身上看到了自己的影子,虽然裴多菲在政治上最不该同情的就是科利奥兰纳斯这类人。乔治·爱略特(George Eliot)单纯地喜爱科利奥兰纳斯这个角色。人

---

① [译注]卡斯托里亚迪斯(Cornelius Castoriadis,1922-1997),当代法国著名的左翼思想家之一。他的著作颇丰,涉及面广,涵盖了政治学、经济学、心理学、人类学、传统本体论等多个哲学课题。

们的好恶很难解释清楚,但对科利奥兰纳斯的好恶却很好理解。有些理应受到嘉奖的杰出天才,只因为不愿谄媚示好、沽卖自己,便被大众弃绝,个人成就得不到认可,还输给了根本比不过自己的对手,这样的人总会与科利奥兰纳斯产生共鸣。这部剧讲述了被弃绝的卓越之人所面临的根本处境,还给出了如下"教诲":那些值得更好对待的卓越之人应该自己发声,他们不需要代言人。卓越之人讨厌奉承,尤其讨厌奉承那些将施恩于他的人。

自傲当然不是基督徒的美德。但那些同情科利奥兰纳斯的人并非在同情一种基督教的美德。他们自认为是天才,其同情是现代的、浪漫的。每个人都至少认识一位科利奥兰纳斯这样的人。我的邻居便是其中之一。他是个永远不会放低身段去求职的哲学家,[282]因为全世界都应该知道他是最优秀的人。他从来不会请别人给他写推荐信,不会展现自己的"伤疤"(他的论著发表情况),因为这些流俗的程序有损他的傲气。如果到了最后,获得荣誉(如津贴、职位、奖项等)的人是个远不如他的对手,他就会对头脑不清的乌合之众愤愤不平(学术机构里也尽是乌合之众)。他生气有些人宁愿选择平庸之辈,也不提拔卓越之人,他生气有些人喜欢自己的论著被人引用,而且,除非迎合他们的虚荣心,奉承他们一番,他们就不愿大方承认别人表现出色。这类自傲的人也暴躁易怒——自认那是正当的愤慨——有时甚至要控制自己的怒气,就像每晚在剧场里表演的科利奥兰纳斯一样。

喜爱科利奥兰纳斯的人错了吗?我并不觉得。因为他们说得确实没错。聚集在一起或处在民主制下的普通大众,的确不喜欢那些佼佼者。他们想削平那些出尖的脑袋,和平庸之辈在一起当然要比和卓越之人共事更舒服,因为谁也不愿觉得低人一等。放低自我的身段(self-humiliation)的做法并不是平白出现的,它在每种文化环境里也并非都是徒劳无益。请人帮忙,或对没有什么可说"谢谢"的人说"谢谢”等自贬行为，都是传统上免招人羡慕、嫉妒和憎恨的自保之举。当平等作为主导的政治观念之一时，推行实质平等(substantive equality)的趋势便无所不在。实质平等强调的是没有人比别人更优秀，所有的优点长处都是相对的。人们对伟大、天分和才华抱有怀疑，认为那不过是自命不凡的吹嘘。如果光辉伟大或天赋异禀的人觉得自己正是如此优秀，并且清楚地意识到自己优于他人，人们更会觉得这是妄自尊大。而在奉行传统的君主制下，人们理所当然地认为人生而不平等，有的人在方方面面就是优于众人，甚至无人能与之匹敌。

《科利奥兰纳斯》一剧发生的世界与现代的共和制和民主制社会有诸多相似点：和我们当下的世界一样，它充满了无名的怨忿。现代人之所以对科利奥兰纳斯抱以同情，各有其不同的理由：他们或对民主有敌意，或站在个人这边反对大众，或鄙夷群众忘恩负义的行为等等。罗蒂(Richard Rorty)在斯克拉(Judith Sklar)之后曾说，① 在一个自由的民主制下，残酷是最大的恶行。就像对其他恶行所做的类似概述一样，这是一种夸张的说法。我们也同样有理由说，忘恩负义是最大的恶。在莎士比亚看来，根本恶——即残酷和忘恩负义——是最大的恶。我在本书第一部分讨论性颠覆的那一章中曾提到，莎士比亚认为残酷的女人无异于最坏的野蛮人，残酷的男人比她们稍稍好一些。温柔和善良是最重要的美德。[283]莎士比亚笔下许多有代表性的主人公都颂扬温柔这一美德。而懂得感恩本身并非最重要的美德，因为这是理所应当之事，但远超答谢尺度的感恩是一种无上的崇高。莎士比亚给我们讲了许多忠诚守信的故事，也提到了许多不忠与背叛，后者也是忘恩

---

① [译注]朱迪斯·斯克拉(Judith Sklar, 1928-1992)，美国政治理论家，哈佛大学教授。理查德·罗蒂(Richard Rorty, 1931-2007)，是当代美国最有影响力的哲学家、思想家，也是美国新实用主义哲学的主要代表之一。

负义的表现,是感恩这一主题的变奏。

回到科利奥兰纳斯身上:他残酷无情,民众则忘恩负义。他们向对方展示的都是自己的缺点,而不是各自拥有的美德。莎士比亚不是尼采,他没有明说自己偏爱哪一方。在他刻画的这一政治上不平衡且极具危险的情境中,双方都既有对处,也有错处。在科利奥兰纳斯与民众的冲突中,双方达到了恶的平衡(忘恩负义与残酷无情两相平衡),但在崇高和精于政治这一层面,他们并不平衡。崇高只属于科利奥兰纳斯,精于政治则只属于民众和护民官。在莎士比亚的剧作中,会玩弄政治并不是一项美德。但如果这样可以产生有益的结果,它也不失为良好的政治。崇高本身也不是美德(例如,它也可能是魔鬼拥有的特质),但它是悲剧的条件。科利奥兰纳斯之所以是个悲剧英雄,就因为这个残酷的大孩子身上有某种崇高的品质。科利奥兰纳斯的崇高根源于他的某些其他美德,其中最为重要的便是他的慷慨大度(magnanimity)。自亚里士多德以降,这一高贵的美德便高踞所有其他美德之上,它也是共和制或民主制下的美德。

但我要再次强调的是,科利奥兰纳斯并没有对民众表现出他的美德,他对待他们远远说不上慷慨大度,他只对同为贵族的朋友和敌人才会如此。护民官也没有对科利奥兰纳斯表现出美德(例如,进行理性的言说,做出理性的决议等等),而是以嫉恨待之。

慷慨大度只是悲剧主人公的潜质,只有通过最后的净化(catharsis),科利奥兰纳斯才能成为真正的悲剧主人公。民众不会发生变化,因为他们不是一个人,而是多头的群氓;但如果处境有变,群氓的政治也会发生变化。剧中便发生了这一情况。但科利奥兰纳斯这个人却可以发生变化:最终,他认可了理性的力量,他的慷慨大度战胜了极度的自傲。这个原本只依从本能行事的人在遭到放逐后为自己制定出了一条人生准则:

> 我决不做一头服从本能的呆鹅，我要漠然无动于衷，就像我是我自己的创造者、不知道还有什么亲族一样。(《科利奥兰纳斯》5.3.34－37)

这也是现代凭靠自我奋斗取得成就之人所奉行的准则，自此刻起，他的美德战胜了恶德。他这番自我成就之人说出的豪言，让我们回想起了理查三世最后一次对自我同一性的表述（“我已经把我这条命打过赌”）。莎士比亚将史实材料全部抛却，说出这番话的人不是个贵族，[284]而是个自我成就之人——他不属于任何一个阵营、民族和家庭。他甚至放弃了贵族的姿态，而以本真的形象站在我们面前。他从高处走下来，向母亲下跪，并顺从于她。他这一举动正好与理查三世相反。理查最后仍坚持他的生存性抉择，科利奥兰纳斯却放弃了——并非迫于压力，而是自觉如此。他知道自己终将失败，但并不是通常像人们所理解的那样。他不但知道奥菲狄乌斯会杀了他，也知道自己已经放弃了作为一个自我成就之人所拥有的骄傲。

失败的不是贵族政治，不是他所属的这一阶级，而是他选择成为的自我。他为了罗马而牺牲。这是绝对慷慨大度的行为，对家庭、祖国和同胞的感恩战胜了他的自傲与残酷。我之前说他的慷慨大度战胜了骄傲，原因正在于此。科利奥兰纳斯并不是像一个勇士或贵族英雄那样死去，而是像克尔凯郭尔所谓的“无限弃绝的骑士”（knight of resignation）那样死去。[①] 在科利奥兰纳斯净化的第一阶段——当意识到他是自己的创造者时——他就已不再是一头金发野兽，不再是个有

---

① ［译注］参见克尔凯郭尔《恐惧与颤栗》中对于“无限充绝的骑士”、“信仰的骑士”（the Knight of Faith）及伦理意义上的悲剧英雄的区分。无限弃绝的骑士会弃绝一切有限的事物，将世俗中的不可能转为精神上的永恒可能。

着贵族本能的残酷之人。接着便是净化的第二阶段:科利奥兰纳斯放弃成为一个自我成就之人——这里要再次提到克尔凯郭尔——他“通过悔悟回归到”同胞、祖国和城邦中去,从而重新找回自我。

我还是从故事的开头说起吧。发生冲突的双方,一方是科利奥兰纳斯这头金发野兽,另一方是愤慨的民众,前者生活在一个信奉实质不平等(substantive inequality)的世界,而共和制下的民众则属于一个信奉实质平等(substantive equality)的世界。他们分属政治这枚硬币的正反两面。尼采不仅发觉了愤慨这种情绪,指出了它与实质平等有着密切的联系,他还对金发野兽进行了细致的描述(可能对它也有所偏爱)。在尼采看来,金发野兽和愤慨民众的出现在历史上有先后顺序。而在莎士比亚描绘的共和制/政治情境中,双方则同时产生,互相依存,互为补充。他们互为仇敌,却又依赖对方的存在而存在。莎士比亚保持着剧作家的冷静,他既没有站在金发野兽一边去反对民众的愤慨,也没有为了维护民众的愤慨而反对金发野兽。他为我们展现了一个互有冲突的情境,在其中,金发野兽的冷酷自傲与民众怯懦的愤慨互相促进,互相强化。

科利奥兰纳斯是个冷酷自傲、慷慨大度却又没长大的孩子。仍是个孩子的他几乎毫无理智可言,他很容易因暴怒失去自制。但他也会假装暴怒,以此胁迫他人(许多小孩子和成人也会这样)。他优柔寡断、意志薄弱、易受影响,[285]却爱在罗马同胞和敌人(即他的观众)面前装成一个意志坚决、勇敢无畏、无懈可击的猛士。他完全以外界为导向,他缺乏良知,却又有着过强的羞耻感。在莎士比亚笔下(他在普鲁塔克笔下也是如此),一个人外表展示出的强硬是为了补偿,或说得更准确一点,是为了掩盖内在的软弱,这样的人很容易受到伤害,所以这才轻易地伤害别人。此番心理摹写也是对科利奥兰纳斯这一角色扮演者的摹写。科利奥兰纳斯完全依赖母亲分派给他的角色,因此他也完全依赖着母亲。他总是想着取悦她,想在她面前表现为最优秀的人。我再强调一次,科利奥兰纳斯浸润的是一种纯粹的耻感文化(culture of shame)。他完全依靠他人的目光来区分善恶好坏。他时刻注视着母亲的目光,寻求着她的赞许。

作为一个以外界而非内心准则为导向的人,他在戏剧刚开始时一点也不像个依靠自我取得成就的人,相反,他是被母亲伏伦妮娅用贵族男性的理想标准塑造出来的。因此,将科利奥兰纳斯与被母亲憎恶的理查三世进行对比,或许是很自然的做法。理查渴望的是绝对权力,而不是母亲的认可。莎士比亚通过理查和科利奥兰纳斯两人展现了他对人类心理最深刻的洞察:要么忠于自我,要么失去自我。理查选择忠于自我,最后惨死,科利奥兰纳斯则选择放弃自我,最后反而重获自我,并为城邦牺牲了生命。备受母亲宠爱的科利奥兰纳斯能够放弃自我,因为他尚有余地可退,他悔悟后还能回到亲人的怀抱。但被母亲憎恶弃绝的理查却无路可退,他只能依靠自己。当然,这一对比相当片面。[除了这方面],理查和科利奥兰纳斯的行为和命运在其他方面一点儿也不相似。

对莎士比亚笔下的科利奥兰纳斯进行的这一简单的心理摹写,同时也是对一个角色扮演者的摹写。在第一幕中,他只扮演了母亲分派给他的角色。如我之前所说,他一直活在母亲的注视下。我们初见他时,他已经习惯了扮演这一角色。正因为他内心软弱,又缺乏理性,所以他无法转而去扮演另一个角色。他的故事首先是这样开始的:他的超我(这里是指他的母亲)强迫他变换角色,他却自觉胜任不了分派给他的这第二个角色。伏伦妮娅自己野心勃勃,便强行给她儿子分派了一个政治角色。她没有注意到儿子(她的男性替身)和自己截然不同,没发现他的灵魂不像她那样强大,没发现他只是在尽职尽责地扮演角色。他演不了别的角色。只有灵活多变的人才能扮演多个角色,而要想灵活多变,他就得需要有一个稳固不变的人格内核。处于成长过程中的科利奥兰纳斯几乎直到第五幕的最后才最终获得了这样的内核。

[286]《科利奥兰纳斯》和《理查二世》《理查三世》等剧作一样,可以说是一出独角戏,这与《裘力斯·凯撒》和《安东尼与克莉奥佩特拉》等戏剧形成对比。后两部剧和《亨利六世》三部曲一样,是有多个主角的、去中心化的戏剧。所谓独角戏并不是说只有一个主人公,而是说剧情仅围绕着一个中心主人公展开。我们看到,剧中有科利奥兰纳斯与他母亲(以及妻儿)、与罗马民众、米尼涅斯、伏尔斯人(尤其是奥菲狄乌斯)等多人相关的剧情。尽管科利奥兰纳斯说了两次独白,但莎士比亚并没有用某个独白来呈现这个角色。这个例证再次说明,莎士比亚会对独白进行生存性的/社会学上的处理。莎士比亚总是用许多独白来呈现那些无法与人交流的恶魔角色,他们要么邪恶,要么被人疏离,如伊阿古、理查三世及哈姆雷特等人;他们不能与人交谈,只得自言自语。但科利奥兰纳斯一直到戏剧快结束时才在宣泄(净化)的过程中有了两次独白。

科利奥兰纳斯内在的软弱与外在的坚决形成了强烈的对比,但考虑到他的思想,他其实是表里如一的。这也就是为何我们会看到和听到,科利奥兰纳斯好像是一个总与他人联系在一起的存在(a being related to other beings),也就是说,他总是在行动。① 言语也是行动,但这种言语的内容通常相当贫乏。科利奥兰纳斯行动中有一个重要的要素,这就是他的一系列姿态。挥剑战斗是姿态,发怒、骂人、(在母亲面

---

① [译注]参见阿伦特《人的境况》讨论行动时提到的"关系网"。如"严格说来,人类事务的领域由人际关系网组成,这个网络存在于任何人们一起生活的地方。经由言说对'谁'的彰显,和经由行动的开端启新,都不可避免地要陷入到这个业已存在的网络之中并遭受到其直接后果"(汉娜·阿伦特,《人的境况》,王寅丽译,上海:上海人民出版社,2009,页144)。

前)自辱等,这些也都是姿态。在第五幕之前,科利奥兰纳斯近乎是一个木偶戏中的角色,因为他那些戏剧性的、简单僵硬的姿态正和木偶一模一样。他的姿态总是充满情感,而这些情感又极其简单。当科利奥兰纳斯发怒时,他那单一的、仿佛是表演出来的情感以及和外在表演完全没有差别的内心活动,都让他的暴怒获得了明显的戏剧性意义。科利奥兰纳斯既控制不住怒火,也不想控制自己。他缺乏意志力。

暴怒在本质上符合科利奥兰纳斯所扮演的战争英雄的角色。只要他仅仅扮演这一个角色,其内在/外在的同一性就永远不会出现问题。不过,既然他的内在和外在是统一的,我为什么还说他是在扮演角色呢?其实,科利奥兰纳斯是在扮演他自己,也就是说,他在扮演着一个被母亲注视着的角色。但由于他一直在别人的注视下进行表演(在他的部下、敌人奥菲狄乌斯以及他母亲[即便她不在场]的注视下),所以他总是演得过头。这就是为何他也会巧妙地让自己发怒。

科利奥兰纳斯饰演的角色主要是一个罗马大将。战场上,军人的怒气有诸多益处。怒火中烧的人不关心自己,[287]不在乎自己的性命和安危,甚至注意不到自己受了伤。怒气使他们更为强大。奋战沙场的军人若怒不可遏,其战斗力反而会增强。如果我们仔细阅读《科利奥兰纳斯》中的战争戏就会发现,马歇斯正是靠着匹夫之勇、不怕受伤和十足的体力才赢得了多场胜利。他不是个谋略家,不会在事前布局谋划。作为将士的他完全不动脑筋,全凭身体的蛮力行事。马歇斯行动时不假思索。被怒气冲昏头并不会给他造成伤害,因为这可以让他更好地调动身体的力量。

莎剧中的许多战争英雄、军人和将领都有着某些共同点。正如我在本书的第一部分说明的,这些军人和将领都当不了好的政治家。他们或许很像狮子,但一点儿也不像狐狸。不过,莎士比亚笔下的每个人都迥然不同,军人也自是性格各异。例如,塔尔博将自己等同于他的部队。根据他对自我的理解，他的胜利是这支英勇部队的胜利，它并不该归功于他一人。塔尔博父子都是爱国志士，他们为国献身，忠心可鉴。还有些如爱诺巴勃斯这样的军人——我们在讨论《安东尼与克莉奥佩特拉》时会看到他——当他得知败局已定，便打算变节。他和科利奥兰纳斯一样，有着匹夫之勇。但他更为庸俗，他热衷于晋升和敛财，不是个耻辱感强烈的人。我想我并不需要在这个话题上纠缠下去，才能说明科利奥兰纳斯在军人类型中的独特性。但我还要重申一遍，这些军人都有一个共同的特点：他们都不擅于搞政治。他们身上的质朴使得他们不适合策划长远的战略。而与他们截然相反的是，擅于搞政治的人虽不是优秀的军人，却擅于发动战争，因为他们靠智谋，靠出谋划策作战，懂得在合适的时间及合适的地点与人结盟或背弃誓约。

科利奥兰纳斯陷入的困境在于，他对他将要扮演的角色感到完全陌生：他母亲强迫他去竞选执政官，这是他悲剧的开始。他的性格不适合担任这一角色。首要的困难就是，易怒的人不擅于搞共和政治。此外，他轻易就能被人看穿，他的敌人知道他容易发怒，便会利用这一弱点达成自己的目的。如果一个人怀着怒气打仗，可能会打得敌人投降，但一个人要是怀着怒气说话，便会口无遮拦地说出许多原本并不打算说出口的事，这是因为他气得没办法三思慎言。他会将自我完全袒露，就很可能一败涂地。一个人如果深信表里必须如一，那他也不适合从事政治。政治中的人也要扮演角色，但为了演得成功，他必须能根据任何规定情境对角色进行调整。[288]政治角色不需要内在化(与军人角色相反)，因此它才可能加以调整。军人角色和政治角色互相在对方面前表演，但政治中的角色通常都会进行伪装，即便没有伪装，也至少秉持着疏离的态度。科利奥兰纳斯没有办法带着疏离感表演，但政治家必须做到这一点。在第二幕中，科利奥兰纳斯(被迫)扮演一个完全不适合他的角色。

但他为什么愿意演呢？这和他扮演第一个角色(军人角色)的原因如出一辙(这一角色已经成了他的人格):因为他的母亲希望他这么做。科利奥兰纳斯一方面知道自己不适合担任这一角色,另一方面又非常确信自己是最好的执政官人选。这就造成了一种暧昧。他通过不扮演这一角色来扮演这一角色。当他在表明自己讨厌这个角色,说这个角色不适合他——说他宁愿不演时,他就是在扮演这个角色。只有极其拙劣的演员才会这样表演。科利奥兰纳斯成了极其拙劣的政治演员,可他仍然坚信自己是这个角色的最佳人选。在他看来,政治是对他勇气的嘉奖。若用现代情形作比,他就像一个没有任何政治经验的大富之人当选为议员,或像一个目不识丁的官员去主管作家协会。

科利奥兰纳斯不但演得差,他还是故意演得这么差的,因为在他看来,政治角色对军人来说不值一提。他母亲伏伦妮娅告诉他,这么想是错的,她说这两个角色其实非常相似(因为在战场上,军人也要假装有一套不同于实际执行方案的谋划);她说的话原则上没错,但具体到她儿子身上,她说的就不对了。因为正如我们所知,科利奥兰纳斯所理解的战争,是双方在平等条件下的对决,也就是说,军人之间兵戎相见,谁更胜一筹是量上而不是质上的区别。即便在战争中,科利奥兰纳斯好像也既不是军事家,也不是谋略家。他不会伪装,也不会算计,因为他做不来这些事。这也是他孩子气的一种表现,这是由他母亲造成的,但她并没有意识到这一点。

我们现在来简要地厘清剧情。本剧开场便是罗马平民发生暴动。众所周知,莎士比亚将两次平民暴动整合成了一次。平民对他们的死敌马歇斯(即后来的科利奥兰纳斯)怒气难消。第一场戏中,莎士比亚就已经赋予了平民言说的能力,也就是说,即便在动荡时期,他们也能够摆明观点,讨论各项事宜。市民甲和市民乙说的话清楚地表明了各自不同的判断。我们注意到,这群平民不是《裘力斯·凯撒》中缺乏个

性特征的大众,民众代表和每个市民在这部剧中都有明确的个性。因此,当市民甲谴责马歇斯过于傲慢时,[289]市民乙说:

> 他自己也无能为力的天生的癖性,你却认为是他的罪恶。(1.1.139-40)

这话真像是从尼采《道德的谱系》中摘录出来的。莎士比亚遵循普鲁塔克的记述,让米尼涅斯上场说了那则著名的寓言故事。米尼涅斯和科利奥兰纳斯相对应,和后者一样,他也是个贵族,且鄙夷平民,但他同时也是个政治家。他知道政治中的妥协让步不可避免,凡事没有绝对,只有最大的可能性。他要保护贵族的利益,保证元老院的权力不受动摇,他愿意向民众妥协;他与民众对话并极力安抚他们。

虽然莎士比亚笔下没有关于米尼涅斯的更多信息,但tribuna plebis[护民官]这一新制度的建立是政治协商的结果。正如我之前提到的,这一制度的建立对于剧情发展有着至关重要的意义。单纯的政治是事关利益的政治,尤其是关于集团利益的政治,政治在于能相对和平地处理好各方的利益冲突,在于对话与妥协。一个新制度的建立并非临时的战术妥协,而是长久的战略。我们从马歇斯的咒骂中间接了解到,元老院认可由护民官来作为民众的代表。这一新生事物将一直存在,最终成为具有历史意义的制度。而马歇斯面临的政治问题便是:罗马贵族应如何处理自身与正处于初创期的新制度的关系。

戏剧一开始我们就看到,马歇斯对民众表现出了恣意的阶级仇恨,这揭开了剧情发展的序幕,也呈现出马歇斯的性格。他先骂他们是"违法乱纪的流氓",之后又只因他们食不果腹,求要粮食,便叫他们耗子,还怒气冲冲地谴责他们:

> 谁立下了功德,就应该受你们的憎恨。(1.1.174-175)

马歇斯从不刻意遮掩他的仇恨和蔑视。因为科利奥兰纳斯与尼采所谓的金发野兽不同，他的话里不但表达出蔑视，还表达出对他们的仇恨。他觉得自己受到了侵害，这使得原来可能还带有一丝同情的蔑视转变成了满腔的仇恨。他之所以情绪失控，是因为他觉得在暴民面前无需自我克制。因为他谈论的是无足轻重的人，对他们说话时也不需要克制自己的情绪。尽管许多莎剧阐释者都批评莎士比亚歪曲了大众的形象，但我认为，莎士比亚笔下的罗马民众比他们的贵族敌人有着更强的自制力，他们也更加聪慧，更懂得体谅。

这时传来了奥菲狄乌斯领导伏尔斯人起兵来犯的消息，对罗马民众心怀憎恶的马歇斯却立刻表达了对敌人(他也是个贵族将领)的极大敬重：

> 倘然我不是我，[290]我就希望我是他。(231)

> 能够猎逐像他这样一头狮子，是我所认为一件可以自傲的事。(235-236)

两人的敬重似乎是相互的。

但在他的家里，我们第一次发现，马歇斯其实有着尼采笔下金发野兽的性格(并不是在公共场合)。此处，伏伦妮娅的密友凡勒利娅(Valeria)聊起了科利奥兰纳斯的儿子：

> 真是有其父必有其子；我可以发誓他是一个很可爱的孩子。不瞒你们说，星期三那天我曾经瞧了他足足半个钟头……我见他追赶着一只金翅的蝴蝶，捉到了手又把它放走，放走了又去追它；这么奔来奔去，捉了放、放了捉，也不知道是因为跌了一跤呢，还是因为别的缘故，他发起脾气来，咬紧了牙关，把那蝴蝶撕碎了；

啊！瞧他撕的时候那股劲儿！(1.3.59－67)

我们注意到，莎士比亚只通过三个简短的句子，就成功地刻画了三个女人的性格。

伏伦妮娅说："他父亲也是这样的脾气。"(1.3.68)她在夸奖暴虐残忍的孙儿时，也在激赏这孩子的父亲，即她的儿子。

凡勒利娅说："真是一个不同凡俗的孩子。"(1.3.69)她认为这种暴虐残忍的行为很符合他不同凡俗的身份。(妻子)

维吉利娅(Virgilia)则说："一个顽皮的孩子，夫人。"(1.3.70)

她不喜欢凡勒利娅说的这些话，但又不能顶撞这两位强势的妇人，尤其不敢说她婆婆的不是。但她婆婆是整场戏的主导者。维吉利娅担忧出征的丈夫，却被婆婆责骂，婆婆说她应该高兴才对。

伏伦妮娅送儿子出入残酷的战争，让他在危险中博取声名，她说："我第一次知道他是个男孩子的时候，还不及第一次看见他已经变成一个堂堂男子的时候那样喜欢得跳跃起来。"(1.3.15－17)

有关科利奥兰纳斯的古罗马传说证明，他此时已经用战绩证明自己是个堂堂男子汉了，在普鲁塔克的记述中也是如此(虽然他也说自己并不确定)。而在莎士比亚笔下，浴血奋战的科利奥兰纳斯并不是男子汉，或者说还没长成男子汉。真正的男子汉要有自由意志，而不是手握着武器，内里却仍是尚未自立的残暴的孩子。科利奥兰纳斯要在第五幕才成长为男子汉。

我们可以玩味一下伏伦妮娅的动机。我一再强调，莎士比亚从不展现他笔下人物的动机，所以我们对伏伦妮娅的动机可以做出诸多解释。例如，她很高兴有个男孩子，这是因为她这个野心勃勃的女人，在罗马却无法拥有一席之地，因此，她希望借由她的儿子博得最高荣誉。她还可能有着俄狄浦斯式的动机。我们可以回想一下，伏伦妮娅责骂儿媳维吉利娅时说：

> 我宁愿他出外去争取光荣，不愿他贪恋着闺房中的儿女私情。(1.3.3－5)

我们不会注意不到，这位母亲幻想自己替代了儿媳，在闺房中与他谈情说爱。但我们还可以认为，死了丈夫的她想为科利奥兰纳斯填补父亲的缺失，[291]她既当父又为母，教授他贵族应具有的传统美德。以上提到的这几个动机和许多其他动机一样，并不互相排斥。伏伦妮娅毕竟是个相当复杂的女人。她几乎可以归属莎士比亚笔下发生"性颠覆"的、具有男子气概的女性角色，但她又不能完全归于此类，因为在剧末，她仍以母亲的形象出现：她代表了祖国、大地、生物—遗传的纽带以及连她儿子也剪不断的脐带。

第一幕第四场中，马歇斯正在奋战，罗马军队却节节败退，这时，他对民众的憎恶再次爆发了(例如他说"南方的一切瘟疫都降在你们身上，你们这些罗马的耻辱"[1.5.1－2])。他单枪匹马地冲入敌方城内。我之前说作为将领的科利奥兰纳斯不靠头脑而凭蛮力作战时，最先想到的就是这次冒险。好在他凭着匹夫之勇取得了胜利。可他见到执政官(罗马军队的行政长官考密涅斯[Cominius])的第一件事，就是斥责民众政治上的要求：

> 可是我们的那些士兵——死东西！他们还要护民官。(1.7.43)

随后他呼吁最有能力的战士跟着他继续杀敌。军人不但事实上在流血，他们也必须流血，他必须喜欢血，喜欢这种"油彩"。

讨论到现在，我还是遗漏了一些重要的细节，但有一点不得不提：

科利奥兰纳斯虽然自傲,但遇到和他等级相同,哪怕功绩不可相提并论的人时,他也会降低身段,变得非常谦逊有礼。这里有一小段戏再次展现了科利奥兰纳斯的品性,或说得准确点,再次让我们对于他的性格特征有进一步了解。科利奥兰纳斯请考密涅斯施个小惠,让他放了科利奥里(Corlioles)城中一位曾殷勤招待过自己的穷汉。考密涅斯欣然应允,但他询问那个好人的名字时,科利奥兰纳斯却忘了。

作为观众的我们当然知道奥菲狄乌斯憎恨科利奥兰纳斯。但科利奥兰纳斯却并未察觉,因为他想不到,和他一样高贵勇敢的人竟会恨他。科利奥兰纳斯知道什么是憎恨和残酷,却不明白何为羡慕与嫉妒,他这样慷慨大度、自矜自傲的贵族对此很是陌生。这种单纯会让他付出惨痛的代价,乃至最后赔上性命。

在我看来,《科利奥兰纳斯》是一部彻彻底底的政治剧,所以那些与政治无关的剧情似乎非常多余(例如第二幕第一场的引言部分)。我认为,直到伏伦妮娅和维吉利娅上场,听到米尼涅斯带来科利奥兰纳斯虽负伤累累却会很快凯旋的消息时,第二幕才算正式开始。莎士比亚严格按照普鲁塔克的记述对伏伦妮娅进行性格塑造时,似乎暗含了一丝讽刺意味。她感谢天神让她儿子受了伤,过了一会说:

> 当他在民众之前站起来的时候,他可以把很大的伤疤公开展示哩。(144-146)

[292]当米尼涅斯提到科利奥兰纳斯身上有九处伤时,他母亲反驳道:"在这一次出征以前,他全身一共有二十五处伤痕。"(150-151)

米尼涅斯补充:"现在是二十七处了。"(152)。

这段对话结束后,科利奥兰纳斯上场了。他跪拜完母亲后,准备去拜访一些贵族。

伏伦妮娅决意让她儿子当罗马执政官,对他说:“现在只有一个愿望还没有满足,可是我相信我们的罗马一定会把它加在你的身上的。”(198-199)

伏伦妮娅对此非常笃定,但她其实和莎剧中的许多其他角色一样,看错了历史时间。前几年确定无疑的事,放到现在并不一定了。伏伦妮娅想当然地以为,元老院的决定就是最终决议。但自从护民官制度建立后,情况已发生了变化。人们尚不知这一全新的制度有多大的权力。这一新制度尽可能地张开其触角,以看看它究竟能伸得多远,以及能产生什么后果,就这样,它第一次测试了其权力的限度(在罗马历史上并不是首次,但在莎士比亚笔下却是如此)。到底是接纳仇恨民众的科利奥兰纳斯当执政官,还是反对他,这便是一个绝佳的测试用例。(莎士比亚笔下的)护民官将这件事当作至关重要的测试用例,在政治上绝对明智。因为,不仅科利奥兰纳斯的命运处在紧要关头,罗马的政治制度也危在旦夕,而这一冲突在政治上极具代表性。

两个护民官的个性虽不相同,但他们都尽忠职守。勃鲁图斯(Brutus)的话里经常流露出他的愤愤不平,但他也会遵从所属利益集团的迫切需求。阶级(集团)利益成为理性政治的动机也是一种新情况。当西西涅斯(Sicinius)说科利奥兰纳斯有望当上执政官时,勃鲁图斯立即答道:

> 那么当他握权的时候,我们只好无所事事了。(2.1.219-220)

这一政治判断是对的。他是个民粹主义政治家,而且善于挟势弄权。他的理由很合理(他确实有理有据),为此采取的策略也很明智。他有时会用恶语吓唬民众,让他们不要推选科利奥兰纳斯,他这样做并不仅仅是出于怨恨,而是因为他知道科利奥兰纳斯会成为多么危险的人物。他说：

> 我们必须让人民知道他一向对于他们怀着怎样的敌意；要是他掌握了大权，他一定要把他们当做骡马一样看待，压制他们的申诉，剥夺他们的自由；认为他们的行动和能力是不适宜于处理世间的事务的，正像战争的时候用不着骆驼一样；豢养他们的目的，只是要他们担负重荷，要是他们在重负之下压得爬不起来，一顿痛打便是给他们的赏赐。(2.1.242–249)

他这番话并不是在蛊惑人心，因为他说的一点不错。我们看到，在下一场戏(2.2)中，科利奥兰纳斯将被元老院推选为执政官。其中，两个官员的讨论是剧中最有趣的政治论辩之一。我们不知道他们属于哪个派别——也许不属于任何一派——但他们肯定不是元老院的成员。这两人有着洞察一切的能力，他们极为客观地讨论起执政官候选人的优缺点，莎士比亚通过这种方式，向我们展现了共和制／民主制下决策过程中吸引人的各个方面。[293]他们都知道科利奥兰纳斯不想讨好民众，但第一个官员补充说：

> 像这样有意装出敌视人民的态度，比起他所唾弃的那种取媚人民以求得他们欢心的手段来，同样是不足为法的。(2.2.21–23)

他们虽政见不同，却可以平静地进行交流。

元老院同意科利奥兰纳斯当选执政官之后，一位元老便去寻求护民官的同意。勃鲁图斯答：

> 要是他能够把他一向对人民的看法稍微改善一点，那么我们一定可以赞同。(56–59，着重号为我所加)

这个“要是”代表着维护选民利益的护民官所提出的合理条件。

我认为，在莎士比亚笔下，科利奥兰纳斯的故事并不是在讲民众的忘恩负义和他对民众的仇恨，不是在讲不会思考的民众与居功自傲的英雄之间的冲突——它与这些完全无关。它讲述的不是个道德故事，而是政治故事。护民官在政治上非常明智，他们的想法完全正确。只是，他们的那一套政治，科利奥兰纳斯却接受不来，元老院也还并不了解。元老们在处理公共事务时，自然也会谋取自己的利益，但他们并不承认这一点，因为承认的话就不符合其身份。

此外，正如科利奥兰纳斯曾说的（他实际上说的是“空言却使我逃避”[73]），元老们不擅言辞。米尼涅斯则是例外，故此，他会与去民众进行交涉并妥协。在共和政治中，言辞是一种简单纯粹的武器。修辞、论辩以及劝说是共和制／民主制的言说方式。贵族只会以刀剑作战，民众却会用言辞作战。但科利奥兰纳斯和他的同伴对此却感到完全陌生。情况并不仅仅是科利奥兰纳斯觉得自己不适合从事政治（但另一方面，他却又是执政官的唯一合适人选），而是政治本身已发生了变化，并且仍处于变化之中。若是在几年前（在莎剧中），科利奥兰纳斯会顺利当选执政官，他即便不够杰出，也会相当公正。

总体而言，科利奥兰纳斯不适合从事政治（莎士比亚笔下的军人都是如此），但他所处的特殊时代，以及他陷入的特殊情境，让他更无力涉足政治领域。他的政治失败是由多种因素决定的。莎士比亚在此遵循的是他所按本的材料，因此，其他解释也说得通。劝说科利奥兰纳斯去讨好民众的元老们提到，他之前的执政官都是这么做的；他们说此乃他要遵循的习俗。然而，在莎士比亚笔下，护民官询问民众的要求这一做法才刚刚出现，还不成其为习俗。因为马歇斯在同伏尔斯人打仗前，才刚刚听闻护民官制度的建立，他如果当选，也不过是考密涅斯（他是战时执政官）之后的首任执政官。

[294]科利奥兰纳斯、民众以及护民官三者交锋的剧情是莎士比亚的独创。与之前两个官员讨论的情形类似,我们先看到一群各有想法的市民聚在一起,每个人都在据理反对其他人的观点。市民丙说的话最为有趣(他的话有时好笑,却总是很机智)。他先是告诫同伴不要忘恩负义(我们知道,忘恩负义是莎剧中最严重的恶行之一):

> 忘恩负义是一种极大的罪恶,忘恩负义的群众是一个可怕的妖魔。(2.3.9–11)。

他从中得出结论:

> 你们都决定对他表示同意吗?可是那也没有关系,最后的结果是要取决于大多数的意见的。我说,要是他愿意同情民众,那么从来不曾有过一个比他更胜任的人了。(2.3.37–40)

"要是"一词仍在回响。科利奥兰纳斯随后上场,他丝毫不掩饰对民众的憎恶和轻蔑。他说起话来简直像个种族主义者,民众在他看来像是属于其他种族的人。他对民众的辱骂与其他人加在夏洛克和奥赛罗身上的谩骂如出一辙,后两者都出自以威尼斯共和国为背景的戏剧。

对民众发表讲话前,科利奥兰纳斯甚至说:"叫他们把脸洗一洗,把他们的牙齿刷干净。"(2.3.62–63)他眼里的民众污浊不堪、臭气熏天。

正当科利奥兰纳斯不情愿地向民众拉票时,市民丙说的话一针见血:"您必须明白,要是我们给了您什么东西,我们是希望从您身上得到一点好处的。"(2.3.71–72)

科利奥兰纳斯讥讽道:"好,那么我要请问,向你们讨一个执政做要多少价钱?"

市民甲煞有介事地回道："那价钱就是您必须恭恭敬敬地请求。"(2.3.73)

如我们所知，这场戏最后，科利奥兰纳斯得到了民众的呼声。但在下一场戏中，他们又要把这些呼声收回。

人们常说，民众之所以如此善变，是因为他们受到了护民官的煽动与操纵。但莎士比亚笔下的情况更为复杂。《科利奥兰纳斯》中的护民官不是(《裘力斯·凯撒》中的)安东尼，其中的民众也不是《裘利斯·凯撒》中的暴民。民众(和许多单独的个体一样)很容易受人影响而改变主意。但护民官和安东尼说服民众的方式大不相同。这部剧中的护民官没有诉诸英雄崇拜——恰好相反，他们贬低英雄。此外，护民官也没有诉诸情感或金钱利益。这两部剧的时代不同，其中的民众和政治体制也发生了变化。莎士比亚有着精准的历史直觉，这一点我再怎么强调也不过分。这部剧里不能简单地说是护民官操纵了民众。因为有些市民自己已经注意到，科利奥兰纳斯在征求他们的意见时，对他们极尽嘲讽和奚弄。有必要强调的是，在护民官讲话前，大部分市民(这时三人中就有两人)已经发现了科利奥兰纳斯轻慢他们，他们都后悔给他投了票。护民官这时才开始讲话。

机敏一些的勃鲁图斯更擅于利用言语武器，[295]也是他最先发现大多数民众已改变了主意。他的话术便基于对这一情况的了解和对民众权威的认可。对护民官来说，认可民众的权威是至关重要的观念。勃鲁图斯认为，民众之所以投票给科利奥兰纳斯，是因为他们在强权面前仍然唯唯诺诺，他们谦卑顺从惯了。他认为民众应该克服自轻自贱的心理，还警告说，科利奥兰纳斯经常抨击他们，反对他们拥有的自由。那些投票给他的人浪掷了宝贵的自由。

西西涅斯虽然不像他的同僚那样擅于辞令，却更擅于操弄纯粹的强权政治，他想出了一个操纵科利奥兰纳斯(而非民众)的办法。他提议设局激怒科利奥兰纳斯,让他口无遮拦地说错话,从而失掉刚获得的执政官一职。不过,这个局背后虽有人操控,却不见得有多邪恶。毕竟,如果一个人因为一点小刺激就暴跳如雷,到了失去理智的程度,那他就算被选作执政官,可能也无法胜任。特别是,这样的人很可能会废除民众的自由,因为他本身就视这些自由为对他的挑衅。在民众已有的怒火上,护民官又添了马基雅维利主义这捧柴,怒火越烧越旺。民众已经明确表达的态度当然很难反悔,所以护民官就教他们撒谎:让民众把罪责推到护民官身上,就说是他们逼迫自己投票给科利奥兰纳斯的。但值得一提的是,这个龌龊的妙计在剧中并没有施行,科利奥兰纳斯自己的愤怒就足以让他落败。

第三幕遵循了古希腊戏剧的结构。处于好运巅峰的主人公——科利奥兰纳斯打了胜仗,被拥戴为英雄,后又当选为执政官——将从高处跌落谷底。他先是遭人辱骂,后被人激怒,接着被剥夺所有荣誉,最后差点丧命并遭到放逐。这种急转直下的变化极具代表性。多数希腊剧中的主人公在跌入命运的谷底时,会得到生存性的教训(莎剧中的一些主人公也是如此——如李尔)。但也有人没有这样,如雅典的泰门(Timon)和科利奥兰纳斯。人只有通过内省才能吸取教训。内省的人敞开心扉,将自我分裂,促使那个原本天真幼稚、自以为是、傲慢无礼、顽固执拗、浅薄无知的自己进行反思或自省(如李尔或理查二世)。但那些不愿敞开心扉的人吸取不了教训,他们的骄傲自矜令他们变得固执,只会将自己的不幸归咎于他人,痛骂他们忘恩负义。这样的人非但不会自省,还会反过来对他们不得不讨好或理应讨好的人充满恨意。

从这个意义上说,泰门的故事和科利奥兰纳斯的故事十分类似。泰门变得彻底厌世,将他的一腔恨意转化成诅咒,[296]而科利奥兰纳斯则憎恨他的祖国,主动割断了与传统的纽带,将恨意转化成个人野心。《雅典的泰门》是莎士比亚笔下最绝望的剧作之一,《科利奥兰纳斯》却并非如此(我们推测出泰门已年过半百,科利奥兰纳斯则正当盛年)。

第三幕开场有一个颇有意思的地方:刚当上执政官的科利奥兰纳斯是民众争论的焦点,他却只心系着奥菲狄乌斯。他和奥菲狄乌斯胜负未分的决斗要比他和平民之间未解决的冲突重要得多。但他和奥菲狄乌斯的冲突无关政治,只是个人的较量。科利奥兰纳斯想胜过对手,并觉得只有奥菲狄乌斯一人可与自己匹敌。他就像在意母亲的目光一样,也紧盯着奥菲狄乌斯不放。在护民官出场前,科利奥兰纳斯最关切的问题是:奥菲狄乌斯现下在哪?奥菲狄乌斯有没有说起过他?又说了他什么?他满脑子想的都是奥菲狄乌斯,说道:

> 我希望有机会到那边去找他,让我们把彼此的仇恨发泄一个痛快。(3.1.20–21)

接着,他明确表达了对护民官的轻蔑,但被他轻慢的护民官却不卑不亢。他们不让科利奥兰纳斯离开到市场上去,因为如他们所说,他已经遭到了民众的弃绝。

正是在这场戏里,科利奥兰纳斯不假思索地肆意谩骂,因为护民官知道如何不费吹灰之力地逼他就范。通过轻而易举地将他激怒,护民官操控了他。但在我看来,护民官并没有操纵那些推选出他们的民众。他们采取冷静的策略,提及民众与科利奥兰纳斯之间由来已久的冲突(例如,他们重提施放谷物的旧事),这一策略出乎意料地大为成功。科利奥兰纳斯仅仅是护民官达成目标的手段,而且他还主动被其利用。朋友们虽百般劝阻,尤其是米尼涅斯,他急得让他别再说了,求他保留意见,克制怒气,科利奥兰纳斯却越来越控制不住自己。有些解释者认为(他们秉承普鲁塔克的观点),科利奥兰纳斯的问题在于他内心软弱,他担心别人将他说服,改变他的想法,这种焦虑使得他极易受其怒气所害。他对民众破口大骂,就算米尼涅斯让他“别再说下去了”(77),他仍是骂个不停,火气越来越大。谁也管不住他的嘴,连他自己也不行。

他吼道:“现在我更要大声疾呼,直到嘶破我的肺部为止,警告你们留意那些你们所厌恶、畏惧、惟恐沾染然而却又正在竭力招引上身的麻疹。”(81-84)

愤恨的勃鲁图斯听到此话依旧保持着冷静,回答他:“您讲起人民的时候,好像您是一位膺惩罪恶的天神,忘记了您也是跟他们具有同样弱点的凡人。”(85-86)

这句话很是在理。[297]这段情绪不对等的争执中最引人注目的言语交锋还在后面。

西西涅斯把科利奥兰纳斯当作民众的公敌,对他说:“您这一种意思必须让它留着毒害自己,不能让它毒害别人。”(89-91)

科利奥兰纳斯闻此勃然大怒:“必须让它留着!你们听见这个侏儒群中的高个子的话吗?你们注意到他那斩钉截铁的“必须”两个字吗?”(92-94)

“必须”一词就相当于命令。谁能下令?只有那些出身贵族的人才有权下令。当一个小喽啰也能命令伟人“必须”做这做那,价值次序就颠倒了。世界末日似已来临。的确,科利奥兰纳斯童年和少年的美好世界在此终结了。“必须”二字立即让他想到了雅典式的民主。希腊民主制下,被推选为执法官的平民可以对贵族说“必须”。此番政治纷争的要害在此说得很明确了:[双方争论的要害]在于,是否有可能存在一种哪怕是有限的对称性互惠(symmetrical reciprocity)。因为哪怕是在一种受到限制的对称性互惠中(说其受限,是因为民众不必每个人都以个人的身份介入,而是仅仅让平民代表与贵族达成互惠状态),

只要是同一城邦中的公民,无论是平民还是贵族,他们的地位都是平等的,可以互相说“你必须”。(莎士比亚笔下的)科利奥兰纳斯要面临的是权力分配的问题,这也正是他大发怒火的理由和目标。现在,不再只有一个权力中心,而是出现了两个,如他所说:

> 当两种权力彼此对峙的时候,混乱就会乘机而起,我一想到这种危机,心里就感到极大的痛苦。(111-114)

自科利奥兰纳斯的时代以来(更确切地说,是莎士比亚版本的科利奥兰纳斯的时代),民主乃至共和统治(康德意义上的共和制)常遭到对手攻讦,反对者说民主导致了制度上的混乱无序,最终导致了所有权威的丧失。科利奥兰纳斯提及希腊,即是提及过去的历史经验,他对此有自己的解释(我顺便提一句,在科利奥兰纳斯的时代,罗马民众对希腊式民主的存在毫无概念)。民主的盛行是否真会导致城邦毁灭,我们是否应该按字面意义去理解柏拉图对民主的阐释(这一阐释已传袭数百年),这些向来不是莎剧关心的问题。重要的是,包括科利奥兰纳斯在内的所有贵族都坚信这一事实;这不只是他自我辩解的托辞,他认为事实就是如此。

科利奥兰纳斯的确开诚布公地说出了他所坚信的事实。但不能由此断定他的话一定正确,或者其他人也同样这么认为。莎士比亚的政治意识表明,最能激发一个人进行政治言说和论辩的,[298]便是他坚信某个事实或真理。你认定什么,对你来说事实就是什么。你认定的事情可能会变,但接着又会出现新认定的事,它们都以同样的方式运作。在科利奥兰纳斯看来,贵族特权的丧失相当于城邦遭到毁灭。贵族的荣光将是明日黄花,元老院的权力将只剩下空壳。

(莎士比亚笔下的)科利奥兰纳斯对罗马的未来陷入了悲观,因此他极尽所能地辱骂敌对者，一再指责民众卑劣低贱、缺乏格调。他说那些乌合之众“总有一天会打开元老院的锁，让一群乌鸦飞进来向鹰隼乱啄”(140–142)。

怒气冲天的科利奥兰纳斯现在骂得停不下来，根本听不进米尼涅斯的劝告，他在盛怒中说：“一部分因为确有原因而轻视着另一部分，那一部分却毫无理由地侮辱着这一部分。”(146–147)

他还威胁道：“那么赶快拔去群众的舌头吧；让他们不要去舐那将要毒害他们的蜜糖。”(158–160)

更有甚者，他对护民官进行人身攻击，骂他们垂垂老矣，最后还质疑他们职位的正当性。他骂民众推选出的护民官西西涅斯：

> 你这卑鄙的家伙！……人民要这种秃头的护民官干么呢？……在叛乱的时候……那时候他们才是应该受人拥戴的人物；可是在正常的时期，那么让一切按照着正理而行，把他们的权力推下尘土里去吧。(167–173)

这话可是大逆不道，护民官等的就是这个把柄。他们现在终于可以给他扣上叛国之名，命人将他逮捕了。科利奥兰纳斯被捕后仍旧怒气冲冲，他骂这护民官是“老山羊”(188)，甚至还动起粗来。

他不仅要骂他，还要用拳脚和刀剑教训他一番：“滚开，坏东西！否则我要把你的骨头一根根摇下来。”(181–182)

善于调停妥协、深谙处事之道的米尼涅斯想让双方都控制一下自己的情绪，但失控的其实只有科利奥兰纳斯，护民官一直相当冷静。科利奥兰纳斯的天真还在于，他以为自己的辱骂能伤害到护民官，他没有意识到(他注意不到任何事)，护民官就希望他破口大骂。这时，一位元老和护民官进行了一场至关重要的言语交锋。元老甲谴责护民官的行为是“把这城市拆为平地”(197,因为护民官逮捕了民众后悔推选的执政官)。

护民官西西涅斯却反问:“没有人民,还有什么城邦?”(198)他用问句的形式重新说出了亚里士多德那句众所周知的名言。

民众应和道:“对了,有人民才有城邦。”(199)

第三幕第一场的前半段以护民官宣布科利奥兰纳应判处死刑作为结束。

我之所以对这场紧张的戏份大加着墨,是为了表明,莎士比亚在呈现这一冲突的发展时是如何地客观超然。双方谁对谁错?[299]可以说他们都有错,也可以说都没错。此时,愤恨的民众和金发野兽发生发生正面冲突。莎士比亚只向我们呈现了这一冲突,他并没有站在任何一方,而是由阐释者自行选择立场。科利奥兰纳斯退场后,米尼涅斯说道:

> 他的天性太高贵了,不适宜于这一个世界……他的心就在他的口头。(255-257)

许多阐释者认定这便是剧作家本人的评判。然而,米尼涅斯是元老和贵族,是科利奥兰纳斯的老朋友,甚至充当了他父亲的替身。他对科利奥兰纳斯的赞赏符合他的处境和性格,把他当成剧作家的代言人颇为牵强。但认为剧作家站在了民众这一边可能更加牵强。双方各自有理,互不相让。米尼涅斯仍然认为科利奥兰纳斯是执政官,因为他确实经过了正当的选举。护民官(民众)却不承认他是执政官,反而骂他是个叛徒,因为他不但辱骂罗马的政治制度及其代表,还反过来以叛变威胁,所以他不再适合担任执政官一职。借用当代的说法便是:民众弹劾了他。这种双方都据理力争的处境相当危险,内战可能再次爆发。

科利奥兰纳斯可能是唯一拍手称快、等不及拔剑相向的人,他的母亲却不赞成此举。

我认为下面这段母子间的对话至关重要。这位母亲一直致力于将儿子培养成骄傲的贵族战士,一个体现所有男性美德的桀骜青年,但她这时才突然意识到,她含辛茹苦教育出的儿子没有自制力。她第一次注意到这个内里还未长大成人的儿子严重缺乏安全感。

科利奥兰纳斯非常了解母亲,对她说:"我正在说起您。您为什么要我温和一点?难道您要我违反我的本性吗?您应该说,我现在的所作所为,正可以表现我的真正的骨气。"(3.2.12-14)

伏伦妮娅答道:"你要不是这样有意显露你的锋芒,已经不失为一个豪杰之士。"(18-19)谁要是装成男子汉的样子,那就说明他还够不上真正的男子汉。

伏伦妮娅给儿子传授了一些她的人生智慧:"你太固执了;在危急的时候,一个人是应当通权达变的。"(40-41)她让他好好想想。

接着,她提到打仗和从政之间有些相似点:这两种情况下,人都应善用权谋。

我前面已经暗示过,伏伦妮娅的失误在于,她只将儿子送上了战场,却从来没看到他是如何打仗的。但我们这些旁观者知道,马歇斯打胜仗从来就不是靠头脑或特别的智谋,而是凭着一腔怒火和匹夫之勇。他母亲现在让他去请求民众的宽恕,公开表明悔意,这与他一直以来扮演的角色相悖。伏伦妮娅是罗马女人,对她的城邦尽忠职守,罗马无论对错,那都是她的城邦。这位溺爱孩子的母亲第一次明显地将城邦的律法置于一切之上,她对他说:

> 请你说你愿意这样做,立刻就去吧。(90)

科利奥兰纳斯妥协了,他打算去请求民众宽恕。但他知道,这样做了以后,他就丧失了自我。他丧失的不是母亲自以为教养出的那个他,而是他所珍视的、被他认为是自己的身份认同的自我。[300]所以他说:

> 你们现在逼着我去做一件事情,它的耻辱是我终身不能洗刷的。(105-106)

伏伦妮娅仍在左右着她的儿子,并且自始至终都没有停止这样做。她儿子打算听命,但灵魂中产生了分裂,一方是他认为母亲希望自己成为的人,另一方是要按照母亲现在的命令行事的人,两者之间出现了鸿沟。一旦他人对自己的预期有了意想不到的改变,以外部世界为导向的人就会变得手足无措,科利奥兰纳斯便是如此。

伏伦妮娅又哄他:"当初你因为受到我的奖励,所以才会成为一个军人;现在请你再接受我的奖励,做一件你从来没有做过的事吧。"(108-109)

科利奥兰纳斯还是不愿,伏伦妮娅一再坚持,还略带威胁地说:"你愿意怎么办就怎么办;你的勇敢是从我身上得来的,你的骄傲却是你自己的。"(128-129)

科利奥兰纳斯只得让步,说道:"请您宽心吧,母亲……不要责备我了……瞧,我去了……我一定要做一个执政回来,否则你们再不要相信我的舌头也会向人谄媚。"(130-137)

伏伦妮娅现在才注意到,这个内里还未长大成人的孩子一直在强装男子汉,但她没注意到,她哄人的好话又把科利奥兰纳斯丢回了更加混乱的孩童状态。她的建议是否明智也很成问题。她原本幻想着,科利奥兰纳斯若去向民众请求宽恕,便还能当罗马执政官,但她预估错了。科利奥兰纳斯白白去自取其辱,他这么做至多暂时保了自己一命,却保不住他母亲期盼他登上的高位。

贵族与平民的政治冲突在第三幕第三场达到了高潮。概括说来，这场戏中的科利奥兰纳斯经历了命运的急转直下，他从执政官的高位猛然跌至被羞辱、被放逐的深渊。之前的几场戏可以看成逆向的猫鼠游戏。那时，科利奥兰纳斯位高权重，他骂骂咧咧、大吵大闹，说话时盛气凌人；他看着像发动攻击的人，其实他才是受到攻击的那个。但是，在第三幕第三场中他不仅遭到了实际的攻击，还被法律定了罪。他不但被逼入绝境，还被正式控以"企图独裁专政"的罪名。他还未受审就已被判有罪，但对他的裁决未定，可能是罚款、放逐，甚至死刑。护民官似乎更希望他被判死刑。

他们的策略还同之前一样，也就是勃鲁图斯所说的"激动他的怒气"(3.3.25)，他知道，无论科利奥兰纳斯答应了米尼涅斯或他母亲什么，只要他怒火中烧便"心里想到什么便要说出口来，我们就可以看准他这个弱点致他死命"(28－30)。他们了解到科利奥兰纳斯的性格后，便能轻易地预测他的行为结果。护民官和民众先是决定将他放逐，这既是对他的实际判决，也是对他的道德审判。科利奥兰纳斯一如往常地立即落入圈套，他拒绝这一判决，破口大骂：

> 你们这些狂吠的贱狗！我痛恨你们的气息，就像痛恨恶臭的沼泽的臭味一样；我轻视你们的好感，就像厌恶腐烂的露骨的尸骸一样。我驱逐了你们。(124－127)

[301]盛怒中的他又说：

> 对于你们，对于这一个城市，我只有蔑视；我这样离开你们，这世界上什么地方没有我的安身之处。(137－139)

说出了这句话，他就在这场对他的道德审判中失败了，至少是暂时失败。如此一来，科利奥兰纳斯正应了他被指控的罪名，真成了叛徒，而不是僭主(因为他失去了当僭主的机会)。他的这些表现说明，他把个人和自尊凌驾于他的城邦之上，只要还能当领袖，他无所谓替哪个城邦效命。撕掉爱国者的伪装后，他露出了雇佣兵的真面目，他不在乎事业和祖国，只看重自己的权力。他日后会因这番话感到深深的遗憾和懊悔。

也许是他人的看法将他塑造成了这个样子。护民官和民众骂科利奥兰纳斯是叛徒，如今他真成了叛徒。他叛国之前先去向他的母亲和妻子告别。伏伦妮娅咒骂着民众，但她也很天真，她并不了解这个实质为雇佣兵的儿子。她绝望地问他："我的长子，你要到哪儿去呢？"(4.1.35)她怎么也不会想到，儿子竟会去敌方军队担任主帅。

内战的危机就此解除。擅于政治谋划的护民官(一直以来我们都有目共睹)不打算再将事情激化。如勃鲁图斯所说：

> 现在我们已经表现出我们的力量，事情既已了结，我们不妨在言辞之间装得谦恭一点。(4.2.3-4)

不成想，护民官迎面撞上了科利奥兰纳斯绝望的母亲和妻子(他们一开始很懦弱，想避开她们)。伏伦妮娅责骂他们煽动了暴民，对其大加诅咒。她那句"你们放逐的这人胜过你们所有人"(4-5)不仅表现出她的母爱，更向他们陈述了事实。但胜过所有人和有理由与这些人作对不是同一回事。伏伦妮娅再伤心绝望也知道这一点。她虽然咒骂护民官心怀嫉恨、忘恩负义，却从未说过她儿子总是对的。

第四幕的第四、五两场戏中，科利奥兰纳斯加入了伏尔斯人的阵营，此乃这部剧的转折点。但我们对这一转折并非毫无防备——至少在莎士比亚笔下我们早已看出端倪。因为我们已经看到,即便在与民众第一次发生冲突时,科利奥兰纳斯满脑子想的也都是他和奥菲狄乌斯的交情过节,一直对他念念不忘。我们甚至可以说,他与平民的政治冲突虽导致自己被放逐,但却正好给了他绝无仅有的良机去和他唯一青眼有加的人结成好兄弟。科利奥兰纳斯对奥菲狄乌斯的爱意,和他对民众强烈的仇恨一样,都是一种不当的、招致自我毁灭的情感。

科利奥兰纳斯此时已决心叛国。但他事实上并没觉察到,自己加入敌军是叛国行为。从这一刻开始,[302]他将只听命于自己,他成了自己唯一的主人。他天生就有权按照自己的喜好行事。如他在第四幕第四场中所说:

> 我痛恨我自己生长的地方,我的爱心已经移向了这个仇敌的城市。(4.4.23-24)

人们背弃自己的故土,转而认他乡(可能是敌国)为故乡的事已经发生了千百次,在当下仍继续上演。这种变节是否算叛国——如果算得上是叛国行为的话,是否一定要受到道德上或伦理上的谴责——取决于多种因素。如果某人变节的唯一或主要原因是他遭受了人身伤害、自尊心受挫,或为了寻求报复,观众便不会对这样的人抱有多大的同情。所以带着同情的眼光去刻画科利奥兰纳斯的变节行为,按理应该很难。但对莎士比亚来说,若要我说得简单点,这并不是个难题。他没有将科利奥兰纳斯的行为和人格分割成小块碎片,也没有把它们当作单独的或抽象的故事来写,他没有从中抽出道德并评判其结果。

莎士比亚从一整块大理石中雕凿出了科利奥兰纳斯的形象。他的一系列行为——他与民众的冲突,对母亲的服从,以及对贵族制的认可——使他呈现为一个整体。愤怒是他性格中不可或缺的部分。我们已经目睹他如何暴怒，也不会惊讶于这种瞬间爆发的怒火很难立即消散得无影无踪这件事。愤怒已经成了他性格中的痼疾。在与民众发生冲突的过程中，犹如火山爆发的怒气使得他遭到放逐，即便是在后来那些稍显冷静的行为和决定背后，怒火也仍在熊熊燃烧。他的愤怒已不仅是长久的仇恨，还变成了慢性的怒气和暴躁。科利奥兰纳斯身上的愤怒已从突然爆发的情绪转变成了一种慢性的、稳定的激情。从前面所引的科利奥兰纳斯的台词可以看出，他已经失去了慎思的能力。他不会三思后行，而是像中了催眠术一样盲目行事。他像一辆坦克，要清除所到之处的一切障碍。这可能就是他在短期内大获成功的原因。这种方式先是为他来到奥菲狄乌斯面前铺平了道路，不久之后又让他在奥菲狄乌斯的军营里获得了将军这一最高军事职位。

科利奥兰纳斯乔装一番来到了伏尔斯人的营帐内。奥菲狄乌斯三次询问他的姓名。我之前曾数次提到，在莎剧中，一个人的身份首先体现在他的面容和名字上。奥菲狄乌斯虽注意到科利奥兰纳斯脸上"有一种威严"(4.5.50)，却还要问他的名字。问了三次之后，科利奥兰纳斯表明身份，说道："我的名字是卡厄斯·马歇斯。"(4.5.66)人们也叫他科利奥兰纳斯。他接着说，[303]从现在起他要抛弃出生时的罗马名字(卡厄斯·马歇斯)，只用科利奥兰纳斯这一个称呼。如今站在奥菲狄乌斯面前的他"只有气愤"(4.5.83)，一心想报复罗马。

奥菲狄乌斯的回答听起来发自肺腑。他表面上回应了科利奥兰纳斯的兄弟情谊，但他的好话里有些令人生疑的地方，他的话实在太过夸张热情了，例如：

> 可是我现在看见了你，你这高贵的英雄！我的狂喜的心，比我第一次看见我的恋人成为我的新妇，跨进我的门槛的时候还要跳跃得厉害。(4.5.116-119)

他称科利奥兰纳斯为"你马歇斯",提到自己"奥菲狄乌斯"曾多次被他打败。我们不清楚他这种造作的夸张之辞是否只是在用虚情假意的方式来掩饰他真心的狂喜,因为他免费得到了科利奥兰纳斯这张对战罗马的王牌。或者说,他此时是在无意识地压抑对科利奥兰纳斯的羡慕和嫉恨,又或者说,他想用夸张之辞掩饰已暗潮涌动的敌意。但不管怎样,两人的诚意并不对等。事实证明,奥菲狄乌斯比科利奥兰纳斯更善于搞政治。他为了将来征服罗马才和科利奥兰纳斯共同执掌军事大权,这不仅能给他加强军事优势,更能带来巨大的政治利益。不善政治的科利奥兰纳斯并没有觉察危险将至。他从不曾有这种政治的敏锐性。

此时罗马城中流言纷传,说是伏尔斯人正伺机进攻,科利奥兰纳斯则与奥菲狄乌斯共同执掌主帅大权。罗马贵族内心混杂着两种感情,他们一方面雀跃欢呼(毕竟,被敌人当作天神对待的原是他们自己人),一方面又感到惧怕,因为罗马怎能抵御这支联合起来的力量?民众这下惊慌失措,并篡改了自己的记忆,改口说他们根本不想将科利奥兰纳斯放逐:

> 我们所干的事,都是为了大众的利益;虽然我们同意放逐他,可是那也并不是我们的本意。(4.6.152-154)

再一次地,他们说的这种话是在特定情况下说的,它也只适合这一情况。

第四幕第七场,我们又回到了伏尔斯人的营地。此时奥菲狄乌斯和他的副将在一起,他说起话来更加坦诚直白。奥菲狄乌斯显然极其妒忌科利奥兰纳斯,还说他一定有什么巫术。作为观众的我们仍然弄不清,这样的态度到底是他善妒的本性作祟,还是因为他不敢和科利奥兰纳斯较量,唯恐屈居第二。还有一个问题就是,科利奥兰纳斯自傲的天性是否助燃了奥菲狄乌斯的嫉妒之情。但无论怎么说,叛徒总会让人觉得可疑,因为背叛故国的人也可能轻易背叛后来新效命的国家。奥菲狄乌斯可能真的觉得,不能完全信任科利奥兰纳斯。正如我之前提到的,奥菲狄乌斯的政治直觉远在骄傲自大、毫无戒备心的科利奥兰纳斯之上。所以他说:

> 所以我们的美德是随着时间而变更价值的;权力的本身虽可称道…… [304]一个火焰驱走另一个火焰,一枚钉打掉另一枚钉;权利因权利而转移,强力被强力所征服……卡厄斯,当你握有整个罗马的时候,你是一个最贫穷的人;那时候你就在我的手掌之中了。(4.7.49-57)

看起来,早在科利奥兰纳斯实现奥菲狄乌斯关于他再次变节的预言之前,后者已经通过嫉妒和政治手段决定了他的命运。不过,奥菲狄乌斯透露的计划使得有一种对文本的解读站不住脚了,那种解读认为,正是伏伦妮娅恳求科利奥兰纳斯放弃攻打罗马,才导致了他的死亡。但我们已经看到,如果奥菲狄乌斯一心想要实施自己的计划,那么战无不胜的科利奥兰纳斯在帮他夺取罗马之后,还是会面临同样的命运:他将和罗马一起覆灭。如果这种说法成立的话,那么伏伦妮娅对儿子的劝告就并未置他于死地,反而挽救了罗马。

本剧的最后一幕戏不仅讲述了科利奥兰纳斯的再次变节,还是科利奥兰纳斯悲剧的精髓所在,达到了悲剧净化的高潮;这幕戏还写到罗马如何幸存,以及贵族与平民又如何和解。人们常将科利奥兰纳斯的悲剧净化与柏拉图《克力同》中苏格拉底赴死的决定进行对照。苏格拉底当时被判死刑,他的朋友们劝他出逃,苏格拉底却因为不愿违背城邦的律法而甘愿赴死。城邦的律法哺育了他,使他成长为如今的苏格拉底。忠于律法的他喝下了毒芹汁。在关于律法的著名论述中,苏格拉底说——他还谈论了许多别的问题——他本有多次机会逃离城邦,但他仍选择留下来,他的行为因而重申了他对于律法的忠诚。

科利奥兰纳斯的经历与苏格拉底有着本质的不同。他没有留在故国,反而叛变到敌方阵营,他背弃城邦是因为城邦的法律将他放逐。苏格拉底并非悲剧人物,而是个道德形象。他没有经历净化,只是在面对死亡时,再次强化了他的根本性存在和选择。为了使科利奥兰纳斯成为悲剧人物,就必须让他经历净化的过程,即清除他灵魂中对于羞辱的恐惧和自哀自怜的情绪。他必须承诺坚定地拥护他的城邦和城邦的律法,对于将他放逐的律法也应如是。因为这是哺育他的城邦故土。

接下来的故事我们都很清楚。一波又一波求情的人来到科利奥兰纳斯的营帐前,劝他不要攻打罗马,不要洗劫自己的城邦。科利奥兰纳斯将他们悉数打发,甚至对替代他父亲角色的米尼涅斯也不留情面。不过,他的决心已有所动摇,这或许是由于他敬爱米尼涅斯,但也可能是因为他必须向奥菲狄乌斯表明忠心。还有可能,他内心深处唯一真正想要的,只是曾将他放逐的城邦反过来请求他的宽恕。正如在埃及身居高位的约瑟打算原谅他的哥哥们一样,以约瑟当时的权势,他其实完全可以杀了他们,因为他正是遭他们变卖才流落异乡。难道此时,(莎士比亚笔下的)科利奥兰纳斯已经逐渐意识到,[305]宽宏大量的英雄远比复仇心切的英雄更加高贵和明智吗?

米尼涅斯走后又来了最后一波求情的人(5.3):他们是伏伦妮娅、凡勒利娅、维吉利娅和小马歇斯。母亲伏伦妮娅一如既往地显得突出瞩目。马歇斯必须与她一较高下。罗马的命运即将取决于这场母子间的言语交锋。我们对故事情节和剧中人物已有所了解,也无疑已经知道了这场交锋的结果,但在我们面前上演的这出戏仍然非常引人入胜。莎士比亚几乎唯有这一次差点成了“希腊人”(布鲁图斯与凯歇斯争吵的那场戏或许可以算另一次)。在希腊式的争辩中,双方必须站定某些立场,各自摆出事实、讲出道理。言语交锋的双方须得势均力敌。dianoia[思想](古典亚里士多德哲学意义上的)在伏伦妮娅和她儿子的交锋中至关重要。其他家庭成员则担当合唱队一角。但这场争辩的要害在本质上还是莎士比亚式的:它集中探讨了“自然”(或“自然的”)的意涵。这番言语交锋有着修辞学的特征(就像克瑞翁[Creon]与安提戈涅的言语交锋一样)。伏伦妮娅掌控了修辞的力量,她将要也必须要说服科利奥兰纳斯,告诉他应该做什么。这场戏也涉及情节的“发现”,但并非古希腊悲剧意义上的“发现”。这场至关重要的会面借由“发现”(用一种非常现代的方式)决定了所有事情的结果。尽管科利奥兰纳斯和伏伦妮娅熟知彼此,但他们还必须发现对方生存性的本质。科利奥兰纳斯必须透过这个罗马妇人的外表再次认清他的母亲,伏伦妮娅也必须透过伏尔斯人将领的外表再次发现他儿子的本质。

独白并不是《科利奥兰纳斯》这部剧的显著特征,因为我们知道,那些总是想什么便说什么,相当直白坦诚的角色并不需要独白这种戏剧手法,不必借此向观众揭露自己的隐秘内心。但这部剧接近尾声时,科利奥兰纳斯看到母亲向他走来,却说了一段旁白。莎士比亚会通过角色的旁白,让他们展现出自己内心的意愿与说出口的台词(而不是计划与台词)之间的矛盾。科利奥兰纳斯说的话很是刺耳,但内心实则已向伏伦妮娅屈服。他自语道:

> 我要是被温情所溶解,那么我就要变得和别人同样软弱了。我的母亲向我鞠躬了,好像俄林波斯山也会向一个土丘低头恳求一样。(5.3.28-31)

这一极尽夸张的对比(科利奥兰纳斯将自己比做土丘,把他母亲比做俄林波斯山)清楚表明,他们的母子关系并没有变化,依然情深意

重。科利奥兰纳斯正是在这里说出了(仍是旁白)上文已引用的那句台词:

> 我决不做一头服从本能的呆鹅,我要漠然无动于衷,就像我是我自己的创造者、不知道还有什么亲族一样。(34-37)

他此时用一种非常极端的方式,表述了自然的第二种意涵。[306]他已经舍弃天然的本能,现在成了一个独立自主、完全依赖自我取得成就的人。本能象征着自然、母亲以及忠于亲族等等。但他最后会发现,自己根本下不了这一决心。这与苏格拉底甘愿赴死的动机一样。他不是没有亲族的孤家寡人,不是自己唯一的创造者。他的母亲和祖国共同创造了他。科利奥兰纳斯与理查三世不同,他在最后心甘情愿地收回完全靠自我创作(self-authorship)的说法,所以他不会面临生存性的失败。他调和了作为家庭一份子与靠自我力量取得成就之人的两重身份。这一调和也是一面生存性的镜子,映照出新与旧、传统与革新、元老院与护民官以及贵族与平民之间等多种矛盾力量实现的政治调和。科利奥兰纳斯的死亡以及罗马摆脱伏尔斯人的外患威胁,使科利奥兰纳斯完成了他个人生存性矛盾的和解,而罗马摆脱内忧、幸免于内战,则完成了政治上的和解。这两种情况迎来的最终结果都是和平。正如我们所知,一切归于和平是莎剧一贯的完满大结局。

科利奥兰纳斯这个依靠自我奋斗之人与哺育他的根之间达成了和解,即调和了两种自然观念,不过,这并非突然爆发的acte gratuite[非理性行为],因为科利奥兰纳斯在抵达罗马城下时,内心已经做好了和解的准备。他之前说要舍弃本能的那句话只是他脑中所想,但没有人只听从大脑的指令,科利奥兰纳斯更不会如此。伏伦妮娅刚开口叫他时,科利奥兰纳斯第二次旁白道:

> 像一个愚笨的伶人似的，我现在已经忘记了我所扮演的角色，将要受众人的耻笑了。(40-41)

他此时已经知道，他无法将依靠自我奋斗之人的角色继续演下去了，正如他除了能扮演好罗马将领之外，那些紧急情况下指派给他的角色，他都只能凭着一腔傲气和怒火饰演，他都演得不好。

来到儿子营帐内的伏伦妮娅不仅是个爱子心切的母亲，她还用修辞武装起自己，要用大道理和他论辩一番。她不仅想改变儿子的心意，更要纠正他错误的想法。母亲反过来向他下跪的动作极具戏剧性(儿子先是按照传统礼仪向母亲下跪，母亲随后向他下跪求情)，其重要性远不止求情这么简单。科利奥兰纳斯非常清楚他的母亲和妻儿要请求他什么，他立刻否决：

> 不要叫我撤回我的军队，或者再向罗马的手工匠屈服；不要对我说我在什么地方看起来不近人情(unnatural)；也不要想用你们冷静的理智浇熄我的复仇的怒火。(82-86)

他知道自己看起来不近人情(不自然)。那他觉得自己的确不近人情(不自然)吗？答案是，他声称自己只是看起来如此，但他知道自己就是不近人情(不自然)。他还知道他母亲不会像往常一样谈论他的傲气，[307]而是要诉诸他的理性。

伏伦妮娅分六步进行她那富有修辞性的演说。她先是直接告诉科利奥兰纳斯他们的诉求，他们希望他放弃进攻罗马的军事计划。接着，她提到家人因为深爱着他所遭受的痛苦，她诉诸他的感情：

> 唉！我们倘不是失去我们的国家，我们亲爱的保姆，就是失去你，我们在国内唯一的安慰。(110-112)

第三步，她让科利奥兰纳斯发挥想象力：他要么不幸战败，被锁上镣铐在故国游街示众，要么侥幸得胜，却得溅上他妻儿的血。第四步，伏伦妮娅开始诉诸他的理性。在这部剧中，每当遇到理性作主导的情境，伏伦妮娅就会给科利奥兰纳斯提供一个折衷的方案，当下，她也给科利奥兰纳斯提了一个能折衷他傲气和本性的建议：如果他能让双方和解并结束战争，他那就不会受辱，伏尔斯人和罗马人也都会因此赞美他、祝福他。第五步，伏伦妮娅提到伦理问题。科利奥兰纳斯错误地认为，他的怒气和复仇欲都是高贵的，她母亲却反问："你以为一个高贵的人，是应该不忘旧怨的吗？"(155－156)在伏伦妮娅看来，他儿子的行为卑劣可鄙，远谈不上高贵。

最后一步，伏伦妮娅打出了孝道和天谴这张王牌，说他："你就是不忠不孝，天神将要降祸于你，因为你不曾向你的母亲尽一个人子的义务。"(167－169)

最后她还给他下了一个缓期执行的诅咒："这人有一个伏尔斯的母亲，他的妻子在科利奥里，他的孩子也许像他一样。"(179－181)

说它是缓期执行，我的意思是说，如果科利奥兰纳斯仍坚持攻打罗马，那她就要把他逐出家门。伏伦妮娅的诅咒说白了就是：如果科利奥兰纳斯决意摧毁罗马，那他的家人也会回过头来认可当初对他的放逐，同意护民官与民众当初针对他的决议，承认护民官做的是对的。这个说法让科利奥兰纳斯忍无可忍，他大呼：

> 啊，母亲，母亲！您做了一件什么事啦？瞧！天都裂了开来，神明在俯视这一场悖逆的情景而讥笑我们了。啊，我的母亲！母亲！啊！您替罗马赢得了一场幸运的胜利；可是相信我，啊！相信我，被您战败的您的儿子，却已经遭遇着严重的危险了。可是

让它来吧。(5.3.184–190)

莎士比亚再次强调,重新阐释自然/非自然的观念对于理解科利奥兰纳斯的悲剧净化至关重要。人们发现,在他刚刚确立的自我身上又出现了两个自然观念的分裂,一是以血缘亲族为依托的自然,一是以个人的利害得失为依托的自然。唯有科利奥兰纳斯死亡才能达成两者生存性的和解。这个易怒、自傲的人就这样成了悲剧角色。科利奥兰纳斯这时才第一次洞察一切。他的灵魂里侍奉着两尊天神(他的亲族和他的本性),但对亲族的忠诚会让他付出生命的代价。他有了不祥的预感,洞察一切的他现在明白,[308]罗马赢得了胜利,而他将一败涂地。但他仍说"让它来吧"(190);他当下的选择便是他日后的命运。他就这样综合了两个自然的观念。最终他赢得了生存性的胜利,因而可以安然死去。

我在前面已经提到,在莎士比亚笔下,即便科利奥兰纳斯仍做伏尔斯人的将领并洗劫了罗马,善妒的奥菲狄乌斯还是会杀了他。但该发生的一切已经发生,知道这个事实也已无关紧要。科利奥兰纳斯和罗马的命运就此决定。在第五幕第五场中,贵族和民众万分焦虑地等待着最新消息,接着停战的好消息传来。米尼涅斯、西西涅斯、护民官、贵族们以及民众一同欢呼庆祝。民众向这几位罗马妇女致意,在她们脚下铺满鲜花。人们用鼓角欢迎得胜归来的母亲。科利奥兰纳斯的悲剧命运在戏剧结束前就已经确定,第五幕第六场则对他执行了判决。莎士比亚将这场戏安排在了科利奥里,科利奥兰纳斯曾在这里赢得了著名的胜利,也将在此被杀害。

最后一场戏中的双重对照展现了绝妙的戏剧艺术。一方面,它与科利奥兰纳斯在科利奥里取得伟大胜利的那场戏形成对照,因为当年那场战役中,许多伏尔斯人被马歇斯及罗马军队残杀,他们的遗孀和孤儿现在受有心之人的怂恿,成了打击这位英雄的暴民。另一方面,它又与科利奥兰纳斯被逐出罗马的那场戏形成对照,因为此时围攻他的,正是由贵族和下层民众共同组成的无组织的暴民。罗马民众当时只判他放逐,并没有将他处死,因为他们并不是暴民,不会发生暴乱。他们是一群有组织、有代表的民众,所以最后饶了科利奥兰纳斯的性命。若非如此,罗马的群众和贵族也不可能和解。但此时此刻,在伏尔斯人当中,由于没有设立护民官和选举制度,群众变成了千人一面的暴民,他们杀人心切。

除此之外,还可以从另一个角度说明,科利奥兰纳斯生命中的最后这场戏与前面提到的两场戏相类似。科利奥兰纳斯与母亲对话时非常清醒,也坦然接受了自己的命运,但他此时此刻又被激怒了。在之前的科利奥里一役中,马歇斯之所以怒骂手下不得力的士兵,是因为怕伏尔斯人得胜。在被逐的那场戏里,则是护民官故意激怒科利奥兰纳斯。而现在,在这最后一场戏中,科利奥兰纳斯真心以待的好兄弟奥菲狄乌斯辜负了他的友谊,为了将他杀害而故意惹恼他。当奥菲狄乌斯骂科利奥兰纳斯不过是个爱哭的孩子时,后者再次陷入暴怒,向着奥菲狄乌斯大发雷霆。他这次完全有理由暴怒,因为辱骂他的不是敌人,而是辜负了他的朋友。

科利奥兰纳斯用之前骂罗马护民官的难听话来骂奥菲狄乌斯:[309]“你这漫天说谎的家伙……请各位秉公判断,痛斥这狗子的妄言。”(5.6.10-18)

后来又骂:“孩子!说谎的狗!”(113)

当有个伏尔斯贵族试图保护科利奥兰纳斯时,他那虚情假意的朋友怂恿他的党徒大喊:“杀,杀,杀,杀,杀死他!”(130)

暴怒中的科利奥兰纳斯就这样被杀害了,但他这次有理由暴怒。他的死只是他个人的死:他的死源于他的性格。

这部剧到此结束，但莎士比亚为了给它一个适宜的结尾，又加了几句台词。接着，奥菲狄乌斯对自己的所作所为感到后悔，但他现在是因为怒气已消，才会看起来有些后悔（归根结底，所有的贵族都会因某事暴怒到失去自制）。事实上，奥菲狄乌斯正是因为仇恨累积得过盛，才一举达到了自己的政治目的。远胜于他的对手科利奥兰纳斯已被铲除，现在留他一人独享科利奥兰纳斯提议和解后的和平果实。奥菲狄乌斯的最后一番话使我们对这个政治人物有了更多了解，如果杀人于他有利或出于必需，他就会毫不犹豫地将人杀害，但敌手死去后，他又会感到惋惜难过。这一点与亨利四世很像。我们从莎剧中已知道亨利四世在表达了对理查二世之死的惋惜后所发生的故事，但我们不知道奥菲狄乌斯惋惜的结果。不过这已无关紧要。作为观众的我们目睹了伏尔斯人如何厚葬科利奥兰纳斯，伏伦妮娅和其他罗马妇女又如何在罗马城内给他立起雕像。这些都是政治和解的纪念。

在这部（取材于普鲁塔克的）莎剧中，有一个女人（伏伦妮娅）在政治和历史中发挥了重要作用。到最后，我们宽恕了她对她儿子施加的专制，也原谅了她对英勇所作的过分的夸张。我们必须想到，作为女人，她若想发挥自己的天才，扮演伟大、成功的政治角色，只有借由男人之力才能完成。只有通过命令她的儿子，她才有机会发挥她的政治才能。她儿子最终贯彻的其实是她的政治观念。莎士比亚表明，这些观念在历史上具有重要意义，它们有助于开创一个新的时代。

十三 《裘力斯·凯撒》

[311]与《科里奥兰纳斯》类似,却与其他历史剧及伟大悲剧不同的是,在莎士比亚的《裘力斯·凯撒》中,一个邪恶的角色也没有。剧中人的美德与罪恶、激情与算计等等都或是由多种因素导致,或是彼此冲突交锋;从无一人打定主意做个恶人,从无一人抱着复仇到底的恶念,从无一人是天生的恶魔。他们用言辞表达自己的想法和计划,在政治的紧急关头,也大多遵循着伦理道德的某些原则。剧中主人公的素材取自于普鲁塔克《希腊罗马名人对比列传》中的《布鲁图斯传》与《裘力斯·凯撒传》。莎士比亚绝佳的历史意识让他一如既往地保留了这些人物的罗马/异教特征。尽管如此,他仍对这些人物进行了变形,使得他们与原型相比更加复杂——既更模糊不清,同时又更清晰明朗——成为了有着莎士比亚独特风格的现代人物。与《科利奥兰纳斯》不同的是,这部剧并不是围绕某个单独的人物展开。就这点来说,它更接近于《亨利六世》,而不是《理查二世》。

一些阐释者认为,这部剧不应冠以《裘力斯·凯撒》之名,应题为《布鲁图斯》才对。毕竟,凯撒在第三幕第一场就被刺杀,布鲁图斯却一直活到戏剧接近尾声之时。此外,将布鲁图斯提升为这部剧的主角,还有诸多更为重要的原因。我认为,尼采在《快乐的科学》98段中表明的坚定立场正是首要理由。尼采写道:

> 我最心仪莎翁的是,他相信布鲁图斯,并且对布氏所表现的那种美德没有丝毫的怀疑。莎翁将他那部最佳的悲剧——至今,这悲剧的剧名仍被搞错——献给了布氏,也就献给了崇高道德的典范,即心灵的自主!一个人热爱自由,并把它视为伟大心灵之必需,一旦它受到挚友的威胁,那么,他就不得不牺牲挚友,哪怕挚友是完人、无与伦比的奇才、光耀世界者。
>
> 世间再也没有比这更惨痛的牺牲了!对此,莎翁定然大有所感!他给予凯撒的崇高地位亦即他给予布鲁图斯的崇高荣誉……[312]难道真是政治自由促使莎翁同情布氏并使自己沦为他的从犯吗?或者,政治自由仅仅是某些不可言说之物的象征吗?也许,我们是面对隐藏在莎翁心灵中的某个不为人知的、而他也只能象征手法谈及的事件和奇遇吗?①

这段话令人联想起克尔凯郭尔的《恐惧与颤栗》。他一方面说莎士比亚在剧中从未刻画过亚伯拉罕式的焦虑,② 但他一方面也猜测,莎士比亚本人曾体验过这种焦虑。

尼采还提到,莎士比亚笔下的布鲁图斯曾两次遇到诗人,每次都倾泻了对诗人的轻蔑,因为诗人总摆出多愁善感、自以为是、咄咄逼人的一贯派头,他们不知何为崇高,甚至缺乏起码的诚实。尼采似乎觉察到,在莎士比亚塑造的诗人形象背后带有某种自轻自鄙(我想补充的

---

① Friedrich Nietsche, *The Gay Science*, trans. Walter Kaufman, New York: Vintage Books, 1974, p. 150-51; 德语版, *Sämtliche Werke*, Band 3, Müchen: Deutscher Tascherbuch Verlag, 1980, p. 452-453. [译注]汉语译文引自尼采,《快乐的科学》,黄明嘉译,上海:华东师范大学出版社,2007,页171-172。

② [译注]某人愈加掩饰,焦虑忧思却反而显露了出来,这种焦虑,就是克尔凯郭尔所谓的“亚伯拉罕的焦虑”。

是,《裘力斯·凯撒》中,哲人的境遇也好不到哪儿去。这些谋反者们甚至没有知会西塞罗,因为他们知道西塞罗从不参加任何冒险,除非那是他自己发起的事)。尼采的阐释略显偏激,却精妙非常。但如今,人们广泛接受的却是与此截然相反却同样偏激的阐释。按照这一阐释,布鲁图斯自以为是、狂妄自大到了近乎荒唐的地步,他只是在扮演一个廊下派。

尼采认为莎士比亚将凯撒描绘成一个无与伦比的伟人、光耀世界者和无可比拟的存在,我赞同他的说法。他还认为布鲁图斯的崇高得益于凯撒的崇高,这一点我也赞同。但在我看来,莎士比亚并没有将布鲁图斯刻画成一个为了一己自由而牺牲挚友的人。尼采的话听起来更像是在影射他与瓦格纳之间友谊。在莎士比亚笔下,凯撒并非布鲁图斯的挚友或养父。我之前提到过,莎士比亚将凯撒的遗言"我的孩子布鲁图斯,也有你吗"截取为"布鲁图斯,也有你吗"(3.1.76)。因此,这部剧并非家庭剧,它并不涉及献祭式的弑父或手足相残。在这部莎剧中,布鲁图斯对凯撒的谋杀只是诛杀僭主的政治行为。或许除了爱着加图(Cato)的女儿,布鲁图斯的全部情感都投入到他的公民德性中去了。布鲁图斯并非毫无激情之人,只是他的全部激情都转化成了亚里士多德意义上的"高贵的人格",如友爱、勇敢、慷慨、节制以及正义等等。所有这些美德都被誉为他对自由的共和式热爱。

在我看来,莎士比亚相信布鲁图斯的确在这些美德上相当出众,[313]因此他参与谋杀凯撒绝非受仇恨、嫉妒或野心的驱使。但我仍然认为,凯撒虽在道德层面略逊布鲁图斯一畴,却比他更为崇高。甚至可以说,莎士比亚笔下的凯撒高踞所有这些等级次序之上。他不能被人列名排次、估量评判或被拿来与之比较;也不能说他位列第一还是屈居第二,因为他不能被限制在条条框框里。我认为,凯撒和布鲁图斯两人的崇高有着云泥之别,后者对自由的热爱以及他葆有的真诚和自主都无法勾消这一绝对的差别。

布鲁图斯是个廊下派,他遵循廊下派的道德信条。尽管人们对他的真诚、高尚以及正义深信不疑——尽管人们也不会谴责他的自以为是、伪善矫饰或自我夸耀——他却一直在扮演着某个角色。他扮演着一个完美的廊下派式的人物,因而也是扮演着一个道德完善的共和国公民——他演绎着"高贵的布鲁图斯"一角。事实上,布鲁图斯在别人看不见的地方也依旧品德高尚,他一直听从良心的声音。但作为罗马公民的他还是得扮演"高贵的布鲁图斯",因为他的美德是共和国的资产。他是个以内心为导向的人,但也同时在表演给别人看;在历史的舞台上,从来就没什么非此即彼。布鲁图斯确实高贵,但他扮演的是一个已有前人(如加图)演绎过的角色。

让我们转过来看看凯撒是怎样的。政治舞台上的他并未扮演任何角色:他就是他自己。更为重要的是,他从不遮掩矫饰,他只展现原本的样子,并不想佯装得德行高尚。凯撒无需演戏,因为他这个角色就是由他创造的;他也无需装模作样,因为这就是最真实的他。他将罗马人推崇的勇敢、节制、正义等等美德抛诸脑后,这些都与他无关。他勇敢,却无需刻意表现得勇敢,因为这就是他赖以存在的本性。莎士比亚笔下的凯撒从不会感到羞耻,同胞的看法根本影响不了他。因此他完全不受外物所役,无论是传统、法律,还是他人的看法都左右不了他。这并非因为他不在乎他人,他也有爱;也并非因为他不会识人,实际上除哈姆雷特之外,他是所有莎剧中最善于评判人性的角色。

凯撒在这个世界舞台上从不出演角色,因为连这世界舞台都是由他一手搭建的。他登台之际,历史随之上演。他虽然在第三幕一开始就被杀害,但从第三幕到第五幕的世界全都是凯撒主导的世界。每一个活着的人都会碰上已死的凯撒,死去的凯撒比活着的他更富有生命力。所有的面孔都望向这个死人,所有的行动都在他面前上演。腓利比(Philippi)一役前夕浮现在布鲁图斯面前的凯撒幽灵,完全不同于哈姆雷特父亲的鬼魂。有趣的是,布鲁图斯见到的凯撒“冤魂”并没有激发他的愧悔之情。[314]布鲁图斯只是确信他们终将在腓利比再会,这场最后的战役仍是一场他与凯撒的较量。凯撒将会取胜,因为他已经赢了,整个故事和历史都围绕着凯撒展开。凯撒对于他们的世界产生了不可磨灭的影响。

莎士比亚用最出人意表、最精彩绝伦的方式刻画了凯撒的崇高。前两幕的多场戏呈现了同一主题的多重变奏,这一主题便是:凯撒从不感到羞耻。这并非因为他是无耻之徒,而是因为他完全以内心为导向。凯撒按照自己的方式行事,这已然足够。他从不遵循任何准则、哲学或者理念,他只听从自己天资的指引。

有关凯撒的第一桩轶事是凯歇斯告诉我们的。第一幕第二场中,他和布鲁图斯谈起凯撒时不仅怀着敌意、嫉恨,甚至还语带轻蔑。凯撒曾怂恿凯歇斯和他一起跳进台伯河的“怒涛”(1.2.105)里,泅到对面的岸上去。

但游到某个地方时,凯撒动不了了,大叫:“救救我,凯歇斯,我要沉下去了。”(113)

凯歇斯继续说:“这个人现在变成了一尊天神,凯歇斯却是一个倒霉的家伙。”(117–119)

凯歇斯还提到,凯撒在西班牙时曾害过一次热病:“我看见他浑身都颤抖起来;是的,这位天神也会颤抖。”(122–123)

他甚至“像个害病的女孩”(130)一样找人要水喝。

凯歇斯期望凯撒应是像他预想的那样:他应是个绝不会颤抖、不会呻吟、更不会大喊救命或求着要水喝的罗马贵族。凯撒做了这些为凯歇斯不齿的事,显得和低劣卑下的人没有两样。他将罗马贵族所遵循的代表着荣誉的“准则”抛之脑后,真正的贵族在人前不敢做的事,他都敢于为之。尽管如此,凯歇斯也承认,他仍会被尊为天神。他并非遵循陈旧信条的"高尚之人",而是个彻彻底底的homo nouvus[新人]。

之后不久,凯撒向安东尼吐露了一些想法,随后他立即对他说:

到我右边来,因为我这只耳朵是聋的。(214)

某些阐释者认为,这句话应该理解成"小心,这是个秘密。"但我仍倾向于按字面意思来理解。一个不因大呼救命、颤抖、呻吟或要水喝而感到羞愧的人,自然也没理由羞于承认他的一只耳朵聋了。这短短的一句台词简直太符合莎士比亚对凯撒的刻画了!当然,这两种阐释也并不相互排斥。因为我们不应忘记,这场戏刚一结束,凯斯卡(Casca)就跑来说凯撒因晕厥症发作昏倒了。"晕厥症"(falling sickness)一词既可从字面上也可从比喻意上来理解。

第二幕第二场中,凯撒在做一项至关重要的决定时,两次改变过心意。他先是决定去元老院,但经不住做了噩梦的凯尔弗妮娅(Calpurnia)对他的苦苦哀求,便决定待在家里。[315]但狄歇斯(Decius)重新释梦后,他最终还是决定出门。我们何曾见过如此犹豫不决的天神?又何曾崇拜过如此易受影响的伟人?罗马贵族从不会随意改变心意。而此处又一次表明,凯撒却不愿落入任何框架和窠臼。他的人生信条就是sic volo, sic jube[我怎样想,就怎样做]。只要他乐意,怎么改主意都行,因为这都是他的决定。

我在前面提到,前两场戏里对同一主题有不同的变奏。的确,凯撒在这两场戏中展现了他生理上和精神上的诸多弱点。但在他看来,这些完全谈不上是弱点,因为这些都属于他自己,是他的外在表现。莎士比亚通过刻画凯撒的弱点,或更准确地说,通过刻画凯撒对自身弱点的满不在乎,成功地塑造了他的崇高。莎士比亚让我们深刻意识到:凯撒不同于罗马史上出现的任何一个人。

莎士比亚刻画凯撒时当然不会一味地否定其神性,他身上也有勇敢与诚实这两个显著的美德。但他的勇气并非亚里士多德意义上的道德勇气。凯撒无需遵行义人的正路来战胜恐惧,他无所畏惧,仅此而已;他甚至理解不了他人对死亡的恐惧,他说道:

> 懦夫在未死以前,就已经死过好多次;勇士一生只死一次。在我所听到过的一切怪事之中,人们的贪生怕死是一件最奇怪的事情,因为死本来是一个人免不了的结局,它要来的时候谁也不能叫它不来。(2.2.32-37)

同样地,凯撒总是口吐真言,因为他不屑于说谎。说谎是怯懦的表现,人之所以说谎是因为不敢说真话,而他凯撒则无所畏惧(或从不羞愧)。当凯尔弗妮娅让她丈夫传信给元老院说他生病了,凯撒大怒地呵道:

> 凯撒是叫人去说谎的吗?难道我南征北战,攻下了这许多地方,却不敢对一班白须老头子们讲真话吗?狄歇斯,去告诉他们凯撒不高兴来。(65-68)

两人的对话再次展现了凯撒已为人熟知的处事方式:凯撒从不说谎,是因为他一点也不害怕蒙羞。任何事、任何人都不会让他感到羞愧,因为他已然高踞所有人和所有羞耻之上。

凯撒的第三个美德就是他对于人性的敏锐判断力。我们已经见识到他如何准确地剖析了凯歇斯的性格,又如何教导安东尼(他年轻的朋友和学生)识别身边的危险分子。安东尼从凯撒那里学到了要提防凯歇斯。数百年后的休谟也认为,我们现在仍然不会对凯撒口中的凯歇斯抱以同情。但这种被休谟高度赞赏的人性洞察力很难说是罗马式的美德。它可能根本不是德性,而是一种卓越。布鲁图斯就不会洞察人性,安东尼也是如此。

然而,绝对的坚定不移(absolute constancy)或许才是凯撒崇高的本质。[316]坚定不移也是一种共和美德,但绝对的坚定不移却并非如此,因为这就意味着此人听不得任何反对意见,接受不了任何好的建议,只相信自己的判断,把自己完全凌驾于他人之上。绝对的坚定不移等同于绝对的傲慢不逊。凯撒在生命的最后时刻,将他的绝对傲慢当众展露无遗。当时,麦泰勒斯(Metellus)和凯歇斯跪在他脚边,布鲁图斯则亲吻着他的手,他们正请求他释放辛伯(Publius Cimber)。我们读者当然知道,他们早已决定将他刺杀,现在不过是在惺惺作态。凯撒或许也知道他们将要行刺,因为他还没忘记3月15日这天还没过去,况且他还能透过眼神一眼将人看穿。但他根本不在乎这些人是来行刺还是真来请愿的,他答道:

> 要是我也跟你们一样,我就会被你们所感动;要是我也能够用哀求打动别人的心,那么你们的哀求也会打动我的心;可是我是像北极星一样坚定,它的不可动摇的性质,在天宇中是无与伦比的……可是我知道只有一个人能够确保他的不可侵犯的地位,任何力量都不能使他动摇。我就是他;让我在这件小小的事上向你们证明,我既然已经决定把辛伯放逐,就要贯彻我的意旨。(3.1.68-73)

他诗意地问道:"去!你想把俄林波斯山一手举起吗?"(74)此时,他已经做好了面对命运的准备。只有在布鲁图斯刺向他时,他才大为吃惊,但凯斯卡的谋害一点也不出乎他的所料。

凯撒和屋大维两人是这部剧中homo nouvus[新人]的代表。凯撒是政治家,屋大维则是政客;凯撒是天才,屋大维则是聪明的权谋家。前者卷起政治的风浪,才能让后者乘风破浪,安全驶抵王权的港湾。

凯撒之死将这部剧一分为二。在凯撒被刺杀前,莎士比亚为我们呈现了叛乱者的品性以及他们密谋的进展。刺杀阴谋得逞之后会发生什么,剧作家并没有透露给我们,也不能直接透露,观众知道的事和剧中人物了解到的一样多(观众当然可以从其他资料中了解整个故事,但在剧中却找不到一点线索)。在这些叛乱者看来,凯撒之死就是故事的终结,僭主死后,就能恢复贵族式的共和制。我或许可以借用黑格尔的观点:人民群众的背后有历史在起作用。只有凯撒曾驾驭过历史这匹烈马,叛乱者们则根本无从靠近。不过,尽管如此,还是有一条线索将前半部分(凯撒死前)和后半部分(从凯撒之死到腓利比之战)联结起来,这便是布鲁图斯与凯歇斯之间复杂的关系——即他们两人的品性及其友谊的特征。

故事情节的节奏正不断加速。凯歇斯先试探布鲁图斯谋反的意愿,最后成功说服他成为叛党的名誉领袖,这一开场相对缓慢,但自此之后,[317]所有事件的发展速度便突然加快。暴风雨之夜那场戏是节奏快慢的分水岭。《裘力斯·凯撒》中有一处时代错误,但在我看来,这处错误是莎士比亚有意为之。我指的是报时的钟声。当叛乱者围坐在布鲁图斯家中共商大计,而他刚刚否决了刺杀安东尼的建议之后,钟声响了。

布鲁图斯说:“静!听钟声敲几下。”

凯歇斯回道:“敲了三下。”(2.1.192)

他们随后决定八点钟在凯撒家中集合。大概在夜里四五点钟,布鲁图斯将谋反之事透露给妻子鲍西亚(Portia)。他大概只睡了两个小时。

凯撒在家里准备去元老院之前,问道:“现在几点钟啦?”

布鲁图斯回答他:“凯撒,已经敲过八点了。”(2.2.113-114)在叛党确定下刺杀凯撒的大计与凯撒决定去元老院之间只过去了五个小时。

第二幕第四场,我们又来到了布鲁图斯家中,鲍西亚并未透露她知道了谋杀计划,只是打发童仆路歇斯(Lucius)去元老院,回来给她“带话”,告诉她那里发生了什么事。她精神高度紧张,抱怨男人可以随心所欲地行动,女人却什么也做不了,只能耐心等待,随后她叫来了一位预言者。她叫预言者来,不是为了揭开未来神秘的面纱,而是为了获悉当下的消息。

鲍西亚问:“现在几点钟啦?”

预言者答:“大约九点钟了,太太。”(2.4.24-25)

我们观众则意识到,一小时前离家的凯撒此时已经到元老院了。莎士比亚用了“回溯”的戏剧手法。报时的钟正是历史的时钟,它分别在三点、八点、九点重复鸣响,营造了必要的紧迫感,也让我们感觉到主观时间与客观时间的不同。对鲍西亚来说,一小时无尽漫长。对于害怕泄密而变得有些神经质的凯歇斯来说,凯撒和坡勃律斯(Popilius)之间简短的谈话也让他觉得漫长得无法忍受。

不过,重要的是,*十点没有钟响*。莎士比亚在两场戏里都提到过钟声——八点敲过,九点敲过,但他没提到十点有钟声敲响——这一点很有深意。九点之后不久,凯撒的命运就终结了。日常的时钟当然不会停止报时,但历史的时钟却会就此停止。当剧情的加速已到顶点时,钟表上的时间就变得毫无意义了。

还是回到这次密谋上来。我刚才提到,布鲁图斯与凯歇斯各自的品性以及他们友谊的特殊性将这部剧的前半部分(凯撒死前)与后半部分(凯撒死后)联结了起来。借用韦伯(Max Webber)的术语来说,布鲁图斯代表着道德的完善,其所作所为以价值为导向。凯歇斯则代表着政治的危急状态,其行为以目标为导向。他们同属贵族阶层,同是共和主义者,都憎恨僭政,两人(布鲁图斯在稍微犹豫后)也都认可刺杀凯撒的必要性。但若借用尼采的道德术语,[318]两人也是彼此的对立面:布鲁图斯edel[高贵],凯歇斯则niedrig[可鄙]。布鲁图斯对这场密谋深感不安,他被两种对立的情感和信念撕扯着。他一方面说服自己,尽管凯撒目前还不是僭主,但他就像一颗"蛇蛋"(2.1.32),必须趁他还未孵化前就将其扼杀。但另一方面他也感叹:

> 阴谋啊!你在百鬼横行的夜里,还觉得不好意思显露你的险恶的容貌吗?(2.1.77-79)

凯歇斯催促所有密谋者宣誓,因为他极其多疑,谁也不相信。布鲁图斯却拒绝宣誓,因为他信任其他人的赤诚:

> 我们彼此赤诚相示,倘然不能达到目的,宁愿以身为殉,何必还要什么其他的盟誓呢?(125-127)

我们需得留意"赤诚"一词,激发布鲁图斯做这一切的是赤诚,而非荣誉,他还预设了其他人也葆有这份赤诚。说出这番话的人不大可能自以为是。此外,在莎士比亚笔下,赤诚(而非荣誉)才是良善之人的道德动机。因此,莎士比亚赋予布鲁图斯的道德品质与他赋予霍拉旭的美德有着某些相似之处(他们都是廊下派)。但布鲁图斯其实更像哈姆雷特(尼采说得没错),他是个忧郁之人。

凯歇斯认可布鲁图斯的过人之处,这恰好反映了他们关系的复杂性。他爱布鲁图斯,却也在利用他。尽管如此,布鲁图斯的友谊对他来说却比任何事情都重要,最后甚至高于胜利及共和国的事业。布鲁图斯在德性上坚定不移,凯歇斯则反复无常;布鲁图斯英勇无畏,凯歇斯有时则显得歇斯底里；布鲁图斯并不嫉恨崇高，凯歇斯对此却犹为嫉恨；布鲁图斯慷慨大度，凯歇斯则深怀恶意。布鲁图斯的行为动机无一不是精神性的，凯歇斯的某些行为动机却是功利性的。虽说如此，凯歇斯却愿为布鲁图斯牺牲一切，而布鲁图斯则不会为凯歇斯放弃什么。凯歇斯的所作所为都彰显出一种亚里士多德式的友爱。他对布鲁图斯怀有个人的爱慕，甚至还是一种英雄崇拜。凯歇斯憎恨凯撒，因为凯撒凌驾于他之上，但他并不憎恨布鲁图斯，反而正是因为布鲁图斯在他之上，[他才爱他]。他劝说布鲁图斯的那一大段话中糅合了他所有的动机：对凯撒的憎恨，对布鲁图斯的友爱，道德的义愤，以及对于原有生活方式衰微的失望，等等(例如，他说："'凯撒'那个名字又有什么了不得？为什么人们只是提起它而不提起布鲁图斯？"[1.2.143-144])。

凯歇斯对时机的把握让他对布鲁图斯的这番劝告非常具有紧迫性。此时的凯歇斯展现出了十分敏锐的政治直觉，此后也有多次体现。他深知当下必须将布鲁图斯劝服，因为他们只有此刻能掌握自己的命运，他劝道：

> 人们有时可以支配他们自己的命运；要是我们受制于人，亲爱的布鲁图斯，那错处并不在我们的命运，而在我们自己。(140-142)

我顺便补充一句，[319]说出这番话的人之后还会相信各种迷信的预兆，莎士比亚正是由此凸显了凯歇斯的反复无常。凯歇斯最主要的美德就是他对布鲁图斯的友谊和敬爱。但为何我会称此为美德呢？要知道，凯歇斯为了将这个最举足轻重的罗马人拉入刺杀凯撒的阵营，毕竟是利用了他。但尽管如此，莎士比亚笔下的凯歇斯至少三次为了他和布鲁图斯的友谊而置罗马的命运于不顾。

安东尼将成为决定罗马及叛乱者/解放者命运的重要角色。有那么一刻,整个世界的命运都系于安东尼的一举一动。他对凯撒的爱正如凯歇斯对布鲁图斯的爱一样。叛乱者料想安东尼会带来麻烦,出于政治的考量,他们认为有必要将安东尼和他的主上一起了结。

这正是凯歇斯在第二幕第一场中的提议,但布鲁图斯出于道义而彻底否决了该提议,他说道:“让我们做献祭的人,不要做屠夫,凯歇斯。”(2.1.166)。

凯歇斯则答:“可是我怕他。”(183)但他还是同意了布鲁图斯的决定,类似的情节此后还会重演。

凯撒被刺后,凯歇斯派人去公共讲坛上高喊“自由,解放”(3.1.96),并立即问“安东尼呢?”(3.1.96)。

安东尼随后出场,要求在凯撒葬礼上发表悼词。布鲁图斯表示同意,凯歇斯虽极力反对,但最后却还是遂了他的意,最终酿成众所周知的结局。随后,在第四幕第二场,即这对好友发生激烈争吵的那场戏之后,布鲁图斯提议向腓利比进军,凯歇斯却说:“我想这不是顶好的办法。”(4.2.249)但最后凯歇斯还是妥协了,他们终将一败涂地。

凯撒被刺后,《裘力斯·凯撒》成了一部彻底的政治剧(一部关于政治的戏剧)。在本剧的前半部分,我们看到一位伟人如何以一己之力对抗一群叛乱者。对凯撒的暗杀实际上是共和党人以自由、解放为名义实施的一次献祭般的屠杀。但从凯撒被害后,剧情就转向了政治(及军事)决策。或许正因为如此,我们对布鲁图斯的看法会在后半部分(凯撒被刺后)发生改变。我们在前半部分不会觉得布鲁图斯是个自以为是之人,他绝对不会轻辱他人。正如我之前提到的,他预设所有叛乱者都葆有同样的赤诚,坚信他们和自己一样,都是为崇高的理想所激励。对于参与密谋这种卑劣的行径,本剧前半部分的布鲁图斯感到犹豫不决,而他最终决定参与其中,纯粹是为维护公共自由,而不是为了自我夸耀。他并不是第一个刺向凯撒的人。他和哈姆雷特一样,也觉察到时代脱了节,而他不得不肩负起重整乾坤的重任。他和其他叛乱者都坚信,这次献祭式的暗杀能使得乾坤重整。但这份责任于他来说太过沉重,因为他并非生来就得重整乾坤,他有选择的权利。[320]正如尼采所说,布鲁图斯是个忧郁的角色。但事实证明,这独一无二的壮举,这一自由圣坛上的献祭,并未达到预想的结果。也就是说,乾坤并未被扭转——世界时钟并未被拨回到古代共和国的时间——布鲁图斯的性格因此发生了些许变化。

莎剧中的人物总是处于具体情境中的人物。如今的情境变得纯粹政治化了,布鲁图斯却不善于搞政治,他对形势的判断失误了。他现在的任务不再是刺杀一个伟人,扼杀一颗蛇蛋,而是要在敌友中间成功掌舵——这些人虽社会地位相当,但政治才能有高有低。在这种情境下,纯粹廊下派的道德就变得无能为力,甚至危险至极。布鲁图斯或许已经觉察到了这一点,但他仍坚持做"高贵的布鲁图斯"。他虽然了解政治的迫切要求,却仍只按照道义行事。他唯一能做的事是过分夸大自己的品德,将自己的贤名用作政治资产。例如,他在与凯歇斯争吵时(我后面还会再来分析这场戏)说:

因为正直的居心便是我的有力的护身符。(4.2.123)

那些主张布鲁图斯"自以为是"的人指出,剧中有一段戏别有深意:布鲁图斯告诉凯歇斯,他因鲍西娅的自杀悲痛不已,所以才会情绪失控。

梅萨拉(Messala)随后带来了鲍西娅的噩耗,说道:"那么请您用一个罗马人的精神,接受我告诉您的噩耗:尊夫人已经死了,而且死得很奇怪。"(240-241)

布鲁图斯却答："那么再会了，鲍西娅！我们谁都不免一死，梅萨拉；想到她总有一天会死去，使我现在能够忍受这一个打击。"(243－244)

有些阐释者认为，同一场戏的这两个不同的说法是后人错误地把它们放到了一起，抑或是莎士比亚忘了删掉其中一段对话。无论是哪种情况，这两个看似（或确实）矛盾的说法成了印证布鲁图斯"自以为是"或"伪善"的致胜王牌。

这两种说法我都不认可。布鲁图斯与梅萨拉的简短对话并不能证明他说谎了或是个伪善者。他可能因为收不到鲍西亚的信，从而获悉了她的死讯，他也没对凯歇斯提起有这样一封信。但我们看到布鲁图斯明明心痛不已，却（在与梅萨拉的对话中）故作镇定。他确实是在扮演着"高贵的布鲁图斯"一角，假装成另一个样子。但我却很难称其为伪善。一个人在密友面前与在普通同伴面前往往表现得截然不同。此外——这是我以为他"自以为是"的地方——布鲁图斯知道他的道义就是他最好的政治资产，他利用了这一资产。因为除此之外，他再无其他资产可用。

对布鲁图斯、凯歇斯及所有的叛乱者来说，这是一个脱了节的时代。他们妄想刺杀僭主以重整乾坤，结果发现大错特错。他们被历史愚弄，献祭之举成了枉然。[321]凯撒的幽灵代表着历史判断，它将在本剧的后半部分大放异彩，并在布鲁图斯的梦中出现。但《裘力斯·凯撒》与《安东尼与克莉奥佩特拉》及《科利奥兰纳斯》（在较小程度上）一样，其中的"脱了节的时代"与莎士比亚历史剧及伟大悲剧中所意指的并不相同。罗马剧讲述了迈向新时代、开始新纪年的故事。在历史剧以及一些伟大悲剧的最后，的确也可能有"新人"出现，但政治制度本身并未发生变化。对剧中的每一个人来说，时代都是脱节的，没有人能够扭转乾坤。但在罗马剧中，时代只对某些人来说是脱节的，对另一些人来说,新时代正激进昂扬地到来。

这并非因为罗马剧的剧末出现了新人(因为历史剧中也有新人出现,《科利奥兰纳斯》中反而没有出现新人),而是因为新制度取代了旧制度。这不同于明君取代僭主,抑或僭主取代明君。在这三部罗马剧中,肩负着推进新制度重任的,或者说象征着新制度的角色,在戏剧一开始就出现了,而并非在剧末。《科利奥兰纳斯》以护民官制度的建立作为开场。对科利奥兰纳斯来说,时代脱了节,但对护民官来说,他们才刚刚迈入新时代。《裘力斯·凯撒》和《安东尼与克莉奥佩特拉》中的政治新人(the homo novus of politics)屋大维将实现凯撒的遗志。"凯撒主义"将横扫旧时代。在这三部戏剧中,基本的政治制度正发生变革,而且,这些讲述政治斗争的戏剧刚一开场,催生变革的人物就已经悉数出场。这便是我将三部罗马剧称为政治剧的主要原因之一。

我现在来详细分析《裘力斯·凯撒》这部政治剧的剧情如何发展。我先从第三幕第二场,即布鲁图斯与安东尼发表葬礼演说的那场戏开始说起。上一场戏的末尾,我们看到安东尼独自一人留守在凯撒尸体旁,布鲁图斯刚同意让他在凯撒葬礼上发言。我们在此听到了莎士比亚笔下最动人的独白之一。安东尼既在自言自语,也在对凯撒的尸体说话。无论他之后会做些什么,此时,莎士比亚为我们刻画的是那个年轻的他(他日后将会成长为《安东尼与克莉奥佩特拉》中的安东尼)。每当莎士比亚意识到某个角色需要有连续性时,他就可以在两部不同时间写就的不同剧作中刻画出这种连续性,这点着实令人称奇,因于这些戏剧的创作时间相隔数年。在年轻的安东尼身上,我们已经窥见了未来那个成熟的英雄模样:他热情洋溢、放浪形骸、情绪多变,本性乐善好施、慷慨大度。他善于征战,却不善政事。他会用最诗意的语言表明自己的想法——他的话词章华美、情感充沛、极具煽动性。他会去爱,会背叛,也会遭受痛苦,他有着高贵的姿态。他最接近奥赛罗,他虽不是异乡人,却是个处于脱节时代中的罗马人。

[322]安东尼留守在凯撒尸体旁,用极富表现力的语言向他致意。在另一部剧中,他还会多次采用这样的语言。他叹道:

啊!你这一块流血的泥土。(3.1.257)

他预感罗马会发生激烈的内乱,爆发流血冲突及动荡破坏,所以在他试着用演说表露人民的心声之前,他做出的政治决策是:通知屋大维,让他先不要回到危险的罗马。接下来的这场戏至关重要,按说它完全属于莎士比亚的原创。此时布鲁图斯和安东尼的政治要务都是迎合罗马群众,获取他们的支持。这些群众和我们从《科利奥兰纳斯》中了解到的那些并无二致(我们知道《科利奥兰纳斯》创作于这部剧之后)。但这些群众并不是坐在公民大会里的公民,他们不会一起讨论国家大事,也不会发表不同意见。这些人不会行动(act),只会对演讲者的煽动作出反应(react)。他们只是受人影响,却发挥不了什么影响。

例如,有三个平民对布鲁图斯的演讲作出了反应。起初他们异口同声(众人:“没有,布鲁图斯,没有!”[3.2.35],随后又喊“不要死,布鲁图斯!不要死!不要死!”[48]),接着,他们分别开口。

甲说:“用欢呼护送他回家。”

乙说:“替他立一座雕像,和他的祖先们在一起。”

丙说:“让他做凯撒。”(49-51)

安东尼的前半部分演讲说完后,又有一位平民加入进来。之前发声的三个平民又已经改了主意,他们如今都转而反对布鲁图斯。

安东尼发表后半部分的演讲时,群众又异口同声地喊道:“遗嘱,遗嘱!我们要听凯撒的遗嘱!”(140)

在演讲最后,群众终于演变成暴怒无常、寻衅滋事的暴徒,大喊:“复仇!动手!捉住他们!烧!放火!杀!杀!不要让一个叛徒活

命!”(200-201)

莎士比亚将布鲁图斯简短的演讲与安东尼的长篇大论进行了对照。安东尼是运用修辞术的高手:我们目睹了他如何反用词语,如何巧妙地运用词句煽风点火。因为除了言辞,安东尼没有别的武器在手。他正是运用言辞打败了叛党。他的话语煽动了群众,装备精良的寥寥叛党终是敌不过人数众多的群众。安东尼需要借助众人之力剿灭叛党,眼下,他的目的已达成。安东尼一方虽还未反败未胜,但刚刚赢得胜利的叛党却被逼逃亡。

安东尼的语言极具煽动性,以至于群众丧失了自己的语言,到最后他们甚至说不出话来,只能吐出杂乱无章、含糊不清的字词。只有安东尼这样的语言大师能够让群众所掌握的那一点点语言也丧失殆尽。这是他仅有的一次政治上的胜利。当安东尼与手握重权而不依靠众人之力的屋大维交锋时,他就碰壁了。他的修辞术并不能让屋大维缄默不语(与安东尼诗化的语言迥然不同,屋大维使用的是同样有力却专事设计和谋划的话语)。[323]屋大维对安东尼富有诗意、词章华美的话语漠不关心,他只对话里的内容感兴趣。对于任何溢美之词或言语动人的吁求,他都不为所动。安东尼感染不了他的情绪。

起初,布鲁图斯的任务比安东尼的简单得多。他和同党已成功刺杀了凯撒,他是胜利者,群众通常会为胜利者欢呼。他先发表演讲,并确信群众能听进他的话,他们也的确如此。但他还确信安东尼的演讲不会对群众产生什么影响。他为什么这么想呢?凯歇斯看人比他透彻。是布鲁图斯过于天真吗?布鲁图斯的确相信正义的事业自有力量,并确定只有他的共和国事业是唯一正义的。但除此之外,还有其他原因导致了他可怕的失败。如果读者细听就会发现,布鲁图斯的演讲也讲究修辞,也运用了修辞技巧。他不仅运用了苏格拉底的辩证法,还运用了劝说术。那么,他的演讲到底哪儿出了问题?

正如我之前提到的，首先，布鲁图斯已开始将自己的德性当作一种政治资产，虽然此时还没有后面表现得那样明显（“为了我的名誉，请你们相信我；尊重我的名誉，这样你们就会相信我的话。”[3.2.14－15]）。但他接着又用了其他修辞技巧，例如他说：

> 这儿有谁愿意自甘卑贱，做一个奴隶？要是有这样的人，请说出来；因为我已经得罪他了。这儿有谁愿意自居化外，不愿做一个罗马人？要是有这样的人，请说出来；因为我已经得罪他了。这儿有谁愿意自处下流，不爱他的国家？要是有这样的人，请说出来；因为我已经得罪他了。我等待着答复。(3.2.29－34)

群众答道：“没有，布鲁图斯，没有！”(35)

之后，他总结：“那么我没有得罪什么人，”(36)

我再次强调，这段讲辞虽然平实，却同样有着强烈的修辞色彩。那么，他的演讲到底哪儿出了错？我认为，其实是这段讲辞说与了错的听众。他这番话可以说与不愿做奴隶的贵族听，贵族不但忠诚正直，更追求荣誉。但他当下的听众却绝非追求荣誉之人。他的修辞对群众来说只有短暂的吸引力。我认为，谁只要能够迎合群众的心愿、需求和欲望，就可以让群众改变想法，甚至根本不需要安东尼那些华美的修辞。

安东尼的演讲已为大家熟知，或至少能记得部分内容，在此我无需赘述。我只想提醒读者注意这段讲辞的一些特点。布鲁图斯从不表露情感，作为一个廊下派式的人物，他甚至鄙夷情感，尤其反对将其流露出来。与之相反，安东尼不但诉诸情感，还直白地表露。他诉诸的情感就是他表露出来的。他敬爱凯撒，群众也敬爱凯撒，他大声痛哭，群众也跟着痛哭。他并不是惺惺作态，而是真情流露。他说服群众靠的不仅仅是伪善，至少还带着些许真诚。他像是群众中的一员，是群众的诗人,能够代群众言其所感却不能言之事。但他不仅诉诸情感,[324]也确实给出了说服群众的理由。此外,他用了三个让人深信不疑的事例来驳斥凯撒"极富野心"这一强有力的指控。事例当然不能代替理由或证据,但对于凯撒是否有野心这一指控,我们既无法证明,也无法反驳。安东尼在此运用了反讽的不充分陈述句以及修辞性的条件句,还运用了自证预言这一手法。他说,如果读出凯撒的遗嘱,那就会让群众陷入激动。

在成功地让群众陷入他所需要的情绪之后,他并没有立即向迫不及待的他们宣读凯撒的遗嘱,而是先给他们看了一幅骇人的景象(spectacle)。若没有巧妙的言语鼓动,什么样的景象都不能让群众激动。但安东尼为他们准备好了凯撒的尸体。尸体一开始由衣服盖着,安东尼给群众看了衣服上的各处刀口,随后他揭开了无蔽的真理(aletheia),[①] 让人看到了伤痕累累的尸体。此处的圣经隐喻不容忽视(凯撒成了从十字架上被取下来的耶稣)。安东尼的演讲成了一出神秘剧,对于针对凯撒的献祭式谋杀,他做此回应。真理不是献祭式的谋杀,而是他策划的这场仪式性的葬礼。

这出神秘剧取得了预期的效果,群众立刻要去烧毁叛徒布鲁图斯的房子。安东尼这时却让他们稍安勿躁,先不要急着复仇,他这才终于给他们读了凯撒的遗嘱。他这样做只是为了让群众的报复更具毁灭性。这一盛大的场面到此结束。布鲁图斯及其同党匆忙逃出城,安东尼则去会见刚抵达罗马的屋大维。安东尼这位政治家兼诗人最辉煌的时刻至此告一段落。从这一刻开始,诗与政治将分道扬镳。

---

① [译注]"无蔽"(aletheia)是古希腊哲学的一个重要概念,原义为去蔽,揭示、展现。在海德格尔看来,希腊语 aletheia 的原始意义即"把存在者从晦蔽状态中取出来而让人在其无蔽(揭示状态)中来看"。

在迈入新世界之前，莎士比亚将群众暴动的恐怖浓缩于一场戏中，这场戏取材自普鲁塔克。诗人西那（Cinna）仅仅因为与叛党中的西那重名，便被暴徒残忍杀害。但在迈入新世界之后，情况并未发生改观。三巨头有计划地杀人，所以他们杀的人比暴徒多得多。他们标出应被处死之人的名字，连对方的至亲也不放过。下放逐令是一种纯粹马基雅维利式的政治谋杀手段，现在，它可以停止了，至少这是安东尼在这场戏的最后给屋大维提供的建议。现在，化敌为友的时候到了。

三巨头开始瓜分世界，但分歧随之出现。安东尼首先挑明，他想将富有却愚蠢的莱必多斯（Lepidus）剔除在外。我们由此可窥见安东尼与青年屋大维之间最根本的差别。每当安东尼想做什么或有什么想法时（例如，不公地对待莱必多斯），他就会立即透露给他觉得可与自己匹敌的人（此处是透露给屋大维）。但屋大维想铲除谁时（他很快就想将莱必多斯和安东尼一同铲除），只会把计划和想法深藏起来，不向任何人吐露。[325]这位诗人兼政治家的安东尼，不过是在为务实的政治家屋大维火中取栗。但他仍然赢得了三分之一的世界。

下一场戏发生在萨狄斯（Sardis）。布鲁图斯及其军队在此扎营，他与凯歇斯一起召集兵力，他们充分备战，选定战场，誓与三巨头决一死战。克劳塞维茨（Clausewitz）说，[①] 战争是通过另一种手段将政治延续。不过，莎士比亚的作品中只有罗马剧符合这一说法。莎士比亚经常叙述战争故事，并描写战争场面，但大部分战争并不能视作政治的延续。只有当战争有其政治目的时，例如，惟有通过武力手段才能实现某

---

① ［译注］卡尔·菲利普·戈特弗里德·冯·克劳塞维茨（Karl Philip Gottfried von Clausewitz，1780-1831年），德国军事理论家和军事历史学家，是近代军事战略学的奠基人，普鲁士军队少将。他的不朽兵学巨著《战争论》，是所有军人必读的兵学圣经，被称作西方军事思想的代表。他也因此被称作西方兵圣。

一政治方案或政治计划时,它才是政治的延续。战争中总会出现权力的争夺和对荣誉的追求,但征服敌人的欲望并不属于政治。为了展现自己胆识过人、想要赢得荣誉,或只把打仗当作游戏,如此等等在本质上都不是政治行为。国王打击觊觎王位的野心家或篡位者,本质上也不是政治的。唯当战争的输赢会导致政治秩序的变动,或在极端情况下导致王权的更替时,这种战争才是政治的延续。唯当采取暴力能打破政治权力的平衡,甚至有望改变权力的特性时,这种战争的目标才是政治性的。如果只是限于君主或王室内部的更替,这种战争的目标就并非完全是政治性的。

《科利奥兰纳斯》是一部彻头彻尾的政治剧。但马歇斯对伏尔斯人的战争并不是政治的延续,科利奥兰纳斯进军罗马却属于此类。《裘利斯·凯撒》中决定性的一役,以及《安东尼与克莉奥佩特拉》中的几场战争也是政治的延续。在后两部剧作中,莎士比亚用加图的视角叙述了这些事件:victris causa diis placuit, sed victa Catoni[胜利的事业取悦神祇,失败的事业则取悦加图]。他在这两部剧中用类似的方法达到了这种"效果"。《裘利斯·凯撒》中,濒临失败的布鲁图斯和凯歇斯是一对好友,但他们的友谊存在着问题。他们的政治失败内含于这部有关他们友谊的宏大人性戏剧中。赢得胜利的三巨头不过是暂时的政治盟友,他们并不是朋友,人性的戏剧并不会在他们当中上演。为了打败布鲁图斯和凯歇斯,进而推翻罗马共和国,他们一直保持着冷静。

《安东尼与克莉奥佩特拉》中,濒临失败的这两位主人公是一对恋人。他们的爱情也存在着问题。他们的政治失败也内含于这部有关他们爱情的宏大人性戏剧中。刚才那对好友间的友谊,以及这对恋人间的爱情,对他们各自来说都是独一无二的(凯歇斯与布鲁图斯两人自杀,安东尼与克莉奥佩特拉最终也自杀,这一点应不容忽视)。[326]但安东尼与克莉奥佩特拉的对手屋大维却不曾表露过丝毫的感情,他只有一个目的:在世界舞台上傲视群雄,用统一的帝国来代替共和国及三巨头的格局。在这两部剧中,莎士比亚通过着力表现失败者情感/道德的复杂性,并将胜利者塑造为成功的权力机器,达到了一种加图式的令人愉悦的效果。

还是回到凯歇斯与布鲁图斯争吵这场重头戏上来(4.2)。我们来到了布鲁图斯位于萨狄斯的营地。其实,在凯歇斯上场之前,剧中就有了争吵的伏笔。

布鲁图斯正和随从路西律斯(Lucillus)谈及对凯歇斯的怀疑:"你所讲的正是一个热烈的友谊冷淡下来的情形。"(4.2.19)

话音刚落,凯歇斯带着竭力抑制的愠气出场了。他出口便是责备之辞:"最尊贵的兄弟,你欺人太甚啦。"(4.2.37)

他的用词很能说明问题,布鲁图斯仍是他"尊贵的兄弟",也就是说,他既尊贵,又是自己的兄弟。所以凯歇斯极为气愤、深感痛心,一个尊贵的人怎会欺辱他人?一个兄长又怎会欺侮他的弟弟?

布鲁图斯立即否认他做过什么错事:"神啊,判断我。我欺侮过我的敌人吗?要是我没有欺侮过敌人,我怎么会欺侮一个兄弟呢?"(38-39)

凯歇斯对"欺侮"一词的用法与布鲁图斯的略有不同,凯歇斯所谓的"欺侮"不仅指行不义之事,还更多指对个人的冒犯,但在布鲁图斯看来,只有不义之人才会欺侮别人。从这个意义上来说,他不承认敌人和朋友/兄弟之间,或某个无关紧要的人与兄弟之间有什么分别。

我们理解凯歇斯为何越来越生气:"布鲁图斯,你用这种庄严的神气掩饰你给我的侮辱。"(40)

布鲁图斯听出了这话的深意,显得亲密了一些,劝他:"凯歇斯,别生气;你有什么不痛快的事情,请你轻轻地说吧。我十分了解你。"(42)

接着他做了一个非常重要的举动,为了和凯歇斯单独谈话,他屏退了其他人,从而将他们的冲突从公共场合转移到了私人场合。他这一举动当然也有顾全颜面的政治目的,因为他认为兵士们“只应当看到我们友好相处,让我们不要争吵”(4.4.45)。其实布鲁图斯自己也想和凯歇单独斯谈谈。当朋友之间愤然相对时,不该有其他人在场。

凯歇斯解释了自己生气的原因:布鲁图斯不顾凯歇斯写信说情,还是给受贿的配拉(Lucius Pella)定了罪。

布鲁图斯说:“你在这种事情上本来就不该写信。”(58)

凯歇斯回他:“在现在这种时候,不该为了一点小小的过失就把人谴责。”(59-60)

这一事件鲜明地体现了道德与政治之间的冲突。布鲁图斯奉行的道德绝对主义中没有什么“这种时候”或“那种时候”,人根本就不该受贿行贿。这是绝对准则(康德会用这个词),既然是绝对准则,就应该绝对遵循,不该有什么例外。

[327]但随后布鲁图斯脱口而出:“让我告诉你,凯歇斯,许多人都说你自己的手心也很有点儿痒,常常为了贪图黄金的缘故,把官爵出卖给无功无能的人。”(4.2.61-64)

这不该是布鲁图斯说的话,或者至少不像我们所了解的他会说得出口的。这番话很不光彩,布鲁图斯竟然没听凯歇斯辩解,就指控他的密友和兄弟做了这些恶事!这算什么友谊?这点信任都没有,还谈什么友谊?

布鲁图斯对友谊内核的背离令凯歇斯大为受伤,一时竟哑口无言,只是绝望地喊道:“我的手心痒?”(65)

他还问道:“惩罚?”(69)

但布鲁图斯此刻也义愤填膺,他说:

> 记得3月15日吗?伟大的凯撒不是为了正义的缘故而流血

吗？倘不是为了正义，哪一个恶人可以加害他的身体？什么！我们曾经打倒全世界首屈一指的人物，因为他庇护盗贼；难道就在我们中间，竟有人甘心让卑污的贿赂玷污他的手指，为了盈握的废物，出卖我们伟大的荣誉吗？（4.2.70－76）

布鲁图斯的这番义愤之辞中混杂了三种情绪和想法。在刺杀大业完成之后，他现在不太确定当初参与谋逆是否是一个正确的选择。他当初参与，是因为他以为如果除掉凯撒，共和国便能再现昔日的荣光。但这一切并未到来。他渐渐明白，这场战争的赢家无论是他和凯歇斯，还是屋大维和安东尼，再现共和国光辉岁月的愿望都已化为泡影。新世界正在孕育和形成。回过头来看，他们那献祭式的诛杀僭主似乎沦为了一场单纯的谋杀。从布鲁图斯的时代直到现在，许多历史行动者都有类似的想法。这些人为了开创一个政治自由的新时代，做了一些在道义上为人不齿的事，结果发现他们开创的时代与预想的大相径庭。

行贿受贿是肮脏丑陋的行径，布鲁图斯提及的受贿则确实发生了，他无法容忍凯歇斯以政事紧急为由替他人受贿的行为开脱。但布鲁图斯的指责并未停在这里，他这番道德说教还只是他一连串强烈的谴责的前奏。他的道德说教很好，却未必是良好的政治判断。他随即指控这个最好的朋友收受贿赂、卖官鬻爵。莎士比亚并不关心历史上的凯歇斯是否真有其事。在这部剧中，此乃莫须有的指控和诽谤。这就是为何凯歇斯无力辩白，只能在极度绝望中惊呼。他觉得自己被彻底击溃了。

他终于开口回应时，还是比布鲁图斯更加友好和善，他说：

布鲁图斯，不要向我吠叫；我受不了这样的侮辱。你这样逼

迫我，全然忘记了你自己是什么人。我是一个军人，经验比你多，
我知道怎样处置我自己的事情。(80–84)

我们眼见着这对好友和兄弟向对方怒吼。凯歇斯警告他："不要再逼我。"(89)

布鲁图斯也怒不可遏，爱变成了恨，友谊变成了敌意和攻击：[328]"难道一个疯子的怒目就可以把我吓倒吗？"

凯歇斯："我必须忍受这一切吗？"

布鲁图斯："即使你气破了肚子，也是你自己的事；因为从今天起，我要把你的发怒当作我的笑料呢。"

凯歇斯："岂有此理？"(94–104)

布鲁图斯依旧不依不饶。凯歇斯说："不要太自恃你我的交情；我也许会做出一些将会使我后悔的事情来的。"(118–119)

这时布鲁图斯才打出王牌，说凯歇斯之前冒犯了他："我曾经差人来向你告借几个钱，你没有答应我。"(125)

他之前对此只字未提。他从笼统的道德指控转移到具体的事情上来，指责凯歇斯的所作所为不配称为朋友。

凯歇斯只说了一句："我没有拒绝你。"(137)

布鲁图斯却坚称："你拒绝我的。"

凯歇斯："我没有……布鲁图斯把我的心都劈碎了。一个朋友应当原谅他朋友的过失，可是布鲁图斯却把我的过失格外夸大。"

布鲁图斯："我没有，是你自己对不起我。"

凯歇斯："你不喜欢我。"

布鲁图斯："我不喜欢你的错误。"

凯歇斯："一个朋友的眼睛决不会注意到这种错误。"(138–144)

他绝望地喊道：

来，安东尼，来，年轻的屋大维，你们向凯歇斯一个人复仇吧，
因为凯歇斯已经厌倦于人世了：被所爱的人憎恨。(147－150)

凯歇斯还是胜于他们，他即便生气，还是富有人情味。他仍在谈论爱与友谊，并因失去爱而感到绝望。布鲁图斯在这场戏中的确有些不近人情和自以为是，说起话来不像贤德之人应有的样子。因为他一开始闭口不提个人利益受损的事，而是用普遍的道德说教掩盖之。他和凯歇斯一样，在意自己的自尊心和利益受到的侵害，但凯歇斯直接承认这一点，而布鲁图斯却不到万不得已，仍坚持扮演着具有道德优越感的贤人。听到凯歇斯的话，他和缓了一些，怒气顿时烟消云散。与此同时，凯歇斯也不再怒气冲冲，还为自己的坏脾气道歉。

布鲁图斯："我自己也是脾气太坏。"

凯歇斯："你也这样承认吗？把你的手给我。"

布鲁图斯："我连我的心也一起给你。"(170－172)这出争吵的戏份到此结束，它是莎士比亚笔下最为精彩的戏份之一。

但布鲁图斯还没有提起鲍西亚的死，这确实是他的高贵之处。他刚才与凯歇斯和解，承认自己脾气太坏时，并没有拿这个理由给自己找台阶下。

直到他们的友谊恢复如实，又一起坐在营帐内时，布鲁图斯才承认："啊，凯歇斯！我心里有许多烦恼。"(196)

凯歇斯提醒他："要是你让偶然的不幸把你困扰，那么你自己的哲学对你就毫无用处了。"(197－198)

布鲁图斯则答："谁也不比我更能忍受悲哀；鲍西娅已经死了。"(199)

凯歇斯这才惊呼："我刚才跟你这样吵嘴，你居然没有把我杀死，

真是侥幸！”(201)

现在他才理解好友为何会一反常态地暴怒，凯歇斯从未停止爱他：“我喝着布鲁图斯的友情，是永远不会餍足的。”(214)

我们不该忘记，在这场友谊失而复得的戏发生时，周遭的局势是怎么样的。[329]这对重归于好的朋友刚得到消息，三巨头下了放逐令(观众已经很熟悉这一手段)，包括西塞罗在内的许多元老已被处死。此时做出的政治决定攸关生死，他们要选定决一死战的战场。众所周知，凯歇斯的建议在政治上合理可行，布鲁图斯的建议则是致命的错误。但凯歇斯却仅仅因为友谊就同意了布鲁图斯的决定。布鲁图斯也像戏剧前半部分的凯歇斯一样，提到了把握时机的重要性。但他纠结于是选择合适的时机还是合适的地点，其实，对凯歇斯来说，并不存在这种两难的选择。布鲁图斯谈及时机时说：

> 世事的起伏本来是波浪式的，人们要是能够趁着高潮一往直前，一定可以功成名就；要是不能把握时机，就要终身蹭蹬，一事无成。我们现在正在满潮的海上漂浮，倘不能顺水行舟，我们的事业就会一败涂地。(4.2.270–276)

凯歇斯妥协了。他们将在腓利比与三巨头交锋。

这部剧虽不是歌剧，但我们仍听得到剧中的配乐。布鲁图斯让他最喜爱的童仆路歇斯为他演奏一曲，就像大卫为所罗门王弹琴一样。在此，我们再次见到了尼采笔下的布鲁图斯：一个正听着俊美的童仆为他弹奏音乐的忧郁男人。

此时，凯撒的幽灵出现了，布鲁图斯重复了与凯歇斯分别时说的话，对幽灵说：“好，那么我们在腓利比再见。”(337)

当幽灵隐去，或者说布鲁图斯清醒之后，路歇斯说了一句：“主人，

弦子还没有调准呢。”(341)

在莎士比亚笔下,这些调子不准的琴弦代表着脱节的时代和不幸的命运。

接着我们都聚集在了腓利比(5.1,包括这对朋友、三巨头、凯撒的幽灵以及观众)。所有人都明白,这场战役将决定罗马的政治命运。安东尼与屋大维一起出场,后者注意到布鲁图斯选择的战场是个重大失误。安东尼点明,布鲁图斯的这一选择是出于道德考量,而非战略性的安排,他说:

> 他们的目的无非是想先声夺人,让我们看见他们的汹汹之势,认为他们的士气非常旺盛。(5.1.11)

从他们简短的对话中,我们立即就见识到青年屋大维那坚决且冷峻的威严。

久经沙场的老将安东尼让屋大维攻打左翼,屋大维却说:“我要向右翼迎击;你去打左翼。”

安东尼问:“为什么你要在这样紧急的时候跟我闹别扭?”

屋大维回他:“我不跟你闹别扭;可是我要这样。”(18-20)

这分明是凯撒所说的hic volo, hic jubeo[我乐意如此,我下令如此]。凯撒一开口说话,其他人只能沉默不语。我们可以说,说话的屋大维虽不是凯撒本人,却有着和凯撒一样的坚决果断。莎士比亚只通过这段简短的对话,便清楚地刻画出安东尼与屋大维之间的不同。安东尼滔滔不绝地用许多难听话咒骂布鲁图斯和凯歇斯,骂叛党是邪恶的谄媚之徒,是恶贼、猴子、恶狗等等。[330]屋大维则在政治层面上说到:

> 我拔出这一柄剑来跟叛徒们决战;除非等到凯撒身上三十三

> 处伤痕的仇恨完全报复或者另外一个凯撒也死在叛徒们的刀剑之下，这一柄剑是永远不收回去的。(5.1.51–55)

他没有用恶狗、恶贼、谄媚之徒、猴子之类的词，而是只说他们是“叛徒”，这足以成为讨伐叛党的理由，而且也是唯一的(政治)理由。

屋大维及安东尼率军队退场后，便轮到布鲁图斯与凯歇斯互相道别。这一刻，一切陷入静止，故事情节中出现了停顿。灵魂在对话，哲思在碰撞，人们直面命运，朋友间依依惜别。最重要的是，他们二人无论是生是死，罗马及整个世界的命运将在此刻决定。这对友人需要省察他们的自我和生命。这是算总账的时候了。未来依旧未知，但他们二人将很快完成自己的使命。

他们真的不知未来如何吗？如果我们仔细听这对友人的道别就会发现，他们其实已经做好了战败和死亡的准备。他们不相信自己还有未来。

安东尼和屋大维从未想过会战败，凯歇斯却问布鲁图斯这个问题：“你愿意被凯旋的敌人拖来拖去，在罗马的街道上游行吗？”(108–109)

布鲁图斯回答：“不，凯歇斯。”(110)

不久之后，凯歇斯在战况未定时错以为布鲁图斯已经战败，这个重大的错误让他丧了命。或许他从一开始就认定失败是必然的结果，对己方获胜早已不抱一点儿希望。

在这一“间歇”(intermission)，在这一决定性的行动出现之前的停顿中，时间静止了，哲学思考占据了舞台的中心。凯歇斯对梅萨拉说：

> 梅萨拉，今天是我的生日；就在这一天，凯歇斯诞生到世上。把你的手给我，梅萨拉。请你做我的见证……我是因为万不得已，才把我们全体的自由在这一次战役中作孤注一掷的。你知道

我一向很信仰伊壁鸠鲁的见解；现在我的思想却改变了，有些相信起预兆来了。(5.1.71–78)

凯歇斯不久前还对预兆不以为然，现在却在鸟的行迹中找寻未来的预示。在我看来，凯歇斯的前后两段独白紧密相关。当他认为自由的命运取决于一个僭主(凯撒)的生死时，他不相信预兆；但当自由的命运取决于一场战役，也就是说，战争的结果又取决于偶然或运气时，他不敢再无视预兆。如果世界的命运不是取决于人的意志、勇气以及共和精神，而只取决于偶然事件的话，那么(莎士比亚笔下的凯歇斯所理解的)伊壁鸠鲁的哲学便一无是处。伊壁鸠鲁曾说，生活在必然性中的人是痛苦的，然而，人并不必定生活在必然性中。但如果世间的一切都取决于命运的偶然翻转，那人就相当于又必须生活在必然性中。因为纯粹的偶然相当于必然，[331]个人的意志起不到任何作用。

布鲁图斯的哲学观也经历了类似却并不完全相同的转变。他说：

加图自杀的时候，我曾经对他这一种举动表示不满……我现在还是根据这一种观念，决心用坚韧的态度，等候主宰世人的造化所给予我的命运。(100–107)

布鲁图斯反对自杀，而是(像另一个忧郁之人哈姆雷特一样)听凭天意的安排。但他并不是一概反对一切自杀，他只是不愿在希望还未全部落空前就选择自杀。

接下来两人互相道别。布鲁图斯说：

可是今天这一天必须结束3月15日所开始的工作；我不知道我们能不能再有见面的机会，所以让我们从此永诀吧。永别了，

永别了,凯歇斯!要是我们还能相见,那时候我们可以相视而笑;否则今天就是我们生离死别的日子。(5.1.113-119)

凯歇斯回应他:

永别了,永别了,布鲁图斯!要是我们还能相见,那时候我们一定相视而笑;否则今天真的是我们生离死别的日子了。(120-122)

这无疑是一出歌剧,凯歇斯和布鲁图斯分别时的情景必须配乐加以吟唱。这不禁让我们想起在后来威尔第(Verdi)的歌剧中,伯萨侯爵(Marquis Posa)和唐·卡罗(Don Carlos)道别的场面。布鲁图斯最后说:

要是一个人能够预先知道一天的工作的结果——可是一天的时间是很容易过去的,那结果也总会见到分晓。(123-126)

他用另一种方式说出了包括哈姆雷特在内的许多莎剧人物的心声。

第五幕第二、三两场,我们来到了战场上,所有角色的言辞都有动作的配合或调节。先是安东尼战胜了凯歇斯的军队,而凯歇斯又误以为布鲁图斯兵败,选择了自杀。布鲁图斯虽战胜了屋大维的军队,但凯歇斯孤注一掷的草率行为使得他无法再抵挡骤增的敌军势力。人们可以说,三巨头之所以赢得胜利,是因为布鲁图斯选错了战场,或是因为凯歇斯的惊慌,但不能说是因为屋大维伟大的军事才能。因为在莎士比亚笔下,是三巨头中的安东尼打了胜仗(他打败了凯歇斯),而不是屋大维(他一开始就被布鲁图斯的军队打败了)。的确,战争是通过另一种手段对政治的延续。但战争中的胜利不过是一次机遇,尽管本身并不能决定政治斗争的结果。这次战役并没有像凯歇斯担心的那样就此决定罗马的命运，相反，屋大维利用他的政治手腕将腓利比战役的胜利转化成了他个人的胜利，而且，为了用任何方法和形式延续政治，他可以安全地在战争与和平之间反复摇摆。

莎士比亚笔下的安东尼做不到这一步，这一点只在《裘力斯·凯撒》剧末稍有暗示。莎士比亚（而非普鲁塔克）对这场战争及其结果是这样叙述的：他没有大篇幅地详述战争场面，而是着墨于凯歇斯与布鲁图斯之死。诚如加图所言：victris causa diis placuit，sed victa Catoni［胜利的事业取悦神祇，失败的事业则取悦加图］。在这部剧中，[332]失败的事业取悦莎士比亚（当然不是他所有的悲剧！）。凯歇斯与布鲁图斯之死象征着罗马共和国的殒落。政治落幕后，历史仍在上演。在莎士比亚笔下，历史的完满同时也是主人公生命的完满和高潮。死亡揭示了一个人的性格和命运，揭示出这两者是彼此分割还是融为一体。

我此前提到，凯歇斯认定他们会战败。他抛弃了所信仰的哲学，变得迷信起来，这一天恰好是他的生日。他在发现战况还有转机前，便说了这样一番简短的独白：

> 多年前的今天我开始了生命的呼吸，时间在循环运转，我在什么地方开始，也要在什么地方终结，我的生命已经走完了它的途程。(5.3.23-24)

这样看来，他会轻信布鲁图斯被屋大维的军队打败的消息也不足为奇。他在确知自己的命运后，让奴隶品达勒斯（Pindarus）杀死自己，并在此之前根据罗马习俗还他自由身。凯歇斯命他用刺杀凯撒的那柄剑杀死自己，说道：

凯撒,我用杀死你的那柄剑,替你复了仇了。(45)

他就这样因失误一死了之。但他的失误并非只是失误这么简单,他的死其实根源于他的性格。他总是设想最坏的结果,并且敏感多疑。在策划谋反时,这种多疑或许会拯救共和国,但当时他极为信任的布鲁图斯否定了他的疑虑。他在面对死亡时没有发表长篇大论,没有总结人生的经验,只说命运跟他开了一个玩笑,将他的生日变成死期。从他出生到死亡的这个"闭环"中,发生的一切好像都变得毫无意义。凯歇斯的表现让我们觉得,他似乎把自己的人生看作失败,好像只有布鲁图斯的友谊对他来说是意义非凡的。我认为争吵那场戏过后,他便只在乎布鲁图斯一人。凯歇斯的死是他最后一次出于友爱而向布鲁图斯做出的屈服。他并非高贵之人,却阴差阳错地为他人而死。梅萨拉很快发现凯歇斯做了误判,他对着凯歇斯尸体说的那番话就是一篇简练得当的悼词:

> 他因为不相信我们能够得到胜利,所以才干出这件事来。啊,可恨的错误,你忧愁的产儿!为什么你要在人们灵敏的脑海里造成颠倒是非的幻象。(5.3.65-68)

凯歇斯在放弃自己的生命和事业的那一刻,的确成了忧郁之人。他多愁善感,内心深处不住哭喊,他意识到世间一切都是vanitatum vanitas[虚空的虚空]。①

在这部剧的后半部分,莎士比亚刻画的凯歇斯的性格要比布鲁图斯更加有趣。凯歇斯在不断变化,他从野心勃勃的怨愤之人变成了友

① [译注]源自圣经《传道书》1:2,"虚空的虚空,凡事都是虚空"(vanity of vanities, all is vanity),拉丁文版为Vanitas vanitatum, omnia vanitas.

爱亲善、逆来顺受的忧郁之人。[333]凯撒在教导他年轻的朋友安东尼如何评判人性时，对凯歇斯的描述曾非常精准，但同样的话却不再适用于腓利比战争中的凯歇斯。莎士比亚所刻画的凯歇斯有着多重自我。随着剧情的发展，他的第二个自我取代了第一个。凯歇斯从不曾扮演某个角色。他太过情绪化，什么样的角色都演不好。

我们已经目睹了凯歇斯怎样深爱着布鲁图斯。现在莎士比亚又让我们看到凯歇斯如何被另一个人深爱着。泰提涅斯(Titinius)对凯歇斯一腔赤诚，凯歇斯也知道这一点。

我们来听听他派泰提涅斯去布鲁图斯的营帐时是怎么说的："泰提涅斯，要是你爱我，请你骑了我的马。"(5.2.15)

凯歇斯正是错以为泰提涅斯被俘才决心自杀。泰提涅斯带着好消息回营时却看到了凯歇斯的尸体，他也随之自杀。且听这个忠诚无私的友人所说的话：

> 你吗？你没有听见他们的欢呼吗？唉！你误会了一切。可是请你接受这一个花环，让我替你戴上吧；你的布鲁图斯叫我把它送给你，我必须遵从他的命令。布鲁图斯，快来，瞧我怎样向卡厄斯·凯歇斯尽我的责任。允许我，神啊；这是一个罗马人的天职：来，凯歇斯的宝剑，进入泰提涅斯的心里吧。(5.3.84－89)

莎士比亚想通过这场戏说明什么？他的语言能否充分表达人心的复杂情绪？泰提涅斯对凯歇斯的尸体说到"你的布鲁图斯"，还向布鲁图斯喊话："瞧我怎样向卡厄斯·凯歇斯尽我的责任。"

这些小细节勾勒出了一大段充满嫉妒、暗恋以及争风吃醋的情事。泰提涅斯的潜台词是：他布鲁图斯是"你的"，但我泰提涅斯才是唯一甘愿为你凯歇斯而死的人。泰提涅斯在这场戏里实际说的是：

> 尽管我没有参与刺杀凯撒，但我要用杀了凯撒的那柄剑自杀。我甘愿为了我的朋友凯歇斯而死。而你，布鲁图斯根本比不上我。

与凯歇斯不同的是，布鲁图斯的性格始终如一。然而，他是否过分演绎了“高贵的布鲁图斯”这一道德家的角色？他将这一角色演得过火到底是为了博得自身的荣誉，还是为了创造历史神话？这可是完全不同的两件事。如果他只是过分演绎自己的角色，人们就有理由说他自以为是，他就会遭到[某种程度的]丑化。但创造历史神话却并非自我夸耀。在腓利比战役中，他成为悲剧的主角，带着残余的部下登上了历史舞台的最高处，他们书写了一个讲述罗马共和国殒落的故事，一个彰显共和主义、英雄主义以及罗马美德的神话。直到法国大革命甚至之后更长的时间里，这一神话依旧鲜活有力。

布鲁图斯还未向失败的命运妥协时就已经在书写神话。与凯歇斯不同的是，他不到最后一刻坚决不会向失败妥协。尽管希望渺茫，他也无所畏惧，他依然信奉着他的廊下派信条。面对凯歇斯与泰提涅斯的尸体，布鲁图斯开始书写神话，他说道：

> 世上还有两个和他们同样的罗马人吗？[334]最后的罗马健儿，再会了！罗马再也不会产生可以和你匹敌的人物。(97－100)

作为观众的我们已经很了解凯歇斯的品格了(对泰提涅斯则知之甚少)，因而听到布鲁图斯的溢美之辞时会感到惊讶万分。难道罗马再也孕育不出这等品格的人了吗？据我们所知，凯歇斯的人格远非完美无瑕(布鲁图斯也深知这一点)。但这些事情都无足轻重，重要的是，在罗马共和国的废墟上，共和美德的光辉一定要世代闪耀。布鲁图斯将凯歇斯和泰提涅斯塑造成了这种共和美德的代表，而他的神话书写也确实卓有成效。因为布鲁图斯身边的人作为这一神话的一份子，都被激励着英勇战斗，并勇敢赴死。小加图慷慨就义；路西律斯则佯称自己是布鲁图斯，愿替他赴死。

此时此刻，有趣的事情发生了：安东尼加入他们的合唱，参与了敌人的神话书写。阿喀琉斯与赫克托耳对战的神话在此重现，这是崇高与崇高的对决，英雄与英雄的交锋，腓利比之战成了一场 theomachia [诸神之战]。① 当路西律斯被人当作布鲁图斯押解到安东尼面前时，安东尼说：

> 朋友，这个人不是布鲁图斯，可是也不是一个等闲之辈。不要伤害他，把他好生看待。我希望我有这样的人做我的朋友，而不是做我的仇敌。(5.4.26－29)

接下来，我们将目睹布鲁图斯最终的落败。

布鲁图斯和凯歇斯一样，也让奴隶杀死自己，但遭到他们的拒绝。布鲁图斯也写就了自己的神话，但他并不是通过自以为是的方式来书写的，朋友的忠心映照出他的伟大：

> 同胞们，我很高兴在我的一生之中，只有他还尽忠于我。我今天虽然战败了，可是将要享有比屋大维和玛克·安东尼在这次卑鄙的胜利中所得到的更大的光荣。(5.5.33－38)

他用朋友这面镜子书写了自己的神话。熟悉莎士比亚美德次序的人都很清楚，忠诚与感恩在这一等级中占据着怎样的高位。莎剧中

---

① [译注]在希腊语中，theo 指 gods，machy 指 battle，因此 themachy 意为神与神之间的战争，指代奥林匹克诸神之战。

没有一个主人公或深受喜爱的角色可以觉得自己在朋友们的映照下能够如此完美无暇，无可指摘。因为他们在将死之时都不敢肯定地说，所有人都对自己真心真意。唯有布鲁图斯能这样说，他也确实这样说了。他说的是真话吗？从没有人对他不忠不信吗？我们无从得知，只知道他书写的这一神话。

接下来就是布鲁图斯的自杀之举。布鲁图斯自杀前的言行和凯歇斯的一样简单。他和临死的凯歇斯都想到了凯撒。他们想到了活着的凯撒、被自己谋害的凯撒、凯撒的幽灵以及凯撒的精神。凯撒虽不是德性的胜者，却是历史的赢家。他必须参与并分享自己的神话。

安东尼继续参与书写布鲁图斯的神话，但他并没有助力书写那关于最后一批高贵的罗马人的神话。[335]他给予布鲁图斯很高的历史赞誉，却没有对布鲁图斯为之奋斗的事业给予神化式的夸大。布鲁图斯是独一无二的贤者，凯歇斯和其他叛乱者则是稀松平常的普通人。如果我们仔细阅读文本就会发现，这部剧并没有一个常见的莎士比亚式的结局，即有人来安葬尸体，并说些空洞的溢美之辞悼念死者。屋大维最后会来做这部分工作。安东尼却做了另外一件事，他站在历史的角度来看待布鲁图斯的死和叛乱者的失败，评价道：

> 在他们那一群中间，他是一个最高贵的罗马人；除了他一个人以外，所有的叛徒们都是因为妒嫉凯撒而下毒手的；只有他才是出于正义的思想，为了大众的利益，而去参加他们的阵线。他一生善良，交织在他身上的各种美德，可以使造物肃然起立，向全世界宣告，“这是一个大丈夫！”(5.3.67–74)

通过“ecce homo!”[瞧这个人！](这句话完全是莎士比亚的独创)

这一声惊叹,[1] 安东尼将布鲁图斯从历史语境以及他自我书写的共和国神话中抽离出来,将他置于供奉贤德之人的神殿中,这些人葆有着纯属个人的、独一无二的美德,但其贤德与他们为之奋斗的事业无关。

最后的台词由屋大维说出,他说着空洞的溢美之辞,表现出应有的尊重,安葬了那些如今对他已构不成威胁的死者。剧末的屋大维很像《哈姆雷特》剧末的福丁布拉斯,但他并不是福丁布拉斯。小福丁布拉斯是老福丁布拉斯的儿子和继承人,他仍信奉传统的荣耀,屋大维却属于未来。年轻的屋大维开始以凯撒自居,他终将成长为他选择成为的人——凯撒。

---

① [译注]ecce homo为拉丁文,直译为:behold the man。耶稣被罗马士兵鞭打之后,又被捆绑起来,戴上荆冠。此时,罗马总督彼拉多(Pilate)拉他出来示众,对众人说:Ecce homo[瞧这个人!]。后来,这一场景成为基督教艺术的重要题材,Ecce homo遂转义为"戴荆冠的耶稣画像(或雕像)"。

十四 《安东尼与克莉奥佩特拉》

[337]《安东尼与克莉奥佩特拉》可能是几部罗马剧乃至莎士比亚所有历史剧中最为复杂的一部。它不是关乎哪一个男人的悲剧,而是关乎一男一女的悲剧,它讲述了安东尼与克莉奥佩特拉的悲剧。但当这两人的悲剧开演时,庞贝(Pompey)和爱诺巴勃斯等其他人的悲剧也在同时上演,后两部甚至值得独立成剧。正如在《李尔王》中一样,莎士比亚在同一部剧中杂糅了好几个悲剧。甚至在安东尼与克莉奥佩特拉的主要悲剧中,也交织着好几条支线。每一条支线都有不同的线头;有时同一条支线又取自不同的线头。它不仅仅是一部关乎罗马的政治剧,还同时展现了东西方两种文明的冲突(请允许我借用这一现代术语)。整部剧都充斥着东西方之间的对照。它也呈现了东方的没落以及西方得不偿失的胜利。这部剧还讲述了一再的背叛、不忠、变节,道尽了命运沉浮、兴衰荣辱。莎士比亚的宏愿是,将那些促成罗马帝国从共和国遗留的废墟中崛起的各种异质性因素浓缩在一部剧中。不过,这些因素并非全是直接的政治因素,其中不乏间接因素。

莎士比亚的宏愿架构起了整部剧。这部剧分成许多场次(有些非常简短),有些戏发生的时间相同,地点不同;有些则地点相同,时间不同。在许多简短的戏中,私人活动和公共事宜互相交错、彼此影响,人物登台、表演,接着又退场。但这些短戏起到了关键作用,并不是随意拼凑的片断。它们也不是剧情的"间歇",无论它们在哪里发生,都是属于世界诸多大事件中的一部分。因此我不会像处理其他戏剧那样，一步一步、一场戏一场戏地对这部剧展开分析。

[338]同样讲述爱情故事的《安东尼与克莉奥佩特拉》常被拿来与《罗密欧与朱丽叶》进行对照。剧作家创作前一部剧时正值壮年，较于年轻时的自己，此时的他对爱情有了更深刻的理解。在《罗密欧与朱丽叶》中，爱情本身并不成问题，所有的冲突，包括最后的悲剧性结局都源于外部的、偶然的因素。但在《安东尼与克莉奥佩特拉》中，爱情本身就是成问题的。他们的悲剧虽并不完全与外部因素和偶然事件无关，但又不仅仅是这些因素的结果。这种爱在本质上就是成问题的。首先，这对恋人成长于不同的环境；他们的身体和灵魂中都带有不同文化传统的烙印。他们相爱，却并不完全了解对方。他们也互为异邦人。这段爱情之所以让我们觉得具有现代意味，恰恰是因为两人缺乏绝对的信赖，因为他们的激情与理智分道扬镳，欲望和占有欲永不餍足。此外，还因为这段爱情虽然有其成问题的方面，但仍不失为一出伟大的、不朽的爱情故事，它为热烈的、纯粹的爱情树立了丰碑：爱无所不能、怡情悦性、激动人心、超跃世俗，它比理智、利益、常识、崇高、成就、荣耀都更强大有力。人们值得为爱牺牲一切。

莎士比亚经常描写成问题的爱情。在本书的第一部分，我已经讨论过一些性颠覆的例子，它们有的讲述了恶人之间伟大的爱情故事，包括那种不惜杀人或毁灭一切也要得到的爱情。莎剧中还有施虐与受虐的爱情，以及极具毁灭性的爱情。不过，尽管安东尼与克莉奥佩特拉之间的爱存在问题，却并不属此类。如果要说它具有毁灭性，那它主要是具有自我毁灭性。安东尼与克莉奥佩特拉偶尔会残忍地互相伤害，但至多跟布鲁图斯和凯歇斯两人在萨迪斯营帐内的争吵一样。两人会互相辱骂、呵斥、憎恶，却不曾存心伤害对方。更为重要的是，安东尼与克莉奥佩特拉都并非一贯的残忍无情，他们只有盛怒下才会如此。他们也没有杀人,没有为达政治目的滥杀无辜(至少剧中没有),他们也从不曾以施虐为乐。安东尼与克莉奥佩特拉的身上或许有些瑕疵,但他们都不是恶人,只是“人性的,太人性的”。安东尼安葬完美无瑕的布鲁图斯时曾说“瞧这个人”,而在这部剧的结尾,我们面对着这对远非完美无瑕的恋人的尸身,同样可以重复说:“瞧这个人。”这对恋人感情浓烈又容易犯错,天真率直又慷慨大度,真心悔过又缺点满满,多愁善感又忠诚可信,情深意厚又愚笨痴狂,如此等等,这样有瑕疵的人比那些完美无瑕的英雄更让我们感到亲近。安东尼从来不对自己的情绪加以控制,但他却不曾做出任何不可原谅之事。

《安东尼与克莉奥佩特》一剧鲜明地体现了时间的不可逆转性(irreversibility)。[339]剧情发展的节奏非常迅猛,从历史的发展以及安东尼与克莉奥佩特拉的命运来看,发生的每件事都不能挽回、不可取消。但从道德的角度来看,安东尼和克莉奥佩特拉的所作所为、他们犯下的过错、做出的蠢事,没有哪一件是不可挽回的。他们都没有犯下什么罪行,从更深层的道德意义上来说,他们甚至无需感到愧悔。故此我们可以说,他们所做的一切都可被原谅。政治/历史/个人命运的不可挽回性与道德/伦理/情感上的可挽回性交织在一起,这一独特的联结成了这部剧最鲜明的特色。

有人会说,《安东尼与克莉奥佩特拉》中这种反转的可挽回性/不可挽回性的镜像并没有什么特别之处,因为这是所有罗马剧中常用的时间结构;这类剧中都不存在绝对的恶人。虽说如此,这部剧与其他罗马剧仍有所区别。例如,在《科利奥兰纳斯》中,科利奥兰纳斯叛国并加入敌营是一种政治行为,但它仍然可以挽回。《裘力斯·凯撒》中,刺杀凯撒一事虽不可挽回,但从整部剧的戏剧结构来看,剧中人物的命运本可以翻转,只可惜他们犯了一些致命的错误。但在《安东尼与克莉奥佩特拉》中,主人公在政治舞台上所做的一切都无可挽回,这并不是由于历史书上的记载，也不是由于他们犯的一系列错误，而是根源于这对爱人的性格和他们的爱情。他们作出的决定总是变来变去，总是犹豫不决、三心二意，行事毫无理性可言。正是因为他们总是反悔已经做出的决定，所以他们的行动中没有坚定的目的——即便有，也会很快动摇——他们所做的一切对自己以及整个世界的命运来说都无可挽回。

安东尼与屋大维

通过语言和言说刻画人物，这一典型的莎士比亚式手法在这部剧中体现得犹为显著。屋大维的语言风格平实却犀利，他说的每句话必有明确的目的，且惯用短句。与此相反，莎士比亚笔下恐怕再没有哪个角色像安东尼这样，会运用如此丰富、诗意且繁复的语言。他能煽动别人的感情，自己也感情充沛，他的演讲常使得战士们热泪盈眶。他也会说幽默风趣、充满机敏的语言。当他分别作为爱人、战士及罗马人时，他所说的话各不相同，但他无一例外都在玩转语言。他说话从来没有底稿，无论是求爱或在战场上，无论是进行政治交涉或是自得其乐，无论是处于幸福安逸还是狂躁暴怒的状态中，他说的话总是自己的。他的语言是一把乐器，他借此弹出曲风各异却都美妙动听的乐曲。安东尼是歌剧的主人公，[340]他与克莉奥佩特拉组成了二重唱，其独白则是一首首咏叹调。

正是由于安东尼的诗才，世界舞台才与戏剧舞台融为一体，因为他一直在这两座舞台上扮演角色，他觉得自己一直站在舞台中央。他有时会在假想的观众面前展露自己最私密的情感。他在第一幕第一场说道：

> 让罗马融化在台伯河的流水里,让广袤的帝国的高大的拱门倒塌吧!这儿是我的生存的空间。纷纷列国,不过是一堆堆泥土;粪秽的大地养育着人类,也养育着禽兽;生命的光荣存在于一双心心相印的情侣的及时互爱和热烈拥抱之中;这儿是我的永远的归宿;我们要让全世界知道,我们是卓立无比的。(1.1.35-42)

这番话表明了他的姿态:他不惜为爱牺牲一切。但他的这一姿态也展现在世界舞台上。安东尼提到他俩这对"卓立无比"的恋人,以及他们以卓立无比的姿态所站立的那个"世界";随后,当他仍决定返回罗马,并责怪克莉奥佩特拉让他逗留至今时,他提到,这是因为世界受到了庞贝(Pompey)的威胁。因此,他一直留在世界舞台上,尽管他扮演的是另一个角色。

从一开始就可以明显地看出,莎士比亚笔下的安东尼根本无法与屋大维抗衡。安东尼总会因为激情、责任、多愁善感以及慷慨大度而改变心意,屋大维若改变心意,却只会是出于计策或战略上的考量。在迅速攫取权力这件至关重要的大事上,他永远不会改变主意。因此,他的每一步行动,无论与他采取的其他行动看起来有多么格格不入,都从来不会完全相互矛盾,因为他的每一步行动都为着同一个目的服务。

屋大维对安东尼的评价发生过好几次转变。但总的来说,他不喜欢那些与自己迥然不同的人。一切他不钟意的爱好在他看来都甚为可鄙。一个如此坚持已见的人当然也充满着偏见。在屋大维看来,安东尼对克莉奥佩特拉的迷恋和热情就是缺乏男子气概、懦弱无能的表现。在克莉奥佩特拉看来极具男子气的安东尼,屋大维却觉得不够格,他对男子气概的界定十分狭隘严格。他说:

他每天钓钓鱼,喝喝酒,嬉游纵乐,彻夜不休,比克莉奥佩特拉更没有男人的气概。(1.4.4-6)

当莱必多斯为安东尼辩解,说这都是与生俱来的缺点时,屋大维继续说:

即使我们承认淫乱了托勒密王室的宫闱,为了一时的欢乐而牺牲了一个王国,和一个下贱的奴才对坐饮酒,踏着蹒跚的醉步白昼招摇过市,和那些满身汗臭的小人互相殴打,这种种恶劣的行为,都算不得他的过失。(1.4.16-21)

但当他听闻庞贝势力日盛时,他便立即决定利用安东尼。屋大维是那种一旦出于战术需要,便会搁置或更改先前判断的人。安东尼绝非屋大维的对手。

[341]事实上,安东尼自己也意识到他无力与屋大维抗衡。早在与预言家交谈的第二幕第四场中,他就说出了自己的隐忧。但他认为,屋大维总是能胜他一筹,这不过是因为他有神秘的好运气,甚至可能是有巫术作祟,他自己连连失败也是因为同样道不清的霉运。莎士比亚笔下的凯歇斯在刺杀凯撒前对布鲁图斯说:并不是什么星辰运转支配着我们的命运,命运在于我们自己。安东尼却没有远见来看清这个事实。

我们不能判定,是不是屋大维自己派了这个预言家来,让他劝服安东尼回埃及,因为这样正好中了屋大维的下怀。不过文本清楚地表明:安东尼一如既往的真诚坦率、直言不讳。若说莎士比亚笔下有纯粹反恶魔式的角色,那定非安东尼莫属,他的性格使得这段简短的对话异常有趣。

安东尼问预言家:“对我说,将来是(屋大维)凯撒的命运强,还是

我的命运强？”(2.3.15)

预言者答道：

> 凯撒的命运强。所以，安东尼啊！不要留在他的旁边吧。你的本命星是高贵勇敢、一往无敌的，可是一挨近凯撒的身边，它就黯然失色，好像被他掩去了光芒一般；所以你应该和他离得远一点儿才好。(2.3.16-21)

他其实不是预言家，而是人性的评判者，有趣的并不是他所预言的未来(这样的未来很容易猜到)，而是他对主要历史人物的性格及其关系的评价。他洞察到，那既不慷慨大度也不英勇非凡的屋大维身上，有着安东尼欠缺的东西，即绝对威严的超凡魅力(charismatic)。安东尼虽然认为屋大维不过是个庸常之辈，但在他面前仍感到惴惴不安，这只因为他魅力超凡。屋大维非凡的魅力并不依赖于品性的崇高。如果看品性的话，安东尼还胜他一筹。屋大维的魅力在于绝对坚定的决心和顽强的意志；在于不听取他人意见、不在乎他人眼光、不思前想后和踌躇不前；拥有这种魅力的“新人”不在乎传统习俗、荣誉准则、友谊或其他任何事物，他只是朝着目标奋勇前进。

屋大维实际上有着恶魔般的可怕力量，这力量就是他的沉默和他那无动于衷的冷漠，这不是说他不开尊口，他会说话，但在他说出的话语背后，沉默地隐藏着那还未揭露的绝对目的。他从不把别人当作具体的男人或女人看待，只将其看作达成他战略宏图的手段。对于他决定的每件事，他都有充分的理由为之辩驳，从不听取任何反对意见。例如，他在第三幕第六场细数了安东尼对自己的指控，安东尼的每项指控都证据确凿：屋大维的确先后背叛了庞贝、莱必多斯和安东尼。但屋大维却反过来说莱必多斯近来横暴残虐，[342]所以自己那样对他是其罪有应得。他还提出了一项他明知安东尼绝不会应允的要求。他那稳如磐石的定力和目的性有着某种可怕的力量。这样一个只要情势所需便可以无所顾忌地撒谎的坚决固执之人,他同样也是个孤独之人,但他并不残暴,不会没由来地进行残杀。他也最懂得评判人性。

安东尼打断预言家:"不要再提起这些话了。"

但预言家还继续说:

> 这些话我只对你说;别人面前我可再也不提起。你无论跟他玩什么游戏,一定胜不过他,因为他有那种天赋的幸运,即使明明你比他本领高强,他也会把你击败。凡是他的光辉所在,你的光总是黯淡的。我再说一句,你在他旁边的时候,你的本命星就会惴惴不安,失去了主宰你的力量,可是他一走开,它又变得不可一世了。(2.4.22-28)

预言家的话本会激起任何一个男人心中的妒火,只有安东尼除外。他只知晓爱情中的妒忌。他实在过于高尚大度,竟不知妒忌为何物。尽管预言家想煽起他的妒火,他的反应却出乎预料。安东尼听取了他的意见,他又去了埃及。回到克莉奥佩特拉身边就是他最想做的事情,预言家的话不过是个借口而已。他一点也不妒忌,只是觉得焦虑,因为他想不通屋大维为何能屡屡得胜(正如我前面所说)。他之所以找不到原因,是因为这个原因来自一个与他所属世界完全不同的世界。他的罗马是信奉骑士精神、同时属于东方的世界,屋大维的罗马则是信奉政治、纯粹只有西方的世界。因此,在一番简短的独白中(这一独白得以让我们窥见他高贵的心灵,也理解了他失败的原因),安东尼说道:

> 这家伙也许果然能够知道过去未来,也许给他偶然猜中,说的话倒很有道理。就是骰子也会听他的话;我们在游戏之中,虽

然我的技术比他高明，总敌不过他的手风顺利；抽签的时候，总是他占便宜；无论斗鸡斗鹑，他都能够以弱胜强。我还是到埃及去；虽然为了息事宁人而缔结了这门婚事，可是我的快乐是在东方。(2.4.30-33)

安东尼与屋大维之间的对决——安东尼从一开始就注定失败——是这部剧主要的政治冲突。剧中还有许多其他具有代表性的冲突和角色。我只提那些最重要的，首先当然是克莉奥佩特拉，此外还有庞贝和爱诺巴勃斯等人。他们和安东尼一样(却与屋大维不同)，都扮演着悲剧角色。他们主演的悲剧即便并不是政治性的，仍与主要的政治冲突有着密切的联系。每一个具体的悲剧都与作为主线的政治剧相关联，无论这些悲剧本质上是否与政治有关。例如，克莉奥佩特拉的命运与安东尼的命运息息相关，爱诺巴勃斯的背叛则发生在安东尼时运不济之时。只有庞贝一人曾有机会扭转命运之轮，只可惜错失良机。他最终也如莱必多斯一样，其命运被屋大维掌握了。

小庞贝

[343]我想在命运之轮本可以扭转的关键时刻稍作停留。假如庞贝按照茂那斯(Menas)的建议行事，那无论好运还是聪明的政治手段都救不了屋大维。此时此刻，的确是好运救了他。然而，在莎剧中——又不仅仅在莎剧中——政治中总是充斥着偶然事件。庞贝不敢把心里想的事付诸实施(即允许他的手下在船上暗杀三巨头)，他明白主动做某事和允许某事发生在道义上有所区别，他的精神中还遗留着古罗马共和式的荣誉感，这些对于屋大维的命运来说都只是偶然因素。因此，有那么一个时刻，整个世界的命运系于一根游丝，即取决于庞贝对于主

动做某事和让某事发生的区分。我们怎么知道他的想法的呢？因为普鲁塔克是这样说的。但如果只有庞贝和茂那斯知道实情的话(他们很快就会死去),普鲁塔克又是如何知道的呢？普鲁塔克是全知全能的叙述者,莎士比亚却无需扮演这样的角色。因为这件事就发生在我们眼前,正在戏剧舞台上上演。这一戏剧舞台同时也是历史舞台,后一个历史舞台在前一个戏剧舞台上展现出来。

莎士比亚笔下这场宴饮的戏非常疯狂和诡异。整个世界的头号人物齐聚在一艘船上,而世界的命运取决于在这艘船上某件事是否会发生。这场诡异的戏恰恰体现了历史本身的诡异之处:绝对的疯狂和绝对的偶然就这样浓缩于数小时之内,局限在这么促狭的地方。

在这场宴饮戏之前,莎士比亚为观众提供了一个绝佳的机会,我们可以看清屋大维如何运用他的政治手腕。庞贝大加声讨罗马的忘恩负义,屋大维简单地回他:“什么事情都好慢慢商量。”(2.6.24)这短短的一句话里充斥着冷酷和蓄意的傲慢。安东尼和莱必多斯都在和庞贝说话,只有屋大维沉默不语。当莱必多斯问庞贝,对于他们提出的条件他觉得怎么样时,屋大维只补充了一句:

> 这是我们今天谈话的中心。(31)

可见他不想与此人多费唇舌。对于三巨头给出的条件,庞贝的答复是:若得到西西里(Sicily)和撒丁尼亚(Sardinia)两岛,他就愿意接受他们的条件,解散手下的海盗,解除武装并听命于三巨头。但庞贝实在愚不可及,假如他只与安东尼和莱必多斯签定协议,这两人尚可能信守诺言,何况安东尼还对庞贝心怀感激,打算知恩图报。但屋大维也参与其中。对屋大维丝毫不了解的庞贝没有意识到这是个陷阱,但他的部下茂那斯却看得透彻。[344]一向将隐忧深埋于心的茂那斯最后却向他完全信任的爱诺巴勃斯吐露：

> 庞贝今天把他的一份家私笑掉了。(106)

庞贝接受了条件,两方签署了协定,宴饮于是开始。

这又是一出歌剧中的戏,莫扎特该给它谱上曲子。在进入宴会厅时,安东尼向莱必多斯传授埃及人耕种劳作和观测气象的经验,但后者只对那里的鳄鱼感兴趣。这个情节颇能说明安东尼对于我们现今所谓的“他者”有着浓厚的兴趣。他不仅是克莉奥佩特拉的情人,还对东方有着广泛、真切的了解。

醉意甚浓的莱必多斯却只会打趣东方:“嗯,的确,我听说托勒密王朝的金字塔造得很好。”(2.7.33-35)

安东尼被莱必多斯傲慢的蠢话激怒了,他给他描绘那里的鳄鱼时充满了犀利的讽刺:“它的形状就像一条鳄鱼;它有鳄鱼那么大,也有鳄鱼那么高……靠着它所吃的东西活命;它的精力衰竭以后,它就死了。”(41-44)

宴饮继续进行,剧情逐渐发展到了前文所提到的取材于普鲁塔克的那场戏,茂那斯鼓动庞贝:“这三个统治天下、鼎峙称雄的人物,现在都在你的船上;让我割断缆绳,把船开到海心,砍下他们的头颅,那么一切都是你的了。”(69-72)

在自己的建议遭到庞贝拒绝后,茂那斯旁白道:“从此以后,我再也不追随你这前途黯淡的命运了。放着这样大好机会当面错过,以后再找,还会找得到吗?”(80-82)

屋大维和安东尼构建了一个充满背叛的世界。在这部剧中,所有人都至少遭受过一次他人的背叛,几乎所有人也都背叛过他人。这是个人与人之间不存在信任,只有猜疑和欺骗的世界。屋大维是这一切计谋的主导。但他深知自己为什么要背信弃义、破坏协定。他本就知道与庞贝签立的协定是个陷阱,所以他算不上背叛,但那些不再追随庞贝"前途黯淡的命运",转而投靠胜利者的人,无疑是背叛庞贝的叛徒。

这部剧既讲述了历史与爱情,也涉及了政治与背叛。剧中有人背叛后追悔莫及,有人则毫无悔意。屋大维就不会为他的背叛感到愧悔,因为他根本没有把自己的行为当作背叛。对他来说,他所做的一切都只是政治举措。只有所背叛的人是自己的朋友时,才能说他是背叛。但剧中没有一个人是屋大维的朋友,他们可能只是他暂时的盟友,仅此而已。屋大维没有朋友。一个人若没有朋友,不曾对他人许下承诺,那他自然也不会是背叛者。一个人得先是忠诚的人,先是某种意义上的朋友,而后才能成为背叛者。一个人只有相信别人才会被背叛,从不相信则不会。屋大维谁也不信任,也不指望别人信任他。如果还是有人信任他——如安东尼、莱必多斯和庞贝等人——在他看来,那就是他们的不幸和失算。[345]屋大维则从不会失算。

但屋大维有时也会抱怨遭人背叛。这个向来说话言简意赅的人在指责安东尼背叛了他妹妹奥克泰维娅(Octavia)时,立即话多了起来。奥克泰维娅与安东尼的婚姻不过是屋大维为了借安东尼之军力对抗庞贝所采取的精明手段,当他略施巧计而不用发兵就将庞贝铲除后,这场婚姻对他来说也没什么利用价值了(他也不再需要安东尼)。尽管如此,他虚伪的指控中或许还留有一丝真诚。屋大维虽然毫不犹豫地就将奥克泰维娅献上了政治的祭坛,但或许也真心疼爱她。而且,即便他从不会为自己的背信弃义、言而无信以及玩弄手段感到后悔,但还是会因为这些做法感到过意不去,会对被他打败的敌人抱以一丝同情。他不惜一切手段将其打败,可一旦得胜,他又会替敌人感到惋惜,而并不会憎恨他们。

从这点看来,屋大维的性格在两部剧中也有着连续性。就像屋大维称颂死去的布鲁图斯——尽管他只是例行公事——并承诺将永远缅怀他一样，他也将如此称颂死去的安东尼与克莉奥佩特拉。正如我们所见，在后一种情境下，他说的话不像先前那样程式化。毕竟，他与布鲁图斯的瓜葛较少，安东尼虽说不是他的朋友，却也曾是盟友，他们曾并肩作战。他在剧末说的最后一段话，正呼应了安东尼在戏剧开头表达的想法，屋大维尽管很难动真感情，但在说这番话时也颇有所触动，他说：

> 世上再也不会有第二座坟墓怀抱着这样一双著名的情侣。像这样重大的事件，亲手造成的人也不能不深深感动；他们这一段悲惨的历史，成就了一个人的光荣，可是也赢得了世间无限的同情。(5.2.553)

此时，这个纯粹马基雅维利式的政治家身上也有了一丝骑士精神。

爱诺巴勃斯

庞贝简短却重要的悲剧以其历史的重要性为我们展现了其时代；爱诺巴勃斯的悲剧则像一张测试纸，测出了其时代的道德内涵。在这个充满猜疑与背叛的时代里，即便最忠诚的人也会成为叛徒。莎剧中典型的军人角色通常都真诚朴实，虽有些粗野笨拙，却值得信赖，他们是追求荣誉之人。我们知道爱诺巴勃斯正是这样的人。他不是将领，只是个副将，不是谦谦君子，只是个坦率真诚的粗人。尽管他有时并不赞同安东尼的某些行为和决定，却依然敬爱着他。他是二流人物中的正派人。

在这出由众多角色组成的音乐会上，爱诺巴勃斯担任着第二小提琴手的角色。在不断变换的乐曲中,我们自始至终都能听到爱诺巴勃斯的小提琴声。[346]他紧随预言家出场,来到查米恩(Charmian)和艾勒克萨斯(Alexas)的闺房(她们是克莉奥佩特拉的侍女)。他对埃及的风俗很是熟稔。他一股脑地支持安东尼的所有想法,包括那些并没有向他吐露的愿望。他常打趣安东尼,也喜欢调侃那些他不太看得起的女人。例如,当富尔维娅(Fulvia)的死讯传来,安东尼第一次打算离开埃及去往罗马时,爱诺巴勃斯打趣他:

> 那么就让她们死了吧……克莉奥佩特拉只要略微听到了这一个风声,就会当场死去;我曾经看见她为了一点点的细事死过二十次。(1.2.125–134)

他说的大白话相当粗鄙,如:“旧衣服破了,裁缝会替人重做新的……旧裙换了新裙,旧人换了新人。”(156–160)

不过,他虽爱开玩笑,却总在帮着安东尼。

爱诺巴勃斯陪安东尼一起回到了罗马。我们看到他先是和胆小怕事的莱必多斯谈了起来。莱必多斯说三巨头不过小有分歧(分歧是可以解决的),还没到必须动武的时候。此时,宴饮那场戏还没开始,庞贝仍寄希望于三巨头的团结。对于万众期待的安东尼与屋大维之间的会面,爱诺巴勃斯却抱有隐忧;他担心安东尼,但他也明白这次会面的重要性。在历史和政治上,从来就没有平白无故的会面,所以他说:

> 要是别人有意寻事,那就随时都可以闹起来的。(2.2.9–10)

接下来,在安东尼与屋大维言语交锋的那场重要的戏中,爱诺巴勃斯与莱必多斯也都在场。屋大维指责安东尼破坏了盟约。莱必多斯打断了他，不想让屋大维继续横加指责，安东尼却让屋大维继续说下去。他宁愿被人公开指责，也不想看到别人有什么事藏着掖着。安东尼拒绝接受一些指责，但他也为另一些错处向屋大维道歉，爱诺巴勃斯随后提醒安东尼，屋大维将会利用他来对抗庞贝。

可安东尼毫不理会，说道："你是个武夫，不要胡说。"(112)

爱诺巴勃斯答："老实人是应该闭口不言的，我倒几乎忘了。"(113)

爱诺巴勃斯的确是一介武夫，而不是个政治家。但他有常识，这可能就是他不会被人误导的原因。他能看穿别人要的伎俩，这也不是爱诺巴勃斯最后一次提醒安东尼别落入屋大维的圈套，但谁都没法劝别人违背天性行事，安东尼本性就是如此率直轻信。

在他们商定安东尼与屋大维的妹妹奥克泰维娅联姻时，爱诺巴勃斯也在场。紧接着，在阿格立巴（Agrippa）和茂西那斯（Maecenas）聊天的那场戏里，爱诺巴勃斯依然在场。这两个人是沉着冷酷的屋大维的朋友，正迫不急待地想打听一些桃色新闻，便让爱诺巴勃斯谈谈克莉奥佩特拉和安东尼之间的风流韵事。爱诺巴勃斯于是说起了安东尼与克莉奥佩特拉在昔特纳斯河（River Cydnus）上第一次见面的情景，这一情节取自普鲁塔克。这个美妙的故事同样可以配上音乐，而且由爱诺巴勃斯来吟诵绝对让人信服，[347]因为他会既充满艳羡地描绘东方的浮华，又对其极尽嘲讽。但当茂西那斯说，如今安东尼要为了奥克泰维娅抛弃克莉奥佩特拉时，爱诺巴勃斯却看得明白，说道：

> 不，他决不会丢弃她，年龄不能使她衰老，习惯也腐蚀不了她的变化无穷的伎俩；别的女人使人日久生厌，她却越是给人满足，越是使人饥渴。(220-244)

也就是说，克莉奥佩特拉照样能激发那占有了她的人的情欲，仅仅将她占有并不能浇灭欲火。爱诺巴勃斯无需求问预言者，便已经预见到了未来。

宴饮开始前的所有戏中，爱诺巴勃斯都在场，这一戏剧编排有何作用呢？他是见证者，因为所有人都向他吐露秘密。连海盗茂那斯也喜欢他，他们两人能够互相理解。茂那斯向他抱怨打仗变成了喝酒，而且预感“庞贝今天把他的一份家私笑掉了”(106)，爱诺巴勃斯也说出了他的想法：

> 要是他真的把家私笑掉了，那可是再也哭不回来的。(107)

爱诺巴勃斯还对茂那斯保证，说奥克泰维娅和安东尼的婚姻不会长久，它不但无法巩固安东尼与屋大维的友谊，将来反而会引发仇恨。我们可以补充一点，屋大维也预见到了这个结果，甚至从中推波助澜。

宴饮期间，爱诺巴勃斯依然保持了他坦白直率、冷嘲热讽的性格。

当仆人把烂醉如泥的莱必多斯背走时，爱诺巴勃斯说那人一定是个大力士：“你没看见他把三分之一的世界负在背上吗？”(2.7.8)

他还提议大家跳埃及酒神舞，又说：“每一个人都要拉开喉咙和着他唱，唱得越响越好。”(108－109)

他和同伴更像是西方的蛮族人一样在喧闹狂欢。爱诺巴勃斯总在扮演诚实的西方蛮族人的角色——这一点在第三幕第二场商定联姻的那场戏里表现得最为鲜明，他当时对屋大维与安东尼之间看似乐观的兄弟联姻表示怀疑——对于出演这出历史大戏的主角们所说的豪言壮语和装模作样的姿态，他既冷嘲热讽，又言辞犀利。

第三幕第五场中，爱诺巴勃斯从爱洛斯(Eros)那里获悉了他早有预料的消息。屋大维出演的只不过是一场喜剧。他违背了盟约，向庞

贝开战,却不让莱必多斯分享这场胜利的荣光。庞贝最终被他杀害。爱诺巴勃斯总结道:

> 那么,世界啊,你现在只剩下两个人了;把你所有的食物丢给他们,他们也要磨拳擦掌,互相争夺的。(3.5.12-14)

终极对决不久将至。爱诺巴勃斯决定去找安东尼。

《裘力斯·凯撒》中,莎士比亚将两场战役融合为一场,而在这部剧中,他分别描述了几场不同的战役。我们在第三幕第七场来到了阿克兴(Actium)海岬附近。这里将发生一场载于史册的决定性战役,但它此时还不具有决定性。对莎士比亚来说,重要的是,[348]他要在历史的洪流中挑出那些偶然事件,刻画出不同的人会怎样利用这些偶然事件,他们如何善加利用,或者如何错失良机,又如何将偶然转化成命运的必然,或如何屈从于偶然。每件事发生的偶然性有高有低,而应对偶然性的能力则根源于人物的性格。有些人应对的能力让我们惊叹,有些人则不会如此。例如,安东尼与克莉奥佩特拉总是让我们惊叹,屋大维却从来不会。

阿克兴一役对世界来说具有决定性意义,对于爱诺巴勃斯的命运也同样如此。因为正是在这场战役之后,他开始考虑换主效忠,冒出背离旧主、转而投靠胜利在望的屋大维的想法。他曾几次打消这个念头,但它下一次冒出来时,却更加强烈。

爱诺巴勃斯是个军人,却不是传统英国贵族式的军人。他并不效忠于自己的家族或祖国,甚至不效忠传统上的主将,他只效忠自己选定的同时也认可他的主将和朋友。他和安东尼的联系不是传袭来的,而是自由选择的结果,任何自由选择的东西当然也可以随意抛弃。人可以更改自己的选择。爱诺巴勃斯之前认为,自己选择效忠的安东尼既孔武有力,又意志坚定,是一个虽感情用事却足智多谋的好主将。然而,当他从另一角度看清了安东尼的品性之后,就再也找不到足够的理由支撑自己继续效忠于这一濒于失败或已然失败的伟业了。如果伟业遭遇失败,主事的人还没有一败涂地的话,尚有回转的余地。但爱诺巴勃斯开始相信,由于他的主将软弱、愚蠢、不善于决断等品性上的缺陷,这一伟业终将彻底失败。

此外,安东尼还多次驳斥过爱诺巴勃斯的决定。选择的自由使爱诺巴勃斯成了叛徒,但同样的自由日后又让他懊悔自己的背叛。因为他看清了两件事:其一,他认识到临阵脱逃的行为可耻到无法补救;其二,他认识到品性中的"软弱"其实是非常复杂的东西,让人软弱的不仅只有怯懦,还有高尚的情操和慷慨大度的气量。爱诺巴勃斯很快发现,安东尼不仅拥有罗马将士传统的英雄主义,还另有一种崇高伟岸。概括说来,上述就是爱诺巴勃斯的故事。但从剧作编排和诗学艺术上来说,故事发展过程中的一些插曲比故事本身更为重要。

阿克兴一役前,爱诺巴勃斯不让克莉奥佩特拉参与战斗,但事实证明,他的阻止都是徒劳。他还建议安东尼拒绝屋大维在海上决战的要求,转而准备陆战。但安东尼在克莉奥佩特拉的施压下还是决定进行海战。在这场戏中,安东尼手下的将士(如凯尼狄斯[Canidius]和斯凯勒斯[Scarus])都支持爱诺巴勃斯的建议,所有人都知道安东尼的决定是错的,[349]他们追随的人本该是个伟大的将领,而不是个糊涂蛋。凯尼狄斯对一个士兵说起安东尼:

> 你没有错,可是他的整个行动,已经不受他自己的驾驭了;我们的领袖是被人家牵着走的,我们都只是一些供妇女驱策的男子。(3.7.67–69)

海战果然出师不利,爱诺巴勒斯和其他士兵都气极败坏。

斯凯勒斯骂道:“大半个世界都在愚昧中失去了;我们已经用轻轻的一吻,断送了无数的王国州郡。”(3.10.6-8)

凯尼狄斯总结说:“我们的主帅倘不是这样糊涂,一定不会弄到这一个地步。”(25-26)

他又接着说:“我要把我的军队马匹向屋大维献降;六个国王已经先我而投降了。”(33-35)

这是安东尼麾下的第一次叛变(凯尼狄斯提到的其他叛变发生在剧情之外)。

对于凯尼狄斯的叛变,爱诺巴勒斯评价道:“我还是要追随安东尼的受伤的命运,虽然这是我的理智所反对的。”(35-36)

这一“还是”用得太精妙了!爱诺巴勒斯是否仍忠心耿耿?抑或已生叛变之心?他在等待叛变的时机吗?他提到了自己的“理智”。那么,是什么样的理智呢?它其实就是屋大维信奉的算计理性和目的理性。此处所谓的遵从理性指导,指的就是根据个人的利害得失来行动。而我们知道,在莎士比亚笔下,除了这部剧提到的理性,还有许多不同的关于理性的概念和阐释。

最先让我们惊诧的是,安东尼竟理解背叛他的人为何作此决定。他知道,自己出于错误的理由做了错误的决定,他自知有罪。他非但没骂他们忘恩负义,还让手下把他的钱拿去分了,各自散去。这是我们第一次见识到安东尼的慷慨与宽宏。他不但原谅了他们,甚至觉得根本无所谓原不原谅,反而认为这些不守信义的朋友应该宽恕他,所以他说:

> 朋友们,过来;我在这世上盲目夜行,已经永远迷失了我的路。我有一艘满装黄金的大船,你们拿去分了,各自逃生,不要再

跟屋大维作对了吧。(3.11.2-6)

他的宽宏大量感动了所有人。安东尼让他的战士们感动落泪,这不是第一次,也不是最后一次。他还是之前那个一边读着凯撒的遗嘱、赞美着他的慷慨,一边流下热泪的安东尼。朋友们拒绝逃跑,他仍发自真心地坚持劝他们:

朋友们,去吧;……请你们不要怏怏不乐,……未了的事,听其自然。(15-20)

不过他没有忘记,打赢腓利比一役的人是他,而不是屋大维。

安东尼打发走了屋大维派来的使者,并提出要和他单挑决斗。但这种富有骑士精神的行为在"脱了节的时代"却完全不合时宜。爱诺巴勃斯对安东尼提出的疯狂要求感到惊讶万分,他旁白道:

看来人们的理智也是他们命运中的一部分,一个人倒了楣,他的头脑也就跟着糊涂了。他居然梦想富有天下的屋大维肯来理会一个一无所有的安东尼!(3.13.30-35)

安东尼现在说起话来和堂吉诃德(Don Quixote)如出一辙:[350]他幻想赢得已经无可企及的荣耀。推崇荣誉与共和美德的世界已然远去。他早就知道这个事实,现在却一下子全忘了。

爱诺巴勃斯的忠诚第二次发生了动摇。他再次旁白道:

我的良心开始跟我自己发生冲突了。我们的忠诚不过是愚蠢,因为只有愚人才会尽忠到底;可是谁要是死心塌地追随一个失势的主人,那么他的主人虽然被他的环境征服了,他却能够征服那种环境而不为所屈,这样的人是应该在历史上永远占据一个

地位的。(3.13.40–44)

此时,我们看到,两种"理性"发生了冲突。一种理性让人们无需誓死效忠一个败局已定的事业,尤其当他效忠的人做了蠢事的时候。还有一种理性则与此相反,它告诉人们,伟人即使殒落,也仍不失其伟大,历史将铭记他们,忠于他们的人也将在史书上留下浓墨重彩的一笔。在爱诺巴勃斯的头脑中,关切现世的理性与渴望不朽的理性发生了冲突。选择余生过好日子,还是去赢得不朽的美名,到底哪个更重要?眼下,爱诺巴勃斯选择追求不朽的美名。

但他的最后一丝希望很快也被耗尽了。爱诺巴勃斯看到,安东尼刚指责克莉奥佩特拉背叛了他,但两人很快却又和好如初(我稍后还会提到这件事)。爱诺巴勃斯开始憎恨克莉奥佩特拉,因为她给安东尼施加了坏的影响,她提出的都是错误的建议。正是因为她,安东尼才听不进他和其他将士们的建议。愤怒、嫉妒与绝望等情绪交织在一起,爱诺巴勃斯终于下定决心:

> 现在他要用狰狞的怒目去压倒闪电的光芒了。过分的惊惶会使一个人忘怀了恐惧,不顾死活地蛮干下去;在这一种心情之下,鸽子也会向鸷鸟猛啄。我看我们主上已经失去了理智,所以才会恢复了勇气。有勇无谋,结果一定失败。我要找个机会离开他。(3.13.197–203)

在爱诺巴勃斯找到合适的机会离开安东尼前,还发生了一件事。第四幕第二场中,安东尼与部下郑重告别。他当然是在演戏,但就像他站在凯撒伤痕累累的尸体旁发表葬礼演说时一样,他也被自己表演的感情所感动。他仍然是个多愁善感的人,经常会因凯撒的慷慨,乃至他自己对别人的慷慨而感动,轻易便流下热泪。因此,他邀请部下与他共进晚餐，并对他们所有人说：

> 把你的手给我，你一向是个很忠实的人；你也是；你，你，你，你们都是；你们曾经尽心侍候我，国王们曾经做过你们的同伴。(4.2.10-13)

他还特地对爱诺巴勃斯说："你也是忠实的。"(15)

他让部下今夜来侍候他："今夜你们来侍候我；也许这是你们最后一次为我服役了；也许你们从此不再看见我了；也许你们所看见的，只是我的血肉模糊的影子；也许明天你们便要服侍一个新的主人。"(24-28)

打算背叛他的爱诺巴勃斯让他不要再说了："主上，您何必向他们说这种伤心的话呢？瞧，他们都哭啦；我这蠢才的眼睛里也有些热辣辣的。算了吧，不要叫我们全都变成娘儿们吧。"(33-36)

戏剧表演确实就是这样。[351]悲剧会让人流泪，将坚强的男人变成哭哭啼啼的女人。安东尼令人信服地出演了这最后一幕悲剧。

夜幕渐渐降临。安东尼之前命令他的部下在夜里侍候他。剧中慢慢响起了忧郁之子的音乐主题，我们从《理查二世》时就对这一主题很是熟悉了。

士兵们听到地底传来乐声，它传递的信息是："安东尼所崇拜的赫剌克勒斯，现在离开他了。"(4.3.13-14)

待到破晓，便是揭晓真相的时刻：这一日乃是dies irae［震怒之日］。

安东尼问道："谁今天逃走了？"

兵士答："谁！你的一个多年亲信的人。你要是喊爱诺巴勃斯的名字，他不会听见你；或许他会从屋大维的营里回答你，'我已经不是

你的人了'。"(4.5.6-7)

我们看到,耶稣受难的故事在此重现。爱诺巴勃斯成了彼得(Simon Peter),他对安东尼(耶稣)说:"我已经不是你的人了。"

安东尼作何反应呢?他不但原谅了爱诺巴勃斯,还表现出无尽的爱意和宽宏,他说道:

> 去,爱洛斯,把他的钱财送还给他,不可有误;听着,什么都不要留下。写一封信给他,表示惜别欢送的意思,写好了让我在上面签一个名字;对他说,我希望他今后再也不会有同样充分的理由,使他感到更换一个主人的必要。唉!想不到我的衰落的命运,竟会使本来忠实的人也变起心来。快去。爱诺巴勃斯!
> (4.5.12-17)

最后一声"爱诺巴勃斯"是他满含悲伤与绝望的呼喊。安东尼并不是耶稣,他只是最后的罗马贵族,人们也不会以叛徒爱诺巴勃斯之名来建立教堂,与彼得相似的爱诺巴勃斯将要扮演的是犹大(Judas)一角。爱诺巴勃斯会先发觉自己有多愚蠢,后来才意识到自己的罪过。

对于有利用价值的叛变者,屋大维都会礼遇有加。但他此时已经打败了安东尼,剩下的不过是些细枝末节的小麻烦。如今他不再需要这些叛变者,便开始轻待他们。他对待背弃安东尼的将士的态度,就像历史剧中的亨利四世对待杀害理查二世的杀手一样,他们都会让这些人的期望落空。事实证明,屋大维是个完美的马基雅维利主义者——甚至比波林布洛克更甚一筹——他只在必要时作恶。如今,他的目的已经达成,便无需善待这些叛徒。爱诺巴勃斯这才幡然醒悟。背叛了安东尼的艾勒克萨斯(Alexas)被屋大维吊死,那些"及时"叛变的凯尼狄斯和其余将士“虽然都蒙这里收留,可是谁也没有得到重用。我已经干了一件使我自己捶心痛恨的坏事,从此以后,再也不会有快乐的日子了”(4.6.16–19)。爱诺巴勃斯此时只觉得后悔,但他还没有感到良心的谴责。但随后有人送来了安东尼的信和他自己落下的财物;遭人背叛的安东尼竟然还给背叛他的人赏赐。爱诺巴勃斯这时完成了净化,他叹道:

> 我是这世上唯一的小人,最是卑鄙无耻。啊,安东尼!你慷慨的源泉,我这样反复变节,你尚且赐给我这许多黄金,要是我对你尽忠不贰,你将要给我怎样的赏赉呢!悔恨像一柄利剑刺进了我的心…… 我帮着敌人打你!不,我要去找一处最污浊的泥沟,了结我这卑劣的残生。(4.6.30–39)

决战开始前,我们来到了一处营地。爱诺巴勃斯在营地附近徘徊,一边念道:“夜啊!请你做我的见证。”(4.9.5)

接着,我们又听到了一曲咏叹调。[352]受良心谴责、被悔恨折磨的爱诺巴勃斯即将死去,弥留之际的他对着月亮说道(唱道):

> 你做我的见证,神圣的月亮啊,变节的叛徒在历史上将要永远留下被人唾骂的污名,爱诺巴勃斯在你的面前忏悔他的错误了。(4.9.7–9)

守夜的卫兵静静听着他对着月亮说出这一番忏悔词:

> 无上尊严的忧郁的女神啊,把黑夜的毒雾降在我的身上,让生命,我的意志的叛徒,脱离我的躯壳吧;把我这一颗为悲哀所煎枯的心投掷在我这冷酷坚硬的罪恶上,让它碎成粉末,结束了一切卑劣的思想吧。安东尼啊!你的高贵的精神,是我的下贱的行

为所不能仰望的，原谅我对你个人所加的伤害，可是让世人记着我是一个叛徒的魁首。啊，安东尼！啊，安东尼！(4.9.11－12)

这声声“安东尼，安东尼”回应了安东尼之前呼喊的“爱诺巴勃斯”，这两人的呼喊在属灵的境界中相会，一声是遭人背弃却选择原谅的人发出的悲伤呼号，另一声则是对自己的背叛悔恨不已、乞求着原谅的人发出的绝望呼号。这个说话总是直来直去、粗野笨拙、爱好冷嘲热讽、词藻平淡无味的一介武夫爱诺巴勃斯，现在用安东尼式的庄严高贵的语言来表达自己的感情。在这曲悔恨的咏叹调中，爱诺巴勃斯接续了安东尼弹奏的旋律。

克莉奥佩特拉与屋大维

克莉奥佩特拉有时会被人演成一个有着法国风情的轻佻女人，但她绝不是那样的，她是埃及女王，她代表着埃及(安东尼就经常叫她“埃及”)。她生下了好几个儿女，其中一个儿子是与凯撒所生。她想为她的儿子保住埃及王位。她与罗马存在着权力争夺的关系。她手握一些权力，却又不得不在罗马锐不可当的势力下委曲求全。由于凯撒、安东尼以及屋大维都是罗马政治家，所以她与他们的关系自然不可能是纯粹私人性的，他们之间的交往必定关乎王朝兴衰。她热情洋溢、魅力四射，在恋爱中以及追求爱情时，都极会利用女人的诱惑力。此时她正陷入热恋，但她也想利用这份爱情实现振兴埃及王朝的目的。我们很难将莎士比亚笔下作为女王的克莉奥佩特拉与作为女人的克莉奥佩特拉区分开来，若说她是女人，她更重要的身份却是女王，但若说她是女王，她本质上仍是个女人。

罗马政治家安东尼先离开了克莉奥佩特拉去往罗马，谁知后来又回到她身边。莎士比亚笔下的安东尼没有在爱情与责任中间难以抉择(像高乃依[Corneille]和拉辛[Racine]剧作中的男女主人公那样),更没有在两个爱人中间左右为难,但他要面临爱情与野心的艰难抉择。然而,在克莉奥佩特拉看来,安东尼背叛了他们的爱情。她也同样在忠于安东尼(无论是活着的还是死去的他)与做埃及女王的野心之间犹豫不定。[353]在安东尼的运势颓败之后(对此她脱不了干系),她不得不寻求屋大维的庇护。莎士比亚从未告诉我们关于克莉奥佩特拉的"真相",她是真准备向屋大维出卖安东尼还是假意如此,她这样做是为了争取时间还是真心想与屋大维和解,我们都无从知晓。

我们之所以无法得知,不仅是因为这一真相到最后成了虚妄,更是因为压根儿就不存在这样的真相。克莉奥佩特拉身上总是融合着两种特质,即便有时她作为女王的野心、对王朝利益的关切以及她的精明算计占据上风,作为爱人的她也从未消失,后一种特质只会暂时地退隐黯淡,但下次却会迸发最耀眼的光芒。正因为如此,她和屋大维不相配,甚至也不会成为他的附庸,这并不是因为她比他年长许多,失去了吸引他的魅力。即便她正值芳龄,她也魅惑不了屋大维,而哪怕她魅惑成功,她也得不到任何好处。莎士比亚笔下的屋大维冷漠无趣,对外邦或异族的风俗习惯丝毫不感兴趣。他总带着怀疑而非好奇的目光审视他者,也总是明确地知道自己在做些什么。

屋大维的偏见正是罗马人对他者的偏见。这部剧的前几句台词表达得很明确,例如,他说安东尼搧凉"一个吉卜赛女人的欲焰"(1.1.9),还说"这世界上三大柱石之一,现在已经变成一个娼妇的弄人了"(1.1.12-13)。克莉奥佩特拉(以及她的朋友们)反过来也鄙夷以屋大维为典型代表的罗马风俗。对克莉奥佩特拉来说,屋大维(以及安东尼的妻子富尔维娅和奥克泰维娅)代表着外邦的、极具威胁性的他者。克莉奥佩特拉与屋大维的关系映照出两种文明间的互不认同。但值得注意的是，这两种文明之间也有细微的活动。安东尼就真正地兜转其间，对两种文明都大为赞赏。此外，剧末的克莉奥佩特拉虽身着东方的华服，却践行了罗马人的死法。

克莉奥佩特拉一开始坚决拒斥罗马，她骂屋大维“乳臭未干”(1.1.22)，为安东尼感到担心。紧接着，东方的生活方式呈现在我们面前：克莉奥佩特拉在侍女和随从的陪同下隆重出场。他们的用语和说话方式完全不同于罗马人。查米恩先说：

> 艾勒克萨斯大人，可爱的艾勒克萨斯，什么都是顶好的艾勒克萨斯，顶顶顶好的艾勒克萨斯，你在娘娘面前竭力推荐的那个算命的呢？ (1.2.1－3)

哪有罗马女人会像这样说话？她的话里满是随意和浮夸，但也不失格调和精巧。这是个别具一格、礼节繁缛，但又极具感官诱惑的美妙世界。这样的世界只对安东尼有吸引力，它吸引不了屋大维。

克莉奥佩特拉深爱着安东尼，不过，她是埃及女王，如果安东尼能保证对她忠诚并回到埃及，她也乐意看到他与屋大维重修旧好。但让她恼火的是，屋大维让安东尼要么选择罗马和他的好意，要么选择她克莉奥佩特拉，二者只能择其一。她本想将爱情与王朝利益协调起来，如果安东尼以凯撒朋友的身份回到她身边，那便是两全其美的好事。[354]因此，当从罗马回来的使者奏报时(2.5)，她原以为会听到好消息。我想补充的是，使者奏报时，克莉奥佩特拉不仅表现得像个善妒的女人，还像个东方的暴君。难道说所有情绪激动、醋意大发的女人在内心深处都恨不得成为东方暴君？她大骂使者：

> 我很想在你没有开口以前先把你捶一顿；可是你要是说安东尼没有死，很平安，屋大维待他很好，没有把他监禁起来，我就

把金子像暴雨一般淋在你头上，把珍珠像冰雹一样撒在你身上。(2.5.42–46)

使者这时才不得不说出安东尼与奥克泰维娅联姻的消息，这是安东尼与屋大维“交好”而获得的赏赐。克莉奥佩特拉气得拔出了刀子。

我们最先从屋大维口中得知了安东尼回到克莉奥佩特拉身边的消息。他正希望事态如此发展，这不仅是他准确的猜测，更出自他精心的谋划。这样，他就可以用捏造的或确凿的指控来暗算安东尼。他劝妹妹与安东尼离婚，说是因为疼惜她，却毫不理会她对安东尼的维护。他对安东尼表现出了他能表现出的最大的嫉恨，这种嫉恨与两性、文化以及政治有关，他说：

这件事，还有其他种种，都是他为了表示对于罗马的轻蔑而在亚历山大里亚干的；那情形是这样的：在市场上筑起了一座白银铺地的高坛，上面设着两个黄金的宝座，克莉奥佩特拉跟他两人公然升座；我的义父的儿子，他们替他取名为凯撒里昂的，还有他们两人通奸所生的一群儿女，都列坐在他们的脚下；于是他宣布以克莉奥佩特拉为埃及帝国的女皇，全权统辖下叙利亚、塞浦路斯和吕底亚各处领土。(3.6.1–11)

虽然他心满意足地发现自己的精心预谋很快就能实现，但他确实也对安东尼怀着嫉恨。

我们随后来到了阿克兴海岬附近，这场戏对于克莉奥佩特拉和爱诺巴勃斯来说都至关重要。

爱诺巴勃斯劝她远离这场战争，说道：“人家已经在批评他的行动轻率了，在罗马他们都说这一次的军事，都是一个名叫福的纳斯的太监和您的几个侍女们作的主张。”(3.7.13–14)

我们不要忘了,爱诺巴勃斯只是个副将,是安东尼的部下,他竟敢这样对埃及女王说话!

克莉奥佩特拉回答他:“让罗马沉下海里去,让那些诽谤我们的舌头一起烂掉!我是一国的君主,必须像一个男子一般负起主持战局的责任。”(15-18)

这句话混杂了她对罗马的仇恨以及作为女王的骄傲。克莉奥佩特拉之所以提出错误的战术(在海上作战),是为了派用自己的舰船,好让她的国家在与罗马的对决中取得胜利。我们已经知晓了战事的结局。克莉奥佩特拉的船转舵逃跑,安东尼竟随她而去,这场仗以惨败告终。

这次败仗后,屋大维与克莉奥佩特拉的关系开启了新的篇章。安东尼的部下这时陆续弃他而去,爱诺巴勃斯也动了背叛他的念头。这也是真理揭开的时刻。安东尼和克莉奥佩特拉的使者向屋大维传达了这样的意思:安东尼想要住在埃及,如这个要求不被应允,他只愿能在雅典做个平民。使者说:

> 克莉奥佩特拉也承认你的伟大的权力,愿意听从你的支配;她恳求你慷慨开恩。(3.12.16-19)

[355]克莉奥佩特拉这样做是背叛吗?我并不这样认为。克莉奥佩特拉并没有说要背弃安东尼,她只是希望她的后嗣能继续统治埃及王朝,为亚力山大里亚争取一定的独立性。她没有多少选择。屋大维还是一如既往的聪敏。他此前一直对克莉奥佩特拉大加痛骂,指责安东尼竟拜倒在她的东方魅力之下。现在他则想彻底铲除安东尼,为此,他想将克莉奥佩特拉纳入自己的阵营,他说:

> 对于安东尼,他的任何要求我一概置之不理。女王要是愿

意来见我,或是向我有什么请求,我都可以答应,只要她能够把她那名誉扫地的朋友逐出埃及境外,或者就在当地结果他的性命;要是她做得到这一件事,她的要求一定可以得到我的垂听。(3.12.19-24)

屋大维的要求很明确:克莉奥佩特拉不但要出卖她的爱人,最好还要将他杀死,这样,她的要求才会得到垂听(当然,我们对屋大维已经很是了解,他设了个陷阱。即便她做了这件恶事,得好处的也不是她,而是屋大维,他自己总能撇清干系)。这又是一次精明的算计。屋大维一点儿也不在乎道德原则,因此,他派赛琉斯(Thidias)作为使者向克莉奥佩特拉传达消息,语带狡黠和轻蔑:

现在是试验你的口才的时候了;快去替我从安东尼手里把克莉奥佩特拉夺来;无论她有什么要求,你都用我的名义答应她;另外你再可以照你的意思向她提出一些优厚的条件。女人在最幸福的环境里,也往往抵抗不了外界的诱惑;一旦到了困穷无告的时候,一尘不染的贞女也会失足堕落。尽量运用你的手段,赛琉斯。(3.12.26-31)

随后(3.13),安东尼和他的使者来到克莉奥佩特拉的王宫。安东尼已经知道他的合理请求被屋大维拒绝了,他也知道屋大维给克莉奥佩特拉开出了一些条件。安东尼愤恨地说:

让她知道他的意思。把这颗鬓发苍苍的头颅送给凯撒那小子,他就会满足你的愿望,赏给你许多采邑领土。(3.13.15-18)

赛琉斯对克莉奥佩特拉也是这样说的。屋大维没有用他年轻的肉体诱惑她,而是对她进行胁迫。赛琉斯想与克莉奥佩特拉单独谈话,却遭她拒绝，她甚至乐意让爱诺巴勃斯陪伴在侧（尽管他总是对她抱有敌意）。赛琉斯迂回地说，克莉奥佩特拉并不爱安东尼，所以才会心甘情愿地寻求屋大维的庇护。克莉奥佩特拉的回答看似谦卑恭顺，实则充满讽刺地回应了他的暗讽：

> ［凯撒］是一位天神，他的判断是这样公正。我的荣誉并不是自己甘心屈服，全然是被人征服的。(60－62)

有耳可听的人都能听出克莉奥佩特拉接下来说的话里满是轻蔑的讽刺。

赛琉斯继续说："他要是听见我说您已经离开了安东尼，把您自己完全置身于他的羽翼之下，尊奉他为全世界的主人……"(70－72)

屋大维若听到这句话一定会大悦。克莉奥佩特拉则回道：

> 请你这样回答伟大的凯撒：我不能亲自吻他征服一切的手，已经请他的使者代致我的敬礼了；告诉他，我随时准备把我的王冠跪献在他的足下；告诉他，从他的举世慑服的诏语之中，我已经听见埃及所得到的判决了。(3.13.74－78)

安东尼却不懂得细听她的言外之意，听到这话便暴跳如雷。［356］他命人鞭打赛琉斯，又疯狂地痛责克莉奥佩特拉（如骂她"你一向就是个水性杨花的人"［111］）。这些痛骂真的太过火了吗？即便她只是表面上屈从于征服者，并且只是戏谑地说要背弃失败的安东尼，但这样就能说她清白无辜吗？她说出这番话不就预示着她将要背叛他吗？我们从爱诺巴勃斯的故事中了解到，从萌生出背叛的念头到迈出决定性的一步，其实用不了多久。安东尼的怒气并非完全不可理喻，他有理由发狂。但他更有理由停止发怒，与克莉奥佩特拉和好如初。

这是克莉奥佩特拉第一次受到屋大维的煽诱,第二次的煽诱则与此截然不同。但这第一次的煽诱即将决定战争的命运。打赢了陆战的安东尼却被迫参加海战,他的船敌不过屋大维的舰队,以致最终输掉了战争。安东尼再次认为,是克莉奥佩特拉背叛了他。此处莎士比亚沿用了普鲁塔克的记述,但这两位作者都不知克莉奥佩特拉是否真的背叛了安东尼,很可能并没有这回事。因为从莎士比亚的描述看来,安东尼精锐的部下之所以背弃他而转投屋大维的麾下,是因为他的大势已去,他们无需将矛头指向女王。罗马战士只会将失败的原因归咎于自己。

安东尼死后,克莉奥佩特拉给了屋大维最后一次诱惑她的机会,这也将是屋大维最后一次要弄虚伪的伎俩。他命人传话给克莉奥佩特拉:

> 请她宽心吧;我们不久就要派人去问候她,她就可以知道我们已经决定了给她怎样尊崇而优厚的待遇;因为屋大维决不是一个冷酷无情的人。(5.1.57-59)

埃及使者走后,他立即对心腹普洛丘里厄斯(Proculeius)说:

> 好好安慰安慰她,免得她自寻短见,反倒使我们落一场空;因为我们要是能够把她活活地带回罗马去,那才是我们永久的胜利。(62-66)

安东尼死后,克莉奥佩特拉继续用她自己的方式与屋大维对抗,这次是屋大维输了。他可以在所有的战役中赢过安东尼,可以赢得世界,但他永远战胜不了强大的女人克莉奥佩特拉。因为克莉奥佩特拉站在完全不同的舞台上,拿着一套不同的武器与他作战,屋大维对这个舞台上的这些武器毫无招架之力。

克莉奥佩特拉很清楚,只有死去的英雄才是伟大不朽的。这是因为人生变化无常,极易陷入渺小与琐屑。但她还没准备好赴死,只是说:

> 我的孤寂已经开始使我得到了一个更好的生活。做凯撒这样一个人是一件无聊的事;他既然不是命运,他就不过是命运的奴仆,执行着她的意志。干那件结束一切行动的行动,从此不受灾祸变故的侵犯,酣然睡去,不必再吮吸那同样滋养着乞丐和凯撒的乳头,那才是最有意义的。(5.2.1-8)

克莉奥佩特拉说起这番话时像极了哈姆雷特。

接着,普洛丘里厄斯上场,带来了他主上屋大维毫无诚意的许诺。克莉奥佩特拉说她相信屋大维——她也的确相信。[357]不过普洛丘里厄斯对主上忠心耿耿,所以他其实对克莉奥佩特拉撒了谎。克莉奥佩特拉虽然信了屋大维,却仍然有不好的预感,她提了自己的条件:除非屋大维保证她不会被当作战利品带到罗马的凯旋仪式上,否则她会选择自杀。随后,台上只剩下她和道拉培拉(Dolabella)。克莉奥佩特拉向道拉培拉吟唱着(因为这是一出歌剧!)安东尼无与伦比的伟大(就像伊索尔德[Isolde]歌颂特里斯坦[Tristan]那样);唱到最后,道拉培拉开始帮她伴唱。罗马人道拉培拉现在理解了她,与她感同身受。这不仅仅是同情,更是一种贴心的爱意。克莉奥佩特拉对一个(死去的)男人的爱意吸引了另一个男人。

克莉奥佩特拉借机问他:“谢谢你,先生。你知道凯撒预备把我怎样处置吗?”(104-105)

道拉培拉不愿作答,她便直接问:“他要把我当作一个俘虏带回去

夸耀他的凯旋吗？”(107)

道拉培拉回她：“娘娘，他会这样干的；我知道他的为人。”(108)

道拉培拉此番的做法背叛了屋大维，但这是一种高贵美好的背叛。道拉培拉辜负了屋大维的信任，因为屋大维本来就是委派他去说谎、欺骗以及误导克莉奥佩特拉的。这是正直之人的不忠。

克莉奥佩特拉与屋大维的最终对决终于到来了。这是个人的交锋。

屋大维一出场，克莉奥佩特拉便向他跪拜：“我必须服从我的主人。”(112－113)

屋大维继续撒谎，装扮成仁厚君王的样子。但克莉奥佩特拉也骗了他，她隐瞒了一些珍宝没有上报。屋大维对待克莉奥佩特拉温和谦逊、礼遇有加，但这产生了非常怪诞的效果，因为他并不知道克莉奥佩特拉已经了解了他的计划，他现在说的每个字她都不信。

克莉奥佩特拉再次跪拜：“我的主人和君王！”(186)

屋大维答道：“不要这样。再见。”(187)

他还觉得自己胜她一筹，因为他还不明白，与克莉奥佩特拉相比，他只是命运的玩偶。

善良正直的道拉培拉最后一次向女王尽忠，对她说：

> 娘娘，我已经宣誓向您掬献我的忠诚，所以我要来禀告您这一个消息：凯撒准备取道叙利亚回国，在这三天之内，他要先把您和您的孩子们遣送就道。请您自己决定应付的办法，我总算已经履行您的旨意和我的诺言了。(5.2.194－199)

当道拉培拉回来打算俘虏他们时，几个埃及女人——克莉奥佩特拉、查米恩和伊拉丝(Iras)——都已死去。原本希望留下他们活口的屋大维立马改变主意,因为他就是这样一个总能将偶然事件当作必然命运接受的人物,他总会欣然领受已无法改变的事实。谁要是不再有利用价值,或对他不再构成威胁,他都会表现得宽厚公正。我们再次见识到,为何说他是马基雅维利式君主的典范。

屋大维本想俘虏克莉奥佩特拉,用她来夸耀自己的凯旋的,但现在看着她的尸身,面对不可更改的事实,他便满怀敬意地说:"她最后终究显出了无比的勇敢;她推翻了我们的计划,为了她自身的尊严,决定了她自己应该走的路。"(329-331)

但说完这些话后,[358]他的好奇心占了上风,他立即问道:"她们是怎样死的?我没有看见她们流血。"(331-332)

询问一番后,他发现了无花果叶子:"她多半是这样死去的。"(347)

这是莎士比亚刻画屋大维时的点睛一笔。他随后便为这"一双著名的情侣"(354)安排了合仪的葬礼。

安东尼与克莉奥佩特拉

帕斯卡尔(Pascal)曾说,若是克莉奥佩特拉的鼻子生得难看一些,世界的历史将变得完全不同。克莉奥佩特拉好看的鼻子是罗马历史中的偶然因素,却决定了世界的命运。安东尼与克莉奥佩特拉之间的爱情一方面来说是偶然的,但在另一方面来说,它转动了命运之轮,还让它朝着一个方向转动了许久。

不过,克莉奥佩特拉与安东尼相爱这一历史中的偶然事件,在莎士比亚的笔下却并非偶然。莎士比亚能够在他认为合适的情境下,将偶然事件刻画得偶然至极(例如,《罗密欧与朱丽叶》中一连串的偶然事件),但在刻画安东尼与克莉奥佩特拉的爱情故事时他没有这样做。

这不仅是因为,一个偶然事件可以演化成命运的必然,也不仅是因为,有些事从一个角度来看是偶然的,但换个角度来看就可能是命运的必然。

莎士比亚的探讨更为深入:在他笔下,安东尼与克莉奥佩特拉的爱情并不是引发历史命运的偶然诱因,而就是历史命运本身。他们两人的爱情充满了历史的必然。这部剧讲述了偶然相遇的两个人又偶然相爱的故事,但还不止于此,其中的两个主人公,一个是代表着东方—亚力山大里亚文化的埃及女王,另一个是代表着罗马骑士精神以及罗马式美德与信念的安东尼。他们的爱情故事中最迷人的地方正在于,这对恋人分属于两种截然不同的文化,这种不同注定了他们会互相吸引,也注定了他们的爱情存在着问题。在《安东尼与克莉奥佩特拉》这部爱情悲剧中,两人无法完全理解对方,无法确切地理解对方传递的暗示或信号,总是误解对方的举动、话语甚至是微笑的意涵。他们几乎理解不了对方的想法、意图、愿望和决定。在罗密欧与朱丽叶天真烂漫的爱情中,或在乔特鲁德与克劳狄斯、萨福克与玛格莱特这两对恋人负罪的爱情中,都不存在这种相互理解的困难。安东尼与克莉奥佩特拉之间既不是负罪的爱情,也不是天真烂漫的爱情,这两个相爱的伟大人物无法把对方的行为视为理所当然,[359]他们在爱情关系中总是孤独一人,两人的信任和友谊永远不及感官的激情来得强烈。

我想再重复一下,这是一则现代的爱情故事。所谓现代爱情是指,这是两个陌生人之间发生的爱情。安东尼与克莉奥佩特拉的爱情即是如此。在这样的爱情中,没有世俗陈规的约束,因为现代爱情蔑视一切陈规;在这样的爱情中,恋人之间有着强烈的性欲吸引,因为它比任何其他东西都更为彻底地反抗陈规;在这样的爱情中,恋人会经历分离、痛苦、拥抱、相知,有着接连不断的起伏波澜;在这样的爱情中,恋人无可替代;这样的爱情令人着迷、激情四射;在这样的爱情中,恋人之间相互依赖,但这也就意味着失去自由。在这样的爱情中,两人又都试图摆脱对方,摆脱对恋人的依赖与爱意,但又无能为力;在这样的爱情中,恋人之间会萌生嫉妒之情,但这是误解引发的嫉妒。在这样的爱情中,恋人又总会和好如初。或许只有奥赛罗与苔丝狄蒙娜的爱情,和安东尼与克莉奥佩特拉的爱情相似,因为他们都激情洋溢,也都误解了对方给出的信息、暗号和举动。但安东尼与克莉奥佩特拉虽互为外邦人,却在爱情中战胜了陌生感,这便是他们的伟大之处。他们并没有杀死对方,而是互相为了对方自杀,死后被葬在一起。在莎士比亚笔下的爱情中,还未曾有哪一对恋人像在《安东尼与克莉奥佩特拉》中这样,取得了完全的胜利。Omnia vincit amor[爱情战胜一切]。

安东尼与克莉奥佩特拉之间的第一场戏便直接表现了这种爱情关系的本质。

克莉奥佩特拉问:“要是那真的是爱,告诉我多么深。”

安东尼答:“可以量深浅的爱是贫乏的。”

克莉奥佩特拉:“我要立一个界限,知道你能够爱我到怎么一个深度。”

安东尼:“那么你必须发现新的天地。”(1.1.14-17)

安东尼的回答很能说明问题。他起初不愿意用言语表达爱意,但他第二次回答时用了绝对的概念。他没有说爱意具体有“多少”,而是表达了无限的意思。

安东尼第一次拒绝接见来自罗马的大使时,感叹道:

> 嗳哟,淘气的女王!你生气、你笑、你哭,都是那么可爱;每一种情绪在你的身上都充分表现出它的动人的姿态。我不要接见什么使者,只要和你在一起;今晚让我们两人到市街上去逛逛,察

> 看察看民间的情况。(1.1.50–56)

去市街上逛逛,察看察看民情!这是《一千零一夜》中才会出现的画面。

安东尼在获悉妻子的死讯前,就决心挣断“这副坚强的埃及镣铐”,不再沉溺于情事,决心做回操弄政治的罗马人。克莉奥佩特拉并不知道他的决定,但她总担心会失去安东尼。莎士比亚现在让我们看到了克莉奥佩特拉和侍女在一起的样子。这场戏虽短,却可以看出莎士比亚并没有着意刻画克莉奥佩特拉身上“东方女人”的特质,[360]而是呈现了她怎样要弄女人的一些心机和手段,连她的同伴都对这样的做法无法苟同。

克莉奥佩特拉说:“要是你看见他在发恼,就说我在跳舞;要是他样子很高兴,就对他说我突然病了。”(1.3.4–5)

查米恩答:“娘娘,我想您要是真心爱他……您应该什么事都顺从他的意思,别跟他闹别扭。”(6–9)

但事实证明,她根本不需要要弄这些女人的手段。因为安东尼还是会回到她身边;尽管克莉奥佩特拉忧心忡忡、担惊受怕,但他定然还会回来找她。

克莉奥佩特拉的性格在另一段简短的对话中更是展现得淋漓尽致。当安东尼告知她自己妻子的死讯时,一直嫉恨富尔维娅的克莉奥佩特拉却出乎意料地说:

> 啊,最负心的爱人!那应该盛满了你悲哀的泪珠的泪壶呢?现在我知道了,我知道了,富尔维娅死了,你是这个样子,将来我死了,我也推想得到你会怎样对待我。(63–65)

她又说:“请你转过头去为她哀哭。”(76)

之后,我们看到克莉奥佩特拉等候着安东尼归来。女人和男人的命运真是截然不同,即便贵为女王也毫不例外。安东尼可以行动、打仗、结婚、离婚、发怒、搞政治,克莉奥佩特拉却只能等待。她等着接到安东尼的消息,等着他归来。她对人性确实有丰富的了解,例如,她问太监玛狄恩(Mardian)是否也有欲望,他点头承认。人人都有欲望,克莉奥佩特拉的欲望就是和安东尼在一起。她一心想着安东尼:

> 你想他现在是在什么地方?他是站着还是坐着?他在走吗?还是骑在马上?幸运的马啊,你能够把安东尼驮在你的身上!(1.5.1–21)

第二幕第五场中(故事背景又回到埃及),克莉奥佩特拉正与玛狄恩嬉戏玩乐,他虽力有不逮,却仍要玩下去。

她问:"来,你愿意陪我玩玩吗?"

玛狄恩答:"我愿意勉力奉陪,娘娘。"(2.5.6–7)

克莉奥佩特拉又说:"心有余而力不足,那一片好意,总是值得嘉许的。"(8–9)

这场戏的意思有些暧昧不清,"玩玩"既可以指弹奏音乐,也可以指其他游戏。不仅观众觉得暧昧不清,连剧中人物也觉得这些话有些模棱两可。这种暧昧专属于精致颓靡的文化。

接下来的这场戏,我之前已略有提及。从罗马来的使者带来消息说,屋大维已与安东尼和解,而且安东尼已娶奥克泰维娅为妻。克莉奥佩特拉怒不可遏,她把使者痛打了一顿,还要用鞭子抽他。尽管她表现得太过偏激、毫无理智,但她有理由生气。克莉奥佩特拉没有料想到她竟会遭到这样的背叛,原来她一直都没有看透安东尼这个罗马人。嫉妒以及无端被抛弃的痛苦使得她暴怒,她想不通安东尼为何做出这样的决定，她没做错什么，不该无故遭到这等程度的背弃(值得注意的是，这个使者并不是安东尼派来的)。使者逃开后，克莉奥佩特拉又打发侍女追过去：

> 你去问问那家伙，奥克泰维娅容貌长得怎样，多大年纪，性格怎样；不要忘记问她的头发是什么颜色。(111－115)

[361]莎士比亚还让我们见证了两人惜别的情景，让我们感受到独守空闺的克莉奥佩特拉有多悲伤和愤怒。我们也听到安东尼说他要回东方，回到那个“快乐所在”的地方。莎士比亚并没有为我们直接呈现这对旧日恋人后来怎样欣然相见又冰释前嫌，我们只是从屋大维口中得知了这一消息。

接着，我们看到阿克兴战役前，克莉奥佩特拉与爱诺巴勃斯一同出场，正如我们所知，爱诺巴勃斯希望她和她的军队远离战场(3.7)。后来加入他们谈话的安东尼却自有主张。战事的结局自不用多说。打了败仗的安东尼变得歇斯底里，他责骂克莉奥佩特拉是导致他战败的罪魁祸首。恳求他原谅的克莉奥佩特拉不像个刚刚弃船而逃的女王，反而像那偷吃了禁果的夏娃，她哭诉：

> 啊，我的主，我的主！原谅我因为胆怯而扬帆逃避；我没有想到你会跟了上来的。(3.11.54－56)

安东尼的回答着实令人惊异。这个骄傲的罗马将军承认他确实被爱情冲昏了脑子，不自觉地便乘着船追随克莉奥佩特拉而去，没有半点将军的样子，他认为她早该知道自己会这么做：

> 埃及的女王，你完全知道我的心是用绳子缚在你的舵上的，你一去就会把我拖着走；你知道你是我的灵魂的无上主宰，只要

你向我一点头一招手,即使我奉有天神的使命,也会把它放弃了来听候你的差遣。……你知道你已经多么彻头彻尾地征服了我,我的剑是绝对服从我的爱情的指挥的。(3.11.57-68)

当克莉奥佩特拉第三次恳求他原谅时,安东尼说:

不要掉下一滴泪来;你的一滴泪的价值,抵得上我所得而复失的一切。给我一吻吧;这就可以给我充分的补偿了。(69-71)

安东尼失去了霸业、帝国和罗马人的荣耀,但这又何妨,克莉奥佩特拉仍伴他左右,所有的胜利都抵不上她的一个吻。

打了败仗,甚至丧失帝国,这都不会让安东尼感到恼火,但当他开始疑心克莉奥佩特拉不忠于他时,他便怒不可遏。安东尼发怒的这场戏,和克莉奥佩特拉听闻安东尼娶了奥克泰维娅而发怒的那场戏相互映照。他们都没有问对方,在那些惹得自己怒火中烧的事情中,哪些是确切的事实,哪些又是不可听信的假话。以为自己遭到背叛的痛苦就已经够受的了,他们不想多提。两人都感到痛苦,而且各自的痛苦都并非毫无由来。安东尼的怒气可能没什么根据。但由此可以看出,他们的恋爱关系中一直潜藏的最大问题就是,哪怕他们互相传递了直白易懂的讯息,两人仍然不能确切地了解对方的意图。更何况,恐怕根本就不存在什么直白易懂的讯息。但遵循习俗的男男女女们相信它们的存在,认为自己可以完全理解对方,哪怕这种理解可能只流于表面。安东尼与克莉奥佩特拉却不相信存在着这样的讯息。

我之前提到,屋大维使计离间他们二人,假惺惺地对克莉奥佩特拉提出让步。[362]安东尼以为克莉奥佩特拉真心接受了屋大维的要求,认定自己遭到了她的背叛。他骂克莉奥佩特拉:

罗马的衾枕不曾留住我，多少名媛淑女我都不曾放在眼里，我不曾生下半个合法的儿女，难道结果反倒被一个向奴才们卖弄风情的女人欺骗了吗？

他还骂她：

你一向就是个水性杨花的人；可是，不幸啊！当我们沉溺在我们的罪恶中间的时候，聪明的天神就封住了我们的眼睛，把我们明白的理智丢弃在我们自己的污泥里，使我们崇拜我们的错误，看着我们一步步陷入迷途而暗笑。(3.13.105-116)

他一笔勾销了所有的爱意，诅咒谩骂着过往的情分。

克莉奥佩特拉只能回答他(在萨迪斯营地，凯歇斯也对布鲁图斯说过同样的话)："唉！竟会一至于此吗？"(117)

安东尼的暴怒再次演变成对爱情的质疑，问她："竟对我如此铁石心肠？"(161)

绝望至极的克莉奥佩特拉答道："啊！亲爱的，要是我果然这样，愿上天在我冷酷的心里酿成一阵有毒的冰雹，让第一块雹石落在我的头上，溶化了我的生命。"(162-164)

安东尼这才如释重负，他确信克莉奥佩特拉深爱着自己。这令他心满意足，非但如此，对克莉奥佩特拉重燃的爱火鼓起了他与屋大维再次一决雌雄的勇气：

你听见吗，爱人？要是我再从战场上回来吻这一双嘴唇，我将要遍身浴血出现在你的面前；凭着这一柄剑，我要创造历史上不朽的记录。希望还没有消失呢。(174-179)

可惜他的希望很快便化为泡影了。

决战开始前的一场戏，仍然有着浓重的歌剧色彩或情爱色彩。彼时的安东尼与克莉奥佩特拉情深意浓。虽然她恳求他再多待一会儿(就像朱丽叶挽留罗密欧一样)，安东尼还是让仆人爱洛斯替他拿来了铠甲。

克莉奥佩特拉笨手笨脚地帮他穿上，安东尼嗔怪道："啊！别管它，别管它；你是为我的心坎披上铠甲的人。错了，错了；这一个，这一个。"(4.4.7–8)

大战在即，安东尼还与她调情，他称颂克莉奥佩特拉："伟大的女神，我的夜莺，我的战士。"

安东尼先取得了陆战的胜利，但他的舰队却在海战时向屋大维投降。这时，他再次肯定，绝对是克莉奥佩特拉把他出卖给了屋大维。莎士比亚仍然没有明说安东尼的判断是对是错，其实他很可能想错了。不管事实怎样，安东尼怒不可遏，这次的怒火比以往来得更为猛烈持久，更具毁灭性，他骂道：

> 啊，这负心的埃及女人！这外表如此庄严的妖巫，她的眼睛能够指挥我的军队的进退，她的酥胸是我的荣冠、我的唯一的归宿，谁料她却像一个奸诈的吉卜赛人似的，凭着她的擒纵的手段，把我诱进了山穷水尽的垓心。(4.13.25–29)

只有在此时此刻，安东尼才成了偏狭的罗马人。他将克莉奥佩特拉比作吉卜赛人，说她是毁了他的异邦人、外国人和非我族类的娼妓。克莉奥佩特拉起先根本不理解他为何如此("我的主怎么对他的爱人生气啦？"[31])。但安东尼的怒气越来越盛，甚至忍不住要动手伤害她。他会像奥赛罗杀死苔丝狄蒙娜那样杀死她吗？且听他说：

可是你还不如死在我的盛怒之下,因为一死也许可以避免无数比死更难堪的痛苦……这妖妇必须死;她把我出卖给那罗马小子,[363]我中了他们的毒计;她必须因此而受死。(40–49)

克莉奥佩特拉不仅害怕失去安东尼的爱,也害怕死在他的盛怒之下。尽管安东尼从来都不是具有攻击性的人,克莉奥佩特拉还是担忧自己的性命。然而,尽管安东尼盛怒如此,莎士比亚所刻画的他却决不会杀害他的爱人,他连信使都不会随意鞭打,反而是克莉奥佩特拉对人施过鞭刑。但安东尼怒气冲冲,叫嚷着同伴、盟友、爱人无一不背叛了他,他还扬言要杀人泄愤,这样的人既可能伤害别人,也可能害了自己。克莉奥佩特拉因此躲了起来,要等他怒火平息后再来找他。安东尼的怒气终会消散。

安东尼获悉克莉奥佩特拉已死的假消息后,心中的担忧与疑虑消失殆尽。正如屋大维从不嫉恨他的手下败将一样,安东尼一想到克莉奥佩特拉已死,对她的爱意便更是无以复加。从此刻起一直到剧末(虽然还剩下好几场戏),这部悲剧变成了一出独属于他们的*Liebestod*[《爱之死》]悲歌。①

安东尼“唱道”:

我要追上你,克莉奥佩特拉,流着泪请求你宽恕。我非这样做不可,因为再活下去只有痛苦。火炬既然已经熄灭,还是静静地躺下来,不要深入迷途了……我来了,我的女王。(4.15.44–50)

他让爱洛斯杀死自己,但爱洛斯宁肯自杀也不愿照做。这里发生

① [译注]《爱之死》是瓦格纳的歌剧《特里斯坦与伊索尔德》第三幕的终场音乐,是伊索尔德在特里斯坦逝去时,也是在自己弥留之际的一段绝唱。

的一切又重演了腓利比战役的那一幕：胜利在望的人却成了失败者。莎士比亚借用了普鲁塔克记叙的安东尼自杀失败的故事。他这样做可能不仅是为了忠于史实，因为如果不写他自杀失败，莎士比亚又如何编排安东尼与克莉奥佩特拉出演极具诗意的《爱之死》悲歌呢？安东尼的自杀与凯歇斯有某些相似性，二人都因为听信了错误的消息而轻举妄动，但除此之外，本质上没有任何相似。凯歇斯如果不犯这个错误，他的伟业或许能够成功，但无论安东尼犯没犯这个错，他和克莉奥佩特拉都注定失败。只有爱之死让他们变得与众不同。

《爱之死》悲歌的二重唱不仅仅是两人最后爱的告白，这对恋人还互相抬高夸饰对方，他们最后的二重唱永不改变。他们的死亡和爱情因此都有了宇宙的特征。他们成了玛尔斯(Mars)与维纳斯(Venus)，[①]成了历史星空中璀璨的明星。

克莉奥佩特拉说："太阳啊，把你广大的天宇烧毁吧！人间的巨星已经消失它的光芒了。啊，安东尼，安东尼，安东尼！"(4.16.10–12)

安东尼："静些！不是屋大维的勇敢推倒了安东尼，是安东尼战胜了他自己。"(15–16)

克莉奥佩特拉："啊！来，来，来；欢迎，欢迎！死在你曾经生活过的地方；要是我的嘴唇能够给你生命，我愿意把它吻到枯焦。"(39–41)

这时，安东尼建议克莉奥佩特拉与屋大维和解，她却拒绝这样做："我不相信凯撒左右的人；我只相信自己的决心和自己的手。"(51–52)

当安东尼死去时，克莉奥佩特拉(像伊索尔德一样)继续唱道：[364]"大地消失它的冠冕了！我的主！啊！战士的花圈枯萎了。……杰出的英雄已经不在人间，月光照射之下，再也没有值得注目

---

① [译注]他们分别指罗马神话中的战神玛尔斯和爱神维纳斯，也指天文学上的火星与金星。

的人物了。”(65-70)

她命仆人用罗马葬仪来安葬安东尼。这对恋人不再猜疑,终于达成了互相理解。他们是罗马人还是埃及人都已无关紧要,两人在死亡中合为一体。

第五幕是专属于克莉奥佩特拉的一幕戏,此时只剩下她和侍女们在一起,就像之前布鲁图斯死前和他的部下们待在一起一样。伊拉丝在她之前死去,接着便轮到她死。她像鲍西娅一样选择罗马人的死法,并以安东尼妻子的身份自杀,赴死时仍保持着女王的仪态。她说:

> 把我的衣服给我,替我把王冠戴上;我心里怀着永生的渴望。……我仿佛听见安东尼的呼唤;我看见他站起来,夸奖我的壮烈的行动。……我的夫,我来了。但愿我的勇气为我证明我可以做你的妻子而无愧!我是火,我是风。(5.2.275-284)

胜利者屋大维给他们下了最后的判决:“她将要和她的安东尼同穴而葬;世上再也不会有第二座坟墓怀抱着这样一双著名的情侣。”(352-354)这并非政治的裁决,而是历史的评判。政治的第一要务是取得胜利,历史却还要考虑到荣名。

屋大维·凯撒

安东尼做出的历史总结是:不是屋大维的勇敢推倒了安东尼,是安东尼战胜了他自己。我们能认同他这一说法吗?我对此心存疑虑。的确,战胜安东尼的不是屋大维的勇敢,但却是屋大维的决断。坐在观众席上的我们对莎士比亚笔下的屋大维并无好感。他之所以不招人喜欢,是因为他一点儿也不近人情,他之所以不受人尊崇,是因为他一点儿也不崇高伟岸。但是,一往无前、说一不二的决心难道不是某种意义上的崇高吗？整部剧自始至终唯有屋大维一人知道自己在做什么，又为什么这样做。他精于算计，从未踏错一步，对于偶然事件应对自如。他设下的所有圈套都有人乖乖掉落其中，他的背信弃义都帮他取得了想要的结果。他能从所有复杂的情境中成功脱逃。到最后，只有他一人留在了台上。如今他孑然一身，因为再无人可与之匹敌。

整部剧中，屋大维一直在演戏。他从不坐以待毙，而是一步步地筹谋策划。他现在终于达成了目标。他曾想把敌人带到罗马的凯旋仪式上示众，可惜布鲁图斯、凯歇斯、安东尼及克莉奥佩特拉等豪杰都已经死去，连庞贝与莱必多斯这样的配角也已经离场。只有世界的霸主和他的追随者存活于世。[365]他深知这一点，所以才会在哀悼安东尼时说：

> 安东尼啊！我已经追逼得你到了这样一个结局；我们的血脉里都注射着致命的毒液。……在这整个世界之上，我们是无法并立的。可是让我用真诚的血泪哀恸你——你、我的同伴、我的一切事业的竞争者、我的帝国的分治者、战阵上的朋友和同志、我的身体的股肱、激发我的思想的心灵，我要向你发出由衷的哀悼，因为我们那不可调和的命运，引导我们到了这样分裂的路上。(5.1.35-48)

得胜的屋大维此刻停止了演戏，并且触碰到了言语的诗意。正如我们所知，屋大维紧接着继续谋划，打算为克莉奥佩特拉设下最后一个圈套。可惜他的计划落空了。崇高弃绝了屋大维。

《安东尼与克莉奥佩特拉》是关于谁的悲剧？它既是安东尼与克莉奥佩特拉的悲剧，是庞贝的悲剧，是爱诺巴勃斯的悲剧，同时也是屋大维的悲剧。这个精于理性算计的男人为了成为世界的唯一霸主付出了惨重的代价:他要忍受孤独。为安东尼流下热泪的他成了忧郁之人。统一的罗马帝国将安享和平,但屋大维不仅不再信任任何人——他此前也没有信任过谁——而且再也找不到一个可与他匹敌的人。这个政治上大获全胜的人,为了成功牺牲了两样东西:诚挚的友谊及热烈的爱情。在莎士比亚的戏剧世界中,就数屋大维为胜利付出的代价最为昂贵。

后记　史学真实与诗性真实

[367]这是篇后记，而不是全书总结，本书介绍了莎士比亚如何呈现历史的诗性真实，这已经说得很清楚了，此处无需再缀上一个总结。

尽管如此，我们还需阐明"历史的诗性真实"这一说法。历史的诗性真实不同于事实真相，也不同于历史理论、历史叙事以及对于某一历史叙事的理论阐释。后者是站在当前的角度，对过去进行挖掘和理解。过去的历史可以人为更改。要改变过去，人们不仅可以通过重新解释过去，还可以通过挖掘新的史实、用一个理论框住这些史实、再修正这个理论或为了迎合这些史实发展出一个新的理论。历史小说就几近于此，它们希望让我们觉得，叙述的故事好像真实发生过一样。但我们永远都无法知道某件事真实发生的情形，最重要的原因是，没有哪件事"真实地"以某种固定的方式发生。对不同的人来说，每件事都以不同的方式发生；因此，所谓"真实"发生的事就不能说是事实，因为它已经是一种阐释。

不过，人们可以通过不同的途径，无限接近真实发生的情况。对于同一个历史事件，会出现许多不同版本的说法，但这些说法(如果都是真的话)一定存在着某些共同点。对于同一个事件，人们也总是可以有新的叙述。过去作为过去，总是敞开在现在和未来当中。亚里士多德是区分悲剧与历史学的第一人，因为他告诉我们，悲剧向我们展现的是一件事可能怎样发生，而并非它事实上如何发生。因此，悲剧才会被称为哲学的姐妹。悲剧的真理是*启示性的*。而莎士比亚悲剧中蕴含的启示性却完全不同于希腊悲剧。

那具有“启示性的”就是我们*如其所是*地接受的真理。当我们在历史书上读到理查三世的故事时,我们总会问:事情是这样发生的,还是那样发生的呢?这件事是真的吗?[368]但我们在看《理查三世》的演出时,却不会问这样的问题。因为这个问题本身与这部戏剧毫不相关,在历史编纂甚至是编年史中则与此相反,这个关切事实真相的问题已内在于这种体裁中。莎士比亚的悲剧所揭示的是,发生了什么事,以及这件事又是怎样发生的,它们从不过问为什么这件事以这种方式发生,以及这件事的结果如何。悲剧这一题材,尤其是莎士比亚的悲剧,不存在因果范畴和决定性因素。剧情可以这样,也可以那样发展,但剧情发展本身——即特定的男人和女人在特定情境下以特定的方式行动——是不言自明的。所以我才说,悲剧所揭示的真理具有启示性,这就是原因之一。

哲学家们已经用不同的方式,解释了艺术中蕴含的真理所具有的启示性。在形质论(hylomorphic)的传统中(例如,在黑格尔看来),人们可以说内容完全消融在形式当中。简单说来就是,对于一件艺术作品,人们不能再对其增益,也不能再将其减损,这就可以说它完美无缺。但这个众人皆知的道理说明了什么呢?例如,我们知道莎士比亚的许多戏剧都是以删减版的形式上演的,有时甚至连结局都做了改动,但在这些艺术作品中,真理所具有的启示性并没有随之改变。如果有人是通过奥利弗(Lawrence Olivier)的电影第一次接触到《哈姆雷特》的,他也仍能感受到这部戏剧无上的完美。每当我们看剧时,剧中的真理都会自然显露出来。所谓真理和完美,就是我们当下的所见所感。知道戏剧进行了某些删减,并不减损我们获得的启示性经验。因为无论听众/观众看的是哪个版本的作品,它的启示性一直在那儿。

艺术作品蕴含的真理是启示性的，因为艺术作品没有什么“前”“后”之分。它只为自己说话。当我们坐在剧院，眼看着真理即将揭开时，不可能在当下对真理作何增加或减损。我且举个例子。莫扎特的《唐璜》(*Don Giovanni*)在布拉格的首演和在维也纳的并不完全一样，如果我没记错的话，莫扎特在后一场演出中增加了一曲咏叹调，还将一场戏完全删掉。但在布拉格和维也纳两场演出中，这部歌剧都揭示了真理。但我们也不能由此说，回到莎士比亚原初的文本(我们现在所知的文本)，尽量不对文本进行删减都是徒劳无用的努力，或者认为对文本的所有改动都可被接受。并非所有的文本改动都是有益的，有些改动会令观众反感。但许多无删减的莎剧(或其他剧作)版本也同样令人不满。

历史的真实就是从不同的理论角度，以不同的当下视角，去无限接近“实际上发生了什么”，所以，对历史所作的阐释工作就会改变虚构作品。[369]但如果有人把一部莎剧搬演到舞台上(假设完整演出了整部剧，结局也未做改动)，对它的阐释工作则不会改变作品本身，而只改变了人们对作品的理解(如对原因、动机、人物和人物关系的不同理解)。此外，在阐释和表现启示性的真理时，它也完全不存在“接近”这个概念。没有什么接近之说，因为这部戏剧本身就是真理。人们看剧时遇到的问题是，事实到底是什么样的，而不是怀疑这是不是事实。因此，所有的阐释都是在阐释那个(that)真理，而非阐释真理是什么(what)。这一点对于艺术作品的自我指涉性来说，有着重要的意义。但对于莎士比亚的悲剧，说得更确切一些，对他的历史悲剧来说，这个问题却不成立。因为莎士比亚历史悲剧中所谓的剧情全都取自文学素材——取材于编年史或普鲁塔克，取材于历史学家的记述，他们告诉我们真实发生了什么，又是怎样发生的——从这点来说，莎士比亚的历史悲剧并不具有自我指涉性。但真理却是自我指涉的。因为启示性的真理都是如此。具有指涉性的真理才是关于某事的真知或正确理论，它用阐释性的方式将事实加以组合和整理。但启示性的真理与外界的事物毫无关联，因此它才是自我指涉性的。

几乎所有的戏剧理论都强调"实时再现"(presencing)。剧情发生的时间不在过去，而是在当下。莎士比亚的历史悲剧和古希腊悲剧类似，其剧情和素材都取自过去的故事。剧中提到的事情都发生在过去。然而，对于历史真实的再现，也就是说，通过诗性真实所展现的历史真实总是发生在当下。在历史悲剧中，过去就在当下再现。这并不只是站在现在的角度对过去进行阐释，而是说它就是永恒的现在。一部悲剧无论何时上演——或无论我们何时阅读它——它发生的时间是而且将一直是现在。

从这个意义上来说，历史悲剧，尤其是莎士比亚的历史悲剧保留并强化了神秘剧的一个本质特征。犹太教和基督教的真理就是启示性真理（一些与我讨论主题无关的其他宗教也同样如此）。人们要想真正地去谈论启示性真理，只有通过一种方式，即揭示真理。真理不断被揭露，就是在呈现启示性真理。也就是说，过去的真理也是当下的真理，它不断地实时再现。耶稣出生于两千年多前，凯撒大约也在那时出生，后来他成了罗马的至高者，但耶稣在每个圣诞节又重新出生。每个受难日他都被钉上十字架，每个复活节他又重新复活。在宗教仪式上，人们互相亲吻，重复念道：

> 基督复活了，他真的复活了。

犹太教中也是如此。人们会在每年逾越节家宴上阅读《哈加达》(*Haggadah*)，[1] [370]一再讲起那个顽皮的孩子的故事。

---

① ［译者注］"哈加达"一词在希伯来语中的含义为"宣讲"、"叙事"。《哈

顽皮的孩子问父亲："这些事与我有什么关系？它都过去那么久了！"

父亲郑重地告诉他："它发生在我们身上，发生在你身上，就是现在，上帝将我们从埃及人的奴役中解救出来。"

在各种宗教节日和庆典仪式上，真理都以启示的形式存在。当然，有人会把同样的事件当作历史叙述。有人会说，历史上并没有犹太人曾生活在埃及的证明，或者我们（从历史上）并不能百分百确认拿撒勒的耶稣就出生于12月，出生在伯利恒。但是，当提到作为启示的真理时，那些在历史上有重要意义的补充信息就和真知完全无关了。这并不是说启示真理不能被阐释。事实上，它总在不断地被人阐释。例如，阐释《哈加达》经文就是逾越节的一项仪式。神父或牧师也不断对耶稣之死、耶稣受难和耶稣复活的故事进行阐释。这些阐释可能各有不同，但相对于莎士比亚悲剧的多种阐释，前者的差异还是要小得多，因为有一部宗教经典限制了各种阐释，但在对莎士比亚历史剧的阐释过程中，并没有这样的一本经典对阐释加以限制。而且，莎士比亚的历史剧任何时候都可以上演，不需要每年只等一次（对希腊悲剧来说，还要等到定期的场合才能上演）。

现在大家可能清楚了，为何我会说莎士比亚历史剧（悲剧）中的真理是启示真理。但他的历史剧的剧情既不是神话的，也不是神秘主义的。其中没有上帝或其他神灵的参与，启示真理中也没有沾染宗教仪式的色彩。它所揭示的历史就是真理。历史事件的发生，历史人物的

加达》尽管本身不具有律法效力，但通过一系列的故事讲解，制约犹太人的生活规范。故事来源纷杂，包括历史事件、神学故事、民间传说、寓言童话等。属于犹太教拉比文学范畴。由于它必须在一年一度的逾越节家宴上宣讲，《哈加达》已成为保持犹太传统的一个文化读本，同时也是向犹太儿童进行犹太史教育的一个读本。

行动，都没有受到超凡入胜的神秘力量的庇佑，这就是戏剧所揭示的真理。真理是关于某件事的真相，而不过问某件事为何如此。

莎士比亚的历史剧(悲剧)是揭示历史的启示性真理的悲剧。它们揭示出了所有掩藏起来的事实，因为它们揭示了那总是隐藏着而且无法被揭示的真理。莎剧的无限阐释性就与这一恼人的经验息息相关。在诗学作品中，除了揭示出关于历史的真理外，再也揭示不出别的什么。历史剧中的历史真理在我们面前实时再现，但它也表明，在历史和历史的真实性方面，存在着许多诗人和剧中角色都无法言说的秘密。对我们来说依旧成谜的，可能并不是某些事情的起因以及剧中人物的行为动机——这些细节对于揭示真理来说无关紧要，我们无法知晓的是剧中人物及其行动的内在根源。例如，为什么这个人是好人，而那个人是坏人？为什么考狄丽娅善良，而康纳瑞尔和里根恶毒？这个问题谁也给不出答案。我们全盘接受了剧中人物的个性，诗人怎样展现这些人物与他人的关系，我们也就认为他们是怎样的人。

但这些角色只出现在舞台上，[371]他们是这个有限世界的archai[本原]，代表着真理本身。他们是有限世界中的本原，这一点在莎剧中非常重要。因为莎士比亚的历史剧和悲剧并不是依靠永恒的、不朽的、无限的世界来揭示历史的真理，而是通过处在有限现世中的那些有限的、转瞬即逝的生灵来揭示。只有通过有限的、转瞬即逝的人，才能揭示出有限的、转瞬即逝的世界中的真理。从莎士比亚传达的启示真理中，我们可以认识自己。我们揭示了自己，这一真理揭示出了有限世界的短暂性和有限性。我之前说，它揭示出了那个(that)无法被揭示的真理，而不是揭示那揭示不出是什么(what)的真理，说的就是这个意思。在后一种情形中，真理仍然是个未知的秘密，但在前一种情形中，我们甚至无法知道它是不是个秘密。

启示真理的双重性构成了莎士比亚悲剧和历史剧中的双重舞台

(他的一些喜剧并不包括在内)。我在本书的第一部分已经相当详细地说过,莎士比亚笔下的人物既在历史舞台上行动,有时也在生存性的舞台上行动。最为复杂的人物在两个舞台上都有出演。有些人一开始出现在历史舞台上,但在某个关键时刻走上了生存性的舞台(如李尔、科利奥兰纳斯、理查二世等人)。有些人一直就在两个舞台上表演(如哈姆雷特、亨利六世、理查三世等人)。在莎士比亚的历史剧中,这两个舞台同等重要。莎士比亚借哈姆雷特对演员们说的话简明扼要地表达了这一观点。哈姆雷特说:

> 演剧的目的始终是反映自然,显示善恶的本来面目,给它的时代看一看它自己演变发展的模型。(《哈姆雷特》3.2.20-24)

借由哈姆雷特的表述,莎士比亚一方面将善恶区分开来,另一方面则区分了时代与时代的形体。一部剧在呈现善恶时就是在反映自然;善恶以其本来面目出现在生存性的舞台上。但与此同时,这部剧也打上了时代和时间的印记。时代和时间的印记并不能独立于那被映照出的善恶而存在。就像国王的肖像印在硬币上,一个年代印的是一位国王,换了一个年代又换另一个国王的肖像。戏剧这面镜子映照出善恶,但时间的压痕改变了它们的面目。因此才出现了两个舞台。

这两个舞台合起来才是启示真理,而不仅仅是生存性的舞台。生存性的舞台上的男男女女全都赤身裸体,有些是比喻义上的赤裸,有的则是像李尔王一样确确实实地赤裸着身体。历史逐渐消逝,时间的压痕也随之抹平,时间的形态消失不见。但莎剧中这些揭示历史真理的赤裸瞬间都是非同寻常的时刻。它们是揭示人类生存的关键时刻,同样地,它们也揭示了历史的本质,揭示了历史有多么无足轻重和稍纵即逝。[372]但历史的舞台也揭示了处于时间中的生命(life-in-time)的意义。因为永恒性只有在短暂性中出现,只有当时间存在,以及时间和"时代"有意义时,时间才能停止。

莎剧中的真理都是启示性的。我之前大致说过,艺术作品中的真理一般来说都是启示性的。但我还是围绕着莎士比亚来说更好。通过解读几部莎剧,我想尝试说明的是,莎士比亚历史剧的特殊之处在于,他对自己展现历史真理的方式有着自觉的认识。在这一点上他不同于古典作家。古希腊悲剧中,好与坏、善与恶、神圣与亵渎、有知与无知是戏剧的中心议题。在莎剧中,戏剧的价值论核心则浓缩了所有"价值取向"的范畴,如善与恶、美与丑、有利与有害、成功与失败、神圣与亵渎、真实与虚假等等。这些价值取向各不相容,互相对立,构成了不同的价值次序,还会互相压过对方。

我此前提到,在莎士比亚笔下,伟大的阶梯与道德的阶梯,以及历史意义的阶梯与政治成就的阶梯之间迥然不同。有的人可能会爬上某一个阶梯的顶端,却处在另一个阶梯的底端。莎士比亚展现了各个价值的不同之处。他并没有将某个价值当作正确的衡量标准,并将另一个价值贬为错误。相反地,启示真理揭示了在这个充满价值冲突的有限世界中,衡量标准存在着复杂性与多样性。启示真理中包含了所有的价值阶梯,真实性问题之所以成为莎剧剧情、人物发展以及人物关系的重要组成部分,原因或许正在于此。

莎剧中的真实性问题有多种形式,但无论形式如何,它们总是有关真实性的问题。忠于自己(无论我们是好人还是坏人)是最根本的真实性问题。是真实地展现我们原本的样子(我们自以为的样子),还是将自我隐藏起来,这也是有关真实性的问题。我们在谁面前隐藏自己,在谁面前袒露自己,这也是真实性问题。我们能否很好地隐藏自己,这还是真实性问题。说谎,还是实话实说,这是最根本的真实性问题。背叛是虚伪,忠诚则是真实。那些忠诚可信的是实在的人,那些不忠不信的则是虚伪的人。从这一点看来,真实性的问题就转变成了善的问题。

但能够预见我们行为的后果,这一能力也与真实性问题相关。对人性的了解也与真实性问题相关。能够分辨事实与能够对事实作出深刻的阐释,这也与真实性问题相关。是否有理解陌生人的能力,这也与真实性问题相关。对于我们自身处境和行为的好奇、深思、警醒及反思、协调思想与行动,这些都是与真实相关的问题。[373]能够过滤信息,决定谁都不信任,但又要绝对信任某些人,这些也是真实性问题。从暂时的利益中做出或真或假的决定,这也是真实性问题。这些问题以及诸如此类的问题在莎剧中都有所呈现,而且在其戏剧中都有着决定性的意义。正如我在本书导言部分提到《哈姆雷特》时所说的,哈姆雷特和克劳狄斯互为对方的绝对对立面,因为哈姆雷特只想知道真相,除此之外别无所求,克劳狄斯则只想用谎话遮掩。

我一开始其实不太愿意给莎士比亚安上"历史哲人"这样模棱两可的称号。现在,我却不那么犹豫了。莎士比亚的历史剧(他的大部分剧作都是历史剧)中思考的问题以及解答的难题,至少两百年后的哲学也未曾涉及。直到19世纪,才有人对时间和时间性的问题进行严肃的哲学思考;直到克尔凯郭尔出现,才有人探讨两个舞台之间的关系;直到20世纪,才有人将事实、理论、阐释和启示真理区分开来。在现代形而上学还未达到顶峰之时,莎士比亚就已经预示了后形而上学哲学的出现,并触及到它的核心议题。而从浪漫主义时期开始,人们才从莎剧中发现了现代性,可能也是因为直到那时,现代哲学以及现代人假想的自我认识才放弃构建形而上学体系。也只是在这一时期前后,哲学才放弃了把目光仅仅汇聚在永恒不变、不朽不灭之事上。现代人未必开始放弃对永恒不变的绝对意义的信仰,但至少开始放弃获得这一意义的可能性,此时,莎士比亚悲剧的启示性特质就可能被得到启示的观众所把握。莎士比亚崇拜便由这种经验而来。这种崇拜像其他任何一种崇拜一样,也可能最终消退。没有信众,也就没有启示可言。莎剧中的启示真理也可能最终是转瞬即逝的。莎士比亚通过其悲剧、历史剧和其他戏剧向一些观众传达启示,这些观众就是他的信众,他们为一种对善恶、对时代以及对时间形体的理解作见证:人类的处境就是历史的处境,历史的处境也是现代的处境,现代的处境就是完全生活在瞬息和有限的束缚之中。

图书在版编目（CIP）数据

脱节的时代：作为历史哲人的莎士比亚/(匈) 阿格尼斯·赫勒(Agnes Heller)著；吴亚蓉译. -- 北京：华夏出版社有限公司，2020.7
（西方传统：经典与解释）
书名原文：The Time Is Out Of Joint: Shakespeare as Philosopher of History
ISBN 978-7-5080-8739-9

Ⅰ. ①脱… Ⅱ. ①阿… ②吴… Ⅲ. ①莎士比亚(Shakespeare, William 1564-1616)—戏剧文学—文学研究 Ⅳ. ①I561.073

中国版本图书馆 CIP 数据核字（2019）第 281752 号

Published by agreement with the Rowman & Littlefield Publishing Group through the Chinese Connection Agency, a divison of the Yao Enterprises, LLC.

北京市版权局著作权合同登记号：图字01-2017-0334号

脱节的时代——作为历史哲人的莎士比亚

作　　者　[匈]阿格尼斯·赫勒
译　　者　吴亚蓉
责任编辑　李安琴
责任印制　刘　洋

出版发行　华夏出版社有限公司
经　　销　新华书店
印　　装　北京汇林印务有限公司
版　　次　2020 年 7 月北京第 1 版
　　　　　2020 年 7 月北京第 1 次印刷
开　　本　880×1230　1/32
印　　张　17.625
字　　数　440 千字
定　　价　128.00 元

华夏出版社有限公司　地址：北京市东直门外香河园北里 4 号　邮编：100028
网址：www.hxph.com.cn　电话：(010)64663331(转)

若发现本版图书有印装质量问题，请与我社营销中心联系调换。

西方传统：经典与解释

Classici et Commentarii

HERMES

刘小枫◎主编

古今丛编

克尔凯郭尔 [美]江思图 著

货币哲学 [德]西美尔 著

孟德斯鸠的自由主义哲学 [美]潘戈 著

莫尔及其乌托邦 [德]考茨基 著

试论古今革命 [法]夏多布里昂 著

但丁：皈依的诗学 [美]弗里切罗 著

在西方的目光下 [英]康拉德 著

大学与博雅教育 董成龙 编

探究哲学与信仰 [美]郝岚 著

民主的本性 [法]马南 著

梅尔维尔的政治哲学 李小均 编/译

席勒美学的哲学背景 [美]维塞尔 著

果戈里与鬼 [俄]梅列日科夫斯基 著

自传性反思 [美]沃格林 著

黑格尔与普世秩序 [美]希克斯 等著

新的方式与制度 [美]曼斯菲尔德 著

科耶夫的新拉丁帝国 [法]科耶夫 等著

《利维坦》附录 [英]霍布斯 著

或此或彼（上、下） [丹麦]基尔克果 著

海德格尔式的现代神学 刘小枫 选编

双重束缚 [法]基拉尔 著

古今之争中的核心问题 [德]迈尔 著

论永恒的智慧 [德]苏索 著

宗教经验种种 [美]詹姆斯 著

尼采反卢梭 [美]凯斯·安塞尔-皮尔逊 著

舍勒思想评述 [美]弗林斯 著

诗与哲学之争 [美]罗森 著

神圣与世俗 [罗]伊利亚德 著

但丁的圣约书 [美]霍金斯 著

古典学丛编

赫西俄德的宇宙 [美]珍妮·施特劳斯·克莱 著

论王政 [古罗马]金嘴狄翁 著

论希罗多德 [古罗马]卢里叶 著

探究希腊人的灵魂 [美]戴维斯 著

尤利安文选 马勇 编/译

论月面 [古罗马]普鲁塔克 著

雅典谐剧与逻各斯 [美]奥里根 著

菜园哲人伊壁鸠鲁 罗晓颖 选编

《劳作与时日》笺释 吴雅凌 撰

希腊古风时期的真理大师 [法]德蒂安 著

古罗马的教育 [英]葛怀恩 著

古典学与现代性 刘小枫 编

表演文化与雅典民主政制
[英]戈尔德希尔、奥斯本 编

西方古典文献学发凡 刘小枫 编

古典语文学常谈 [德]克拉夫特 著

古希腊文学常谈 [英]多佛 等著

撒路斯特与政治史学 刘小枫 编

希罗多德的王霸之辨 吴小锋 编/译

第二代智术师 [英]安德森 著

英雄诗系笺释 [古希腊]荷马 著

统治的热望 [美]福特 著

论埃及神学与哲学 [古希腊]普鲁塔克 著

凯撒的剑与笔 李世祥 编/译

伊壁鸠鲁主义的政治哲学
[意]詹姆斯·尼古拉斯 著

修昔底德笔下的人性 [美]欧文 著

修昔底德笔下的演说 [美]斯塔特 著

古希腊政治理论 [美]格雷纳 著

神谱笺释 吴雅凌 撰

赫西俄德：神话之艺
[法]居代·德·拉孔波 等著

赫拉克勒斯之盾笺释 罗道然 译笺

《埃涅阿斯纪》章义 王承教 选编

维吉尔的帝国 [美]阿德勒 著

塔西佗的政治史学 曾维术 编

古希腊诗歌丛编

古希腊早期诉歌诗人 [英]鲍勒 著

诗歌与城邦 [美]费拉格、纳吉 主编

阿尔戈英雄纪（上、下） [古希腊]阿波罗尼俄斯 著

俄耳甫斯教祷歌 吴雅凌 编译

俄耳甫斯教辑语 吴雅凌 编译

古希腊肃剧注疏集

希腊肃剧与政治哲学 [美]阿伦斯多夫 著

古希腊礼法研究

希腊人的正义观 [英]哈夫洛克 著

廊下派集

廊下派的苏格拉底 程志敏 徐健 选编

廊下派的神和宇宙 [墨]里卡多·萨勒斯 编

廊下派的城邦观 [英]斯科菲尔德 著

希伯莱圣经历代注疏

希腊化世界中的犹太人 [英]威廉逊 著

第一亚当和第二亚当 [德]朋霍费尔 著

新约历代经解

属灵的寓意 [古罗马]俄里根 著

基督教与古典传统

保罗与马克安 [德]文森 著

加尔文与现代政治的基础 [美]汉考克 著

无执之道 [德]文森 著

恐惧与战栗 [丹麦]基尔克果 著

托尔斯泰与陀思妥耶夫斯基 [俄]梅列日科夫斯基 著

论宗教大法官的传说 [俄]罗赞诺夫 著

海德格尔与有限性思想（重订版） 刘小枫 选编

上帝国的信息 [德]拉加茨 著

基督教理论与现代 [德]特洛尔奇 著

亚历山大的克雷芒 [意]塞尔瓦托·利拉 著

中世纪的心灵之旅 [意]圣·波纳文图拉 著

德意志古典传统丛编

论荷尔德林 [德]沃尔夫冈·宾德尔 著

彭忒西勒亚 [德]克莱斯特 著

穆佐书简 [奥]里尔克 著

纪念苏格拉底——哈曼文选 刘新利 选编

夜颂中的革命和宗教 [德]诺瓦利斯 著

大革命与诗化小说 [德]诺瓦利斯 著

黑格尔的观念论 [美]皮平 著

浪漫派风格——施勒格尔批评文集 [德]施勒格尔 著

美国宪政与古典传统

美国1787年宪法讲疏 [美]阿纳斯塔普罗 著

世界史与古典传统

伊丽莎白时代的世界图景 [英]蒂利亚德 著

西方古代的天下观 刘小枫 编

从普遍历史到历史主义 刘小枫 编

启蒙研究丛编

浪漫的律令 [美]拜泽尔 著

现实与理性 [法]科维纲 著

论古人的智慧 [英]培根 著

托兰德与激进启蒙 刘小枫 编

图书馆里的古今之战 [英]斯威夫特 著

政治史学丛编

自然科学史与玫瑰 [法]雷比瑟 著

地缘政治学丛编

克劳塞维茨之谜 [英]赫伯格-罗特 著

太平洋地缘政治学 [德]卡尔·豪斯霍弗 著

荷马注疏集

不为人知的奥德修斯 [美]诺特维克 著

模仿荷马 [美]丹尼斯·麦克唐纳 著

品达注疏集

幽暗的诱惑 [美]汉密尔顿 著

欧里庇得斯集

自由与僭越 罗峰 编译

阿里斯托芬集

《阿卡奈人》笺释 [古希腊]阿里斯托芬 著

色诺芬注疏集

居鲁士的教育 [古希腊]色诺芬 著

色诺芬的《会饮》 [古希腊]色诺芬 著

柏拉图注疏集

立法与德性——柏拉图《法义》发微 林志猛 编
柏拉图的灵魂学 [加]罗宾逊 著
柏拉图书简 彭磊 译注
克力同章句 程志敏 郑兴凤 撰
哲学的奥德赛——《王制》引论 [美]郝兰 著
爱欲与启蒙的迷醉 [美]贝尔格 著
为哲学的写作技艺一辩 [美]伯格 著
柏拉图式的迷宫——《斐多》义疏 [美]伯格 著
哲学如何成为苏格拉底式的 [美]朗佩特 著
苏格拉底与希琵阿斯 王江涛 编译
理想国 [古希腊]柏拉图 著
谁来教育老师 刘小枫 编
立法者的神学 林志猛 编
柏拉图对话中的神 [法]薇依 著
厄庇诺米斯 [古希腊]柏拉图 著
智慧与幸福 程志敏 选编
论柏拉图对话 [德]施莱尔马赫 著
柏拉图《美诺》疏证 [美]克莱因 著
政治哲学的悖论 [美]郝岚 著
神话诗人柏拉图 张文涛 选编
阿尔喀比亚德 [古希腊]柏拉图 著
叙拉古的雅典异乡人 彭磊 选编
阿威罗伊论《王制》 [阿拉伯]阿威罗伊 著
《王制》要义 刘小枫 选编
柏拉图的《会饮》 [古希腊]柏拉图 等著
苏格拉底的申辩（修订版） [古希腊]柏拉图 著
苏格拉底与政治共同体 [美]尼柯尔斯 著
政制与美德——柏拉图《法义》疏解 [美]潘戈 著
《法义》导读 [法]卡斯代尔·布舒奇 著
论真理的本质 [德]海德格尔 著
哲人的无知 [德]费勃 著
米诺斯 [古希腊]柏拉图 著
情敌 [古希腊]柏拉图 著

亚里士多德注疏集

《诗术》译笺与通绎 陈明珠 撰
亚里士多德《政治学》中的教诲 [美]潘戈 著
品格的技艺 [美]加佛 著
亚里士多德哲学的基本概念 [德]海德格尔 著
《政治学》疏证 [意]托马斯·阿奎那 著
尼各马可伦理学义疏 [美]伯格 著
哲学之诗 [美]戴维斯 著
对亚里士多德的现象学解释 [德]海德格尔 著
城邦与自然——亚里士多德与现代性 刘小枫 编
论诗术中篇义疏 [阿拉伯]阿威罗伊 著
哲学的政治 [美]戴维斯 著

普鲁塔克集

普鲁塔克的《对比列传》 [英]达夫 著
普鲁塔克的实践伦理学 [比利时]胡芙 著

阿尔法拉比集

政治制度与政治箴言 阿尔法拉比 著

马基雅维利集

君主及其战争技艺 娄林 选编

莎士比亚绎读

莎士比亚的历史剧 [英]蒂利亚德 著
莎士比亚戏剧与政治哲学 彭磊 选编
莎士比亚的政治盛典 [美]阿鲁里斯/苏利文 编
丹麦王子与马基雅维利 罗峰 选编

洛克集

上帝、洛克与平等 [美]沃尔德伦 著

卢梭集

论哲学生活的幸福 [德]迈尔 著
致博蒙书 [法]卢梭 著
政治制度论 [法]卢梭 著
哲学的自传 [美]戴维斯 著
文学与道德杂篇 [法]卢梭 著
设计论证 [美]吉尔丁 著
卢梭的自然状态 [美]普拉特纳 等著
卢梭的榜样人生 [美]凯利 著

莱辛注疏集

汉堡剧评 [德]莱辛 著
关于悲剧的通信 [德]莱辛 著
《智者纳坦》（研究版） [德]莱辛 等著
启蒙运动的内在问题 [美]维塞尔 著
莱辛剧作七种 [德]莱辛 著
历史与启示——莱辛神学文选 [德]莱辛 著
论人类的教育 [德]莱辛 著

尼采注疏集

何为尼采的扎拉图斯特拉 [德]迈尔 著
尼采引论 [德]施特格迈尔 著
尼采与基督教 刘小枫 编
尼采眼中的苏格拉底 [美]丹豪瑟 著
尼采的使命 [美]朗佩特 著
尼采与现时代 [美] 朗佩特 著
动物与超人之间的绳索 [德]A.彼珀 著

施特劳斯集

论僭政（重订本） [美]施特劳斯 [法]科耶夫 著
苏格拉底问题与现代性（增订本）
犹太哲人与启蒙（增订本）
霍布斯的宗教批判
斯宾诺莎的宗教批判
门德尔松与莱辛
哲学与律法——论迈蒙尼德及其先驱
迫害与写作艺术
柏拉图式政治哲学研究
论柏拉图的《会饮》
柏拉图《法义》的论辩与情节
什么是政治哲学
古典政治理性主义的重生（重订本）
回归古典政治哲学——施特劳斯通信集
苏格拉底与阿里斯托芬

***

施特劳斯的持久重要性 [美]朗佩特 著
论源初遗忘 [美]维克利 著
政治哲学与启示宗教的挑战 [德]迈尔 著
阅读施特劳斯 [美]斯密什 著
施特劳斯与流亡政治学 [美]谢帕德 著
隐匿的对话 [德]迈尔 著
驯服欲望 [法]科耶夫 等著

施米特集

宪法专政 [美]罗斯托 著
施米特对自由主义的批判 [美]约翰·麦考米克 著

伯纳德特集

古典诗学之路（第二版） [美]伯格 编
弓与琴（重订本） [美]伯纳德特 著
神圣的罪业 [美]伯纳德特 著

布鲁姆集

巨人与侏儒（1960-1990）
人应该如何生活——柏拉图《王制》释义
爱的设计——卢梭与浪漫派
爱的戏剧——莎士比亚与自然
爱的阶梯——柏拉图的《会饮》
伊索克拉底的政治哲学

沃格林集

自传体反思录 [美]沃格林 著

大学素质教育读本

古典诗文绎读 西学卷·古代编（上、下）
古典诗文绎读 西学卷·现代编（上、下）

中国传统：经典与解释
Classici et Commentarii
经典与解释
刘小枫 陈少明◎主编

《孔丛子》训读及研究 / 雷欣翰 撰
论语说义 / [清]宋翔凤 撰
周易古经注解考辨 / 李炳海 著
浮山文集 / [明]方以智 著
药地炮庄 / [明]方以智 著
药地炮庄笺释·总论篇 / [明]方以智 著

青原志略 / [明]方以智 编
冬灰录 / [明]方以智 著
冬炼三时传旧火 / 邢益海 编
《毛诗》郑王比义发微 / 史应勇 著
宋人经筵诗讲义四种 / [宋]张纲 等撰
道德真经藏室纂微篇 / [宋]陈景元 撰
道德真经四子古道集解 / [金]寇才质 撰
皇清经解提要 / [清]沈豫 撰
经学通论 / [清]皮锡瑞 著
松阳讲义 / [清]陆陇其 著
起凤书院答问 / [清]姚永朴 撰
周礼疑义辨证 / 陈衍 撰
《铎书》校注 / 孙尚扬 肖清和 等校注
韩愈志 / 钱基博 著
论语辑释 / 陈大齐 著
《庄子·天下篇》注疏四种 / 张丰乾 编
荀子的辩说 / 陈文洁 著
古学经子 / 王锦民 著
经学以自治 / 刘少虎 著
从公羊学论《春秋》的性质 / 阮芝生 撰

刘小枫集

民主与政治德性
昭告幽微
以美为鉴
古典学与古今之争［增订本］
这一代人的怕和爱［第三版］
沉重的肉身［珍藏版］
圣灵降临的叙事［增订本］
罪与欠
儒教与民族国家
拣尽寒枝
施特劳斯的路标
重启古典诗学
设计共和
现代人及其敌人
海德格尔与中国
共和与经纶
现代性与现代中国
现代性社会理论绪论
诗化哲学［重订本］
拯救与逍遥［修订本］
走向十字架上的真
西学断章

编修［博雅读本］

凯若斯：古希腊语文读本［全二册］
古希腊语文学述要
雅努斯：古典拉丁语文读本
古典拉丁语文学述要
危微精一：政治法学原理九讲
琴瑟友之：钢琴与古典乐色十讲

译著

普罗塔戈拉（详注本）
柏拉图四书

经典与解释辑刊

1 柏拉图的哲学戏剧
2 经典与解释的张力
3 康德与启蒙
4 荷尔德林的新神话
5 古典传统与自由教育
6 卢梭的苏格拉底主义
7 赫尔墨斯的计谋
8 苏格拉底问题
9 美德可教吗
10 马基雅维利的喜剧
11 回想托克维尔
12 阅读的德性
13 色诺芬的品味
14 政治哲学中的摩西
15 诗学解诂
16 柏拉图的真伪
17 修昔底德的春秋笔法
18 血气与政治
19 索福克勒斯与雅典启蒙
20 犹太教中的柏拉图门徒
21 莎士比亚笔下的王者
22 政治哲学中的莎士比亚
23 政治生活的限度与满足
24 雅典民主的谐剧
25 维柯与古今之争
26 霍布斯的修辞
27 埃斯库罗斯的神义论
28 施莱尔马赫的柏拉图
29 奥林匹亚的荣耀
30 笛卡尔的精灵
31 柏拉图与天人政治
32 海德格尔的政治时刻
33 荷马笔下的伦理
34 格劳秀斯与国际正义
35 西塞罗的苏格拉底
36 基尔克果的苏格拉底
37《理想国》的内与外
38 诗艺与政治
39 律法与政治哲学
40 古今之间的但丁
41 拉伯雷与赫尔墨斯秘学
42 柏拉图与古典乐教
43 孟德斯鸠论政制衰败
44 博丹论主权
45 道伯与比较古典学
46 伊索寓言中的伦理
47 斯威夫特与启蒙
48 赫西俄德的世界
49 洛克的自然法辩难
50 斯宾格勒与西方的没落
51 地缘政治学的历史片段
52 施米特论战争与政治
53 普鲁塔克与罗马政治
54 罗马的建国叙述
55 亚历山大与西方的大一统
56 马西利乌斯的帝国